GOLDMANN

Buch

Jessica und Ian Clarke, ein modernes junges Ehepaar, leben in außergewöhnlicher Harmonie in San Francisco, bis eines Tages Ian einen kapitalen Fehler begeht, der die beiden in fast unlösbare Konflikte verwickelt. Das Ende ihrer Leidenschaft und auch ihrer Ehe scheint vorgezeichnet. Aber es gelingt ihnen, die Schwierigkeiten auf ihre ganz besondere Weise zu meistern.

Autorin

Als Tochter eines deutschen Vaters in New York geboren, kam Danielle Steel als junges Mädchen nach Frankreich und besuchte verschiedene europäische Schilen. An der Universität von New York studierte sie französische und italienische Sprache und Literatur. Seit 1977 schreibt sie Romane, die in Amerika und daqnn in Deutschland Bestseller geworden sind.

Von Danielle Steel sind als Goldmann-Taschenbücher außerdem erschienen:
Alle Liebe dieser Erde. Roman (6671) · Liebe zählt keine Stunden. Roman (6692) · Die Liebe eines Sommers. Roman (6700) · Glück kennt keine Jahreszeit. Roman (6732) · Vertrauter Fremder. Roman (6763) · Nur einmal im Leben. Roman (6781) · Nie mehr allein. Roman (6716) · Doch die Liebe bleibt. Roman (6412) · Der Ring aus Stein. Roman (6402) · Das Haus von San Gregorio. Roman (6802) · Träume des Lebens. Roman (6860) · Palomino. Roman (6882) · Schiff über dunklem Grund. Roman (8449) · Es zählt nur die Liebe. Roman (8826) · Sag niemals adieu. Roman (8917) · Familienbilder. Roman (9230) · Das Haus hinter dem Wind. Roman (9412) · Verborgene Wünsche. Roman (9828) · Jenseits des Horizonts. Roman (9905) · Der Preis des Glücks. Roman (9921) · Töchter der Sehnsucht. Roman (41049) · Unter dem Regenbogen. Roman (8634)

Als Goldmann-Hardcover lieferbar:
Das Haus hinter dem Wind. Roman (30099) · Väter. Roman (30412) · Jenseits des Horizonts. Roman (30341) · Der Preis des Glücks. Roman (30369) · Töchter der Sehnsucht. Roman (30378) · Abschied von St. Petersburg. Roman (30375)

Danielle Steel

Liebe zählt keine Stunden

Roman

Aus dem Amerikanischen von
Dagmar Hartmann

GOLDMANN VERLAG

Titel der Originalausgabe: Now and Forever
Originalverlag: Dell Publishing, New York

Umwelthinweis:
Alle bedruckten Materialien
dieses Taschenbuches
sind chlorfrei und umweltfreundlich.
Das Papier enthält bereits Recycling-Anteile.

Der Goldmann Verlag
ist ein Unternehmen der Verlagsgruppe Bertelsmann

Made in Germany · 11. Auflage · 9/92

Umschlaggestaltung: Design Team München
Umschlagfoto: Bach, Mauritius
Satz: IBV Lichtsatz KG, Berlin
Druck: Elsnerdruck, Berlin
Verlagsnummer: 6692
Lektorat: Ursula Walther/AK
Herstellung: Sebastian Strohmaier/Sc
ISBN 3-442-06692-1

Dreierlei Seelen gibt es
und dreierlei Gebete:

Erstens:
Ich bin ein Bogen in deinen Händen, Herr;
spanne mich, daß ich nicht verfaule.

Zweitens:
Spanne mich nicht zu sehr, Herr, ich zerbreche.

Drittens:
Spanne mich ganz und gar,
und wenn ich zerbrechen sollte!
Wähle also!

Aus:
Rechenschaft vor El Greco
von Nikos Kazantzakis

Kapitel I

Das Wetter war prachtvoll. Ein klarer, sonniger Tag mit scharf umrissenen, weißen Wolken am blauen Himmel. Perfekter Altweibersommer – und heiß. Die Hitze machte alles langsam und sinnlich. Das war so gar nicht typisch für San Francisco. Und das war das Beste von allem. Ian saß an einem kleinen, rosafarbenen Marmortisch, seinem sonnenbeschienenen Stammplatz in Enricos Restaurant am Broadway. Der Verkehr brummte vorbei, und Paare schlenderten in ihrer Mittagspause die Straße entlang. Die Hitze fühlte sich köstlich an.

Unter dem Tisch schwang Ian ein langes Bein über das andere. Drei Gänseblümchen nickten in einem Glas vor sich hin, und das Brot war weich und frisch und schmeckte köstlich. Die fast schon zu dünnen, geschmeidigen Finger rissen vorsichtig ein Stück von einer Scheibe ab. Zwei junge Mädchen sahen ihm zu und kicherten. Er war nicht ›nett‹, er war sexy – selbst sie erkannten das – und schön, gutaussehend, elegant. Er hatte Klasse, groß, schlank, blond, mit blauen Augen, hohen Wangenknochen und endlos langen Beinen, mit Händen, die einem auffielen, und einem Gesicht, von dem man nur mit Mühe den Blick wenden konnte... einen Körper, den man gern betrachtete. Ian Clarke war ein schöner Mann, das war ihm auf lässige Weise bewußt. Er wußte es. Seine Frau wußte es. Na und? Sie war ebenfalls schön. Das war ihnen nicht wirklich wichtig. Aber anderen Leuten war es das. Andere Leute beobachteten sie gerne, mit den hungrigen Blicken, mit denen man außergewöhnlich gutaussehende Menschen anstarrt, weil man wissen will, was sie sagen, wohin sie gehen, wen sie kennen, was sie essen... als würde ein bißchen davon abfärben. Leider tut es das nie. Man muß damit geboren werden, oder man gibt eine Menge Geld aus, um gutes Aussehen künstlich zu erzeugen. Bei Ian war nichts künstlich.

Auch die Frau mit dem großen Strohhut und dem pinkfarbenen Kleid hatte das bemerkt. Sie starrte ihn unter ihrem Hut hervor an. Sie betrachtete seine Hände, wie sie mit dem Brot umgingen, seinen Mund, als er trank. Sie konnte sogar die blonden Härchen auf seinen Armen sehen, als er in der Sonne die Ärmel aufkrempelte. Sie saß ein paar Tische von ihm entfernt, aber sie bemerkte alle Einzelheiten. Sie hatte ihn schon früher dort sitzen sehen, aber Ian hatte ihre Anwesenheit nie zur Kenntnis genommen. Warum sollte er auch? Sie sah alles, und dann hörte sie auf zu beobachten. Ian bemerkte sie nicht einmal, er war mit dem Rest der Aussicht beschäftigt.

Das Leben war unglaublich schön. Reif, golden und leicht. Er brauchte seine Früchte nur zu pflücken. Den ganzen Morgen über hatte er am dritten Kapitel seines Romans gearbeitet, und jetzt erwachten die Charaktere allmählich zum Leben, so wie die Menschen, die über den Broadway schlenderten, lachten und Spielchen trieben. Seine Romanfiguren waren für ihn schon genauso wirklich. Er kannte sie wie gute Freunde. Er war ihr Vater, ihr Schöpfer, ihr Freund, ebenso wie sie seine Freunde waren. Es war ein gutes Gefühl, ein Buch zu schreiben. Es füllte sein Leben aus. All diese neuen Gesichter, neuen Köpfe. Er konnte sie in seinen Händen fühlen, wenn er auf die Schreibmaschinentasten hämmerte. Sogar die fühlten sich unter seinen Fingern gut an.

Er hatte alles, er wohnte in einer Stadt, die er liebte, er beschäftigte sich mit einem Roman, und er hatte eine Frau, mit der er immer noch lachen und spielen konnte und die zu lieben ihm Spaß machte. Sieben Jahre, und noch immer war alles an ihr schön für ihn: ihr Lachen, ihr Lächeln, der Ausdruck ihrer Augen, die Art, wie sie nackt in seinem Studio saß, in dem alten Korbschaukelstuhl, wie sie dabei Bier trank und seine Arbeit las. Alles war gut, sogar besser jetzt, wo der Roman Gestalt annahm. Es war ein zauberhafter Tag. Und Jessie würde heimkommen. Es waren sehr produktive drei Wochen gewesen, aber plötzlich fühlte er sich einsam und ungeheuer erregt... Jessie.

Ian schloß die Augen und hörte die Geräusche des Verkehrs, der vorüberzog, nicht mehr... Jessie... mit den grazilen Beinen, den blonden, seidenweichen Haaren, den grünen Augen mit den goldenen Pünktchen darin... die um zwei Uhr nachts Rosinenbrot mit Erdnußbutter und Aprikosenmarmelade aß und ihn dabei fragte, was er von der neuen Frühjahrskollektion für ihr Geschäft hielt... »Ich meine es ernst, Ian, sag mir die Wahrheit, magst du die Sachen nicht? Oder sind sie in Ordnung? Vom Standpunkt eines Mannes aus... sei ehrlich...« Als ob es wirklich wichtig wäre, vom Standpunkt eines Mannes aus. Die großen, grünen Augen musterten sein Gesicht, als wollte sie ihn fragen, ob sie in

Ordnung wäre, ob er sie liebte, ob... er tat es.

Er nippte an seinem Gin-Tonic und dachte an sie, und wieder fühlte er, daß er in ihrer Schuld stand. Das verursachte ihm ein leicht beklemmendes Gefühl irgendwo in der Magengegend. Aber das gehörte nun mal dazu: Er schuldete ihr eine Menge. Sie hatte eine Menge mitgemacht. Lehrstellen, die ihm einen Hungerlohn eingebracht hatten, eine Stelle in einer Bücherei, die sie verabscheut hatte, weil sie fand, daß sie ihn herabsetzte. Also hatte er gekündigt. Er hatte sogar einen kurzen Ausflug in den Journalismus gewagt, nachdem sein erster Roman fertig gewesen war. Und dann hatte ihre Erbschaft so viele ihrer Probleme gelöst, ihre gemeinsamen Probleme, nicht aber seine eigenen.

»Wissen Sie, Mrs. Clarke, irgendwann werden Sie es satt haben, mit einem am Hungertuch nagenden Schreiberling verheiratet zu sein.« Er hatte ihr Gesicht aufmerksam beobachtet, als sie den Kopf geschüttelt und im Sonnenlicht des Sommertages vor drei Jahren gelächelt hatte...

»Für mich siehst du nicht so aus, als wenn du am Verhungern wärst.« Sie tätschelte seinen Magen und küßte ihn dann sanft auf die Lippen. »Ich liebe dich, Ian.«

»Du mußt verrückt sein. Aber ich liebe dich auch.« Es war ein harter Sommer für ihn gewesen. In acht Monaten hatte er keinen Pfennig verdient. Jessie hatte natürlich ihr Geld, verdammt!

»Warum bin ich denn verrückt? Weil ich deine Arbeit respektiere? Weil ich glaube, daß du ein guter Ehemann bist, selbst wenn du nicht mehr in der Madison Avenue arbeitest? Na und, Ian? Was bedeutet denn schon die Madison Avenue? Vermißt du die Arbeit dort so sehr, oder willst du dich einfach bis ans Ende deines Lebens damit quälen?« Ganz leise Verbitterung klang aus ihrer Stimme, vermischt mit Zorn. »Warum genießt du nicht einfach, was du bist?«

»Und was ist das?«

»Ein Schriftsteller. Und noch dazu ein guter.«

»Wer sagt das?«

»Die Kritiker ›sagen‹ das.«

»Meine Tantiemen sagen das nicht.«

»Zum Teufel mit deinen Tantiemen.« Sie sah so ernst aus, daß er lachen mußte.

»Ach, hör auf... du machst mich manchmal wirklich wahnsinnig.« Ein Lächeln breitete sich auf ihrem Gesicht aus, und er beugte sich vor und küßte sie. Langsam fuhr sie mit einem Finger an der Innenseite seines Schenkels entlang, beobachtete ihn dabei mit ihrem stillen Lächeln, und seine Haut kribbelte am ganzen Körper.

Er erinnerte sich noch genau an damals. Vollkommen.

»Teufelsweib, ich bete dich an. Komm, laß uns heimfahren.« Hand in Hand verließen sie an diesem Tag den Strand wie zwei Kinder, lächelten sich zu. Sie warteten nicht einmal ab, bis sie heimkamen. Ein paar Meilen später entdeckte Ian ein winziges Bächlein ein Stück abseits der Straße. Sie parkten den Wagen und liebten sich dort unter den Bäumen, in der Nähe des Baches, umgeben von allen Geräuschen des Sommers. Noch immer erinnerte er sich, wie er anschließend mit ihr auf der weichen Erde gelegen hatte. Sie hatten nur ihre Hemden an, und ihre Zehen spielten im Gras. Er wußte auch noch, daß er sich damals überlegt hatte, was sie so an ihn fesselte. Er würde es nie verstehen, hatte er gedacht. Aber andererseits... was band ihn an sie? Es waren Fragen, die man nie stellte – nun, dein Geld natürlich, Liebling, was denn sonst? Niemand, der bei Verstand war, würde jemals solche Überlegungen anstellen. Aber manchmal hätte er es doch gern getan. Er fürchtete manchmal, daß es ihr Glaube an seine schriftstellerischen Fähigkeiten war, der ihm so viel bedeutete. Er wollte das nicht denken, aber es spielte sicher eine wichtige Rolle.

All die Nächte mit Kaffee und Wein und Diskussionen in seinem Studio. Sie war immer so verdammt sicher. Wenn er es brauchte. Das war das Beste daran.

»Ich weiß, daß du es schaffst, Ian. Das ist alles. Ich weiß einfach, daß du es schaffst.« So verdammt sicher. Deshalb hatte sie auch dafür gesorgt, daß er seinen Job in der Madison Avenue aufgab, weil sie so sicher war. Oder wollte sie ihn einfach von sich abhängig machen? Manchmal fragte er sich auch das.

»Aber woher weißt du es, verdammt? Woher willst du wissen, daß ich es schaffe? Es ist ein Traum, Jessie. Eine Phantasie. Der große amerikanische Roman. Weißt du eigentlich, wie viele absolute Nullen da draußen sitzen und Blödsinn schreiben und glauben, ›das ist es‹?«

»Na und? Das bist ja nicht du!«

»Vielleicht doch.« Einmal, als er das gesagt hatte, hatte sie ein Glas Wein nach ihm geworfen, und das brachte ihn zum Lachen. Am Ende liebten sie sich dann auf dem dicken Fell, während der Wein von seinem Kinn zwischen ihre Brüste tropfte, und sie lachten beide.

All das war mit ein Grund, daß er jetzt einfach ein gutes Buch schreiben mußte. Für sie. Für sich selbst. Diesmal mußte es gelingen. In den sechs Jahren der Schriftstellerei hatte er einen verheerenden Roman und ein wunderschönes Buch mit Fabeln geschrieben. Die Fabeln waren von den Kritikern als klassisch hochgelobt worden. Aber weniger als siebenhundert Exemplare von dem Buch waren verkauft worden. Und der Roman hatte sich nicht einmal so ›gut‹ verkauft. Aber das neue Buch würde anders werden. Er wußte es. Es war sein Kind, das er dem ihren entgegensetzen wollte, der Lady J.

Lady J war Jessies Boutique. Und Jessie hatte dafür gesorgt, daß das Geschäft ein voller Erfolg wurde. Das richtige Flair, die richtigen Sachen zur richtigen Zeit. Sie gehörte zu den Menschen, die alles verzaubern, wenn sie nur einen Blick darauf werfen. Eine Kerze hier, ein Schal da, ein Schmuckstück, ein bißchen Farbe, die Andeutung eines Lächelns, ein warmer Schimmer – Stil. Jessie war damit geboren worden. Sie strömte ihn aus. Splitterfasernackt und mit geschlossenen Augen hatte sie noch immer Stil.

So wie sie zum Beispiel um die Mittagszeit in sein Studio schwebte, mit fliegender blonder Mähne, einem Lächeln in den Augen, ihm einen Kuß auf den Nacken drückte und plötzlich eine fabelhafte lachsfarbene Rose auf seine Papiere sinken ließ. Eine einzige, perfekte Rose, oder eine strahlend gelbe Tulpe in einer Kristallvase neben seiner Kaffeetasse, ein paar Scheiben Prosciutto, eine dünne Scheibe Brie... The *New York Times*... oder *Le Figaro*. Sie hatte es einfach, das gewisse Etwas. Die Gabe, alles, was sie berührte, in etwas anderes, besseres zu verwandeln.

Ian lächelte, als er an sie dachte, während er die Leute an den anderen Tischen beobachtete. Wenn Jessie dagewesen wäre, hätte sie wohl etwas ein wenig Frevelhaftes getragen, ein Kleid zum Beispiel, das ihren Rükken zeigte, aber die Arme bedeckte, oder etwas vollkommen Hochgeschlossenes mit einem Schlitz, der den Vorbeikommenden einen ganz kurzen Blick auf ihre Beine erlaubte, oder einen unerträglich schönen Hut, der ihnen nur den Blick auf ein einzelnes blitzendes, grünes Auge ermöglichte, während das andere im verborgenen blieb. Als er so an sie dachte, wurde seine Aufmerksamkeit auf die Frau mit dem Strohhut gelenkt, die ein paar Tische weiter saß. Er hatte sie noch nie zuvor gesehen. Dabei fand er, daß sie es wert war, bemerkt zu werden. An einem heißen, sonnigen Nachmittag mit zwei Gin-Tonics im Magen. Er konnte ihr Gesicht kaum sehen. Nur die Spitze ihres Kinns.

Sie hatte schlanke Arme und hübsche Hände ohne Schmuck. Er beobachtete, wie sie etwas Schäumendes durch einen Strohhalm trank. Als er an seine Frau dachte und dabei dieses Mädchen mit dem Hut beobachtete, verspürte er eine vertraute Regung. Es war eine verdammte Schande, daß Jessie nicht daheim war. Es war ein Tag, an dem man an den Strand gehen mußte, schwimmen, schwitzen, sich mit Sand bedekken lassen, seine Hände über den ganzen Körper des anderen gleiten lassen sollte, während man sich mit Sonnenöl einrieb. Die Art, wie die Frau mit dem Strohhut den Mund um den Strohhalm bewegte, beunruhigte ihn. Es rief den Wunsch nach Jessie in ihm wach. Jetzt. Auf der Stelle.

Seine Cannelloni wurden gebracht, aber sie waren keine gute Wahl gewesen. Zu cremig, zu heiß, zu viel. Er hätte einen Salat bestellen sollen. Und es gefiel ihm nicht, nach nur so wenigen Bissen Kaffee zu bestellen. Es war ein zu schöner Tag, um hart zu sich selbst zu sein. Es war so viel leichter, sich oder zumindest die Gedanken einfach gehenzulassen. Das war harmlos. Er amüsierte sich. Das tat er immer, wenn er bei Enrico war. Er konnte sich dort entspannen, konnte Fremde beobachten, sich mit Schriftstellern treffen, die er kannte, die Frauen bewundern.

Ohne einen besonderen Grund ließ er sich vom Kellner einen dritten Drink bringen. Er trank selten etwas anderes als Weißwein, aber der Gin war kühl und angenehm. Und ein dritter Drink würde ihn schon nicht umbringen. Heiße Tage in einem für gewöhnlich kühlen Klima... da wurde man schon mal ein bißchen verrückt.

Die Menge bei Enrico kam und ging, Menschen suchten auf dem Bürgersteig nach Tischen, mieden die roten Nischen im Haus. Geschäftsleute lösten ihre Krawatten, Künstler kritzelten, Straßenmusikanten spielten, Dichter machten Witze. Sogar der Verkehrslärm wurde von der Musik und den Stimmen gedämpft. Es erinnerte Ian an den letzten Schultag. Die Oben-ohne-Bars zu beiden Seiten des Restaurants waren ruhig, ihr Neon würde erst bei Anbruch der Dunkelheit wieder zu leuchten beginnen. Aber das hier war viel besser als Neon. Es war wirklich. Es war jung und lebendig und hatte den Beigeschmack von Spiel.

Das Mädchen mit dem Hut hatte ihr Gesicht noch nicht ein einziges Mal gezeigt, als Ian ging, aber sie beobachtete ihn, zuckte dann leicht mit den Achseln und verlangte die Rechnung. Sie konnte immer noch mal wiederkommen, oder vielleicht... was zum Teufel...

Auf dem Weg zum Wagen dachte Ian an sie. Er war ein bißchen beschwipst, aber nicht so, daß man es gemerkt hätte. Er träumte von Versen, einer ›Ode an eine gesichtslose Schönheit‹. Er lachte vor sich hin, als er hinter das Lenkrad von Jessies Auto glitt. Dabei wünschte er sich, in Jessie zu gleiten. Er war unerträglich erregt.

Er fuhr Jessies kleinen, roten Morgan. Und genoß es von Herzen. Das war schon ein verdammt schönes Geschenk, überlegte er, als er den Choke zog. Ein verdammt schönes Geschenk für eine verdammt schöne Frau. Er hatte ihn für sie gekauft, als er die erste Zahlung für seine Fabeln bekommen hatte. Der ganze Scheck für den Wagen. Irrsinn. Aber sie hatte ihn bewundert. Und er bewunderte sie.

Er bog wieder auf den Broadway ein und hielt an einer Ampel. Auf dem Heimweg kam er noch einmal bei Enrico vorbei. In diesem Augenblick erhaschte er aus dem Augenwinkel einen rosa Blitz. Der Hut drehte sich auf einem Finger, während sie das Gesicht zum Himmel emporwandte, ihr Hinterteil wackelte einladend, wie sie in hochhackigen, weißen Sandalen dahinschritt. Das rosa Kleid spannte an ihren Hüften, aber nur leicht, und ihr rotes Haar umrahmte in weichen Locken das Gesicht. Sie sah hübsch aus in Pink, und verdammt sexy. So rund und reif und jung... zweiundzwanzig?... dreiundzwanzig? In seinen Lenden spürte er denselben Hunger wie zuvor, als er sie beobachtete. Ihr kupferfarbenes Haar blitzte in der Sonne. Er wollte es berühren, wollte ihr den Hut aus der Hand reißen und fortlaufen, um zu sehen, ob sie ihm folgen würde. Er wollte spielen, und er hatte niemanden, mit dem er spielen konnte.

Langsam fuhr er an ihr vorbei, und sie sah auf, und dann errötete sie und wandte sich ab, als ob sie nicht erwartet hätte, ihm noch einmal zu begegnen, als ob das jetzt alles ändern würde. Sie wandte den Kopf und schaute ihn wieder an. Ein zögerndes Lächeln vertrieb den Ausdruck der Überraschung – ein kaum sichtbares Achselzucken. Schicksal. Schließlich war heute der Tag gewesen, sie hatte sich dafür angezogen. Und jetzt freute sie sich. Unter der Glut seines Blickes schien sie unwillig, weiterzugehen. Er war nicht weitergefahren. Er saß einfach da, während sie an der Ecke stand und ihn beobachtete. Sie war nicht so jung, wie er gedacht hatte. Sechsundzwanzig... siebenundzwanzig? Aber noch immer knusprig. Knusprig genug, nach drei Gin-Tonics und nur wenig Essen!

Ihre Blicke suchten in seinem Gesicht, vorsichtig, und dann, als er sie noch betrachtete, kam sie näher, zeigte den vollen Busen, der in so scharfem Kontrast zu den mädchenhaften Armen stand.

»Kennen wir uns?« Sie stand mit gekreuzten Beinen da und hielt den Hut vor sich. Durch ihre Haltung trat die Hüfte hervor, und sofort wurde Ians Hose zu eng.

»Nein. Ich glaube nicht.«

»Sie haben mich angestarrt.«

»Ja... ich... es tut mir leid. Ich... Ihr Hut hat mir gefallen. Ich habe ihn schon beim Essen bemerkt.« Ihr Gesicht entspannte sich, und er erwiderte ihr Lächeln, aber ein wenig enttäuscht. Sie war älter als Jessie, vielleicht sogar ein oder zwei Jahre älter als er selbst, und so zurechtgemacht, daß sie auf vierzig Schritt Entfernung sehr gut aussah, aber aus der Nähe wurde die Illusion zerstört. Außerdem wies das rote Haar eine schmale schwarze Linie am Ansatz auf. Aber sie hatte recht, er hatte sie tatsächlich angestarrt.

»Es tut mir wirklich schrecklich leid. Kann ich Sie irgendwo absetzen?« Warum nicht? Es konnte kein großer Umweg für ihn sein. Wahrscheinlich mußte sie zu einem Büro ein paar Straßen weiter.

»Ja, gern. Danke. Es ist zu heiß zum Gehen.« Sie lächelte wieder und mühte sich mit dem Türgriff ab. Ian öffnete ihr von innen, und sie ließ sich in den Sitz fallen, wobei sie aber doch ihre zwiespältigen Gefühle zeigte. Und die waren echt!

»Wohin soll ich Sie bringen?«

Sie zögerte einen Moment. Dann lächelte sie. »Market and Tenth. Ist das ein großer Umweg für Sie?«

»Nein, nein, das geht schon. Ich bin nicht in Eile.« Aber die Adresse überraschte ihn. Es war eine merkwürdige Gegend, um dort zu arbeiten, und eine schlechte Wohngegend.

»Haben Sie sich den Tag freigenommen?« Sie sah ihn fragend an.

»Sozusagen. Ich arbeite zu Hause.« Für gewöhnlich war er nicht so gesprächig, aber in ihrer Gegenwart fühlte er sich unwohl, hatte das Gefühl, sprechen zu müssen. Sie benutzte ein schweres Parfüm, und ihr Rock war ein gutes Stück den Schenkel hinaufgerutscht. Ian war hungrig – aber nach Jessie. Und die war noch immer zehn Stunden weit fort.

»Was machen Sie?« Einen kurzen, seltsamen Augenblick lang hätte er am liebsten gesagt, er wäre ein Gigolo, der von seiner Frau ausgehalten wurde. Er dachte darüber nach und runzelte die Stirn.

»Ich bin Schriftsteller.« Die Antwort war knapp.

»Und das gefällt Ihnen nicht?«

»Ich liebe es. Warum fragen Sie?« Diesmal war er überrascht.

»So, wie Sie die Stirn gerunzelt und so finster geschaut haben. Sie sind ein hübscher Mann, wenn Sie lächeln.«

»Danke.«

»Sie fahren auch einen hübschen Wagen.« Sie hatte ihn genau angesehen. Das gutgeschnittene Hemd, die Schuhe von Gucci, keine Strümpfe. Sie wußte zwar nicht, daß sie von Gucci waren, aber sie hatte erkannt, daß sie teuer waren. »Was ist das? Ein MG?«

»Nein. Ein Morgan.« Und er gehört meiner Frau... die Worte blieben ihm in der Kehle stecken. »Was machen Sie?« Wie du mir, so ich dir.

»Im Augenblick bediene ich im Condor, aber ich wollte sehen, wie die Gegend da bei Tageslicht aussieht. Deshalb bin ich zum Essen hierher gekommen. Sind ganz andere Leute. Und um diese Tageszeit sind sie viel nüchterner als später, wenn sie dann zu uns kommen.«

Das Condor war nicht gerade für vornehme Kundschaft bekannt. Es war die Hochburg der ›Oben-ohne‹, und Ian vermutete, daß die Frau halbnackt bediente. Sie zuckte mit den Schultern, ihr Gesicht wurde weich, als sie lächelte. Sie sah fast wieder hübsch aus, aber irgendwo in ihren Augen lag Kummer. Eine Art Bedauern, fern und doch quälend. Sie warf ihm ein-, zweimal einen merkwürdigen Blick zu. Und wieder stellte Ian fest, daß er sich in ihrer Gegenwart unwohl fühlte.

»Wohnen Sie in Market and Tenth?« Er mußte einfach irgend etwas sagen.

»Ja. In einem Hotel. Und Sie?« Das war verdammt blöd zu beantworten. Was konnte er sagen? Aber sie kam ihm schon zuvor. »Lassen Sie mich raten. Pacific Heights?« Das Leuchten in ihren Augen war jetzt verschwunden, die Frage klang anklagend.

»Wie kommen Sie darauf?« Er gab sich Mühe, belustigt zu klingen und sie gespielt verletzt anzuschauen, aber es gelang ihm nicht. Er sah sie an, als sie im Verkehr der Montgomery Street halten mußten. Sie hätte Sekretärin sein können oder ein Mädchen, das ganz kleine Rollen im Film übernimmt. Sie sah nicht billig aus, nur müde und traurig.

»Süßer, du riechst nach Pacific Heights. Alles an dir verrät es.«

»Lassen Sie sich nicht von Düften in die Irre führen. Sie wissen ja, ›nicht alles, was glänzt...‹« Sie lachten ein wenig, und er spielte mit dem Choke, als sich der Verkehrsknäuel wieder auflöste. Er bog in die Straße ein.

»Verheiratet?«

Er nickte.

»Zu schade. Die Guten sind das immer.«

»Ist das ein Hindernis?« Es war albern, das zu sagen. Aber er war zu neugierig, um ernst zu sein, und der Alkohol forderte allmählich seinen Tribut.

»Manchmal stehe ich auf verheiratete Männer, manchmal nicht. Kommt auf den Mann an. In Ihrem Fall... wer weiß? Sie gefallen mir.«

»Ich fühle mich geschmeichelt. Sie sind eine gutaussehende Frau, wie Sie sich ausdrücken würden. Wie heißen Sie?«

»Margaret. Maggie.«

»Ein hübscher Name.« Wieder lächelte sie ihm zu. »Ist es das, Maggie?« Es war das einzige Hotel in der Straße, und es war alles andere als schön.

»Ja, hier ist es. *Home, sweet home.* Hübsch, was?« Sie versuchte, ihre Verlegenheit mit Keckheit zu überspielen, und er ertappte sich dabei, daß er Mitleid mit ihr hatte. Das Hotel sah düster und deprimierend aus.

»Haben Sie Lust auf einen Drink?«

Der Ausdruck ihrer Augen verriet ihm, daß sie verletzt wäre, wenn er nicht mitging. Außerdem war er sowieso nicht in der Verfassung, heimzukehren und zu arbeiten. Er mußte noch immer neuneinhalb Stunden totschlagen, ehe er zum Flughafen hinausfahren konnte. Aber er wußte auch, was geschehen könnte, wenn er Maggies Einladung annahm. Und das Jessie anzutun, an dem Tag, da sie heimkam, schien ihm ausgesprochen gemein. Er hatte es drei Wochen lang ausgehalten. Warum nicht noch einen Nachmittag länger?

Dieses Mädchen sah jedoch so einsam aus, so ungeliebt, und Gin und Sonne umnebelten sein Hirn. Er wußte, daß er nicht ins Haus zurückkehren wollte. Nichts darin gehörte ihm, nicht wirklich, abgesehen von den fünf Aktenordnern, die mit seinen geschriebenen Worten gefüllt waren, und der neuen Olivetti-Schreibmaschine, die Jessie ihm geschenkt hatte. Der König der Gigolos. Jessies Gemahl.

»Gern. Ich habe noch Zeit für einen Drink. Vorausgesetzt, es ist Kaffee. Was mache ich mit dem Wagen?«

»Den können Sie wohl vor dem Haus parken. Es ist eine weiße Zone, da werden Sie nicht abgeschleppt.«

Er parkte den Wagen vor dem Hotel, und Maggie betrachtete aufmerksam die Rückseite des Autos, als er in die Lücke fuhr. Das Nummernschild war leicht zu behalten. Da stand, was sie für seinen Namen hielt: Jessie.

Kapitel II

Jessica hörte, wie das Fahrwerk ausgefahren wurde und lächelte. Sie war angeschnallt, das Licht über ihr war ausgeschaltet, und sie fühlte, wie ihr Herz schneller schlug, als das Flugzeug ein letztesmal über der Landebahn kreiste. Deutlich konnte sie die Lichter unter sich sehen.

Sie warf einen Blick auf die Uhr. Sie kannte ihn so gut. In diesem Augenblick würde er in der Flughafen-Garage verzweifelt nach einem Platz für den Wagen Ausschau halten, voll Angst, er könnte zu spät kommen und sie am Tor verpassen. Dann würde er einen freien Platz finden und wie der Teufel zum Terminal rasen, würde keuchen und lächeln, fix und fertig mit den Nerven, wenn er sie erreichte. Aber er würde rechtzeitig kommen. Das tat er immer. So war die Heimkehr immer etwas ganz Besonderes.

Sie hatte das Gefühl, ein Jahr lang fort gewesen zu sein. Aber sie hatte wirklich gute Sachen eingekauft. Die Frühjahrsmode war reizend. Sanfte Pastelltöne, zarte Wolle, cremefarbene Tücher, Seidenblusen mit weiten Ärmeln und ein paar zauberhafte Wildlederstücke. Denen konnte sie nie widerstehen. Es würde ein toller Frühling werden in der Boutique. Die Ware, die sie bestellt hatte, traf voraussichtlich erst in drei, vier Monaten ein, aber schon jetzt war sie aufgeregt, wenn sie daran dachte. Sie sah noch alles vor sich, jedes einzelne Stück. Sie plante gern so weit voraus und wußte gern, was kommen wird. Sie liebte das Bewußtsein, daß sie ihr Leben hatte, ihre Arbeit, alles war genau vorgezeichnet. Manche Menschen fanden das vielleicht langweilig, aber Jessie beunruhigte es nicht.

Sie und Ian wollten im Oktober nach Carmel fahren. Das Erntedankfest sollte mit Freunden verbracht werden; Weihnachten vielleicht mit Skifahren am Lake Tahoe und gleich nach Neujahr ein kurzer Abstecher nach Mexiko, um ein bißchen Sonne zu tanken. Und dann würde langsam die Frühlingsmode eintreffen. Es war alles hervorragend geplant. Genau wie ihre Reisen, ihre Mahlzeiten, ihre Garderobe. Sie hatte alles, was nötig war, um Pläne zu schmieden – ein Geschäft, das gut ging, einen Ehemann, den sie liebte und auf den sie sich immer verlassen konnte, und zuverlässige Menschen um sich herum. Nur wenig war veränderlich und unvorhersehbar, und so gefiel es ihr. Sie fragte sich, ob sie deshalb nie ein Baby hatte haben wollen: Es wäre keine kalkulierbare Komponente. Etwas, das sie nicht vollständig verplanen konnte. Sie wußte nicht, wie es aussehen oder sich verhalten würde oder wann es genau geboren werden würde oder was sie machen würde, wenn es erst einmal auf der Welt wäre. Der Gedanke an ein Kind machte sie nervös. Und so, wie es war, war das Leben so sehr viel einfacher. Nur Jessie und Ian. Allein. So gab es auch keine Rivalen um Ians Zuneigung. Jessie wollte mit niemandem kämpfen, nicht um Ian. Er war alles, was sie jetzt noch hatte.

Die Räder berührten den Boden, sie schloß die Augen... Ian... sie hatte sich in den letzten Wochen nach ihm gesehnt. Die Tage waren zwar ausgefüllt gewesen, die Abende geschäftig, aber trotzdem rief sie ihn immer an, sobald sie im Hotel eingetroffen war. Aber sie konnte nicht einfach die Hand nach ihm ausstrecken und ihn berühren oder seine Arme um sich spüren. Sie konnte ihn nicht anlachen, ihn nicht an den Füßen kitzeln oder neben ihm unter der Dusche stehen, mit der Zunge die Wassertropfen zwischen seinen kleinen Sommersprossen auf dem Rücken auffangend. Sie streckte die langen Beine aus, während sie darauf wartete, daß das Flugzeug zum Stehen kam.

Es fiel ihr schwer, geduldig zu sein. Sie freute sich, daß die Reise vorüber war. Sie wollte hinausrennen und ihn sehen. Jetzt sofort. Es hatte nie andere Männer für sie gegeben. Es war schwer zu glauben, aber es stimmte. Sie hatte zwar daran gedacht, ein- oder zweimal, aber es hätte sich nie gelohnt. Ian war viel besser als alle anderen, in ihren Augen zumindest: aufregender, schlauer, netter und liebevoller. Ian verstand so gut, was sie brauchte, und er erfüllte so viele ihrer Bedürfnisse. In den sieben Jahren seit ihrer Hochzeit hatte sie den Kontakt zu den meisten ihrer engen Freundinnen aus New York verloren und diese Freundschaften in San Francisco nicht durch neue ersetzt. Sie brauchte keine Freundinnen mehr, keine Vertraute, keine ›beste Freundin‹. Sie hatte Ian. Er war ihr bester Freund, ihr Liebhaber, ja sogar ihr Bruder jetzt, da Jake tot war. Was machte es da schon, wenn Ian hier und da einen ›Flirt‹ hatte? Es kam nicht oft vor, und er war diskret. Es beunruhigte sie nicht. Männer waren nun einmal so, sie brauchten das. Und er belastete sie nicht damit, erzählte ihr nichts. Sie vermutete nur, daß es so war. Das war alles. Sie verstand ihn. Solange sie nicht gezwungen war, irgend etwas genau zu erfahren. Sie vermutete, und das war etwas ganz anderes, als etwas zu wissen.

Die Ehe ihrer Eltern war ähnlich gewesen, und sie waren jahrelang glücklich gewesen. Jessie hatte sie beobachtet und gelernt, über was man nicht sprach, womit man den anderen nicht verletzte, welche Dinge man nicht ausnutzte. Eine gute Ehe basierte auf Rücksicht, und manchmal war es einfach umsichtiger, den Mund zu halten und den anderen einfach tun zu lassen... Rücksicht und Liebe. Ihre Eltern waren jetzt tot; sie waren schon nicht mehr jung gewesen, als Jessie geboren wurde. Ihre Mutter war Ende Dreißig gewesen, ihr Vater knapp fünfundvierzig. Und Jessie war vier, als Jake geboren wurde. Nachdem die Eltern so spät geheiratet hatten, hatten sie sich mehr respektiert als die meisten anderen Paare. Sie versuchten nicht, den anderen zu ändern. Jessie hatte eine Menge von ihnen gelernt.

Aber jetzt waren sie alle nicht mehr am Leben. Drei Jahre war es nun schon her, fast auf den Tag genau. Ihre Eltern waren innerhalb weniger Monate hintereinander gestorben, Jake ein Jahr zuvor in Vietnam gefallen, er war Mitte Zwanzig. Jessica war die einzige, die noch lebte, aber sie hatte Ian. Gott sei Dank hatte sie Ian. Schauer liefen ihr über den Rücken, sie zitterte, wenn sie so an ihn dachte... was würde sie ohne Ian tun? Sterben... so, wie ihr Vater ohne ihre Mutter gestorben war... sterben... sie könnte einfach nicht ohne Ian leben. Er war ihr ein und alles jetzt. Er hielt sie fest, spät nachts, wenn sie Angst hatte. Er brachte sie zum Lachen, wenn irgend etwas sie zu tief berührte und traurig stimmte. Er erinnerte sich an die Augenblicke, die zählten, wußte, welche Dinge sie liebte, verstand ihre ganz eigene Sprache, lachte über ihre schlechtesten Witze. Er wußte Bescheid. Sie war seine Frau und sein kleines Mädchen. Genau das brauchte sie. Ian. Also, was machte es schon, wenn da gelegentlich kleine Affären waren, von denen sie eigentlich nichts wußte? Solange er nur da war, wenn sie ihn brauchte, wenn es wichtig war. Und das war bislang immer der Fall gewesen.

Sie hörte, wie die Türen aufglitten. Die Passagiere drängten sich im Gang. Der fünfstündige Flug war vorüber. Es war Zeit, heimzukehren. Jessie strich mit einer Hand ihre Hose glatt, während sie mit der anderen nach dem Mantel griff. Er war aus leuchtend orangefarbenem Wildleder, und sie trug ihn über beigefarbenen Wildlederhosen und einer bedruckten Seidenbluse in verschiedenen Braun- und Karameltönen. Die grünen Augen leuchteten in ihrem sonnengebräunten Gesicht, und ihr blondes Haar hing ihr dicht und offen über die Schultern. Ian liebte Orange an ihr, deshalb hatte sie den Mantel in New York gekauft. Sie lächelte vor sich hin, als sie sich vorstellte, wie gut er ihm gefallen würde – fast so gut wie der Blazer von Cardin, den sie ihm mitgebracht hatte. Es machte Spaß, Ian zu verwöhnen.

Drei Geschäftsmänner und eine Gruppe Frauen drängten sich vor ihr hinaus, aber sie war groß genug, um über die Köpfe der schwatzenden Frauen hinwegzusehen. Da stand er am Tor, sie winkte, als er breit grinste und zurückwinkte, und dann kam er schnell auf sie zu, bahnte sich sanft, aber entschieden seinen Weg durch die Menge. Dann erreichte er sie und nahm sie in die Arme.

»Wurde auch Zeit, daß du heimkommst... und so, wie du aussiehst, kannst du von Glück sagen, wenn ich dich nicht auf der Stelle vergewaltige.« Er sah so froh aus. Und dann küßte er sie. Sie war daheim.

»Nur zu. Vergewaltige mich. Ich fordere dich dazu heraus.« Aber sie standen da wie angewurzelt, sogen einander ein, drückten alles mit ihren Blicken aus. Jessie konnte ein Lächeln nicht unterdrücken, konnte ihre Hände nicht von seinem Gesicht nehmen. »Du fühlst dich so gut an.« Sie liebte die Weichheit der Haut, den frischen Geruch nach Zitrone, der von ihm ausging.

»Jessie, wenn du wüßtest, wie sehr ich dich vermißt habe...«

Sie nickte, sie wußte es, sie verstand. Sie hatte ihn mindestens genauso vermißt.

»Wie wird das Buch?«

»Ganz gut.« Sie redeten über die kleinen Banalitäten, sprachen wie Menschen, die sich besser kennen als nur gut. Sie brauchten nicht viele Worte. »Wirklich ganz gut.« Er hob ihren großen, braunen Lederkoffer auf. »Komm schon, sexy Lady, fahren wir nach Hause.« Sie hängte sich bei ihm ein, und mit großen, langen Schritten gingen sie nebeneinander her. Ihr Haar streifte seine Schulter, ihre Bewegungen ergänzten sich vorzüglich.

»Ich habe dir ein Geschenk mitgebracht.«

Er lächelte. Das tat sie immer.

»Wie ich sehe, hast du dir selbst auch eines gekauft. Das nenne ich mal einen Mantel!«

»Gefällt er dir? Oder ist er gräßlich? Ich hatte Angst, er wäre vielleicht ein wenig zu auffällig.« Die Farbe war wie verbrannter Karamel – fast schon flammendrot.

»An dir sieht er gut aus. Wie alles!«

»Jesus, du bist aber nett zu mir! Was hast du denn verbrochen? Den Wagen zusammengefahren?«

»Na, das ist aber reizend! Ich frage dich: sagt man so etwas? Ist das nett?«

»Und? Hast du?« Sie lachte und er ebenfalls.

»Nein, ich habe ihn gegen eine Honda eingetauscht. Ich dachte, du fährst vielleicht lieber Motorrad.«

»Eine hübsche Idee! Ich bin entzückt, Liebling. Aber nun komm schon, sag die Wahrheit. Ist es schlimm mit dem Wagen?«

»Schlimm? Hiermit erkläre ich, daß er nicht nur in vorzüglichem Zustand ist, sondern auch noch sauber. Und das war er nicht, als du abgereist bist! Der arme kleine Kerl war dreckig!«

»Ja, ich weiß.« Sie ließ den Kopf hängen, und er grinste.

»Es ist eine Schande, Mrs. Clarke, aber ich liebe Sie.« Er küßte sie auf die Nasenspitze, und sie schlang die Arme um seinen Nacken.

»Weißt du was?«

»Wie oft darf ich raten?«

»Einmal.«

»Du liebst mich?«

»Du hast es erraten!« Sie kicherte und küßte seinen Nacken.

»Was bekomme ich als Belohnung dafür, daß ich es erraten habe?«

»Mich.«

»Toll. Ich nehme den Preis an.«

»Mensch, bin ich froh, wieder zu Hause zu sein.« Sie seufzte leise und schmiegte sich in seine Arme, während sie auf ihre Koffer warteten. Er konnte die Erleichterung in ihren Augen sehen. Sie verabscheute, zu verreisen, haßte das Fliegen, hatte Angst zu sterben, fürchtete, er könnte bei einem Verkehrsunfall ums Leben kommen, während sie fort war. So war es immer, seit ihre Eltern und ihr Bruder... so viele schreckliche Erlebnisse. Nicht, daß sie eines gewaltsamen Todes gestorben wären, ihre Mutter war einfach alt gewesen – alt genug –, achtundsechzig. Und ihr Vater war Mitte Siebzig, als er ein knappes Jahr später an gebrochenem Herzen starb. Jessie war auf diesen doppelten Schlag nicht vorbereitet gewesen, und es war unglaublich, was aus ihr geworden war. Vom Tod ihres Bruders hatte sie sich nie völlig erholt, aber nachdem ihre Eltern... Manchmal fragte sich Ian, ob sie daran zerbrechen würde. Die Schrekken, die Hysterie, die Alpträume. Sie fühlte sich so allein, hatte solche Angst. Bisweilen war sie wie eine Fremde für ihn, und er hatte das Gefühl, sie überhaupt nicht zu kennen. Sie war plötzlich so abhängig von ihm, gar nicht mehr wie die alte Jessie. Und es schien fast, als wollte sie sichergehen, daß er genauso abhängig von ihr sein würde... Damals hatte sie ihn überredet, seine Stelle aufzugeben und sich ganz der Schriftstellerei zu widmen. Sie konnte es sich leisten, aber in gewisser Weise war er sich nicht sicher, ob er es konnte. Trotzdem, es paßte ihnen beiden so – meistens. Und Jessie fühlte sich wohler, weil sie ihn unterstützen konnte. Er war wirklich alles, was ihr geblieben war.

Wieder sah sie zu ihm auf und lächelte.

»Warte nur, bis ich dich zu Hause habe, Mrs. Clarke.«

»Wüstling.«

»Ja. Und das gefällt dir.«

»Stimmt. Ich liebe es.«

Die Menschen beobachteten sie, aber sie merkten es nicht. Sie waren immer ein hübscher Anblick, etwas, worüber die anderen lächeln konnten, was in ihnen ein gutes Gefühl hervorrief, was in ihnen Wünsche aufkommen ließ. Und auch etwas, was ihnen Spaß machte. Zwei schöne Menschen, die alles hatten. Für gewöhnlich erweckte das eine interessante Mischung von Gefühlen in jenen, die sie beobachteten.

Sie gingen in die Garage, um den Morgan abzuholen, und Jessie grinste vor Stolz, als sie ihn sah.

»Himmel, sieht der gut aus. Was hast du mit dem gemacht?«

»Ihn waschen lassen. Solltest du auch gelegentlich probieren. Das Ergebnis wird dir gefallen.«

»Ach, halt den Mund.« Sie holte spielerisch aus und schlug nach ihm, aber er duckte sich und hielt ihren Arm fest, sie lachte.

»Ehe du mich niederschlägst, Amazone, steig lieber ins Auto.« Er klatschte auf ihr Hinterteil und schloß die Tür auf.

»Nenn mich bloß nicht Amazone, du unglücklicher Wurm! Weiberheld!«

»Weiberheld? Hast du mich einen Weiberhelden genannt?« Er sah entsetzt aus und ging zu ihr zurück. »Lady, wie könnt Ihr es wagen, mich so zu bezeichnen?« Damit hob er sie hoch und setzte sie auf den Beifahrersitz. »So! Und seid versichert, daß das keine kleine Sache ist bei einem Weib Eurer Größe!«

»Ian, du bist unmöglich.« Aber er wußte, daß sie nicht empfindlich war, wenn es um ihre Größe ging. Sie mochten es beide so. »Außerdem glaube ich, daß ich schrumpfe.«

»Oh? Nur noch einsfünfundachtzig, was?« Er kicherte, als er ihre Taschen am Gepäckträger befestigte. Er fuhr noch immer mit offenem Verdeck, und sie beobachtete ihn lächelnd.

»Geh zum Teufel. Du weißt ganz genau, daß ich bloß einsneunundsiebzig bin. Aber ich habe mich neulich gemessen, und da war ich bloß noch einsachtundsiebzig.«

»Du mußt gesessen haben.«

Er glitt neben ihr auf den Sitz und wandte sich ihr zu, um ihr in die Augen zu sehen. »Hallo, Mrs. Clarke. Willkommen daheim.«

»Hallo, mein Liebling. Es ist so schön, wieder da zu sein.« Sie lächelten sich lange zu, bevor er den Wagen anließ; Jessie schlüpfte aus dem neuen Mantel und krempelte die Ärmel ihrer Bluse auf. »War es heute heiß hier? Es kommt mir immer noch warm vor.«

»Es war herrlich, sonnig und kochendheiß. Und wenn es morgen auch nur annähernd so schön ist, rufst du in der Boutique an und sagst, daß du in Chicago eingeschneit bist. Dann fahren wir an den Strand.«

»Eingeschneit, im September? Du bist ja verrückt. Außerdem kann ich so etwas wirklich nicht machen, Liebling.« Aber die Idee gefiel ihr, und das wußte er.

»Und ob du das kannst. Ich entführe dich, wenn es sein muß.«

»Vielleicht könnte ich später hingehen.«

»Aha, du fängst an zu verstehen.« Er lächelte siegesbewußt, als er den Choke zog.

»War es heute wirklich so schön?«

»Noch schöner. Und es wäre noch besser gewesen, wenn du dagewesen wärst. Ich war zum Essen bei Enrico, aber den ganzen Tag lang wußte ich nicht, was ich mit mir anfangen sollte.«

»Ich bin überzeugt, du hast irgend etwas gefunden.« Aber in ihrem Ton lag keine Bosheit, und ihr Gesicht blieb ausdruckslos.

»Nee. Nicht viel.«

Kapitel III

»Jessie, du bist ohne Zweifel die schönste Frau, die ich kenne.«

»Das beruht vollkommen auf Gegenseitigkeit.« Sie lag auf dem Bauch und lächelte zu ihm auf. Der Geruch ihrer Körper hing schwer in der Luft, ihr Haar war zerzaust. Sie waren noch nicht lange wach. Nur lange genug, um sich geliebt zu haben.

»Das kann nicht auf Gegenseitigkeit beruhen, Dummkopf. Ich bin doch keine schöne Frau.«

»Nein, aber ein prachtvoller Mann.«

»Und du bist schrecklich sentimental. Du mußt mit einem Schriftsteller leben.« Wieder lächelte sie, und sanft fuhr er mit einem Finger ihr Rückgrat hoch.

»Du bekommst Schwierigkeiten, wenn du das machst, Lieber.« Sie zog an der Zigarette, die sie sich teilten, und blies den Rauch über seinen Kopf, ehe sie sich aufsetzte und ihm noch einen Kuß gab.

»Wann fahren wir an den Strand, Jessie, Liebling?«

»Wer sagt denn, daß wir an den Strand fahren? Himmel, ich muß ins Geschäft, Schatz. Ich war drei Wochen nicht da.«

»Dann kommt es auf einen Tag mehr oder weniger doch auch nicht an. Du hast mir versprochen, heute mit mir an den Strand zu gehen.« Er sah aus wie ein kleiner, schmollender Junge.

»Habe ich nicht.«

»Doch hast du das. Nun ja, jedenfalls beinahe. Ich habe dir erklärt, daß ich dich entführen würde, und die Vorstellung schien dir zu gefallen.« Sie lachte und fuhr ihm mit der Hand durchs Haar. Er war unmöglich. Ein großer Junge. Aber was für ein schöner Junge. Sie konnte ihm niemals widerstehen.

»Weißt du was?«

»Was denn?« Er schien erfreut, als er in ihr Gesicht sah. Sie war schön am Morgen.

»Du bist ein Quälgeist. Ich muß arbeiten. Wie kann ich da an den Strand fahren?«

»Ganz einfach. Ruf die Mädchen an und sag ihnen, daß du erst morgen kommen kannst, und dann fahren wir. So. Mein Gott, wie kannst du einen solchen Tag vergeuden?«

»Indem ich unseren Lebensunterhalt verdiene.«

Das waren die Bemerkungen, die er gar nicht liebte. Sie machten klar, daß er nichts verdiente.

»Wie wär's, wenn ich heute morgen hingehe und früher aufhöre?«

»Ja, und die Boutique gerade dann verläßt, wenn die Leute hereinströmen. Jessica, du bist unmöglich.« Aber sie war schon auf dem Weg, Kaffee zu machen, und antwortete ihm über die Schulter, als sie nackt in die Küche schlenderte.

»Ich verspreche dir, ich verlasse das Geschäft um ein Uhr. Na, wie klingt das?«

»Besser als nichts. Himmel, ich bin verliebt in deinen Hintern. Und du hast abgenommen.« Sie lächelte und warf ihm eine Kußhand zu.

»Ein Uhr, versprochen. Wir können dann hier zu Mittag essen.«

»Heißt das, was ich glaube, daß es heißt?« Er lächelte wieder, und sie nickte. »Dann hole ich dich um halb eins ab.«

»Abgemacht.«

Lady J befand sich im Erdgeschoß eines gepflegten viktorianischen Hauses an der Union Street. Das Haus war gelb gestrichen, mit weißen Mustern, und auf einem kleinen Messingschild stand LADY J. Jessie hatte ein großes Schaufenster einsetzen lassen, das sie selbst zweimal im Monat dekorierte. Es war schlicht und einprägsam, und als sie mit dem Morgan in die Auffahrt einbog, schaute sie auf, um zu sehen, wie es in ihrer Abwesenheit dekoriert worden war. Ein brauner Tweedrock, eine kamelhaarfarbene Bluse, ein Strickhut, eine kleine Fuchsjacke, die über einem mit grünem Samt gepolsterten Stuhl hing. Es sah verdammt hübsch aus und gerade richtig für den Herbst... wenn auch nicht gerade für den Altweibersommer. Aber das war unwichtig. Niemand kaufte etwas für den Altweibersommer. Man kaufte für den Herbst.

Die Kleider, die sie in New York bestellt hatte, tauchten vor ihrem inneren Auge auf, als sie ihre Aktentasche aus dem Wagen nahm und die wenigen Stufen zur Tür hinaufsprang. Sie war schon auf. Die Mädchen hatten gewußt, daß sie früh kommen würde.

»He, wen haben wir denn da? Zina! Jessie ist hier!« Ein winziges orientalisches Mädchen mit feinen Gesichtszügen klatschte in die Hände und sprang auf die Füße, lief mit einem Ausdruck des Entzükkens auf Jessie zu. »Du siehst phantastisch aus!« Die beiden gaben einen atemberaubenden Anblick ab. Jessies helle, schlaksige Schönheit bildete einen scharfen Kontrast zu der Zierlichkeit und Anmut der Japanerin. Ihr Haar glänzte schwarz und hing dicht und gutgeschnitten bis zu ihrer Kinnspitze.

»Kat! Du hast dein Haar schneiden lassen!« Jessie war einen Augenblick lang entsetzt. Knapp einen Monat war es her, da reichte das Haar dem Mädchen noch bis zur Taille – wenn sie es nicht hoch auf dem Kopf zu einem festen Knoten gedreht hatte. Ihr Name war Katsuko, was soviel bedeutet wie Frieden.

»Ich hatte es satt, es immer aufgesteckt zu tragen. Wie gefällt es dir?« Auf einem Fuß vollführte sie geschickt eine Pirouette, wobei ihr Haar um den Kopf schwang, und sie lächelte. Sie war schwarz gekleidet, wie so oft, und die Farbe unterstrich noch ihre katzenhafte Geschmeidigkeit. Die war es auch, die ihr den Spitznamen eingebracht hatte, bei dem Jessie sie rief.

»Gut. Es ist sehr chic.« Sie lächelten einander zu, wurden jedoch gleich darauf von einem Freudenschrei unterbrochen.

»Halleluja! Du bist wieder da!« Das war Zina. Kastanienbraunes Haar, braune Augen, sinnlich, eine Südstaatlerin. Sie hatte einen enormen Busen, während die beiden anderen Mädchen elegant und schmal waren. Zinas Mund verriet, daß sie Lachen und Männer liebte. Ihr Haar tanzte dicht um ihren Kopf, wie ein kleiner Heiligenschein aus Locken, und sie hatte tolle, aufregende Beine. Die Männer schmolzen dahin, wenn sie sich bewegte, und sie liebte es zu scherzen. »Hast du gesehen, was Kat mit ihrem Haar gemacht hat? Ich hätte ein Jahr lang geheult.« Sie lächelte, ließ jedes einzelne Wort zu einer Liebkosung werden. »Wie war's in New York?«

»Herrlich, wunderbar, schrecklich, häßlich und heiß. Und wartet nur, bis ihr seht, was ich gekauft habe!«

»Welche Farben?« Für ein Mädchen, das fast nur Weiß und Schwarz trug, hatte Kat eine Vorliebe für kräftige Farben. Sie wußte, wie man sie kaufte, mischte, gegeneinander ausspielte, sie verschmelzen ließ. Alles, nur nicht, wie man sie trug.

»Alles Pastelltöne, und so schön – ihr werdet tot umfallen.« Jessica schritt über den dichten, beigefarbenen Teppich von Lady J. Es war ein gutes Gefühl, wieder im eigenen Reich zu sein. »Wer hat das Fenster dekoriert? Es sieht toll aus.«

»Zina.« Kat war immer schnell bereit, das Lob ihrer Freundin zukommen zu lassen. »Ist das nicht ein hübscher Kontrast mit dem grünen Stuhl darin?«

»Prachtvoll. Wie ich sehe, hat sich sonst hier nichts geändert. Ihr beiden seid immer noch wie siamesische Zwillinge. Haben wir Geld eingenommen, während ich fort war?« Sie setzte sich in ihren Lieblingssessel aus beigem Leder, der so tief war, daß er Platz genug für ihre langen Beine bot. Es war der Sessel, in dem für gewöhnlich die Männer saßen, wenn sie auf ihre Frauen warten mußten.

»Wir haben Unmengen von Geld verdient. Wenigstens in den beiden ersten Wochen. Diese Woche war der Umsatz nicht so gut. Das Wetter war zu schön«, berichtete Kat. Ihre letzten Worte erinnerten Jessie daran, daß ihr nur noch vier Stunden zum Arbeiten blieben, ehe Ian kommen würde, um sie zum Strand zu fahren.

Zina reichte ihr eine Tasse mit schwarzem Kaffee, während sie sich umschaute. Was sie sah, war die Herbstmode, die sie fünf Monate zuvor zum größten Teil in Europa gekauft hatte. Vor der in Beige- und Brauntönen gehaltenen Einrichtung der Boutique hob sie sich gut ab. Zwei Wände waren verspiegelt, und in jeder Ecke befand sich ein Miniaturdschungel aus Grünpflanzen. Weitere Pflanzen hingen von der Decke, die indirekt beleuchtet wurde.

»Wie laufen die dänischen Sachen?« Die Dänen hatten eine Vorliebe für Rot entwickelt – Röcke, Pullover, drei verschiedene Arten von Jakken und ein wunderschöner Cape-Mantel in einem tiefen Kirschrot. Auf seine Art ließ er eine Frau sich ebenso exotisch und sexy fühlen, wie es ein Pelz getan haben würde. Es war ein herrlicher Mantel. Jessie hatte auch einen für sich selbst bestellt.

»Die dänischen Sachen gehen gut«, erwiderte Zina in ihrem schleppenden Tonfall. »Was macht Ian? Wir haben ihn seit Wochen nicht gesehen.« Er war nur einmal aufgetaucht, um einen Scheck einzulösen, am Tag nach Jessies Abreise.

»Er arbeitet an seinem neuen Buch.« Zina lächelte herzlich und nickte. Sie mochte ihn. Kat war sich nie so sicher. Sie half bei der Buchführung, und daher wußte sie, wieviel von Jessicas Gewinn er ausgab. Aber Zina war schon viel länger im Geschäft, sie hatte Ian kennen- und schätzengelernt. Kat war noch neu, hatte die Sprödigkeit nicht abgelegt, die man in New York annehmen mußte. Sie war dort Einkäuferin von Sportmode gewesen, bis sie den ständigen Druck leid war und beschlossen hatte, nach San Francisco zu ziehen. Eine Woche nach ihrer Ankunft hatte sie bereits die Stelle bei Lady J angetreten, und sie war genauso glücklich, dort zu sein, wie Jessie glücklich war, sie zu haben. Sie kannte das Geschäft. Von Grund auf.

Die drei Frauen verbrachten eine halbe Stunde damit, sich beim Kaffee zu unterhalten. In dieser Zeit zeigte Katsuko Jessie auch ein paar Zeitungsausschnitte, in denen die Boutique erwähnt worden war. Sie hatten zwei neue Kunden, die praktisch alles aufgekauft hatten. Anschließend unterhielten sie sich über die neuen Sachen, die Jessie eingekauft hatte. Ehe sie im Oktober nach Carmel fuhr, wollte sie noch eine Modenschau geben. Kat sollte sie schon mal vorbereiten.

Ihre Anwesenheit erweckte das Geschäft zu neuem Leben, und gemeinsam waren die drei ein starkes Team. Alle drei hatten etwas zu bieten. Das zeigte sich daran, daß das Geschäft nicht unter Jessies Abwesenheit gelitten hatte. Das hätte sie sich auch nicht leisten können und genausowenig toleriert. Das wußten die beiden anderen Mädchen, und sie liebten ihre Stelle. Sie wurden gut bezahlt, erhielten wunderbare Kleider zu herabgesetzten Preisen, und Jessie war eine vernünftige Frau, mit der man gut arbeiten konnte – das war selten. Kat hatte nacheinander für drei zickige Ladenbesitzerinnen in New York gearbeitet, und Zina war einer langen Reihe ekelhafter Knaben entflohen, die sie zum Maschineschreiben, Diktat aufnehmen und fürs Bett haben wollten, nicht unbedingt in dieser Reihenfolge. Jessica erwartete Überstunden und harte Arbeit, machte bei sich aber keine Ausnahme, verlangte oft sogar von sich persönlich noch mehr. Sie hatte aus Lady J einen Erfolg gemacht, und sie erwartete von ihren Mitarbeiterinnen, daß sie ihr dabei halfen, daß der Laden erfolgreich blieb. Es war keine schwierige Aufgabe. In jeder Saison verlieh sie dem Geschäft neues Leben, und ihre Kundschaft mochte sie. Lady J war so fest wie ein Fels. Genau wie Jessica selbst und alles um sie her.

»Und jetzt, ihr beiden, wühle ich mich wohl besser mal durch meinen Posthaufen. Wie groß ist er?«

»Nicht sehr schlimm. Zina hat das Übliche beantwortet. Die ganzen Briefe von Frauen aus Texas, die im März hiergewesen sind und sich fragen, ob der kleine, gelbe Rollkragenpulli noch immer zu haben ist. Diese Sachen... du weißt schon... hat sie alles erledigt.«

»Zina, du bist ein Schatz.«

»Zu Ihren Diensten.« Sie versank in einem tiefen Knicks, und das leuchtendgrüne, knappe Oberteil, das sie zu der weißen langen

Hose trug, wippte unter dem Gewicht ihrer Brüste. Aber die beiden anderen hatten schon vor langer Zeit aufgehört, sie damit zu necken. Jede war zufrieden mit sich selbst, und alle drei hatten guten Grund dazu.

Jessie schlenderte in ihr kleines Büro, das sich hinten im Geschäft befand, drei Stufen höher gelegen. Erfreut sah sie sich um. Ihre Pflanzen gediehen, ihre Post war säuberlich sortiert und gestapelt worden, die Rechnungen bezahlt. Auf einen Blick sah sie, daß alles in Ordnung war. Alles, was sie jetzt noch zu tun hatte, war, die Briefe durchzusehen. Sie war zur Hälfte damit fertig, als Zina mit überraschtem Gesicht in der Tür erschien.

»Da ist ein Mann, der dich sprechen möchte, Jessie. Er sagt, es sei dringend.« Sie sah fast besorgt aus. Er war keiner ihrer üblichen Kunden, und er war nicht gekommen, um etwas zu kaufen.

»Um mich zu sprechen? Was will er denn?«

»Das hat er nicht gesagt. Aber er hat mich gebeten, dir diese Karte zu geben.« Zina streckte ihr das kleine Rechteck aus steifem, weißem Papier entgegen, und Jessie blickte ihr in die Augen.

»Irgendwas nicht in Ordnung?« Zina zeigte mit einem Achselzucken ihre Unwissenheit, und Jessie las den Namen: »William Houghton, Inspector. San Francisco Police.« Sie begriff nichts und wandte den Blick hilfesuchend wieder Zina zu. »Ist irgend etwas geschehen, während ich fort war? Sind wir beraubt worden?« Himmel, wäre das nicht typisch für die beiden, sie nicht aufregen zu wollen? Lieber erst warten und es ihr ein, zwei Stunden später erzählen!

»Nein, Jessie. Ehrlich. Hier ist nichts passiert. Ich habe keine Ahnung, um was es geht.« Ihr schleppender Tonfall klang kindisch, wenn Zina sich Sorgen machte.

»Ich auch nicht. Warum bringst du ihn nicht einfach herein? Besser, ich rede mit ihm.«

William Houghton erschien. Er folgte Zina recht interessiert. Die enge, weiße Hose über den schmalen Hüften stand im scharfen Kontrast zu der Fülle, die das knappe Oberteil beinhaltete. Der Inspektor sah hungrig aus.

»Inspektor Houghton?« Jessie richtete sich zu ihrer vollen Größe auf, und Houghton schien beeindruckt. Die drei waren wirklich eine interessante Gruppe. Auch Katsuko war seinem durchdringenden Blick nicht entgangen. »Ich bin Jessica Clarke.«

»Ich würde gern kurz unter vier Augen mit Ihnen sprechen, wenn das möglich ist.«

»Aber natürlich. Darf ich Ihnen eine Tasse Kaffee anbieten?« Die Tür schloß sich hinter Zina, und er schüttelte den Kopf, als Jessie auf einen Stuhl in der Nähe ihres Schreibtisches wies und sich dann selbst zurücksetzte. Sie drehte sich herum, um ihn ansehen zu können. »Was kann ich für Sie tun, Inspektor? Miss Nelson sagte, es wäre dringend.«

»Ja, ist es. Ist das Ihr Morgan da draußen?« Jessie nickte, fühlte sich unter seinem scharfen Blick unwohl. Sie fragte sich, ob Ian wieder einmal vergessen hatte, seine Strafmandate zu bezahlen. Schon einmal hatte sie ihn deshalb aus dem Gefängnis holen müssen, wegen einer Strafe von zweihundert Dollar. In San Francisco zögerten sie nicht lange. Man bezahlte seine Mandate, oder man wurde ins Gefängnis gesteckt.

»Ja, das ist mein Wagen. Mein Name steht auf den Nummernschildern.« Sie lächelte freundlich und hoffte, daß ihre Hand nicht zitterte, während sie sich eine neue Zigarette ansteckte. Es war absurd. Sie hatte nichts verbrochen, aber irgend etwas ging von diesem Mann, von dem Wort ›Police‹ auf der Karte aus, das in ihr sofort ein schlechtes Gewissen erzeugte. Panik. Entsetzen.

»Sind Sie gestern damit gefahren?«

»Nein, ich war geschäftlich in New York. Ich bin erst gestern abend wiedergekommen.« Als ob sie beweisen müßte, daß sie nicht in der Stadt gewesen war, und noch dazu aus einem guten Grund! Das war ja verrückt. Wenn bloß Ian hier gewesen wäre. Er wurde mit diesen Dingen so viel besser fertig als sie.

»Wer fährt den Wagen sonst noch?« Nicht, ›fährt sonst noch jemand den Wagen?‹, sondern ›wer fährt?‹.

»Mein Mann.« Irgend etwas legte sich schwer auf ihren Magen, als sie Ian erwähnte.

»Ist er gestern damit gefahren?« Inspektor Houghton zündete sich selbst eine Zigarette an und musterte sie, als wollte er sie abschätzen.

»Ich weiß es nicht sicher. Er hat seinen eigenen Wagen, aber er fuhr meinen, als er mich vom Flughafen abholte. Ich könnte ihn ja anrufen und fragen.« Houghton nickte, und Jessica wartete.

»Wer fährt den Wagen sonst noch? Ein Bruder? Ein Freund? Geliebter?« Seine Blicke bohrten sich in ihre Augen bei diesem letzten Wort, und sie wurde wütend.

»Ich bin eine verheiratete Frau, Inspektor. Und sonst wird der Wagen von niemandem gefahren. Nur von meinem Mann und mir.« Sie hatte diesen Punkt klargestellt, aber etwas in Houghtons Gesicht verriet ihr, daß das kein Sieg war.

»Der Wagen ist auf Ihr Geschäft zugelassen? Jedenfalls ist die registrierte Anschrift die Adresse dieses Ladens.« Laden! Boutique, du Arschloch, Boutique! »Ich nehme an, das Geschäft gehört Ihnen?«

»Richtig. Inspektor, was hat das alles zu bedeuten?« Sie blies langsam den Rauch aus und sah ihm nach, während ihre Hand leicht zitterte. Irgend etwas stimmte hier nicht.

»Ich würde gern mit Ihrem Mann sprechen. Würden Sie mir bitte die Adresse seines Büros geben?« Er zückte Block und Bleistift und wartete.

»Geht es um Strafzettel für falsches Parken? Ich weiß, daß mein Mann... nun ja, er ist sehr vergeßlich.« Sie lächelte Houghton zuliebe, aber es berührte ihn nicht.

»Nein, hier geht es nicht um Strafzettel. Wie lautet also die Anschrift?« Seine Augen waren kalt wie Eis.

»Er arbeitet daheim. Nur sechs Straßen von hier. Vallejo.« Sie wollte anbieten, ihn zu begleiten, aber sie wagte es nicht. Sie schrieb die Adresse auf eine ihrer eigenen Karten und reichte sie ihm.

»Danke. Sie hören von mir.« Aber worüber, zum Teufel? Sie wollte es wissen. Aber er stand schon auf und ging zur Tür.

»Inspektor, es wäre nett, wenn Sie mir sagen würden, was das alles zu bedeuten hat. Ich...« Wieder warf er ihr einen merkwürdigen Blick zu, ein suchender Ausdruck stand in seinen Augen, sie stellten Fragen, aber beantworteten sie nicht.

»Mrs. Clarke, ich bin mir selbst noch nicht ganz sicher. Wenn ich es bin, lasse ich es Sie wissen.«

»Danke.« Danke? Danke wofür? Mist.

Er war schon fort, und als sie in den Verkaufsraum der Boutique zurückkam, sah sie ihn in einen olivgrünen Sedan steigen und davonfahren. Ein zweiter Mann saß am Steuer. Sie waren immer zu zweit unterwegs. Die Antenne hinten am Wagen schwankte wild, als sie in Richtung Vallejo davonrasten.

»Was hat das alles zu bedeuten?« Katsukos Gesicht war ernst, und Zina sah betrübt aus.

»Ich wünschte, ich wüßte es, zum Teufel. Er hat mich bloß gefragt, wer den Wagen fährt, und dann wollte er mit Ian sprechen. Verdammt noch mal, ich wette, er hat seine Strafzettel mal wieder nicht bezahlt.« Aber eigentlich sah es nicht danach aus, und Houghton hatte erklärt, daß es sich nicht darum handelte – oder doch? Himmel, das war vielleicht ein Willkommen daheim.

Sie ging in ihr Büro zurück und wählte ihre Privatnummer. Besetzt. Und dann marschierte Trish Barclay ins Geschäft, und Jessie hatte mit der Felljacke aus dem Fenster zu tun, die Trish kaufte. Sie gehörte zu Jessies besseren Kundinnen, und Jessie mußte den Schein wahren, zumindest für eine Weile. Erst fünfundzwanzig Minuten später konnte sie zum Telefon zurückkehren, um Ian anzurufen. Diesmal wurde nicht abgenommen.

Es war lächerlich! Er mußte da sein. Er war ja dagewesen, als sie ins Geschäft gefahren war. Und die Leitung war besetzt gewesen, als sie das erstemal angerufen hatte... die Polizisten waren auf dem Weg zu ihm gewesen. Himmel, vielleicht war es ernst. Vielleicht hatte er einen Unfall mit dem Wagen gehabt und es ihr nicht erzählt. Vielleicht war jemand verletzt worden. Aber irgend etwas hätte er bestimmt gesagt. Ian würde so etwas nicht einfach geschehen lassen, ohne ihr etwas zu sagen. Sie ließ das Telefon endlos klingeln, aber niemand nahm ab. Vielleicht war er schon auf dem Weg zu ihr. Es war kurz nach elf.

Doch dann wollte Nick Morris etwas ›Fabelhaftes‹ für seine Frau zum Geburtstag kaufen. Er hatte ihn vergessen, und bis Mittag mußte er Geschenke für mindestens vierhundert Dollar haben. Seine Frau war eine alte Ziege und das nicht wert, aber Jessie half ihm trotzdem. Sie mochte Nick, und noch ehe er das Geschäft unter einer Last aus leuchtenden braun-gelben Tüten und Schachteln verließ, trat Barbara Fuller durch die Tür und dann Holly Jenkins und Joan Wilcox und... plötzlich war es Mittag. Und sie hatte noch nichts von Ian gehört. Wieder versuchte sie ihn anzurufen, langsam geriet sie in Panik. Keine Antwort. Vielleicht war er diesmal tatsächlich auf dem Weg zu ihr. Er hatte gesagt, er würde sie um halb eins abholen.

Um ein Uhr war er noch immer nicht aufgetaucht, und sie war den Tränen nahe. Es war ein entsetzlicher Morgen gewesen. Menschen, Streß, Lieferungen, Probleme. Willkommen daheim. Und kein Ian. Und Houghton, der sie mit seinen mysteriösen Fragen über das Auto ganz nervös gemacht hatte. Sie suchte Zuflucht in ihrem Büro, als Zina zum Essen ging. Sie mußte einfach eine Minute allein sein, um nachzudenken, um Luft zu holen, den Mut zu sammeln, um zu tun, was sie nicht tun wollte. Aber sie mußte es einfach wissen. Schließlich wäre das der einfachste Weg, es herauszufinden. Zum Teufel, sie mußte doch nichts weiter tun als da anrufen, fragen, ob ein Ian Powers Clarke dort ist und dann einen Seufzer der Erleichterung ausstoßen, wenn sie das verneinten. Oder aber ihr Scheckheft schnappen und hinrasen, um ihn auszulösen, wenn er wieder mal wegen eines Verstoßes gegen das Parkgesetz im Knast saß. Keine große Affäre. Aber sie brauchte doch noch einen Schluck Kaffee und eine weitere Zigarette, ehe sie sich überwinden konnte, nach dem Telefon zu greifen.

Von der Auskunft erhielt sie die Nummer. Hall of Justice, Gerichtsgebäude, Städtisches Gefängnis. Das war lächerlich. Sie kam sich närrisch vor und grinste, als sie daran dachte, was Ian sagen würde, wenn sie gerade in dem Augenblick im Gefängnis anrief, in dem er hereinspazierte. Er würde sich noch nach einer Woche darüber lustig machen.

Eine Stimme bellte vom anderen Ende in ihr Ohr. »Städtisches Gefängnis, Palmer.« Jesus, was nun? Okay, du hast angerufen, jetzt frag den Mann auch, du Dummkopf.

»Ich... ich wollte mich erkundigen, ob Sie einen... einen Mr. Ian Clarke, Ian Powers Clarke, da drüben haben, Sergeant. Wegen Verstoßes gegen die Parkgesetze.«

»Wie schreibt er sich?« Der Beamte war nicht belustigt. Verstoß gegen das Parkgesetz war eine ernste Sache.

»Clarke. Mit ›E‹ am Ende. Ian. I-A-N C-L-A-R-K-E.« Sie zog noch einmal an ihrer Zigarette, während sie wartete, und Katsuko steckte den Kopf durch die Tür, um wegen der Mittagspause zu fragen. Jessica schüttelte nur heftig den Kopf und bedeutete ihr, die Tür zu schließen. Ihre Nerven hatten schon Stunden vorher begonnen, sich zu straffen, und waren jetzt zum Zerreißen gespannt. Alles hatte mit der Ankunft von Inspektor Houghton angefangen.

Nach einer schier endlosen Pause ertönte die Stimme wieder am anderen Ende.

»Clarke. Ja. Den haben wir.« Nun, Pech. Jessica seufzte erleichtert. Es war unschön, aber nicht das Ende der Welt. Und wenigstens wußte sie jetzt Bescheid und konnte ihn in einer halben Stunde draußen haben. Sie fragte sich, wie viele Strafzettel er wohl diesmal nicht bezahlt hatte. Aber diesmal sollte er ihr nicht so leicht davonkommen. Er hatte sie zu Tode geängstigt. Und genau das hatte Houghton wahrscheinlich bezweckt, denn er hatte ja auch nicht zugeben wollen, daß es sich um Parkvergehen handelte. Bastard.

»Wir haben ihn vor einer Stunde eingesperrt. Sie verhören ihn gerade.«

»Wegen eines Parkvergehens?« Lächerlich. Genug war genug. Und Jessica hatte schon mehr als genug.

»Nein, Lady. Nicht wegen eines Parkvergehens. Wegen einer Anklage von Vergewaltigung in drei Fällen und einer Anklage wegen Mißhandlung und Körperverletzung.« Jessie hatte das Gefühl, die Decke würde ihr auf den Kopf fallen, während die Wände gleichzeitig die Luft aus ihren Lungen preßten.

»Was?«

»Vergewaltigung in drei Fällen. Eine Anklage wegen Körperverletzung.«

»Mein Gott. Kann ich mit ihm sprechen?« Ihre Hände zitterten so sehr, daß sie beide brauchte, um den Hörer zu halten, und sie fühlte, wie sich ihr der Magen umdrehte.

»Nein. Er kann mit seinem Anwalt sprechen, und Sie können ihn morgen besuchen. Zwischen elf und zwei Uhr. Eine Kaution ist noch nicht festgelegt. Die Anklageverlesung findet am Donnerstag statt.« Damit legte der Beamte auf. Sie hielt den stummen Hörer in der Hand. Ihre Augen starrten ins Leere, Tränen liefen ihr übers Gesicht, als Katsuko die Tür öffnete und ihr ein Sandwich hinhielt. Sie brauchte einen Moment, ehe sie begriff, was sie sah.

»Mein Gott. Was ist denn passiert?« Kat blieb wie angewurzelt stehen und starrte in Jessicas Gesicht. Jessica ließ sich niemals gehen, weinte nie, schwankte nie, hatte niemals... Zumindest hatten sie im Geschäft diese Seite nie an ihr erlebt.

»Ich weiß nicht, was geschehen ist. Aber da ist dieser unglaubliche, entsetzliche, irrsinnig lächerliche Irrtum!« Sie schrie, und sie packte das Sandwich, das Kat gebracht hatte, und schleuderte es quer durchs Zimmer. Vergewaltigung in drei Fällen. Und eine Anklage wegen Körperverletzung. Was zum Teufel ging da vor sich?

Kapitel IV

»Jessie? Wohin gehst du?«

Sie stürzte an Zina vorbei, die gerade vom Mittagessen kam, und durch die Tür hinaus.

»Tut einfach so, als wäre ich nie aus New York zurückgekommen. Ich fahre heim, aber ruft mich nicht an.« Sie riß die Autotür auf und stieg ein.

»Bist du krank?« rief Zina ihr von der obersten Treppenstufe aus nach, aber Jessica schüttelte bloß den Kopf, zog den Choke, drehte den Zündschlüssel und ließ den Motor aufheulen.

Verwirrt betrat Zina die Boutique, aber Katsuko konnte ihr auch nicht mehr sagen, als was sie gesehen hatte. Jessie war aufgeregt, Kat wußte auch nicht warum. Es hatte etwas mit dem Besuch des Polizisten am Vormittag zu tun. Die beiden Mädchen machten sich Sorgen, aber Jessie hatte sie gebeten, nicht anzurufen, und außerdem war das Geschäft am Nachmittag so voll, daß ihnen keine Zeit zum Spekulieren blieb. Katsuko vermutete, daß die Aufregung mit Ian zu tun haben mußte, aber sie wußte nicht, um was es ging. Zina tappte völlig im dunkeln.

Als sie zu Hause ankam, griff Jessica mit einer Hand nach dem Telefon, mit der anderen nach ihrem Adreßbüchlein. Eine noch halbvolle Kaffeetasse stand auf dem Küchentisch. Ian war noch beim Frühstück gewesen, als sie ihn abgeholt hatten, und Jessie vermutete, daß es Houghton gewesen war, der Ian fortgebracht hatte. Sie fragte sich, ob die Nachbarn etwas gesehen hatten.

Ein Stapel mit Seiten des neuen Buches lag neben der Tasse, sonst nichts – keine Nachricht für sie. Er mußte entsetzt gewesen sein. Und offensichtlich war es eine verrückte Anschuldigung. Sie hatten den falschen Mann verhaftet. In ein paar Stunden würde der Alptraum vorüber sein, und er würde heimkommen. Jessies Verstand fing wieder an zu arbeiten, ihre Vernunft kehrte zurück. Alles, was sie jetzt brauchten, war ein Anwalt. Sie konnte sich einfach nicht erlauben, in Panik zu geraten.

In ihrem Adreßbuch fand sie den Namen, den sie suchte, und sie hatte Glück. Er war nicht beschäftigt, als sie anrief, und auch nicht zum Essen, wie sie schon befürchtet hatte. Er war ein Mann, den sie und Ian respektierten, ein Anwalt mit sehr gutem Ruf, Seniorpartner seiner Kanzlei. Philip Wald.

»Aber Jessica, ich habe nichts mit Strafrecht zu tun.«

»Was macht das für einen Unterschied?«

»Ich fürchte, einen großen. Was ihr braucht, ist ein guter Strafverteidiger.«

»Aber er hat es nicht getan, um Himmels willen. Wir brauchen bloß jemanden, der die Dinge klärt und ihn aus der Patsche zieht.«

»Hast du schon mit ihm gesprochen?«

»Nein, sie haben es nicht erlaubt. Hör mal zu, Philip, bitte. Fahr einfach mal hin und rede mit ihnen. Rede mit Ian. Diese ganze Sache ist doch absurd.« Am anderen Ende der Leitung herrschte Stille.

»Das kann ich machen, aber ich kann den Fall nicht übernehmen. Das wäre keinem von euch beiden gegenüber fair.«

»Welchen Fall? Hier geht es bloß um ein Versehen, eine Verwechslung.«

»Weißt du, worauf die Anklage basiert?«

»Hat irgend etwas mit meinem Wagen zu tun.«

»Kannten sie deine Nummer?«

»Ja.«

»Nun, dann haben sie vielleicht die Buchstaben oder Ziffern vertauscht.« Sie sagte nichts. Es war fast unmöglich, ›Jessie‹ zu vertauschen und auf einen anderen Namen zu kommen. Das war das einzige, was sie wirklich beunruhigte – die Sache mit dem Wagen. »Ich will dir was sagen. Ich fahre hin und spreche mit ihm, finde heraus, was vorgeht, und dir gebe ich die Namen von ein paar Strafverteidigern. Ruf sie an, und wenn du dich für einen entschieden hast, sag ihm, daß ich ihn später anrufen und berichten werde, was ich herausgefunden habe. Und sag auch, daß ich dir Namen und Nummer gegeben habe.«

Sie seufzte tief. »Danke, Philip. Das ist schon eine große Hilfe.«

Er gab ihr die Namen durch und versprach, bei ihr vorbeizukommen, sobald er mit Ian gesprochen hatte. Und sie setzte sich mit Ians Kaffeetasse ans Telefon, um Philips Freunde anzurufen. Alles Strafverteidiger. Die Gespräche waren nicht gerade fröhlich.

Der erste war nicht in der Stadt. Der zweite war bei Gericht und würde dort noch mindestens eine Woche zu tun haben, er konnte keinen weiteren Fall mehr übernehmen. Der dritte hatte zuviel zu tun, um mit ihr zu reden. Der vierte war nicht da. Erst der fünfte hatte Zeit, mit ihr am Telefon zu sprechen. Jessie mochte seine Stimme nicht.

»Hat er schon Vorstrafen?«

»Nein. Natürlich nicht. Nur Strafzettel wegen Falschparkens.«

»Drogen? Irgendwelche Drogenprobleme?«

»Keine.«

»Trinkt er?«

»Nein, nur Wein bei gesellschaftlichen Anlässen.« Himmel, der Mann dachte ja bereits, daß Ian es getan hatte. Soviel war klar.

»Hat er diese Frau vorher gekannt... äh... war er mit ihr bekannt?«

»Ich weiß nichts von der Frau. Und ich nehme an, daß es sich um einen Irrtum handelt.«

»Warum glauben Sie das?«

Bastard. Jessie haßte ihn.

»Ich kenne meinen Mann.«

»Hat sie ihn identifiziert?«

»Ich weiß es nicht. Mr. Wald kann Ihnen all das erzählen, wenn er von seinem Besuch bei Ian zurückkehrt.« Im Gefängnis... o Gott... Ian war im Gefängnis, tatsächlich, und dieser verdammte Anwalt stellte ihr dumme Fragen darüber, ob Ian die Frau, die ihn der Vergewaltigung angeklagt hatte, kannte oder nicht. Wen kümmerte das denn? Sie wollte ihn einfach daheim haben, verdammt. Jetzt. Verstand das denn niemand? Ihre Brust wurde eng, es fiel ihr schwer zu atmen, während sie versuchte, ihre Stimme ruhig zu halten und die Panik zu verbergen, die in ihr aufkeimte.

»Nun, junge Frau, ich will Ihnen mal was sagen. Sie und Ihr Mann haben da einen Haufen Ärger. Aber es ist ein interessanter Fall.« O Himmel! »Ich bin bereit, die Sache für Sie zu übernehmen. Aber da ist mein Honorar – zahlbar im voraus.«

»Im voraus?« Sie war entsetzt.

»Ja. Sie werden feststellen, daß die meisten meiner Kollegen, wenn nicht überhaupt alle, gleichermaßen verfahren. Ich muß wirklich auf Vorauszahlung bestehen, denn sobald ich vor Gericht erscheine, um Ihren Mann zu vertreten, bin ich gesetzlich an den Fall gebunden, egal, ob Sie mein Honorar zahlen oder nicht. Und wenn Ihr Mann ins Gefängnis wandert, zahlen Sie vielleicht einfach nicht. Haben Sie irgendwelche Sicherheiten?«

Ian ins Gefängnis? Zum Teufel mit dir, Mister.

»Ja, wir haben Sicherheiten.« Sie brachte ihre Zähne kaum noch auseinander.

»Welcher Art?«

»Ich kann Sie beruhigen, ich kann mir Ihr Honorar leisten.«

»Nun, ich gehe da gern auf Nummer Sicher. Mein Honorar in diesem Fall würde fünfzehntausend Dollar betragen.«

»Was? Im voraus?«

»Die Hälfte davon vor der offiziellen Anklageerhebung. Sie sagten, glaube ich, die wäre am Donnerstag. Und die andere Hälfte direkt anschließend.«

»Aber es ist unmöglich, meine Sicherheiten innerhalb von zwei Tagen zu Bargeld zu machen.«

»Dann sehe ich leider keine Möglichkeit, den Fall zu übernehmen.«

»Danke.« Lieber hätte sie ihn sofort zum Teufel geschickt. Aber allmählich machte sich wieder die panische Angst bemerkbar. Wer, in Gottes Namen, würde ihr helfen?

Der sechste Mensch, dessen Namen Philip ihr gegeben hatte, erwies sich tatsächlich als menschlich. Sein Name war Martin Schwartz.

»Hört sich an, als hätten Sie da ein verteufeltes Problem – oder wenigstens Ihr Mann. Glauben Sie, daß er es getan hat?« Das war eine interessante Frage, und es gefiel ihr, daß er zumindest einräumte, daß es zweifelhaft war. Sie zögerte nur einen Augenblick. Der Mann verdiente eine ehrliche Antwort.

»Nein, ich glaube es nicht. Und nicht bloß, weil ich seine Frau bin. Ich glaube einfach nicht, daß er etwas Derartiges tun könnte. Es sieht ihm nicht ähnlich, und er hat es nicht nötig.«

»Okay, das akzeptiere ich. Aber die Menschen tun die merkwürdigsten Dinge, Mrs. Clarke. Bitte, machen Sie sich auf alles gefaßt, um Ihretwillen. Vielleicht hat Ihr Ehemann eine Seite an sich, von der Sie keine Ahnung haben.«

Es war möglich. Alles war möglich. Aber sie glaubte es nicht, sie konnte es nicht glauben.

»Ich würde gern mit Philip Wald sprechen, wenn er ihn gesehen hat«, fuhr Schwartz fort.

»Das würde ich sehr begrüßen. Da ist etwas für Donnerstag festgesetzt, ich glaube, die offizielle Anklageerhebung. Bis dahin werden wir schon Rat brauchen, und Philip glaubt nicht, daß er den Fall übernehmen kann.« Den Fall... den Fall... sie haßte das Wort schon jetzt.

»Philip ist ein guter Anwalt.«

»Ich weiß. Mr. Schwartz... es ist unangenehm, das erwähnen zu müssen, aber...«

»Mein Honorar?«

»Ihr Honorar.« Sie stieß einen tiefen Seufzer aus und fühlte, wie sich ihr Magen zusammenzog.

»Darüber können wir reden. Ich werde versuchen, es im Rahmen zu halten.«

»Ich will Ihnen ganz offen sagen, daß der Mann, mit dem ich vor Ihnen gesprochen habe, fünfzehntausend Dollar verlangte, zahlbar bis Donnerstag. Soviel könnte ich niemals aufbringen.«

»Haben Sie irgendwelche Sicherheiten?« O nein, nicht schon wieder!

»Ja, habe ich.« Ihr Ton war plötzlich unfreundlich. »Ich habe ein Geschäft, ein Haus und ein Auto. Und mein Mann besitzt ebenfalls einen Wagen. Aber wir können nichts davon einfach so in zwei Tagen verkaufen.«

Er horchte auf, als sie sagte ›mein‹ Geschäft, nicht ›unser‹ Geschäft. Er fragte sich, was er für ein Geschäft betrieb, und ob überhaupt eines.

»Ich habe auch nicht erwartet, daß Sie das tun, Mrs. Clarke.« Sein Ton war ruhig, aber fest. Irgendwie beruhigte er sie. »Aber ich dachte, daß Sie vielleicht irgendwelche Nebensicherheiten benötigen, für die Kaution – wenn die Anklage erhoben wird, was noch abzuwarten bleibt. Die Kaution kann recht hoch ausfallen. Aber darüber können wir uns später immer noch Gedanken machen. Was nun mein Honorar angeht: Ich denke, zweitausend Dollar bis zur Verhandlung wären wohl vernünftig. Und wenn es zur Verhandlung kommt, noch weitere fünftausend Dollar. Aber das wird frühestens in ein paar Monaten der Fall sein, und wenn Sie eine Freundin von Philip sind, mache ich mir keine Sorgen.« Ihr schoß plötzlich der Gedanke durch den Kopf, daß Menschen, die keine ›Freunde von Philip‹ waren, in einer Welt voll Sorgen und Ärger leben mußten. Sie war plötzlich sehr dankbar. »Nun, wie hört sich das an?«

Sie nickte stillschweigend vor sich hin, entsetzt und doch erleichtert. Ganz gewiß war es besser als das Honorar, das man ihr Augenblicke zuvor abverlangen wollte. Es würde zwar ihr Sparguthaben auffressen, aber die zweitausend konnte sie wenigstens aufbringen. Über die restlichen fünftausend konnten sie sich später noch Gedanken machen, wenn das dann überhaupt noch nötig war. Sie würde den Morgan verkaufen, wenn es sein mußte, ohne auch nur mit der Wimper zu zucken. Hier ging es um Ian, und den brauchte sie verdammt nötiger als den Morgan. Außerdem war da immer noch der Schmuck ihrer Mutter. Aber der war heilig – selbst für Ian.

»Das können wir schaffen.«

»Fein. Wann kann ich Sie sehen?«

»Wann immer Sie wollen.«

»Dann würde ich vorschlagen, morgen vormittag in meinem Büro. Ich werde heute nachmittag mit Wald sprechen und versuchen, Mr. Clarke morgen früh zu besuchen. Können Sie um halb elf bei mir sein?«

»Ja.«

»Gut. Ich werde mir die Polizeiberichte verschaffen und sehen, was da vorliegt. In Ordnung?«

»Wundervoll. Ich habe plötzlich das Gefühl, als ob mir eine schwere Last abgenommen worden wäre. Ich kann Ihnen verraten, daß ich vollkommen außer mir war. Polizei, Kaution, Anklage hierin, Anklage darin, Anklageerhebung... ich habe einfach keine Ahnung, was hier passiert, zum Teufel. Ich weiß ja noch nicht mal, was überhaupt geschehen ist.«

»Nun, das werden wir herausfinden. Beruhigen Sie sich erst einmal.«

»Danke, Mr. Schwartz. Vielen, vielen Dank.«

»Bis morgen.«

Sie legten auf, und Jessica brach plötzlich wieder in Tränen aus. Er war so nett zu ihr gewesen. Endlich war doch jemand in all diesem Schmutz anständig zu ihr. Von Polizeiinspektoren, die ihr nichts sagen wollten, über Sergeanten, die ihr die Anklagepunkte ins Ohr brüllten und dann einfach auflegten, bis hin zu Anwälten, die fünfzehntausend Dollar innerhalb von achtundvierzig Stunden bar auf den Tisch haben wollten, bis zu... Martin Schwartz, einem menschlichen Wesen. Und wenn man Philip Wald glauben durfte, war Schwartz ein fähiger Mann. Es war ein unglaublicher Tag gewesen. Und, o Gott, wo war Ian? Die Tränen brannten eine heiße Spur auf ihr Gesicht. Es fühlte sich an, als wären sie den ganzen Tag über gelaufen. Aber sie mußte sich zusammenreißen. Wald würde schon bald kommen.

Philip Wald traf um halb sechs ein. Sein Gesicht zeigte einen ernsten, besorgten Ausdruck, seine Augen waren müde.

»Hast du ihn gesehen?« Jessie fühlte, wie ihre Augen wieder brannten und mußte mühsam die Tränen unterdrücken.

»Hab' ich.«

»Und? Wie geht es ihm?«

»Ganz gut soweit. Erschüttert, aber sonst ganz gut. Er macht sich große Sorgen darüber, wie es dir geht.«

»Hast du ihm gesagt, daß es mir gutgeht?« Wieder zitterten ihre Hände heftig, und der Kaffee, den sie den ganzen Tag über getrunken hatte, hatte ihre Nervosität nur noch schlimmer gemacht. Sie sah alles andere als ›gut‹ aus.

»Ich habe ihm erzählt, daß du schrecklich aufgeregt bist, was unter diesen Umständen ja nur natürlich ist. Jessica, setzen wir uns.« Ihr gefiel die Art nicht, wie er das sagte, aber vielleicht war er einfach nur müde. Sie hatten alle einen langen Tag hinter sich. Einen endlosen Tag.

»Ich habe mit Martin Schwartz gesprochen«, berichtete sie. »Ich glaube, er wird den Fall übernehmen. Und er hat gesagt, er wollte dich heute nachmittag anrufen.«

»Gut. Ich glaube, er wird euch allen beiden gefallen. Er ist ein guter Anwalt, aber auch ein netter Mann.«

Jessica führte Philip ins Wohnzimmer, wo er sich auf das lange, weiße Sofa dem Fenster gegenüber fallen ließ. Jessica nahm in einem weichen, beigefarbenen Ledersessel Platz. Er stand neben einem alten Messingtischchen, das sie und Ian auf ihrer Hochzeitsreise in Italien gekauft hatten. Sie holte tief Luft, seufzte und ließ die Füße über den dicken Teppich gleiten. Es war ein warmer, freundlicher Raum, der ihr immer Trost gab. Ein Ort, an dem sie Ruhe finden konnte – nur heute nicht. Jetzt hatte sie das Gefühl, daß nichts mehr in Ordnung war und auch nie wieder in Ordnung kommen würde und als wäre es Jahre her, seit sie Ians Arme gespürt oder das Leuchten in seinen Augen gesehen hatte.

Fast instinktiv wanderte ihr Blick zu einem kleinen Porträt von ihm, das sie vor Jahren gemalt hatte. Es hing über dem Kamin, und er lächelte ihr sanft zu, es war erschreckend. Wo war er? Plötzlich und schmerzhaft erinnerte sie sich des Gefühls, das sie gehabt hatte, als sie Jakes Bilder angesehen hatte, als sie seine Sachen durchgesehen hatte, nachdem das Telegramm gekommen war. Dieses Lächeln, auch wenn alles zu Ende ist.

»Jessica?« Mit entsetztem Ausdruck fuhr sie hoch, und Philip sah kummervoll aus. Sie schien verwirrt, als wären ihre Gedanken ganz woanders. Er hatte gesehen, wie sie das kleine Porträt angestarrt hatte, und einen Moment lang hatte sie ausgesehen wie eine trauernde Witwe...

dieses Gesicht, das einfach nicht verstand, die Augen voller Schmerz. Eine schreckliche Sache. Einen Augenblick lang schaute er aus dem Fenster, dann wandte er den Blick wieder ihr zu in der Hoffnung, sie hätte sich gefangen. Aber da war nichts. Sie beherrschte sich vollkommen; es war nur der Ausdruck in ihren Augen, der ihre Verfassung verriet. Er war nicht sicher, wieviel sie jetzt schon hören konnte, aber er mußte es ihr erzählen. Alles.

»Jessica, ihr steckt in der Klemme.« Sie lächelte müde und wischte sich eine verirrte Träne von der Wange.

»Hört sich an wie die Untertreibung des Jahres. Was gibt es sonst Neues?« Philip ignorierte den schwachen Versuch, Humor zu zeigen, und fuhr fort. Er wollte es hinter sich bringen.

»Ich glaube nicht, daß er es getan hat. Aber er gibt zu, gestern nachmittag mit dieser Frau geschlafen zu haben. Das heißt, er... er hatte Geschlechtsverkehr mit ihr.« Er konzentrierte sich auf sein rechtes Knie und versuchte, die häßlichen Worte zu einer langen, unverständlichen Silbe zusammenzuziehen.

»Verstehe.« Aber eigentlich verstand sie nicht. Was gab es da zu verstehen? Ian hatte mit einer anderen geschlafen, und diese andere bezichtigte ihn nun der Vergewaltigung. Warum konnte sie nichts empfinden? Da war diese unglaubliche Taubheit, die wie eine gigantische Glocke auf ihr lastete – kein Zorn, nichts, nur Taubheit, Benommenheit und vielleicht Mitleid mit Ian. Aber warum war sie so taub? Vielleicht, weil sie es von Philip erfahren mußte, einem verhältnismäßig Fremden. Ihre Zigarette verglühte in ihrer Hand, und noch immer wartete sie darauf, daß Philip weitersprach.

»Er sagt, daß er gestern beim Mittagessen zuviel getrunken hätte und du abends heimkommen solltest – irgend etwas davon, daß du ein paar Wochen fort gewesen bist, und er wäre schließlich ein Mann – ich erspar' dir das lieber. Das Mädchen ist ihm jedenfalls in dem Restaurant aufgefallen, und nach ein paar Drinks sah sie auch gar nicht so übel aus.«

»Er hat sie angesprochen?« Sie hatte das Gefühl, jemand anders würde diese Worte für sie sagen. Sie konnte sie hören, konnte aber nicht fühlen, wie sich ihr Mund bewegte. Nichts schien zu funktionieren, weder ihr Verstand noch ihr Herz, noch ihr Mund. Sie lachte fast hysterisch. Sie fühlte sich, als hätte sie eine Überdosis Rauschgift zu sich genommen.

»Nein, er hat sie nicht angesprochen. Er hat das Restaurant verlassen, um heimzufahren und an seinem Buch zu arbeiten, aber auf dem Heimweg fuhr er noch mal bei Enrico vorbei. Und zufällig stand sie gerade an der Ecke, als er bei Rot halten mußte. Und da hat er ihr angeboten, sie ein Stück mitzunehmen. Sie sah nicht gerade hübsch aus, als sie eingestiegen ist, ein ganzes Stück älter, als er gedacht hatte. Bei der Polizei hat sie behauptet, sie wäre dreißig, aber er sagt, sie müßte mindestens sieben- oder achtunddreißig sein. Sie gab ihm die Adresse eines Hotels, in dem sie angeblich wohnte, und Ian sagt, er hätte Mitleid mit ihr gehabt, als sie ihn auf einen Drink einlud. Also ging er mit ihr nach oben, trank etwas – in ihrem Zimmer stand eine halbe Flasche Bourbon –, und er sagt, das wäre ihm zu Kopf gestiegen, und er... sie hatten Verkehr.« Wald räusperte sich, wandte sich verlegen ab und fuhr fort. Jessicas Gesicht zeigte keinerlei Regung. Der Zigarettenfilter steckte immer noch zwischen ihren Fingern. »Er sagt, das wäre es dann auch schon gewesen. Hart ausgedrückt, er hat seine Hose angezogen und ist gegangen. Zu Hause hat er geduscht, ein bißchen geschlafen, sich ein Sandwich gemacht und ist dann zum Flughafen gefahren, um dich abzuholen. Das ist die ganze Geschichte. Ians Geschichte.« Aber aus seinem Ton hörte sie, daß da noch mehr war.

»Das klingt zwar recht billig, Philip. Aber nicht nach einer Vergewaltigung. Worauf bauen die ihre Anklage auf?«

»Auf ihrer Geschichte. Und du darfst nicht vergessen, wie empfindlich man heute ist, wenn es um Vergewaltigung geht. Jahrelang schrien die Frauen Vergewaltigung, und die Männer machten abwertende Bemerkungen über diejenigen, die vor Gericht gingen. Privatdetektive deckten dann die angeblich überraschende Tatsache auf, daß die Klägerin keine Jungfrau mehr war, und augenblicklich waren die Männer entlastet, der Fall wurde abgeschlossen, und die Frau war in Ungnade gefallen. Aus vielen Gründen geht das heute nicht mehr so, ganz gleich, was nun wirklich vorgefallen ist. Polizei und Gerichte sind jetzt vorsichtiger, neigen eher dazu, den Frauen zu glauben und das Opfer fairer zu behandeln. Das ist auch verdammt gut und wurde wirklich Zeit... bloß manchmal kommt dann eine Frau daher, die sich einbildet, sich an irgend etwas rächen zu müssen, und sie erzählt eine Lüge, und irgendein anständiger Kerl muß dran glauben. So, wie vorher ein paar anständige Frauen verletzt worden sind, so kriegen es jetzt ein paar anständige Knaben ab.«

Jessica konnte ein Lächeln nicht unterdrücken. Philip war so überaus korrekt. Sie war überzeugt, daß er sich nicht ganz auszog, wenn er seine Frau liebte.

»Offen gesagt, Jessica, ich glaube, daß Ian in die Hände einer kranken, unglücklichen Frau gefallen ist. Sie hat mit ihm geschlafen und es dann Vergewaltigung genannt. Ian hat mir erzählt, sie hätte sich verführerisch benommen und ihm auch erzählt, daß sie als Kellnerin in einer Oben-ohne-Bar arbeitet, was aber nicht der Fall ist. Es wäre aber möglich, daß sie ein psychisch krankes Spielchen mit ihm getrieben hat. Gott weiß, wie oft sie das schon versucht hat, mit Drohungen, Anklagen, Beschuldigungen. Augenscheinlich ist sie jedoch vorher nie zur Polizei gegangen. Ich fürchte, es wird für euch verdammt schwierig werden, zu beweisen, daß sie lügt. Und ohne Verhandlung werdet ihr sicher nicht davonkommen. Vergewaltigung ist zwar schwer nachzuweisen, aber das Gegenteil ist ebenso schwer zu beweisen. Wenn sie auf ihrer Version besteht, dann muß der Staatsanwalt die Sache verfolgen. Und offensichtlich glaubt der Inspektor, der den Fall bearbeitet, die Aussage der Frau. Wir sitzen also fest. Wenn sie beschließen, daß sie Ians Kopf wollen, aus welchem Grund auch immer, dann muß die Sache vor Gericht, und die Geschworenen müssen entscheiden.«

Sie schwiegen beide lange Zeit. Dann seufzte Philip und redete weiter.

»Ich habe die Polizeiberichte gelesen. Die Frau behauptet, daß Ian sie im Wagen mitgenommen hat. Angeblich hat sie ihn gebeten, sie in ihr Büro zurückzubringen. Sie arbeitet als Sekretärin in einem Hotel in der Van Ness Street. Statt dessen hätte er sie jedoch in dieses andere Hotel gebracht, wo sie… wo sie noch einen letzten Drink genommen hätten. Angesichts dieser Erzählung kann er noch von Glück sagen, daß er nicht auch noch wegen Kidnapping angeklagt worden ist. Auf jeden Fall hat er sie anschließend sowohl zu normalem Geschlechtsverkehr gezwungen als auch zu… unnatürlichen Handlungen. Da kommen dann die Anklagepunkte der zweiten und dritten Vergewaltigung ins Spiel und auch die Anklage wegen Mißhandlung. Ich vermute aber, daß sie diesen Punkt fallenlassen werden – es gibt keinen medizinischen Beweis für eine Mißhandlung.« Irgendwie klang Philip entsetzlich nüchtern, als er über die Einzelheiten sprach, und Jessica wurde langsam übel. Sie hatte das Gefühl, in einem Sumpf zu versinken, als wäre alles um sie her langsam und dick und unwirklich. Sie wollte die Worte mit einem Messer von ihrer Haut kratzen. ›Unnatürliche Handlungen.‹ Was für unnatürliche Handlungen?

»Um Himmels willen, Philip, was meinst du mit ›unnatürlichen Handlungen‹? Ian ist vollkommen normal im Bett.« Philip wurde rot, Jessica nicht. Das war jetzt nicht die Zeit, um spröde zu sein.

»Oral- und Analverkehr. Das sind schwere Vergehen, mußt du wissen.« Jessica schürzte die Lippen und sah wütend drein. Oralverkehr erschien ihr kaum als unnatürlich.

»Für Analverkehr gab es keinen klaren Beweis, aber ich glaube nicht, daß sie die Anklage in diesem Punkt fallenlassen. Auch hier steht wieder ihre Aussage gegen seine, und sie hören genau zu. Dummerweise hat Ian, ehe ich kam, auch noch gegenüber dem Inspektor zugegeben, daß er mit der Frau Verkehr hatte. Er hat zwar weder den Oral- noch den Analverkehr gestanden, aber er hätte den Geschlechtsverkehr als solchen einfach nicht zugeben dürfen. Verdammte Schande, daß er es getan hat.«

»Wird das den Fall ungünstig beeinflussen?«

»Möglicherweise nicht. Man kann das Tonband vor Gericht zurückhalten mit der Begründung, daß er zur Zeit der Vernehmung durcheinander war. Martin wird sich darum kümmern.«

Jessica saß einen Augenblick mit geschlossenen Augen da. Sie konnte das alles nicht glauben.

»Warum tut sie uns das an, Philip? Was will sie bloß von ihm? Geld? Himmel, wenn es das ist, was sie will – ich gebe es ihr, was auch immer sie verlangt. Ich kann einfach nicht glauben, daß das wirklich geschieht.« Sie öffnete die Augen und sah ihn wieder an, fühlte die nun schon vertraute Woge von Verwirrung und Unwirklichkeit über sich zusammenschlagen.

»Ich weiß, es ist hart für dich, Jessica. Aber du hast jetzt einen fabelhaften Anwalt. Setzt euer ganzes Vertrauen in ihn; er wird gute Arbeit für euch leisten. Aber eines darfst du auf gar keinen Fall tun, unter keinen Umständen: der Frau Geld anbieten. Die Polizei kann den Fall jetzt nicht mehr fallenlassen, selbst wenn die Frau es tut, und du begehst ein Schwerverbrechen und Gott weiß was noch, wenn du versuchst, die Frau zu bestechen. Ich meine es ernst – die Polizei scheint ein ganz besonderes Interesse an dieser Sache zu haben. Es kommt nicht oft vor, daß sie einen Fall von Vergewaltigung in die Hände bekommen, in den jemand aus Pacific Heights als Täter verwickelt ist. Ich habe das Gefühl, daß ein paar von ihnen denken, daß es Zeit wird, daß auch die Oberschicht mal einen Dämpfer bekommt. Sergeant Houghton, der zuständige Inspektor, hat ein paar wirklich böse Bemerkungen gemacht über ›gewisse Leute, die glauben, sie könnten mit allem durchkommen und auf Kosten gewisser anderer Leute mit geringeren Mitteln‹. Das ist keine hübsche Sache, und wenn er wirklich so denkt, dann sollte er mit Glacéhandschuhen angefaßt werden. Ich hatte das Gefühl, daß ihm Ians Aussehen nicht gefiel oder das, was er von dir gesehen hat. Ich habe mich schon fast gefragt, ob er euch nicht vielleicht für ein paar Irre hält, die alles tun, was ihnen gefällt, um sich sexuell zu erregen. Wer weiß, was er denkt – ich gebe dir nur meinen Eindruck wieder –, aber ich möchte, daß ihr sehr vorsichtig seid, Jessica. Und was immer du tust, zahle dieser Frau kein Geld. Damit schadest du nur Ian und dir selbst. Wenn sie das Geld haben will, wenn sie dich anruft... laß sie reden. Das kannst du später aussagen. Aber gib ihr um Himmels willen keinen Pfennig!« Dieser Punkt schien ihm mehr als wichtig zu sein. Jetzt fuhr er sich mit der Hand durchs Haar.

»Es tut mir leid, daß ich dir das alles sagen muß, Jessica. Ian fühlte sich ganz schrecklich deswegen, aber du mußt wissen, was vorgeht. Es ist wirklich nicht schön, und ich muß sagen, du trägst es erstaunlich gefaßt.«

Doch bei diesen Worten traten ihr schon wieder Tränen in die Augen, und sie wollte ihn bitten, nicht nett zu ihr zu sein, ihr nicht zu gratulieren, wie gut sie alles hinnahm. Mit Grobheiten konnte sie fertig werden, aber sie wußte, wenn irgend jemand den Arm um sie legte, sie bemitleidete, sie wichtig nahm, umsorgte... oder wenn Ian jetzt plötzlich durch die Tür hereinkommen würde... sie würde schluchzen, bis sie sterben würde.

»Danke, Philip.« Er fand, daß ihre Stimme merkwürdig kalt klang, als ob sie ihn abwehren wollte. »Wenigstens handelt es sich ganz offensichtlich nicht um Vergewaltigung, und das sollte vor Gericht klargemacht werden. Wenn Martin Schwartz gut ist.«

»Schon, aber... Jessie, es wird häßlich werden. Darauf mußt du gefaßt sein.« Seine Augen suchten ihre, und sie nickte.

»Das verstehe ich.« Aber sie tat es nicht, nicht wirklich. Die ganze Sache war noch nicht einmal in ihr Bewußtsein vorgedrungen. Wie konnte sie auch? Seit elf Uhr morgens konnte Jessie überhaupt nichts mehr wirklich verstehen. Sie hatte einen Schock erlitten und wußte nur zwei Dinge, und selbst die verstand sie nicht: Ian war fort, sie konnte ihn nicht sehen, nicht fühlen, nicht hören, nicht berühren; und er hatte mit einer anderen Frau geschlafen. Auch dem mußte sie sich jetzt stellen. In aller Öffentlichkeit, der Rest würde später kommen.

Es gab nicht mehr viel, was Philip hätte tun können, und er kannte Jessica nicht gut genug, um ihr Trost bieten zu können. Nur Ian kannte Jessica so gut. Und Jessie machte Philip nervös. Sie blieb so ruhig. Er war dankbar, daß sie gefaßt war, aber es erweckte in ihm Kälte ihr gegenüber, Verwirrung. Er fragte sich, was sie tatsächlich dachte. Er dachte an seine eigene Frau, daran, wie sie auf so etwas reagieren würde, oder an seine Schwester, an irgendeine der Frauen, die er kannte. Jessie war vollkommen anders als sie. Zu gefaßt für seinen Geschmack – ihr Blick erschütterte ihn. Ihre Augen waren wie zwei zerbrochene Fenster – der einzige Hinweis darauf, daß nicht alles in Ordnung war in ihrer Welt.

»Gibt es die Möglichkeit, daß er mich anruft? Ich dachte, man hätte das Recht auf einen Anruf aus dem Gefängnis.« Beim letztenmal hatte er sie angerufen, als sie ihn wegen der Strafzettel eingesperrt hatten.

»Ja, aber ich habe es so verstanden, daß er dich nicht anrufen wollte, Jessica.«

»Nicht?« Sie schien sich noch mehr in sich zurückzuziehen.

»Nein. Er sagte, er wäre nicht sicher, wie du dich fühlen würdest. Sagte so was wie, das wäre vielleicht der letzte Strohhalm.«

»Mistkerl.« Philip wandte sich ab. Kurz darauf verabschiedete er sich. Es war ein außerordentlich unerfreulicher Tag gewesen. Er ertappte sich bei dem Gedanken, daß er sich froh und dankbar schätzen konnte, nichts mit Strafrecht zu tun zu haben. Sein Magen könnte solche Fälle nicht verkraften. Er beneidete Martin Schwartz nicht um dieses Mandat, ganz gleich, wieviel Geld er auch dabei verdienen würde.

Noch lange nachdem Philip gegangen war, saß Jessie im Wohnzimmer. Sie wartete auf das Klingeln des Telefons... oder auf das Geräusch von Ians Schlüsseln in der Tür. Das alles konnte nicht wirklich geschehen sein. Er würde heimkommen. Das tat er immer. Sie machte sich vor, das Haus wäre nicht still. Sie sang Liedchen, redete mit sich selbst. Er konnte sie nicht allein lassen... nein!... manchmal hörte sie die Stimme ihrer Mutter, spät in der Nacht... oder Jakes... und Daddys... aber nie die von Ian... nie die von Ian... niemals... Er würde anrufen, er mußte einfach. Er konnte sie doch nicht allein lassen, so verängstigt wie sie war, das würde er ihr nicht antun, er hatte versprochen, daß er das nie tun würde, und Ian brach seine Versprechen niemals ... aber jetzt, jetzt hatte er ein Versprechen gebrochen. Es fiel ihr ein, als sie sich auf den Boden im Flur setzte, im Dunkeln, schon spät am Abend. So würde sie Ians Schlüssel früher hören, wenn er heimkam. Er würde heimkommen, aber er hatte ein Versprechen gebrochen. Er hatte mit einer anderen Frau geschlafen, und jetzt zwang er sie dazu, sich dieser Tatsache zu stellen. Sie konnte es nicht länger ignorieren. Sie haßte sie... haßte sie... haßte... sie, aber nicht ihn. Mein Gott... vielleicht liebte Ian sie nicht mehr... vielleicht liebte er diese andere Frau... vielleicht... warum rief er nicht an, zum Teufel? Warum nicht... warum hatte er...? Die Tränen liefen ihr wie warmer Sommerregen über das Gesicht, als sie auf dem glatten Holzboden im Flur lag und auf Ian wartete. Sie lag bis zum Morgen dort. Das Telefon klingelte nicht.

Kapitel V

Die Kanzlei von Schwartz, Drewes und Jonas befand sich im Gebäude der Bank of America in der California Street, eine hervorragende Adresse. Als Jessica zum vierundvierzigsten Stockwerk hinauffuhr, sah sie steif, gepflegt und müde aus. Sie hatte eine riesige Sonnenbrille aufgesetzt und trug ein marineblaues Kostüm. Sie trug es nur zu Geschäftsbesprechungen oder Beerdigungen. Das hier hatte etwas von beidem. Es war zehn Uhr fünfundzwanzig. Sie kam fünf Minuten zu früh, aber Martin Schwartz erwartete sie bereits.

Eine Sekretärin führte sie einen langen, mit Teppichen ausgelegten Gang entlang. Von hier aus hatte man einen herrlichen Blick über die Bucht. Sein Büro befand sich in einer Ecke auf der Nordseite des Gebäudes. Offensichtlich handelte es sich um eine große, gutgehende Kanzlei.

Martin Schwartz' Büro hatte zwei hohe Glaswände, die Einrichtung war spärlich und kühl. Er erhob sich hinter seinem Schreibtisch, ein Mann mittlerer Größe mit einem dichten Schopf grauer Haare. Er trug eine Brille und runzelte die Stirn.

»Mrs. Clarke?« Die Sekretärin hatte sie angemeldet, aber er hätte sie auch so erkannt. Sie sah genau so aus, wie er es erwartet hatte – elegant, wohlhabend. Sie war nur jünger, als er es gedacht hatte, und beherrschter, als er zu hoffen wagte.

»Ja. Guten Tag.« Sie hielt ihm die Hand hin. Sie war eine auffallende junge Frau. Im Geiste sah er sie neben dem unrasierten, müden, aber dennoch gutaussehenden jungen Mann, den er am Morgen im städtischen Gefängnis aufgesucht hatte. Sie mußten ein tolles Paar abgeben, auch vor Gericht würden sie gut aussehen. Vielleicht zu gut – zu schön, zu jung. Ihm gefiel dieser Fall nicht.

»Nehmen Sie doch Platz.« Sie nickte und glitt in einen Sessel auf der anderen Seite seines Schreibtisches, lehnte die angebotene Tasse Kaffee jedoch dankend ab.

»Haben Sie mit Ian gesprochen?«

»Ja. Und mit Inspector Houghton und dem Staatsanwalt, dem dieser Fall zugeteilt worden ist. Außerdem habe ich gestern abend noch über eine Stunde mit Philip Wald telefoniert. Jetzt möchte ich mit Ihnen reden, und dann wollen wir einmal sehen, mit welcher Art von Fall wir es hier tatsächlich zu tun haben.« Er versuchte ein Lächeln und blätterte in ein paar Papieren auf seinem Tisch. »Mrs. Clarke, haben Sie jemals Drogen genommen?«

»Nein. Und Ian auch nicht. Höchstens mal ab und zu ein paar Joints. Aber ich glaube, wir haben seit über einem Jahr kein Marihuana mehr geraucht. Es hat keinem von uns wirklich gefallen. Und wir trinken auch nichts aufregenderes als Wein.«

»Immer schön der Reihe nach. Ich möchte noch mal auf die Drogen zurückkommen. Haben irgendwelche Freunde von Ihnen mit der Szene zu tun?«

»Nicht, daß ich wüßte.«

»Könnte irgend etwas in dieser Richtung ans Tageslicht kommen, wenn Sie oder Mr. Clarke verhört werden?«

»Nein, ich bin sicher, daß nichts herauskäme.«

»Gut.« Er schien jedoch nur ein bißchen erleichtert.

»Warum fragen Sie?«

»Oh, das sind ein paar Fallen, mit denen Houghton arbeiten könnte. Das habe ich so im Gefühl. Er hat ein paar unschöne Bemerkungen über ihr Geschäft gemacht. Ein Mädchen dort sieht anscheinend wie eine Bauchtänzerin aus, und dann erwähnte er noch eine ›exotische‹ Orientalin. Dazu kommt die Tatsache, daß Ihr Mann Schriftsteller ist, und Sie wissen ja, wie die Phantasie da mit den Leuten durchgeht. Houghton ist ein Mann mit lebhafter Einbildungskraft, hat den typischen Mittelklasse-Verstand und eine starke Abneigung gegen alles, was aus Ihrem Teil der Stadt kommt.«

»Das habe ich schon vermutet. Er kam zu mir ins Geschäft, ehe er Ian verhaftet hat. Und die ›Bauchtänzerin‹, von der er träumt, ist eine junge Dame, die das Pech hat, einen BH Größe 95 mit D-Schale zu tragen. Zufällig geht sie zweimal wöchentlich in die Kirche.« Jessica lächelte nicht, aber Martin Schwartz.

»Hört sich entzückend an.« Diese Bemerkung rang ihr ein Lächeln ab, aber nur mit Mühe.

»Und wenn Sergeant Houghton findet, daß wir aussehen wie Menschen, die zuviel Geld haben, dann irrt er sich auch da. Was er jedoch sieht, läßt sich damit erklären, daß meine Eltern und mein Bruder vor einigen Jahren starben und ich alles geerbt habe, was sie besaßen. Mein Bruder hinterließ weder Frau noch Kinder, und andere Brüder oder Schwestern hatte ich nicht.«

»Verstehe.« Nach einer kurzen Pause sah er wieder zu ihr auf. »Es muß sehr einsam sein ohne Familie.« Sie nickte schweigend und hielt den Blick auf die Aussicht geheftet.

»Ich habe ja Ian.«

»Kinder?« Sie schüttelte den Kopf, und er fing an zu verstehen, warum sie nicht wütend war, warum sie ihren Mann so verzweifelt herbeisehnte, ohne ein einziges Wort der Kritik. Er begriff den Grund für ihre fast furchterregende Eindringlichkeit, die er schon am Telefon aus ihrer Stimme gehört hatte und jetzt wieder, hier in seinem Büro. Das ›Ich habe ja Ian‹ sagte alles. Er wußte plötzlich, daß der Mann tatsächlich alles war, was Jessica Clarke besaß.

»Ich nehme an, es gibt keine Chance, daß sie die Anklage fallenlassen?«

»Keine. Sie können es auch gar nicht. Das Opfer macht in diesem Fall so viel Aufruhr. Sie will seinen Kopf, wenn Sie den Ausdruck verzeihen. Und ich glaube, es ist nur vernünftig, wenn wir damit rechnen, daß sie die Nasen in Ihr Leben stecken werden. Können Sie das ertragen?« Sie nickte, und er sagte ihr nicht, daß Ian befürchtete, sie könnte dem Druck nicht standhalten. »Gibt es irgend etwas, was ich wissen sollte? Irgendwelche Seitensprünge Ihrerseits? Eheprobleme? Sexuelle... nun, sagen wir, ausgefallene Verhaltensweisen? Orgien, an denen Sie teilgenommen haben, was auch immer?«

Wieder schüttelte sie den Kopf, sie sah verärgert aus.

»Tut mir leid, daß ich das fragen muß, aber es wird sowieso alles herauskommen. Da ist es besser, jetzt offen zu sein. Außerdem wollen wir natürlich selbst auch diese Frau untersuchen lassen. Ich habe da einen sehr guten Mann, Mrs. Clarke. Wir werden alles tun, was wir können, um Ian zu helfen.«

Wieder lächelte er ihr zu, und einen Augenblick lang hatte sie das Gefühl, einen Traum zu durchleben. Dieser Mann war nicht wirklich, er fragte sie doch nicht tatsächlich, ob sie jemals an Orgien teilgenommen oder Drogen genommen hatte... Ian war nicht wirklich im Gefängnis... dieser Mann hier war ein Freund ihres Vaters, und alles war nur ein Spiel. Dann spürte sie, wie er sie anstarrte, und sie mußte von neuem so tun, als wäre dies hier die Wirklichkeit. Schlimmer noch, als wäre es Wirklichkeit, daß Ian im Gefängnis saß.

»Können wir Ian vor der Verhandlung aus dem Gefängnis holen?«

»Ich hoffe. Aber das wird größtenteils von Ihnen abhängen. Wenn die Anklage weniger ernst wäre, hätten wir ihn vielleicht auch so auf freien Fuß bekommen, mit anderen Worten, ohne eine Kaution stellen zu müssen. Aber bei Anklagen dieser Art wird der Richter darauf bestehen, daß eine Kaution hinterlegt wird, trotz der Tatsache, daß Ian nicht vorbestraft ist. Und ob er herauskommt, wird davon abhängen, ob Sie die Kaution aufbringen oder nicht. Man spricht davon, sie auf fünfundzwanzigtausend Dollar festzulegen. Das ist sehr hoch, und es bedeutet, daß Sie entweder fünfundzwanzigtausend Dollar in bar hinterlegen müssen, bis die Verhandlung vorüber ist, oder aber zweitausendfünfhundert Dollar an einen sogenannten ›Bailbondsman‹ zahlen und ihm zusätzliche Sicherheiten bieten, um seinen Kredit abzudecken. Wie auch immer, es ist eine immense Summe. Aber wir werden versuchen, sie auf etwas vernünftigere Ebenen herunterzuschrauben.«

Jessica seufzte tief und nahm ganz in Gedanken ihre dunkle Brille ab. Was er da sah, schockierte ihn. Zwei dunkelrote Ringe lagen unter ihren Augen, die blutunterlaufen, verschwollen und voll Entsetzen waren. Er saß einer Frau mit dem Blick eines Kindes gegenüber. Die Haltung war nur Schutz.

Schwartz zwang seine Gedanken zurück zur Frage der Kaution, während Jessica ihn weiterhin beobachtete. Sie schien sich nicht bewußt zu sein, wieviel sie ihm enthüllt hatte.

»Glauben Sie, Sie können die Kaution aufbringen, Mrs. Clarke?«

Müde blickte sie in seine Augen und zuckte leicht mit den Achseln.

»Ich denke, ich kann mein Geschäft in die Waagschale werfen.« Aber sie wußte, daß sie die Gebühr für den ›Bailbondsman‹ nicht würde zahlen können, wenn sie Schwartz den Scheck über zweitausend Dollar übergab, der in ihrer Handtasche lag. Und ihr blieb keine Wahl. Sie brauchten einen Anwalt, ehe sie überhaupt anfangen konnten, sich Sorgen wegen eines ›Bailbondsman‹ zu machen. Sie mußte einen Kredit auf den Wagen aufnehmen. Oder auf... irgend etwas. Zum Teufel, das war jetzt unwichtig. Nichts war wichtig. Sie würde sogar das Haus aufs Spiel setzen, wenn es sein mußte. Aber was, wenn... sie mußte es wissen. »Was ist, wenn wir die Kaution nicht auf der Stelle aufbringen?«

»Kredit gibt es dort nicht, Mrs. Clarke. Sie zahlen dem ›Bailbondsman‹ sein volles Honorar und bieten ausreichende Sicherheiten, oder sie lassen Ian einfach nicht aus dem Gefängnis.«

»Bis wann?«

»Nach der Verhandlung.«

»Großer Gott. Dann habe ich wohl keine Wahl, was?«

»Wie meinen Sie das?«

»Nun, wir müssen einfach aufbringen, was wir können.«

Er nickte. Sie tat ihm leid. Es kam nur selten vor, daß er irgend etwas für einen Klienten empfand, und wenn sie geweint und gewimmert oder geflucht hätte, dann hätte sie ihn nur erzürnt. Statt dessen hatte sie seinen Respekt gewonnen – und sein Mitleid. Keiner von beiden verdiente diese Art von Ärger. Wieder fragte er sich, wie wohl die wahre Geschichte lautete, die sich hinter der Anklage wegen Vergewaltigung verbarg. Er spürte es in seinem Innern, daß keine Vergewaltigung stattgefunden hatte. Aber die Frage war: Konnte man das beweisen?

Er verbrachte weitere zehn Minuten damit, ihr die Vorgänge bei der offiziellen Anklageerhebung zu erklären. Man mußte einfach vor Gericht erscheinen, die Anklagepunkte wurden schriftlich festgehalten, eine Kaution wurde festgesetzt und ein Datum für Ians nächstes Erscheinen vor Gericht zu einer Vorverhandlung bestimmt. Das Opfer würde bei der Anklageerhebung nicht anwesend sein. Jessica war erleichtert.

»Können Sie mir eine Nummer hinterlassen, Mrs. Clarke, unter der ich Sie heute erreichen kann, wenn es nötig ist?« Sie nickte und schrieb die Nummer der Boutique auf. Zum erstenmal dachte sie daran, heute hinzugehen.

»Ich werde dort sein, sobald ich Ian besucht habe. Ich werde jetzt zum Gefängnis fahren. Und bitte, Mr. Schwartz, nennen Sie mich Jessica oder Jessie. Es sieht ja so aus, als würden wir eine Menge voneinander zu sehen bekommen.«

»Ja, allerdings. Ich möchte, daß Sie am Freitag wieder in meinem Büro erscheinen. Alle beide, wenn es Ihnen gelingt, Ian auf Kaution freizubekommen.« Das ›Wenn‹ sandte ihr kalte Schauer über den Rükken. »Ach nein, sagen wir lieber Montag. Denn falls Sie ihn freibekommen, dann verdienen Sie ein wenig Zeit für sich. Danach werden wir uns dann ernsthaft an die Arbeit machen. Uns bleibt nicht viel Zeit.«

»Wieviel Zeit?« Es war, als müßte man den Arzt fragen, wie lange man noch zu leben hätte.

»Das kann ich nach der Anklageerhebung besser sagen. Aber die Verhandlung wird wohl in ungefähr zwei Monaten sein.«

»Vor Weihnachten?« Wieder erinnerte sie ihn an ein großes Kind, als sie das fragte.

»Vor Weihnachten, außer wir erwirken aus irgendeinem Grund einen Aufschub. Aber Ihr Mann hat mir heute morgen gesagt, daß er die Sache so schnell wie möglich hinter sich bringen will, damit Sie es vergessen können.«

Vergessen? Wer könnte das jemals vergessen? dachte sie.

Er stand auf und hielt ihr die Hand hin, nahm dabei für einen Moment die Brille ab. »Jessica, versuchen Sie es nicht zu schwer zu nehmen. Überlassen Sie mir für eine Weile die Sorgen.«

»Ich werde mein Bestes tun.« Auch sie stand nun auf, schüttelte seine Hand, und wieder einmal war er überrascht, wie groß sie war. »Danke, Martin, für alles. Soll ich Ian irgend etwas ausrichten?« Sie blieb noch einmal kurz in der Tür stehen.

»Sagen Sie ihm, er könnte sich glücklich schätzen.« Sie lächelte über das Kompliment und schlüpfte hinaus.

Martin Schwartz setzte sich, drehte seinen Stuhl, bis er hinausschauen konnte, kaute an seiner Brille und schüttelte den Kopf. Das würde ein verdammt schwieriger Fall werden. Er war überzeugt, daß Ian es nicht getan hatte, aber die beiden würden sich vor Gericht als echtes Problem erweisen. Jung, glücklich, schön und wohlhabend. Die Geschworenen würden ihn verabscheuen, weil er eine Frau wie Jessie betrog; die Frauen bei Gericht würden Jessie hassen; die Männer würden Ian ablehnen, weil sie nicht glauben konnten, daß es wirkliche Arbeit war, ein Buch zu schreiben. Und außerdem sahen sie aus, als hätten sie zu viel Geld, ganz gleich, wie vernünftig Jessies Erklärung mit dem Erbe auch war. Der ganze Fall gefiel ihm einfach nicht. Und die Klägerin war eine merkwürdige Frau, vielleicht sogar eine kranke. Seine einzige Hoffnung war, daß sie genug herausfinden würden, um ihre Glaubwürdigkeit zu zerstören. Es war ein häßliches Spiel, das hier gespielt wurde, aber es war Ians einzige Chance.

Kapitel VI

Jessica blieb unten in der Halle stehen, um in der Boutique anzurufen. Zinas Stimme klang besorgt, als sie antwortete.

»Jessie, alles in Ordnung mit dir?« Sie hatten endlich, um halb elf am Morgen, doch versucht, Jessica daheim zu erreichen, aber da war sie schon fort gewesen.

»Mir geht es gut.« Aber Zina gefiel der Klang ihrer Stimme gar nicht. »Alles in Ordnung bei euch da drüben?«

»Klar, wir kommen zurecht. Kommst du noch herein?«

»Nach dem Essen. Bis später.« Sie legte auf, ehe Zina weitere Fragen stellen konnte, und holte den Morgan aus der Garage. Dann fuhr sie zum Gefängnis, um Ian zu besuchen.

Sie war um zweitausend Dollar ärmer, fühlte sich aber wohler. Sie hatte den Scheck in einem blauen Umschlag bei der Sekretärin abgegeben. Der erste Teil von Martin Schwartz' Honorar. Sie hatte ihr Wort gehalten. Jetzt befanden sich noch einhundertundeinundachtzig Dollar auf ihrem Sparkonto, aber Ian hatte einen Anwalt. Welchen Preis mußten sie für dieses Weib zahlen!

Sie versuchte, nicht zu denken, während sie durch die Stadt fuhr. Sie war weniger wütend als verwirrt. Was war passiert? Wer war diese Frau? Warum tat sie ihnen das an? Was hatte sie gegen Ian? Nachdem sie mit Martin gesprochen hatte, war Jessica noch mehr denn je davon überzeugt, daß Ian nichts verbrochen hatte – abgesehen davon, daß er sich die falsche Frau für ein Nachmittagsvergnügen herausgepickt hatte. O je, und ob er sich die falsche herausgepickt hatte!

In der Bryant Street fand sie einen Parkplatz, gegenüber einer langen Reihe hell erleuchteter Büros von Bailbondsmen. Sie fragte sich schon, in welchem Büro sie wohl am nächsten Nachmittag zu tun haben würde. Sie sahen alle so schmierig aus. Sie hätte freiwillig keines betreten, nicht einmal, um sich vor Kälte und Regen in Sicherheit zu bringen, geschweige denn, um Geschäfte zu machen. Hastig betrat sie das Gerichtsgebäude. Ein Metalldetektor überprüfte sie, während ein Wachtposten ihre Handtasche durchsuchte. Sie mußte beantragen, daß man sie ins Gefängnis ließ, mußte ihren Führerschein vorlegen und sich als Ians Frau ausweisen. Eine lange Reihe von Menschen stand vor ihr, aber die Schlange kam schnell und zügig voran.

Es war eine schäbige, verwahrlost wirkende Menschenmenge, und Jessica fiel völlig aus dem Rahmen. Ihre Größe unterschied sie von den anderen Frauen und sogar von den meisten Männern, und das marineblaue Kostüm erschien absurd. Da waren weiße Frauen in Hosen aus Kunstleder, mit nachgemachten Leopardenjacken, Frisuren wie Vogelnestern und weißen Sandalen; schwarze Männer in Satin und schwarze Frauen in Gewändern, die aussahen wie billige Satinnachthemden oder Schlafanzüge. Es war eine interessante Ansammlung für einen Film, aber nicht fürs Leben. Sie mußte sich einfach fragen, ob die Frau, mit der Ian geschlafen hatte, so aussah wie eine von diesen. Sie hoffte es nicht – nicht, daß es wichtig gewesen wäre. Ihre Knie waren weich, und sie wußte nicht, was sie überhaupt mit Ian sprechen sollte. Was konnte sie auch sagen?

Ihre Hand zitterte, als sie im Fahrstuhl den Knopf für den sechsten Stock drückte. Sie hatte ein ausgesprochen flaues Gefühl im Magen und fragte sich, wie das Gefängnis wohl sein mochte. Sie hatte es einmal kurz gesehen, damals, als sie Ian ausgelöst hatte. Aber für einen Besuch war die Zeit zu kurz gewesen – Gott sei Dank. Sie war einfach hingefahren und hatte ihn geholt. Diesmal war alles ganz anders.

Der Fahrstuhl spie sie im sechsten Stock aus, und sie hatte nichts weiter im Sinn, als daß sie Ian sehen wollte. Plötzlich wußte sie, daß sie jede Angst und jeden Zorn überstehen würde, wenn sie nur zu Ian gelangte.

Die Besucher warteten hintereinander vor einer Eisentür, und ein Wächter ließ sie in Gruppen zu fünf oder sechs Personen in den dahinterliegenden Raum. Durch eine andere Tür am anderen Ende des Raumes gelangten sie wieder auf den Flur. Doch Jessie kam es so vor, als würden sie verschluckt und nie wieder zum Vorschein kommen.

Einen Augenblick später wurde Jessie in einen heißen, stickigen Raum, fensterlos und neonbeleuchtet, geführt. Lange Glasscheiben waren in die Zwischenwände eingelassen, und auf kleinen Regalen auf beiden Seiten standen Telefone. Erst da erkannte sie, daß sie Ian durch ein Fenster sehen würde. Daran hatte sie noch gar nicht gedacht. Was konnte man am Telefon schon sagen?

Sein Gesicht erschien hinter einer Scheibe, während sie sich noch fragte, zu welchem sie gehen sollte, und da stand er und betrachtete sie, während sie spürte, wie ihr Tränen in den Augen brannten. Sie durfte nicht weinen... durfte nicht... durfte nicht! Langsam ging sie auf das Telefon zu, fühlte, wie sich ein Schraubstock um ihr Herz legte und zusammenzog, wie ihre Beine zu Gummi wurden, aber sie ging, setzte einen Fuß vor den anderen, und er konnte nicht sehen, wie ihre Hände zitterten, als sie zögernd winkte. Und dann stand sie ihm plötzlich gegenüber, hielt das Telefon in der Hand. Kurze Zeit sahen sie sich schweigend an. Dann sprach er zuerst.

»Bist du okay?«

»Mir geht's gut. Und dir?«

Wieder schwieg er einen Moment, nickte dann mit einem kleinen, schiefen Lächeln.

»Prächtig.« Aber das Lächeln verging schnell. »O Liebling, es tut mir so leid, daß ich dir das alles antun muß. Es ist so verrückt und so verdammt... Alles, was ich dir sagen will, ist, daß ich dich liebe, Jessie, und ich weiß selbst nicht, wie diese ganze dumme Sache passieren konnte. Ich wußte nicht, wie du es aufnehmen würdest.«

»Was hast du denn gedacht? Daß ich fortlaufen würde? Habe ich das schon jemals getan?« Sie sah so verletzt aus, daß er sich am liebsten umgedreht hätte. Es war schwer, sie anzusehen, sehr schwer.

»Nein, aber das ist nicht gerade ein gewöhnliches Problem, so wie ein um dreißig Dollar überzogenes Bankkonto oder so. Ich meine, das ist... Himmel, was kann ich sagen, Jessie?« Ihre Antwort bestand in einem winzigen Lächeln.

»Du hast bereits alles gesagt. Und ich liebe dich auch. Das ist alles, was jetzt wichtig ist. Den Rest schaffen wir schon.«

»Ja... aber... Jess, es hört sich nicht gerade so an, als wenn es einfach wird. Diese Frau bleibt bei ihren Anschuldigungen, und dieser Bulle, Houghton, der tut geradeso, als hätte er den schlimmsten Vergewaltiger in den Fingern.«

»Bewundernswert, der Mann, findest du nicht?«

»Hat er mit dir gesprochen?« Ian schien überrascht.

»Ehe er zum Haus hinüberging, um mit dir zu reden.« Ian wurde blaß.

»Hat er dir gesagt, um was es ging?« Sie schüttelte den Kopf und wandte sich ab. »O Jess... das ist ja unglaublich, was du da mitgemacht hast. Ich kann es nicht fassen.«

»Ich auch nicht. Aber wir werden es überleben.« Sie schenkte ihm ihr tapferstes Lächeln. »Wie findest du Martin?«

»Schwartz? Er gefällt mir. Aber das kostet dich eine Menge, was?« Jessie gab sich Mühe, unverbindlich auszusehen, und setzte zum Sprechen an, aber er kam ihr zuvor. »Wieviel?« Einen Moment lang stand Verbitterung in seinen Augen.

»Das ist unwichtig.«

»Für dich vielleicht, Jessie, aber nicht für mich. Also, wieviel?«

»Zweitausend jetzt, und noch einmal fünf, wenn es zur Verhandlung kommt.« Das Entsetzen in seinen Augen ließ sich nicht übersehen. Sie hatte es ihm sagen müssen.

»Machst du Witze?«

Als Antwort schüttelte Jessie den Kopf.

»Der Mann, mit dem ich vor ihm gesprochen habe, wollte fünfzehntausend bar auf den Tisch, und das bis zum Ende dieser Woche.«

»Großer Gott, Jessica... das ist ja Wahnsinn. Aber ich zahle dir alles zurück, was Schwartz kostet.«

»Das ist jetzt doch nicht wichtig, Liebling.«

»Ich liebe dich, Jess.« Sie tauschten noch einen langen, zärtlichen Blick. Wieder fühlte Jessica die glühenden Kohlen hinter ihren Augen.

»Warum hast du mich gestern abend nicht angerufen?« Sie erzählte ihm nicht, daß sie die ganze Nacht auf dem Boden gelegen und gewartet hatte, ängstlich, fast hysterisch, aber zu müde, um sich zu bewegen. Es war gewesen, als wäre ihr Körper gelähmt, während ihr Verstand raste.

»Wie konnte ich dich anrufen, Jess? Was hätte ich sagen können?« Daß du mich liebst... »Ich glaube, ich war wie im Schock. Ich habe einfach nur hier gesessen, total verblüfft. Ich konnte es nicht verstehen.«

Warum hast du mit ihr geschlafen, zum Teufel? Aber der zornige Ausdruck verließ ihre Augen, als sie zu Ian aufschaute. Er war genauso unglücklich wie sie, wenn nicht noch mehr.

»Was meinst du, warum sie dich angeklagt hat, sie... sie...?«

»Vergewaltigt zu haben?« Er sagte es, als wäre es bereits das Todesurteil. »Ich weiß es nicht. Vielleicht ist sie krank oder verrückt oder wütend auf jemanden, vielleicht wollte sie auch Geld. Was weiß ich? Es war sowieso dumm von mir, mit ihr zu gehen, Jessie, ich –« Er sah fort, wandte sich dann wieder ihr zu, und Tränen standen in seinen Augen. »Wie sollen wir nur damit leben? Wie wirst du damit leben, Jessie? Ohne mich zu hassen? Und... ich weiß einfach nicht...«

»Hör auf!« Sie schleuderte ihm die Worte durchs Telefon entgegen. »Hör sofort auf! Wir bringen diese Sache hinter uns, und danach ist es vorbei und geklärt, und wir brauchen nie wieder daran zu denken.«

»Aber wirst du das nicht? Ehrlich, Jessie, wirst du wirklich nicht mehr daran denken? Jedesmal, wenn du mich ansiehst, wirst du mich ein kleines bißchen hassen, weil ich das getan habe, weil es dich eine Stange Geld kostet, und... Mist.« Er fuhr sich mit der Hand durchs Haar und griff in die Tasche, um eine Zigarette hervorzuziehen. Jessie beobachtete ihn, und plötzlich fielen ihr seine Hosen auf. Er trug eine weiße Baumwoll-Pyjamahose wie aus dem Krankenhaus.

»Großer Gott, was ist denn mit deiner Hose passiert? Haben sie dir nicht einmal Zeit gelassen, dich anzuziehen?« Ihre Augen wurden groß, als sie sich vorstellte, wie Inspector Houghton ihn halbnackt und in Handschellen aus dem Haus gezerrt hatte.

»Toll, was? Sie haben meine Hose ins Labor gebracht. Soll auf Spermareste untersucht werden.« Es war alles so schmutzig, so häßlich, so... »Ich brauche übrigens morgen früh fürs Gericht eine Hose.« Einen Moment wurde er nachdenklich, zog lange und kräftig an der Zigarette. »Ich verstehe es einfach nicht. Weißt du, wenn sie Geld wollte, dann hätte sie doch bloß anzurufen und mich zu erpressen brauchen. Ich habe ihr gesagt, daß ich verheiratet bin.« Wie hübsch... ohne zu wissen, weshalb, sah sie Ian an, die zerknitterte, weiße Baumwollhose, das jungenhafte Gesicht, das wirre, blonde Haar, sah die Leute um sich her und fing an zu lachen.

»Bist du in Ordnung?« Er schien auf einmal erschreckt. Wenn sie nun einen hysterischen Anfall bekam? Aber sie sah nicht hysterisch aus, sondern ehrlich amüsiert.

»Weißt du was? Mir geht es wirklich gut. Und ich liebe dich, und das alles hier ist lächerlich, also bitte, komm endlich heim – und weißt du noch was? Du siehst toll aus im Pyjama.« Es war dasselbe Lachen, das er millionenmal zuvor gehört hatte, um zwei Uhr nachts, wenn sie ihn aufzog, weil er splitternackt durchs Haus lief, einen Bleistift hinter jedem Ohr, und seine Arbeit las. Es war das Lachen, das er hörte, wenn sie zusammen unter der Dusche standen und sich mit Wasser bespritzten oder wenn sie ihn kitzelte, wenn er ins Bett kam. Es war Jessie, und jetzt mußte er auch lächeln, so wie er nicht mehr gelächelt hatte, seit dieser ganze Alptraum begann.

»Mädchen, du bist absolut verrückt. Aber ich bete dich an. Würdest du mich bitte aus diesem Stall holen, damit ich heimkommen kann, um dich zu –« Er stockte bei dem Wort und wurde plötzlich blaß.

»Vergewaltigen? Warum nicht?« Und dann grinsten sie wieder, aber ruhig. Sie war jetzt in Ordnung. Sie sah Ian direkt vor sich, sie wußte, daß sie geliebt wurde, fühlte sich sicher und beschützt. Als Ian gestern nicht mehr bei ihr war, als diese unglaubliche Stille herrschte, da war es gewesen, als wäre er tot. Aber er war nicht tot. Er lebte. Er würde immer leben, und er gehörte ganz ihr. Plötzlich hätte sie am liebsten getanzt. Da stand sie im Gefängnis mitten unter Dieben und Gaunern und wollte tanzen. Sie hatte Ian wieder.

»Mr. Clarke, wie kommt es bloß, daß ich Sie so liebe?«

»Weil Sie geistig zurückgeblieben sind, aber ich liebe auch das an Ihnen. He, könntest du mal einen Augenblick ernst sein?« Sein Gesicht zeigte, daß er meinte, was er sagte, aber Jessie stand noch immer das Lachen in den müden, verquollenen Augen geschrieben.

»Was?«

»Ich habe es ernst gemeint, als ich sagte, ich zahle es dir zurück. Das werde ich auch.«

»Mach dir doch darüber keine Sorgen.«

»Aber ich werde es tun. Ich finde, es wird sowieso Zeit, daß ich wieder irgendeinen Job annehme. So läuft es einfach nicht, Jess, und das weißt du auch.«

»Doch, es läuft. Was meinst du überhaupt damit, ›es läuft nicht‹?« Sie sah wieder verängstigt aus.

»Ich meine, daß es mir nicht gefällt, ausgehalten zu werden, selbst wenn es zum angeblichen Wohl meiner Karriere ist. Für mein Ego ist es alles andere als gut und für unsere Ehe noch weniger.«

»Quatsch.«

»Kein Quatsch. Ich meine es ernst. Aber hier und jetzt ist weder die richtige Zeit noch der richtige Ort, um das zu besprechen. Ich wollte bloß, daß du weißt: Wieviel Geld auch immer du für diese Sache ausgibst, du bekommst es zurück. Ist das klar?« Sie sah zur Seite, und Ians Stimme drang lauter an ihr Ohr. »Ich meine es ernst, Jessie. Du wirst nicht dafür bezahlen!«

»Okay, okay.« Sie sah ihn scharf an, und im selben Augenblick tippte ihr auch schon ein Wärter auf die Schulter. Die Besuchszeit war vorüber. Und sie hätten sich noch so viel zu sagen gehabt.

»Mach dir keine Sorgen, Liebling. Wir sehen uns morgen vor Gericht.« Er hatte den entsetzlichen Ausdruck auf ihrem Gesicht bemerkt.

»Kannst du mich heute abend anrufen?«

Er schüttelte den Kopf. »Nein, jetzt lassen sie das nicht mehr zu.«

»Oh.« Aber ich muß dich doch hören… ich brauche dich, Ian… ich…

»Sieh zu, daß du die Nacht gut schläfst vor dieser Gerichtssache morgen. Versprichst du mir das?« Sie nickte und sah wieder aus wie ein Kind, er lächelte ihr zu. »Ich liebe dich so sehr, Jess. Paß bitte gut auf dich auf, ja? Mir zuliebe.«

Wieder nickte sie. »Und du auch? Ian… ich… ich könnte nicht leben ohne dich.«

»So darfst du nicht denken. Aber jetzt mußt du gehen, wir sehen uns morgen. Und, Jess… danke. Für alles.«

»Ich liebe dich.«

»Ich liebe dich auch.«

Bei den letzten Worten war das Telefon plötzlich tot, und sie winkte ihm noch einmal zu, als sie den anderen Besuchern zum Lift hinüber folgte. Sie war jetzt wieder allein mit ihnen. Ian war fort. Aber dennoch war es anders. Sie hatte ihn gesehen und gehört, ja sie bildete sich sogar ein, seine Haut gerochen zu haben. Jetzt war er wieder lebendig für sie; er war immer noch bei ihr.

Kapitel VII

Zina und Katsuko waren beide mit Kundinnen beschäftigt, als Jessica das Geschäft betrat, und so blieb ihr ein Augenblick Zeit, sich zu sammeln, ehe sie sich zu ihnen gesellte. Es war verrückt, wirklich verrückt. Ratet mal, wo ich gewesen bin? Ich habe Ian im Gefängnis besucht. Vom städtischen Gefängnis hin zu Lady J, in einem einzigen großen Satz. Irrsinn.

Die Mädchen berieten zwei Frauen, die Kleider für Palm Springs benötigten. Sie waren übergewichtig, extravagant angezogen und arrogant, aber nicht übermäßig freundlich. Für Jessica war es nahezu unmöglich, zu arbeiten. Immer wieder dachte sie an Ian, ans Gefängnis, an Martin Schwartz, Inspektor Houghton. Die Augen des Inspektors schienen sie zu verfolgen.

»Und was macht Ihr Mann?« fragte eine der Kundinnen sie, während sie die neuen Samtröcke betrachtete. Sie waren von einem tiefen Bordeauxrot und mit Schwarz abgesetzt, eine Kopie von St. Laurent.

»Mein Mann? Er vergewaltigt... ich meine, schreibt!« Die Frauen fanden es wahnsinnig komisch, und sogar Zina und Kat mußten lachen. Jessica lachte mit Tränen in den Augen.

»Mein Mann war auch so – ehe er anfing, Golf zu spielen.« Die zweite Frau fand die Unterbrechung entzückend und entschied sich für zwei Röcke und eine Bluse, während die andere zu den Hosen zurückkehrte.

Es war ein langer Tag, aber so blieb es Jessie erspart, mit Zina und Kat reden zu müssen. Es war fast fünf Uhr, als sie sich endlich zu einer Tasse Kaffee hinsetzten.

»Jess, ist jetzt alles in Ordnung?«

»Viel besser. Wir hatten ein paar Probleme, aber morgen wird alles vorbei sein.« Wenigstens ist er dann wieder daheim, und sie könnten die Schwierigkeiten zusammen durchstehen. Wenn er bloß schon da wäre!

»Wir haben uns wahnsinnige Sorgen um dich gemacht. Ich bin froh, daß alles wieder in Ordnung ist.« Zina schien zufrieden, aber Katsuko suchte weiterhin in Jessies Augen. Irgend etwas stimmte noch nicht.

»Du siehst scheußlich aus, Jessica Clarke.«

»Schmeichlerin. Das ist bloß das düstere Kostüm.« Sie sah sich um, fragte sich, ob sie etwas anderes aus der Herbstkollektion anziehen sollte, einfach, um ihre Laune zu heben. Aber es war schon spät, und sie war müde, und außerdem fehlte ihr die Energie, irgend etwas aus- oder anzuziehen. Es würde ohnehin nur noch zehn oder fünfzehn Minuten dauern, bis Zina den Laden abschloß.

Jessica stand auf, reckte sich und spürte plötzlich den Schmerz in ihrem Rücken und ihrem Nacken, von der langen Nacht, die sie auf dem Boden verbracht hatte, und von der Anspannung des Tages. Sie beugte gerade vorsichtig den Rücken und versuchte, ihn richtig einzurenken, als eine Frau das Geschäft betrat. Jessie, Kat und Zina warfen sich einen kurzen Blick zu. Wer würde aufstehen und sie bedienen? Es war Jessie, die sich der Frau mit einem Lächeln auf den Lippen zuwandte. Die Frau sah nett aus, und es tat Jessie gut, mit den Kunden zu verhandeln. Es lenkte sie ab.

»Kann ich Ihnen helfen?«

»Haben Sie etwas dagegen, wenn ich mich einfach umschaue? Eine Freundin hat mir von der Boutique erzählt, und Sie haben ein paar reizende Sachen im Fenster.«

»Danke. Sagen Sie mir, wenn Sie Hilfe brauchen.«

Jessica und die Frau lächelten sich zu, und dann fing die Kundin an, die Kleider durchzuschauen. Sie war elegant, Mitte bis Ende dreißig, vielleicht sogar schon vierzig, aber das war schwer zu sagen. Sie trug einen schlichten, schmalgeschnittenen schwarzen Hosenanzug, eine cremefarbene Leinenbluse, ein kleines, leuchtendes Tuch um den Hals und eine anständige Menge offensichtlich teuren Goldschmuck – ein hübsches Armband, eine schöne Kette, verschiedene sehr schwere Ringe – und ein Paar Onyx-Brillant-Ohrringe, die Jessicas Aufmerksamkeit bereits erregt hatten, als die Frau das Geschäft betrat. Sie roch nach Geld. Ihr Gesicht verriet Herzlichkeit, und da war noch etwas – sie liebte die hübschen Sachen, die sie trug, wußte aber, daß es andere Dinge im Leben gab, die wichtiger waren.

Jessie sah ihr zu, wie sie von einem Regal zum nächsten wanderte. Sie wirkte zufrieden und glücklich. Und sie besaß eine Art von Grazie, so daß man sie gern ansah. Das Gesicht war jung, das Haar aschblond mit grauen Strähnen. Auf merkwürdige Art erinnerte sie Jessie an eine Siam-Katze, vor allem mit den blassen, porzellanblauen Augen. Sie wünschte sich auf einmal, die Frau besser kennenzulernen.

»Haben Sie an etwas Bestimmtes gedacht? Wir haben noch ein paar neue Sachen hinten im Lager.« Die Frau lächelte Jessie an und zuckte mit den Schultern.

»Ich gehörte erschossen dafür, aber wie wäre es mit dem Wildledermantel da drüben? Haben Sie den in meiner Größe?« Sie sah schuldbewußt aus, wie ein kleines Kind, das mehr Kaugummi kauft, als es eigentlich soll, aber gleichzeitig sah sie auch so aus, als genösse sie das und als könnte sie sich jede beliebige Menge Kaugummi leisten.

»Ich werde mal nachsehen.« Jessica verschwand im Lager und suchte den Mantel in einer kleineren Größe.

Sie fand ihn leider nicht, aber sie hatten einen ähnlichen, der allerdings vierzig Dollar mehr kostete. Jessica entfernte das Preisschild und trug den Mantel hinaus, um ihn der Frau zu zeigen. Der Mantel war eigentlich hübscher als der andere, und die Frau bemerkte es sofort.

»Verdammt. Ich hatte gehofft, ich würde ihn nicht mögen.«

»Diesen Mantel muß man mögen, und er steht Ihnen hervorragend.«

Sie sahen zu, wie die Frau sich graziös in dem braunen Ledermantel drehte. Er stand ihr wirklich prächtig, und sie wußte es. Es war ein Vergnügen, Kleider an einer solchen Person zu sehen. Andererseits hätte sie in Lumpen daherkommen können, und selbst das hätte fabelhaft ausgesehen.

»Was kostet der?«

»Dreihundertzehn.« Zina und Kat wechselten einen erstaunten Blick, wußten aber, daß es besser war, keine Fragen zu stellen. Jessie hatte immer Methode in ihrem Wahnsinn, und für gewöhnlich hatte sie recht. Vielleicht war dies eine besondere Frau, die Jessie in ihr Geschäft hatte locken wollen. Sie sah auf jeden Fall so aus wie jemand, den man kennen sollte. Und die Frau schien von dem Preis für den Mantel nicht überwältigt zu sein.

»Gibt es dazu eine passende Hose?«

»Gab es, aber sie ist verkauft.«

»Das ist wirklich zu schade.« Dennoch gelang es ihr, wie nebenbei noch drei Pullis, eine Bluse und einen Wildlederrock auszusuchen, der zu dem Mantel paßte, ehe sie entschied, daß sie für den Tag genug Schaden angerichtet hatte. Für das Geschäft war es ein großer Verkauf und ein leichter dazu. Die Dame zückte ihr Scheckheft, das in einer smaragdgrünen Lederhülle steckte, und sah lächelnd zu Jessie auf. »Sollten Sie mich innerhalb der nächsten Woche wieder hier sehen, werfen Sie mich hinaus.«

»Muß ich?« Jessie sah sie ironisch-bedauernd an.

»Das ist ein Befehl, keine Bitte!«

»Welch ein Jammer!« Die beiden Frauen lachten, und die Kundin füllte ihren Scheck aus. Es war ein Betrag von weit über fünfhundert Dollar. Aber sie schien kaum beunruhigt. Ihr Name war Astrid Bonner, und die Adresse ebenfalls in Vallejo, nur einen Häuserblock von Jessie entfernt.

»Wir sind fast Nachbarn, Mrs. Bonner«, Jessie nannte ihre Adresse, und Astrid Bonner sah mit einem Lächeln auf.

»Ich kenne das Haus! Es ist das kleine blau-weiße, möchte ich wetten, mit all den fabelhaften, leuchtenden Blumen davor!«

»Man sieht uns aus meilenweiter Entfernung.«

»Entschuldigen Sie sich nicht dafür. Sie sind die Zierde der ganzen Gegend! Und gehört Ihnen der kleine rote Sportwagen?« Jessie zeigte aus dem Fenster.

»Das ist meiner.« Sie lachten. Zina verschloß leise die Tür, es war Viertel vor sechs. »Möchten Sie etwas trinken?« Sie hatten immer eine Flasche Whisky bereit. Einige von ihren Kundinnen blieben gern länger, um sich noch zu unterhalten. Auch das war wieder eine nette Geste.

»Liebend gern, aber ich tu's lieber nicht. Sie möchten sicher auch heim.« Jessie lächelte, und Katsuko verpackte Mrs. Bonners Einkäufe in zwei große, glänzend braune Schachteln, die mit gelbem und orangefarbenem Seidenpapier ausgelegt waren. Dann band sie sie zu.

»Gehört das Geschäft Ihnen?«

Jessie nickte.

»Sie haben wirklich ein paar herrliche Sachen. Den Mantel habe ich so dringend gebraucht wie ein weiteres Loch in meinem Kopf, aber... einfach keine Willenskraft. Das ist mein schlimmstes Problem.«

»Manchmal tut Verschwendung der Seele gut.«

Astrid Bonner nickte stumm bei dieser Bemerkung, und die beiden Frauen wechselten einen langen Blick. Jessie fühlte sich wohl in ihrer Gegenwart. Sie bedauerte, daß Astrid Bonner nicht noch auf einen Drink bleiben wollte. Jessie hatte keinen Grund, nach Hause zu eilen, und sie hätte sich gern noch mit ihr unterhalten. Sie fragte sich, welches der Häuser ihr gehörte. Und dann hatte sie eine Idee.

»Kann ich Sie mitnehmen? Ich fahre jetzt heim.« So würde sie auch die Fragen umgehen, die Zina und Kat sich vielleicht zurechtgelegt hatten, um sie jetzt damit nach all den Stunden zu löchern. Das konnte sie noch nicht ertragen. Außerdem hatte Jessie ihnen noch nicht gesagt, daß sie morgen später kommen würde, weil sie zum Gericht mußte.

»Das wäre prima. Vielen Dank. Für gewöhnlich gehe ich ja zu Fuß, wenn ich so nah daheim bin, aber mit diesen beiden Schachteln... entzückend.« Sie lächelte und wirkte noch jünger. Jessie fragte sich, wie alt sie wohl wirklich sein mochte.

Jessica griff nach ihrem Mantel, dann nach ihrer Handtasche und winkte den beiden anderen zu. »Gute Nacht, meine Damen. Bis morgen irgendwann. Ich werde am Vormittag nicht da sein.« Die vier lächelten einander zu, Jessie sperrte die Tür für Astrid auf, Zina verschloß sie hinter ihnen wieder, und dann standen sie auf der Straße. Keine Fragen, keine Antworten, keine Lügen. Jessie war ungeheuer erleichtert. Sie war sich gar nicht bewußt gewesen, wie sehr sie das den ganzen Nachmittag über gefürchtet hatte.

Sie schloß den Wagen auf, und Astrid glitt auf den Beifahrersitz. Die Schachteln türmten sich hoch auf ihrem Schoß, als sie die Heimfahrt antraten.

»Die Boutique muß Sie ganz schön auf Trab halten.«

»Tut sie auch, aber ich mag das. Übrigens, ich bin Jessica Clarke. Ich habe mich noch gar nicht vorgestellt. Tut mir leid.« Wieder lächelten sie sich zu, und die Abendbrise zauste Astrid Bonners gut frisiertes Haar. »Soll ich das Verdeck lieber schließen?«

»Natürlich nicht.« Sie lachte plötzlich und sah Jessie an. »So alt bin ich glücklicherweise noch nicht. Ich muß gestehen, ich beneide Sie um das Geschäft. Ich habe früher in einem Laden in New York gearbeitet. Vor zehn Jahren schon, aber noch immer vermisse ich die Beschäftigung mit der Mode in jeder Form.«

»Wir sind auch von New York hierher gekommen. Vor sechs Jahren. Was hat Sie hierher geführt?«

»Mein Mann. Nun ja, eigentlich war es eine Geschäftsreise, aber dann habe ich hier meinen Mann kennengelernt – und bin nie zurückgefahren.« Die Erinnerung schien ihr Spaß zu machen.

»Nie? Warten sie dort immer noch auf Sie?« Die beiden Frauen saßen im dämmrigen Zwielicht des Abends und lachten.

»Nein, ich bin noch einmal für drei Wochen insgesamt da gewesen. Habe gekündigt, und das war's dann. Ich war eine Karrierefrau, wollte nie heiraten und so... und dann habe ich Tom kennengelernt. Und aus war's mit der Karriere.«

»Haben Sie es je bedauert?« Es war eine äußerst persönliche Frage, aber Mrs. Bonner forderte einen förmlich auf, sich ihr nahe zu fühlen. Und Jessie tat das.

»Nein. Niemals. Tom hat alles verändert.« Jessica ertappte sich dabei, daß sie sagen wollte ›wie schrecklich‹, und dann fragte sie sich, weshalb. Schließlich hatte Ian auch einiges für sie verändert, aber nichts so Grundlegendes. Er hatte sie nicht ihre Karriere gekostet, hatte sie nicht gezwungen, New York zu verlassen, sie hatte nach San Francisco ziehen wollen. Sie konnte sich jedoch nicht vorstellen, Lady J aufzugeben.

»Nein, ich habe es nie auch nur einen Augenblick lang bedauert. Tom war ein bemerkenswerter Mann. Er ist im letzten Jahr gestorben.«

»Oh, das tut mir leid. Haben Sie Kinder?«

Astrid lachte und schüttelte den Kopf. »Nein, Tom war achtundfünfzig, als ich ihn geheiratet habe. Wir hatten zehn wundervolle Jahre – allein. Es war wie immerwährende Flitterwochen.« Jessie fühlte sich an ihr Leben mit Ian erinnert und lächelte.

»Bei uns ist es dasselbe. Kinder könnten sich störend auswirken.«

»Nicht, wenn man sie sich wünscht. Aber wir dachten, wir wären beide schon zu alt dafür. Ich war zweiunddreißig, als ich ihn geheiratet habe, und ich bin einfach kein mütterlicher Typ. Wir haben es nie bedauert. Bloß jetzt ist das Leben schrecklich ruhig.«

Dann war Astrid also zweiundvierzig. Jessie war überrascht.

»Warum suchen Sie sich keine Stellung?« fragte sie.

»Was könnte ich denn schon tun? Ich habe für die *Vogue* gearbeitet, aber so etwas gibt es hier draußen nicht. Und selbst dort würde man mich jetzt nicht mehr nehmen, nach zehn Jahren. Man rostet ein, und ich bin schon mehr als eingerostet. Außerdem habe ich nicht die Absicht, nach New York zurückzukehren. Nie mehr.«

»Dann suchen Sie sich doch etwas auf einem Gebiet, das mit Mode zu tun hat.«

»Zum Beispiel?«

»Eine Boutique.«

»Womit wir wieder da wären, wo wir angefangen haben, meine Liebe. Ich bin grün vor Neid, wenn ich Ihre sehe.«

»Seien Sie nicht zu neidisch. Sie bringt auch Probleme mit sich.«

»Aber auch Entschädigung dafür, möchte ich wetten. Fahren Sie oft nach New York?«

»Ich bin erst vor zwei Tagen zurückgekommen.« Und gestern haben sie meinen Mann eingesperrt wegen Vergewaltigung. Es lag ihr schon auf der Zunge, aber Astrid wäre entsetzt gewesen. Jeder wäre das. Jessica seufzte tief, vergaß für einen Augenblick, daß sie nicht allein war.

»War die Fahrt so schlimm?« erkundigte sich Astrid lächelnd.

»Welche Fahrt?«

»Die Fahrt nach New York. Sie haben gesagt, Sie wären gerade erst aus New York zurückgekommen, vor zwei Tagen, und dann haben Sie geseufzt, als wäre Ihr bester Freund gestorben.«

»Tut mir leid. Es war ein langer Tag.« Sie versuchte zu lächeln, aber plötzlich lastete wieder alles so schwer auf ihr. Der Alptraum war zurückgekehrt, um sie zu überwältigen. Einen Moment entstand eine Pause. Dann sah Astrid sie über die Kartons auf ihrem Schoß hinweg an.

»Ist irgend etwas nicht in Ordnung?« Es war schwer, diesen fragenden Blick mit einer Lüge zu beantworten.

»Nichts, was sich nicht bald klären würde.«

»Kann ich irgendwie helfen?« Was für eine nette Frau. Sie waren sich vollkommen fremd, und dennoch fragte sie Jessie nach ihren Problemen. Jessie lächelte und fuhr an der Ecke langsamer.

»Nein, es ist wirklich alles in Ordnung. Und Sie haben schon geholfen. Sie haben in meinen Tag ein wenig Sonne gebracht. So, welches Haus ist Ihres?«

Astrid lächelte und deutete darauf. »Das da. Sie sind ein Schatz, daß Sie mich heimgefahren haben.«

Es war ein dunkles Ziegelhaus mit schwarzen Fensterläden und einer glatt geschnittenen Hecke um den Garten. Jessie hätte am liebsten einen Pfiff ausgestoßen. Sie und Ian hatten das Haus oft betrachtet und sich gefragt, wer dort wohnen könnte. Sie hatten vermutet, daß die Bewohner viel unterwegs waren, denn das Haus sah oft so aus, als wäre es geschlossen.

»Mrs. Bonner, darf ich Ihnen das Kompliment über das Haus zurückgeben? Wir haben Sie seit Jahren um dieses hier beneidet.«

»Ich fühle mich geschmeichelt, bitte, nennen Sie mich Astrid. Aber Ihr Haus sieht nach viel mehr Spaß aus, Jessica. Dieses hier ist schrecklich... nun ja –« Sie kicherte – »erwachsen ist wohl das richtige Wort. Tom hatte es schon, als wir geheiratet haben, und er besaß ein paar wunderschöne Dinge. Sie müssen mal zum Kaffee kommen oder auf einen Drink.«

»Sehr gern.«

»Wie wäre es jetzt gleich?«

»Ich... ich würde liebend gern kommen, aber um Ihnen die Wahrheit zu sagen: Ich fühle mich wie zerschlagen. Es waren sehr hektische Tage, seit ich zurückgekommen bin, und in New York habe ich mich auch nicht gerade ausgeruht. Können wir es auf ein andermal verschieben?«

»Natürlich, gern. Danke fürs Mitnehmen.« Sie stieg aus dem Wagen und winkte, als sie die Stufen hinauflief. Jessie winkte zurück. Das war vielleicht ein Haus! Und sie freute sich, Astrid Bonner kennengelernt zu haben. Eine reizende Frau.

Jessica bog in ihre eigene Auffahrt ein. Sie dachte an Astrid und das, was sie gesagt hatte. Es hörte sich an, als hätte sie eine Menge aufgegeben für ihren Mann. Aber sie schien glücklich darüber.

Jessie betrat ihr dunkles Heim, schleuderte die Schuhe von den Füßen und setzte sich auf die Couch, ohne Licht zu machen. Sie ging in Gedanken noch mal den ganzen Tag durch. Es war unglaublich gewesen. Alles, vom Gespräch mit Martin Schwartz über das Plündern ihres Sparbuches für sein Honorar bis hin zum Besuch im Gefängnis und der Unterhaltung mit Astrid Bonner... wann würde das Leben wieder wirklich werden?

Sie dachte daran, sich einen Drink zu mixen, aber sie brachte nicht genug Energie auf, um sich zu bewegen. Ihre Gedanken rasten, ihr Körper jedoch hatte sich zu Stein verwandelt. Die Maschine wollte einfach nicht mehr. Und ihr Verstand... ihr Verstand... immer wieder dachte sie an den Besuch bei Ian. Jetzt war sie wieder daheim. Allein, wo er immer auf sie gewartet hatte. Das Haus war unerträglich ruhig... so wie Jakes Wohnung, als sie dorthin gegangen war... nachdem er tot war... warum mußte sie bloß immer wieder an Jake denken? Warum verglich sie ihn mit Ian? Ian war nicht tot. Und er würde morgen heimkommen – oder etwa nicht? Er würde. Aber was, wenn...? Sie konnte einfach nicht aufhören. Es klingelte an der Haustür, aber sie hörte es nicht einmal, bis das beharrliche Summen ihre Aufmerksamkeit schließlich doch auf sich lenkte, fort von ihren kreisenden Gedanken. Es kostete sie die letzte Kraft, aufzustehen und zur Tür zu gehen.

In Strümpfen stand sie in der dunklen Eingangshalle und sprach durch die geschlossene Tür. Sie war zu müde, auch nur zu versuchen zu raten, wer es war.

»Wer ist da?« Ihre Stimme drang kaum bis vor die Tür. Aber er hörte sie. Über die Schulter sah er seinen Begleiter an und nickte. Der zweite

Mann ging langsam zu dem grünen Wagen zurück.

»Polizei.«

Jessies Herz hämmerte wild bei diesem Wort, zitternd lehnte sie an der Wand. Was jetzt?

»Ja?«

»Ich bin es, Inspektor Houghton. Ich möchte Mrs. Clarke sprechen.« Aber er wußte schon, daß er mit ihr selbst sprach. Jessica war versucht ihm zu erzählen, daß Mrs. Clarke nicht daheim wäre. Aber ihr Wagen stand unübersehbar in der Auffahrt, und der Inspektor würde einfach dableiben und warten. Es gab kein Entkommen mehr.

Langsam öffnete Jessie die Tür und stand schweigend in der dunklen Halle. Selbst ohne Schuhe war sie noch gut zwei Zentimeter größer als der Inspektor. Ihre Blicke trafen sich für eine lange Weile. Allen Haß, den sie Ian für seinen Verrat nicht entgegenbringen konnte, entlud sie nun auf Inspektor Houghton. Es fiel nicht schwer, ihn zu hassen.

»Guten Abend. Darf ich hereinkommen?« Jessie trat zur Seite, schaltete das Licht ein und ging ihm dann voraus ins Wohnzimmer. Sie blieb mitten im Zimmer stehen, sah ihn an, forderte ihn aber nicht auf, Platz zu nehmen.

»Nun, Inspektor? Was gibt's?« Ihr Ton verriet alles.

»Ich dachte, wir sollten uns mal unterhalten.«

»So? Ist das so üblich?« Sie hatte Angst, aber noch größer war ihre Furcht, das zu zeigen. Wenn er sie nun vergewaltigen wollte? Eine richtige Vergewaltigung diesmal. Wenn... Gott... wo war Ian?

»Das ist vollkommen üblich, Mrs. Clarke.«

Sie schienen einander mit Blicken zu umkreisen, Erzfeinde. Eine Python und ihre Beute. Jessie gefiel die Rolle, die sie zu spielen hatte, gar nicht. Sie ängstigte sich vor ihm, wollte es jedoch nicht zeigen. Er fand sie schön, aber auch er ließ sich seine Gefühle nicht anmerken. Er mochte Ian aus verschiedenen Gründen nicht; das verbarg er nicht.

»Haben Sie etwas dagegen, wenn ich mich setze?« Ja, viel.

»Überhaupt nicht.« Sie zeigte auf die Couch und setzte sich in ihren Lieblingssessel.

»Ein hübsches Haus haben Sie, Mrs. Clarke. Wohnen Sie schon lange hier?« Er sah sich um, schien alle Einzelheiten in sich aufzunehmen, während sie sich in Phantasien erging, wie sie ihn beschimpfen und ihm die Augen auskratzen würde. Aber diesmal wußte sie, daß das nicht wahr war. Man haßte die Bullen vielleicht, aber man ließ es sich nicht anmerken. Sie war unschuldig, Ian war unschuldig, aber sie fürchtete sich zutiefst.

»Inspektor, ist das ein Verhör oder ein einfacher Besuch? Unser Anwalt hat mir heute erklärt, daß ich mit niemandem reden muß, außer wenn er anwesend ist.« Sie betrachtete das Knie in der braunen Hose, die dunklen Socken, und fragte sich, ob er sie vergewaltigen würde. Er trug einen glänzenden, senffarbenen Schlips. Langsam wurde ihr übel, und dann überfiel sie plötzliche Panik, und sie überlegte, ob sie am Morgen die Pille genommen hatte. Und dann sah sie ihn an und wußte plötzlich, daß sie ihn umbringen würde, wenn er es versuchen würde. Sie müßte es tun.

»Nein, Sie müssen mit niemandem reden, wenn Ihr Anwalt nicht anwesend ist, Mrs. Clarke, aber ich habe ein paar Fragen, und ich dachte, es wäre angenehmer für Sie, sie hier zu beantworten.« Wirklich reizend.

»Ich glaube, ich beantworte sie lieber vor Gericht.« Aber sie wußten beide, daß sie vor Gericht nichts zu beantworten brauchte. Sie war die Ehefrau des Angeklagten. Rechtlich war sie nicht gezwungen, als Zeugin auszusagen.

»Wie Sie wollen.« Er erhob sich, um zu gehen, blieb dann aber an der Bar stehen. »Trinken Sie auch?« Die Frage machte sie rasend.

»Nein, und mein Mann genausowenig.«

»Ja, das dachte ich eigentlich auch. Aber er behauptet, er wäre betrunken gewesen, als er das Opfer ins Hotel brachte. Ich dachte mir jedoch schon, daß er gelogen hat. Er sieht nicht aus wie ein Säufer.« Jessies Blick wurde haßerfüllt. Dieser Hundesohn versuchte, sie in eine Falle zu locken.

»Inspektor, ich ersuche Sie zu gehen. Jetzt.«

Houghton drehte sich um und sah sie betont freundlich an, in seine Augen trat gleich darauf derselbe Zorn, der auch in Jessies Blick stand. Seine Stimme war kaum hörbar, weil er einen guten Schritt von ihr entfernt stand.

»Was machen Sie eigentlich mit einem knieweichen Kerl wie ihm?«

»Verschwinden Sie aus meinem Haus!« Ihre Stimme war ebenso leise wie seine, aber ihr ganzer Körper bebte.

»Was machen Sie, wenn er ins Gefängnis muß? Suchen Sie sich dann einen anderen Gigolo wie ihn? Glaub mir, Schwester, du brauchst keine Angst zu haben. Von denen gibt es Unmengen.«

»Raus!« Dieses Wort wirkte wie ein Faustschlag in sein Gesicht, und er machte auf dem Absatz kehrt und ging zur Tür. Dort blieb er noch einen Moment stehen und sah sich nach ihr um.

»Bis bald.«

Die Tür schloß sich hinter ihm, und zum erstenmal in ihrem Leben hatte Jessie das Bedürfnis, jemanden umzubringen.

Um zehn Uhr am selben Abend kam er wieder, diesmal mit zwei Männern in Zivil und einem Durchsuchungsbefehl. Sie sollten nach Waffen und Drogen suchen.

Diesmal benahm sich Houghton ganz geschäftsmäßig, mied ihre Blicke die ganze Stunde lang, die sie da waren, ihre Schränke und Kommoden durchwühlten, ihre Unterwäsche auseinanderfalteten, ihre Handtaschen aufs Bett leerten, Waschpulver ausschütteten und Ians Kleider und Papiere im ganzen Wohnzimmer verteilten.

Sie fanden nichts, und Jessie erzählte Ian nichts davon. Niemals. Aber sie brauchte viereinhalb Stunden, um alles wieder fortzuräumen, und dann noch mal zwei Stunden, bis sie aufhören konnte zu schluchzen. Ihre Angst war berechtigt gewesen. Sie hatten sie vergewaltigt. Nicht so, wie sie befürchtet hatte, sondern auf andere Weise. Fotos ihrer Mutter lagen überall auf ihrem Schreibtisch verstreut, ihre Pillen lagen in der Küche, die Hälfte davon hatten sie mitgenommen, um sie im Labor zu untersuchen. Ihr ganzes Leben war im gesamten Haus ausgebreitet. Jetzt war die Sache auch ihr Krieg geworden, und sie war bereit zu kämpfen. Dieser Abend hatte alles geändert. Jetzt waren sie nicht mehr nur Ians Feinde, jetzt waren sie auch die ihren. Und zum erstenmal in sieben Jahren war Ian nicht da, um sie zu verteidigen. Nicht nur das, er war es auch gewesen, der sie diesem Feind von Angesicht zu Angesicht gegenübergestellt hatte. Er hatte dies alles verursacht. Und sie war hilflos. Es war Ians Schuld. Jetzt war auch er ihr Feind.

Kapitel VIII

Zusammen mit Martin Schwartz wartete Jessica in den hinteren Reihen des Gerichtssaals bis nach zehn Uhr. Es war viel zu tun, und alles verzögerte sich. Alles, was Jessica beobachtete, schien ausgesprochen langweilig. Die meisten Anklagen wurden mit tonloser Stimme verlesen, eine Kaution wurde festgesetzt, und neue Menschen betraten den Saal. Endlich erschien auch Ian durch eine Tür vom Gefängnis her. Er wurde von zwei Wachtposten begleitet.

Martin begab sich nach vorn, und die Anklage wurde – Gott sei Dank – nach Paragraphen erhoben, nicht näher ausgeführt. Ian wurde gefragt, ob er verstand, wessen er angeklagt wurde, und er bestätigte es mit ernster Stimme. Die Kaution wurde auf fünfundzwanzigtausend Dollar festgelegt. Martin bat darum, sie niedriger anzusetzen, und der Richter dachte darüber nach, während die Staatsanwältin aufsprang und Einspruch erhob. Sie war der Ansicht, daß dieser Fall eine noch höhere Kaution erforderlich machte. Doch der Richter stimmte nicht zu. Er senkte die Summe auf fünfzehntausend, knallte mit dem Hammer, und der nächste Mann wurde hereingebracht. Die Vorverhandlung war auf zwei Wochen später festgesetzt worden.

»Was machen wir jetzt?« fragte Jessica Martin, als er zu ihrem Platz zurückkam. Ian hatte den Gerichtssaal bereits verlassen und befand sich wieder im Gefängnis.

»Jetzt kratzen Sie tausendfünfhundert Dollar zusammen, damit Sie den ›Bailbondsman‹ zahlen können, und dann geben Sie ihm eine Sicherheit über fünfzehntausend.«

»Wie mache ich das?«

»Kommen Sie. Ich werde Sie selbst rüberbringen.«

Himmel... fünfzehntausend? Das war enorm. Gab es irgend etwas, was soviel wert war? Ja, Ian.

Sie gingen in die Halle hinunter und dann über die Straße in eines der neonerleuchteten Büros der ›Bailbondsmen‹. Es war kein hübscher Ort, und das Büro, das sie betraten, war nicht besser als die anderen. Es stank nach Zigarrenrauch, die Aschenbecher waren übervoll, und zwei Männer lagen schlafend auf einer Couch. Offensichtlich warteten sie. Eine Frau mit gefärbtem, gelben Haar erkundigte sich nach ihren Wünschen, und Martin erklärte alles. Sie rief im Gefängnis an und notierte sich die Anklagepunkte, während sie Jessie von oben bis unten musterte. Jessie bemühte sich, nicht mit der Wimper zu zucken.

»Sie werden uns Sicherheiten bieten müssen. Gehört das Haus, in dem Sie wohnen, Ihnen?«

Jessie nickte und erklärte, wie es mit der Hypothek stand. »Außerdem gehört mir ein Geschäft.« Sie gab der Frau Namen und Adresse ihrer Boutique, die Adresse ihres Hauses und den Namen der Bank, bei der sie die Hypothek laufen hatte.

»Was, glauben Sie, ist das Geschäft wert? Was ist es überhaupt? Ein Kleiderladen?« Jessie nickte, kam sich irgendwie degradiert vor, ohne daß sie hätte sagen können, weshalb. Vielleicht, weil die Frau jetzt wußte, wie die Anklage lautete.

»Ja, eine Boutique. Und wir haben ein recht umfangreiches Inventar.« Warum wollte sie diese dumme Frau eigentlich beeindrucken? Doch dann erkannte sie: weil die Frau den Schlüssel zu Ians Kaution in Händen hielt. Martin Schwartz stand neben ihr und beobachtete die Vorgänge.

»Wir werden Ihre Bank anrufen müssen. Kommen Sie um vier Uhr wieder.«

»Und können Sie meinen Mann dann auslösen?« O Gott, bitte, können Sie ihn auslösen? Erneut stieg ihr die Panik in die Kehle, dick und süß und bitter, wie Schleim.

»Wir werden die Kaution für ihn stellen, wenn die Auskünfte Ihrer Bank zufriedenstellend sind, was das Haus und das Geschäft angeht«, erklärte die Frau. »Ist für beides dieselbe Bank zuständig?« Jessie nickte, aschfahl im Gesicht. »Gut. Das spart uns Zeit. Bringen Sie die fünfzehnhundert mit, wenn Sie wiederkommen. In bar.«

»Bar?«

»Bar oder Bankscheck. Keine eigenen Schecks.«

»Danke.«

Sie traten wieder auf die Straße hinaus, und Jessie sog die frische Luft ein. Es kam ihr vor, als wäre es Jahre her, daß sie frei atmen konnte. Sie füllte noch einmal ihre Lunge und sah dann Martin an.

»Was geschieht mit Leuten, die kein Geld haben?«

»Sie zahlen keine Kaution.«

»Und was dann?«

»Dann bleiben sie bis nach dem Urteil in Haft.«

»Selbst wenn sie unschuldig sind? Sie bleiben die ganze Zeit über im Gefängnis?«

»Man weiß ja vor der Verhandlung nicht, ob sie unschuldig sind.«

»Was, zum Teufel, ist denn aus dem ›Im Zweifelsfalle für den Angeklagten‹ geworden?«

Achselzuckend wandte er sich ab, schweigend. Es hatte ihn deprimiert, dieses Büro zu sehen. Er ging nur äußerst selten mit seinen Klienten zu den ›Bailbondsmen‹. Aber Ian hatte ihn gebeten, Jessie zu begleiten, und er hatte es versprochen. Es war merkwürdig, eine so große, unabhängig aussehende Frau zu behandeln, als wäre sie zart und hilflos. Aber er vermutete, daß Ian recht hatte: Unter dieser Rüstung verbarg sie eine ungeheure Verletzbarkeit. Er fragte sich, ob dieser Panzer Sprünge davontragen würde, wenn das alles hier vorüber war. Das hätte gerade noch gefehlt.

»Was machen arme Menschen wegen der Anwälte?« Himmel, er hatte genug Probleme, auch ohne den Sozialarbeiter zu spielen.

»Sie nehmen sich öffentliche Verteidiger, Jessica. Und wir haben im Augenblick genug mit uns selbst zu tun, da brauchen wir uns nicht noch Sorgen um andere Leute zu machen, finden Sie nicht auch? Warum fahren Sie nicht einfach zur Bank und bringen diese Angelegenheit hinter sich?«

»In Ordnung. Entschuldigen Sie.«

»Schon gut. Das System scheint lausig, und ich weiß es. Aber es ist auch nicht dazu gedacht, die Armen zu trösten. Seien Sie einfach dankbar, daß Sie im Augenblick nicht zu ihnen gehören, und lassen Sie es dabei bewenden.«

»Das ist schwer, Martin.«

Er schüttelte den Kopf und lächelte leicht. »Fahren Sie zur Bank?«

»Jawohl, mein Herr.«

»Gut. Soll ich mitkommen?«

»Natürlich nicht. Gehört Babysitting immer dazu, oder hat Ian das veranlaßt?«

»Ich... nein... um Himmels willen. Fahren Sie bloß zur Bank. Und lassen Sie es mich wissen, wenn Sie Ihren Mann draußen haben. Oder rufen Sie mich vorher an, wenn ich irgend etwas tun kann.«

Wie wäre es, wenn Sie uns fünfzehntausend Dollar leihen würden, mein Herr? Sie lächelte, verabschiedete sich und ging langsam zu ihrem Wagen. Sie hatte immer noch keine Ahnung, wie sie das Geld aufbringen sollte. Und was sollte sie der Bank erzählen? Die Wahrheit. Und sie würde sie anflehen, wenn es sein mußte. Fünfzehntausend... diese Summe kam ihr so unerreichbar vor wie die Spitze zum Mount Everest.

Nach sechs Zigaretten und einem halbstündigen, schrecklich anstrengenden Gespräch mit dem Direktor der Bank erhielt Jessica einen Kredit über fünfzehntausend Dollar für ihren Wagen. Außerdem wurde ihr versichert, daß alles glattgehen würde, wenn das Büro des ›Bailbondsman‹ anriefe. Während des ganzen Gespräches stand ein Ausdruck des Erstaunens in den Augen des Mannes, den er verzweifelt zu verbergen suchte, aber ohne Erfolg. Und dabei hatte Jessica ihm noch nicht einmal gesagt, wie die Anklage lautete, nur, daß Ian im Gefängnis war. Sie betete, daß auch das Büro des ›Bailbondsman‹ nichts verlauten ließ, und wenn doch, daß dann wenigstens niemand von der Bank klatschen würde. Der Direktor hatte ihr bereits geschworen, daß die ganze Angelegenheit streng vertraulich behandelt werden würde. Und wenigstens konnte sie über die fünfzehntausend Dollar verfügen... sie hatte sie... sie hatte sie! Und ihr Haus und ihr Geschäft waren zehnmal mehr wert als die Sicherheit, die sie benötigte. Aber trotzdem hatte sie immer noch das Gefühl, es könnte nicht ausreichen. Wenn sie Ian nun doch nicht herauslassen würden? Und dann fiel ihr etwas ein: ihr Schließfach.

»Mrs. Clarke?«

Sie antwortete nicht, sie saß bloß da.

»Mrs. Clarke? Gibt es sonst noch etwas?«

»Verzeihung. Oh... ich... ich habe gerade an etwas gedacht. Ja, ich... ich glaube, ich möchte heute an mein Schließfach.«

»Haben Sie den Schlüssel dabei?«

Sie nickte. Sie hatte ihn am Schlüsselbund. Sie griff in ihre Tasche und reichte ihn ihm.

»Ich werde Miss Lopez bitten, es für Sie zu öffnen.«

Nachdenklich ging Jessie hinter ihm her, folgte dann Miss Lopez, die sie nicht kannte. Und schließlich stand sie vor ihrem Safe, und Miss Lopez sah sie fragend an, die große Box in der Hand.

»Möchten Sie damit in einen Extraraum gehen?«

»Ich... ich... ja. Danke.« Sie hätte das nicht tun sollen. Es war ein Fehler. Sie brauchte das nicht... nein... aber wenn nun das Haus und Lady J nicht ausreichten? Sie wußte, daß das unvernünftig war. Sie hatte panische Angst, aber es war besser, ganz sicherzugehen... wegen Ian... es tat alles so weh. Und jetzt mußte sie allein damit fertig werden.

Miss Lopez ließ sie in einem kleinen, sterilen Raum mit braunem Tisch und einem schwarzen Vinyl-Sessel zurück. An der Wand hing ein häßlicher Druck von Venedig. Er sah aus, als hätte man ihn von einer Pralinenschachtel geschnitten. – Sie war allein mit der Box. Vorsichtig öffnete Jessie sie und zog drei große, braune Lederkästchen und zwei verblaßte, rote Schmuckkästchen aus Wildleder hervor. Noch eine andere, kleinere Schachtel lag ganz unten. Diese Schachtel enthielt Jakes Schätze. Die Manschettenknöpfe, die Vater ihm zu seinem einundzwanzigsten Geburtstag geschenkt hatte, sein Schulring, sein Marinering. Größtenteils billiger Kram, aber typische Dinge von Jake.

Die braunen Lederkästchen enthielten den wahren Schatz. Briefe, die ihre Eltern sich im Laufe der Jahre geschrieben hatten – Briefe, die sie gewechselt hatten, während ihr Vater im Krieg war, Fotos. Locken von ihrem und von Jakes Haar. Alles Erinnerungen, die wirklich zählten und die jetzt am meisten weh taten.

Sie öffnete zuerst die blaue Schachtel und lächelte unter Tränen, als sie Jakes Besitz völlig durcheinander auf dem beigen Chamois liegen sah. Noch immer roch es ganz leicht nach Jake. Sie erinnerte sich, wie sie ihn wegen des Ringes der Hochschule geneckt hatte. Sie hatte ihm gesagt, er wäre gräßlich, und er war doch so verdammt stolz darauf gewesen. Und da lag er jetzt. Sie schob ihn sich auf den Finger. Er war viel zu groß für sie. Auch für Ian wäre er zu groß gewesen. Jake war fast einsfünfundneunzig gewesen und kräftig gebaut.

Dann wandte sie sich den braunen Kästchen zu. Sie kannte sie so gut. Die Initialen ihrer Eltern waren in winzigen, goldenen Buchstaben in die untere rechte Ecke graviert. Beide Kästchen waren genau gleich. Im ersten Kästchen fand sie ein Foto, das sie alle vier zeigte. Es war einmal Ostern aufgenommen worden. Sie war ungefähr elf gewesen, Jake sieben. Es war mehr, als sie ertragen konnte. Leise schloß sie das Kästchen und wandte sich dem Zweck ihres Besuches zu.

Die roten Schmuckkästchen. Es war unglaublich, einfach unglaublich. Sie würde tatsächlich den Schmuck ihrer Mutter mitnehmen. Er war so kostbar, so heilig für sie, gehörte in ihrer Vorstellung immer noch ihrer Mutter, und Jessie hatte in all den Jahren nicht eines der Stücke getragen. Und jetzt war sie bereit, sie den Händen eines Fremden zu überlassen – für Ian.

Vorsichtig öffnete sie die Behälter und starrte auf die lange Reihe der Ringe. Da war ein Rubin in einer alten Fassung, der einst ihrer Großmutter gehört hatte, zwei hübsche Jaderinge, die ihr Vater aus dem Fernen Osten mitgebracht hatte, der Smaragdring, den sich ihre Mutter so sehr gewünscht und dann zum fünfzigsten Geburtstag bekommen hatte, der Verlobungsring mit dem Diamanten... und ihr Ehering, der ›richtige‹, der abgetragene, schmale Goldreif, den sie immer getragen hatte, den sie immer dem Smaragd-Diamant-Ring vorgezogen hatte, den Jessies Vater ihr gekauft hatte, weil er zu ihrem Smaragdring paßte. Dann gab es noch zwei schlichte, goldene Kettenarmbänder; eine goldene Uhr mit winzigen Brillanten ums Zifferblatt, und eine große, hübsche Saphirbrosche mit Diamanten. Auch sie hatte schon Jessies Großmutter gehört.

Der zweite Kasten enthielt drei Stränge perfekter Perlen, Perlohrringe und ein Paar kleine Brillant-Ohrringe, die sie und Jake ihr im Jahr vor ihrem Tod gekauft hatten. Alles war da. Jessies Magen drehte sich um, als sie den Schmuck ansah. Sie wußte, daß sie ihn nicht wirklich bei dem ›Bailbondsman‹ lassen konnte, aber sie hatte ihn wenigstens bei sich, wenn sie ihn brauchen sollte. Noch zwei Tage zuvor hätte sie nicht einmal im Traum an so etwas gedacht, aber jetzt...

Sie schob die Kästchen zurück in die Metallbox und verließ den Raum fast zwei Stunden, nachdem sie ihn betreten hatte. Die Bank würde schon bald geschlossen werden.

Als sie in die Bryant Street zurückkam, saß die Frau mit den gelben Haaren hinter ihrer Zeitung und kaute an einem triefenden Cheeseburger. »Haben Sie das Geld?« Sie sah auf und sprach mit vollem Mund.

Jessica nickte. »Haben Sie mit der Bank gesprochen, wegen der Sicherheiten?« Sie hatte genug, und zu allem Überfluß kam noch der Kummer hinzu, den sie beim Betrachten des Safe-Inhaltes empfunden hatte. Sie wollte diesem Alptraum ein Ende machen. Jetzt sofort.

»Mit welcher Bank?« Das Gesicht der Frau blieb leer und ausdruckslos, und Jessie ballte die Hände, um nicht laut aufzuschreien.

»Mit der California Union Trust Bank. Ich wollte meinen Mann heute auf Kaution aus dem Gefängnis holen.«

»Wie lautet die Anklage?« Zum Teufel, was wollte die Frau von ihr? Sie erinnerte sich, daß Jessica Geld holen sollte – wie konnte sie da den Rest vergessen haben? Oder war das ganze nur ein Spielchen? Nun, wenn es so war, dann war es bestimmt nicht lustig.

»Die Anklage lautete auf Vergewaltigung und Mißhandlung.« Sie schrie die Worte förmlich hinaus.

»Besitzen Sie irgend etwas?« Ach, Mist.

»Um Himmels willen, das alles haben wir doch heute morgen schon durchgesprochen. Und Sie wollten meine Bank anrufen und sich nach meinem Geschäft und der Hypothek erkundigen. Ich war mit unserem Anwalt hier, wir haben Papiere ausgefüllt und...«

»Okay. Wie war der Name?«

»Clarke. Mit ›E‹.«

»Ja. Hier ist es.« Sie zog mit zwei fettigen Fingern ein Formular hervor. »Aber jetzt können wir ihn nicht auslösen.«

»Warum nicht?« Jessies Magen drehte sich erneut.

»Weil es zu spät ist, um die Bank anzurufen.«

»Verdammt. Und was jetzt?«

»Kommen Sie morgen früh wieder.« Klar, und Ian hockte noch eine Nacht im Gefängnis. Wunderbar! Tränen der Enttäuschung schnürten ihr die Kehle zu, aber es gab nichts, was sie hätte tun können, außer nach Hause zu gehen und am Morgen wiederzukommen.

»Möchten Sie den Chef sprechen?«

Jessies Gesicht leuchtete auf.

»Jetzt?«

»Ja. Er ist da. Hinten.«

»Fabelhaft. Sagen Sie ihm, daß ich da bin.« O Gott... bitte... laß ihn menschlich sein... bitte...

Der Mann tauchte aus dem Hinterzimmer auf. Mit einem schmutzigen Finger, an dem ein kleiner Goldring mit einem großen, rosa Edelstein prunkte, stocherte er zwischen den Zähnen herum. In der anderen Hand hielt er eine Bierdose. Er trug Jeans und ein T-Shirt, und auf seinen Armen und im Nacken seines Hemdes kräuselte sich dichtes, schwarzes Haar. Er hatte fast das Haar eines Afrikaners. Und er war nicht viel älter als Jessie. Er grinste, als er sie sah, stocherte noch ein letztes Mal im Mund herum, nahm dann seine Hand aus dem Mund und streckte sie Jessie zum Schütteln entgegen. Sie ergriff sie, aber nur mit Widerwillen.

»Guten Tag. Ich bin Jessica Clarke.«

»Barry York. Was kann ich für Sie tun?«

»Ich versuche, meinen Mann gegen Kaution freizubekommen.«

»Wie lautet die Anklage? He... Moment mal, gehen wir doch in mein Büro. Wollen Sie ein Bier?« Tatsächlich hätte sie nichts lieber getrunken – aber nicht mit ihm. Ihr war heiß, sie war müde und durstig und verängstigt, aber sie wollte nichts zusammen mit Barry York trinken, nicht einmal Wasser.

»Nein, danke.«

»Kaffee?«

»Nein, vielen Dank, wirklich gar nichts.« Er versuchte, anständig zu sein. Das mußte man ihm zugute halten. Er führte sie in ein kleines, schmuddeliges Büro mit Bildern von nackten Frauen an den Wänden, ließ sich in einen Drehstuhl fallen, setzte sich einen grünen Augenschirm auf die Stirn, drehte seine Stereoanlage an und grinste ihr entgegen.

»Wir sehen hier nicht viele Leute wie Sie, Mrs. Clarke.«

»Ich... nein... danke.«

»Also, was ist mit dem Alten? Betrunken am Steuer?«

»Nein, Vergewaltigung.« Barry stieß einen langen Pfiff aus, während Jessie seinen Bauch anstarrte. Wenigstens zeigte er ehrlich, was er dachte. »Das ist beschissen. Wie hoch ist die Kaution?«

»Fünfzehntausend.«

»Schlechte Nachrichten.«

»Ja, deshalb bin ich hier.« Gute Nachrichten für dich, Barry, Schätzchen. Vielleicht kannst du dir danach sogar einen goldenen Zahnstocher kaufen, mit Diamantenspitze. »Ich habe mit der jungen Frau da draußen gesprochen, schon heute vormittag, und sie wollte meine Bank anrufen und...«

»Und?« Sein Gesicht wurde kaum merklich härter.

»Sie hat es vergessen.«

Barry schüttelte den Kopf. »Sie hat es nicht vergessen. Wir übernehmen so hohe Kautionen nicht.«

»Nicht?«

Wieder schüttelte er den Kopf. »Für gewöhnlich nicht.« Jessica hatte das Gefühl, sofort losheulen zu müssen. »Wahrscheinlich hat sie es Ihnen einfach nicht sagen wollen.«

»Dann habe ich also einen ganzen Tag verloren, mein Mann ist immer noch im Gefängnis, in meiner Bank erwartet man, von Ihnen zu hören, und... was jetzt, Mr. York? Was soll ich jetzt tun?«

»Wie wäre es mit einem hübschen, kleinen Abendessen?« Er stellte die Stereoanlage leiser und tätschelte ihre Hand. Sein Atem roch nach Knoblauch. Er stank.

Jessica sah ihn bloß an und stand auf. »Mein Anwalt muß sich geirrt haben, was dieses Büro angeht, Mr. York. Und ich habe die Absicht, ihm genau das auch mitzuteilen.«

»Wer ist Ihr Anwalt?«

»Martin Schwartz. Er war heute morgen mit mir hier.«

»Hören Sie, Mrs.... wie war gleich Ihr Name?«

»Clarke.«

»Mrs. Clarke. Warum nehmen Sie nicht Platz, und wir unterhalten uns ein bißchen über das Geschäft.«

»Jetzt, oder nach dem Essen? Oder nachdem wir noch ein paar Platten gehört haben?«

Er lächelte. »Gefallen Ihnen die Platten? Ich hielt es für eine nette Geste.«

Er stellte die Anlage wieder lauter, und Jessie wußte nicht, ob sie lachen, weinen oder schreien sollte. Es war offensichtlich, daß es ihr nie gelingen würde, Ian aus dem Gefängnis zu holen. Jedenfalls nicht so. »Möchten Sie etwas zu Abend essen?«

»Ja, Mr. York. Mit meinem Mann. Wie stehen die Chancen, meinen Mann aus dem Gefängnis zu holen, so daß ich mit ihm zu Abend essen kann?«

»Heute? Unmöglich. Ich muß zuerst in Ihrer Bank anrufen.«

»An genau diesem Punkt waren wir, als ich heute mittag um halb eins von hier fortgegangen bin.«

»Ja, nun, tut mir leid. Aber morgen früh werde ich mich persönlich darum kümmern. Nur jetzt, wo die Banken schon geschlossen haben, kann ich gar nichts mehr tun. Nicht bei einem Kredit von der Höhe, die Sie benötigen. Was bieten Sie überhaupt als Sicherheit?«

»Mein Geschäft und eventuell mein Haus. Das überlasse ich Ihnen. Ich bin bereit, eines von beiden zu verpfänden oder auch beides. Oder ich war es zumindest. Aber jetzt habe ich eine andere Idee.« Es war verrückt, es war dumm, unmoralisch, falsch, aber sie hatte das alles hier so satt, sie mußte einfach etwas tun. Sie griff in ihre Tasche und zog die beiden Kistchen mit dem Schmuck ihrer Mutter heraus. »Was sagen Sie dazu?«

Barry York sank ganz still in seinen Sessel zurück. Mindestens zehn Minuten lang sagte er kein Wort.

»Hübsch.«

»Besser. Der Smaragd und die Brillanten sind herrliche Steine. Und die Saphirbrosche ist eine Menge Geld wert. Genau wie die Perlen.«

»Ja, wahrscheinlich. Aber das Problem ist, ich kann nichts dazu sagen, solange ich sie keinem Juwelier gezeigt habe. Aber den alten Herrn kann ich auch heute nicht mehr holen.« Den alten Herrn ... Dreckskerl. »Aber wirklich hübscher Schmuck. Woher haben Sie ihn?«

Gestohlen. »Er gehörte meiner Mutter.«

»Weiß sie, daß der alte Knabe im Knast sitzt?«

»Kaum, Mr. York. Sie ist tot.«

»Oh, das tut mir leid. Hören Sie, ich bringe die Sachen gleich morgen früh zum Schätzen. Dann rufe ich Ihre Bank an. Und mittags haben wir Ihren Alten draußen. Das schwöre ich, vorausgesetzt, das Zeug ist in Ordnung. Vorher kann ich wirklich nichts tun. Aber gegen Mittag ist alles in Ordnung. Kennen Sie meine Gebühren?«

Ja, mein feiner Herr, in Pfennigen. »Ja.«

»Gut, dann ist ja alles in Ordnung.«

»Mr. York. Warum nehmen Sie nicht einfach den ganzen Schmuck für heute abend und lassen ihn heimkommen? Er wird nicht fliehen, und wir können diesen ganzen finanziellen Schwachsinn morgen in Ordnung bringen. Wenn Ihre Assistentin wie versprochen bei der Bank angerufen hätte ...«

Er schüttelte den Kopf, stocherte erneut in den Zähnen herum und hielt die andere Hand hoch. »Würd' ich ja gern. Aber das geht nicht. Das ist alles. Ich kann's nicht. Mein ganzes Geschäft steht auf dem Spiel. Ich schwöre, ich kümmere mich morgen früh gleich als erstes darum. Kommen Sie um halb elf hierher, und wir erledigen alles.«

»Schön.« Sie stand auf, mit einem Gefühl, als würde die ganze Welt auf ihren Schultern lasten. Sie schloß die beiden Wildlederbehälter und steckte sie in ihre Tasche zurück.

»Sie lassen mir das nicht hier?«

»Nein. Das hätte ich nur getan, falls mein Mann heute abend noch aus dem Gefängnis gekommen wäre. Ich dachte, Sie würden den Wert erkennen. Andernfalls setze ich lieber mein Haus und mein Geschäft als Sicherheit ein.«

»Okay.« Aber er schien nicht erfreut. »Das ist ein verteufelt hoher Kredit, wissen Sie.« Sie nickte müde.

»Keine Sorge. Es ist ein hübsches Haus, und das Geschäft geht gut, und mein Mann ist ein anständiger Mann. Er wird nicht davonlaufen. Sie werden keinen roten Heller verlieren.«

»Sie würden überrascht sein, wer alles davonläuft.«

»Ich sehe Sie dann um halb elf, Mr. York.« Sie streckte eine Hand aus, und er schüttelte sie lächelnd.

»Sind Sie sicher, daß Sie nicht zum Abendessen gehen möchten? Sie sehen müde aus. Vielleicht würde Ihnen etwas zu essen guttun. Ein bißchen Wein, ein bißchen Tanz... Himmel, genießen Sie die Zeit ein wenig, bis Ihr Alter wieder heimkommt. Und sehen Sie es doch mal so: Wenn er wegen Vergewaltigung eingelocht worden ist, dann hat er sich bestimmt nicht nur mit Jungs amüsiert.«

»Gute Nacht, Mr. York.«

Ruhig ging sie durch die Tür hinaus zu ihrem Wagen und fuhr heim.

Eine halbe Stunde später schlief sie auf der Couch ein und wachte erst um neun Uhr am nächsten Morgen auf. Sie fühlte sich, als wäre sie in der Nacht gestorben, sie zitterte am ganzen Körper, es war entsetzlich.

Alles forderte allmählich seinen Tribut. Die Ringe unter ihren Augen wurden immer tiefer und sahen jetzt aus, als würden sie für immer bleiben. Die Augen selbst schienen zu schrumpfen, und sie bemerkte, daß sie auch schon abgenommen hatte. Sie rauchte sechs Zigaretten, trank zwei Tassen Kaffee, spielte mit einer Scheibe Toast und rief in der Boutique an, um zu sagen, daß sie wieder nicht kommen würde. Auf die Sekunde genau um halb elf kam sie wieder bei York an.

Zwei neue Leute standen am Tresen – ein Mädchen mit gefärbten schwarzen Haaren und ein bärtiger junger Mann mit mexikanischem Akzent. Diesmal fragte Jessie gleich nach Mr. York.

»Er erwartet mich.« Die beiden Angestellten schauten auf, als hätten sie diese Worte nie zuvor gehört.

Zwei Minuten später tauchte er auf, in schmutzigen weißen Shorts und einem marineblauen T-Shirt, unter dem Arm eine Ausgabe des *Playboy* und einen Tennisschläger.

»Spielen Sie?« Herrje.

»Manchmal. Haben Sie mit der Bank gesprochen?«

Er lächelte, wirkte erfreut. »Kommen Sie doch in mein Büro. Kaffee?«

»Nein, danke.« Sie hatte langsam das Gefühl, dieser Alptraum würde nie ein Ende nehmen. Sie würde den Rest ihres Lebens damit verbringen, zwischen Leuten wie Inspektor Houghton und Barry York, zwischen Gerichtssaal und Gefängnis und Banken hin und her zu laufen... endlos. Immer, wenn es so aussah, als wäre jetzt alles zu Ende, mußte sie feststellen, daß wieder nichts geschehen war. Es gab keinen Weg nach draußen. Sie war sich dessen jetzt fast sicher. Und irgendwie war Ian ohnehin nur noch so etwas wie ein Mythos. Jemand, den sie erfunden und nie wirklich gekannt hatte.

»Wissen Sie, Sie sehen müde aus. Essen Sie auch richtig?«

»Ich esse hervorragend. Aber mein Mann ist im Gefängnis, Mr. York, ich würde ihn sehr gern dort herausholen. Wie stehen die Chancen in allernächster Zukunft?«

»Ausgezeichnet.« Er strahlte. »Ich habe mit der Bank telefoniert, und alles ist in Ordnung. Sie beleihen Ihr Haus und versichern, daß wir die Einnahmen aus Ihrer Boutique kassieren können, wenn er flieht. Und wir bewahren den Smaragdring und die Saphirbrosche für Sie auf.«

»Was?« Es hatte geklungen, als würde er ihr eine Mahlzeit bestellen, aber als er den Schmuck ihrer Mutter erwähnt hatte, war sie doch aufmerksam geworden. »Ich glaube, Sie haben mich nicht richtig verstanden, Mr. York. Das Haus und mein Geschäft sind alles, was ich biete. Ich habe Ihnen schon gestern abend erklärt, daß ich den Schmuck meiner Mutter nur für den Fall anbieten würde, daß ich meinen Mann noch am selben Abend mitnehmen könnte, ohne daß Sie die Bank anrufen und so. Sozusagen als eine Art Garantie.«

»Ja. Nun ja, ich würde mich auch jetzt mit dieser Garantie wohler fühlen.«

»Schön, aber ich nicht.«

»Und wie würde sich Ihr Mann fühlen, wenn er noch im Gefängnis bleiben müßte?«

»Mr. York, gibt es nicht ein Gesetz, das den ›Bailbondsmen‹ verbietet, zu viel als Sicherheit zu verlangen?« Martin hatte ihr davon erzählt.

»Wollen Sie damit etwa behaupten, ich würde mich gesetzwidrig verhalten?« O Gott, sie würde noch alles kaputtmachen... O nein...

»Nein. Aber bitte...«

»Hör zu, Kleine, ich denke nicht daran, Geschäfte mit einem Weib zu machen, das mich unehrlich nennt. Ich tue dir 'nen Gefallen und halt' meinen Kopf hin für deinen Alten und fünfzehntausend Dollar, und du nennst mich einen Dieb. Das lasse ich mir einfach nicht gefallen, verstehste?«

»Tut mir leid.« Tränen brannten in ihren Augen. Sie fragte sich, ob sie das alles überleben würde. Und dann sah er zu ihr hinüber und zuckte mit den Schultern.

»Also gut. Ich will Ihnen was sagen. Wir behalten bloß den Ring. Sie können die Brosche mitnehmen. Hört sich das besser an?«

»Fein.« Es stank zum Himmel, aber das war ihr inzwischen egal. Es war unwichtig. Es war nicht einmal mehr wichtig, ob Ian davonlaufen würde, auch wenn sie ihr dann das Haus und das Geschäft und das Auto und den Smaragdring nehmen würden. Nichts war mehr wichtig.

York schaffte es, für die Formulare doppelt so lange zu benötigen wie sonst, und es gelang ihm auch, eine Hand über ihre Brust gleiten zu lassen, als er nach einem neuen Stift griff. Sie schaute ihm ins Gesicht, er lächelte und erklärte, sie könnte schön sein, wenn sie richtig essen würde. Dann erzählte er noch, daß er in der Schule eine große Freundin gehabt hätte. Ein Mädchen namens Mona. Jessica nickte bloß und schrieb weiterhin ihren Namen unter die Papiere. Endlich war alles erledigt. York biß das Ende einer langen, dünnen Zigarre ab, hob den Telefonhörer auf und rief im Gefängnis an, um Bescheid zu sagen.

»Bernice soll Sie rüberbringen, Jessica.« Er hatte beschlossen, sie beim Vornamen zu nennen. »Und hören Sie, wenn Sie je Hilfe brauchen sollten, rufen Sie mich einfach an. Ich lasse von mir hören.« Sie betete, daß er das nicht tun würde, und schüttelte seine Hand, ehe sie das Büro verließ. Sie hatte das Gefühl, nach draußen zu taumeln. Sie hatte ihre Grenzen erreicht, schon vor Tagen.

Bis Barry York das Kaugummi kauende Mädchen namens Bernice endlich dazu gebracht hatte, mit Jessie ins Gefängnis zu gehen, um Ian auszulösen, war es fast Mittag. Jessie kam es so vor, als wäre es Mitternacht. Sie war verwirrt und erschöpft, und alles fing an zu verschwimmen. Sie lebte in einer unwirklichen, von teuflischen Menschen bevölkerten Welt.

Die Frau, die er Bernice genannt hatte, schnappte sich die Papiere und ging dann mit Jessie über die Straße und ins Gerichtsgebäude. Sie schob das Bündel Papiere, die Jessie und Barry York unterzeichnet hatten, durch einen Schlitz in einem Fenster im zweiten Stock und drehte sich dann um, um Jessica eine Weile anzusehen.

»Wollen Sie bei Ihrem Alten bleiben?«

»Ich verstehe nicht?«

»Werden Sie bei Ihrem Mann bleiben?«

»Ja... natürlich... warum?« Wieder war sie verwirrt. Und warum fragte diese Frau sie danach?

»Das ist 'ne verdammt schlimme Sache, Schwester. Und was soll ein gutaussehendes Kind wie du mit einem Verlierer wie ihm? Der wird dich noch ’ne Menge kosten, glaub mir.« Sie schüttelte den Kopf und ließ zweimal ihren Kaugummi knallen.

»Er ist es wert.«

Das Mädchen zuckte mit den Schultern und deutete auf die Fahrstühle. »Sie können jetzt ins Gefängnis rauffahren. Wir sind fertig.« Nein, Mädchen, ich bin fertig. Das ist was anderes. Mit einem letzten Knall ihres Kaugummis verschwand Yorks Angestellte in Richtung auf die Treppe.

Ein paar Minuten später befand sich Jessica am Gefängnis. Sie klingelte, um den Wächter an die Tür zu rufen.

»Ja? Es ist noch nicht Besuchszeit.«

»Ich bin hier, um meinen Mann gegen Kaution abzuholen.«

»Wie heißt er?«

»Ian Clarke.« Sie wissen schon, der berüchtigte Frauenschänder. »Yorktowne Bonding hat gerade seinetwegen angerufen.«

»Ich werde es überprüfen.« Überprüfen? Was überprüfen? Das Haus, das Geschäft und Mammis Smaragdring habe ich als Einsatz gegeben, und da sprichst du von überprüfen? Zum Teufel mit dir. Und mit Yorktowne Bonding... und Inspektor Houghton... und... Ian auch? Sie war sich nicht mehr so sicher. Sie wußte nicht mehr, was sie empfand. Sie war wütend auf ihn, aber nicht wegen dem, was er getan hatte, sondern nur, weil er nicht da war, als sie ihn brauchte.

Sie wartete fast eine halbe Stunde an der Tür, benommen, verblüfft, lehnte an der Wand und wußte kaum noch, warum. Wenn sie ihn nun nie mehr sehen würde? Aber plötzlich öffnete sich die Tür, und da stand er ihr gegenüber. Er war unrasiert, schmutzig, erschöpft. Aber er war frei. Alles, was sie besaß, hing jetzt von seinem Verhalten ab. Er war frei. Sie taumelte langsam, mit einem jammervollen Wimmern auf ihn zu, und er führte sie sanft zum Fahrstuhl hinüber.

»Schon gut, Liebling... ist ja alles gut. Schsch...« Das war Ian. Ehrlich, wirklich und wahrhaftig Ian. Und er hielt sie so sanft, trug sie fast zum Auto hinunter. Sie konnte nichts mehr ertragen, und er wußte das. Er wußte keine Einzelheiten, was passiert war, aber als er die Kautionsunterlagen gesehen hatte, bemerkt hatte, daß der Smaragdring ihrer Mutter aufgeführt wurde, da hatte er weit mehr verstanden, als sie ihm hätte erzählen können.

»Schon gut, Schatz... alles wird wieder gut.«

Sie klammerte sich blindlings an ihn, während sie neben dem Wagen standen. Tränen liefen über ihr Gesicht, das vor Entsetzen und Verzweiflung verzerrt war, und heftiges Schluchzen schüttelte ihren ganzen Körper.

»Jessie... Schatz... ich liebe dich.« Er hielt sie ganz fest, und dann fuhr er sie schweigend nach Hause.

Kapitel IX

»Was hast du heute vor, Liebling?«

Jessie schenkte Ian eine zweite Tasse Kaffee ein und warf einen Blick auf die Uhr. Es war schon fast neun, und seit zwei Tagen war sie nicht mehr in der Boutique gewesen. Ihr kam es vor, als wäre es einen Monat her. Sie hatte einen schier endlosen Alptraum hinter sich, aber jetzt war es vorbei. Ian war wieder daheim. Sie hatte den größten Teil des vergangenen Tages schlafend in seinen Armen verbracht. Und er sah wieder wie Ian aus. Sauber, rasiert, ein wenig ausgeruhter. Er trug eine graue Hose und einen weinroten Rollkragenpullover. Jedesmal, wenn sie ihn ansah, hatte sie das Bedürfnis, ihn anzufassen, um sich zu vergewissern, daß er wirklich da war.

»Schreibst du heute?«

»Ich weiß noch nicht. Vielleicht verbringe ich den Tag auch einfach damit, mich gut zu fühlen.« Aber er bat sie nicht, mit ihm zusammen zu faulenzen. Sie mußte arbeiten, das wußte er. Außerdem hatte sie in den letzten paar Tagen genug für ihn getan. Mehr konnte er nicht verlangen.

»Ich wünschte, ich könnte mit dir daheim bleiben.« Ein bißchen traurig sah sie ihn über ihre Tasse hinweg an, und er tätschelte ihr die Hand.

»Ich hole dich zum Mittagessen ab.«

»Ich habe eine Idee. Warum kommst du heute nicht mit in die Boutique?«

Er sah ihr in die Augen und wußte, was sie dachte. Genauso war sie monatelang nach Jakes Tod gewesen. Diese Angst, er könnte vergehen, wenn er ihren Blicken entschwand.

»Dann würdest du überhaupt nicht zum Arbeiten kommen, Liebes. Aber ich werde in der Nähe sein. Die meiste Zeit werde ich hier verbringen.« Und den Rest? Sie griff nach seiner Hand. Es gab nichts zu sagen.

»Ich dachte, ich könnte vielleicht mit ein paar Leuten wegen einer Arbeit reden.«

»Nein!« Sie zog die Hand zurück, ihre Augen sprühten Feuer. »O nein, Ian! Bitte!«

»Jessica, nun sei doch mal vernünftig. Hast du schon mal darüber nachgedacht, was uns das alles hier kosten wird? Was es dich kosten wird, um genauer zu sein? Und warum soll ich mir nicht jetzt eine Stelle suchen? Nichts Aufregendes, einfach etwas, das ein bißchen Geld bringt.«

»Und was passiert, wenn du vor Gericht erscheinen mußt? Und während der Verhandlung? Was glaubst du, wie nützlich du in dieser Zeit irgend jemandem sein wirst?« Wieder umklammerte sie seine Hand, und er sah den Schmerz in ihren Augen. Monate würden vergehen, ehe ihre Verzweiflung verschwunden wäre.

»Was erwartest du denn, daß ich tue, Jess?«

»Das Buch fertig schreiben.«

»Und zulassen, daß du die Kosten für dieses Fiasko übernimmst?«

Sie nickte. »Das können wir später immer noch regeln, wenn du willst. Aber mir ist es wirklich egal, Ian. Es ist doch unwichtig, wer die Schecks unterschreibt.«

»Mir nicht.« Es war immer wichtig, und es wird immer wichtig bleiben. Aber auch er wußte, daß er nie in der Lage sein würde, sich auf irgend etwas zu konzentrieren, solange dieses Damoklesschwert noch über seinem Kopf schwebte. Die Verhandlung... die Verhandlung... das war alles, an was er jetzt denken konnte. Am Nachmittag zuvor, während sie stundenlang geschlafen hatte, war es ihm immer wieder durch den Kopf gegangen... die Verhandlung. Er war kaum in der Verfassung, sich einen Job zu suchen. »Mal sehen.«

»Ich liebe dich.« Wieder standen Tränen in ihren Augen, und er zwickte sie in die Nasenspitze.

»Wenn Sie noch mal feuchte Augen kriegen meinetwegen, Mrs. Clarke, dann verfrachte ich Sie ins Bett und sorge dafür, daß Sie wirklich einen Grund haben zu weinen.« Sie lachte als Antwort und schenkte neuen Kaffee ein.

»Ich kann einfach noch nicht glauben, daß du wieder da bist. Es war so unglaublich schrecklich, als du fort warst... es war... es war wie...« Die Worte blieben ihr in der Kehle stecken.

»Wahrscheinlich herrschte zur Abwechslung mal Frieden und Ruhe hier im Haus, und du warst bloß zu dumm, um das zu genießen. Du hast doch wohl nicht gedacht, ich würde ewig da im Gefängnis bleiben, oder? Selbst für einen Schriftsteller wird diese Art eines Lebensunterhaltes auf die Dauer recht langweilig.«

»Brrr.« Sie lächelte jetzt. Sie hatte nichts mehr zu fürchten.

»Soll ich dich ins Geschäft fahren?«

»Das wäre schön.« Sie strahlte, als sie die Tassen in den Ausguß stellte und nach ihrem orangefarbenen Wildledermantel langte, der über der Stuhllehne hing. Sie trug ihn über gutgeschnittenen Jeans und einem beigen Kaschmirpullover. Sie sah wieder wie Jessie aus – bloß nicht um die Augen herum. Sie schob die dunkle Brille davor und lächelte ihm zu. »Ich glaube, die trage ich besser noch für ein paar Tage. Ich sehe noch immer so aus, als wäre ich auf einer zwei Wochen langen Sauftour gewesen.«

»Du siehst hübsch aus, und ich liebe dich.« Er kniff sie ins Hinterteil, als sie vor ihm durch die Haustür ging, und sie lehnte sich zurück, um ihn lässig über eine Schulter zu küssen. »Du riechst gut.«

»Von allem nur das Beste.« Sie lächelte.

Unterwegs zeigte sie ihm Astrids Haus und erzählte von deren Besuch im Geschäft.

»Sie scheint eine nette Frau zu sein. Sehr ruhig und freundlich.«

»Mensch, mit dem Geld wäre ich auch ruhig und freundlich!«

»Ian!« Sie grinste ihn an und fuhr mit einer Hand durch sein Haar. Es war ein so herrliches Gefühl, wieder neben ihm zu sitzen, sein Profil zu betrachten, während er fuhr, mit den Lippen die Haut in seinem Nacken zu spüren, als sie ihn küßte. Im Laufe der Nacht war sie ein Dutzend Mal aufgewacht und hatte sich vergewissern müssen, daß er noch bei ihr war.

»Ich hole dich dann um zwölf Uhr ab, einverstanden?«

Sie sah ihn einen Moment an, ehe sie nickte. »Kommst du auch wirklich? Sicher?«

»O Kindchen ... ich verspreche es dir, ich werde hier sein.« Er nahm sie in die Arme, und sie klammerte sich so fest an ihn, daß es schmerzte. Er wußte, daß sie an den Tag dachte, an dem er verhaftet worden war, den Tag, an dem er sie nicht wie versprochen abgeholt hatte. »Sei ein großes Mädchen.« Sie grinste und sprang aus dem Wagen, blies ihm noch einen letzten Kuß zu, ehe sie die Stufen zum Geschäft emporeilte.

Ian steckte sich eine Zigarette an, bevor er fortfuhr. Er schaute zu den

Schiffen hinüber, die in der Bucht lagen. Es war ein schöner Tag. Der Altweibersommer näherte sich dem Ende, und es war nicht mehr so warm wie noch ein paar Tage zuvor, aber der Himmel war strahlend blau, und es ging eine leichte Brise. Er mußte an den Tag vor einer knappen Woche denken. Ihm kam es vor, als lägen die Ereignisse nicht fünf Tage, sondern fünf Jahre zurück. Noch immer konnte er nichts begreifen.

An einem Stoppschild blieb er stehen, und ein anderer Gedanke drängte sich ihm auf. Der Smaragdring, den Jessie für die Kaution verpfändet hatte – das überraschte ihn noch immer. Er wußte, wie sie fühlte, wenn es um die Sachen ihrer Mutter ging. Sie wollte sie nicht einmal tragen. Sie waren heilig, die letzten Relikte aus einem längst vergangenen Schrein. Und dieser Ring bedeutete ihr mehr als alle anderen Stücke. Er hatte einmal beobachtet, wie sie den Ring auf einen Finger gestreift hatte, hatte gesehen, wie ihre Hand unkontrolliert gezittert hatte. Sie hatte den Ring in sein Etui zurückgeschoben und war nie wieder zum Tresor gegangen. Und jetzt hatte sie ihn einem Bailbondsman verpfändet, seinetwegen. Das verriet ihm etwas, was ihm noch niemand gesagt hatte. Es war verrückt, aber er glaubte, sie jetzt noch mehr zu lieben als bevor das alles angefangen hatte, und vielleicht hatte auch Jessie etwas gelernt. Vielleicht wußten sie jetzt einfach, was sie aneinander hatten. Vielleicht würden sie jetzt vorsichtiger miteinander umgehen. Eines jedenfalls wußte er. Seine Tage diskreter Seitensprünge waren vorbei, für immer. Ganz plötzlich hatte er eine richtige Frau. Was konnte er sich mehr wünschen? Vielleicht ein Kind, aber er hatte sich schon mit einem Leben ohne Kinder abgefunden. Er war auch so glücklich, ganz allein mit Jessie.

»Morgen, meine Damen.« Mit einem ruhigen Lächeln auf dem Gesicht schlenderte Jessie ins Geschäft. Katsuko sah von ihrem Schreibtisch auf.

»Oh, wen haben wir denn da? Und noch dazu an einem Samstag. Wir dachten schon, du hättest eine bessere Stelle gefunden.«

»Pech gehabt.«

»Ist alles in Ordnung?«

»Ja, alles in Ordnung.« Jessica nickte langsam, und Katsuko wußte, es stimmte. Jessie war wieder sie selbst.

»Das freut mich.« Katsuko reichte ihr eine Tasse Kaffee, und Jessie hockte sich auf die Kante des Schreibtisches aus Chrom und Glas.

»Wo ist Zina?«

»Hinten. Sie überprüft das Lager. Mrs. Bonner kam gestern herein. Sie hat dich gesucht. Hat einen der neuen weinroten Samtröcke gekauft.«

»Muß an ihr toll ausgesehen haben. Hat sie ihn mit der cremefarbenen Satinbluse probiert?«

»Ja, sie hat beides gekauft, und dann noch den neuen, grünen Samtanzug. Sieht aus, als ob die Lady so viel Geld hat, daß es ihr Löcher in die Taschen brennt.« Ja. Und die Einsamkeit brennt ihr Löcher ins Herz. Jessie hatte jetzt einen Vorgeschmack davon bekommen. Sie wußte Bescheid.

»Sie kommt wieder«, fügte Katsuko hinzu.

»Das hoffe ich. Auch wenn sie nichts kauft. Sie gefällt mir. Was ist mit der Modenschau? Nimmt schon was Gestalt an?«

»Ich hatte gestern ein paar Einfälle, Jessie, habe Notizen gemacht und sie dir auf den Schreibtisch gelegt.«

»Dann werde ich mir das mal ansehen.« Sie reckte sich faul und schlenderte zu ihrem Büro hinüber, nahm den Kaffee mit. Es war ein ruhiger Morgen, und sie hatte das Gefühl, nach langer Abwesenheit zurückgekehrt zu sein, oder auch nach langer Krankheit. Sie fühlte sich langsam und gebrechlich. Und alles sah plötzlich so anders aus. Das Geschäft so süß, die beiden Mädchen so hübsch... Ian so schön... der Himmel so blau... alles schien besser.

Sie las ihre Post, überwies ein paar Rechnungen, dekorierte das Fenster neu und besprach mit Katsuko die Modenschau, während Zina bediente. Der Morgen verging, und um fünf Minuten vor zwölf war Ian da. Mit einem Armvoll Rosen. Die zarten lachsfarbenen, die Jessie am liebsten hatte.

»Ian! Die sind ja herrlich!« Es waren ungefähr drei Dutzend, und in seiner Jackettasche entdeckte sie eine merkwürdige Ausbuchtung. Er verwöhnte sie, und sie liebte es. Er lächelte ihr zu und ging in ihr Büro.

»Kann ich Sie für eine Minute sprechen, Mrs. Clarke?«

»Ja, mein Herr. Für drei Dutzend Rosen können Sie mich auch drei Wochen lang sprechen.« Die beiden Mädchen lachten, und Jessie folgte Ian ins Büro. Vorsichtig schloß er die Tür und grinste sie an.

»Hattest du einen schönen Vormittag?«

»Du hast mich doch nicht in diesen abgeschiedenen Raum gebracht, um mich zu fragen, ob ich einen schönen Vormittag gehabt habe?« Er grinste, und sie fing an zu kichern. »Komm, sag die Wahrheit. Ist es größer als ein Brotkasten?«

»Was?«

»Die Überraschung, die du mir mitgebracht hast, natürlich.«

»Welche Überraschung? Ich kaufe dir Rosen, und du willst noch mehr! Du gieriges, verwöhntes, unglückliches...« Aber er sah viel zu zufrieden mit sich selbst aus, um auch nur Jessie zu überzeugen. »Oh... hier.« Er zog das Schächtelchen aus der Tasche und grinste von einem Ohr zum andern. Es war ein schweres, goldenes Kettenarmband. Auf der Innenseite war eingraviert ALLES LIEBE, IAN. Er hatte den ganzen Vormittag neben dem Juwelier gestanden, während der die Worte eingravierte. Jetzt war zwar nicht die richtige Zeit, um Geld auszugeben, aber er hatte gewußt, daß sie etwas Derartiges brauchte, und plötzlich war ihm der Gedanke gekommen, gerade, als er sich an die Arbeit setzen wollte. Es war ein wunderschönes Armband, und die Proportionen waren gerade recht für ihre Hand. Es hatte ihn den ganzen Rest seiner eigenen Ersparnisse gekostet.

»O Liebling... ist das schön.« Sie schob es aufs Handgelenk. »Einfach perfekt! O Ian... du bist wahnsinnig.«

»Ich bin wahnsinnig in dich verliebt.«

»Ich dachte schon, du wärst auf Öl gestoßen. Du hast heute morgen ja ein ganzes Vermögen ausgegeben.« Aber aus ihrer Stimme sprach nur Vergnügen, keine Schärfe, und Ian zuckte die Achseln. »Warte nur, bis ich es den Mädchen zeige!« Sie drückte ihm einen Kuß auf den Mundwinkel, öffnete die Tür und stieß mit Zina zusammen, die gerade ins Lager gehen wollte. »Schau mal mein Armband!«

»Ach, heißt das, daß du mit dem hübschen Mann mit den Rosen verlobt bist?« Sie kicherte und zwinkerte Ian zu.

»Ach, hör auf. Ist es nicht toll?«

»Prächtig. Ich möchte auch nichts weiter wissen, als wo ich noch einen Mann wie ihn finden kann.«

»Versuch's mal mit der Theateragentur.« Grinsend schaute Ian über Jessies Schulter.

»Genau das werde ich auch tun.« Zina verschwand im Lager, und mit einem siegreichen Ausdruck zeigte Jessie ihr neues Armband Katsuko. Ein paar Minuten später waren Ian und sie unterwegs zum Essen.

»Ich bin ganz verliebt in mein Armband!« Sie war wie ein Kind mit einem neuen Spielzeug und hielt die ganze Zeit über ihren Arm hoch, um es im Sonnenschein bewundern zu können.

»Liebling, es ist einfach himmlisch! Aber wie hast du es nur geschafft, es so schnell gravieren zu lassen?«

»Mit der Pistole natürlich. Wie denn sonst?«

»Jesus, du hast wirklich Klasse.«

»Für einen Frauenschänder.« Aber er lächelte, als er das sagte.

»Ian!«

»Ja, mein Liebling?« Er küßte sie, und sie lachte, als sie ins Auto stieg. Er hatte mehr Stil als jeder andere Mann, den sie kannte.

An diesem Abend gingen sie ins Kino, und Sonntagmorgen schliefen sie lange. Es war wieder ein schöner, warmer Tag, mit flockigen weißen Wolken am blauen Himmel – ein Anblick wie auf einem Gemälde.

»Haben Sie Lust, an den Strand zu fahren, Mrs. Clarke?« Er streckte sich faul auf seiner Seite des Bettes aus, ehe er sich hinüberbeugte und sie küßte. Sie liebte das Gefühl seiner Bartstoppeln an ihrer Wange. Es kratzte, tat aber nicht richtig weh.

»Liebend gern. Wie spät ist es?«

»Fast mittag.«

»Du lügst. Es muß neun Uhr sein.«

»Ich lüge nicht. Mach die Augen auf und sieh selbst.«

»Kann ich nicht. Ich schlafe noch.«

Aber er knabberte an ihrem Nacken, brachte sie zum Lachen, und sie schlug die Augen auf.

»Hör auf!«

»Ich denke nicht daran. Steh auf und mach mir Frühstück!«

»Sklaventreiber. Wohl noch nie was von women's lib gehört?« Schläfrig lag sie auf dem Rücken und gähnte.

»Was ist das?«

»Women's lib. Es heißt, daß die Ehemänner am Sonntag das Frühstück zu machen haben... aber... andererseits...« Mit einem breiten Lächeln betrachtete sie ihr Armband. »Es heißt nicht, daß man seiner Frau so herrlichen Schmuck schenken muß. Also mache ich dir vielleicht auch dein Frühstück.«

»Überschlag dich nur nicht.«

»Tu' ich schon nicht. Möchtest du Spiegeleier?« Sie zündete sich eine Zigarette an und setzte sich auf.

»Ich habe eine bessere Idee.«

»Das Fairmont zum Brunch?« Sie grinste ihn an und ließ wieder ihr Armband aufblitzen.

»Nein. Ich helfe dir. Du hast viel zuviel damit zu tun, dein Armband herzuzeigen, um überhaupt in der Lage zu sein, ein anständiges Frühstück zu machen. Wie wär's mit einem Omelette mit Austern und Käse?« Die Kombination schien ihn zu entzücken, und Jessie verzog das Gesicht.

»Igitt! Können wir die Austern vielleicht weglassen?«

»Warum nicht den Käse?«

»Wie wär's mit dem ganzen Omelette?«

»Also doch das Fairmont zum Frühstück?«

»Ian, du bist verrückt... aber ich liebe dich.« Sie knabberte an seinem Schenkel, und er ließ eine Hand über ihr Rückgrat gleiten.

Noch eine Stunde verging, ehe sie aus dem Bett stiegen. Selbst wenn sie miteinander schliefen, war das jetzt anders. Da war eine merkwürdige Kombination aus Verzweiflung und Dankbarkeit, aus ›O Gott, ich liebe dich‹ vermischt mit ›Laß uns so tun, als wäre alles besser als gewöhnlich‹. Das stimmte natürlich nicht, aber so zu tun als ob, half ein wenig zumindest. Ihre Nerven vibrierten immer noch sehr.

»Fahren wir nun heute zum Strand oder nicht?« Er setzte sich im Bett auf. Sein blondes Haar war zerzaust wie bei einem kleinen Jungen.

»Hört sich gut an, aber ich hab' immer noch nichts zu essen gekriegt.«

»Oh... mein armes Kleines. Aber du hast mein Omelette ja nicht haben wollen.«

Sie zupfte an einer Locke seines Haares. »Das, was ich statt dessen bekommen habe, war mir auch lieber.«

»Schäm dich.«

Sie streckte ihm die Zunge heraus, sprang aus dem Bett und eilte in die Küche.

»Wohin gehst du so nackt?«

»In die Küche, Frühstück machen. Was dagegen?«

»Nein. Brauchst du 'nen Voyeur?«

Eine Minute später hörte sie, wie die Gartentür zufiel, und dann tauchte er wieder in der Küche auf. Er hatte sich eine Decke um die Taille gebunden und trug einen bunten Strauß ihrer Petunien.

»Für die Dame des Hauses.«

»Tut mir leid, die ist nicht da. Kann ich sie statt dessen haben?« Sie küßte ihn liebevoll, nahm die Blumen aus seiner Hand und legte sie auf die Spüle, als er sie in die Arme nahm und die Decke dabei zu Boden fiel.

»Zufällig liebe ich dich ganz wahnsinnig, mein Schatz. Aber wenn du nicht aufhörst, brennt der Speck an, und wir kommen nie mehr an den Strand.«

»Ist das wichtig?« Sie lächelten beide, und der Speck brutzelte wild, während die Eier zu blubbern anfingen.

»Nein, aber wir können genausogut auch etwas essen, wenn es schon fertig ist, verdammt.« Er tätschelte ihr Hinterteil, und sie schaltete den Herd aus und trug Rühreier, Toast, Speck, Orangensaft und Kaffee zum Tisch. Noch immer nackt fielen sie über ihr Frühstück her.

Vor drei Uhr nachmittags kamen sie nicht zum Strand, aber es war immer noch ein schöner Tag, und die Sonne blieb bis gegen sechs Uhr warm. Auf dem Heimweg aßen sie in Sausalito Fisch, und er kaufte ihr einen albernen kleinen Hund aus Muscheln.

»Süß. Jetzt komme ich mir vor wie eine richtige Touristin.«

»Ich dachte, du müßtest etwas wirklich Kostbares bekommen, um dich immer an diesen Abend zu erinnern.« Sie waren bester Laune, als sie heimwärts fuhren, aber seine Worte berührten sie merkwürdig. Plötzlich kauften sie Souvenirs und klammerten sich an Erinnerungen.

»Sag mal, Schatz, was macht eigentlich das Buch?«

»Läuft besser, als ich zu hoffen wagte. Aber frag mich noch nicht.«

»Wirklich?«

»Wirklich.«

Erfreut sah sie ihn an. Er sah fast stolz auf sich aus, aber auch ein bißchen ängstlich, als wollte er es nicht zeigen.

»Hast du schon irgend etwas davon an deinen Agenten geschickt?«

»Nein, ich will warten, bis ich noch ein paar Kapitel fertig habe. Aber ich glaube wirklich, daß es gut wird. Vielleicht sogar sehr gut.« Er sprach mit so viel Ernst, daß sie seltsam gerührt war. Seit Jahren hatte er nicht mehr so geklungen, wenn er über seine Arbeit gesprochen hatte. Nicht seit den Fabeln, und die waren sehr gut gewesen. Sie hatten nicht viel Gewinn gebracht, aber sie waren tatsächlich gut. Die Kritiker waren einhellig dieser Meinung, nur die Öffentlichkeit nicht.

Auf dem Heimweg hielten sie vor dem Yacht-Club in der Nähe der Brücke und schalteten Licht und Motor aus. Es war hübsch, einfach dazusitzen und zuzuschauen, wie das Wasser leise gegen das kleine

Strandstückchen plätscherte, während aus der Ferne sanft die Nebelhörner ertönten. Sie waren beide müde, als hätten sie eine ewige Reise zurückgelegt. Die paar Tage dieses Alptraums hatten schweren Tribut gefordert. Sie merkte es an der Art seines tiefen, schweren Schlafes, und sie selbst fühlte sich die ganze Zeit müde, ungeachtet dessen, wie glücklich sie wieder war. Auch eine neue Leidenschaft war entstanden. Ein neuer, frischer Hunger aufeinander, als ob sie Vorräte sammeln müßten für einen langen, einsamen Winter. Harte Zeiten lagen vor ihnen. Das war jetzt erst der Anfang gewesen.

»Hast du noch Appetit auf ein Eis?« In seinen Augen stand ein ruheloser Blick.

»Ehrlich? Nein, ich bin voll.«

»Ja, ich auch. Außerdem möchte ich heute abend noch etwas lesen. Das Kapitel, das ich gerade beendet habe.«

»Darf ich auch etwas lesen?«

»Klar.« Er schien erfreut, als er den Wagen anließ und nach Hause fuhr. Es war komisch, aber keiner von ihnen wollte wirklich heim. Der Halt in der Nähe des Yacht-Clubs, das angebotene Eis – was fürchteten sie daheim? Jessica überlegte, und dann wußte sie, wer der Dämon war, vor dem sie Angst hatte: Inspektor Houghton. Immer wieder erwartete sie, daß er sich auf sie stürzen und Ian zurück ins Gefängnis bringen würde. Den ganzen Tag am Strand hatte sie daran gedacht, hatte sich gefragt, ob er gleich hinter einer Düne hervorstürzen und versuchen würde, Ian fortzulocken. Zu Ian hatte sie nichts gesagt. Keiner von ihnen sprach jetzt noch von seiner Verhaftung. Beide dachten an nichts anderes, aber keiner wollte davon reden.

Ian lag ausgestreckt vor dem Feuer und las sein Manuskript, als sie beschloß, daß sie ihn daran erinnern müßte. Sie haßte es, das Thema anzuschneiden, aber irgend jemand mußte es tun.

»Vergiß nicht, was wir morgen vorhaben, Liebling.« Sie sagte es sanft, bedauernd.

»Hmm?« Er war in seine Arbeit vertieft.

»Ich sagte, vergiß nicht, was wir morgen vorhaben.«

»Was ist denn morgen?« Fragend sah er sie an.

»Wir haben um zehn Uhr einen Termin bei Martin Schwartz.« Sie gab sich Mühe, es so klingen zu lassen, als wäre es bloß eine Verabredung mit ihrem Friseur, aber es gelang ihr nicht. Ian schaute zu ihr auf und sagte kein Wort. Seine Blicke drückten alles aus.

Kapitel X

Dieses Treffen mit Martin Schwartz war ernüchternd. Als sie mit ihm zusammensaßen und über die Anklage sprechen mußten, konnten sie sich nicht mehr davor verstecken. Jessica wurde übel, während sie dasaß und zuhörte. Alles war jetzt so wirklich. Ihr wurde sogar übel, wenn sie an die Sicherheiten dachte, die sie eingesetzt hatte. Alles hatte sie aufs Spiel gesetzt. Das Haus, den Gewinn, den das Geschäft abwarf, sogar den Smaragdring. Alles... Himmel... und wenn Ian jetzt durchdrehte und fortlief? Wenn... mein Gott... wenn sie alles verlieren würde? Sie sah ihn an, fühlte, wie ihr ein Klumpen in die Kehle stieg, und versuchte, sich auf das zu konzentrieren, was gesprochen wurde. Sie konnte es kaum hören. Sie dachte bloß immer wieder verzweifelt über die Tatsache nach, daß sie ihren Mann so dringend brauchte, daß sie alles für ihn gegeben hätte. Und was würde jetzt geschehen?

Martin erklärte ihnen die Vorverhandlung, und sie waren damit einverstanden, einen Privatdetektiv anzuheuern und zu sehen, was man über das ›Opfer‹ in Erfahrung bringen konnte. Viel, so hofften sie, und alles unschöne Dinge. Sie hatten nicht vor, nett zu Miss Margaret Burton zu sein. Sie zu zerstören, war der einzige Ausweg für Ian.

»Aber es muß einen Grund dafür geben, Ian. Denken Sie mal drüber nach. Gründlich. Haben Sie sie in irgendeiner Weise grob behandelt? Sexuell? Verbal? Sie beleidigt? Ihr weh getan?« Martin sah Ian scharf an, und Jessie wandte den Blick ab. Der Ausdruck auf Ians Gesicht gefiel ihr nicht. »Ian?« Und dann sah Martin sie an. »Jessie, lassen Sie uns ein paar Minuten allein, damit wir das durchsprechen können.«

»Klar.« Es war eine Erleichterung für sie, das Zimmer verlassen zu können. Ian blickte nicht auf, als sie ging. Jetzt fingen sie an, schmutzige Wäsche zu waschen. Was Ian mit ihr gemacht hatte, wo, wie, wie lange und wie oft. Ian starb tausend Tode, als er daran dachte, was Jessie bei der Verhandlung vor Gericht alles zu hören bekommen würde.

Sie ging durch den mit Teppichen ausgelegten Gang, betrachtete die Drucke an der Wand, rauchte, hing ihren Gedanken nach, bis sie schließlich ein kleines Sofa fand. Es stand nahe einem Fenster mit derselben prächtigen Aussicht, wie man sie auch von Martins Büro aus hatte. Sie mußte über eine Menge nachdenken.

Eine halbe Stunde später kam eine Sekretärin, um sie zurückzuholen. Ian sah mitgenommen aus, während Martin die Stirn runzelte. Jessie versuchte, alles leicht zu nehmen.

»Habe ich die ganzen guten Sachen verpaßt?« Aber ihr Lächeln wirkte gezwungen, und beide Männer erwiderten es nicht.

»Wenn man Ian glaubt, gab es keine ›guten Sachen‹. Es muß irgendwie mit einem persönlichen Groll zusammenhängen.«

»Gegen Ian? Warum? Kanntest du sie?« Mit einem überraschten Blick wandte sie sich ihrem Mann zu. Sie hatte gedacht, die Frau wäre eine Fremde für ihn gewesen.

»Nein. Ich habe sie nicht gekannt. Aber Martin glaubt, daß sie es darauf angelegt hat, jemanden zu verletzen, irgend jemanden, vielleicht einfach irgendeinen Mann, und ich kam im falschen Augenblick vorbei.«

»Ich hoffe bloß, wir können das beweisen, Ian. Green muß einfach etwas über sie in Erfahrung bringen.«

»Wehe, wenn nicht, bei zwanzig Dollar die Stunde.« Wieder runzelte Ian die Stirn und schaute Jessie an, die fast unmerklich nickte. Jetzt war nicht die Zeit zum Sparen. Irgendwo würden sie das Geld schon auftreiben, aber bei dieser Sache konnten sie nicht knausrig sein.

Noch einmal erklärte Martin ihnen die Vorgänge bei der Vorverhandlung. Er wollte sicher sein, daß sie alles verstanden hatten. Es war eine Art Miniverhandlung, bei der der Ankläger, das Opfer, und der Verteidiger, der Angeklagte, ihre Seite der Geschichte darstellten. Der Richter entschied dann, ob die Angelegenheit eingestellt werden sollte, oder aber ob sie für ein endgültiges Urteil an ein höheres Gericht verwiesen werden sollte – in diesem Fall würde es dann zur Hauptverhandlung kommen. Martin hatte keine Hoffnung, daß dieser Fall eingestellt werden würde. Die Geschichten der beiden Parteien waren gleichermaßen vehement, die Umstände unklar. Kein Richter würde es auf sich nehmen, einen Fall wie diesen bereits im Vorstadium zu beurteilen. Es war auch nicht gerade eine Hilfe, daß die Klägerin seit Jahren dieselbe Arbeitsstelle hatte, daß man sie dort, wo sie arbeitete, respektierte. Und es gab gewisse psychologische Aspekte bei diesem Fall, die Martin Schwartz akutes Unwohlsein erzeugten: Die Tatsache, daß Ian von seiner Frau unterhalten wurde und daß er in einer ganzen Reihe von Jahren kein erfolgreiches Buch verfaßt hatte, obwohl er fast sechs Jahre lang geschrieben hatte, könnte in ihm eine gewisse Abneigung gegen Frauen erweckt haben. Zumindest würde ein guter Staatsanwalt es leicht so darstellen können. Der Untersuchungsbeamte würde noch am Nachmittag oder am nächsten Morgen mit Ian sprechen wollen.

Schweigend fuhren Jessie und Ian im Fahrstuhl nach unten. Als sie die Straße erreichten, sprach Jessie endlich.

»Nun, was meinst du?«

»Hört sich nicht gut an. Sieht aus, als könnten wir über sie nichts Schlechtes in Erfahrung bringen. Außerdem lieben die Gerichte diese Art von Angriffen auf den Charakter heutzutage nicht gerade, hat mir Schwartz erzählt. Aber für uns ist das die einzige Hoffnung. Hier steht Aussage gegen Aussage, und dann ist da natürlich noch das Ergebnis der medizinischen Untersuchung, aber das klingt recht schwach. Sie können sagen, daß Geschlechtsverkehr stattgefunden hat, aber niemand kann erkennen, ob es sich um Vergewaltigung gehandelt hat oder nicht. Die Klage wegen Mißhandlung ist bereits fallengelassen worden. Jetzt bleibt also nur noch der Dreck und meine ›sexuellen Verirrungen‹.« Jessica nickte und sagte nichts.

Es war eine ruhige Fahrt zur Boutique hinüber. Sie dachte voll Furcht an die Verhandlung. Sie wollte diese Frau nicht sehen, aber es gab keine Möglichkeit, das zu vermeiden. Sie mußte sie sehen, mußte zuhören, und sei es auch nur Ians wegen. Sie mußte die ganze Sache durchstehen, wie häßlich sie auch war.

»Soll ich dir den Wagen hierlassen, Liebling? Ich kann zu Fuß heimgehen.« Ian schickte sich an, auszusteigen, nachdem er sie zum Geschäft gefahren hatte.

»Nein, Schatz, ich... eigentlich, wenn ich so darüber nachdenke, ich glaube, ich brauche ihn heute wirklich. Schlimm?« Sie gab sich Mühe, fröhlich zu klingen, aber sie hatte gerade eine Idee gehabt. Sie brauchte heute den Wagen, da gab es kein Vielleicht, und es war auch egal, ob es für ihn schlimm war oder nicht.

»Nein, ich habe ja immer noch die schwedische Sexbombe, wenn ich sie brauche.« Er sprach von seinem Volvo, und sie grinste.

»Möchtest du noch eine Tasse Kaffee?« Aber keiner von ihnen fühlte sich sehr gesprächig. Die morgendliche Besprechung hatte sie nachdenklich und einsilbig werden lassen.

»Nein, ich lasse dich arbeiten. Ich möchte auch gern ein bißchen allein sein.« Es war sinnlos ihn zu fragen, ob er verstimmt war. Das waren sie beide.

»Gut, Liebling, bis später dann.« An der Tür zur Boutique verabschiedeten sie sich mit einem flüchtigen Kuß.

Hastig nahm sie Zuflucht zu ihrem Büro und verabredete sich für halb zwei. Sie konnte an nichts anderes denken. Ian würde am Boden zerstört sein, aber welche Wahl blieb ihr schon? Und er war nicht in der Lage zu widersprechen.

»Nun, was meinen Sie?« Sie haßte das Aussehen des Mannes und verabscheute ihn bereits. Er war fett und schleimig und gerissen.

»Nicht schlecht. Hübsches kleines Ding. Wie sieht er unter der Haube aus?«

»Makellos.« Er untersuchte den kleinen roten Morgan, als wäre es ein Stück Fleisch im Supermarkt. Jessie bekam eine Gänsehaut. Es war ein Gefühl, als sollte sie ihr Kind in die Sklaverei verkaufen. An diesen fetten, Übelkeit erzeugenden Mann.

»Sie haben es eilig, ihn zu verkaufen?«

»Nein. Ich war bloß neugierig, wieviel ich dafür bekommen könnte.«

»Warum wollen Sie verkaufen? Brauchen Sie das Geld?« Er musterte Jessie sorgfältig.

»Nein. Ich brauche einen größeren Wagen.« Aber es tat doch sehr weh. Sie konnte sich noch immer gut an ihr Staunen und Entzücken erinnern, als Ian den Morgan eines Tages vorgefahren und ihr die Schlüssel überreicht hatte. Ein breites Grinsen stand damals auf seinem Gesicht. Sieg. Und jetzt – es war, als müßte sie ihr Herz verkaufen, oder seines.

»Ich sag' Ihnen was, ich mache Ihnen ein Angebot.«

»Wieviel?«

»Viertausend – nee... sagen wir, als Gefallen, weil Sie es sind... viertausendfünfhundert.« Der Händler sah sie an und wartete.

»Das ist ja lächerlich. Mein Mann hat siebentausend dafür bezahlt, und er ist jetzt in einem besseren Zustand als damals.«

»Mehr kann ich nicht geben. Und ich glaube auch, daß es das meiste ist, was Sie so kurzfristig bekommen können. Er muß noch ein bißchen überholt werden.« Das mußte er nicht, und sie wußten es beide, aber er hatte recht, was die Kurzfristigkeit anging. Ein Morgan war ein schönes Auto, aber nur wenige Leute wollten einen, und noch weniger konnten ihn sich leisten.

»Ich gebe Ihnen Bescheid. Danke, daß Sie mir Ihre Zeit geschenkt haben.« Ohne noch ein Wort zu verlieren, stieg sie ins Auto und fuhr davon. Verdammt! Daß sie so etwas überhaupt in Erwägung ziehen mußte. Aber ihr blieb noch Schwartz' restliches Honorar zu zahlen und dann der Detektiv; das Haus und das Geschäft waren schon bei Yorktowne Bonding festgelegt, und auch auf den Wagen hatte sie schon einen Kredit aufgenommen. Sie konnte von Glück reden, wenn die Bank ihr überhaupt gestattete, ihn zu verkaufen. Aber sie kannten sie gut genug. Es war schon möglich, daß sie es erlaubten. Und Ian hatte zwar große Töne gespuckt, daß er sich eine Stelle suchen wollte, aber getan hatte er nichts. Er hatte sich voll in die Arbeit an seinem Buch gestürzt und ging nirgendwohin, außer in sein Arbeitszimmer, mit einem Bleistift hinter dem Ohr. Künstlerisch, aber zu diesem Zeitpunkt kaum lukrativ. Und selbst wenn er Arbeit finden würde, wieviel Geld konnte er schon in den ein, zwei Monaten verdienen, die er vor Beginn der Verhandlung noch würde arbeiten können? Vielleicht ließ sich ja dieses Buch verkaufen. Diese Hoffnung gab es immer. Aber aus Erfahrung wußte Jessie, daß das Zeit brauchte, und schon zu oft hatte sie sich mit einer solchen Hoffnung selbst hinters Licht geführt. Jetzt wußte sie es besser. Früher oder später mußte sie den Morgan doch verkaufen.

Den Rest des Tages blieb sie für sich. Es war eine angenehme Überraschung, als Astrid Bonner kurz vor fünf den Laden betrat. Vielleicht würde es ihr gelingen, die Spannungen des Tages zu vertreiben.

»O Jessica, Sie zu erwischen, ist aber wirklich schwer!« Astrid war bester Laune. Sie hatte gerade einen neuen Topasring gekauft, ein hübsches Stück Arbeit, zweiunddreißig Karat in ein kleines Vermögen aus Gold gebettet. Sie ›hatte einfach nicht widerstehen können‹. Bei jeder anderen hätte der Ring vulgär ausgesehen. An Astrid wirkte er stilvoll. Aber jetzt schmerzte Jessie der Gedanke an ihren Morgan noch mehr. Der Topas mit den schmalen Diamanten daneben hatte Astrid wahrscheinlich die doppelte Summe gekostet, die sie so dringend benötigte.

»Das Leben ist ganz schön verrückt, seit ich aus New York zurückgekommen bin. Das ist vielleicht ein Ring, Astrid! Toll.«

»Wenn ich ihn satt habe, kann ich ihn immer noch als Türknauf verwenden. Ich kann mich nicht so recht entscheiden, ob ich ihn herrlich oder gräßlich finden soll, und ich weiß, daß mir niemand die Wahrheit sagen wird.«

»Herrlich.«

»Wahrheit?« Verschmitzt sah sie Jessie an.

»Und ob. Ich bin grün vor Neid, seit Sie damit hereinspaziert sind.«

»Es war wirklich schlimm, so etwas zu tun. Es ist erstaunlich, was ein bißchen Langeweile bei einem Mädchen so anrichten kann.« Sie lachte kokett, und Jessie lächelte. So einfache Probleme. Langeweile.

»Möchten Sie, daß ich Sie nach Hause mitnehme, oder sind Sie gekommen, um etwas zu kaufen?«

»Kaufen – nein, danke. Und ich habe auch den Wagen dabei. Ich wollte bloß Ihren Mann und Sie zum Essen einladen.« Die Mädchen hatten ihr erzählt, daß Jessie verheiratet war.

»Das ist ja reizend von Ihnen. Wir kommen gern. Wann?«

»Wie wäre es mit morgen?«

»Einverstanden.« Sie lächelten einander zu, und Astrid schlenderte durch Jessies kleines, fröhliches Büro, als wäre sie dort zu Hause.

»Wissen Sie, Jessica, ich bin richtig verliebt in dieses Geschäft. Eines schönen Tages werde ich es Ihnen noch abluchsen.« Sie lachte und betrachtete Jessicas Augen.

»Vergeuden Sie Ihre Energie nicht auf Betrügereien. Vielleicht gebe ich es Ihnen einfach. Im Augenblick würde ich es sogar noch in Geschenkpapier wickeln.«

»Mir läuft das Wasser im Mund zusammen.«

»Sparen Sie Ihre Spucke. Kann ich Sie zu einem Drink überreden? Ich weiß nicht, wie es mit Ihnen ist, aber ich könnte einen anständigen Schluck brauchen.«

»Noch immer dieselben Probleme, die Sie neulich erwähnt haben?«

»Mehr oder weniger.«

»Mit anderen Worten, ich soll mich um meine eigenen Angelegenheiten kümmern. Okay.« Sie lächelte. Sie wußte nicht, daß Jessica den Tag damit verbracht hatte, zu vergessen, daß Barry York ein Pfandrecht auf ihr Geschäft hatte. Jessica wurde übel, wenn sie daran dachte. Und die ganze Zeit über hatte sich Ian praktisch von der Welt zurückgezogen, hockte Tag und Nacht über seinem verdammten Buch. Himmel! Sie brauchte jemanden, mit dem sie reden konnte. Und warum mußte er sich gerade jetzt so rar machen? Er war zwar immer so, wenn er an einem Buch arbeitete. Aber jetzt?

»Ich habe eine Idee, Jessica.«

Jessie sah auf, völlig überrascht. Einen Augenblick lang hatte sie Astrid ganz vergessen gehabt.

»Wie wäre es, wenn wir diesen Drink in meinem Haus nehmen würden?«

»Liebend gern. Sind Sie sicher, daß es nicht zuviel Umstände macht?«

»Überhaupt keine. Es wäre lustig. Kommen Sie, fahren wir.«

Jessie wünschte den beiden Mädchen eine gute Nacht. Sie ertappte sich dabei, daß sie erleichtert war, die Boutique verlassen zu können. So war es früher nie gewesen. Sonst hatte sie sich prächtig gefühlt, wenn sie morgens durch die Tür marschiert war, und sie war zufrieden mit sich und ihrem Leben, wenn sie sie abends hinter sich geschlossen hatte. Jetzt haßte sie den Gedanken an das Geschäft. Es war erschreckend, wie sich alles in so kurzer Zeit verändern konnte.

Jessie folgte Astrid in ihrem Wagen. Die ältere Frau fuhr eine zwei Jahre alte schwarze Jaguarlimousine. Sie paßte perfekt zu ihr, war ebenso elegant und schmal wie sie selbst. Diese Frau war von schönen Dingen umgeben, ihr Haus eingeschlossen.

Das war eine atemberaubende Mischung aus zarten französischen und englischen Antiquitäten, Louis XV, Louis XVI, Hepplewhite, Sheraton. Aber nichts war übertrieben, nichts wirkte überladen. Das ganze Haus schien luftig-leicht. Unmengen von gelben und weißen duftigen Organzavorhängen, eierschalfarbene Seidenvorhänge und oben leuchtende Blumendrucke und eine prächtige Gemäldesammlung. Zwei Chagalls, ein Picasso, ein Renoir und ein Monet, der in das Speisezimmer die Stimmung eines lauen Sommerabends zauberte.

»Astrid, das ist einfach fabelhaft!«

»Ich muß gestehen, ich liebe dieses Haus. Tom hatte so wunderschöne Sachen. Und es macht Spaßt, mit ihnen zu leben. Wir haben ein paar Stücke zusammen gekauft, aber das meiste gehörte bereits ihm. Bloß den Monet, den habe ich ausgesucht.«

»Er ist wunderschön.« Astrid sah stolz aus. Sie hatte aber auch alles Recht dazu.

Selbst die Gläser, in die sie den Scotch schenkte, waren hübsch – aus hauchzartem Kristall schimmerten sie in allen Regenbogenfarben, als sie sie in das Licht des Spätnachmittags hielten. Von der Bibliothek oben hatte man eine herrliche Aussicht auf die Golden Gate Bridge und die Bucht. Hier oben ließen sie sich mit ihren Gläsern nieder.

»Was für ein wunderschönes Haus. Ich weiß gar nicht, was ich sagen soll.« Es war wirklich prachtvoll. Die Bibliothek war holzgetäfelt, und alte Bücher standen in den Regalen. An einer Wand hing das Porträt eines ernst aussehenden Mannes und ein Cézanne über dem kleinen Kamin. Das Porträt stellte Tom dar. Jessie konnte sich die beiden gut zusammen vorstellen, trotz des großen Altersunterschiedes. In seinen Augen schimmerte ein warmes Licht; man spürte das Lachen dahinter. Als sie das Porträt betrachtete, wußte Jessie plötzlich, wie einsam Astrid sich jetzt hier fühlen mußte.

»Er war ein gutaussehender Mann.«

»Ja, und wir haben so gut zusammengepaßt. Ihn zu verlieren, war ein entsetzlicher Schlag. Aber wir hatten Glück. Zehn Jahre sind eine lange Zeit, wenn es solche zehn Jahre sind, wie wir sie hatten.« Aber Jessie erkannte, daß sich Astrid immer noch nicht entschieden hatte, was sie jetzt mit ihrem Leben anfangen sollte. Sie trieb dahin – in Boutiquen und Juweliergeschäften, kaufte Pelze und machte Reisen. Sie hatte nichts, was sie festhielt. Sie hatte das Haus, das Geld, die Gemälde, die Kleider – aber nicht den Mann. Und er war der Schlüssel zu allem. Ohne Tom bedeutete ihr der Besitz nichts. Jessie konnte sich vorstellen, wie das sein mochte. Es verursachte ihr eine Gänsehaut, daran zu denken.

»Wie ist denn Ihr Mann, Jessica?«

Jessie lächelte. »Toll. Er ist Schriftsteller. Und er... nun, er ist mein bester Freund. Ich finde ihn verrückt und wunderbar und schillernd und gutaussehend. Er ist der einzige Mensch, mit dem ich wirklich reden kann. Er ist etwas ganz Besonderes.«

»Damit ist alles gesagt, nicht?« Ein sanftes Schimmern trat in Astrids Augen, als sie das sagte, und Jessie hatte auf einmal ein schlechtes Gewissen. Wie hatte sie so von Ian schwärmen können, einer Frau gegenüber, die den Mann verloren hatte, der ihr ebensoviel bedeutet hatte wie Ian Jessie?

»Nein, Jessica, schauen Sie nicht so. Ich weiß, was Sie denken, aber Sie irren sich. Sie müssen so fühlen. Und Sie müssen es mit genau diesem siegreichen Ausdruck im Gesicht kundtun. Genauso habe ich für Tom empfunden. Halten Sie das Gefühl fest, genießen Sie es, entschuldigen Sie sich niemals dafür, und schon gar nicht mir gegenüber.«

Jessica nickte nachdenklich. Dann sah sie zu Astrid auf.

»Wir haben im Augenblick gerade schreckliche Probleme.«

»Miteinander?« Astrid war überrascht. Man hatte es Jessica nicht angesehen. Irgend etwas stand zwar in ihrem Gesicht geschrieben, aber nicht Ärger mit ihrem Mann – dazu hatte sie viel zu glücklich ausgesehen, als sie ihn beschrieben hatte. Vielleicht gab es finanzielle Probleme. Junge Leute hatten die oft. Irgend etwas stimmte da nicht. In unerwarteten Augenblicken trat es an die Oberfläche. Ein Hauch von Angst, fast

Entsetzen. War sie vielleicht krank? Mußte sie sich eine Brust abnehmen lassen? fragte sich Astrid, wollte aber nicht neugierig sein.

»Man kann das wohl eine Krise nennen. Vielleicht sogar eine große. Aber wir haben das Problem nicht zusammen, jedenfalls nicht so.« Sie schaute auf die Bucht hinaus und verstummte.

»Ich bin sicher, ihr werdet es schaffen.« Astrid wußte, daß Jessie nicht darüber sprechen wollte.

»Ich hoffe.«

Unvermittelt wandte sich das Gespräch dann dem Geschäft zu. Astrid wollte wissen, wie es lief und welche Art von Kundinnen Jessie hatte. Astrid brachte sie zum Lachen, als sie ihr Begebenheiten aus ihrer Zeit bei der *Vogue* in New York erzählte. Es war fast sieben Uhr, als Jessie aufstand, um heimzufahren. Und sie fühlte sich eigentlich so wohl, daß sie noch gar nicht gehen wollte.

»Bis morgen. Paßt halb acht?«

»Wir werden auf den Glockenschlag hier sein. Ich kann es kaum erwarten, Ian das Haus zu zeigen.« Dann hatte sie einen Einfall. »Astrid, mögen sie eigentlich Ballett?«

»Und ob.«

»Haben Sie Lust, nächste Woche mit uns das Joffrey zu sehen?«

»Nein... ich...« Einen Moment trat Kummer in ihre Augen.

»Bitte, kommen Sie mit. Ian würde liebend gern uns beide ausführen. Mensch, das würde seinem Ego vielleicht guttun!« Sie lachte, und Astrid schien zu zögern. Dann nickte sie, wie ein kleines Mädchen grinsend.

»Ich kann nicht widerstehen. Ich hasse es zwar, das fünfte Rad am Wagen zu sein – nach Toms Tod war ich das oft, und es gibt nichts Einsameres. Da ist es tatsächlich viel leichter, wirklich allein zu sein. Aber ich komme gern mit euch mit, wenn Ian nichts dagegen hat.«

Sie verabschiedeten sich voneinander wie zwei neue Schulfreundinnen, die entzückt festgestellt haben, daß sie Nachbarn sind. Und Jessie eilte heim, um Ian von dem Haus zu erzählen.

Es würde ihm gefallen und Astrid auch. Sie erinnerte Jessie an sich selbst. So wäre sie gern gewesen. Soviel Haltung, und dabei so sanft, so aufgeschlossen und lebensfroh. Astrid war sich vielleicht nicht sicher, wie ihr weiteres Leben verlaufen würde, aber sie war mit sich selbst im reinen, und das merkte man ihr an. Sie strahlte Liebe und Frieden aus, verlangte anders als Jessie nichts mehr vom Leben. Aber dennoch beneidete Jessie sie eigentlich nicht. Ihr blieb immer noch Ian, aber Astrid hatte Tom nicht mehr. Als Jessie heimfuhr, gab sie plötzlich Gas und raste die Auffahrt empor, sie konnte es kaum erwarten, Ian zu sehen, nicht bloß ein Porträt von ihm. Als sie sich der Haustür näherte, sah sie einen Mann, der vom Haus auf einen fremden Wagen zuging, der auf der Auffahrt parkte. Er warf ihr einen langen, prüfenden Blick zu und nickte dann. Wieder wurde Jessie von Entsetzen gepackt. Polizei... sie waren wieder da... was taten sie ihnen jetzt an? Das Entsetzen sprach aus ihren Augen, als sie wie angewurzelt stehenblieb. Der Alptraum war zurückgekehrt. Aber wenigstens war es nicht Inspektor Houghton. Und wo war Ian? Sie hätte am liebsten geschrien, konnte es aber nicht. Die Nachbarn hätten sie hören können.

»Ich bin Harvey Green, Mrs. Clarke?« Sie nickte und stand da, betrachtete ihn noch immer voll Schrecken. »Ich bin der Detektiv, den Martin Schwartz mit Ihrem Fall beauftragt hat.«

»Oh, ich verstehe. Haben Sie schon mit meinem Mann gesprochen?« Sie fühlte plötzlich die kühle Brise auf ihrem Gesicht, es dauerte noch eine Weile, ehe ihr Herz aufhörte, so wild zu schlagen.

»Ja, habe ich.«

»Gibt es irgend etwas, was Sie von mir noch wissen möchten?«

»Nein. Es ist alles klar, danke. Ich melde mich.« Er machte eine salutierende Geste und marschierte zu seinem Wagen. Der war beige oder hellblau, im Zwielicht war sich Jessie nicht sicher. Vielleicht war er auch weiß oder hellgrün. Genau wie der Mann war er nahezu unbeschreibbar. Mr. Green hatte unfreundliche Augen und ein Gesicht, das man sofort wieder vergaß. In einer Menschenmenge würde er vollkommen untergehen. Er schien alterslos, und seine Kleidung war unauffällig und zeitlos. Er war einfach perfekt für seine Aufgabe.

»Schatz, ich bin da!« Aber ihre Stimme klang nervös und schrill, genau wie seine, wenn er sprach. »Liebling?... Wir sind morgen zum Essen eingeladen.« Keinem von beiden war das jetzt wichtig. Auf einmal schien ihr Harvey Green viel gegenwärtiger als Astrid.

»Eingeladen? Von wem?« Ian schenkte sich in der Küche etwas zu trinken ein, nicht den üblichen Weißwein. Es war Bourbon oder Scotch, den er nur selten trank, außer, wenn sie Gäste von der Ostküste hatten.

»Die neue Kundin, von der ich dir erzählte habe. Astrid Bonner. Sie ist reizend. Ich glaube, sie wird dir gefallen.«

»Wer?«

»Du weißt schon. Ich habe dir doch von der Witwe erzählt, die in dem

Ziegelpalast an der Ecke wohnt.«

»Schon gut.« Er versuchte, ein Lächeln aufzusetzen, aber es fiel ihm schwer. »Hast du Green getroffen, als du hereingekommen bist?«

Sie nickte. »Ich dachte schon, es wäre ein Bulle. Ich bin fast anderthalb Meter hoch gesprungen.«

»Ich auch. Ist lustig, so zu leben, was?«

Sie versuchte, seine Bemerkung zu übergehen, und setzte sich in ihren Sessel.

»Machst du mir auch einen Drink?«

»Scotch und Wasser?«

»Warum nicht?« Das war ihr dritter.

»Okay. Muß ein tolles Haus sein, das die Witwe da hat.« Aber es hörte sich nicht so an, als wäre es ihm wirklich wichtig. Er ließ Eiswürfel in ein Glas fallen.

»Morgen wirst du es ja sehen. Und, Ian... ich habe sie eingeladen, mit uns ins Ballett zu gehen. Du hast doch nichts dagegen?« Ein Augenblick verging, und er nippte zweimal, ehe er ihr in die Augen sah und antwortete. Aber was sie da sah, gefiel ihr nicht.

»Liebling, es ist mir verdammt egal.«

Nach dem Essen an diesem Abend versuchten sie, zusammen zu schlafen, aber zum erstenmal, seit sie sich kannten, konnte Ian nicht. Auch das war ihm egal. Es kam ihm vor wie der Anfang vom Ende.

Kapitel XI

»Bist du schon angezogen?« Jessica hörte Ian in dem Zimmer fuhrwerken, in dem er arbeitete. Sie selbst war gerade damit fertig, ihr Haar zu bürsten. Sie trug eine weiße Seidenhose und einen türkisfarbenen gehäkelten Pulli und fragte sich noch immer, ob es das Richtige war. Es war ohne weiteres möglich, daß Astrid etwas ganz Tolles trug. Es hörte sich an, als wollte Ian sich in seinem Arbeitszimmer vergraben. »Ian! Bist du fertig?« Das Rumoren hörte auf, und sie hörte Schritte.

»Mehr oder weniger.« Von der Tür zum Schlafzimmer aus lächelte er ihr zu. Sie sah ihm in die Augen, als sie auf ihn zuging.

»Mr. Clarke, Sie sehen einfach wundervoll aus.«

»Du auch.« Er trug den neuen dunkelblauen Cardin-Blazer, den sie ihm aus New York mitgebracht hatte, dazu ein cremefarbenes Hemd, eine weinrote Krawatte und die beigefarbene Gabardinehose, die sie in Frankreich gekauft hatte. Sie betonte vorteilhaft seine langen, schlanken Beine.

»Du siehst schrecklich anständig und schrecklich hübsch aus, und ich glaube, ich bin ganz schrecklich in dich verliebt, mein Schatz.«

Er verbeugte sich tief und legte die Arme um sie.

»Wie wäre es, wenn wir daheim blieben?« Ein schelmisches Funkeln trat in seine Augen.

»Ian, rühr mich nicht an! Astrid wäre so enttäuscht, wenn wir nicht kommen würden. Und sie wird dir gefallen.«

»Versprechungen, nichts als Versprechungen.« Aber er bot ihr doch den Arm, als sie die weiße Seidenjacke griff, die sie auf dem Stuhl in der Halle abgelegt hatte. Er ging mit zu diesem Abendessen, um Jessie einen Gefallen zu tun. Er hatte wirklich andere Dinge im Kopf.

Sie gingen zu Fuß zu dem Ziegelhaus an der Ecke, und es war der erste Abend, an dem die Luft deutlich kühler war. Der Herbst rückte näher, in der ihm eigenen sanften Art. San Francisco im Herbst – das war etwas ganz anderes als New York in dieser Jahreszeit, das war mit ein Grund, warum sie sich beide in San Francisco verliebt hatten. Sie liebten das schöne, ausgeglichene Klima.

Jessica klingelte, und sie warteten. Einen Moment reagierte niemand.

»Vielleicht hat sie entschieden, daß sie uns lieber doch nicht sehen möchte.«

»Ach, hör auf. Du willst ja nur heimgehen und weiter an deinem Buch arbeiten.« Aber sie lächelte ihm zu, und dann hörten sie Schritte.

Eine Sekunde später öffnete sich die Tür, und da stand Astrid in einem bodenlangen, schwarzen Strickkleid, sie trug eine lange Perlenkette. Das Haar war hinten locker hochgeschlagen, und ihre Augen funkelten, als sie die beiden ins Haus führte. Sie sah noch schöner aus als bei den früheren Begegnungen. Und Ian war offensichtlich verblüfft. Er hatte eine Witwe mittleren Alters erwartet und der Einladung in erster Linie zugestimmt, um Jessie entgegenzukommen. Er hatte nicht die leiseste Ahnung von diesem Traum in Schwarz gehabt, von der zierlichen Puppentaille und dem langen, schlanken, elegant gebogenen Hals – und erst das Gesicht! Es gefiel ihm. Wie der Ausdruck ihrer Augen. Das war keine Witwe. Das war eine Dame.

Die beiden Frauen umarmten sich, und Ian blieb einen Moment im Hintergrund stehen, betrachtete sie, fasziniert von Astrid, die er noch nicht kannte, und dem imposanten Haus, von dem er über die Schulter hinweg einen ersten Eindruck gewonnen hatte. Es war unmöglich, nicht zu gaffen, gleichgültig, ob er sie oder das Haus anstarrte.

»Und das ist Ian.« Er fühlte sich wie ein kleiner Junge, der von seiner Mutter vorgestellt wird – ›Sag schön guten Abend zu dieser netten Dame, Schatz‹ –, und reichte der Gastgeberin die Hand.

»Guten Abend.« Er war froh, daß er das neue Cardin-Jackett und die Krawatte trug. Das würde nicht einfach irgendein Abendessen werden. Und wahrscheinlich war sie ein schrecklicher Snob, das mußte sie einfach sein in dieser Umgebung. Und schon Witwe. Neureich, zum Teufel... aber eine innere Stimme sagte ihm, daß dieses Attribut nicht zutreffend war. Ihr Gesichtsausdruck wirkte nicht wie der eines überheblichen Snobs. Sie hatte hübsche Augen, in einem hübschen Gesicht. Sie sah aus wie ein Mensch.

Astrid lachte fröhlich, als sie ihre Gäste nach oben in die Bibliothek führte, und Ian und Jessica tauschten Blicke aus, als sie an zarten Stichen und Skizzen auf der Treppe vorüberkamen... Picasso... Renoir... noch ein Renoir... Manet... Klimt... Goya... Ian hätte am liebsten einen Pfiff ausgestoßen, und Jessie grinste ihn an wie ein Verschwörer, der ihm dabei geholfen hatte, in das verhexte Haus der Nachbarn einzudringen. Er zog die Brauen hoch und streckte ihr die Zunge heraus. Astrid war vor ihnen und schon auf dem Flur. Ian wollte flüstern, und Jessie wollte kichern, aber sie konnten nicht. Nicht, ehe sie wieder daheim waren. Jessie genoß diesen Ausdruck auf seinem Gesicht, dabei kam sie sich plötzlich so mutwillig vor. Sie kniff ihn zart in seinen verlängerten Rücken, als sie an ihm vorbei in die Bibliothek ging.

Eine Platte mit Hors d'œuvres wartete auf sie, und außerdem eine leckere Pastete. Im Kamin flackerte ein Feuer. Ian nahm eine Scheibe Pastete auf einem kleinen Stückchen Toast entgegen und lachte Astrid in die Augen.

»Mrs. Bonner, ich weiß nicht, was ich sagen soll, und ich fühle mich plötzlich, als wäre ich vierzehn, aber ich bin einfach überwältigt von Ihrem Heim und von meiner Gastgeberin.« Er lächelte sein treuherziges Lächeln, das Jessie so liebte, und Astrid lachte mit.

»Ich bin entzückt über dieses reizende Kompliment, aber nicht darüber, daß Sie mich ›Mrs. Bonner‹ nennen. Sie fühlen sich vielleicht wie vierzehn, aber mir geben Sie das Gefühl, vierhundert zu sein. Versuchen Sie es mit ›Astrid‹, oder ich werfe Sie hinaus, o Gott!« Alle drei lachten, und sie schlüpfte aus ihren Schuhen und zog die Beine unter sich, als sie in ihrem großen, gemütlichen Sessel saß. »Aber ich freue mich wirklich, daß Ihnen das Haus gefällt. Es schüchtert mich manchmal ein wenig ein, jetzt, wo Tom nicht mehr da ist. Ich liebe es so, aber manchmal habe ich einfach das Gefühl, daß ich nie mehr in alles hineinwachse. Es ist so... so... ich meine, ich habe das Gefühl, daß es eigentlich meiner Mutter gehören sollte und ich es nur beaufsichtige. Ich meine: wirklich ich? In all dem? Wie lächerlich!« Bloß war es überhaupt nicht lächerlich. Es paßte wunderbar zu ihr. Ian fragte sich, ob sie wußte, wie wunderbar, oder ob sie meinte, was sie gerade gesagt hatte. Er stellte sich vor, daß Tom das Haus um sie herum hatte bauen lassen, mitsamt den Gemälden und der Aussicht.

»Es steht Ihnen aber ausgesprochen gut.« Ian betrachtete ihre Augen, und Jessie verfolgte das Gespräch.

»Ja, in gewisser Weise tut es das wohl, aber dann auch wieder nicht. Manchmal verschreckt es die Leute. Der ganze Lebensstil. Die Üppigkeit. Die... man könnte es wohl Aura nennen. Eine Menge davon ist Tom, und manche Dinge sind einfach... nun... Sachen.« Sie machte eine vage, allumfassende Handbewegung, die ein Vermögen an Kunstgegenständen umschloß. »Etwas... das bin ich.« Ian gefiel es, daß sie diesen Punkt zugab. »Die Leute erwarten immer so viel von einem, wenn man so lebt. Manchmal erwarten sie, daß ich jemand bin, der ich nicht bin, oder sie beschäftigen sich nicht lange genug mit mir, um herauszufinden, wie ich bin, was ich bin. Ich habe Ihnen ja gesagt, Jessie, daß ich jederzeit meines gegen Ihr Haus tauschen würde. Aber...« sie grinste wie eine Katze, die sich genüßlich in der Sonne räkelt... »schlecht ist das hier auch nicht.«

»In meinen Augen sieht das nach einem verdammt hübschen Ort zum Wohnen aus, Mrs.... Astrid.« Sie platzten alle los bei seinem Versprecher. »Aber ich bezweifle, daß Sie noch mit uns tauschen würden, wenn Sie erst merken, daß die Sicherung der Waschmaschine rausfliegt, wenn Sie den Fön benutzen wollen. Unser Haus hat seine Tücken.«

»Hört sich lustig an.« Es war klar, daß hier so etwas noch nie passiert war; Jessie grinste breit und dachte an das letzte Mal, als alle Sicherungen durchgebrannt waren und Ian sich geweigert hatte, den Schaden zu reparieren. Sie hatten den Rest des Abends bei Kerzenlicht verbracht –

bis Ian arbeiten wollte und die elektrische Schreibmaschine brauchte. Er sah sie verlegen an, denn er wußte genau, was sie dachte.

»Nun, Kinder? Habt ihr Lust zu einer Führung durch den Palast?« unterbrach Astrid ihre Gedanken. Jessie hatte noch nicht das ganze Haus gesehen, und Ian nickte schnell.

Barfüßig ging Astrid den Flur entlang, drückte auf Schalter, öffnete Türen, machte noch mehr Licht. Hier oben gab es drei Schlafzimmer. Ihres in leuchtendem, blumenbedrucktem Gelb mit einem großen Himmelbett und der prächtigen Aussicht auf die Bucht. Dazu gehörten ein kleines, verspiegeltes Boudoir und ein weißes Marmorbad. Dasselbe in Blaßgrün befand sich auf der anderen Seite des Ganges und gehörte zu einem ruhigen, eleganten Schlafzimmer voller Antiquitäten aus Frankreich.

»Meine Mutter schläft immer hier, wenn sie mal in der Stadt ist, und es paßt hervorragend zu ihr. Wenn ihr sie kennenlernt, werdet ihr mich verstehen. Sie ist lebhaft und klein und lustig, und sie liebt es, überall Unmengen von Blumen zu haben.«

»Wohnt sie noch im Osten?« Ian war neugierig und konnte sich nur erinnern, daß Jessie ihm erzählt hatte, Astrid käme ursprünglich aus New York.

»Nein, Mutter lebt auf einer Ranch hier in der Nähe, ausgerechnet. Sie hat sie vor ein paar Jahren gekauft und findet es toll. Erstaunlicherweise geht das wirklich gut. Wir hatten eigentlich gedacht, sie würde sich dort schon nach sechs Monaten langweilen, aber das tut sie nicht. Sie ist sehr unabhängig, reitet viel und liebt es, Cowboy zu spielen. Das alles mit zweiundsiebzig! Sie erinnert einen ein bißchen an Colette.«

Jessie mußte lächeln, als sie sich eine winzige, weißhaarige Dame in Cowboy-Kleidung vorstellte, die sich in diesem elegant eingerichteten Raum aufhielt. Aber wenn sie Astrid nur ein bißchen ähnlich war, dann schaffte sie das schon. Mit maßgefertigten Cowboy-Stiefeln von Gucci und einem Hut von Adolfo.

Das Schlafzimmer neben dem Astrids war nüchterner und hatte augenscheinlich ihrem Mann gehört. Jessie und Ian wechselten einen kurzen Blick... sie hatten getrennte Schlafzimmer gehabt? Aber dann fiel Jessie der Altersunterschied ein. Neben seinem Zimmer gab es ein kleines, elegantes Arbeitszimmer, mit teuren Ledermöbeln und einem hübschen alten Schreibtisch, auf dem unzählige Bilder von Astrid standen.

Astrid durchquerte den Raum schnell und ging auf den Flur zurück.

Sie schloß die Tür zu dem grünen Gästezimmer, als Jessie und Ian ihr folgten.

»Es ist ein wunderschönes Haus.« Jessie seufzte. Am liebsten würde man in einem solchen Haus für immer bleiben. Jetzt verstanden beide, warum Astrid das Haus nicht verkaufte und sich etwas Kleineres suchte. Es erzählte seine eigene Geschichte von Menschen, die es liebten – die Spaß an Schönheit, aneinander und an gutem Leben hatten.

»Unten habt ihr's ja schon gesehen. Nicht sehr aufregend, aber hübsch.« Jessie fragte sich, warum nichts auf Bedienstete hindeutete. Man erwartete zumindest ein Mädchen mit weißer Schürze oder einen Butler, aber Astrid schien allein zu leben.

»Mögt ihr Krebse? Ich hätte wirklich anrufen und fragen sollen, aber ich habe es vergessen.« Sie sah ein bißchen verlegen aus.

»Wir lieben Krebse!« antwortete Jessie für sie beide.

»Oh, gut! Jedesmal, wenn ich für Freunde welche mache, ohne vorher zu fragen, dann stellt sich heraus, daß jemand dagegen allergisch ist oder so. Ich mag sie sehr.«

Es war ein ungewohntes Festessen. Astrid häufte einen ganzen Berg vorbereiteter Krebse vor ihnen auf, stellte eine riesige Karaffe mit Weißwein dazu, holte dann noch Salat und heiße Brötchen und forderte ihre Gäste auf, kräftig zuzulangen. Sie rollte die Ärmel ihres schwarzen Strickkleides auf, bat Ian, sein Jackett abzulegen und setzte sich dann hin wie ein Kind, kämpfte darum, wer die Scheren zuerst entdeckte.

»Ian, Sie sind gemein. Die hab' ich zuerst gesehen, und das wissen Sie!« Sie klopfte ihm vorsichtig mit der Schere auf die Finger, als sie sie hervorzog, kicherte und nippte an ihrem Wein. Sie hatte recht – sie sah wirklich aus wie ein junges Mädchen, dessen Mutter ausgegangen ist und ihm erlaubt hat, Freunde zum Abendessen einzuladen und dazubehalten, ›solange ihr alle brav seid‹. Sie war reizend, und sowohl Jessie als auch Ian verliebten sich richtig in sie.

Es war ein angenehmer, problemloser Abend. Sie wirkten wie drei Menschen, die Probleme nicht kannten – nur teuren Geschmack und Vergnügen. Es war schon nach Mitternacht, als Ian schließlich aufstand und Jessie die Hand hinhielt.

»Astrid, ich könnte noch bis um vier Uhr morgens früh hier bleiben, aber ich muß früh aufstehen und an dem Buch arbeiten, und wenn Jessie nicht genug Schlaf bekommt, wird sie zum Monster.« Aber es war klar, daß es ihnen allen leid tat, daß der Abend vorüber war. »Sie kommen doch nächste Woche mit uns zum Ballett?«

»Mit Vergnügen. Übrigens hat Jessie mir gesagt, ich würde Sie sehr gern haben, und ganz offensichtlich hatte sie damit hundertprozentig recht. Ich kann mir nicht vorstellen, bei wem ich lieber das fünfte Rad am Wagen wäre.«

»Gut. Weil Sie das nämlich nicht sind. Das fünfte Rad; so 'n Blödsinn.« Sie lachten alle, und Astrid umarmte sie beide zum Abschied, als hätten sie sich schon jahrelang gekannt. Es kam ihnen auch so vor, als Astrid da barfuß in der Tür stand und winkte, ehe die leuchtendschwarze Tür mit dem Klopfer aus Messing ins Schloß fiel.

»Himmel, Jess, war das ein netter Abend. Und was für eine wunderbare Frau. Sie ist erstaunlich.«

»Nicht wahr? Aber sie muß verteufelt einsam sein. So wie sie die Menschen in ihr Leben einlädt – es kommt mir vor, als hätte sie zuviel Liebe und die meiste Zeit niemanden, dem sie sie schenken kann.« Jessie gähnte bei ihren letzten Worten, und Ian nickte. Das Reden über den zurückliegenden Abend war immer noch das Schönste daran. Sie konnte sich nicht mehr erinnern, wie es war, ehe Ian da war und ihre Geheimnisse mit ihr teilte, ihre Meinungen und Fragen. Er schien seit eh und je bei ihr gewesen zu sein.

»Was glaubst du, wie ihr Mann gewesen ist, Jess? Ich vermute, er war nicht so lustig wie sie.«

»Wie kommst du darauf?« Seine Bemerkung überraschte sie; nichts deutete darauf hin, daß Tom Bonner weniger amüsant gewesen war als seine Frau. Und dann lachte Jessica, als sie erriet, was Ian meinte. »Die getrennten Schlafzimmer?« Er grinste, und sie zwickte ihn. »Du bist unmöglich.«

»Bin ich nicht. Und das eine will ich Ihnen sagen, Madam, und wenn ich neunzig Jahre alt werde: Sie werden mich niemals aus Ihrem Schlafzimmer vertreiben... und auch nicht aus Ihrem Bett!« Er schien sehr zufrieden mit sich selbst, als er sie auf dem kurzen Heimweg noch enger an sich zog.

»Ist das ein Versprechen, Mr. Clarke?«

»Das bekommen Sie schriftlich, wenn Sie es wünschen, Mrs. Clarke.«

»Vielleicht nagle ich dich noch darauf fest.« Sie blieben einen Augenblick stehen und küßten sich, ehe sie die letzten paar Schritte zu ihrem Haus zurücklegten. »Ich bin froh, daß Astrid dir gefallen hat, Liebling. Ich bin wirklich sehr gern mit ihr zusammen. Ich möchte sie noch besser kennenlernen. Man kann sich so gut mit ihr unterhalten. Weißt du, ich... nun ja, ich hätte ihr am liebsten erzählt, was mit uns los ist. Wir fingen neulich an, uns zu unterhalten, und...« Jessie zuckte die Achseln. Es war schwer in Worte zu fassen, und Ian fing schon an, düster dreinzublicken. »Irgendwie bringt sie mich einfach dazu, daß ich ihr am liebsten die Wahrheit sagen würde.« Ian blieb stehen und starrte sie an.

»Und? Hast du es getan?«

»Nein.«

»Gut. Weil ich nämlich glaube, daß du dir selbst was vormachst, Jess. Sie ist eine nette Frau, aber niemand kann verstehen, was wir zur Zeit durchmachen. Niemand. Wie willst du denn jemandem erzählen, daß mir ein Verfahren wegen Vergewaltigung bevorsteht? Tu uns beiden einen großen Gefallen, Schatz, und sprich nicht darüber. Wir müssen hoffen, daß diese ganze dumme Sache vergeht und wir sie vergessen können. Wenn wir jetzt jemandem davon erzählen, dann verfolgt es uns vielleicht noch Jahre.«

»Das habe ich auch gedacht. Und – he, hör mal... du könntest ruhig ein bißchen Vertrauen zu mir haben, ja? Ich bin ja nicht doof. Ich weiß, daß es für die meisten Menschen schwierig sein dürfte, damit umzugehen.«

»Dann verlang es auch nicht von ihnen.«

Jessica antwortete nicht, und Ian ging vor ihr her, um die Haustür zu öffnen. Zum erstenmal, seit Jessie zurückdenken konnte, bedeutete ihre freiwillige Abgeschiedenheit vom Rest der Welt, ihre fast geheime Gesellschaft, in ihren Augen Einsamkeit und Isolation. Sie konnte mit niemandem reden als mit Ian. Er hatte es verboten. In der Vergangenheit hatte sie immer die Wahl gehabt.

Jessie folgte ihm ins Haus und ließ ihre Jacke in der Eingangshalle.

»Möchtest du noch eine Tasse Tee, ehe du zu Bett gehst?« Sie stellte einen Kessel mit Wasser auf und hörte, wie er ins Arbeitszimmer ging.

»Nein, danke.«

Einen Augenblick blieb sie in der Tür zu seinem Arbeitszimmer stehen und lächelte, als sie ihn an seinem Schreibtisch sitzen sah. Er hatte einen gefüllten Cognacschwenker neben sich stehen, und vor ihm auf dem Schreibtisch lag ein Stapel Papier. Er lockerte die Krawatte und lehnte sich zurück, um seine Frau anzuschauen.

»Hallo, schöne Frau.«

»Hallo.« Sie tauschten ein kaum merkliches Lächeln aus, nur einen

Augenblick lang. Dann legte Jessica den Kopf zur Seite. »Willst du wirklich noch arbeiten?«

»Nur kurze Zeit.«

Sie nickte und ging, um den Kessel vom Herd zu nehmen. Er pfiff lautstark. Sie machte eine Tasse Tee, schaltete die restlichen Lampen aus und ging leise ins Schlafzimmer hinüber. Sie wußte, daß Ian noch Stunden nicht ins Bett kommen würde. Er konnte nicht. Er konnte nicht versuchen, sie heute nacht zu lieben. Nicht nach dem, was gestern gewesen war. Der bittere Geschmack des Versagens war an ihm haftengeblieben. Wie alles andere auch, was ihnen geschah, war das neu und schmerzhaft.

Der Abend im Ballett mit Astrid war ein genauso großer Erfolg wie das Essen bei ihr daheim. Sie holten sie gerade rechtzeitig ab, und Jessie hatte ein spätes Abendessen vorbereitet, das sie nach der Vorstellung zu Hause erwartete. Steak, kalter Spargel, eine Auswahl an Käse und Baguette und einen selbstgemachten Zuckerkuchen. Am Tischende stand eine große Schüssel mit frischen Erdbeeren und Schlagsahne für die Beeren oder den Kuchen. Es war ein Genuß, und ihr Gast applaudierte.

»Liebes Kind, gibt es eigentlich irgend etwas, was du nicht kannst?«

»Viel.« Aber Jessie freute sich über das Kompliment.

»Glaub ihr ja nicht. Sie kann einfach alles.« Ian unterstützte das Kompliment mit einem Kuß, als er eine Runde Bordeaux einschenkte. Château Margaux '55. Es kam ihm vor wie eine besondere Gelegenheit, und da hatte er einen seiner Lieblingsweine hervorgeholt.

Inzwischen waren die drei sehr vertraut, erzählten sich Witze und Geschichten und fühlten sich sehr wohl miteinander. Sie hatten schon fast die zweite Flasche Wein geleert, als Astrid aufstand und einen Blick auf die Uhr warf.

»Großer Gott, Kinder, es ist schon zwei Uhr. Nicht, daß ich morgen irgend etwas vorhätte, aber ihr. Ich habe wirklich ein schlechtes Gewissen, euch so lange aufgehalten zu haben.« Ian und Jessica wechselten einen schnellen, scharfen Blick: Sie mußten am nächsten Morgen wirklich früh aufstehen. Aber Astrid bemerkte diesen Blick nicht. Sie suchte ihre Handtasche.

»Sei nicht albern. Abende wie dieser sind ein Geschenk für uns.« Jessie lächelte ihrer Freundin zu.

»Kaum mehr als für mich. Ihr habt ja keine Ahnung, wie ich das genossen habe. Und was hast du morgen vor, Jessica? Kann ich dich zum

Mittagessen in die Villa Taverna einladen?«

»Ich... tut mir leid, Astrid, aber das geht morgen nicht.« Noch ein Blick schoß in Ians Richtung. »Wir müssen morgen früh zu einer Geschäftsbesprechung, und ich weiß nicht, wann ich da fertig sein werde.«

»Warum gehen wir dann nicht einfach alle drei zum Essen?« Sie hatte ihre Handtasche gefunden und war bereit zu gehen. »Ihr könnt mich ja anrufen, wenn ihr fertig seid.«

»Astrid, laß es uns lieber auf einen anderen Tag verschieben.« Ian war traurig, aber bestimmt.

»Ich finde euch alle beide gemein.« Aber jetzt spürte sie etwas zwischen ihnen, eine Spannung, die zuvor nicht dagewesen war. Irgend etwas war da gewaltig aus dem Gleichgewicht, aber sie hätte nicht sagen können, was es war. Dann fiel ihr das Problem ein, das Jessie einmal erwähnt hatte. Es war nie wieder zur Sprache gekommen, und Astrid war zu dem Schluß gekommen, daß Jessie Geldprobleme gemeint hatte. Es war zwar schwer zu glauben, aber es konnte offensichtlich nichts anderes sein. Weder Krankheit noch Schwierigkeiten in der Ehe – dafür gab es zuviel Berührungen, Umarmungen, Küsse –, niemand hätte auf die Idee kommen können, die Ehe steckte in einer Krise.

»Vielleicht können wir am Wochenende alle ins Kino gehen.« Ian sah die beiden Frauen an und versuchte, den zu stillen Augenblick zu überspielen. »Das ist zwar nicht so vornehm wie das Ballett, aber im Union läuft ein neuer französischer Thriller. Na, wie sieht das aus?«

»O ja!« Jessie klatschte in die Hände und schaute Astrid an, die grinste und gleichzeitig versuchte ein ernstes Gesicht zu machen.

»Aber nur wenn ihr schwört, mir eine ganz große Tüte Popcorn zu kaufen.«

»Ich schwöre es.« Ian hielt ernst eine Hand hoch, wie zum offiziellen Eid.

»Bei deinem Leben?«

»Bei meinem Leben«, alle drei lachten. »Mit dir zu verhandeln, ist wirklich nicht leicht.«

»Ich mußte so hart bleiben. Ich bin ganz wild auf Popcorn. Mit Butter!« Sie sah ihn an, und er umarmte sie brüderlich. Dann beugte sich Astrid zu Jessie hinüber, um sie auf die Wange zu küssen. »Und jetzt wünsche ich euch beiden eine gute Nacht und lasse euch schlafen. Tut mir wirklich leid, daß es so spät geworden ist.«

»Das braucht dir nicht leid zu tun. Uns tut es das auch nicht.«

Jessica begleitete sie noch bis zur Tür, und mit einem merkwürdig neugierigen Gefühl verließ Astrid die beiden, es war ein ungutes Gefühl. Da war nichts, was sie sehen, berühren oder dessen sie sich sicher sein konnte, aber dennoch schien etwas in der Luft zu hängen, direkt über ihren Köpfen – wie ein Klotz aus Beton.

Die Vorverhandlung war für den nächsten Morgen angesetzt.

Kapitel XII

Jessica betrat den Gerichtssaal an Ians Hand, die sie fest unklammert hielt. Sie trug das marineblaue Kostüm und auch wieder eine dunkle Brille, und Ian sah müde und bleich aus. Er hatte nicht viel geschlafen, und er hatte Kopfschmerzen vom Wein, den sie am Vorabend getrunken hatten. Zu dritt hatten sie zwei Flaschen Margaux geleert.

Martin Schwartz wartete bereits auf sie. Er blätterte eine Akte auf einem schmalen Tisch an der einen Seite des Raumes durch und bedeutete ihnen, ihn draußen zu treffen.

»Ich werde darum bitten, die Öffentlichkeit auszuschließen. Ich dachte, es wäre besser, wenn Sie das vorher erfahren, damit Sie nicht überrascht sind.« Er sah schrecklich geschäftlich aus, und sie fühlten sich beide verwirrt. Ian war es, der zuerst sprach, mit besorgt gerunzelter Stirn.

»Warum?«

»Ich dachte, das Opfer würde vielleicht offener reden, wenn keine Zuschauer zugelassen sind. Nur Sie, sie selbst, der Staatsanwalt, der Richter und ich. Es ist nur eine vernünftige Vorsichtsmaßnahme. Wenn sie Freunde mitbringt, dann will sie natürlich, daß die glauben, sie wäre so rein wie der frisch gefallene Schnee. Außerdem weiß man nicht, wie sie reagiert, wenn Jessica anwesend ist.« Ohne daß sie einen Grund dafür hätte nennen können, zuckte Jessica unwillkürlich zusammen, als sie ihren Namen hörte.

»Hören Sie, wenn ich es ertragen kann, kann sie es auch.« Jessie war schrecklich nervös, und sie hatte Angst davor, diese Frau zu sehen. Sie wäre überall lieber gewesen als ausgerechnet hier. Jede Faser ihres Seins schrak vor dem zurück, was vor ihr lag. Der Feind. So vielem mußte sie in Gestalt dieses einzelnen menschlichen Wesens gegenübertreten. Ians Untreue, ihre eigene Unzulänglichkeit, die Bedrohung ihrer Zukunft, die Erinnerung an die Schwierigkeiten, die sie zu überwinden hatte, um seine Kaution aufzubringen. Das alles hing mit dieser Frau zusammen.

Martin erkannte, wie angespannt die beiden waren. Er hatte Mitleid mit ihnen und wußte genau, was die Wurzel des Übels für Jessica war: Margaret Burton.

»Vertrauen Sie mir nur, Jessie. Ich glaube, eine Anhörung unter Ausschluß der Öffentlichkeit wird für alle Beteiligten das Beste sein. In ein paar Minuten sollte es losgehen. Warum machen Sie nicht noch einen kurzen Gang über den Flur? Bleiben Sie nur in der Nähe, dann komme ich heraus und mache Ihnen ein Zeichen, wenn der Richter bereit ist zu beginnen.« Ian nickte steif, und Martin kehrte in den Saal zurück. Ians Arm fühlte sich an, als hinge ein Bleigewicht daran: Jessie.

Sie hatten nichts zu sagen, als sie nebeneinander den Gang entlanggingen, am jenseitigen Ende umdrehten und zurückkamen. Jessicas Gedanken wanderten zurück zu anderen Marmorhallen... das Rathaus, wo sie und Ian ihre Heiratsurkunde bekommen hatten... das Warten vor dem Büro des Direktors der Oberschule... das Beerdigungsinstitut in Boston, als Jake gestorben war... und dann, einer nach dem anderen, ihre Eltern.

»Jessie?«

»Hmm?« Sie sah ihn mit merkwürdig gerunzelter Stirn an, als hätte sie Schwierigkeiten, in die Gegenwart zurückzukehren.

»Alles in Ordnung mit dir?« Er sah besorgt aus. Sie hatte seinen Arm zu fest gedrückt und war immer schneller gegangen, als sie durch den Flur schlenderten. Er mußte sie am Arm schütteln, um auf sich aufmerksam zu machen.

»Ja, alles in Ordnung. Ich habe bloß nachgedacht.«

»Hör lieber damit auf. Es wird schon alles gut werden.« Sie wollte etwas sagen, und der Ausdruck in ihren Augen verriet ihm, daß es nichts Erfreuliches sein würde. Sie war viel zu nervös, um vorsichtig oder freundlich zu sein.

»Ich... es tut mir leid... das ist einfach so ein unheimlicher Tag. Oder kommt er dir nicht unheimlich vor? Sondern nur mir?« Sie fragte sich langsam, ob sie verrückt werden würde.

»Nein, es erscheint mir nicht unheimlich. Beschissen, ja, aber nicht unheimlich.« Er versuchte zu lächeln, aber sie sah ihn gar nicht an. Sie starrte in die Ferne, wieder mit verträumten Augen. Sie fing an, ihm Angst zu machen. »Hör mal, wenn du dich jetzt nicht auf der Stelle zusammenreißt, schicke ich dich heim, verstanden?«

»Warum? Damit ich sie nicht sehe?«

»Machst du dir deshalb solche Sorgen? Himmel! Es geht um meinen Kopf, und du machst dir Sorgen, weil du sie sehen wirst. Was kümmert sie uns denn schon? Aber was ist, wenn man meine Kaution widerruft?«

»Das werden sie nicht.«

»Woher willst du das wissen, zum Teufel?«

»Ich... ich... ach, Ian, ich weiß nicht. Sie können es einfach nicht, das ist alles. Warum sollten sie?« Sie hatte noch nicht einmal daran gedacht. Diese Möglichkeit war nur noch ein Grund mehr zur Sorge.

»Warum sollten sie nicht?«

»Na ja, wenn ich vielleicht Inspektor Houghton oder Barry York, unseren geliebten ›Bailbondsman‹, verführt hätte... aber da ich das nicht getan hab', tun sie es vielleicht wirklich.« Ihr Ton war bitter und sarkastisch.

»Fahr heim, Jessica.«

»Fahr zur Hölle.«

Und dann hörte Ian auf zu reden und sah an ihr vorbei. Die Zeit schien stillzustehen, als Jessica sich umwandte. Da war Margaret Burton.

Sie trug denselben Hut. Aber mit einem zurückhaltenden, beigen Kostüm. Sie hatte sogar weiße Handschuhe an. Die Kleider waren billig, sahen aber sauber und ausgesprochen anständig aus. Sie wirkte entsetzlich langweilig – wie eine Lehrerin oder eine Bibliothekarin, irgend jemand, der schrecklich ernst und an Sex überhaupt nicht interessiert ist. Ihr Haar war zu einem festen Knoten im Nacken zusammengedreht, der unter dem Hut kaum sichtbar war. Die schwarzen Ansätze waren nicht mehr zu erkennen. Sie hatte kein Make-up aufgelegt, und ihre Schuhe waren flach und plump. Es war offensichtlich, daß eine solche Frau nicht freiwillig mit jemandem schlief.

Ian sagte nichts, schaute sie aber lange an, ehe er sich abwandte. Auch Jessica starrte sie an, mit einem Ausdruck des Hasses im Gesicht, den Ian noch nie bei ihr gesehen hatte. Sie war wie angewurzelt stehengeblieben.

»Jess... komm weiter, bitte.« Er nahm ihren Ellbogen und versuchte sie den Gang entlangzuschieben, aber sie wollte sich nicht rühren. Margaret Burton verschwand im Gerichtssaal, ohne auch nur mit einem Wimpernzucken gezeigt zu haben, daß sie sie bemerkt hatte. Und Jessica rührte sich immer noch nicht. Inspektor Houghton folgte Miss Burton auf den Fersen, und Martin Schwartz kam heraus und winkte Ian herbei, während Jessie bloß dastand und gaffte.

»Hör mal, Jessie, setz dich doch ein paar Minuten auf die Bank da. Ich komme zurück, sobald ich kann.« Sie war in einer schrecklichen Verfassung, und er hatte genug Probleme.

»Ian?« Sie drehte sich um und sah ihn mit schmerzlichem Blick an. »Ich verstehe einfach überhaupt nichts mehr.« In ihren Augen standen nicht einmal Tränen, nur Kummer.

»Ich auch nicht. Aber ich muß jetzt hineingehen. Wird es dir hier draußen gutgehen oder möchtest du lieber heimfahren?« Er war sich nicht sicher, ob er sie alleinlassen konnte. Der Blick in ihren Augen war ihm nur zu gut bekannt.

»Ich warte hier.«

Das hatte er sie zwar nicht gefragt, aber er hatte keine Zeit zu diskutieren. Er verschwand im Gerichtssaal, und Jessie setzte sich allein auf die kalte Marmorbank. Sie sah die Menschen kommen und gehen. Ganz gewöhnlich aussehende Menschen – Männer mit Diplomatenköfferchen, Frauen mit zusammengeknüllten Taschentüchern in der Hand. Kleine, zerlumpte Kinder in Schuhen, die am Absatz durchgelaufen waren und mit Hosen, die so kurz waren, daß sie die knochigen Beinchen nicht bedeckten. Richter, Anwälte, Opfer, Angeklagte, Zeugen... Menschen. Sie kamen und gingen, während Jessie auf der Bank saß und über Margaret Burton nachdachte. Wer war sie? Warum hatte sie das getan? Warum ausgerechnet Ian? Sie hatte so verdammt stolz ausgesehen, so rechthaberisch, als sie in den Gerichtssaal gegangen war. Der Gerichtssaal...

Plötzlich wurde ihr Blick von der Tür angezogen. Sie war aus dunklem, auf Hochglanz poliertem Holz, mit Messingknauf und zwei winzigen Glasscheiben wie Augen... sie mußte hinein... sie sehen... hören... herausfinden, warum... sie mußte!

Ein kleines Schild hing schief an einem der Türknäufe – GESCHLOSSEN –, und ein Gerichtsdiener in grauer Uniform stand daneben. Desinteressiert betrachtete er die Vorbeigehenden. Jessica erhob sich zu ihrer vollen Größe, strich ihren Rock glatt, und plötzlich war sie ganz ruhig. Sie setzte ein leichtes Lächeln auf. Nur ihr rechtes Auge zitterte kaum merklich, wie die Zuckungen eines Schmetterlings, aber wer würde das schon sehen? Sie sah sehr gebieterisch aus und lächelte dem Gerichtsdiener flüchtig zu, als sie zur Tür ging und eine Hand auf den Knauf legte.

»Tut mir leid, Ma'am. Der Gerichtssaal ist geschlossen.«

»Ja, ich weiß.« Sie schien fast erfreut über diese Nachricht, als wäre sie höchstpersönlich verantwortlich dafür und nun beruhigt zu hören, daß ihre Anordnungen befolgt worden waren. »Ich bin an dem Fall beteiligt.«

»Anwältin?« Er schickte sich an, beiseite zu treten. Das Beben ihres Auges erweckte jetzt den Eindruck, als wolle es das Lid abreißen.

Sie nickte ruhig. »Ja.« Herrje, nein. Wenn er sie jetzt bat, sich auszuweisen oder hineinging, um mit dem Richter zu sprechen? Statt dessen hielt er ihr die Tür auf, lächelte, und Jessica schritt leise in den Saal. Die ganze Szene war typisch für sie gewesen. Niemand stellte ihre Behauptungen je in Frage. Aber was jetzt? Wenn der Richter jetzt seine Vernehmungen unterbrach? Wenn er sie hinauswarf? Wenn...?

Der Richter war klein und unscheinbar, mit Brille und graublondem Haar. Er schaute einen Moment auf, wenig beeindruckt von dem Neuankömmling, und blickte mit hochgezogener Braue zu Martin Schwartz hinüber. Nach einem scharfen Blick auf Jessica nickte Schwartz zögernd und schaute dann schnell zur Staatsanwältin hinüber, die nur mit den Schultern zuckte. Jessica war drin.

Inspektor Houghton saß in der Nähe der Richterbank und machte eine Art Aussage. Der Raum war holzgetäfelt, mit Ledersitzen in der ersten Reihe und hochlehnigen Stühlen dahinter. Er war kaum größer als Martin Schwartz' Büro, aber enorme Spannung lag in der Luft. Ian und Martin saßen nebeneinander an einem Tisch auf der linken Seite. Nur wenige Schritte von ihnen entfernt saßen Miss Burton und der Staatsanwalt – sehr zu Jessies Kummer war es eine Staatsanwältin. Jung, mit verkniffenem Gesicht, stark bespraytem Haar und einer Unmenge Puder auf den Wangen. Die Frau trug ein grünes, matronenhaftes Kleid und eine bescheidene Perlenkette, und ihre Mundwinkel waren hart vor Zorn. Sie strömte rechtschaffene Empörung über die Behandlung ihrer Klientin aus.

Die junge Anwältin wandte sich Jessica zu. Sie mußte etwa in ihrem Alter sein, etwa Anfang Dreißig. Die beiden Frauen tauschten einen eisigen Blick, aber Jessica sah auch Verachtung in dem Gesicht der anderen Frau, und dann begriff sie, was das hier werden würde: ein Klassenkampf. Der große, ungezogene, feingemachte Ex-Student aus Pacific Height Ian hatte die arme kleine, mißverstandene, ausgenutzte Sekretärin vergewaltigt, die von der harten, sauberen, reinen, ergebenen jungen Staatsanwältin aus der Mittelschicht verteidigt werden würde. Himmel, das hatte ihnen gerade noch gefehlt! Jessica fragte sich plötzlich, ob sie falsch angezogen war. Aber selbst in Hose und Bluse hatte Jessica die Art Stil, die diese Frauen verabscheuten. Wie albern, auch nur darüber nachzudenken, was sie hätte anziehen sollen.

Miss Burton hatte Jessica nicht hereinkommen sehen, oder es sich jedenfalls nicht anmerken lassen. Ian genausowenig. Leise glitt sie auf den Stuhl hinter ihm. Ganz plötzlich, als hätte man ihn geschlagen, fuhr er zusammen und drehte sich um. Ein entsetzter Blick traf sie, als er sie hinter sich sitzen sah. Er wollte schon den Kopf schütteln und beugte sich vor, um etwas zu sagen, aber Jessicas Augen waren stahlhart. Sie drückte nur kurz seine Schulter, und er senkte die Augen: Es war sinnlos, mit ihr zu streiten. Aber als er sich abwandte, schienen seine breiten Schultern tiefer zu hängen.

Inspektor Houghton erhob sich von dem Platz, von dem aus er sich an den Richter gewandt hatte, dankte dem Gericht und kehrte zu seinem Stuhl auf der anderen Seite von Margaret Burton zurück. Was jetzt? Jessicas Herz hämmerte wild. Auf einmal war sie gar nicht mehr so sicher, daß sie hier sein wollte. Was würde sie hören? Konnte sie es überhaupt ertragen? Wenn sie nun zusammenbrechen würde? Verrückt würde... schrie...

»Miss Burton in den Zeugenstand, bitte.«

Als Margaret Burton sich langsam von ihrem Sitz erhob, schien Jessicas Herz es darauf angelegt zu haben, aus ihrem Körper zu springen. Ihre Schläfen pochten, sie fragte sich, ob sie ohnmächtig werden würde, während sie auf ihre zitternden Hände starrte. Miss Burton wurde vereidigt, und Jessica blickte auf. Ihr ganzer Körper zitterte jetzt. Warum gerade die? Sie war so nichtssagend, so häßlich, so... billig. Aber nein, eigentlich war sie nicht häßlich. Da war etwas an ihr, die Grazie ihrer Hände, die sie über den Knien gefaltet hielt, die Andeutung von Ebenmäßigkeit in einem Gesicht, das jetzt hart geworden war, zu hart, um noch zu fesseln. Aber... irgend etwas war da eben. Jessie fragte sich, was in Ian vorgehen mochte, der direkt vor ihr saß. Er schien Tausende von Meilen entfernt. Margaret Burton war ihr viel, viel näher. Jessica meinte, jede Pore, jedes einzelne Haar sehen zu können, die leicht geblähten Nüstern, die Falte in dem abgetragenen beigen Kostüm. Es drängte sie, nach vorne zu stürzen und sie zu berühren, vielleicht zu schlagen, zu schütteln, bis sie die Wahrheit sagte. Sag ihnen, was geschehen ist, verdammt noch mal! Sag die Wahrheit! Jessicas Atem stockte und sie hustete, versuchte, einen klaren Kopf zu bekommen.

»Miss Burton, würden Sie uns bitte erklären, was an dem betreffenden Tag geschehen ist, von dem Augenblick an, als Sie Mr. Clarke das erste Mal sahen? Erzählen Sie es uns einfach in Ihren eigenen Worten. Das hier ist keine Verhandlung. Es ist nur eine Anhörung, damit entschieden werden kann, ob die Angelegenheit weiterverfolgt werden soll.«

Der Richter sprach, als würde er das Etikett auf einer Flasche mit Orangensaft vorlesen – Worte, die er tausendmal gesprochen hatte und schon längst nicht mehr hörte. Aber mehr brauchte Margaret Burton nicht als Einladung. Sie räusperte sich mit einem kurzen, wichtigtuerischen Blick und winzigem Lächeln. Inspektor Houghton runzelte die Stirn, als er sie beobachtete, und die Anklagevertreterin schien ein Auge auf den Richter zu haben.

»Miss Burton?« Der Richter schaute ins Leere, während er sprach und alle warteten.

»Ja, Sir, Euer Ehren.« Jessica fand, daß das ›Opfer‹ nicht mitgenommen genug aussah. Siegreich vielleicht, aber nicht geschändet. Erfreut? Das war verrückt. Warum sollte sie erfreut sein? Aber Jessie konnte sich dieses Eindrucks nicht erwehren, als sie die Frau anstarrte, die behauptete, von ihrem Ehemann vergewaltigt worden zu sein. Und dann begann die Erzählung.

»Ich habe bei Enrico gegessen, und anschließend ging ich den Broadway entlang.« Sie hatte eine flache, unschöne Stimme. Ein bißchen zu hoch. Ein bißchen zu laut. Zu laut, um verletzt zu klingen. Innerlich verletzt. Jessica fragte sich, ob der Richter auf mehr als nur die Worte hörte. Er sah nicht so aus.

»Ich ging also den Broadway entlang«, fuhr sie fort, »und er bot mir an, mich mitzunehmen.«

»Hat er Sie bedroht oder Ihnen das einfach angeboten?«

Sie schüttelte fast bedauernd den Kopf. »Nein, er hat mich nicht bedroht. Nicht eigentlich.«

»Was meinen Sie mit: nicht eigentlich?«

»Nun, vielleicht wäre er wütend geworden, wenn ich abgelehnt hätte, meine ich. Aber es war ein ziemlich heißer Tag, und ich konnte meilenweit keinen Bus sehen, und ich wäre sowieso schon fast zu spät ins Büro gekommen, und...« Sie sah zum Richter auf, und sein Gesicht blieb ausdruckslos. »Nun, ich habe ihm jedenfalls gesagt, wo ich arbeite.« Sie stockte einen Moment, schaute auf ihre Hände und seufzte. Jessie hätte ihr am liebsten den Hals umgedreht. Dieser mitleidheischende kleine Seufzer. Sie bohrte ihre Finger in Ians Schulter, ohne es zu merken, und er zuckte zusammen und wandte sich mit besorgtem Gesicht zu ihr um. Sie zwang sich ein kleines Lächeln ab, und er tätschelte ihre Hand, ehe er sich wieder Margaret Burton zuwandte.

»Weiter«, drängte der Richter diese. Sie schien den Faden ihrer Erzählung verloren zu haben.

»Verzeihung, Euer Ehren. Er... er hat mich nicht in mein Büro gefahren, und... na ja, ich weiß, es war verrückt von mir, sein Angebot anzunehmen und mitzufahren. Aber es war einfach so ein schöner Tag, und er sah aus wie ein netter Mann. Ich dachte... ich habe mir einfach nicht gedacht...« Unerwartet rollte eine kleine Träne aus einem Auge, dann eine aus dem anderen. Jessies Griff auf Ians Schulter wurde nahezu unerträglich fest. Er langte nach ihrer Hand und hielt sie, bis sie sie nervös zurückzog.

»Bitte, fahren Sie fort, Miss... Miss Burton.« Der Richter las den Namen von einem Papier auf seinem Tisch ab, trank einen Schluck Wasser und sah auf. Jessie wurde daran erinnert, daß diese Anhörung für ihn nichts weiter war als seine tägliche Routine. Er schien vollkommen losgelöst von der Tragödie, die die anderen Anwesenden so sehr berührte.

»Ich... er brachte mich... in ein Hotel.«

»Sie sind mitgegangen?« Sein Ton wirkte nicht wertend, es war nur eine Frage.

»Ich dachte, er würde mich in mein Büro fahren.« Sie klang plötzlich wütend. Die Tränen waren verschwunden.

»Und als Sie sahen, daß er Sie nicht in Ihr Büro fuhr, warum sind Sie da nicht davongelaufen?«

»Ich... ich weiß nicht. Ich dachte einfach, es würde... er wollte nur noch etwas trinken, sagte er, und er war auch nicht unfreundlich, bloß albern. Ich dachte, er wäre harmlos, und es wäre einfacher, mitzumachen – ich meine, etwas zu trinken – und dann...«

»War in dem Hotel eine Bar?« Sie schüttelte den Kopf. »Ein Portier?

Hat irgend jemand gesehen, wie Sie das Hotel betreten haben? Hätten Sie um Hilfe rufen können? Ich glaube nicht, daß Mr. Clarke Sie mit einer Pistole bedrohte, oder?«

Sie wurde rot und schüttelte zögernd den Kopf.

»Nun, hat Sie jemand gesehen?«

»Nein.« Das Wort war kaum zu hören. »Da war niemand. Es sah aus wie... wie eine Art Apartment-Hotel.«

»Erinnern Sie sich, wo es gewesen ist?«

Wieder schüttelte sie den Kopf, und Jessica spürte, wie Ian unruhig wurde. Als sie ihn ansah, bemerkte sie den Zorn in seinem Gesicht. Endlich. Er sah wieder lebendig aus, nicht mehr unter Kummer und Unbehagen begraben.

»Können Sie uns sagen, wo sich das Hotel befand, Miss Burton?«

Wieder das verneinende Kopfschütteln. »Nein, ich... ich war so verwirrt... ich habe gar nicht geschaut. Aber er... er...« Wieder veränderte sich plötzlich ihr Gesichtsausdruck. Die Augen strahlten, glühten förmlich vor Haß und Wut, so daß Jessie ihr einen Moment lang fast glaubte. Sie sah, wie Ian plötzlich ganz still wurde. »Er hat mein Leben genommen und fortgeworfen! Er hat es ruiniert! Er...« Sie schluchzte kurz, holte dann tief Luft, und das Glitzern schwand aus ihren Augen. »Als wir hineingingen, packte er mich einfach und zerrte mich in einen Fahrstuhl und hinauf in ein Zimmer, und...« Ihr Schweigen sagte alles, als sie niedergeschlagen den Kopf hängen ließ.

»Erinnern Sie sich, welches Zimmer es war?«

»Nein.« Sie blickte nicht auf.

»Würden Sie es wiedererkennen?«

»Nein. Ich glaube nicht.« Nein? Warum nicht? Jessie konnte sich nicht vorstellen, daß man sich nicht an ein Zimmer erinnerte, in dem man vergewaltigt worden war. Es sollte für alle Zeiten im Gedächtnis eingebrannt sein.

»Würden Sie das Hotel wiedererkennen?«

»Ich bin mir nicht sicher. Aber ich glaube nicht.« Noch immer hatte sie nicht aufgeschaut, und Jessie bezweifelte ihre Geschichte immer stärker – und dann erkannte sie, was vorgegangen war: Wenn sie jetzt an der Geschichte zweifelte, dann mußte es irgendwann einen Zeitpunkt gegeben haben, wo sie sie für wahr gehalten hatte. Mit ihrem tränenreichen Zornesausbruch hatte die Frau sie alle überzeugt oder war dem jedenfalls ziemlich nahegekommen – selbst Jessica –, fast. Sie drehte sich zu Ian und stellte fest, daß er sie beobachtete. Seine Augen glänzten von Tränen. Auch er wußte, was geschah. Wieder griff Jessica nach seiner Hand, aber diesmal ruhig und voll Kraft und Stärke. Sie wollte ihn küssen, umarmen, ihm erzählen, daß alles wieder in Ordnung kommen würde, aber jetzt war sie sich dessen nicht mehr so sicher. Nur eines wußte sie gewiß – wie sehr sie Margaret Burton haßte.

Auch Martin Schwartz sah nicht allzu glücklich aus. Wenn die Burton behauptete, sich nicht zu erinnern, wo das Hotel war, dann hatten sie damit den letzten Funken Hoffnung verloren, doch noch einen Zeugen ausfindig zu machen, der sie dort gesehen hatte. Auch Ian wußte den Namen des Hotels nicht mehr. Er war gerade ausreichend betrunken gewesen, um keine genauen Erinnerungen mehr zu haben, und die Adresse, die er zu kennen glaubte, hatte sich als falsch erwiesen. Es war ein Lagerhaus. In der Gegend gab es eine Unzahl kleiner, schmieriger Hotels, und Martin hatte Ian in Dutzende von Hotelhallen geschickt, ehe es zu dieser Vorverhandlung kam. Aber keine war ihm bekannt vorgekommen. So blieb es also dabei: Aussage stand gegen Aussage, ohne Zeugen auf einer der beiden Seiten. Die Aussichten dieses Falles gefielen Schwartz immer weniger. Miss Burton war eine verdammt unerfreuliche Zeugin. Im einen Augenblick steinhart, im nächsten herzerweichend und tränenüberströmt. Der Richter würde die Angelegenheit sicher zur Verhandlung weiterreichen, und sei es auch nur, um sich nicht selbst damit herumärgern zu müssen.

»Gut, Miss Burton«, sagte der Richter, spielte mit einem Bleistift und starrte an die gegenüberliegende Wand. »Was geschah dann in jenem Zimmer, an das Sie sich nicht mehr erinnern?« Sein Ton war trocken und desinteressiert.

»Was geschah?«

»Was hat Mr. Clarke getan, nachdem er sie in jenes Zimmer gezerrt hat? Sie sagten doch, er hätte Sie hingezerrt?«

Sie nickte.

»Und er benutzte keine Waffe?« Sie schüttelte den Kopf und sah endlich zu den Zuhörern hin.

»Nein. Nur... nur seine Hand. Er hat mich ein paarmal geschlagen und mir erklärt, er würde mich umbringen, wenn ich nicht tun würde, was er wollte.«

»Und was war das?«

»Ich... er... er zwang mich... zu... zum... oralen Verkehr. Ich...

nun, ich... mußte es ihm besorgen.« Mein Gott, wie entsetzlich das aus deinem Mund klingt... Jessica hätte sie am liebsten wieder geohrfeigt.

»Und Sie haben es getan?«

»Ja.«

»Und dann? Hatte er... hatte Mr. Clarke einen Orgasmus?«

Sie nickte.

»Bitte beantworten Sie die Frage.«

»Ja.«

»Und dann?«

»Dann hat er mich von hinten genommen.« Sie sagte es mit ihrer langweiligen, tonlosen Stimme, und Jessie konnte fühlen, wie Ian zusammenzuckte. Sie selbst fühlte sich von Minute zu Minute unwohler. Sie hatte ein Drama erwartet, nicht aber diese langsame, langgezogene Erklärung. Himmel, wie erniedrigend das alles war! Wie trocken und häßlich und schrecklich, die Worte, die Taten, die Gedanken, alles so alt und trostlos!

»Kam er erneut zum Höhepunkt?«

»Ich... ich weiß nicht.« Sie besaß den Anstand, rot zu werden.

»Kamen Sie?« Sie riß die Augen auf, und Houghton und die junge Anwältin beobachteten sie gespannt.

»Ich? Aber wie könnte ich? Er... ich... er hat mich doch vergewaltigt!«

»Manchen Frauen gefällt das, Miss Burton, gegen ihren Willen. Nun?«

»Natürlich nicht!«

»Sie erreichten also nicht den Höhepunkt?« Allmählich gefiel Jessica das Unbehagen der Frau.

»Nein, natürlich nicht! Nein!« Sie schrie es fast hinaus, sah dabei hitzig und wütend und nervös aus.

»Schon gut. Und dann?« Der Richter sah schrecklich gelangweilt aus und schien überhaupt nicht beeindruckt von Miss Burtons Empörung.

»Dann hat er mich noch mal vergewaltigt.«

»Wie?«

»Er... er hat mich einfach vergewaltigt. Sie wissen schon... die übliche Art diesmal.« Jessica hätte fast laut gelacht. Eine ›übliche Vergewaltigung‹!

»Hat er Sie verletzt?«

»Ja, natürlich hat er das.«

»Sehr?«

Aber sie blickte schon wieder nach unten, nachdenklich, traurig und geistesabwesend. In diesen Augenblicken hatte man Mitleid mit ihr. Und für den Bruchteil einer Sekunde staunte Jessica über ihre eigene Reaktion. Zu jeder anderen Zeit hätte die Geschichte, die sie hier hörte, sie berührt, vielleicht sogar sehr. Aber jetzt... wie konnte sie zulassen, daß sie sie berührte? Sie glaubte der Frau nicht. Aber was dachte der Richter? Auf seine letzte Frage hatte er keine Antwort erhalten.

»Miss Burton, ich habe Sie gefragt, ob Mr. Clarke Sie sehr verletzt hat.«

»Ja. Sehr. Ich... er... ich war ihm gleichgültig. Er hat bloß... bloß...« Tränen flossen langsam über ihr Gesicht, und es war, als spräche sie von jemand anderem, nicht von Ian, nicht von einem völlig Fremden, der sie vergewaltigt hatte. Warum sollte sie ihm nicht gleichgültig sein, wenn er sie doch vergewaltigte? »Es war ihm egal, ob ich schwanger werden würde oder... oder sonst etwas. Er ist einfach... einfach gegangen.« Jetzt verwandelten sich die Tränen wieder in Zorn. »Ich kenne diesen Typ. Sie spielen mit armen Mädchen wie mir! Mädchen ohne Geld, ohne vornehme Familie, und dann... dann tun sie... was er getan hat... sie gehen...« Ihre Stimme sank zu einem Flüstern, und sie starrte blind in ihren Schoß. »Er ist gegangen, zurück zu ihr.«

»Zu wem?« Der Richter wirkte verwirrt, und Miss Burton schaute wieder auf, mit einem benommenen Ausdruck im Gesicht. »Zu wem ist er zurückgegangen?«

»Zu seiner Frau.« Sie sagte es leise, einfach, ohne jedoch Jessica anzusehen.

»Miss Burton, kannten Sie Mr. Clarke von irgendwoher? Ich meine, ehe das geschah? Waren Sie schon früher in ihn verliebt?« Also hatte der Richter auch den Eindruck, daß Ian doch kein völlig Fremder war.

»Nein. Niemals.«

»Woher wußten Sie dann, daß er verheiratet war?«

»Er sah so aus. Und außerdem hat er es mir erzählt.«

»Verstehe. Und im Hotel hat er sie dann einfach verlassen, anschließend?« Sie nickte. »Was haben Sie dann getan? Die Polizei gerufen? Einen Arzt aufgesucht? Ein Taxi gerufen?«

»Nein. Ich bin eine Weile spazierengegangen. Ich war so verwirrt. Und dann ging ich heim und habe mich gewaschen. Ich fühlte mich entsetzlich.« Jetzt wirkte sie wieder glaubhaft.

»Haben Sie einen Arzt aufgesucht?«
»Nachdem ich die Polizei gerufen hatte.«
»Und wann war das? Doch nicht sofort, oder?«
»Nein.«
»Warum nicht?«
»Ich hatte Angst. Ich wollte erst darüber nachdenken.«
»Und jetzt sind Sie sicher, daß Ihre Geschichte stimmt, Miss Burton? Ist das die ganze Wahrheit? Die Geschichte, die Sie ursprünglich bei der Polizei erzählten, hörte sich ein bißchen anders an, nicht wahr?«
»Ich weiß nicht, was ich damals erzählt habe. Ich war so durcheinander. Aber das jetzt ist die Wahrheit.«
»Sie stehen unter Eid, Miss Burton, also hoffe ich, daß Sie die Wahrheit gesagt haben.«
»Das habe ich.« Sie nickte ausdruckslos, mit toten Augen.
»Es gibt nichts, was Sie noch ändern möchten?«
»Nein.«
»Und Sie sind sicher, daß das kein Mißverständnis war? Ein nachmittäglicher Flirt, der schiefgegangen ist?« Plötzlich blitzte wieder der Haß in ihren Augen auf, und sie kniff sie fest zusammen.
»Er hat mein Leben ruiniert.« Sie zischte die Worte in den stillen Raum.
»Schon gut, Miss Burton. Ich danke Ihnen. Mr. Schwartz, haben Sie noch irgendwelche Fragen?«
»Nur ein paar, Euer Ehren. Ich werde schnell machen. Miss Burton, ist Ihnen etwas Ähnliches schon einmal zugestoßen?«
»Wie meinen Sie das?«
»Ich meine, sind Sie jemals vergewaltigt worden, und sei es auch nur im Spaß, als eine Art Spiel? Von einem Liebhaber, einem Freund oder Ehemann?«
»Natürlich nicht.«
»Waren Sie jemals verheiratet?«
»Nein.«
»Verlobt?«
»Nein.« Wieder zögerte sie nicht.
»Keine gelösten Verlobungen?«
»Nein.«
»Irgendwelche ernsten, abgebrochenen Liebesbeziehungen?«

»Keine.«

»Haben Sie jetzt einen Freund?«

»Nein.«

»Danke, Miss Burton. Wie steht es mit romantischen kleinen Beziehungen? Haben Sie schon jemals einen Fremden mit nach Hause gebracht?«

»Nein! Ich... er hat mir angeboten, mich im Wagen mitzunehmen, und...«

»Und Sie haben eingewilligt, obwohl Sie ihn nicht einmal kannten. Scheint Ihnen das klug, in einer Stadt wie San Francisco?« Sein Ton klang höflich besorgt, und Margaret Burton sah ihn wütend und verwirrt an.

»Nein, ich... es... nein, ich habe noch nie jemanden mitgenommen. Und ich dachte einfach, daß... er sah aus, als wäre er in Ordnung.«

»Was verstehen Sie darunter, Miss Burton? Er war doch betrunken, oder nicht?«

»Vielleicht ein bißchen angeheitert, aber nicht richtig blau. Und er sah aus wie... nun, wie ein netter Kerl eben.«

»Sie meinen reich? Oder modisch? Oder was? Wie ein Harvard-Student?«

»Ich weiß nicht. Einfach sauber und anständig.«

»Und gutaussehend? Finden Sie, daß er gut aussieht?«

»Ich weiß nicht.« Sie betrachtete ihren Schoß.

»Haben Sie vielleicht geglaubt, er würde sich in Sie verlieben? Das wäre doch immerhin möglich. Schließlich sind Sie eine hübsche Frau, also warum nicht? Ein heißer Sommertag, ein gutaussehender Mann, eine einsame Frau... wie alt sind Sie, Miss Burton?«

»Einunddreißig.« Aber sie wurde nervös.

»Der Polizei haben Sie erklärt, Sie wären dreißig. Ist es nicht eher achtunddreißig? Wäre es nicht möglich, daß...?«

»Einspruch!« Die Staatsanwältin sprang auf die Füße, blickte wütend, und der Richter nickte.

»Stattgegeben. Mr. Schwartz, das hier ist keine Verhandlung, und Sie können sich diese Taktiken ebensogut für später aufheben. Miss Burton, Sie brauchen das nicht zu beantworten. Mr. Schwartz, sind Sie bald fertig?«

»Fast, Euer Ehren. Miss Burton, was haben Sie an dem Tag getragen, als Sie Mr. Clarke trafen?«

»Was ich getragen habe?« Sie schien nervös und durcheinander. Er hatte sie mit schwierigen Fragen bombardiert. »Ich... ich weiß nicht, ich...«

»War es etwas Ähnliches wie das, was Sie jetzt tragen? Ein Kostüm? Oder etwas Luftigeres, Freizügigeres? Vielleicht ein bißchen aufreizend?« Wieder runzelte die Staatsanwältin böse die Stirn, und Jessica fing an, die Situation erträglicher zu finden. Martins Stil gefiel ihr. Selbst Ian schien fasziniert, ja beinahe erfreut.

»Ich... ich weiß nicht. Ich nehme an, es wird ein Sommerkleid gewesen sein.«

»Was für eines? Tief ausgeschnitten?«

»Nein. So etwas trage ich nicht.«

»Sind Sie sicher, Miss Burton? Mr. Clarke behauptet, Sie hätten ein sehr kurzes, tief ausgeschnittenes rosa Kleid getragen, mit einem Hut – haben Sie denselben Hut getragen? Es ist ein sehr hübscher Hut.« Sie wußte nicht, ob sie sich über das Kompliment freuen oder über die Unterstellung ärgern sollte.

»Ich trage kein Rosa.«

»Aber der Hut ist doch rosa, oder nicht?«

»Es ist eher eine neutrale Farbe, mehr Beige.« Aber er hatte einen pinkfarbenen Hauch. Das war für alle offensichtlich.

»Verstehe. Und das Kleid? Hatte das auch einen beigefarbenen Hauch?«

»Ich weiß nicht.«

»Gut. Waren Sie oft bei Enrico?«

»Nein, nur ein paarmal. Aber ich bin schon oft daran vorbeigekommen.«

»Haben Sie Mr. Clarke schon früher dort gesehen?«

»Nein. Ich kann mich nicht erinnern, ihn jemals gesehen zu haben.« Sie gewann ihre Fassung wieder. Diese Fragen waren leicht.

»Warum haben Sie ihm erzählt, daß Sie als Bedienung in einer Oben-ohne-Bar arbeiten?«

»Das habe ich niemals erzählt.« Jetzt war sie wieder wütend, und Martin nickte, fast, als wäre er mit seinen Gedanken anderswo.

»Schon gut, danke, Miss Burton. Vielen Dank, Euer Ehren.«

Der Richter schaute fragend zur Staatsanwältin hinüber, die den Kopf schüttelte. Sie hatte nichts hinzuzufügen. Er bedeutete Margaret Burton, den Zeugenstand zu verlassen. Dann fielen die Worte, die Jessica die ganze Zeit über gefürchtet hatte: »Mr. Clarke in den Zeugenstand, bitte.«

Ian und Margaret Burton gingen in nur geringem Abstand aneinander vorbei, mit ausdruckslosen Gesichtern. Nur wenige Augenblicke zuvor hatte sie erklärt, daß er ihr Leben ruiniert hatte, aber jetzt blickte sie förmlich durch ihn hindurch. Jessica fühlte sich von der Frau verwirrter denn je.

Ian wurde vereidigt, und der Richter schaute ihn über den Rand seiner Brille hinweg an.

»Mr. Clarke, würden Sie uns nun bitte erzählen, was sich zugetragen hat?« Der Richter wirkte über alle Maßen gelangweilt, und Ian begann mit seiner Version der Ereignisse jenes Tages. Dem Mittagessen, den Drinks, wie er sie mitgenommen hatte, die verführerische Art, in der Miss Burton zurechtgemacht war, ihre Geschichte, Oben-ohne-Bedienung zu sein, die Fahrt zur Market Street zu der Adresse, die sie ihm gegeben hatte, an die er sich aber nicht mehr erinnern konnte. Und schließlich ihre Einladung in ihr Zimmer, wo sie etwas getrunken und sich dann geliebt hatten.

»Wessen Zimmer war es?«

»Ich weiß es nicht. Ich nahm an, daß es ihr gehörte. Aber es war praktisch leer. Ich weiß nicht. Ich hatte eine Menge getrunken, schon vor dem Essen, und ich glaube, ich habe nicht mehr ganz klar denken können.«

»Aber doch klar genug, um mit Miss Burton nach oben zu gehen?«

Ian errötete. Er kam sich vor wie ein Schüler, der ins Büro des Direktors gerufen worden war... Aber es war ganz und gar nicht so. Hier stand viel zuviel auf dem Spiel, um es als einen kindlichen Streich abzutun.

»Meine Frau war verreist, schon seit drei Wochen.« Jessies Herz klopfte wie wild. Sollte das heißen, daß es ihre Schuld war? Wollte er das damit andeuten? Dachte er das, und wollte er, daß sie so fühlte? Wollte er sie für seine Gefühle verantwortlich machen?

»Und was geschah, nachdem alles vorbei war?«

»Ich ging.«

»Einfach so? Hatten Sie die Absicht, Miss Burton wiederzusehen?« Ian schüttelte den Kopf.

»Nein. Ich hatte nicht die Absicht, sie noch einmal zu sehen. Ich fühlte mich ohnehin schon so schuldig, weil das alles überhaupt passiert war.« Martin runzelte bei seiner Antwort die Stirn, und Jessie krümmte sich. Auch der Richter hielt sich daran fest.

»Schuldig?«

»Wegen meiner Frau, meine ich. Für gewöhnlich tue ich so etwas nicht.«

»Was heißt ›so etwas‹, Mr. Clarke? Vergewaltigen?«

»Nein, um Gottes willen, ich habe sie nicht vergewaltigt!« Die letzten Worte hatte er hinausgebrüllt, und kleine Schweißtropfen perlten auf seiner Stirn. »Ich meine, ich fühlte mich schuldig, weil ich meine Frau betrogen hatte.«

»Aber Sie haben Miss Burton im Hotel nach oben gezwungen?«

»Nein, habe ich nicht. Sie hat mich hinaufgebracht. Es war ihr Zimmer, nicht meines. Sie hat mich eingeladen.«

»Wozu?«

»Auf einen Drink. Und wahrscheinlich für genau das, was sie dann gekriegt hat.«

»Und warum, glauben Sie, behauptet sie dann, Sie hätten sie vergewaltigt?«

»Ich weiß es nicht.« Ian sah erschöpft aus, und der Richter schüttelte den Kopf und blickte sich im Saal um.

»Meine Damen und Herren, ich auch nicht. Der Sinn dieser Anhörung ist es, festzustellen, ob ein Mißverständnis vorliegt, ob es sich um ein Problem handelt, das einfach an Ort und Stelle zu lösen ist, zu entscheiden, ob es sich tatsächlich um eine Vergewaltigung gehandelt hat und ob der Fall so schwerwiegend ist, daß er an ein höheres Gericht weitergeleitet werden sollte. Meine Aufgabe ist es, zu entscheiden, ob der Fall abgeschlossen oder weitergereicht werden soll. Wenn ich mich entscheiden soll, den Fall abzuschließen, dann muß ich ganz sicher sein, daß es sich nicht – eindeutig nicht – um Vergewaltigung handelt.

Falls ich jedoch nicht in der Lage bin, eine Entscheidung zu treffen, falls die Angelegenheit nicht ganz klar ist, dann habe ich keine andere Wahl, als den Fall an ein höheres Gericht weiterzuleiten, möglicherweise an ein Geschworenengericht. Es kommt mir so vor, als wäre dies kein einfacher Fall. Die Geschichten der beiden Parteien weichen stark voneinander ab. Miss Burton behauptet, es hätte sich um eine Vergewaltigung gehandelt, Mr. Clarke widerspricht dem. Es gibt keinerlei Beweise für die eine oder andere Version. Ich fürchte also, daß dieser Fall von einem anderen Gericht entschieden werden muß. Voraussichtlich wird es zu einer ordentlichen Gerichtsverhandlung kommen. Wir können die Angelegenheit nicht einfach fallenlassen. Es sind ernste Anschuldigungen erhoben worden. Ich werde veranlassen, daß der Fall einer höheren Instanz vorgelegt wird. Mr. Clarke hat in zwei Wochen, von heute an gerechnet, vor dem Obersten Gerichtshof unter Vorsitz von Richter Simon Warberg zu erscheinen. Die Verhandlung ist geschlossen.« Ohne weitere Worte erhob er sich und verließ den Saal. Jessica und Ian standen auf und schauten sich verwirrt an, während Martin seine Unterlagen zusammenschob. Inspektor Houghton brachte Margaret Burton fort.

»Was jetzt?« flüsterte Jessica Ian zu.

»Du hast ihn ja gehört, Jess – es kommt zur Verhandlung.«

»Ja.« Sie starrte hinter der Burton her. Neuer Haß füllte ihre Seele, Haß auf diese Frau, die unerklärlicherweise ihrer beider Leben zerstören wollte. Sie wußte nicht mehr als drei Stunden zuvor. Warum?

»Nun, Martin?« wandte sie sich dann an den Anwalt. Er sah sie sehr ernst an. »Was meinen Sie?«

»Wir werden in meinem Büro darüber sprechen. Aber ich rieche da etwas, was mir überhaupt nicht gefällt. Ich bin mir nicht ganz sicher, aber ich hatte vor Jahren einmal einen Fall wie diesen. Verrückter Fall mit einer verrückten Klägerin. Hatte mit Rache zu tun. Sie wollte sich nicht an dem Knaben rächen, von dem sie behauptete, daß er sie vergewaltigt hätte, sondern an jemandem, der sie tatsächlich vergewaltigt hatte, als sie noch ein Teenager war. Sie hatte zweiundzwanzig Jahre lang gewartet, um Rache zu üben, an diesem unschuldigen Mann. Ich weiß nicht warum, aber ich habe einfach ein dumpfes Gefühl, das mich an jenen Fall erinnert.« Seine Stimme war ein kaum hörbares Wispern gewesen. Jessica beugte sich vor, um ihn besser verstehen zu können. Der Gedanke faszinierte sie. Auch sie hatte ein merkwürdiges Gefühl gehabt, was die Burton anging. Ian war immer noch viel zu erschüttert, um auf irgend etwas zu reagieren. Doch dann sah er Jessie an, und Zorn stand in seinen Augen.

»Ich habe dir doch gesagt, daß du draußen warten sollst.«

»Ich konnte nicht.«

»Ja. Ich hatte schon so das Gefühl, daß du hier auftauchen würdest. Hübsch war das, nicht?« Er klang verbittert und müde. Sie waren die einzigen Menschen, die noch im Gerichtssaal waren, und er schaute sich um, als wäre er soeben aus einem Alptraum erwacht. Sogar Jessica fühlte sich, als wäre sie an diesem einen Vormittag um fünf Jahre gealtert.

»Wann wird die Verhandlung sein?« wollte sie von Martin wissen. Sie wußte nicht recht, was sie zu Ian sagen sollte: Es gab so viel zu sagen. Zuviel!

»In sechs Wochen. Sie haben ja gehört, daß die Anklageverlesung vor dem Obersten Gerichtshof in zwei Wochen stattfinden soll. Die Verhandlung findet vier Wochen danach statt. Wir haben also nur wenig Zeit und sehr viel zu erledigen.« Martin sah ernst und nüchtern aus, und Jessica hatte das dringende Bedürfnis zu fragen, wie der andere Fall ausgegangen war. Aber sie fürchtete sich vor der Antwort. Auch Ian stellte diese Frage nicht, und freiwillig war Martin nicht mit der Information herausgerückt. »Ich werde Green Tag und Nacht auf den Fall ansetzen, und ich wünsche, daß Sie beide jederzeit zu Zusammenkünften bereit sind, wann immer ich anrufe.« Seine Stimme war hart.

»Wir werden da sein.« Jessie versuchte sich nicht anmerken zu lassen, wie nah sie den Tränen war. »Wir werden doch gewinnen, Martin?« Sie flüsterte noch immer, ohne zu wissen warum. Es war nicht mehr notwendig.

»Ich glaube, es wird knapp werden. Es steht Aussage gegen Aussage. Aber ich denke, wir können gewinnen.« Doch in Jessies Ohren klang er nicht sicher genug, und wieder lastete die ganze Situation schwer auf ihrem Herzen. Wie hatte dies alles geschehen können? Wo hatte es begonnen? War es wirklich, weil sie zu lange in New York geblieben war? War er so erregt gewesen? War es Pech? War die Burton eine Wahnsinnige, der jeder Mann recht gewesen wäre? Oder hatte sie Ian bewußt ausgesucht? Wessen Schuld war es? Und wann ist das alles zu Ende?

»Werden sie Ians Kaution zurückziehen?« Das war ihre ständige Angst, die größte. Und auch Ians.

»Das können sie zwar, aber sie werden es wohl kaum. Es gibt keinen Grund dafür, solange er regelmäßig vor Gericht erscheint, und der Richter hat es auch nicht erwähnt. Bloß sollte keiner von Ihnen gerade jetzt eine Reise machen. Keine Geschäftsreisen, kein plötzliches Verschwinden, keine Besuche bei der Familie an der Ostküste. Bleiben Sie in der Nähe. Ich werde Sie auch benötigen. In Ordnung?«

Sie nickten ernst, und langsam führte er sie aus dem Saal. Dabei dachte Jessie darüber nach, was er gesagt hatte. Familie? Was für eine Familie? So alt und gebrechlich, wie Ians Eltern waren, wären sie die letzten, an die man sich wenden konnte. Sie und Ian waren sich darüber einig. Seine

Eltern waren so anständig und sanft und viel zu alt, um irgend etwas von all dem zu verstehen. Er war ihr einziges Kind, und diese Affäre würde sie umbringen. Außerdem, was sollten sie ihnen auch sagen? Es würde sich alles klären. Mußte es!

Ian und Jessie schüttelten Martin die Hand, und vor dem Gerichtssaal trennte er sich von ihnen. Es war ein endloser Morgen gewesen.

»Können wir eine Minute bei der Toilette Pause machen?« Jessica warf Ian einen nervösen Blick zu. Sie fühlte sich merkwürdig unwohl mit ihm, als hätte ihnen gerade jemand offenbart, daß er Krebs hätte. Sie wußte nicht, ob sie weinen oder ihm Mut machen sollte, oder einfach davonlaufen und sich verstecken. Sie war sich noch nicht einmal sicher, was sie überhaupt fühlte.

»Klar. Ich glaube, die ist am anderen Ende des Ganges. Ich muß auch.« Das Gespräch zwischen ihnen blieb peinlich und holperig. Es würde schwer werden, den Weg zurück zu finden. Aber als sie den Flur entlanggingen, blieb er plötzlich stehen und drehte sie zu sich um, hielt ihren Arm. »Jessie, ich weiß nicht, was ich sagen soll. Ich habe es nicht getan, aber ich fange langsam an, mich zu fragen, ob das überhaupt noch wichtig ist. Ich kann es nicht ertragen mitanzusehen, was das für dich bedeutet. Ich war ein Schwein, ein paar Stunden lang, und du bist diejenige, die jetzt dafür bezahlen muß.«

Als Antwort lächelte sie müde. »Und was ist mit dir? Macht dir das vielleicht Spaß? Liebes, wir stecken nun mal da drin, und wir müssen einfach weitermarschieren, bis wir da durch sind. Das ist alles. Und gib jetzt um Himmels willen nicht auf.« Sie sah ihn mit so viel Zärtlichkeit an, wie er sie den ganzen Tag noch nicht an ihr bemerkt hatte. Sie legte die Arme um ihn, als sie in dem langen Marmorgang standen, und ohne ein Wort umarmte er sie. Er brauchte sie, und sie wußte es.

»Und nun komm weiter, ich muß!« Ihre Stimme war heiser und aufregend, und er lächelte sie an, als sie Hand in Hand den Flur entlanggingen. Zwischen ihnen war etwas ganz Besonderes. Das war schon immer so gewesen, und das würde immer so sein – wenn sie bloß überstehen konnten, was jetzt mit ihnen geschah.

»Bin gleich wieder da.« Sie drückte ihm einen zarten Kuß auf den Nacken und verschwand auf der Damentoilette.

Sie betrat eine der Kabinen und verriegelte die Tür. Zu beiden Seiten waren andere Frauen. Zu ihrer Linken ein Paar rote Schuhe mit Plateausohlen und darüber marineblaue Hose, und zu ihrer Rechten schlanke

Knöchel und schlichte, schwarze Pumps. Jessica zog ihre Strümpfe zurecht, strich ihren Rock glatt und entriegelte die Tür im selben Augenblick, als zu ihrer Rechten die schwarzen Pumps heraustraten. Sie warf einen gleichgültigen Bick in diese Richtung, während sie das Waschbekken ansteuerte, und blieb dann wie angewurzelt stehen, starrte in Margaret Burtons Gesicht – starrte hinab in ihr Gesicht, um genau zu sein, so groß war Jessie. Der blaßrosa Hut verhüllte nur einen kleinen Teil des Gesichts ihrer Feindin.

Margaret Burton stand ganz still und erwiderte ihr Starren, und Jessica fühlte, wie sich eisige Kälte in ihr ausbreitete. Da stand sie, direkt vor ihr... in Reichweite... schnapp sie dir!... schlag sie... töte sie... aber sie konnte sich nicht rühren. Nur der scharf eingezogene Atem war zu hören, als die Burton sich wieder faßte und auf die Tür zulief. Ihr Hut flatterte vor Jessicas Füße. Es hatte nur ein paar Sekunden gedauert, aber ihr schien es Stunden, Tage, Jahre... Und dann war sie fort, und Jessie blieb hilflos zurück. Tränen liefen über ihr Gesicht. Ganz langsam bückte sie sich und hob den Hut auf, ehe sie auf die Tür zuging. Sie konnte jemanden nervös, verzweifelt klopfen hören. Es war Ian. Er hatte Margaret Burton aus der Tür eilen sehen, als er aus der Herrentoilette auf der anderen Seite gekommen war. Und plötzlich hatte ihn Entsetzen gepackt. Was war geschehen? Was hatte Jessica getan?

Sie tauchte auf, stumm, den Hut in der Hand, Tränen auf dem Gesicht.

»Was ist passiert?«

Jessica konnte nur den Kopf schütteln. Sie hielt den Hut umklammert.

»Hat sie irgend etwas gemacht?«

Wieder schüttelte sie den Kopf.

»Und du?«

Und wieder ein stummes Nein.

»O Schatz.« Er nahm sie in die Arme, nahm ihr den Hut aus der Hand und warf ihn auf eine Bank in der Nähe. »Laß uns endlich von hier verschwinden und heimfahren.« Doch er wollte sie nicht nur heim-, sondern aus der Stadt hinausbringen. Zum Teufel mit dem, was Martin gesagt hatte. Sie mußten einfach fort von hier. Das brauchten sie. Vielleicht nach Carmel. Irgendwohin. Er fragte sich, wie lange Jessica dem Druck standhalten konnte. Wie lange er selbst es konnte. Der Hut schien ihn von der Bank aus anklagend anzusehen, als er seine Frau in den Armen hielt, und er schauderte. Es war der Hut, den sie an jenem Tag bei Enrico getragen hatte. Jener Tag... der Tag, für den er jahrelang bezahlen würde, auf die eine oder andere Art. Er ließ einen Arm um Jessicas Schulter liegen und führte sie zu den Fahrstühlen. Er wollte ihr Mut machen, aber er war sich nicht einmal mehr sicher, ob er genug für sich selbst hatte, geschweige denn für irgend jemanden sonst. Er wünschte sich, daß das Entsetzliche vorüberginge, und dabei fing es doch erst an.

Als der Fahrstuhl kam, stieg Jessie schweigend ein. Ihre Blicke waren auf die Türen geheftet, und Ian hätte sie am liebsten geschüttelt. Wieder mußte er zusehen, wie sie ihm entglitt: Er kannte diese Maske, er sah sie nicht zum erstenmal.

Der Fahrstuhl entließ sie in das Chaos der Eingangshalle. Sie war mit Polizisten und Inspektoren, Anwälten und Menschen gefüllt, die in der Schlange darauf warteten, ins Gefängnis eingelassen zu werden. Ian und Jessica verschmolzen mit dem Meer der Menschen. Hier und da sah man auch ein ganz gewöhnliches, unbesorgtes Gesicht, jemand, der nur gekommen war, um einen Strafzettel zu bezahlen oder eine Kfz-Zulassung auszufüllen, aber das waren nur wenige, die in der Masse untergingen. So kam es, daß weder Jessica noch Ian Astrid bemerkten, die sich einen neuen Aufkleber für ihr Nummernschild besorgen wollte. Der alte war beim Wagenwaschen abgefallen. Sie waren nur wenige Schritte von ihr entfernt, sahen sie jedoch nicht. Astrid bemerkte sie und war entsetzt, als sie den Ausdruck auf ihren Gesichtern sah. Sie ließ sie vorbeigehen, ohne etwas zu sagen. Es war derselbe Ausdruck, den auch ihr Gesicht gezeigt hatte, als die Ärzte ihr mitgeteilt hatten, wie krank Tom wirklich war.

Kapitel XIII

Am folgenden Morgen hatte Ian seinen Entschluß gefaßt. Jessica mußte fort. Sie alle beide. Und während sie das Frühstück zubereitete, machte er sich die Mühe, alles telefonisch mit Martin abzuklären. Martin stimmte zu, und Ian stellte Jessica vor vollendete Tatsachen.

»Was machen wir?« Ungläubig starrte sie ihn an, als sie barfuß im Morgenmantel in der Küche stand.

»Wir fahren in einer halben Stunde nach Carmel.« Diesmal lächelte er, als er das sagte. »Pack deine Sachen, meine Liebe.«

»Du spinnst ja. Martin hat gesagt –«

»– wir sollen ihm eine Postkarte schicken.« Ian lächelte siegesbewußt, als Jessica kicherte.

»Und wann, bitte, hat er das gesagt?«

»Gerade eben.«

»Du hast ihn angerufen?« Sie sah immer noch zweifelnd aus, aber auch amüsiert.

»Ich habe gerade erst aufgelegt. Also, Geliebte –« er kam langsam auf sie zu –, »beweg dein hübsches Hinterteil, ehe wir den Tag vergeuden.«

»Du bist ein Idiot.« Er küßte sie, und sie lächelte mit geschlossenen Augen zu ihm auf. »Aber ein netter.«

Sie waren in zwei Stunden in Carmel, Ian hatte am Steuer des Morgan gesessen. Die Luft war kühler als seit Wochen, und die ganze Fahrt über strahlte die Sonne vom Himmel. Sie hatten das Verdeck des Wagens geöffnet und waren windzerzaust und glücklich, als sie ankamen. Es war fast, als hätte der ständige Wind all ihre Sorgen fortgeblasen. Dieser Ausflug war doch keine so schlechte Idee, und nach den ersten fünfzig Meilen verließ Jessie auch die Einbildung, daß Inspektor Houghton sie verfolgte. Sein Bild tauchte noch immer vor ihrem geistigen Auge auf, aber vielleicht würde sich das jetzt geben. Er erschien ihr einfach allmächtig. Er ging fort, konnte dann aber wiederkehren, mit einem Durchsuchungsbefehl, einer Pistole, einem Kollegen, der Blick in seinen Augen... die verzogenen Mundwinkel... er machte ihr angst, und sie wagte nicht, Ian zu sagen, wie sehr. Sie erwähnte ihn nie. Sie machte sich auch Sorgen wegen der Kosten dieser Reise, aber Ian behauptete steif und fest, er hätte noch genügend Geld auf seinem Konto, um dafür aufzukommen. Er riet ihr, sich um ihre eigenen Angelegenheiten zu kümmern, und kündigte an, daß sie sich einschränken müßten – kein Luxus-Hotel diesmal. Sie hatte ein schlechtes Gewissen, weil sie seine Beteuerungen anzweifelte – sie war wie besessen von der Sorge über ihre Finanzen und die enormen bevorstehenden Kosten der Verhandlung. Und Ian war so komisch, wenn es um Geld ging, vielleicht, weil er nie welches gehabt hatte. Er hatte so eine Art, ihr kostspielige Geschenke zu kaufen und wunderbare Augenblicke zu schaffen, gerade wenn sie praktisch kein Geld mehr hatten. Er nahm den letzten Pfennig und warf ihn aus dem Fenster, aber mit Stil. In der Vergangenheit hatte dieser Zug an ihm sie amüsiert, jetzt nicht mehr.

Sie war dankbar für die Reise nach Carmel, denn sie spürte, wie sehr sie Erholung brauchte. Ihre Nerven waren zum Zerreißen gespannt gewesen. Und sie wußte, daß es Ian nicht anders ging, so sehr er sich auch bemühte, das zu verbergen.

Astrid hatte ihnen von einem kleinen Hotel erzählt, in dem sie im vergangenen Frühjahr gewohnt hatte. Sie hatte erklärt, es wäre ein Juwel, aber nicht teuer. So tauschten sie den Luxus des gewohnten Del Monte gegen das gemütliche, schlichte, aber anheimelnde L'Auberge. Ein französisches Ehepaar mittleren Alters leitete es, und unter anderem Schönen wurde auch das Frühstück im Bett serviert. Es bestand aus selbstgemachten Croissants und Brötchen und riesigen Tassen mit dampfendem Milchkaffee.

Jessie und Ian spazierten am Strand entlang, durchforschten die Geschäfte, und am Samstag nahmen sie einen Picknickkorb mit auf die Klippen, von denen man übers Meer schauen konnte.

»Noch Wein, Schatz?«

Ian nickte und strich ihr eine lange Strähne des blonden Haares aus den Augen. Sie lagen Seite an Seite, Jessie starrte zum Himmel empor, während er sich auf einen Ellbogen gestützt hatte und auf sie hinabschaute. Er streichelte zärtlich ihr Gesicht und küßte sie sanft auf Lippen, Augen und Nasenspitze.

»Wenn du das machst, werde ich mich nie hinsetzen und dir deinen Wein einschenken.« Wieder lächelte er, und sie warf ihm eine Kußhand zu.

»Weißt du was, Ian?«

»Was?«

»Du machst mich sehr glücklich.« Sein Gesicht umwölkte sich bei diesen Worten, und sie hielt sein Kinn mit einer Hand und zwang ihn, sie anzusehen. »Ich meine es ernst. Das machst du.«

»Wie kannst du das gerade jetzt sagen?«

»Weil es jetzt nicht anders ist als sonst, Ian. Du gibst mir, was ich brauche, und ich brauche viel. Manchmal muß man eben den Preis dafür bezahlen. Schön, es ist jetzt schwer, aber das wird auch bald vorüber sein. Das dauert nicht ewig. Alles in allem finde ich, können wir uns verdammt glücklich schätzen.« Sie setzte sich auf und sah ihn an, und schließlich wandte er sich ab.

»Glücklich, ja? So kann man es wohl auch ansehen.« Er sprach mit verbitterter Stimme, und sie griff nach seiner Hand.

»Dann bist du nicht mehr glücklich?«

»Doch. Aber du, Jessie, ehrlich? Sag die Wahrheit.« Er sah sie mit einem unbekannten Ausdruck in den Augen an, einer Art von Offenheit, die ihr angst machte: als wollte er alles in Frage stellen – sie, sie selbst, sie beide, das Leben –, einfach alles.

»Ja, ich bin glücklich.« Ihre Stimme war ein Hauch in dem frischen Wind des sonnigen Oktobertages.

»Jessica, ich war dir untreu. Ich habe mit einer anderen Frau geschlafen, einer neurotischen Nutte, aber eben doch mit einer Frau. Du hast mich fast sechs Jahre lang ausgehalten. Ich bin kein erfolgreicher Schriftsteller. Und ich werde bald vor Gericht erscheinen, weil ich wegen Vergewaltigung angeklagt werde. Vielleicht muß ich sogar ins Gefängnis, aber selbst wenn nicht, ist das doch das Schlimmste, was wir je durchgemacht haben. Und da bist du glücklich? Wie bringst du das fertig?«

Sie starrte lange Zeit schweigend auf ihre Hände, dann wieder in sein Gesicht. »Ian, es ist mir egal, ob du mit einer anderen Frau geschlafen hast. Es gefällt mir nicht, aber es ist nicht wichtig. Es ändert nichts. Nicht für mich. Laß du auch nicht zu, daß es etwas ändert. Ich glaube nicht, daß es das erste Mal war, aber ich will es gar nicht wissen. Darum geht es hier nicht. Schön, du hast mit einer anderen Frau geschlafen, na und? Es kümmert mich nicht. Verstehst du das? Es ist mir egal. Du bist mir wichtig, unsere Ehe, deine Arbeit. Und ich ›halte dich nicht aus‹. Lady J hält uns beide aus. Wir können froh sein, daß wir die haben, und eines schönen Tages wirst du ein Buch verkaufen und einen Film und noch ein Buch und einen Haufen brillanter Arbeiten, und du wirst ein Vermögen verdienen. Wo ist also das Problem?«

»Jessica, du bist verrückt.« Er lächelte sie an, aber seine Augen blieben ernst.

»Nein, bin ich nicht. Und ich meine es ernst. Du machst mich glücklich. Du bringst mich zum Glühen, sorgst dafür, daß ich etwas wichtig nehme, gibst mir das Gefühl, geliebt zu werden, du bist immer für mich da. Du weißt, wer ich bin und was ich bin und warum ich so bin, wie ich bin. Ian, das ist etwas so Seltenes. Wenn ich mir andere Leute anschaue, dann scheinen sie nie das zu haben, was wir haben.« Ihre Augen blitzten jetzt und hatten die Farbe von Jade.

»Ich weiß nicht, was ich sagen soll, Jessie... ich liebe dich. Und ich brauche dich auch. Nicht nur dafür, daß du meinen Lebensunterhalt verdienst, während ich schreibe. Ich brauche... ach, zum Teufel –« er lächelte, mehr zu sich selbst als zu ihr –, »ich brauche dich, wenn du mit nacktem Hintern und ernstem Gesicht um zwei Uhr morgens dasitzt und mir sagst, warum mein viertes Kapitel nicht in Ordnung ist. Ich brauche die Art, wie du nachts durch die Tür flatterst, mit diesem Ausdruck im Gesicht... die Art, wie du... mich respektierst, sogar dann, wenn ich selbst mich nicht respektieren kann.«

»Ach, Ian.« Sie schmiegte sich wieder in seine Arme und schloß die Augen.

»Ich brauche dich sehr, Liebling. Aber... irgend etwas muß sich ändern.«

Zögernd öffnete sie die Augen. Er hatte gerade etwas Wichtiges gesagt. Das erkannte sie mehr durch seine Berührung als durch die Worte.

»Was meinst du damit?«

»Ich weiß noch nicht. Aber irgend etwas muß sich ändern, wenn wir diesen Sturm überleben, der in den nächsten paar Monaten auf uns wartet.«

»Was denn, zum Beispiel? Was sollen wir ändern?« Ihre Stimme wurde unerwartet schrill, sie rückte ein Stück von ihm ab, um in seinen Augen lesen zu können.

»Immer mit der Ruhe, Jessie. Ich finde einfach, es ist Zeit, daß wir uns alles noch mal überlegen. Ich weiß nicht, vielleicht wird es auch Zeit, daß ich meine verrückten Ideen von einer Laufbahn als Schriftsteller an den Nagel hänge. Irgend etwas. Wir können auf alle Fälle nicht genauso weiterleben wie bisher. In gewisser Hinsicht funktioniert das nicht.«

»Warum nicht?«

»Weil ich das Gefühl habe, ausgehalten zu werden. Du zahlst die

Rechnungen, jedenfalls die meisten, und damit kann ich einfach nicht mehr leben. Weiß du, was das für ein Gefühl ist, kein Einkommen zu haben? Immer ein schlechtes Gewissen zu haben, wenn man das gemeinsame Konto antastet, um sich ein paar T-Shirts zu kaufen? Hast du eine Ahnung, was das für ein Gefühl ist, daß du die Rechnung für dieses Dilemma jetzt auch zahlen sollst? Herrgott, Jessie, ich ersticke fast daran. Das bringt mich um. Warum, zum Teufel, glaubst du denn, daß ich in letzter Zeit impotent war? Weil ich so entzückt war darüber, wie mein Leben verläuft?«

»Das kannst du doch nicht ernst nehmen. Du stehst im Augenblick unter irrem Streß.« Sie wollte es beiseitewischen, aber das ließ er nicht zu.

»Richtig. Ich stehe unter Streß. Aber dazu gehört auch, daß wir die Dinge nicht so geregelt haben, wie wir sollten. Hast du dir mal überlegt, was geschehen würde, wenn du Lady J nicht hättest? Oder wenn deine Eltern dir kein Geld hinterlassen hätten?«

»Ich würde für irgend jemanden arbeiten, und du würdest in einer Werbeagentur jobben und dich langweilen. Klingt das gut?«

»Nein. Aber wenn du nun überhaupt nicht arbeiten würdest? Und ich würde etwas ganz anderes machen?«

»Was denn, zum Beispiel?« Ihr Gesicht schien bei seinen Worten zu erstarren.

»Ich weiß nicht. Darüber habe ich mir noch keine Gedanken gemacht.«

»Ian, du hast den Verstand verloren. Ich habe dich noch nie so hart an einem Buch arbeiten sehen wie an dem jetzt. Du hast dich noch nie so sicher und überzeugt angehört, wenn du von dem gesprochen hast, was du geschrieben hast. Und jetzt willst du alles hinwerfen?«

»Das habe ich nicht gesagt. Noch nicht, aber vielleicht. Was ich sagen will, ist folgendes: Was würde mit dir, mit uns und unserer Ehe geschehen, wenn du uns nicht unterhalten würdest, Jessie, wenn ich es täte? Wenn wir dein Geld einfach anlegten? Ein kleines Polster zur Sicherheit.«

»Und was sollte ich den ganzen Tag lang tun? Gobelin sticken? Bridge spielen?«

»Nein. Ich habe an etwas anderes gedacht. Später vielleicht.« Seine Augen wurden weich und blickten in die Ferne, als er das sagte.

»Und was ist das?«

»Nun... äh... ich dachte, wenn wir vielleicht doch endlich Kinder haben würden – wenn diese ganze blöde Geschichte vorbei ist, meine ich. Wir haben schon lange nicht mehr darüber gesprochen. Nicht seit...« Sie wußte, was er hatte sagen wollen. Seit sich alles geändert hat. Seit ihre Eltern gestorben waren. Seit sie ihr Geld geerbt hatte. Dieses eine Wort hatte alles umfaßt. Sie wußten es beide. »Jessie... Liebes, ich möchte für dich sorgen. Außerdem hast du es verdient.«

»Warum?«

»Wie meinst du das, ›warum?‹« Er sah einen Moment verwirrt aus.

»Ich meine, warum sollten wir plötzlich alles umkrempeln? Warum willst du plötzlich die ganze Last übernehmen? Ich liebe meine Arbeit. Für mich ist das keine Last, sondern ein Vergnügen.«

»Können Kinder kein Vergnügen sein?«

»Das habe ich nicht gesagt.« Ihr Gesicht war gespannt und verschlossen.

»Aber?«

»O Himmel, Ian, warum müssen wir ausgerechnet jetzt darüber sprechen?« Seit Jahren war diese Frage nicht mehr angeschnitten worden.

»Ich habe ja nicht gesagt, sofort. Ich wollte bloß darüber sprechen, was wäre, wenn.«

»Das ist doch lächerlich. Als ob man ein Spielchen spielen wollte.« Sie wandte sich ab und fühlte plötzlich Ians Hand fest auf ihrem Arm.

»Das ist kein Spiel, Jessie. Ich meine es ernst. In den letzten sechs Jahren ist aus mir ein verdammter Gigolo geworden. Als Schriftsteller bin ich ein Versager, und ich habe gerade mit einer Irren geschlafen und bin fälschlicherweise der Vergewaltigung angeklagt worden. Ich versuche herauszufinden, was in meinem Leben etwas bedeutet und was nicht und was geändert werden muß. Und vielleicht gehören auch wir zu dem, was sich ändern muß – nicht nur vielleicht –, ganz bestimmt sogar. Das weiß ich. Hörst du mir jetzt zu und sprichst mit mir darüber oder nicht?«

Sie saß schweigend da, sah ihn an. Aber sie wußte, daß ihr keine Wahl blieb. Er ließ ihren Arm los und schenkte zwei weitere Gläser Wein ein. »Tut mir leid. Aber das ist wirklich wichtig für mich, Jess.«

»Okay. Ich will's versuchen.« Sie nahm ihr Weinglas und seufzte auf, als sie zum Himmel schaute. »Und all das, weil ich dir gesagt habe, daß du mich glücklich machst? Owei, hätte ich bloß den Mund gehalten!« Sie erwiderte sein Lächeln, und er küßte sie nochmals.

»Ich weiß, ich bin gemein. Aber, Jessie ... ich möchte, daß es mit uns klappt. Ich möchte, daß alles noch besser wird. Ich will nicht rumlaufen und mit anderen Frauen schlafen, oder mich selbst hassen oder ... es ist wichtig. Wirklich wichtig. Ich freue mich, daß ich dich glücklich mache, und du machst mich auch glücklich, sehr glücklich sogar. Aber wir können es noch besser haben, das weiß ich. Ich muß mich als dein Ehemann fühlen, wie ein Mann, muß wissen, daß ich eine Last zu tragen habe oder wenigstens den größeren Teil davon, selbst wenn das bedeutet, daß wir das Haus verkaufen und irgendwo wohnen müssen, wo ich die Miete zahlen kann. Aber ich muß einfach solche Sachen für dich tun. Ich habe es satt, daß immer du für mich sorgst. Ich will nicht undankbar sein, Jess, aber ... ich brauche es einfach, verdammt.«

»Okay. Aber warum? Warum gerade jetzt? Wegen dieser dummen Frau? Wegen Margaret Burton? Ihretwegen willst du das Schreiben aufgeben und in irgendeine Baracke ziehen, deren Miete du zahlen kannst?« Sie wurde jetzt gemein, und das gefiel ihm nicht. Ihre Bemerkung hatte getroffen.

»Nein, Schatz. Margaret Burton ist bloß ein Symptom, genau wie die hundert oder zweihundert Miststücke vor ihr. Willst du das so spielen, Jessie? Ehrlich und offen, oder auf die gemeine, schmutzige Art? Du hast die Wahl. Ich bin zu beidem bereit.«

Sie leerte den Rest des Glases auf einen Zug und meinte achselzukkend: »Ich verstehe einfach nicht, um was es dir geht.«

»Vielleicht ist das der springende Punkt. Genauso ist es, wenn ich von einem Kind spreche. Das verstehst du auch nicht, oder? Bedeutet dir das denn überhaupt nichts, Jessie?«

Sie schüttelte ernst den Kopf, schlug die Augen nieder, mied seinen Blick.

»Das verstehe ich einfach nicht. Warum? Sieh mich an, verdammt noch mal! Das ist wichtig für mich. Für uns alle beide.« Aber als sie jetzt aufschaute, war er überrascht.

»Es macht mir angst.«

»Ein Baby?« Das hatte sie ihm gegenüber noch nie zugegeben. Für gewöhnlich war sie ungehalten geworden und hatte das Thema schnell beendet. Doch als er das jetzt hörte, wallte Zärtlichkeit für sie in ihm auf. Angst?

»Hast du Angst vor den Schmerzen?« Er griff nach ihrer Hand, hielt sie ganz fest.

»Nein. Es... ich würde dich teilen müssen, Ian, und ich... das kann ich nicht.« Ihre Augen schwammen in Tränen, ihr Kinn bebte, als sie ihn ansah. »Ich kann dich wirklich nicht teilen, Ian. Ich kann es nicht, niemals. Du bist doch alles, was ich habe. Du...«

»O Liebling...« Er nahm sie in die Arme und wiegte sie sanft. Tränen brannten nun auch in seinen Augen. »So etwas Dummes, das zu denken. Mit einem Baby ist das nicht so, wir hätten noch mehr, nicht weniger.«

»Ja, aber es würde zu dir gehören. Wäre ein Stück von dir. Wir wären eine richtige Familie.« Erst da begriff er. Er hatte seine Eltern noch, natürlich, aber sie waren so weit fort und so alt. Er sah sie kaum jemals. Aber ein Baby, das wäre etwas anderes, wäre real, gegenwärtig.

»Aber du bist meine richtige Familie, Dummchen. Du wirst immer meine richtige Familie sein.« Wie oft hatte er ihr das schon gesagt, nachdem ihre Eltern gestorben waren? Tausendmal? Zehntausendmal? Es war schwer, an jene Tage zurückzudenken. Sie war so unabhängig gewesen, so selbstsicher, als er sie geheiratet hatte. Aber sie hatte ihre Eltern geliebt und ihren Bruder angebetet. Wenn man sie von ihnen reden hörte, war es der reinste Lobgesang wie auf liebe Freunde, mit denen sie eine wunderbare Zeit miteinander verbracht hatte. Und es war wirklich eine außergewöhnliche Erfahrung, Zeit mit ihnen zu verbringen. Da waren vier ungewöhnlich gutaussehende Menschen, mit blitzschnellem Verstand und lockerem Lachen, mit Stil. Und als sie starben, starb auch ein Teil von ihr. Kein offensichtlicher Teil. Sie war immer noch geistreich, lebendig, hatte Stil, aber in ihrem Innern war sie plötzlich eine Waise. Sie hatte Ian auch vorher geliebt, aber sie hatte ihn nicht so gebraucht. Damals war sie wie ein verängstigtes Kind, das sich im Krieg verlaufen hat. Entsetzt, hilflos, verschreckt wanderte sie von einer Erinnerung zur anderen, einsam und allein. Der Selbstmordversuch war nach Jakes Tod gekommen, das hatte sie verändert, sie war abhängig. Es war Ian, der sie schließlich wieder in die Sicherheit zurückgeführt hatte. Damals hatte sie angefangen, ihn als ihre ›richtige Familie‹ zu bezeichnen. War ihre Nähe vorher nur eine locker gewebte Verbindung, so war plötzlich nichts Lockeres mehr daran, und im Laufe der Jahre ist sie verdammt fest geworden. Jetzt war in ihrem Herzen also nicht einmal mehr Platz für ein Kind. Er hatte das schon seit langer Zeit gewußt, aber er hatte gedacht, daß ihre Ängste irgendwann doch verebben würden. Doch das war nicht der Fall, dessen war er jetzt sicher. Ihre eigenen Bedürfnisse waren noch immer zu intensiv, würden es wahrscheinlich auch immer sein. Es war bitter für ihn, das zu akzeptieren.

»O Gott, Ian, ich liebe dich so, und ich habe solche Angst... so schreckliche Angst.« Er spürte sie wieder in seinen Armen, seine Gedanken kehrten in die Realität zurück, lösten sich von seinen eigenen Problemen. Sie holte tief Luft und klammerte sich an ihn, während er ihr Haar streichelte und daran dachte, was er jetzt verstand und akzeptieren mußte. Mußte. Nichts würde sich je ändern. Oh, einige Dinge gewiß, dafür würde er schon sorgen, aber sie würde nie wieder auf ihren eigenen zwei Beinen stehen, nicht völlig, nicht genug, um ein Kind mit ihm zu haben.

»Ich habe auch Angst, Jess. Aber es wird schon alles in Ordnung kommen.«

»Wie kann es in Ordnung kommen, wenn du alles verändern willst, nachdem wir das hinter uns gebracht haben? Du willst, daß ich das Geschäft verkaufe und ein Baby bekomme, und du willst mit dem Schreiben aufhören und dir eine Arbeit suchen, und wir sollen umziehen und... ach, Ian! Das klingt so schrecklich!« Sie schluchzte wieder in seinen Armen, und er lachte leise, als er sie hielt. Vielleicht war sie doch alles, was er brauchte. Vielleicht war es nicht einmal normal, daß ein Mann sich so sehr ein Kind wünschte wie er es jetzt tat. Vielleicht war es bloß Egoismus. Er schob diese Gedanken beiseite.

»Himmel, habe ich wirklich gesagt, daß ich alles ändern wollte? Das hört sich wirklich schwer an. Vielleicht sollten wir bloß ein paar Dinge herauspicken, zum Beispiel ein Baby zu haben, einen Job zu finden, und... tut mir leid, Schatz, ich wollte dich nicht so überrumpeln. Ich weiß bloß, daß ein paar Dinge geregelt werden müssen.«

»Aber das alles?«

»Nein, wahrscheinlich nicht das alles. Und auch nicht, solange du mir nicht zustimmst. Sonst hat es sowieso keinen Zweck. Wir müssen es beide wollen.«

»Aber so, wie du es sagst, hört es sich an, als wäre unser Leben nie wieder dasselbe.«

»Wird es vielleicht auch nicht sein, Jessie. Vielleicht sollte es das auch gar nicht. Hast du jemals darüber nachgedacht?«

»Nein.«

»Und du hast es auch nicht vor, oder? Sieh dich doch an, da hockst du wie eine Indianer-Squaw und versuchst, nichts von dem zu hören, was ich versuche, dir zu erzählen, und dabei krabbelt eine Ameise deinen

Arm hinauf...« Er wartete. Es dauerte eine halbe Sekunde. Dann sprang sie mit einem lauten Schrei auf die Füße.

»Eine was?«

»Oh... tststs... wie konnte ich das nur vergessen? Richtig, du hast ja Angst vor Ameisen.« Er wischte leicht über ihren Ärmel, als er aufstand, und sie gab ihm einen Stoß vor die Brust.

»Zum Teufel mit dir, Ian Clarke! Wir führen ein ernsthaftes Gespräch, und du tust mir so etwas an! Da war doch keine Ameise, oder? Sag die Wahrheit!«

»Würde ich dich je belügen?«

»Ich hasse dich!« Sie zitterte noch immer, teils aus Zorn und Entsetzen und Angst vor der Ameise, aber auch aufgrund der Emotionen, die er Augenblicke zuvor in ihr wachgerufen hatte. Er hatte die Ameise erfunden, um die Stimmung aufzulockern.

Es war eine Ablenkung, darin war Ian ein Meister.

»Was soll das heißen, du haßt mich? Du hast gerade gesagt, ich würde dich glücklich machen.« Ganz Unschuld sah er sie an, als er die Arme um sie legte.

»Rühr mich nicht an!« Aber sie war schwach in seinen Armen und mußte sich große Mühe geben, ein Lächeln zu unterdrücken. »Weiß du« – jetzt war ihre Stimme wieder ganz weich –, »manchmal frage ich mich, ob du mich wirklich liebst.«

»So etwas fragt sich jeder einmal, Jess. Die Art von Garantien, wie du sie haben möchtest, gibt es nicht. Ich liebe dich genauso wie deine Mutter und dein Vater es getan haben, genauso, wie Jake es getan hat, genauso wie irgend jemand sonst auf der Welt. Aber ich bin nicht sie. Ich bin ich, dein Mann, ein Mann, so, wie du meine Frau bist und nicht meine Mutter. Und vielleicht hast du mich eines Tages satt und marschierst mit einem anderen davon. Mütter tun das ihren Kindern selten an, aber Ehefrauen tun das manchmal. Ich muß darauf gefaßt sein.«

»Willst du mir damit irgend etwas sagen?« Sie war plötzlich ganz starr geworden.

»Nein, Dummkopf, nur, daß ich dich liebe. Und daß ich nur soviel bin und tun kann. Ich glaube, ich versuche dir zu sagen, daß du nicht so unsicher sein darfst, daß du dir nicht soviel Sorgen machen sollst. Manchmal glaube ich, daß du deshalb soviel Mist von mir hingenommen hast, die Rechnungen bezahlst und all das, weil du dir auf diese Weise bestätigst, daß ich dir gehöre. Aber ich will dir ein Geheimnis verraten – auf diese Weise bekommst du mich nicht. Zufällig hast du mich, aber aus allen möglichen anderen Gründen.«

»Die wären?« Sie lächelte jetzt wieder.

»Oh... zum Beispiel, weil du so schön nähen kannst.«

»Nähen? Ich kann überhaupt nicht nähen.« Sie warf ihm einen merkwürdigen Blick zu und fing dann an zu lachen.

»Du kannst das nicht?«

»Nee.«

»Ich werde es dir beibringen.«

»Du bist bewundernswert.«

»Wenn ich so darüber nachdenke – du eigentlich auch. Dabei fällt mir etwas ein. Greif mal in meine Tasche.« Sie zog interessiert die Brauen hoch und grinste ihn verschmitzt an.

»Eine Überraschung für mich?«

»Nein, meine Wäscherechnung.«

»Dummkopf!« Aber sie ließ ihre Hand vorsichtig in seine Jackentasche gleiten, während sie redeten, und ihre Augen funkelten vor Aufregung. Die kleine, eckige Schachtel war leicht zu finden. Grinsend zog sie sie heraus und hielt sie fest mit einer Hand umklammert.

»Willst du sie nicht aufmachen?«

»Vorfreude ist die beste Freude.« Sie kicherte noch mal, und jetzt grinste er.

»Ich verspreche dir: Es ist nicht der Hope-Diamant.«

»Nicht?«

»Oje!...« Und dann ließ sie die Schachtel plötzlich aufspringen. Und er beobachtete sie.

»Oh... das ist... ach, Ian! Du!« Sie brüllte vor Lachen und sah es wieder an. »Woher hast du denn das bekommen?«

»Ich habe es gesehen und wußte, daß du es einfach haben mußt.«

Sie lachte und schickte sich an, es anzulegen. Es war eine dünne Goldkette mit einem goldenen Anhänger in der Form einer Limabohne. Etwas, das sie von allem auf der Welt als Kind am meisten gehaßt hatte.

»Großer Gott, ich hätte nie gedacht, daß ich den Tag erleben würde, wo ich eine von diesen schrecklichen Dingern tragen würde. Und noch dazu aus Gold!« Sie lachte wieder, küßte ihn und beugte den Kopf, um auf das kleine Goldgebilde an der Kette hinabsehen zu können.

»Ehrlich gesagt, es sieht ausgesprochen elegant aus. Wenn man nicht weiß, was es ist, würde man es nie erraten. Ich hatte die Wahl zwischen verschiedenen Arten von Bohnen. Alle vom selben Designer, mußt du wissen.«

»Und du hast sie einfach so in einem Schaufenster gesehen?«

»Ja. Und da dachte ich mir, wenn man nur genügend Vertrauen hat, dann kann man Berge versetzen und so. Und du wahrscheinlich die halbe Welt.«

»Welche Hälfte?«

»Irgendeine, mein Schatz. Komm, laß uns ins Hotel zurückkehren, Liebling.«

»Limabohnen – Schatz; du bist wirklich verrückt. Darf ich fragen, wie groß das Vermögen war, das dich diese sensationelle Limabohne gekostet hat?« Sie hatte bemerkt, daß sie aus achtzehnkarätigem Gold war, und die Schachtel trug den Aufdruck eines ausgesprochen extravaganten Geschäftes.

»Das darfst du ganz sicher nicht. Wie kannst du so etwas überhaupt fragen?«

»Reine Neugier.«

»Nun, dann sei eben nicht so neugierig. Und tu mir einen Gefallen. Iß sie nicht auf.« Wieder lachte sie und biß ihn in den Nacken, während sie nach dem Rest Wein griff.

»Eines kannst du wetten: Ich werde niemals Limabohnen essen. Nicht einmal eine goldene.« Sie brachen beide in Lachen aus, denn genau das hatte sie ihm erzählt, als er das erste Mal für sie beide ein Abendessen zubereitet hatte, in seiner Wohnung, vor nunmehr acht Jahren.

Er hatte Schweinefleisch gebraten, Kartoffelbrei dazu gemacht und Limabohnen. Sie hatte Fleisch und Kartoffeln förmlich verschlungen, aber als er mit dem Glas Wasser aus der Küche zurückgekehrt war, um das sie gebeten hatte, hatte er sie dabei ertappt, wie sie hastig Limabohnen in ihre Handtasche schaufelte. Sie hatte ihn angesehen, die Hände hochgeworfen, war in Lachen ausgebrochen und hatte erklärt: »Ian, ich werde niemals Limabohnen essen. Nicht einmal, wenn sie aus purem Gold sind.« Und diese hier war tatsächlich aus purem Gold. Einen winzigen Moment lang drehte sich ihr der Magen um, als sie an die Kosten dachte. Aber das war typisch Ian. Sie würden mit Stil Pleite machen. Mit Picknicks und Leidenschaft und Gold.

Den Rest des Wochenendes verbrachten sie in bester Ferienstimmung. Jessica ließ bei jeder möglichen und unmöglichen Gelegenheit ihre Limabohne aufblitzen, und sie neckten und umarmten und küßten sich. In dem L'Auberge wurde ihr Liebesleben wieder zu dem, was es immer gewesen war. Sie aßen bei Kerzenlicht in ihrem Zimmer – schwelgten in Brathähnchen von einem Imbiß in der Nähe, krönten sie mit einer kleinen Flasche Champagner, den sie auf dem Rückweg zum Hotel gekauft hatten. Sie kicherten wie die Kinder und spielten wie Flitterwöchner, und die Drohungen des Morgens waren vergessen. Alles war vergessen, außer Jessica und Ian. Sie waren die einzigen Menschen, die zählten.

Das große Problem blieb verborgen: Ians Hoffnung auf ein Kind, die er beiseite geschoben hatte. Doch er hatte sich verzweifelt gewünscht, ein Kind zu zeugen, jetzt, vor der Verhandlung, ehe... wenn nun... wer wußte, was kommen würde? In einem Jahr könnte er im Gefängnis sein oder sogar tot. Keine schöne Art, die Dinge anzusehen, aber die Wirklichkeit fing an, ihm angst zu machen. Und die Möglichkeiten waren sogar noch erschreckender, wenn er es sich gestattete, daran zu denken. Ein Baby – das wäre frisches Grün, das sich aus der Asche erhob. Aber da er wußte, welch panische Angst Jessie noch immer davor hatte, war das Thema abgeschlossen. Seine Bücher waren seine Kinder. Er würde einfach noch härter an seinem neuen Buch arbeiten.

Am Samstag kaufte Jessie Ian einen Sherlock-Holmes-Hut und eine Pfeife. Zu Mittag teilten sie sich einen Banana-Split, liehen sich dann ein Tandem aus und fuhren damit in der Nähe des Hotels herum, lachten wie die Kinder über ihr Unvermögen. Doch als sie an einen Hügel kamen, weigerte sich Jessie.

»Was soll das heißen, ›nein‹? Komm schon, Jessie, auf!«

»Den Teufel werd' ich. Du kannst schieben. Ich geh' zu Fuß.«

»Nun hör sich einer das an. Schau dir mal deine Beine an! Sie sind lang genug, um diesen Hügel hinaufzurennen und mich dabei noch zu tragen, also erst recht, um hinaufzufahren.«

»Sie sind ein... unmöglicher Mensch, mein Herr.«

»Ich – he, du hast ja 'ne Spinne am Bein.«

»Ich habe... was?... Aahh... Ian! Wo?« Aber er lachte, und als sie zu ihm aufschaute, begriff sie. »Ian Clarke, wenn du das noch mal machst...« Sie stotterte, rang nach Luft, und er lachte nur noch mehr. »Ich...« Sie versetzte ihm einen Schlag auf die Schulter, daß er vom Fahrrad mitten in das hohe Gras am Rande des Wegs fiel. Aber er streckte die Arme aus und packte sie, die lachend neben ihm stand, und zog sie zu sich hinab. »Ian, doch nicht hier! Hier gibt es bestimmt Schlangen! Ian! Verdammt! Hör auf!«

»Keine Schlangen, das schwöre ich.« Er griff ihr mit so lüsternem Blick in die Bluse, daß sie lachen mußte.

»Ian... ich meine es ernst – nein! Ian...« Sie vergaß die Schlangen fast augenblicklich.

Kapitel XIV

»Na, wie hat euch mein Lieblingsversteck in Carmel gefallen?« Lächelnd steckte Astrid ihren Kopf durch Jessicas Bürotür.

»Herrlich! Komm rein. Magst du eine Tasse Kaffee?«

Jessies Lächeln verriet alles. Die beiden Tage in Carmel waren wie eine friedliche Insel im aufgewühlten Meer gewesen.

»Den Kaffee muß ich leider lassen, danke. Ich bin auf dem Weg in die Stadt. Muß mit Toms Anwälten sprechen, aber vielleicht komme ich auf dem Rückweg noch mal vorbei.« Jessica zeigte ihr die goldene Limabohne, erzählte ihr in knappen Worten von ihrem Wochenende und warf Astrid eine Kußhand zu, als sie davonging. Der Rest des Tages verlief in der Boutique wie in einem Irrenhaus.

Lieferungen gingen ein, neue Klienten kamen, alte Kunden wollten etwas Neues, mußten es aber ›auf der Stelle‹ geändert haben, Rechnungen wurden gesucht, und zwei Lieferungen, die Jessie dringend benötigte, tauchten nicht auf. Katsuko konnte nicht helfen, weil sie mit den Vorbereitungen für die Modenschau zu tun hatte, und so kümmerte sich Zina um die Kunden, während Jessie versuchte, die Schwierigkeiten zu meistern und die Rechnungen zu zahlen. Die beiden folgenden Wochen vergingen fast genauso.

Harvey Green erschien zweimal in der Boutique, um Kleinigkeiten mit Jessie zu besprechen, stellte Fragen nach ihren und Ians Gewohnheiten, aber sie hatte ihm nur wenig zu erzählen, Ian auch nicht mehr. Sie führten ein einfaches Leben und hatten nichts zu verbergen. Die beiden Mädchen in der Boutique wußten noch immer nicht, was vorging, und die Wochen seit Jessies Verschwinden aus dem Geschäft waren zu hektisch gewesen, als daß sie hätten Fragen stellen können. Sie vermuteten, daß sich das Problem, was immer es gewesen war, gelöst hatte. Auch Astrid dachte nicht daran, nachzuhaken.

Ian war vollkommen in sein neues Buch vertieft, und die beiden folgenden Termine bei Gericht verliefen ruhig. Wie Martin es vorausgesagt hatte, wurde die Kaution nicht widerrufen: Sie wurde nicht einmal erwähnt. Jessica begleitete Ian beide Male vor Gericht, aber es gab nichts zu sehen. Er ging mit Martin zum Richter, sie murmelten ein paar Minuten, und dann konnten sie alle wieder gehen. Inzwischen schienen die Besuche bei Gericht zu einem festen Bestandteil ihres gewöhnlichen Lebens zu werden. Sie hatten noch andere Dinge, über die sie nachdenken mußten. Jessie machte sich Sorgen um einen Teil der Herbstmode, um eine weitere Lieferung, die nicht eingetroffen war, und auch wegen des Geldes, das auf ihrem Konto immer knapper wurde. Ian sorgte sich um sein neuntes Kapitel. Darum drehte sich jetzt ihr wahres Leben, nicht um das Erscheinen vor einem gelangweilten Richter.

Einen Monat später kam der erste Teil von Harvey Greens Rechnung. Achthundert Dollar. Die Rechnung befand sich in der Geschäftspost, wie Jessica es erbeten hatte, und sie stöhnte auf, als sie den Umschlag öffnete. Ihr wurde fast übel. Achthundert Dollar! Für nichts. Er hatte nichts, aber auch gar nichts herausgefunden, abgesehen von dem Namen eines Mannes, mit dem Margaret Burton zweimal zum Essen gegangen war, aber nie geschlafen hatte. Sie schien sauber zu sein. Ihre Mitarbeiter hielten sie für eine anständige Frau, nicht sehr gesellig, aber zuverlässig und angenehm als Kollegin. Ein paar erwähnten, daß sie gelegentlich launisch war. Sie hatte in der Vergangenheit weder stürmische Liebesaffären noch Drogenprobleme, und Alkohol genoß sie auch nicht. In der ganzen Zeit, in der Green sie beschattete, war sie nicht ein einziges Mal in das Hotel in der Market Street zurückgekehrt, und sie hatte auch nie Männer mit in ihre Wohnung genommen, seit er mit der Überwachung begonnen hatte. Sie ging jeden Abend nach der Arbeit allein nach Hause, war dreimal in einem Monat im Kino gewesen, wiederum allein; und der Versuch, sie im Bus anzusprechen, war total schiefgegangen. Ein Assistent von Green hatte ihr längere Zeit hinweg schöne Augen gemacht, hatte dann, wie er erklärte, einen aufmunternden Blick als Antwort geerntet, doch als er sie zum Drink eingeladen hatte, war er abgewiesen worden. Er sagte, sie hätte sogar wütend ausgesehen, weil er sie darum gebeten hatte. Schlimmstenfalls war sie verwirrt. Bestenfalls... kam sie gleich nach der Jungfrau Maria. Auf jeden Fall sah es schlecht aus für Ian. Irgend etwas mußten sie finden, aber bislang war das nicht gelungen. Und jetzt wollte Harvey Green achthundert Dollar. Und sie konnten noch nicht einmal auf ihn verzichten. Martin hatte gesagt, die Burton müßte bis zur Verhandlung, wenn möglich sogar während der Verhandlung noch bewacht werden, obwohl er und Green beide zugeben mußten, daß die Anwältin ihr wahrscheinlich aufgetragen hatte, sich anständig zu verhalten. Die Staatsanwaltschaft wollte den Fall schließlich nicht verlieren, bloß weil Miss Margaret Burton sich vielleicht ein paar Wochen vor der Verhandlung mit einem Stück Dreck abgeben mußte.

Nicht einmal in ihrer Vergangenheit hatte Green etwas finden können. Sie war einmal verheiratet gewesen, im Alter von achtzehn Jahren, doch nach ein paar Monaten war die Ehe annulliert worden. Er wußte jedoch weder warum noch wen sie geheiratet hatte – nichts. Es gab auch keine Unterlagen darüber, was wohl der Grund dafür gewesen war, daß sie es in der Vorverhandlung verschwiegen hatte. (Was er wußte, hatte er von einer Frau erfahren, die mit Margaret Burton zusammen arbeitete.) Jessie bezahlte also jetzt für die Bestätigung der weißen Weste dieser Frau.

Sie saß an ihrem Schreibtisch, starrte auf Greens Rechnung und öffnete dann den Rest ihrer Post. Da war eine Mahnung von Martin, dem sie immer noch fünftausend schuldeten, und neun Mahnungen aus New York für ihre Bestellungen der Frühjahrsmode. Die Rechnung für Ians Untersuchung von vor zwei Monaten, zweihundert Dollar, und eine ihrer eigenen Mammographie für vierzig und dazu noch eine Zahlungsaufforderung über vierundsiebzig Dollar von einem Plattengeschäft, in das sie eingefallen war, ehe sie nach New York fuhr. Als sie jetzt dasaß, fragte sie sich, wie sie jemals hatte denken können, daß vierundsiebzig Dollar für Schallplatten nicht viel wären. Sie konnte sich noch erinnern, daß sie das damals zu Ian gesagt hatte. Ja... nicht so schlimm, wenn man nicht in der Zwischenzeit zehntausend Dollar für Anwälte etc. zu bezahlen hatte... und der Blumenhändler... die Reinigung... der Drugstore... Ihr Magen zog sich zusammen, als sie sich bemühte, die Summen nicht zusammenzuzählen. Sie griff nach dem Telefon, warf einen Blick auf die Visitenkarte in ihrem Adreßbüchlein und wählte.

Ehe sie zu der Verabredung ging, rief sie noch bei ihrer Bank an, und sie hatte mehr oder weniger Glück. Aufgrund ihrer früheren Vermögensverhältnisse war man in der Bank bereit, ihr den Kredit ohne das Auto als Sicherheit zu gewähren. Sie konnte verkaufen. Insgeheim hatte sie gehofft, daß sie es ihr verbieten würden, aber jetzt war die Angelegenheit entschieden.

Sie verkaufte den Morgan um zwei Uhr nachmittags. Für fünftausendzweihundert Dollar. Der Kerl kam ihr entgegen, wie er sagte. Sie brachte den Scheck zur Bank, ehe dort geschlossen wurde, und sandte einen eigenen Scheck über fünftausend Dollar an Martin Schwartz. Er war bezahlt. Für ihn war gesorgt. Jetzt konnte sie wieder atmen. Wochenlang hatten sie Alpträume gequält, daß ihr etwas zustoßen könnte und niemand Ian mit den Rechnungen helfen würde... entsetzliche Phantasien von Ian, der Katsuko um das Geld anbettelte, die es ablehnte, weil sie Kimonos für das Geschäft kaufen wollte, während Barry York drohte, Ian wieder ins Gefängnis zu bringen. Jetzt waren sie in Sicherheit. Die Kosten im Zusammenhang mit der Anklage waren bezahlt. Wenn ihr etwas zustieß, dann hätte Ian wenigstens einen Anwalt.

Anschließend entnahm sie dem Geschäftskonto von Lady J achthundert Dollar, um Green sein Honorar zu zahlen. Um halb vier saß sie wieder an ihrem Schreibtisch – mit rasenden Kopfschmerzen. Astrid tauchte um halb fünf auf.

»Du siehst nicht gerade übermäßig glücklich aus, Lady J. Was ist denn los?« Astrid war die einzige, die sie so nannte, und Jessie lächelte müde.

»Würdest du es glauben, wenn ich sagen würde, alles ist los?«

»Nein, würde ich nicht. Aber – ist da etwas, was du mir gern erzählen möchtest?« Astrid nippte an dem Kaffee, den Zina für sie eingeschenkt hatte, und Jessie seufzte und schüttelte den Kopf.

»Nicht viel. Ich könnte es dir höchstens erzählen, wenn du sechshundert Stunden Zeit hättest, mir zuzuhören. Aber ich habe auch gar nicht soviel Zeit übrig. Wie war dein Tag?«

»Besser als deiner. Aber ich habe es auch nicht darauf ankommen lassen. Ich bin um elf aufgestanden und habe den Nachmittag beim Friseur verbracht.« Himmel, wie konnte sie es ihr erzählen? Wie sollte Astrid ihre Schwierigkeiten verstehen?

»Vielleicht war das mein Fehler. Ich habe mir gestern abend selbst mein Haar gewaschen.« Sie grinste ihre Freundin schief an, aber Astrid lächelte nicht. Sie machte sich Sorgen. Seit Wochen sah Jessie müde und besorgt aus, aber es gab nichts, was sie hätte sagen können.

»Warum hörst du hier nicht einfach auf und fährst zu deinem prächtigen Ehemann heim? Mensch, Jessica, wenn ich so etwas daheim hätte, würden mich keine zehn Pferde hier halten.«

»Weißt du was? Ich glaube, du hast recht.« Es war das erste echte Lachen, das Jessie am ganzen Tag zustande gebracht hatte. »Fährst du heim? Dann könntest du mich vielleicht mitnehmen.«

»Wo ist denn dein Kleiner?«

»Der Morgan?« Sie wollte nicht lügen, aber... Astrid nickte, und Jessie spürte einen Stich im Herzen.

»Er... ich... er steht in einer Werkstatt.«

»Kein Problem. Ich nehme dich mit.«

Vom Fenster in seinem Arbeitszimmer sah Ian, wie Astrid sie aussteigen ließ. Es verwirrte ihn. Es war ohnehin Zeit, eine Pause zu machen – seit sieben Uhr früh hatte er ununterbrochen gearbeitet. Er öffnete Jessie die Tür, ehe sie ihre Schlüssel herausziehen konnte.

»Was ist mit dem Wagen? Hast du ihn in der Boutique gelassen?«

»Ja... ich...« Sie schaute auf, konnte fast spüren, wie die Farbe aus ihrem Gesicht wich. Sie mußte es ihm sagen. »Ian, ich... ich habe ihn verkauft.« Sie zuckte zusammen, als sie sein Gesicht sah. Alles schien stehenzubleiben.

»Du hast was?« Es war schlimmer, als sie befürchtet hatte.

»Ich habe ihn verkauft. Es mußte sein, Liebling. Alles andere ist schon belastet. Und wir brauchten Geld, fast siebentausend Dollar in den nächsten beiden Wochen, für Martins Honorar, die erste Hälfte von Greens Rechnung, und die zweite wird Green uns in zwei Wochen schicken. Es gab nichts, was ich sonst hätte tun können.« Sie streckte die Hand nach ihm aus, aber er schob sie beiseite.

»Du hättest mich wenigstens fragen können! Mich fragen, etwas sagen – um Gottes willen, Jessica, besprichst du denn gar nichts mehr mit mir? Ich habe dir diesen Wagen zum Geschenk gemacht. Er hat mir etwas bedeutet!« Er marschierte aus dem Zimmer und griff sich den Scotch. Während sie ihn beobachtete, schenkte er sich etwas in ein Glas.

»Glaubst du, mir hätte er nichts bedeutet?« Ihre Stimme bebte, aber er hörte es nicht, und sie sah zu, während er auf einen Zug das halbe Glas leerte. »Liebling, ich bin so... ich habe einfach keinen anderen...« Sie verstummte, Tränen in den Augen. So gut erinnerte sie sich an den Tag, als er ihn ihr heimgefahren hatte. Jetzt...

Er trank den Rest seines Whiskys und zog sich sein Jackett über.

»Wohin gehst du?«

»Aus.« Sein Gesicht sah aus wie grauer Marmor.

»Ian, bitte, mach keine Dummheiten!« Sie hatte Angst, als sie den Blick in seinen Augen sah, aber er stand bloß da und schüttelte den Kopf.

»Ich muß keine Dummheiten mehr machen. Das habe ich bereits getan.« Einen Augenblick später fiel die Tür krachend hinter ihm ins Schloß.

Um Mitternacht kam er heim, schweigend und bedrückt, und Jessica fragte nicht, wo er gewesen war. Sie hatte Angst. Vielleicht müßte Inspektor Houghton ihnen nun einen weiteren Besuch abstatten. Aber sie haßte sich wegen dieses Gedankens, als sie sah, wie Ian die Schuhe auszog. Zwei kleine Sandhäufchen rieselten heraus, und sie schaute in sein Gesicht. Er sah besser aus. Sie hatten das immer zusammen gemacht – waren abends an den Strand gefahren, um sich auszusprechen, nachzudenken oder auch einfach ruhig nebeneinander herzugehen. Er hatte sie dorthin gebracht, als Jake gestorben war, an ihren Strand. Immer zusammen. Jetzt hatte sie sogar schon Angst, die Hand auszustrecken und ihn zu berühren, aber sie wollte es, brauchte es. Er sah sie schweigend an, ging dann ins Bad und schloß die Tür. Jessie machte das Licht aus und wischte sich zwei Tränen vom Gesicht. Sie spürte die lustige goldene Limabohne an ihrem Hals und versuchte zu lächeln, aber es gelang ihr nicht. Sie konnten jetzt nicht mehr über Limabohnen lachen, konnten über nichts mehr lachen, und – eines Tages würde sie vielleicht auch die Limabohne verkaufen. Sie haßte sich selbst, als sie so im Dunkeln lag.

Sie hörte, wie sich die Badezimmertür öffnete, wie Ian auf bloßen Füßen herübertappte, und dann fühlte sie, wie das Bett auf der anderen Seite nachgab. Er saß eine Ewigkeit da, so schien es ihr, und rauchte eine Zigarette. Er lehnte an der Kopfseite und streckte die Beine aus. Sie kannte all seine Bewegungen, ohne hinzusehen, und sie lag ganz ruhig, wollte ihn glauben machen, daß sie schlief. Sie wußte nicht, was sie sagen sollte.

»Ich habe etwas für dich, Jess.« Seine Stimme klang heiser und tief in der Stille des Zimmers.

»Einen Schlag auf den Mund vielleicht?«

Er lachte und legte eine Hand auf ihre Hüfte, während sie auf der Seite lag, den Rücken ihm zugekehrt.

»Nein, Dummchen. Dreh dich um.« Sie schüttelte den Kopf wie ein Kind und blinzelte dann über die Schulter.

»Dann bist du mir nicht böse, Ian?«

»Nein, ich bin böse mit mir selbst. Du konntest nichts anderes tun, und das weiß ich auch. Aber ich hasse mich einfach, weil ich uns in diese Sache hineingeritten habe, und ich hätte eine Menge anderer Sachen lieber verkauft als den Morgan.«

Sie nickte. Noch immer fehlten ihr die Worte. »Es tut mir so leid.«

»Mir auch.« Er beugte sich vor und küßte sie zärtlich. Dann legte er ihr etwas Leichtes, Sandiges in die Hand. »Hier. Den habe ich im Dunkeln gefunden.« Es war ein Sanddollar, eine milchigweiße Muschel mit einem winzigen Fossil im Herzen.

»O Schatz, ist der schön.« Sie lächelte zu ihm auf, als sie den Fund auf der flachen Hand hielt.

»Ich liebe dich.« Er lächelte zögernd, liebevoll, zog sie in seine Arme, und seine Lippen folgten einer köstlichen Spur hinab zu ihren Schenkeln.

Die beiden nächsten Wochen vergingen wie im Flug, in einem verrückten Flug. Stunden im Geschäft, lange Mahlzeiten daheim, heftige Diskussionen darüber, wer die Blumen nicht goß, leidenschaftliche Versöhnungen, Schlaflosigkeit und Verschlafen, zu essen vergessen und dann viel zu essen, ständige Schrecken und Ängste wegen der Rechnungen, denen kurz darauf eine wahre Einkaufsorgie folgte – eine Brieftasche von Gucci für Ian und ein Wildlederrock aus einer anderen Boutique für Jessie, wo sie ihn zum Selbstkostenpreis in ihrer eigenen hätte bekommen können, Krimskrams hier und da – wechselten sich ab. Es war der reinste Wahnsinn. Jessie fühlte sich wochenlang, als würde sie von immer neuen Wänden abprallen, während Ian das Gefühl hatte zu ertrinken.

Am Tag vor der Verhandlung hörte die Hektik endgültig auf. Jessie hatte im Geschäft alles so vorbereitet, daß sie eine, wenn nötig auch zwei Wochen fernbleiben konnte. Sie verließ den Laden früh und machte einen langen Spaziergang, ehe sie zu Ian heimkehrte. Sie fand ihn nachdenklich in einem Sessel sitzend und aus dem Fenster starrend. Es war das erste Mal, daß er nicht wie wild an seinem neuen Roman arbeitete.

Das war alles, was er jetzt zu tun schien, wenn er nicht gerade Geld ausgab oder stillschweigend von ihrem Körper Besitz ergriff. Sie sprachen weniger denn je miteinander. Selbst die Mahlzeiten waren jetzt schweigende Disaster oder verliefen wild – niemals normal.

Doch an diesem Abend machten sie zusammen Feuer im Kamin und unterhielten sich, bis es dunkel wurde. Es kam ihr vor, als hätte sie ihn seit Monaten nicht mehr gesehen. Endlich sprach sie wieder mit Ian, dem Mann, den sie liebte, ihrem Ehemann, ihrem Liebhaber, ihrem Freund. In all diesen endlosen, einsamen Wochen hatte sie seine Freundschaft am meisten vermißt. Es war das erste Mal, daß sie sich nicht gegenseitig hatten helfen können. Jetzt teilten sie sich ein ruhiges Mahl und saßen dann vor dem Feuer am Boden. Ihre friedliche Stimmung ließ die Verhandlung weniger beängstigend erscheinen. Außerdem hatte sich die Realität abgenutzt in all den Wochen, in denen Ian sich gegen Kaution auf freiem Fuß befand. Das Gefängnis – das war real gewesen. Ihr Kampf gegen den Strom, um Ian auf Kaution herauszuholen, auch das war Realität gewesen. Aber die Verhandlung? Das war doch eine bloße Formsache. Ein Austausch von Worten zwischen zwei bezahlten Vertretern, dem ihren und dem des Staates, mit einem Unparteiischen, der zuschaute, und irgendwo im Hintergrund eine Frau, die niemand kannte und die Margaret hieß. Eine Woche, vielleicht auch zwei, und dann wäre alles vorüber. Das war die einzige Realität.

Auf dem Teppich vor dem Kamin rollte sie sich auf den Rücken und lächelte schläfrig zu ihm auf, als er sich über sie beugte und sie küßte. Es war ein langer, gequälter Kuß, der die Zärtlichkeit zurückbrachte, die sie verloren hatten, der ihren Körper dazu brachte zu reagieren, und wenige Minuten später liebten sie sich. Es war eine jener seltenen Nächte, in denen Körper und Seelen verschmelzen, sich neu entzünden und stundenlang weiterbrennen. Sie sagten nur wenig, aber sie liebten sich wieder und wieder. Es war fast schon morgens, als Ian eine schläfrige Jessica aufs Bett legte.

»Ich liebe dich, Jessie. Schlaf jetzt. Morgen wird ein langer Tag.« Er flüsterte ihr die Worte ins Ohr, und sie lächelte, als sie einschlief. Ein langer Tag? Oh... ja, richtig... die Modenschau... oder wollten sie zum Strand?... sie konnte sich nicht erinnern... ein Picknick? War es das?

»Ich liebe dich auch...« Ihre Stimme erstarb, als sie an seiner Seite einschlief, die Arme um ihn geschlungen wie ein kleines Kind. Er streichelte leise über ihren Arm, rauchte eine Zigarette und schaute auf ihr

Gesicht hinab, aber er lächelte nicht. Er war auch nicht schläfrig. Er liebte Jessica mehr denn je, aber zu viele andere Dinge beschäftigten ihn.

Den Rest der Nacht verbrachte er mit einer einsamen Wache. Er beobachtete seine Frau, hing seinen Gedanken nach, lauschte auf ihren Atem und fragte sich, was als nächstes kommen würde.

Am Morgen fand die Verhandlung gegen ihn statt, wegen Vergewaltigung.

Kapitel XV

Der Gerichtssaal im Justizgebäude war ganz anders als der kleine Raum, in dem die Vorverhandlung stattgefunden hatte. Dieser hier sah aus wie ein Gerichtssaal aus einem Film. Holzvertäfelung, lange Stuhlreihen, die Bank des Richters auf einer Plattform, und die amerikanische Flagge für alle deutlich sichtbar. Der Raum war voll Menschen, und eine Frau rief einen Namen nach dem anderen auf. Sie brach ab, als es zwölf waren, sie wählten die Geschworenen.

Ian saß mit Martin vorn im Saal, an dem Tisch, der für die Verteidigung bestimmt war. Ein paar Schritte entfernt saß ein anderer Staatsanwalt und neben ihm Inspektor Houghton. Margaret Burton war nirgendwo zu sehen.

Die zwölf Geschworenen nahmen die Plätze ein, und der Richter erklärte die Art der Verhandlung. Ein paar der Frauen schienen überrascht und warfen kurze Blicke auf Ian, und ein Mann schüttelte den Kopf. Martin machte sich Notizen und musterte die möglichen Geschworenen. Er hatte das Recht, zehn Personen abzulehnen, und der Staatsanwalt konnte dasselbe tun. Die Gesichter wirkten nichtssagend, unpersönlich wie Menschen im Bus.

Martin hatte Ian und Jessie vor der Verhandlung erzählt, welche Art von Geschworenen er sich wünschte. Keine ›alten Jungfern‹, die entsetzt wären, weil es sich um Vergewaltigung handelte, oder die sich vielleicht mit dem Opfer identifizieren würden; statt dessen vielleicht ein paar standhafte Hausfrauen der Mittelklasse, die die Burton möglicherweise verurteilen würden, weil sie sich von Ian hatte mitnehmen lassen. Junge Leute hätten vielleicht Mitleid mit Ian, aber sie könnten andererseits wieder Haß auf das Paar empfinden, das in ihren Augen zu schön wäre. Ein schwieriger Weg lag vor ihnen.

Jessie beobachtete die zwölf Männer und Frauen von ihrem Platz in der ersten Reihe aus, forschte in ihren Gesichtern und dem des Richters. Aber gerade als Martin aufstand und den ersten Geschworenen ablehnen wollte, verkündete der Richter eine Pause. Es war Mittag.

Sie kamen nur langsam voran. Erst am Ende des zweiten Tages waren die Geschworenen ausgewählt. Sie waren von beiden Anwälten bezüglich ihrer Einstellung zu Vergewaltigung befragt worden, hatten Auskunft über ihre Arbeit und ihre Partner, ihre Gewohnheiten und die Anzahl ihrer Kinder geben müssen. Martin erklärte, daß auch Väter von Frauen in Margaret Burtons Alter nicht günstig für sie wären. Sie hätten das Gefühl, das Opfer beschützen zu müssen. Man mußte so vieles bedenken, irgend etwas wurde bestimmt übersehen. Auch jetzt gab es unter den Geschworenen noch einige, die Martin nicht guthieß, aber er durfte niemanden mehr ablehnen, und sie konnten nur noch das Beste hoffen. Martin hatte im Umgang mit den Geschworenen einen leichten, scherzhaften Ton an den Tag gelegt, und hier und da hatte jemand über eine dumme Antwort oder einen Scherz gelacht.

Endlich standen die Geschworenen fest. Fünf Männer, drei pensionierte, drei jüngere, und sieben Frauen, fünf Frauen mittleren Alters und glücklich verheiratet, zwei Frauen jung und alleinstehend. Das nannte man Glück! Sie hofften, daß sie ein Gegengewicht zu zweien von den pensionierten Männern bildeten, die Martin gar nicht gefielen. Aber im großen und ganzen war er recht zufrieden, und Ian und Jessie vermuteten, daß er recht hatte.

Als sie am Ende des zweiten Tages den Gerichtssaal verließen, hatte Jessie das Gefühl, sie könnte die Lebensgeschichten der einzelnen Geschworenen im Schlaf aufsagen, kannte ihre Berufe und ihre Partner. In einer Menge von Tausenden hätte sie ihre Gesichter erkannt, und sie würde sie ihr Leben lang nicht mehr vergessen, auch wenn sie sie nach diesem Tag nie wieder sehen würde.

Der erste Schock kam am dritten Tag. Der ruhige Staatsanwalt, der die zornige Anwältin von der Vorverhandlung ersetzt hatte, erschien nicht vor Gericht. Er war wegen einer akuten Blinddarmentzündung in der Nacht ins Krankenhaus gebracht worden, wo man ihn in den frühen Morgenstunden operiert hatte – Blinddarmdurchbruch –, doch er befand sich jetzt im Krankenhaus, und es ging ihm den Umständen entsprechend gut. Für Jessie war das nur ein schwacher Trost. Ein Kollege des kranken jungen Mannes berichtete dies alles dem Richter und beruhigte ihn damit, daß sich schon eine Vertretung gefunden hätte, die jeden Augenblick kommen mußte. Jessie und Ian verließ der Mut. Die Frau aus der Vorverhandlung würde den Fall wieder übernehmen. Es war ihnen wie ein unschätzbares Glück erschienen, als sie bei der Verhandlungseröffnung nicht erschienen war, aber jetzt...

Martin bückte sich und flüsterte Ian etwas ins Ohr, als der Richter eine kurze Unterbrechung ausrief, während sie auf den neuen Anwalt warten mußten. Alle standen auf, der Richter verließ den Saal, die Leute reckten und streckten sich, man hörte sie zum Gang schlurfen. Es war noch früh, und sogar ein Becher Kaffee aus einem der Automaten im Gang würde gut schmecken. Jedenfalls hatte man etwas zu tun. Jessica spürte die Depression schwer auf ihren Schultern lasten, als sie ihren kleinen Becher mit der dampfenden, übel aussehenden Flüssigkeit vor sich hielt. Sie konnte an nichts anderes denken als an die verdammte Staatsanwältin und daran, wie sehr ihre Gegenwart den Fall negativ beeinflussen könnte. Sie warf einen Blick auf Ian, sagte aber nichts. Und Martin war irgendwohin verschwunden.

Er hatte ihnen eingeschärft, in den Pausen oder beim Mittagessen nicht über den Fall zu reden, und plötzlich war es schwierig für sie, Banalitäten zu finden, mit denen sie das Schweigen hätten brechen können. Also blieben sie stumm, standen dicht nebeneinander und sahen aus wie Flüchtlinge, die auf die Ankunft eines Zuges warten, aber eigentlich nicht so recht verstehen, warum.

»Noch Kaffee?«

»Hm?« Ihre Gedanken wirbelten durcheinander.

»Kaffee, möchtest du noch Kaffee?« versuchte Ian es wieder. Aber sie schüttelte nur mit einem schwachen Versuch zu lächeln den Kopf. »Mach dir nicht so viele Sorgen, Jess. Es wird alles gut werden.«

»Ich weiß.« Worte, nichts als Worte ohne Bedeutung. Nichts bedeutete noch etwas. Alles war verwirrend, unmöglich zu verstehen. Was machten sie hier? Warum standen sie herum wie verlegene Trauergäste bei einer Beerdigung? Jessica trat eine Zigarette auf dem Marmorboden aus und starrte zur Decke hinauf. Sie war schön und mit Ornamenten geschmückt, und sie haßte sie. Sie war zu schön, zu kunstvoll. Sie erinnerte sie daran, wo sie war. Justizgebäude, Verhandlung. Sie zündete sich eine neue Zigarette an.

»Du hast gerade erst eine ausgemacht, Jess.« Seine Stimme war weich und traurig. Auch er wußte, was geschah.

»Was?« Sie blickte ihn aus zusammengekniffenen Augen durch die Flamme ihres Feuerzeuges hindurch an.

»Nichts. Wollen wir zurückgehen?«

»Sicher. Warum nicht?« Sie versuchte ein Lächeln, als sie den leeren Kaffeebecher in einen großen, mit Sand gefüllten Metallascher warf.

Seite an Seite kehrten sie in den Gerichtssaal zurück, berührten sich aber nicht. Ian begab sich langsam zu dem Tisch, an dem er und Martin abseits von allen anderen saßen. Und Jessica folgte ihm mit den Augen, beobachtete ihn, beobachtete Martin, der hastig Notizen auf einen langen, gelben Block kritzelte. Der perfekte Anwalt. Das Bild gefangen in einem Sonnenstrahl, der sich tapfer seinen Weg über den Marmorboden bahnte. Eine Minute lang starrte sie auf dieses Licht, dachte an nichts, wünschte sich nur, woanders zu sein, und dann wanderte ihr Blick geistesabwesend zu dem Tisch, der für die Staatsanwaltschaft reserviert war.

Da saß sie: Matilda Howard-Spencer, groß, schlank, alles an ihr schien scharf zu sein. Sie hatte einen schmalen Kopf mit kurzgeschnittenem blonden Haar, lange, schmale, lebhafte Hände, die immer bereit schienen, einen anklagenden Finger zu erheben. Sie trug ein nüchternes, graues Kostüm mit einer blaßgrauen Seidenbluse, und ihre Augen hatten fast dieselbe Farbe wie das Kostüm. Stahlgrau und genauso hart. Lange, knochige Beine, und als einziges Schmuckstück einen schmalen Goldring. Sie war mit Richter Spencer verheiratet, dessen Namen sie an ihren eigenen gehängt hatte, und sie verkörperte den Schrecken der Staatsanwaltschaft. Ihre erfolgreichsten Fälle waren Vergewaltigungen. Weder Ian noch Jessie wußten das, aber Martin, und er hätte am liebsten geweint, als er sie in den Gerichtssaal kommen sah. Er hatte ihr schon einmal in einem anderen Fall gegenübergestanden, Martin hatte nicht gewonnen. Niemand hatte das, sein Klient hatte am neunten Tag der Verhandlung Selbstmord begangen. Er hätte es wahrscheinlich ohnehin getan, aber trotzdem... Matilda, geliebte Matilda. Aber alles, was Ian und Jessie wußten, war, was sie sahen und fühlten.

Ian sah eine Frau, die ihn nervös machte, als sie wie in einem unsichtbaren Panzer um ihren Schreibtisch stapfte. Jessie sah eine Frau, eiskalt, und spürte etwas, das sie mit Angst erfüllte. Jetzt war es kein Spiel mehr. Jetzt war es Krieg. Allein schon die Art, wie diese Frau Ian ansah, verriet ihr das. Sie sah einmal zu ihm hinüber, dann mehrmals durch ihn hindurch, als wäre er ein Mensch, den man nicht bemerken durfte, und noch viel weniger ein Mann. Sie sprach mit Houghton, die Worte flossen schnell aus ihrem Mund, und Houghton nickte mehrmals, stand dann auf und ging. Es war klar, wer jetzt das Kommando führte. Jessica verfluchte den Mann mit der Blinddarmentzündung. Diese Frau hätten sie nun wirklich nicht gebraucht.

»Alles aufstehen...« Der Richter saß wieder auf seinem Platz, und Spannung erfüllte die Luft. Er war offensichtlich erfreut über den Neuankömmling und begrüßte sie mit einem respektvollen Nicken. Entsetzlich!

Matilda Howard-Spencer wandte sich mit ein paar kurzen, freundlichen Bemerkungen an die Geschworenen, die alle darauf zu reagieren schienen. Sie konnte gleichermaßen Vertrauen wie Furcht erwecken. Ihre Stimme und ihr Verhalten strahlten Autorität aus und straften ihr Alter Lügen: Sie konnte nicht älter als zwei- oder dreiundvierzig sein. Sie war jemand, auf den man sich verlassen konnte, jemand, der für alles sorgen würde, der darauf achten würde, daß alles gut lief. Das war eine Frau, die einen Krieg ausfechten konnte, eine Armee anführen, und die dabei immer noch darauf achten konnte, daß die Kinder Latein ebensogut lernten wie Algrebra. Aber sie hatte keine Kinder. Sie war erst seit knapp zwei Jahren verheiratet. Das Gesetz war ihr Geliebter. Ihr Mann war nur ihr Freund, und er war schon hoch in den Sechzig.

Als erstes wurde einer der am wenigsten interessierten Zeugen vernommen. Der medizinische Sachverständige trat in den Zeugenstand, sagte aber nichts aus, was Ian belastet hätte oder in irgendeiner Weise günstig für Margaret Burton war. Er bestätigte nur, daß er sie untersucht hätte, daß sie Verkehr gehabt hatte, daß er aber weiter nichts mit Sicherheit sagen könnte. Trotz Matilda Howard-Spencers Drängen hielt er an der Aussage fest, daß nichts darauf hindeutete, daß Gewalt benutzt worden war. Martins Einsprüche wurden abgelehnt, aber die Aussage war ohnehin zu farblos, um wichtig zu sein. Jessica erschien das alles schrecklich langweilig, und nach einer Stunde heftete sie die Blicke auf den mittleren roten Nylonstreifen der Flagge, während sie versuchte, in Gedanken weit fortzufliegen... die Worte hallten endlos... ›scheußliches Verbrechen wider die Natur‹... Sodomie... Vergewaltigung... Geschlechtsverkehr... Rektum... Vagina... Sperma... es war, als wenn ein vierzehnjähriges Kind all diese schrecklichen Worte im Lexikon nachschlägt und sich davon beeindrucken läßt.

Doch endlich ging auch dieser Tag zu Ende, und so schweigsam, wie sie schon die ganze Woche waren, fuhren sie heim. Es strengte schon an, bloß da zu sein, vor den Beobachtern in den Geschworenenbänken Haltung zu bewahren, überhaupt vor jedem, der aufpassen könnte. Wenn man die Stirn runzelte, konnten die anderen glauben, man wäre wütend – auf Ian – oder traurig. Bestürzt. Bestürzt? Aber nein, Liebling, überhaupt nicht! Wenn man lächelte, hieß das, daß man die Sache zu leicht nahm. Wenn man die falschen Sachen trug, sah man reich aus. Zog man etwas zu fröhliches an, frivol. Aufreizend vor Gericht? Bei einer Verhandlung wegen Vergewaltigung? Großer Gott. Vagina? Wo? Nein, natürlich habe ich keine. Es machte Jessie nicht einmal mehr angst, es erschöpfte sie bloß noch. Und diese verdammte Frau war rücksichtslos, quetschte auch noch den letzten Gedanken, das allerletzte Wort aus den Zeugen. Dagegen war Martin so ein verfluchter Gentleman. Aber was machte das schon noch? Wenn sie bloß wach bleiben und regelmäßig vor Gericht erscheinen konnten, dann würde bald schon alles vorbei sein. Bald... aber es kam ihnen so vor, als hätte es gerade erst angefangen, würde noch Ewigkeiten so weitergehen. Beim Abendessen sprachen sie kaum ein Wort, und Jessica schlief bereits tief und fest, noch im Bademantel, ehe Ian aus der Dusche kam. Aber das machte nichts. Er war sowieso zu müde, um noch irgend etwas zu sagen. Was hätte er auch sagen können?

Am nächsten Morgen im Wagen reckte Jessica sich verschlafen und lächelte müde auf die Lampen, die um diese frühe Stunde an den Gebäuden brannten.

»Worüber lächelst du, Jess?«

»Ach, eine verrückte Idee. Ich dachte gerade, daß dies jetzt genauso ist wie damals, als wir noch zusammen nach New York gefahren sind, um zu arbeiten.« Sie wirkte nachdenklich, aber er lächelte nicht.

»Nicht ganz.«

»Nein. Können wir unterwegs noch eine schnelle Tasse Kaffee trinken?« Sie hatten keine Zeit gehabt zu frühstücken, und es war schon spät.

»Besser, wir trinken nur einen Kaffee aus der Maschine dort, Jess. Ich möchte nicht zu spät kommen. Das nehmen sie mir womöglich übel und widerrufen meine Kaution.« Himmel, und das alles wegen einer Tasse Kaffee.

»Okay, Schatz.« Sie berührte sanft seine Schulter und steckte sich eine neue Zigarette an. Der einzige Ort, an dem sie jetzt nicht rauchte, war der Gerichtssaal.

Sie schob die Hand unter seinen Arm, als sie die Treppe zum Justizgebäude hinaufstiegen. Alles schien hell und leuchtend und neu, sauber. Es war ein solcher Morgen, wo es egal war, welche Schrecken ihr Leben bedrohten. Es schien fast so, als wenn Gott nichts davon wüßte. Er machte einfach weiter mit Sonnenschein und schönen Tagen.

Als sie den Gang vor dem Gerichtssaal erreichten, blieben ihnen noch drei Minuten, und Jessica eilte zum Kaffeeautomaten.

»Möchtest du welchen?« Er wollte nein sagen, nickte dann aber doch. Wieviel schlimmer konnten seine Herzschmerzen noch werden, und was machte es überhaupt? Er nahm ihr die Tasse aus der Hand. Sie zitterte so sehr, daß sie den Kaffee fast verschüttet hätte.

»Mensch, wir werden über ein Jahr brauchen, bis wir uns hiernach wieder gefangen haben.«

»Meinst du mein bewundernswertes Beben?« Er lächelte sie an.

»Hast du meins gesehen?« Sie streckte eine Hand aus, und sie mußten beide lachen.

»Berufsrisiko, denke ich.«

»Eines Vergewaltigers?« Sie hatte versucht, frech zu klingen.

»Okay, Ian, lassen wir das.« Damit war die kurze Unterhaltung zwischen ihnen vorüber, und Jessica bemerkte plötzlich Aktivität neben einer nicht gekennzeichneten Tür. Menschen kamen und gingen. Vier Männer, eine Frau, Stimmen, als ob eine wichtige Persönlichkeit erwartet wurde.

Dies alles erregte Jessicas Aufmerksamkeit, aber es war Ian, der merkwürdig aussah, den Kopf leicht zur Seite geneigt, aufmerksam lauschend. Sie wollte ihn fragen, was da vor sich ging, aber sie wußte nicht, ob sie es konnte. Er schien völlig auf die Stimmen und Geräusche konzentriert zu sein. Dann wurde eine Tür zugeschlagen, und eine Frau in einem schlichten, weißen Wollkleid bog um die Ecke. Jessica stöhnte auf. Es war Margaret Burton.

Ian öffnete und schloß den Mund, aber keiner von ihnen rührte sich. Jessica stand wie angewurzelt, erschüttert, ihre Blicke bohrten sich in Margaret Burton, die abrupt stockte, einen kurzen Schritt rückwärts gemacht hatte und dann mit einem Ausdruck des Staunens im Gesicht stehenblieb, als sich die drei gegenüberstanden. Es kam ihnen vor, als wäre das ganze Gebäude plötzlich still geworden, und sie waren die drei einzigen Menschen auf der Welt. Nichts regte sich... außer Margaret Burtons Gesicht. Langsam, ganz langsam, wie eine Wachsmaske, die in der Sonne schmilzt, verzog sich ihr Gesicht zu einem unglaublichen Lächeln. Ausdruck eines Sieges, den nur Ian sehen konnte. Jessica beobachtete sie entsetzt. Dann, als würde sich ihr Körper aus eigenem Antrieb bewegen, stürzte sie vorwärts und hieb mit der Handtasche, die sie umklammert hielt, nach der Burton.

»Warum? Warum, verdammt noch mal, warum?« Es war ein durchdringendes, schmerzliches Heulen, das aus Jessicas Herzen aufstieg. Die Frau wich einen Schritt zurück, sah erschreckt aus, als erwachte sie aus einem Traum, und im selben Augenblick machte Ian einen Satz vorwärts und packte Jessie. Etwas Entsetzliches hätte geschehen können. Sie hatte Mordlust in den Augen. Und dieser Schrei ›Warum?‹ hallte wider, wieder und wieder ertönte er im Gang, während Margaret Burton floh. Ihre Absätze klapperten in hartem Stakkato über den Marmorboden, als Jessie schluchzend in Ians Armen lag.

Eine Gruppe von Männern stürzte herbei, wandte sich ab, als sie Ian und Jessie dort stehen sahen. Es gab nichts für sie zu tun, da standen nur ein Mann und seine Frau, die gestritten hatten, und jetzt weinte sie kräftig. Aber auch Martin hatte die Schreie gehört, als er das Gerichtsgebäude betreten hatte, und eine innere Stimme hatte ihm befohlen, ihnen zu folgen. Als er dann Margaret Burton durch eine Tür eilen sah, wußte er, daß irgend etwas geschehen sein mußte. Er fand Jessie zitternd auf einer Bank sitzen und Ian, der versuchte, sie zu beruhigen.

»Ist sie in Ordnung?«

Ian sah ihn nur grimmig an, sagte aber nichts.

»Was ist passiert?«

»Nichts. Sie... wir... sind einfach unerwartet mit der erlauchten Miss Burton zusammengetroffen.«

»Hat sie Jessie irgend etwas getan?« Martin betete, daß das der Fall war. Es wäre das Beste, was jetzt geschehen könnte.

»Sie hat gelächelt.« Jessie hörte gerade lange genug zu schluchzen auf, um das zu sagen.

»Gelächelt?« Martin war verwirrt.

»Ja. Wie jemand, der gerade einen anderen umgebracht hat und sich darüber freut.«

»Aber, Jess...« Ian versuchte, sie zu besänftigen, aber er wußte, daß sie recht hatte. Genauso hatte Margaret Burton ausgesehen, aber sie beide waren die einzigen, die das gesehen hatten.

»Du weißt verdammt gut, daß sie genauso ausgesehen hat.« Sie versuchte es Martin zu erklären, aber er erwiderte nichts.

»Ist jetzt alles in Ordnung?« Sie nickte zögernd und holte tief Atem.

»Ja.«

»Gut. Weil wir nämlich hineingehen müssen. Wir wollen nicht zu spät kommen.«

Jessica erhob sich unsicher, und beide Männer beobachteten sie besorgt. Sie holte noch einmal tief Luft und schloß die Augen. Was für ein schrecklicher Morgen!

»Jessie...«

»Nein. Laßt mich einfach in Ruhe, dann geht es schon.« Sie wußte, was Ian hatte sagen wollen. Er hatte sie heimschicken wollen.

Als sie den Gerichtssaal betraten, fühlte sie, wie sich ein paar Köpfe umdrehten, und sie fragte sich, wer ihre Schreie vernommen hatte, bevor die Burton den Flur entlanggerannt war. Es wurde schnell klar, wer sie gehört hatte. Sie waren kaum drei Schritte weit im Saal, als Inspektor Houghton sich drohend vor sie stellte und Jessie einen wütenden Blick zuwarf.

»Wenn Sie das noch einmal machen, lasse ich Sie verhaften und seine Kaution widerrufen, so schnell, daß Ihnen beiden schwindlig wird.« Ian zuckte zusammen, und Jessica schnappte nach Luft, als Martin einen Schritt vor sie trat.

»Wenn sie was genau noch einmal tun, Inspektor?«

»Miss Burton bedrohen.«

»Jessica, haben Sie Miss Burton bedroht?« Martin sah aus, wie ein Vater es getan haben würde, der eine Fünfjährige fragt, ob sie Mamis Parfüm in die Toilette gegossen hat.

»Nein. Ich... ich habe geschrien...«

»Und was haben Sie geschrien?«

»Ich weiß nicht mehr.«

»Sie hat gefragt ›Warum?‹ Das ist alles«, antwortete Ian für sie.

»Das hört sich in meinen Ohren nicht nach einer Drohung an, Inspektor. In Ihren? Um die Wahrheit zu sagen, ich selbst habe Mrs. Clarke dieses Wort durch den ganzen Gang schreien hören, was mich überhaupt auf die Bildfläche gerufen hat.«

»Ich halte das für eine Drohung.« Ich halte dich für einen Mistkerl!

hätte Jessie ihm am liebsten entgegengebrüllt.

»Dort, woher ich komme, Inspektor, ist ›warum‹ eine Frage, keine Drohung. Außer es bedroht Sie, wenn wir diese Frage stellen.« Und ohne ein weiteres Wort machte Houghton auf dem Absatz kehrt und begab sich wieder auf seinen Platz neben Matilda Howard-Spencer. Aber er sah nicht übermäßig erfreut aus, genausowenig wie Ian. Jessie konnte fühlen, wie er neben ihr zitterte.

»Ich bringe diesen Kerl noch um, ehe das ganze hier vorbei ist.« Aber der Ausdruck auf Martins Gesicht ließ sie beide verstummen. Es war erschreckend.

»Nein, verdammt, Sie werden hier sitzen und aussehen wie Mr. und Mrs. Amerika, und wenn es Sie das Leben kostet. Ist das klar? Und zwar auf der Stelle. Jessica, das gilt auch für Sie. Lächeln, schön sein, lächeln. Mist. Noch besser. Und nehmen Sie ihren Arm, Ian. Himmel, alles, was wir jetzt noch brauchen ist, daß die Geschworenen denken, es gibt Ärger. Es gibt keinen. Noch nicht! Vergeßt das nie!« Mit diesen Worten ging er zu dem Tisch vorne im Saal. Er wirkte ernst, aber nicht besorgt. Er lächelte in die Richtung der Staatsanwältin und erfüllte den Raum mit Wohlwollen. Jessie und Ian schafften es nicht ganz so gut, aber sie versuchten es wenigstens. Dabei hatten sie immer noch die Aussage der Burton vor sich. Doch nach ihrem teuflischen Lächeln war es nicht mehr so schlimm, sie reden zu hören, wie sie befürchtet hatten.

Sie erzählte die inzwischen schon bekannte Geschichte, als sie steif im Zeugenstand saß. Das weiße Kleid sah schrecklich rein aus, unwahrscheinlich damenhaft. Sie saß so schicklich dort, daß man meinen konnte, ihre Beine wären zusammengeschweißt worden, ehe sie den Saal betreten hatte, und Jessica bemerkte, daß ihr Haar jetzt mehr braun als rot gefärbt war. Wenn sie überhaupt Make-up aufgelegt hatte, dann konnte man es nicht sehen, und wenn sie einen Busen hatte, dann war es ihr bemerkenswert gut gelungen, ihn verschwinden zu lassen. Sie schien vollkommen figurlos zu sein.

»Miss Burton, würden Sie uns bitte erzählen, was vorgefallen ist?« Die Staatsanwältin trug ein düsteres, schwarzes Kleid, der perfekte Kontrast zu dem weißen der Zeugin. Die Szene wirkte wie im Film.

Die Erzählung, die nun folgte, kam ihnen wirklich sehr bekannt vor. Am Ende der Geschichte erkundigte sich die Anwältin: »Ist Ihnen etwas ähnliches schon einmal passiert?«

Die Zeugin ließ den Kopf hängen und schien kaum fähig zu flüstern.

»Nein«, hauchte sie. Es war ein sanfter Laut, wie ein Blatt, das zu Boden fällt, und Jessie bohrte die Nägel in ihre Handflächen. Zum erstenmal in ihrem Leben haßte sie jemanden so sehr. Jetzt hier sitzen zu müssen, sie zu beobachten und ihr zuhören zu müssen, erweckte in ihr den Wunsch, die Frau zu töten.

»Wie fühlten Sie sich, nachdem er Sie in diesem schäbigen Hotel verlassen hatte?« O Gott!

»Ich hätte mich am liebsten selbst umgebracht. Ich habe eine ganze Weile daran gedacht. Deshalb bin ich auch nicht sofort zur Polizei gegangen.« Welch eine Vorstellung! Sie schrie förmlich nach Ovationen und Bravo-Rufen. Aber es war alles andere als amüsant. Jessie wußte, daß Margaret Burton mit ihrer bescheidenen, schüchternen Art die Geschworenen für sich gewann.

Was konnte Martin jetzt noch tun? Wenn er sie in Stücke riß, würden die Geschworenen ihn hassen. Sie ins Kreuzverhör nehmen, das war fast wie mit einem Skateboard durch ein Minenfeld zu fahren.

Nach mehr als einer Stunde war Matilda Howard-Spencer mit ihren Fragen fertig, und Martin war an der Reihe. Jessica fühlte sich ungeheuer elend. Sie wollte sich an Ian festhalten. Sie hielt es nicht mehr aus. Aber sie mußte, und sie fragte sich, was in ihm vorging, als er so von der Welt abgeschieden dasaß. Der Angeklagte. Der Frauenschänder. Jessica schauderte.

»Miss Burton, warum haben Sie Mr. Clarke heute morgen im Flur zugelächelt?« Martins erste Frage schockierte jeden einzelnen der Anwesenden, selbst Jessie. Die Geschworenen sahen ihn verblüfft an, während Houghton kochte und der Staatsanwältin etwas zuflüsterte.

»Gelächelt?... ich... warum... ich habe nicht... ich habe ihm nicht zugelächelt!« Sie errötete und sah wütend aus, ganz und gar nicht wie das Opfer, das sie in der vergangenen Stunde gemimt hatte.

»Was haben Sie dann getan?«

»Ich... nichts, zum Teufel... ich... ich meine... ach, ich weiß nicht, was ich getan habe...« Da war sie wieder, die Jungfrau, hilflos bis in die Zehenspitzen. »Ich war einfach so entsetzt, ihn da zu sehen, und seine Frau beschimpfte mich. Sie...«

»So, hat sie das? Was hat sie denn gesagt?« Martin sah über alle Maßen belustigt aus, und Jessie fragte sich, ob er es wirklich war. Es war bei ihm schwer zu sagen. Das lernte sie von Tag zu Tag mehr. »Nur zu, Miss Burton, keine Schüchternheit. Erzählen Sie uns, wie sie Sie genannt hat.

Aber vergessen Sie nicht, daß Sie unter Eid stehen.« Er lächelte und nahm eine abwartende Haltung ein.

»Ich kann mich nicht mehr erinnern, wie sie mich genannt hat.«

»Nein? Nun, wenn es ein so traumatisches Zusammentreffen war, sollten Sie sich da nicht daran erinnern, was sie gesagt hat?«

»Einspruch, Euer Ehren!« Matilda Howard-Spencer sprang auf die Füße und blickte zornig. Sehr zornig.

»Stattgegeben.«

»Gut. Aber noch ein winziger Punkt... stimmt es nicht, daß Sie Mr. Clarke einen höhnischen Blick zuwarfen, fast so als...?«

»Einspruch!« Die Stimme der Anwältin hätte Beton zum Springen bringen können, aber Martin lächelte engelsgleich. Er hatte seinen Punkt anbringen können.

»Stattgegeben.«

»Verzeihung, Euer Ehren.« Aber es war ein guter Anfang. Danach klang der Rest ihrer Geschichte, wie sie erniedrigt, benutzt, gebraucht, mißhandelt, vergewaltigt worden war, fast lachhaft. »Was haben Sie denn eigentlich von Mr. Clarke erwartet?«

»Ich weiß nicht. Ich... er... ich dachte, er wollte nur noch etwas trinken. Er war sowieso ein bißchen betrunken.«

»Fanden Sie ihn attraktiv?«

»Natürlich nicht.«

»Warum wollten Sie dann etwas mit ihm trinken?«

»Weil... ach, ich weiß nicht. Weil ich dachte, er wäre ein Gentleman.« Sie sah überaus zufrieden mit ihrer Antwort aus, als wäre damit alles gesagt.

»Aha, das war es also, ja? Ein Gentleman. Würde ein Gentleman Sie denn in ein Hotel in der Market Street bringen?«

»Nein.«

»Hat Mr. Clarke Sie in ein Hotel in der Market Street gebracht... oder haben Sie ihn hingeführt?« Sie errötete wütend, verbarg dann ihr Gesicht in den Händen, murmelte etwas, das niemand hören konnte, bis der Richter sie ermahnte, laut und deutlich zu sprechen.

»Ich habe ihn nirgendwohin geführt.«

»Aber Sie sind mitgefahren. Obwohl Sie ihn nicht einmal attraktiv gefunden haben. Wollten Sie vor allem diesen Drink mit ihm nehmen?«

»Nein.«

»Was wollten Sie dann?« Autsch. Die Frage brachte Jessie fast zum Lachen. Herrlich.

»Ich wollte... ich wünschte mir... daß wir Freunde würden.«

»Freunde?« Martin sah noch amüsierter aus. Sie machte sich selbst zum Narren.

»Nein, nicht Freunde. Ach, ich weiß nicht. Ich wollte zur Arbeit zurück.«

»Warum haben Sie dann eingewilligt, mit ihm mitzufahren und noch einen Drink zu nehmen?«

»Ich weiß es nicht.«

»Waren Sie erregt?«

»Einspruch!«

»Formulieren Sie Ihre Frage anders, Mr. Schwartz.«

»Wie lange war es her, daß Sie Geschlechtsverkehr hatten, Miss Burton?«

»Muß ich das beantworten, Euer Ehren?« Flehentlich blickte sie zum Richter hinüber, aber der nickte bloß zustimmend.

»Ja. Das müssen Sie.«

»Ich weiß es nicht.«

»Ungefähr«, beharrte Martin.

»Ich weiß es nicht.« Ihre Stimme wurde immer leiser.

»Nur ganz grob. War es lange her? Nicht so lange? Einen Monat... zwei Monate... eine Woche? Ein paar Tage?«

»Nein.«

»Nein? Was meinen Sie mit ›nein‹?« Martin fing an, wütend auszusehen.

»Ich meine, nein, nicht nur ein paar Tage.«

»Wie lange dann? Beantworten Sie meine Frage.«

»Eine Weile.« Der Richter funkelte sie zornig an, und Martin machte einen Schritt vorwärts. »Also gut, eine lange Zeit«, sagte sie schließlich. »Ein Jahr vielleicht.«

»Vielleicht auch länger?«

»Vielleicht.«

»Und das letzte Mal, war es da mit jemand Besonderem?«

»Ich... ich erinnere mich nicht... ich... ja!« Sie schrie das letzte Wort fast hinaus.

»Mit jemandem, der Sie in irgendeiner Weise verletzt hat, Miss Burton? Jemand, der Sie nicht so geliebt hat, wie er es hätte tun sollen? Jemand, der...« Seine Stimme war so sanft, er hätte ein Baby in den Schlaf wiegen können. Doch dann sprang die Staatsanwältin auf die Füße und durchbrach den Bann.

»Einspruch!«

Noch zwei Stunden dauerte Martins Vernehmung, und Jessica hatte das Gefühl, zu einem kleinen, unsichtbaren Fleck zusammengeschmolzen zu sein, als es endlich vorüber war. Sie konnte sich nicht einmal annähernd vorstellen, wie Margaret Burton sich fühlte, als sie weinend aus dem Zeugenstand geführt wurde. Inspektor Houghton half ihr, während Matilda Howard-Spencer ihre Papiere ordnete. Jessica hatte den Eindruck, daß die Frau nur an dem Fall interessiert war, nicht an dem Opfer.

Der Richter kündigte eine Pause an und entließ sie alle bis Montag. Einen Augenblick lang standen sie alle wie betäubt im Gerichtssaal. Es war erst Mittag, aber Jessie hatte das Bedürfnis, ins Bett zu fallen und mindestens ein Jahr lang zu schlafen. Nie zuvor in ihrem Leben war sie so müde, so ausgelaugt gewesen. Und Ian sah fünf Jahre älter aus als am Morgen.

Als sie, gefolgt von Martin, aus dem Gerichtssaal traten, war Margaret Burton nirgends zu sehen. Sie war durch das Richterzimmer davongeführt worden, und Martin vermutete, daß sie das Gebäude durch einen Nebeneingang verließ, um nicht noch einmal einem solchen Zusammentreffen ausgesetzt zu werden wie am Morgen. Er hatte das Gefühl, daß auch Houghton der Frau nicht so ganz traute und nicht noch mehr Ärger haben wollte, als er ohnehin schon hatte.

Als sie in das Tageslicht hinaustraten, war es für Jessie, als hätte sie die Sonne seit Jahren nicht gesehen. Freitag. Es war Freitag. Das Ende einer schier unendlichen Woche war erreicht, und nun lagen zwei freie Tage vor ihnen, zweieinhalb Tage nur sie beide. Und sie wollte nichts weiter als heimfahren und diese Hölle hier vergessen, in der die Hände einer Wahnsinnigen ihrem Leben ein Ende zu bereiten schienen. Es war wie in einer griechischen Tragödie... die Geschworenen könnten den Chor spielen.

»Was geht dir durch den Kopf?« Ian machte sich Sorgen um sie, nach ihrem morgendlichen Ausbruch mehr denn je.

»Ich weiß nicht. Ich glaube, ich kann überhaupt nicht mehr denken. Ich bin einfach so dahingetrieben.«

»Nun, dann laß uns mal heimtreiben, einverstanden?« Er führte sie schweigend zum Wagen, öffnete die Tür für sie, und sie fühlte sich wie eine Hundertjährige, als sie sich auf den Beifahrersitz des Volvo fallen ließ. Aber die Atmosphäre war hier vertraut, und das brauchte sie jetzt mehr als alles andere. Sie wollte sich den ganzen Morgen von der Seele waschen.

»Was denkst du, Liebling?« Durch den Dunst ihrer Zigarette betrachtete sie ihn, als er langsam heimfuhr.

»Wie meinst du?« versuchte er, ihre Frage zu umgehen.

»Ich meine, was denkst du, wie es läuft? Hat Martin etwas gesagt?«

»Nein, nicht viel.«

Sie nickte. Auch zu ihr nicht. Als sie gegangen waren, hatte er beide nur darum gebeten, am Samstag in seinem Büro zu erscheinen. »Aber ich glaube, es geht alles gut.« Klar tat es das. Es mußte!

»Sieht so aus.« Gut? Himmel, es sah schrecklich aus. Aber das mußte wohl so sein, oder nicht?

»Mir hat Martins Art gefallen.«

»Mir auch.«

Sie dachten beide noch immer, daß sie gewinnen würden, aber jetzt wurde ihnen allmählich klar, welchen Preis sie zu zahlen hatten. Nicht in Geld oder Autos, sondern in Fleisch und Blut, mit ihrem Innenleben, ihren Seelen.

Kapitel XVI

Samstagmorgen fuhr Ian in Martins Büro, um mit ihm seine Aussage in der kommenden Woche zu besprechen. Jessica blieb mit Migräne daheim. Um ihr einen Gefallen zu tun, suchte Martin sie am Abend zu Hause auf, um ihre eigene Aussage mit ihr durchzugehen.

Sonntagnachmittag dann rief Astrid an, als die beiden wie Zombies in ihren Sesseln saßen und alte Filme im Fernsehen sahen.

»Hallo, Kinder. Habt ihr Lust, heute abend bei mir Spaghetti zu essen?« Ausnahmsweise war Jessie kurz angebunden ihrer Freundin gegenüber.

»Tut mir leid, Astrid, wir können einfach nicht.«

»Ach, ihr beiden. Arbeit, Arbeit, Arbeit. Ich habe schon die ganze

Woche versucht, euch zu erreichen. Und im Geschäft warst du auch nicht.« Mist.

»Ich weiß. Ich hatte hier einiges zu tun, und dann helfe ich Ian... einen Verleger für sein Buch zu finden.«

»Hört sich nach Spaß an.«

»Ja. Irgendwie.« Aber ihre Stimme ließ die Lüge nicht sehr glaubhaft erscheinen. »Ich rufe dich irgendwann nächste Woche an. Aber danke trotzdem für die Einladung.« Sie legten auf, und Jessica staunte über die Tatsache, daß niemand wußte, was geschah. Es erschien bemerkenswert, daß die Zeitungen den Fall nicht aufgegriffen hatten, aber ihr war schließlich klar geworden, daß das, was ihnen hier passierte, in keiner Weise außergewöhnlich war. Jeden Tag wurde ein Dutzend solcher Fälle verhandelt. Für sie war es zwar neu, nicht aber für die Zeitungen. Außerdem gab es weit interessantere Affären – abgesehen natürlich von Pacific Heights und Jessies vornehmer Boutique. Wenn es herauskäme, würde es ihr Geschäft vernichten. Aber die Gefahr schien nicht zu bestehen. Bislang war noch niemand von der Presse aufgetaucht, auch hatte niemand Interesse gezeigt, alles ein Grund, dankbar zu sein. Und das war sie. Martin hatte versprochen, in der Redaktion anzurufen und um Diskretion zu bitten, sollte sich doch einmal ein Reporter zu ihnen verirren. Er war sicher, daß sie mit ihm zusammenarbeiten würden. Das hatten sie auch früher schon getan.

Jessie hatte ein schlechtes Gewissen, weil sie keine Zeit für Astrid hatte. Sie hatten sie schon eine Weile nicht gesehen und auch ihre anderen Freunde seit nunmehr zwei Monaten nicht mehr getroffen. Es wäre schwer, einem von ihnen gegenüberzutreten. Es war sogar immer schwieriger geworden, sich mit Astrid zu treffen. Und den Mädchen im Laden hätte sie in dieser Woche auf keinen Fall begegnen können. Jessie hatte nicht die Absicht, auch nur in die Nähe ihres Geschäftes zu gehen. Sie fürchtete, daß man ihr zuviel vom Gesicht ablesen könnte. Aus demselben Grund hatte sich Ian auch allen ferngehalten, die er kannte, seit er verhaftet worden war. Aber er war es zufrieden, sich in sein Buch zu vertiefen. Die Charaktere, die er erfunden hatte, leisteten ihm Gesellschaft.

Währenddessen stapelten sich die Rechnungen. Zina brachte täglich Jessies Post vorbei, und das meiste waren Rechnungen, einschließlich Harvey Greens zweiter Rechnung über weitere neunhundert Dollar. Und wieder für nichts. Es war ›falls‹-Geld gewesen – falls Margaret Burton etwas getan hatte, was sie nicht hätte tun sollen, falls jemand aufgetaucht wäre, falls... aber nichts davon war eingetreten. Es war ihm gelungen, absolut nichts herauszufinden. Bis Sonntag, kurz nachdem Jessie mit Astrid telefoniert hatte.

Das Telefon klingelte wieder, und diesmal war es Martin. Er und Green wollten vorbeikommen. Jessie weckte Ian auf, und sie warteten angespannt, bis die beiden Männer kamen. Was hatte Green herausgefunden?

Was er gefunden hatte, war ein Foto. Von Margaret Burtons Ehemann aus der hastig annullierten Ehe, die fast zwanzig Jahre zuvor geschlossen worden war. Das Bild hätte Ian zeigen können. Der Mann auf dem Foto war groß, blond, blauäugig, mit einem lachenden Gesicht. Er stand neben einem MG. Der Wagen war viel älter als der Morgan, aber dennoch ähnelten sie sich ebenso wie die Männer. Wenn man nur ganz leicht die Augen zusammenkniff, meinte man Ian und den Morgan zu sehen. Das Haar des Mannes war kürzer als Ians, sein Gesicht ein bißchen länger, der Wagen schwarz statt rot – aber das waren Einzelheiten, unwichtige Kleinigkeiten. Es war überraschend, einfach nur das Foto zu sehen. Es verriet die ganze Geschichte. Jetzt wußten sie den Grund. Und Martins erster Verdacht war richtig gewesen. Es mußte sich um Rache handeln.

Die vier saßen stumm im Wohnzimmer. Green hatte das Foto von einer Cousine von Miss Burton, einer letzten Spur, der er noch gefolgt war und die sich als verdammt gut herausgestellt hatte.

Schwartz stieß einen Seufzer der Erleichterung aus und lehnte sich in seinem Sessel zurück. »So, nun wissen wir es. Wird die Cousine aussagen?« Doch da schüttelte Green den Kopf.

»Sie will nicht mit hineingezogen werden. Sagt, die Burton würde sie umbringen. Wissen Sie, diese Frau, ich meine, die Cousine, also die hört sich fast an, als hätte sie Angst vor der Burton. Sagt, sie wäre die rachsüchtigste Person, die sie kennt. Wollen Sie sie unter Strafandrohung vorladen?«

»Sie würde ja doch nicht die Wahrheit sagen. Hat sie erzählt, warum die Ehe der Burton annulliert worden ist?« Martin kaute nachdenklich an einem Bleistift, während er seine Fragen stellte, und Ian und Jessica hörten schweigend zu. Ian hielt noch immer das Foto in Händen, und es machte ihn außerordentlich nervös. Die Ähnlichkeit war verblüffend.

»Peggy Burton hat die Ehe nicht annulliert. Das war der Ehemann.«

Martin zog die Brauen hoch. »Was?«

»Die Cousine glaubt, daß Margaret schwanger gewesen ist – bloß eine Vermutung«, fuhr Green fort. »Sie hatte gerade die High School abgeschlossen und arbeitete im Büro des Vaters dieses Knaben, einer Anwaltskanzlei. Hillman and Knowles, keine unbekannte.« Ian blickte auf, und Martin stieß einen Pfiff aus. »Sie hat Knowles' Sohn geheiratet, ein Kind namens Jed Knowles. Er studierte damals noch Rechtswissenschaften und verbrachte den Sommer damit, in der Kanzlei seines Vaters zu arbeiten. Er ist der Knabe auf dem Foto.« Green machte eine vage Handbewegung zu dem Schnappschuß hin, den Ian noch immer festhielt.

»Na ja, auf jeden Fall haben sie überstürzt, aber in aller Stille, am Ende des Sommers geheiratet. Der Vater hat großen Wert darauf gelegt, daß nichts öffentlich bekannt wird. Es durfte keine Hochzeitsanzeige geben, nichts. Die Eltern der Burton lebten im Mittelwesten. Sie hatte also niemanden hier außer dieser Cousine, die nicht einmal sicher ist, ob das junge Ehepaar je zusammengelebt hat. Sie haben bloß geheiratet, und das nächste, an das sie sich erinnern kann ist, daß Margaret ein paar Wochen im Krankenhaus war. Sie glaubt, sie hätte vielleicht eine Fehlgeburt gehabt oder so. Jedenfalls wurde die Ehe gleich danach von Knowles annulliert, und Margaret stand ohne Mann, ohne Arbeit da und hatte vielleicht auch noch ihr Baby verloren. Sie erlitt eine Art Nervenzusammenbruch, wie es aussieht, und brachte drei Monate in einem katholischen Kloster zu. Ich wollte dort nachfragen, aber es ist schon vor zwölf Jahren abgerissen worden, und die Nonnen des Ordens leben jetzt in Kansas, Montreal, Boston und Dublin. Kaum wahrscheinlich, daß wir irgendwelche Aufzeichnungen finden.«

»Was ist mit Knowles? Haben Sie ihn überprüft?«

»Ja.« Green schien nicht sehr erfreut. »Am Erntedankfest desselben Jahres hat er irgendeine Debütantin geheiratet, mit großem Fest und einer Menge Lärm. In allen Zeitungen standen die Anzeigen und Berichte. Im *Chronicle* hieß es, daß sie seit mehr als einem Jahr verlobt gewesen wären, offensichtlich wollte Papa Knowles deshalb nicht, daß die Öffentlichkeit davon erfuhr, als sein Sonnyboy die kleine Burton geheiratet hat.«

»Haben Sie mit Knowles gesprochen?«

Green nickte unglücklich. »Er und seine Braut kamen bei einem Flugzeugunglück siebzehn Monate später ums Leben. Sein Vater ist in diesem Sommer an Herzschlag gestorben, und seine Mutter reist gerade durch Europa, und niemand scheint zu wissen, wie man sie erreichen kann.«

»Entsetzlich.« Martin runzelte die Stirn und knabberte wieder an seinem Bleistift. »Irgendwelche Brüder und Schwestern? Freunde, die wissen könnten, was passiert ist? Irgendwer?«

»Sackgasse, Martin. Keine Brüder und Schwestern. Und wer würde sich von seinen Freunden jetzt noch daran erinnern? Jed Knowles ist seit achtzehn Jahren tot. Das ist eine verdammt lange Zeit.«

»Ja. Eine lange Zeit, um Groll mit sich herumzuschleppen. Mist. Da haben wir es alles vor uns, und es hilft uns nicht weiter. Aber auch gar nichts.«

»Was soll das heißen, nichts?« Zum erstenmal, seit er das Foto gesehen hatte, sprach Ian wieder. Er hatte der Unterhaltung der anderen Männer gespannt zugehört. »Hört sich doch an, als hätten wir eine Menge.«

»Ja.« Martin strich sich langsam mit einer Hand über die Augen und öffnete sie dann wieder. »Aber nichts, was wir vor Gericht verwenden könnten. Es sind alles nur Vermutungen, das ist es. Was wir hier haben, ist zweifellos die Wahrheit und die psychologische Erklärung dafür, warum Margaret Burton Sie der Vergewaltigung bezichtigt. Sie sehen genauso aus wie der Sohn eines reichen Mannes, der sie geschwängert hat, sie geheiratet und wahrscheinlich überredet hat, eine Abtreibung vorzunehmen, und der sie dann im Stich gelassen und ein paar Wochen später seine reiche Freundin geheiratet hat. Miss Burton hat den hübschen Prinz getroffen, und er hat sie sitzengelassen. Das alte Märchen vom Aschenputtel. Seit zwanzig Jahren ist sie hinter ihm her. Deshalb hat sie wahrscheinlich auch nicht versucht, Geld aus der Sache zu schlagen. Sie will kein Geld. Sie will Rache. Wahrscheinlich hat sie schon beim erstenmal ein bißchen Geld bekommen. Manchen Leuten bedeutet Geld nichts, es ist zu wenig.« Jessica verdrehte bei dieser Bemerkung die Augen, und Ian machte ihr ein Zeichen, ruhig zu bleiben.

»Tatsache ist, daß sie Sie lieber ins Gefängnis gehen sieht, als zu versuchen, Geld zu bekommen. In ihren Augen sind Sie bloß ein weiterer Jed Knowles, und Sie werden für seine Sünden büßen. Sie sehen ihm in erschreckendem Maße ähnlich, Ihr Wagen sieht aus wie seiner, wahrscheinlich sprechen Sie sogar wie er. Und sie hat Sie wahrscheinlich schon vor Monaten bei Enrico entdeckt. Schließlich sind Sie da Stammgast. Gut möglich, daß sie alles ganz genau so geplant hat, wie es dann gekommen ist. Das Problem ist nur, daß wir das vor Gericht nicht beweisen können.« Er wandte sich wieder an Green. »Sind Sie sicher, daß die Cousine nicht freiwillig aussagen wird?«

»Hundertprozentig.« Green sprach knapp, aber entschieden. Martin schüttelte den Kopf.

»Wundervoll. Und deshalb, Ian, können wir nichts von all dem vor Gericht beweisen. Weil eine feindselige Zeugin, die sich auf das ›Fünfte Nachtragsgesetz‹ beruft, Sie schneller ruinieren kann, als wenn sie überhaupt nicht vor Gericht erscheint. Außerdem, selbst wenn sie in den Zeugenstand treten würde, könnten wir doch nichts von all dem beweisen. Wir könnten nur beweisen, daß die Burton Knowles geheiratet hat und daß Knowles die Ehe kurz darauf annullieren ließ. Der ganze Rest ist Hörensagen, Erraten. Vor Gericht hat das keinen Bestand, Ian, nicht ohne handfeste Beweise. Die Anklage würde die ganze Theorie innerhalb von zehn Minuten beiseite schieben. Sie und ich, wir wissen, was wahrscheinlich geschehen ist, aber wir können es den Geschworenen niemals beweisen, nicht ohne irgend jemanden, der beschwört, daß sie schwanger war, als Knowles sie heiratete, daß sie eine Abtreibung vornehmen ließ, daß sie einen Nervenzusammenbruch hatte und daß jemand gehört hat, wie sie Rache schwor. Und wie wollen Sie das alles beweisen, selbst wenn die Cousine als Zeugin aussagen würde? Was wir hier haben, ist, fürchte ich, die Wahrheit, die wir nicht beweisen können.«

Jessica fühlte Tränen in ihren Augen brennen, als sie zuhörte, und Ian war so bleich, wie sie ihn noch nie gesehen hatte. Er sah fast grau aus.

»Also, was machen wir jetzt?«

»Wir werden etwas versuchen, und wir werden beten. Ich werde die Burton noch einmal in den Zeugenstand rufen und abwarten, wieviel davon sie zugibt. Mal sehen, wieviel sie uns überhaupt anbringen lassen. Aber es wird nicht viel sein, Ian. Zählen Sie nicht darauf.«

Green ging ein paar Minuten später, gab Martin im Flur noch stumm die Hand und schüttelte bedauernd den Kopf. Martin nickte und verabschiedete sich ebenfalls kurz darauf.

Die Verhandlung wurde am Montag fortgesetzt, und Martin rief Margaret Burton erneut in den Zeugenstand. War sie mit Jed Knowles verheiratet gewesen? Ja. Wie lange? Zweieinhalb Monate. Zehn Wochen? Ja, zehn Wochen. Stimmte es, daß sie ihn heiraten mußte, weil sie schwanger war? Absolut nicht. Hatte sie einen Nervenzusammenbruch... Einspruch!... abgelehnt!... hatte sie einen Nervenzusammenbruch, nachdem die Ehe annulliert worden war? Nein, nie. Hatte der Angeklagte nicht eine auffallende Ähnlichkeit mit Mr. Knowles? Nein. Nicht daß sie wüßte. Hatte Mr. Knowles fast sofort wieder geheiratet, nachdem... Einspruch! Stattgegeben, mit einer Ermahnung an die Geschworenen, die letzte Frage nicht zu beachten. Der Richter verwarnte Martin, er sollte keine unwichtigen Fragen stellen und die Zeugin plagen, und Jessica bemerkte, daß Margaret Burton still und blaß war, aber vollkommen die Haltung bewahrte – fast zu vollkommen. Jessie ertappte sich dabei, daß sie betete, die Frau möge die Beherrschung verlieren, daß sie schreien und kreischen und sich selbst zerstören würde, indem sie zugab, daß sie Ian hatte kaputtmachen wollen, weil er aussah wie Jed Knowles. Aber Margaret Burton tat nichts von alledem. Sie wurde aus dem Zeugenstand entlassen, und Jessica sah sie nie wieder.

Am späten Nachmittag bat Martin Ian, zwei Freunde aufzutreiben, die zugunsten seines Charakters aussagen würden. Wie auch Jessies Aussage, würden diese Zeugen als subjektiv angesehen werden, konnten aber auf keinen Fall schaden. Ian erklärte sich bereit, ein paar Leute zu fragen, aber in seinen Augen stand ein so verzweifelter Blick, daß es Jessica fast umbrachte, ihn zu sehen. Als hätte Margaret Burton bereits gewonnen. Sie war einfach davongehuscht. Sie hatte ihre Bombe fallen gelassen und war verschwunden, ließ sie mit einem Foto als Erklärung zurück.

Ian verabscheute es, irgend jemandem erklären zu müssen, was geschehen war, und in den letzten Jahren war er sowieso nicht mehr so viel mit seinen Freunden zusammen gewesen wie früher. Seine Arbeit schien immer mehr von seiner Zeit, von seiner Energie, seiner Hingabe zu beanspruchen. Er wollte ein neues Buch fertigstellen, es verkaufen, es schaffen, ehe er wieder mit alten Kumpeln in den Bars herumhing. Er brauchte das einfach, mußte etwas tun, etwas sein, etwas aufbauen. Er hatte keine Lust mehr, über Ablehnungen, Agenten und Korrekturen zu sprechen. Also hatte er aufgehört mit dem Erklären. Hatte aufgehört, sich mit Bekannten zu treffen. Und den Rest seiner Zeit hatte er mit Jessie verbracht. Sie hatte so eine Art, sich zu etwas Besonderem zu machen, und sie liebte es gar nicht, die Zeit, die er nicht im Arbeitszimmer verbrachte, mit jemandem zu teilen.

An diesem Abend rief er einen Schriftsteller an, den er kannte, und einen Klassenkameraden aus dem College, ein Börsenmakler, der auch in den Westen gezogen war. Sie waren verblüfft wegen der Anklage, hatten Mitleid und wollten gern helfen. Keiner von beiden mochte Jessie, aber sie hatten Mitleid mit ihnen beiden. Der Schriftsteller fand, daß Jessie zu viel von Ian verlangte, daß sie sich zu sehr an ihn klammerte und ihm nicht genug Raum ließ, um zu schreiben. Der College-Freund hatte Jessie immer für zu dickköpfig gehalten. Sie war einfach keine Frau, die ihnen gefiel.

Aber die beiden Männer gaben ein freundliches, sauberes Bild im Zeugenstand ab. Der Schriftsteller, im Tweedanzug, sagte aus, daß er kürzlich einen Preis gewonnen und drei Geschichten in *The New Yorker* und einen Roman veröffentlicht hatte. Was seinen Ruf anging, war er respektabel. Und er drückte sich im Zeugenstand gut aus. Der College-Freund machte einen ebenso freundlichen und erfreulichen, wenngleich anderen Eindruck. Er war ein angesehener, respektabler Familienvater, solide, obere Mittelklasse, »kenne Ian seit Jahren«, hipp hipp hurra! Sie taten beide, was sie konnten, aber das war nicht viel.

Dienstagnachmittag entließ der Richter sie alle schon früh, und Ian und Jessie fuhren heim, um sich zu entspannen.

»Wie fühlst du dich, Schatz? Ich finde, keiner von uns sieht in letzter Zeit berühmt aus.« Er lächelte reumütig und öffnete das Kühlfach. »Magst du ein Bier?«

»Einen ganzen Kasten.« Sie schleuderte die Schuhe von den Füßen und reckte sich. »Herrje, mir steht das Ganze bis oben. Und das geht weiter und weiter und weiter und... ich komme mir vor, als hätte ich mich ein Jahr lang nicht hingesetzt und mit dir unterhalten.« Sie nahm das Bier entgegen und ging, um sich auf die Couch zu legen. »Abgesehen davon besitze ich bald keine nichtssagenden Klamotten mehr, die ich anziehen könnte.« Sie trug heute ein häßliches, braunes Tweedkostüm, das sie seit ihrer Collegezeit im Osten besaß.

»Zum Teufel. Geh morgen im Bikini hin. Die Geschworenen verdienen inzwischen was zum Bestaunen.«

»Weißt du, ich hatte gedacht, daß die Verhandlung viel dramatischer werden würde. Komisch, daß sie es nicht ist.«

»Der Fall ist nun mal nicht so dramatisch. Ihre Aussage gegen meine, wer mit wem wann und warum geschlafen hat. Inzwischen macht es mir nicht einmal mehr etwas aus, daß du da bist und die Zeugenaussagen hörst.« Jetzt, wo Margaret Burton nicht länger anwesend war.

»Mich beunruhigt es auch nicht weiter. Bloß möchte ich am liebsten immer lachen, wenn jemand von einem ›unerhörten Verbrechen gegen die Menschlichkeit‹ redet. Es kommt mir so übertrieben vor.« Zum erstenmal seit langer Zeit lachten sie wieder richtig miteinander. In der vertrauten Atmosphäre ihres Wohnzimmers erschien ihnen die Verhandlung jetzt wie ein schlechter Witz, etwas, das jemand anderen betraf.

»Hast du Lust, ins Kino zu gehen, Jessie?«

»Weißt du was? Nichts lieber als das.« Die Spannung fing an nachzulassen. Sie hatten entschieden, daß sie es geschafft hatten, selbst ohne handfeste Beweise dafür, daß Margaret Burton eine Irre war, die sich an einem Mann rächen wollte, der seit fast zwanzig Jahren tot war. Na und? Ian war unschuldig. So einfach war das. »Wollen wir Astrid mitnehmen, mein Schatz?«

»Klar, warum nicht?« Er lächelte und küßte sie. »Aber ruf erst in einer halben Stunde an.« Jessie erwiderte sein Lächeln und strich mit einem Finger langsam seinen Arm aufwärts.

Astrid war entzückt über ihre Einladung, und die drei gingen in einen Film, in dem sie Tränen lachten. Es war genau, was Jessie und Ian brauchten.

»Ich dachte schon, ich würde euch nie wiedersehen. Ist ja schon Wochen her! Was habt ihr getrieben? Arbeitet ihr noch immer an dem Buch?« Sie nickten übereinstimmend, wechselten das Thema und gingen noch einen Kaffee trinken.

Es war ein netter Abend, der ihnen allen guttat. Und Astrid fühlte sich besser jetzt, da sie sie getroffen hatte. Ian sah schmal aus, Jessica müde, aber sie schienen wieder glücklich zu sein. Vielleicht hatte sich ihr Problem endlich gelöst, was immer es gewesen war.

Astrid berichtete, daß sie fast täglich in der Boutique gewesen sei und die Modenschau wie eine Bombe eingeschlagen hätte. Katsuko hatte hervorragende Arbeit geleistet. Astrid hatte sogar vier oder fünf Sachen aus der Modenschau gekauft, und Jessie erklärte, daß das ausgesprochen dumm gewesen wäre.

»Das ist einfach lächerlich. Kauf ja nichts mehr, wenn ich nicht da bin. Ich gebe dir immer Rabatt. Du bekommst alles wenigstens zum Großhandelspreis. Und manche Stücke kann ich dir sogar zum Selbstkostenpreis überlassen.«

»Das ist doch verrückt, Jessica. Warum solltest du mir die Sachen billiger verkaufen? Du kannst genausogut an meinem Reichtum teilhaben!« Sie breitete die Arme aus, so daß der Schmuck blitzte und funkelte, und alle drei mußten lachen.

Sie fuhren im Volvo heim, und als Astrid sich nach dem Morgan erkundigte, behauptete Jessica, der Motor hätte zuviel Ärger gemacht. Sie waren alle der Meinung, daß es eine Schande wäre.

»Was für ein herrlicher Abend!« Lächelnd schlüpfte Jessie ins Bett, und Ian nickte und gähnte zufrieden. »Ich bin froh, daß wir ausgegangen sind.«

»Ich auch.«

Sie kraulte ihm den Rücken, und sie unterhielten sich über nichts Besonderes. Es war die Art von Gesprächen, wie sie sie immer spät in der Nacht geführt hatten. Bemerkungen zum Film, Gedanken über Astrid, Jessie bemerkte einen kleinen blauen Fleck an seinem Bein und fragte, wo er sich den zugezogen hatte, und er sagte ihr, sie dürfte sich nie die Haare schneiden lassen. Nachtgespräche. Als wäre ihnen nichts Unschönes passiert. Sie schliefen sogar ausnahmsweise wieder ein bißchen, und das war wirklich bemerkenswert, denn am nächsten Tag sollte Ian ins Kreuzverhör genommen werden.

Kapitel XVII

Ians Aussage dauerte zwei Stunden. Die Geschworenen sahen ein bißchen interessierter aus als in den letzten Tagen, aber nicht viel. Und erst in der letzten halben Stunde schienen sie wirklich wach zu werden. Es war an Matilda Howard-Spencer, ihn zu befragen. Sie ging vor Ian auf und ab, als würde sie an etwas ganz anderes denken, während aller Augen im Gerichtssaal auf ihr ruhten, vor allem Ians. Endlich blieb sie stehen, direkt vor ihm, verschränkte die Arme und neigte den Kopf auf eine Seite.

»Sie kommen von der Ostküste?« Die Frage überraschte ihn, ebenso wie der freundliche Ausdruck ihres Gesichtes.

»Ja. Aus New York.«

»Welches College haben Sie besucht?«

»Yale.«

»Eine gute Schule.« Sie lächelte ihm zu, und er erwiderte ihr Lächeln. »Ich habe versucht, dort für Rechtswissenschaften aufgenommen zu werden, aber es ist mir leider nicht ganz gelungen.« Statt dessen hatte sie Stanford besucht, aber das konnte Ian natürlich nicht wissen, und er fragte sich, ob er sein Mitleid bekunden, schweigen oder lächeln sollte. »Haben Sie irgendeine Abschlußarbeit geschrieben?« Sie nannte ihn nicht Ian, auch nicht Mr. Clarke. Sie sprach mit ihm, als würde sie ihn kennen oder sich ehrlich wünschen, es zu tun. Wie mit einem interessanten Partner auf einer Dinnerparty.

»Ja. Ich habe meinen Magister gemacht.«

»Wo das?« Interessiert neigte sie den Kopf. Das waren ganz und gar nicht die Fragen, auf die Martin ihn vorbereitet hatte. Hiermit wurde er viel leichter fertig.

»Ich habe die Journalistenschule besucht. Columbia.«

»Und dann?«

»Ich ging in die Werbung.«

»Wo?« Er nannte eine große Firma in New York.

»Nun, die kennt hier sicher jeder.« Wieder lächelte sie ihm zu und schaute dann nachdenklich aus dem Fenster.

»Als Sie im College waren, sind Sie da mit jemand besonderem ausgegangen?« Aha, da kam es. Aber sie klang immer noch freundlich.

»Mit ein paar Leuten.«

»Mit wem, zum Beispiel?«

»Nur mit Mädchen.«

»Aus anderen Schulen? Mit wem? Wie wäre es mit ein paar Namen?« Das war lächerlich. Ian konnte keinen Grund dafür erkennen.

»Viveca Harreford. Maddy Whelan. Fifi Estabrook.« Sie würde sie ohnehin nicht kennen. Warum also fragte sie?

»Estabrook? Von Estabrook und Lloyd? Das sind doch die größten Börsenmakler an der Wall Street, oder nicht?« Sie schien tatsächlich erfreut für ihn, als hätte er etwas Wunderbares gemacht.

»Keine Ahnung.« Ihre Bemerkung hatte ihm nicht gefallen. Natürlich waren das die Estabrooks von Estabrook und Lloyd gewesen, aber deshalb war er doch nicht mit Fifi ausgegangen, um Himmels willen.

»Und mir kommt es so vor, als hätte ich den Namen Maddy Whelan auch schon gehört. Warten Sie mal, Whelan… oh, ich weiß, das Kaufhaus in Phoenix, nicht wahr?« Ian wurde tatsächlich rot, aber Matilda Howard-Spencer lächelte noch immer. Ihr schien das Spaß zu machen.

»Ich kann mich nicht erinnern.«

»Natürlich können Sie das. Sonst noch jemand?«

»Nicht, daß ich wüßte.« Das waren lächerliche Fragen, und er wußte nicht, worauf sie hinauswollte. Außer natürlich, ihn lächerlich zu machen. Aber war es wirklich so einfach?

»Also schön. Wann haben Sie Ihre Frau kennengelernt?«

»Vor ungefähr acht Jahren in New York.«

»Und sie hat eine Menge Geld, nicht wahr?« Der Ton der Anwältin war fast verlegen, als hätte sie ihm eine indiskrete Frage gestellt.

»Einspruch!« Martin war wütend. Er wußte genau, worauf sie hinauswollte, ob Ian es erkannt hatte oder nicht. Aber auch Ian kam jetzt dahinter. Er war voll in die Falle getappt.

»Stattgegeben. Formulieren Sie die Frage anders.«

»Verzeihung, Euer Ehren. Also gut. Soviel ich weiß, hat Ihre Frau eine sehr erfolgreiche Boutique hier in San Francisco. Hatte sie in New York auch eine?«

»Nein. Als ich sie kennenlernte, machte sie den Modeteil in der Agentur, in der ich arbeitete.«

»Nur so zum Spaß?« Ihr Ton wurde schärfer.

»Nein. Wegen des Geldes.« Ian wurde langsam wütend.

»Aber sie mußte doch nicht arbeiten, oder?«

»Ich habe sie nie gefragt.«

»Und sie muß doch jetzt auch nicht arbeiten, oder?«

»Ich…« Hilflos schaute er zu Martin hinüber, aber der konnte nichts tun.

»Beantworten Sie die Frage. Muß sie jetzt arbeiten, oder reicht ihr Vermögen aus, um ein Luxusleben zu führen?«

»Doch kein Luxusleben.« Himmel, Jessie und Martin zuckten zusammen. Was war das für eine Antwort. Aber die Fragen hagelten jetzt auf ihn herab, und er hatte keine Zeit zum Überlegen.

»Aber ihr Einkommen reicht aus, um Sie beide zu unterhalten?«

»Ja.« Er war jetzt sehr blaß und sehr zornig.

»Arbeiten Sie?«

»Ja.« Aber er sagte es zu leise, und sie lächelte.

»Tut mir leid, ich habe Ihre Antwort nicht gehört. Arbeiten Sie?«

»Ja!«

»Als Angestellter?«

»Nein, daheim. Aber es ist Arbeit. Ich bin Schriftsteller.« Der arme, arme Ian. Jessie wäre gern zu ihm gelaufen und hätte ihn umarmt. Warum mußte er das alles durchmachen? Diese Ziege!

»Verkaufen Sie viel von dem, was Sie schreiben?«

»Genug.«

»Genug wozu? Um selbst für Ihren Unterhalt aufzukommen?«

»Im Augenblick nicht.« Es gab kein Entkommen.

»Macht Sie das wütend?« Die Frage war fast eine Liebkosung. Diese Frau war wie eine Viper.

»Nein, das macht mich nicht wütend. Es ist einfach so, im Augenblick. Jessica versteht das.«

»Aber Sie betrügen sie auch. Versteht sie das auch?«

»Einspruch!«

»Abgelehnt!«

»Versteht sie das auch?«

»Ich betrüge sie nicht.«

»Nun kommen Sie aber. Sie haben selbst zugegeben, daß Sie mit Miss Burton im Bett gewesen sind. Ist das ein normales Ereignis in Ihrem Leben?«

»Nein.«

»Dann war es das erste Mal?«

Seine Blicke hafteten an seinen Knien. »Ich weiß nicht mehr.«

»Sie stehen unter Eid. Beantworten Sie die Frage!« Ihre Stimme vibrierte wie eine Kobra, die bereit ist, zuzuschlagen.

»Nein.«

»Was?«

»Nein. Es war nicht das erste Mal.«

»Betrügen Sie Ihre Frau oft?«

»Nein.«

»Wie oft?«

»Ich weiß nicht.«

»Und welche Art von Frauen benutzen Sie – Frauen Ihres Standes oder andere, ›niedrigere‹, Frauen der Unterschicht, Huren, arme Mädchen, was?«

»Einspruch!«

»Abgelehnt!«

»Ich benutze überhaupt niemanden.«

»Verstehe. Würden Sie Ihre Frau mit Fifi Estabrook betrügen, oder ist sie ein nettes Mädchen?«

»Ich habe sie seit Jahren nicht mehr gesehen. Zehn, elf Jahre lang nicht. Ich war noch nicht verheiratet, als ich mit ihr ausgegangen bin.«

»Ich meine, würden Sie Ihre Frau mit jemandem wie ihr betrügen, oder schlafen Sie bloß mit ›billigen‹ Frauen, Frauen, die Ihnen wohl kaum in Ihren eigenen gesellschaftlichen Kreisen über den Weg laufen werden? Das wäre schließlich peinlich, nicht wahr? Es ist sicher einfacher, Ihre Spielchen soweit wie möglich von daheim fernzuhalten.«

»Das tue ich.« O Gott, nein, Ian... nein... Martin starrte an die Wand, versuchte, seinem Gesicht nichts anmerken zu lassen, und Jessie spürte, daß das Unheil nahe war.

»Verstehe. Sie schlafen also mit ›billigen‹ Frauen, um es soweit wie möglich von daheim fernzuhalten. Haben Sie Miss Burton für eine ›billige‹ Frau gehalten?«

»Nein.« Aber er hatte es, und sein ›Nein‹ war nur schwach.

»Sie gehörte aber nicht Ihrer Gesellschaftsschicht an, oder?«

»Das weiß ich nicht.«

»Nun?« Sie trieb ihn mit Worten immer mehr in die Enge.

»Nein.«

»Dachten Sie, daß sie die Polizei rufen würde?«

»Nein.« Und dann schaute er auf, Panik im Gesicht, und fügte hastig hinzu: »Sie hatte keinen Grund dazu.« Aber es war schon zu spät. Der Schaden war angerichtet.

Sie entließ Ian unter dem Vorbehalt aus dem Zeugenstand, daß sie ihn vielleicht später noch einmal befragen müßte. Aber sie hatte ihn schon jetzt so gut wie umgebracht.

Still verließ Ian den Zeugenstand und ließ sich schwer neben Martin auf die Bank fallen. Fünf Minuten später verkündete der Richter die Mittagspause.

Langsam verließen sie den Gerichtssaal. Ian schüttelte den Kopf und blickte düster, bis die drei auf der Straße standen.

»Ich hab' wirklich alles kaputtgemacht.« Jessie hatte ihn noch nie schlechter aussehend erlebt.

»Sie konnten nichts dafür. So arbeitet sie nun mal. Die Frau ist tödlich.« Martin seufzte schwer und warf ihnen ein schwaches, schiefes Lächeln zu. »Aber das sehen auch die Geschworenen. Und die haben auch nicht alle eine blütenreine Weste.« Es hatte keinen Sinn, es noch schlimmer für Ian zu machen, aber Martin machte sich Sorgen. Die Seitensprünge beunruhigten ihn nicht annähernd so sehr wie der Klassenkonflikt. »Heute nachmittag werde ich Jessica in den Zeugenstand rufen. Auf diese Weise bringen wir das wenigstens hinter uns.«

»Ja, dann kann sie uns beide am selben Tag massakrieren, was?« Ian wirkte müde und zerschlagen, und Jessica sah angespannt aus.

»Sei nicht blöd.«

»Glaubst du etwa, du bist ihr gewachsen?« Ian warf ihr einen verbitterten, sarkastischen Blick zu.

»Warum nicht?«

»Das will ich Ihnen sagen. Wenn Sie sich gegen sie auflehnen, dann wird Ian verlieren«, warf Martin schnell ein. »Sie müssen die sanfteste, süßeste, ruhigste Ehefrau der Welt sein. Wenn Sie anders auftreten, wird sie Sie in der Luft zerreißen. Das haben wir alles schon am Wochenende besprochen. Sie wissen, was Sie zu tun haben.« Jessica nickte düster, und Ian seufzte. Auch mit ihm hatte Martin alles durchgesprochen, aber dieses verdammte Weib hatte keine der voraussehbaren Fragen gestellt. Und Gott allein wußte, was sie Jessie fragen würde. »In Ordnung?«

»In Ordnung.« Jessica lächelte leicht, ehe sie Martin in der Nähe des Justizgebäudes absetzten. Er mußte in sein Büro zurückkehren, und sie hatten beschlossen, heimzufahren, um ein wenig zu entspannen. Jessica wünschte sich ein bißchen Zeit, um sich um Ian zu kümmern. Nach diesem Vormittag brauchte er das, und es lenkte sie von dem ab, was sie am Nachmittag zu sagen haben würde.

Zu Hause angekommen, sorgte sie dafür, daß er sich aufs Sofa legte, zog seine Schuhe aus, lockerte seine Krawatte und fuhr ihm sanft durchs Haar. Ein paar Minuten lag er da, sah sie nur an.

»Jess...« Er wußte nicht einmal, wie er es sagen sollte, aber sie verstand.

»Nicht jetzt. Bleib einfach da liegen und entspann dich. Ich mache uns etwas zu essen.« Ausnahmsweise widersprach er nicht. Er war zu müde, um mehr zu tun, als einfach dort zu liegen.

Als sie mit einer dampfenden Suppenschüssel und einem hoch mit Sandwiches bedeckten Teller zurückkehrte, schlief er. Er hatte den erschöpften Blick eines Tragöden. Das bleiche, zerzauste Aussehen, das man annimmt, wenn jemand gestorben ist, wenn ein Kind schwer krank ist, wenn ein Geschäft fehlgeschlagen ist. In Zeiten, in denen Pläne plötzlich durchbrochen werden und man sich auf einmal daheim wiederfindet, in selten getragenen Kleidern, müde und verschreckt. Sie blickte einen Moment auf ihn hinab und fühlte eine Woge von Mitleid in sich aufsteigen. Warum glaubte sie immer, ihn beschützen zu müssen? Warum hatte sie das Gefühl, er könnte mit all dem nicht fertig werden, aber sie könnte es? Warum war sie nicht wütend? Warum sah sie jetzt nicht so aus? Sie hatte wütend ausgesehen, als er im Gefängnis gewesen war, aber jetzt war er hier, sie konnte ihn berühren, umarmen, für ihn sorgen. Alles andere war nicht wirklich. Es war schrecklich, aber es würde nicht anhalten. Es würde weh tun, würde ihn erschüttern und beschämen, aber würde ihn nicht umbringen. Und es würde ihn nicht von ihr trennen. Als sie so ruhig neben ihm saß und seine Hand in ihren Schoß hob, da wußte sie, daß nichts auf der Welt ihn ihr jemals nehmen würde. Keine Margaret Burton, keine Staatsanwältin, kein Gericht, nicht einmal ein Gefängnis. Margaret Burton würde verblassen, Matilda Howard-Spencer würde sich dem nächsten Fall zuwenden genau wie Martin und der Richter, und alles wäre vorbei. Es war alles nur eine Frage der Zeit, in der sie sich über Wasser halten mußten, bis der Sturm vorüber war. Und sie brauchte Ian zu sehr, um irgend etwas, und seien es ihre eigenen Gedanken, das bedrohen zu lassen, was sie hatten. Sie würde nicht zulassen, daß sie wütend wurde. Das konnte sie sich nicht leisten.

Ganz kurz flackerte Verbitterung in ihr auf, als sie über die Bucht hinausschaute und an ihren Vater dachte. Er hätte so etwas nie getan, und er hätte auch nicht zugelassen, daß ihre Mutter so etwas durchmachen mußte. Er hätte seine Frau beschützt, mehr als Ian sie beschützte. Aber das war ihr Vater, und hier war Ian. Vergleiche anzustellen, nützte niemandem. Sie hatte Ian. So einfach war das. Sie verlangte eine Menge von ihm, also mußte sie auch viel geben. Sie war bereit dazu. Und jetzt war es an ihr zu geben.

Als sie auf ihn hinunterschaute, wie er dalag und schlief, die Hand auf ihrem grauen Rock, da sah er aus wie ein sehr müder, kleiner Junge. Sie strich ihm das Haar aus der Stirn, holte tief Luft und dachte an den Nachmittag. Nun war sie an der Reihe. Und sie wollte nicht verlieren. Dazu war sie nach dem verhängnisvollen Vormittag fest entschlossen. Sie würden den Fall gewinnen. Basta! Es war verrückt, daß es überhaupt so weit gekommen war. Aber viel weiter würde es nun auch nicht gehen. Jessie hatte genug.

Kurz vor zwei wachte Ian auf und sah sie überrascht an.

»Bin ich etwa eingeschlafen?«

»Nein. Ich habe dir mit meinem Schuh auf den Kopf geschlagen, und du bist ohnmächtig geworden.«

Er lächelte sie an und gähnte. »Du riechst köstlich. Weißt du eigentlich, daß jedes einzelne Teil deiner Garderobe nach deinem Parfüm riecht?«

»Möchtest du etwas Suppe?« Sie lächelte über sein Kompliment. Er hatte ihnen eine Menge eingebrockt, aber eines stand fest: Sie liebte ihn. Sie brauchte ihn nicht nur, sie liebte ihn auch. Wie hätte sie da wütend sein können? Wie konnte sie es wagen, seinen linken Arm zu verlangen, wenn das Schicksal ihm bereits den rechten genommen hatte? Sie hatten genug erlitten. Jetzt war es an der Zeit, dem ein Ende zu machen.

»Himmel, du siehst schrecklich entschlossen aus. Was hast du ausgeheckt?«

»Gar nichts. Willst du Suppe?« Sie warf ihm einen verlockenden Blick zu, während sie die Limoges-Tasse in einer Hand und den silbernen Suppenlöffel ihrer Mutter in der anderen hielt.

»Oh, oh, wie vornehm.« Er setzte sich auf und küßte sie, ehe er das Tablett ansah. »Weißt du was, Jessica? Du bist die bemerkenswerteste Frau, die ich kenne. Und die beste.« Sie wollte ihn necken und fragen, ob sie besser wäre als Fifi Estabrook, aber sie wagte es nicht. Sie vermutete, daß die Wunden des Vormittags noch zu frisch waren.

»Für Euch, Mylord, von allem nur das Beste.« Sie legte zwei hübsch zurechtgemachte kleine Sandwiches mit Roastbeef auf seinen Teller und stellte frischen Salat daneben.

»Du bist die einzige Frau, die ich kenne, bei der selbst ein Sandwich-Lunch aussieht wie bei einer Dinnerparty.«

»Ich liebe dich eben.« Sie legte die Arme um seinen Hals und knabberte an seinem Ohr. Dann streckte sie sich und stand auf.

»Ißt du denn nichts?«

»Ich habe schon.« Sie log, aber sie hätte wirklich keinen Bissen heruntergebracht, ehe sie in einer Stunde in den Zeugenstand treten würde. Sie warf einen kurzen Blick auf ihre Uhr und eilte zum Schlafzimmer. »Ich mache mich schnell noch ein bißchen frisch. In zehn Minuten müssen wir aufbrechen.« Er winkte ihr fröhlich zu, mitten im Essen begriffen, und sie verschwand im Schlafzimmer.

»Fertig?« Fünf Minuten später betrat er das Schlafzimmer, band seine

Krawatte neu und warf einen Blick in den Spiegel, sah sein zerzaustes Haar. »Himmel, ich sehe ja aus, als ob ich den ganzen Tag geschlafen hätte.«

»Um die Wahrheit zu sagen, Liebling, das hast du auch.« Sie war froh. Die kurze Stunde hatte ihm gutgetan. Die Zeit, die sie daheim verbracht hatten, war für beide erholsam. Jessie fühlte sich stärker als seit Wochen. Margaret Burton würde ihnen nichts anhaben. Wie könnte sie auch? Jessie hatte beschlossen, sie zu ignorieren, ihr ihre Macht zu rauben. Es war, als würde Ian die Wiedergeburt seiner Frau spüren.

»Weißt du was? Ich fühle mich wirklich besser. Ich war vollkommen fertig nach diesem Morgen.« Er verabscheute den Gedanken an das, was Jessie am Nachmittag durchmachen mußte, aber sie schien dazu bereit. »Du hast dich umgezogen?«

»Ich dachte, das sähe angemessener aus.« Es war ein wunderbares, damenhaftes Kleid, wie sie es vielleicht zum Tee tragen würde. Es war aus blaßgrauer Seide, mit vollen, sehr schmeichelhaften Ärmeln und einem Gürtel aus demselben Material. Die ganze Linie des Kleides war weich und sanft, ohne übertrieben modisch zu sein. Es verriet ›Klasse‹. »Solange sie uns für so schrecklich vornehm halten, können wir ja wenigstens anständig aussehen. Ich habe diese verdammten Tweedröcke so satt. Ich werde sie alle vor dem Haus verbrennen, sobald der Tag vorüber ist.«

»Du siehst toll aus.«

»Zu aufgedonnert?«

»Nein, perfekt.«

»Gut.« Sie schlüpfte in schlichte schwarze Pumps, steckte sich Perlenohrringe an die Ohren, nahm ihre Handtasche und ging zum Schrank, um ihren schwarzen Mantel hervorzuziehen. Ian fand wirklich, daß sie toll aussah. Er war schrecklich stolz auf sie. Nicht nur darauf, wie sie aussah, sondern auch, wie sie mit all dem fertig wurde.

Martin jedoch war nicht so erfreut, als sie den Gerichtssaal betraten. Er bemerkte Jessicas schwarzen Mantel, sah die graue Seide aufblitzen. Genau das hatte er nicht haben wollen. Alles an ihr sah teuer aus. Geradeso, als wären sie entschlossen zu beweisen, daß Matilda Howard-Spencer mit jedem ihrer Worte recht gehabt hatte. Herrje, wo hatten sie bloß ihre Köpfe? Diese verrückten Kinder erkannten wohl gar nicht, was hier geschah. Sie strahlten entsetzliche Selbstsicherheit und Zuversicht aus, als sie ihre Plätze einnahmen, als hätten sie schon alles arrangiert und keinen Grund zur Sorge mehr. Es war ein schlechter Zeitpunkt, um Stärke zur Schau zu stellen, wie unterschwellig auch immer. Andererseits war es vielleicht ganz gut, daß sie sich besser fühlten. Nach dem Vormittag hatten sie schrecklich mitgenommen ausgesehen.

Der neue Ausdruck von Zuversicht unterstrich noch das enge Band zwischen ihnen. Man spürte es immer, sie waren ein Paar, nicht einfach nur Ian oder nur Jessie, sondern immer beide. Die Vorstellung, was mit ihnen geschehen würde, wenn jemand versuchte, dieses Band zu zertrennen, wenn sie verlieren würden, war entsetzlich.

Jessica wirkte bemerkenswert ruhig, als sie zum Zeugenstand schritt. Das graue Kleid umschmeichelte sie, die vollen Ärmel ließen ihre eindrucksvolle Statur sanfter erscheinen. Sie wurde vereidigt und warf einen kurzen Blick zu Ian hinüber, ehe sie ihre Aufmerksamkeit Martin zuwandte.

Seine Fragen bauten das Bild eines sich liebenden Paares auf, ließen eine Frau erstehen, die ihren Mann zu sehr respektierte, um auch nur einen Augenblick daran zu zweifeln, daß er die Wahrheit sagte. Martin war sehr zufrieden mit Jessicas ruhiger, würdevoller Art, und als er die Zeugin der Anklage überließ, mußte er ein Lächeln unterdrücken. Er hätte diese beiden Frauen gern beobachtet, wie sie die Ärmel aufrollten und sich gegenseitig durch den Saal trieben. Sie waren einander ebenbürtig. Zumindest hoffte er das.

Bei Jessica verlor Matilda Howard-Spencer keine Zeit. »Erzählen Sie uns, Mrs. Clarke, ob Sie wußten, daß Ihr Mann Sie schon früher betrogen hatte?«

»Nicht direkt.«

»Was soll das heißen?« Die Anwältin sah sie verwirrt an.

»Nun, ich hielt es für möglich, wußte aber, daß es nichts Ernstes sein konnte.«

»Verstehe. Nur ein bißchen Spaß?« Das war wieder das alte, aber Jessie hatte es kommen sehen.

»Nein, das meinte ich nicht. Ian ist nicht oberflächlich, in keiner Beziehung. Er ist ein sehr sensibler Mensch. Aber ich verreise häufig. Und was geschieht, geschieht nun mal.«

»Geschieht es Ihnen auch?« Jetzt blitzten die Augen der Anwältin wieder.

»Nein.«

»Sie stehen unter Eid, Mrs. Clarke.«

»Ich bin mir dessen bewußt. Die Antwort lautet: nein.«

Sie sah überrascht aus. »Aber es macht Ihnen nichts aus, wenn Ihr Ehemann fremdgeht?«

»Nicht unbedingt. Es kommt auf die Umstände an.« Jessica war jeder Zoll eine Dame, und Ian war unglaublich stolz auf sie.

»Und diese besonderen Umstände, Mrs. Clarke, was meinen Sie dazu? Wie fühlen Sie sich?«

»Zuversichtlich.«

»Zuversichtlich?« Die Frau sah Jessica verblüfft an, und Martin zuckte unwillkürlich zusammen. »Wie können Sie zuversichtlich sein? Und in welchem Sinn?«

»Ich bin zuversichtlich, daß die Wahrheit über die ganze Sache ans Licht kommen wird und man meinen Mann freispricht.« Martin beobachtete die Geschworenen. Sie mochten Jessie. Aber sie mußten auch Ian mögen. Und mehr noch, sie mußten ihm glauben.

»Ich bewundere Ihren Optimismus. Stehen Sie für die Kosten dieses Verfahrens ein?«

»Nein, nicht direkt.« Ian krümmte sich fast. Sie log, obwohl sie unter Eid stand. »Mein Mann hat eine sehr kluge Entscheidung getroffen, nachdem er sein letztes Buch verkauft hat. Er hat das Geld investiert, und diese Investition hat er mir übertragen. Jetzt haben wir beschlossen, sie zu verkaufen, um die Kosten des Verfahrens damit zu bestreiten. Ich kann also nicht sagen, daß ich dafür aufkomme.« Bravo! Der Morgan! Und sie sagte die Wahrheit! Er wäre am liebsten aufgesprungen und hätte sie umarmt.

»Würden Sie sagen, daß Sie eine gute Ehe führen?«

»Ja.«

»Eine sehr gute?«

»Außerordentlich gut.« Jessica lächelte.

»Aber Ihr Mann schläft mit anderen Frauen?«

»Vermutlich.«

»Hat er Ihnen von Margaret Burton erzählt?«

»Nein.«

»Hat er Ihnen von irgendeiner seiner Frauen erzählt?«

»Nein. Und ich glaube auch nicht, daß es viele waren.«

»Haben Sie ihn ermutigt, sich auch anderweitig zu orientieren?«

»Nein.«

»Aber solange es kleine Niemande waren, war es Ihnen egal, ja?«

»Einspruch!«

»Stattgegeben. Beeinflussung der Zeugin.«

»Verzeihung, Euer Ehren.« Sie wandte sich wieder Jessica zu. »Hat Ihr Mann Ihnen gegenüber jemals Gewalt angewendet?«

»Nein.«

»Niemals?«

»Nein.«

»Trinkt er viel?«

»Nein.«

»Hat er Probleme mit seiner Männlichkeit, weil Sie die Rechnungen zahlen?« Was für eine Frage!

»Nein.«

»Lieben Sie ihn sehr?«

»Ja.«

»Schützen Sie ihn?«

»Wie meinen Sie das?«

»Ich meine, halten Sie Unangenehmes von ihm fern?«

»Natürlich. Ich würde alles tun, um ihn vor solchen Dingen zu bewahren. Schließlich bin ich seine Frau.«

Matilda Howard-Spencers Gesicht verzog sich zu einem zufriedenen Lächeln. »Schließt das auch ein, vor Gericht zu lügen, um ihn zu schützen?«

»Nein!«

»Die Zeugin ist entlassen.«

Die Staatsanwältin machte auf dem Absatz kehrt und ging zu ihrem Platz zurück, während Jessica mit offenem Mund im Zeugenstand sitzen blieb. Dieses verdammte Weib hatte es schon wieder geschafft!

Kapitel XVIII

Am nächsten Morgen saßen alle wieder auf ihren Plätzen, um zu hören, wie die beiden Anwälte ihre Plädoyers hielten. Ian und Jessica waren erfreut über Martins Kommentar und seine Art, sich an die Geschworenen zu wenden, und sie hatten das Gefühl, daß es ihm tatsächlich gelungen war, Mitgefühl für den Angeklagten zu erwecken. Alles schien unter Kontrolle. Doch dann erhob sich Matilda Howard-Spencer, und sie war dämonisch. Sie zeichnete das Bild einer brutal mißbrauchten, gemein behandelten Frau mit gebrochenem Herzen – der hart arbeitenden, anständig lebenden Peggy Burton. Sie betonte darüber hinaus, daß Männer wie Ian Clarke nicht handeln dürften, wie sie gerade wollten, nicht benutzen konnten, wen sie wollten, und nicht vergewaltigen durften, wen sie sich aussuchten, nur um die Frauen anschließend fortzuwerfen und zu ihren Ehefrauen heimzukehren, die sie aushielten, die ›alles tun würden, um sie zu beschützen‹, wie Jessica selbst ausgesagt hatte. Martin erhob Einspruch, und dem wurde stattgegeben. Später erklärte er, daß es nur selten vorkam, daß man einem Schlußplädoyer entgegentreten mußte, aber daß diese Frau schon Feuer spie, wenn Ians Name auch nur erwähnt wurde. Jessie kochte noch immer, als sich das Gericht zur Mittagspause zurückzog.

»Habt ihr gehört, was diese Ziege gesagt hat?« Ihre Stimme war laut und scharf, und Martin und Ian brachten sie mit einem schnellen Blick zum Schweigen.

»Sprich nicht so laut, Jess«, sagte Ian. Es hatte keinen Sinn, jetzt noch jemanden zu verärgern, schon gar nicht die Geschworenen, die auf ihrem Weg zum Mittagessen an ihnen vorbeizogen. Er hatte gesehen, wie zwei von ihnen Jess anschauten, als sie zu sprechen anfing.

»Das ist mir egal. Diese Frau…«

»Halt den Mund!« Doch dann legte Ian einen Arm um sie und drückte sie an sich. »Großmaul. Aber ich liebe dich trotzdem.« Sie seufzte laut und lächelte dann.

»Verdammt, das hat mich aufgeregt.«

»Schön, mich auch. Aber jetzt laß uns das alles für eine Weile vergessen und etwas essen. Einverstanden? Kein Wort mehr über den Fall!«

»Okay.« Aber sie stimmte nur mürrisch zu, während sie den Flur entlanggingen.

»Kein ›Okay‹, ich wünsche ein ehrliches Versprechen. Ich denke nicht daran, mir mein Mittagessen hiervon verderben zu lassen. Tun wir einfach so, als wären wir Geschworene und dürften nicht über den Fall sprechen.«

»Glaubst du wirklich, daß die sich daran halten?« Er zuckte gleichgültig die Achseln und zupfte an ihrem Haar.

»Ist mir egal, was die tun. Sag mir nur, ob du mir das versprichst. Kein Wort über den Fall. Abgemacht?«

»Gut. Ich verspreche es. Du Nörgler, du.«

»So bin ich nun mal. Dein ewig nörgelnder Ehemann.« Er schien sehr nervös, als sie die Treppe hinunter und auf die Straße liefen, aber überraschend guter Laune.

Sie fuhren zum Essen heim, und Jessie sah die Post durch, während Ian in der *Publishers Weekly* blätterte. Er las die Zeitung weiter, als er die Sandwiches aß, die sie gemacht hatte.

»Du bist ja heute ein toller Gesellschafter.« Sie kaute an einem Puten-Sandwich und schnippte grinsend gegen die Mitte der Zeitung.

»Was?«

»Ich sagte, dein Hosenschlitz ist offen.«

»Wie?« Er schaute hinunter und verzog dann das Gesicht. »Ach, herrje.«

»Mensch, sprich mit mir, ich bin einsam.«

»Ich lese nur fünf Minuten die Zeitung, und du fühlst dich schon einsam?«

»Ja. Möchtest du Wein zum Essen?«

»Nein, danke. Haben wir noch Cola?«

»Ich seh' mal nach.« Sie ging hinaus, und als sie mit der kalten Cola-Dose zurückkam, las er schon wieder. »Nun hör mal, du...«

»Pst...« Er winkte ungeduldig ab und las weiter. Irgend etwas stimmte da nicht, sein Gesicht, der Ausdruck seiner Augen – er schien entsetzt.

»Was ist los?« Er ignorierte sie, las erst den Artikel zu Ende, ehe er schließlich niedergeschlagen aufsah.

»Lies das.« Er wies auf die vier ersten Spalten auf der zweiten Seite, und Jessies Herz klopfte wild, als sie die Überschrift las: *Vergewaltigung – es ist an der Zeit, hart zu werden.* Der Artikel berichtete von einem Zusammentreffen des Justizkomitees, in dem es um die derzeitigen Strafen im Falle von Vergewaltigung ging. Im Artikel wurden schärfere Urteile verlangt, keine Bewährung mehr, es wurden Vorschläge gemacht, wie man es leichter und weniger beschämend machen könnte, eine Vergewaltigung anzuzeigen. Es hörte sich an, als sollte jeder, der der Vergewaltigung bezichtigt wurde, ohne viel Aufhebens gehängt werden. Jessie legte die Zeitung fort und starrte Ian an. Es war Pech, daß das ausgerechnet an dem Tag in der Zeitung stehen mußte, an dem die Geschworenen ihren Spruch fällen sollten.

»Glaubst du, daß sich das irgendwie auswirken wird, Ian? Der Richter hat ihnen doch gesagt, sie dürften sich durch nichts beeinflussen lassen.«

»Ach, Mist, Jessica. Wenn ich dir etwas sage, und jemand anders sagt dir, du hast das nicht gehört, hast du es dann gehört oder nicht? Wirst du dich daran erinnern oder nicht? Das sind auch nur Menschen, verdammt noch mal. Natürlich lassen sie sich von dem beeinflussen, was sie hören. Genau wie du, ich oder der Richter.« Er fuhr sich mit einer Hand durchs Haar und schob seinen Teller zurück. Jessica faltete die Zeitung zusammen und warf sie auf den Tisch.

»Okay, vielleicht lesen die die Zeitung heute, vielleicht aber auch nicht. Auf jeden Fall gibt es nichts, was wir da tun könnten, oder? Also, warum vergessen wir es nicht einfach, Liebling? Können wir das nicht wenigstens versuchen? Du warst es doch, der mir das Versprechen abgenommen hat, nicht über den Fall zu sprechen. Erinnerst du dich?« Sie lächelte ihm zärtlich zu. Seine Augen sahen aus wie Splitter, dunkel, glänzend und besorgt.

»Ja, aber Jessie ... um Gottes ... also gut. Du hast recht. Tut mir leid.« Aber die Mahlzeit verlief jetzt angespannt, und keiner von beiden aß seine Sandwiches auf.

Auf dem Weg ins Justizgebäude schwiegen sie, und Jessie hörte ihre Absätze auf dem Marmorboden hallen, als sie das Gebäude betraten. Ihr Herz schien genauso hart zu hämmern, im gleichen Rhythmus wie die Schuhe, wie eine Totenglocke.

Der Richter hielt den Geschworenen eine kurze Ansprache, ehe sie schweigend hintereinander in einen Raum jenseits des Ganges gingen. Ein Gerichtsdiener hielt draußen Wache.

»Was jetzt, meine Herren?« Martin und Ian waren zu Jessie gekommen.

»Jetzt warten wir. Der Richter wird eine Pause einberufen, wenn sie bis fünf Uhr noch zu keiner Entscheidung gekommen sind. Das bedeutet, daß sie morgen früh wiederkommen müssen.«

»Und das ist alles?« Jessie war überrascht.

»Ja.« Merkwürdig. Es war alles vorbei, fast. All die mit Spannung und dramatischen Augenblicken gemischte Langeweile! Und dann ist plötzlich alles vorbei. Die beiden Gruppen haben ihre Ansichten vorgetragen, der Richter hat eine kleine Rede gehalten, die Geschworenen verschließen sich in einem Zimmer, reden miteinander, fällen ein Urteil, alle gehen heim, und die Verhandlung ist vorüber. Irgendwie war es gespenstisch, wie ein Spiel oder ein Tanz. Alles schrecklich durchorganisiert und rituell wie Stammesriten. Fast hätte sie bei diesem Gedanken gelacht, aber Ian und Martin sahen so ernst aus. Sie lächelte zu ihrem Mann auf, und ihr Anwalt betrachtete sie mit besorgten Augen. Sie begriff wirklich nichts, und Martin war sich auch nicht sicher, ob Ian es tat. Vielleicht war es besser so.

»Was meinen Sie, Martin?« Ian wandte sich mit dieser Frage an ihn, aber Martin hatte das Gefühl, daß er mehr Jessies wegen fragte.

»Ich weiß nicht. Haben Sie die heutigen Zeitungen gelesen?« Ians Gesicht wurde noch düsterer.

»Ja. Heute mittag. Keine Hilfe, was?«

Der Anwalt schüttelte den Kopf.

»Na ja, wenigstens haben wir gute Arbeit geleistet.«

»Es wäre noch besser gewesen, wenn Green etwas Handfestes über die Burton und Jed Knowles hätte auftreiben können. Ich weiß einfach, daß das der springende Punkt ist.« Martin schüttelte den Kopf, und Ian klopfte ihm auf die Schulter.

»Wird sie zur Urteilsverkündung noch einmal erscheinen?« wollte Jessie wissen.

»Nein. Sie kommt nicht noch einmal ins Gericht.«

»Ziege.« Es kam leise, aus Jessies tiefstem Innern.

»Jessie!« Ian versuchte hastig, sie zum Schweigen zu bringen, aber sie wollte es nicht zulassen.

»Na und? Sie macht ein Leben kaputt, treibt uns praktisch in den Bankrott, ganz davon abgesehen, was sie unseren Nerven angetan hat, und dann marschiert sie einfach davon, hinaus in die Sonne. Was glaubst du denn, was ich ihr gegenüber empfinde? Dankbarkeit?«

»Nein, aber es hat keinen Sinn...«

»Warum nicht?« Jessie wurde wieder laut, und Ian erkannte, wie nervös sie war. »Martin, könnten wir sie nicht verklagen, wenn wir den Fall gewonnen haben?«

»Ja, ich denke schon, aber was würden Sie dadurch gewinnen? Sie hat nichts.«

»Dann verklagen wir den Staat.« Daran hatte sie vorher nicht gedacht.

»Hören Sie, warum machen Sie beide nicht einen schönen langen Spaziergang den Flur entlang?« Er warf Ian einen vielsagenden Blick zu, und Ian nickte. »Es kann noch eine ganze Weile dauern, bis die Geschworenen soweit sind. Bleiben Sie einfach in der Nähe, und verlassen

Sie das Gebäude nicht.« Jessie nickte und stand auf, wobei sie nach Ians Hand griff. Martin ließ sie allein und kehrte an seinen Schreibtisch zurück. Es war entsetzlich, daß Jessica einfach nicht akezptieren wollte, daß sie möglicherweise verlieren könnten.

»Ich wünschte, wir könnten irgendwo etwas trinken gehen.« Langsam ging sie auf den Flur hinaus und lehnte sich gegen die Wand, während Ian ihr eine Zigarette ansteckte. Ihre Beine zitterten, und sie fragte sich, wie lange sie noch die Kühle spielen konnte. Sie wäre am liebsten zu Boden gesunken und hätte Ians Knie verzweifelt umklammert. Es mußte alles gut werden! Mußte... mußte... sie wollte an die Tür zum Geschworenenraum hämmern... wollte...

»Es wird bald alles vorbei sein, Jess. Halt noch ein bißchen durch.«

»Ja.« Sie lächelte ihr halbes Lächeln und hängte sich bei ihm ein, als sie anfingen, den Korridor entlangzuspazieren.

Lange Zeit schwiegen sie, und Jessie ließ ihre Gedanken wandern, wohin sie wollten, trieb auf ihnen dahin, während sie rauchten und gingen, und sie hielt sich an Ian fest. Es dauerte fast eine Stunde, aber endlich hörte ihr Geist auf zu wirbeln, wahrscheinlich aus purer Erschöpfung. Sie fühlte sich einsam und müde und traurig, aber sie hatte nicht mehr das Gefühl, eine falsche Geschwindigkeit an den Tag zu legen. Das war doch wenigstens etwas.

Sie beschloß, in der Boutique anzurufen, einfach um zu hören, wie alles lief. Es war ein merkwürdiger Augenblick für diesen Anruf, aber sie hatte auf einmal das Bedürfnis, Verbindung zu etwas Vertrautem aufzunehmen, zu wissen, daß die Welt nicht einfach zu einem endlosen Korridor zusammengeschrumpft war, den stumm entlangzumarschieren sie und Ian verurteilt waren. Sie vermißte das geschäftliche Treiben im Geschäft, die Trivialitäten, die Gesichter.

Die Mädchen erzählten ihr, was vorging, und sie fühlte sich nach dem Gespräch besser, ähnlich wie damals, als sie mit Astrid im Kino waren. Normal. Es verringerte das, was ihnen zustieß, verkleinerte es auf Proportionen, die sie noch ein Weilchen länger ertragen konnte.

Um vier Uhr war auch Ian lockerer geworden, und sie hatten angefangen, Wortspielereien zu betreiben. Um halb fünf erzählten sie sich gegenseitig alte Witze.

»Was ist grau, hat vier Beine und einen Rüssel?«

»Ein Elefant?« Sie kicherte schon.

»Nein, Dummchen, eine Maus im Urlaub.« Ian grinste, zufrieden mit seinem Spaß. Sie benahmen und fühlten sich wie Zweitkläßler, die in die Halle hinausgeschickt worden waren.

»Okay, Klugscheißer. Woher weißt du, daß deine Hose runtergerutscht ist?« konterte sie schnell, und er fing an zu lachen, doch dann sahen sie Martin, der ihnen vom anderen Ende des Flures aufgeregt winkte. Vorbei war es mit den Scherzen. Ian richtete sich auf und blickte in Jessicas Gesicht. Sie fühlte, wie die Blässe des Schreckens von ihr Besitz ergriff, fühlte sich plötzlich bleich und hohl, hatte Angst, ihr Rahmen könnte brechen. Jetzt war es soweit. Keine Spielchen mehr, um sich einzureden, es würde nie dazu kommen... es war soweit. O Gott... nein!

»Jessie, keine Panik jetzt!« Er konnte den Ausdruck in ihren Augen sehen, zog sie in seine Arme und hielt sie, so fest er konnte. »Ich liebe dich. Das ist alles. Ich liebe dich. Das mußt du einfach wissen, und nichts wird sich je daran ändern. Hast du verstanden?« Sie nickte, aber ihr Kinn bebte, als er sie ansah. »Ich liebe dich, und dir geht es gut. Dir wird es immer gutgehen, und ich werde dich immer lieben.«

»Dir geht es gut, und du liebst dich... ich meine mich...« Sie lachte ein unsicheres Lachen, und wieder hielt er sie ganz fest.

»Dir geht es gut, nicht mir, Dummchen.«

»Dir geht es nicht gut?« Jetzt ging es ihr schon besser. Das war immer so, wenn er sie umarmte.

»Oh, Jessie... ich will dir mal was sagen. Ich wünschte, meine Hose wäre mir nie runtergefallen.« Sie lachten alle beide, und dann ließ er sie wieder los. »Alles wird wieder gut. Aber jetzt müssen wir reingehen.«

»Ich liebe dich, mein Schatz. Ich wünschte, du wüßtest, wie sehr ich dich liebe.« Tränen trübten ihren Blick, als sie neben ihm herging. Ihr blieb so wenig Zeit, und sie wollte ihm doch so viel erzählen.

»Du bist da. Das verrät mir mehr als alle Worte. Und jetzt hör auf, so dramatisch zu sein und wisch dir die Maskara aus dem Gesicht.« Wieder kicherte sie nervös und fuhr sich mit der Hand über die Wangen, auf ihrem Handrücken waren schwarze Striche.

»Ich muß ja gräßlich aussehen.«

»Nein, wundervoll.«

Und dann waren sie da. Die Türen zum Gerichtssaal.

»Okay?« Er warf ihr einen langen, scharfen Blick zu, als sie sich noch einmal gegenüberstanden. Der Gerichtsdiener beobachtete sie und wandte sich dann ab.

»Okay.« Sie nickte stumm, und noch einmal lächelten sie einander aufmunternd zu.

Sie betraten den Gerichtssaal. Die Geschworenen hatten bereits ihre Plätze eingenommen. Der Richter kam an seinen Tisch. Der Angeklagte wurde aufgefordert, sich zu erheben, und Jessica wäre fast mit aufgestanden. Immer wieder mußte sie sich vorsagen, es nicht zu tun. Im stillen sagte sie sich dabei wieder und wieder: »Okay... okay... okay.« Sie grub die Finger in ihren Stuhl, schloß die Augen und wartete. Alles würde in Ordnung kommen, aber dieses Warten war so entsetzlich. Genauso mußte es sein, wenn man eine Kugel aus dem Arm operiert bekam. Es brachte niemanden um, aber es war schrecklich, sie loszuwerden.

Der Sprecher der Geschworenen wurde aufgefordert, den Spruch bekanntzugeben. Jessica hielt den Atem an, wünschte, sie würde neben Ian stehen. Jetzt kam es.

»Wie entscheiden die Geschworenen im Falle der Anklage der Sodomie, eines Verbrechens gegen die Natur?« Sie fingen also mit der unwichtigsten Anklage an, arbeiteten sich nach oben... Jessica wartete ab.

»Schuldig, Euer Ehren.« Sie riß die Augen auf und sah Ian zusammenzucken, als ob die Spitze einer Peitsche sein Gesicht getroffen hätte. Aber er wandte sich nicht zu ihr um.

»Im Falle der Klage wegen erzwungenen oralen Verkehrs?«

»Schuldig, Euer Ehren.«

»Und im Falle der Klage der Vergewaltigung?«

»Schuldig, Euer Ehren.«

Jessica blieb wie betäubt sitzen. Ian hatte sich nicht gerührt.

Martin sah zu ihr hinüber, und sie spürte, wie Tränen über ihr Gesicht liefen, als die Geschworenen entlassen wurden und den Raum verließen. Ian setzte sich, und Jessica ging zu ihm. Seine Augen blickten leer, als sie ihm ins Gesicht schaute. Sie wußte nicht, was sie hätte sagen können, und zwei einsame Tränen liefen über ihr Gesicht zum Kinn hinab.

Kapitel XIX

»Ich habe es nicht getan, Jessie. Alles andere ist mir egal, aber du mußt das einfach wissen. Ich habe sie nicht vergewaltigt.«

»Ich weiß.« Es war ein kaum hörbares Wispern, und sie klammerte sich an seine Hand, während die Staatsanwältin in scharfem Ton verlangte, daß der Angeklagte sogleich bis zur Urteilsverkündung in Haft genommen werden sollte.

Innerhalb von fünf Minuten war alles vorüber. Sie führten ihn fort, und Jessica stand allein im Gerichtssaal, klammerte sich an Martin. Sie war ganz allein auf der Welt, klammerte sich an einen Mann, den sie kaum kannte. Ian war fort. Alles war fort. Es war, als hätte jemand einen schweren Hammer genommen und ihr Leben in tausend Stücke geschlagen. Sie wußte nicht, was Spiegel und was Glas, was Ian und was Jessie war.

Sie konnte sich nicht rühren, nicht sprechen, kaum atmen, und Martin führte sie langsam und besorgt aus dem Saal. Diese große, starke, gesund scheinende junge Frau war plötzlich zu einer lebenden Leiche geworden. Es war, als wäre ihre Seele aus ihr gewichen, eine leere Hülle zurückgeblieben. Ihre Blicke hafteten an der Tür, durch die man Ian fortgebracht hatte, als könnte sie ihn durch diese Tür zurückholen, wenn sie sie nur lange und heftig genug anstarrte. Martin hatte keine Ahnung, wie er sie behandeln sollte. Noch nie war er in diesem Zustand mit einer Klientin allein geblieben. Er überlegte, ob er seine Sekretärin oder seine Frau anrufen sollte. Das Gericht hatten bis auf den Gerichtsdiener inzwischen alle verlassen, und auch der wartete nur noch darauf, abschließen zu können. Der Richter warf Jessica einen bedauernden Blick zu, bevor er sich erhoben hatte, aber Jessie bemerkte es gar nicht. Sie sah nicht einmal Houghton weggehen, gleich nach Ian. Aber das war auch egal. Und alles, was sie hörte, war das Echo dieses Wortes, das wieder und wieder durch ihren Kopf hallte. Schuldig… schuldig… schuldig…

»Jessie, ich werde Sie heimfahren.« Er nahm sie sanft am Arm und war froh und dankbar, daß sie ihm folgte. Er war sich nicht sicher, daß sie überhaupt wußte, wer er war oder wohin sie gingen, aber er war froh, daß sie sich nicht wehrte. Doch dann blieb sie stehen und sah ihn an.

»Nein, ich... ich werde hier auf Ian warten. Ich... ich will... brauche... ich brauche Ian.« Da stand sie neben dem Anwalt und weinte wie ein kleines Kind, das Gesicht in den Händen vergraben, mit zuckenden Schultern. Martin Schwartz drückte sie auf einen Stuhl im Gang, reichte ihr ein Taschentuch und tätschelte ihre Schulter. Sie hielt Ians Brieftasche, seine Uhr und die Autoschlüssel in der Hand wie ihre größten Schätze. Ian hatte sie trockenen Auges und mit leeren Händen verlassen. Mit Handschellen gefesselt.

»Was... was... werden sie jetzt... mit ihm machen?« stammelte sie unter Tränen. »Kann... kann... er heimkommen?« Martin wußte, daß sie einem hysterischen Anfall jetzt zu nahe war, um ihr irgend etwas zu erzählen, was auch nur annähernd der Wahrheit entsprach. So klopfte er ihr einfach wieder auf die Schulter und half ihr auf die Füße.

»Lassen Sie uns erst einmal heimfahren. Danach werde ich Ian besuchen.« Er dachte, daß sie das trösten würde, aber er hatte sie nur wieder aufgeregt.

»Ich auch. Ich will Ian auch besuchen.«

»Aber nicht heute, Jessica. Wir fahren heim.« Das war der richtige Ton. Sie stand auf, nahm seinen Arm und folgte ihm aus dem Gebäude. Für ihn war es, als ging er neben einer aufgezogenen Puppe her.

»Martin?«

»Ja?« Sie standen jetzt draußen, an der frischen Luft, und sie holte tief Atem, als er sich ihr zuwandte.

»Können wir – in Berufung gehen?« Sie war wieder ruhiger. Sie schien abwechselnd vernünftig und unvernünftig zu sein, aber sie wußte wenigstens, was geschehen war.

»Wir werden darüber reden.«

»Jetzt sofort. Ich möchte jetzt sofort darüber reden.« Da stand sie auf den Stufen zum Justizgebäude, aufgeregt und der Hysterie nahe, um sechs Uhr abends. Es war kaum zu glauben, daß diese gebrochene Frau die zuversichtliche Jessica Clarke sein sollte.

»Nein, Jessica, nicht jetzt. Ich will erst mit Ian reden. Und ich möchte Sie heimfahren. Ian wird furchtbar empört sein, wenn ich Sie nicht heimbringe.« Ach, herrje. Und sie machte es ihm so schwer! Schon allein sie in den Wagen zu setzen, schien eine Ewigkeit zu dauern!

»Ich will zu Ian.« Sie stand oben auf der Treppe wie ein trotziges Kind, wieder vollkommen unvernünftig. »Ich... ich brauche Ian...« Wieder flossen die Tränen. Das machte es ihm leichter, sie in den Wagen zu bringen. Bis ihr einfiel, daß sie den Volvo heimfahren müßte. Er gehörte Ian.

»Ich lasse ihn Ihnen morgen bringen, Jessica. Geben Sie mir bloß den Beleg für die Garage.« Sie reichte ihn ihm, und er steckte den Zündschlüssel in das Schloß seines neuen, schokoladenbraunen Mercedes. Auf der ganzen Heimfahrt beobachtete er sie scharf. Sie sah erschrekkend aufgewühlt und mitgenommen aus, außer sich, und er fragte sich, ob er vielleicht einen Arzt zu ihr schicken sollte, sobald er sie zu Hause hatte. Er erkundigte sich danach, doch sie schüttelte entschieden den Kopf. »Und eine Freundin? Gibt es irgend jemanden, den ich für Sie anrufen soll?« Er verabscheute den Gedanken, sie allein zu lassen, aber sie schüttelte erneut stumm den Kopf, mit einem seltsamen Ausdruck in den Augen. Sie dachte an die Geschworenen... an Margaret Burton... an Inspektor Houghton... sie wollte sie alle umbringen... sie hatten ihr ihren Ian gestohlen...

»Jessica? Jessica?« Sie starrte ihn mit leerem Blick an. Sie waren vor ihrem Haus in Vallejo angekommen.

»Oh.« Sie nickte, wieder stumm, und öffnete vorsichtig die Autotür auf ihrer Seite. »Ich... werden Sie Ian jetzt besuchen?«

»Ja. Soll ich ihm irgend etwas ausrichten?« Sie nickte hastig und bemühte sich, normal zu sprechen.

»Bloß, daß... daß...« Aber sie konnte vor Tränen nicht sprechen.

»Ich werde ihn herzlich grüßen.« Sie nickte dankbar und sah ihm mit einem Ausdruck in die Augen, der an die alte Jessica erinnerte. Die Hysterie schien nachzulassen. Was er jetzt in ihren Augen sah, waren Schock, Entsetzen – und Kummer. »Jessica, ich... es tut mir schrecklich leid.«

»Ich weiß.« Sie drehte sich um, warf die Tür zu und ging langsam aufs Haus zu. Sie bewegte sich wie eine ganz alte Frau, und der lange, braune Mercedes glitt langsam davon. Es war wohl nicht richtig, sie zu beobachten. Es schien netter, sie in ihrem Kummer allein zu lassen. Aber niemals würde Martin vergessen, wie sie ausgesehen hatte, als sie langsam den Steinweg hinaufging, mit hängendem Kopf, zerzaustem, wirrem Haar und Ians Habe in den Händen. Es war ein unerträglicher Anblick.

Sie hörte den Wagen davonfahren und starrte mit leerem Blick auf die Blumenbeete, als sie sich dem Haus näherte. War das wirklich das Haus, in dem sie noch am selben Tag mit Ian zu Mittag gegessen hatte? War das das Haus, in dem sie lebten? Sie schaute daran empor, als hätte sie es nie zuvor gesehen, und blieb stehen, als könnte sie einfach nicht mehr weitergehen. Dann hob sie langsam einen Fuß und trat auf die kleine Treppe. Aber der andere Fuß war zu schwer, sie konnte ihn nicht heben, sie konnte es nicht. Sie wollte es nicht. Sie konnte nicht in dieses Haus gehen. Nicht ohne Ian. Nicht allein... nicht... so...

»O Gott, nein!« Auf der Stufe sank sie in die Knie, schluchzte mit hängendem Kopf, die Hände voll mit den Dingen, die in Ians Taschen gewesen waren. Eine Stimme rief ihren Namen, aber sie drehte sich nicht um. Das war nicht Ian. Warum sollte sie sich die Mühe machen zu antworten... es war nicht Ian... er war fort. Alle waren fort. Sie hatte das Gefühl, er wäre im Gerichtssaal gestorben – oder vielleicht auch sie. Sie war sich nicht ganz sicher. Wieder rief die Stimme ihren Namen, und sie hatte jetzt das Gefühl, als würde sie durch den Steinboden sinken. Der Inhalt ihrer Handtasche lag auf den Stufen verstreut, der Strickstoff ihres Kleides hatte sich an einem Stein verhakt, ihr Haar bedeckte ihr Gesicht wie ein bleicher Witwenschleier.

»Jessie! Jessica?«

Sie hörte eilige Schritte hinter sich, konnte sich aber nicht umdrehen. Sie hatte nicht mehr die Kraft. Es war alles vorbei.

»Jessie... Liebes, was ist denn los?«

Es war Astrid. Jessica drehte sich um, sah ihr ins Gesicht, und ihre Tränen flossen weiter.

»Was ist passiert? Erzähl es mir doch! Alles wird wieder gut werden. Nimm es nicht so schwer.« Sie strich über Jessies Haar wie bei einem Kind, wischte ihr die Tränen vom Gesicht, die immer neu kamen. »Ist etwas mit Ian? Sag es mir doch, ist etwas mit Ian?«

Jessie nickte mit einem Ausdruck schweren Kummers im Gesicht, und Astrid hatte das Gefühl, ihr Herz würde stillstehen... o nein, nicht Ian... nicht wie Tom. Nein!

»Er ist wegen Vergewaltigung verurteilt worden.« Die Worte kamen wie aus dem Mund einer anderen, und Astrid starrte sie an, als hätte sie sie geschlagen. »Er ist im Gefängnis.«

»Großer Gott, Jessica, nein!« Aber es stimmte. Sie wußte es, als Jessica nickte und sich von ihrer Freundin ins Haus und zu Bett bringen ließ. Die Pillen, die Astrid ihr gab, ließen sie fast augenblicklich einschlafen. Astrid hatte sie immer dabei – seit der Sache mit Tom.

Es war halb vier Uhr morgens, als Jessie aufwachte. Im Haus war alles still. Sie konnte die Uhr ticken hören. Im Schlafzimmer war es dunkel, aber im Wohnzimmer war Licht. Sie lauschte auf die Geräusche, die Ian immer machte – die Schreibmaschine, sein Stuhl, der über den Boden des Arbeitszimmers kratzte. Sie setzte sich im Bett auf, lauschte, hörte nichts, und ihr Kopf dröhnte. Dann fielen ihr die Tabletten ein und Astrid, und wie alles angefangen hatte. Mit zitternden Händen griff sie nach ihren Zigaretten. Sie hatte noch immer ihren Pullover, Slip und Strümpfe an. Jacke und Rock lagen sauber zusammengefaltet über einem Stuhl. Sie konnte sich nicht erinnern, wie sie ins Bett gekommen war. Nur an die Stimme von Astrid, die sie tröstete, sanfte Worte sprach, die sie nicht richtig verstand, während sie einschlummerte, nur daran konnte sie sich noch erinnern. Aber da war jemand gewesen... jemand... jetzt war niemand mehr da. Sie war allein.

Rauchend lag sie in der Dunkelheit des Schlafzimmers, mit trockenen Augen, noch immer benommen von den Tabletten, und dann griff sie nach dem Telefon. Sie ließ sich von der Auskunft die Nummer geben und wählte.

»Städtisches Gefängnis, Langdorf!«

»Ich hätte gern Ian Clarke gesprochen, bitte.«

»Arbeitet er hier?« Der diensthabende Sergeant klang überrascht.

»Nein. Er ist gestern inhaftiert worden. Nach einer Verhandlung.« Sie nannte nicht den Grund für die Verhaftung. Und sie war überrascht, wie fest ihre Stimme klang. Sie fühlte sich alles andere als gefestigt, aber sie wußte, wenn es ihr gelang, mit ruhiger Stimme zu sprechen, dann würden sie ihr vielleicht geben, was sie wollte. Alles, was sie tun mußte, war, schrecklich ruhig zu sprechen, ihrer Stimme ein wenig Autorität zu verleihen und...

»Dann wird er im Staatsgefängnis sein, meine Dame, nicht bei uns. Aber Sie können sowieso nicht mit ihm sprechen.«

»Verstehe. Haben Sie die Nummer von dort?« Sie wollte ihnen erzählen, daß es sich um einen Notfall handelte, entschied sich dann aber doch dagegen. Sie hatte Angst, sie zu belügen. Der Sergeant gab ihr die Nummer, und sie wählte hastig. Aber es klappte nicht. Man erklärte ihr, daß sie ihren Mann am übernächsten Tag besuchen könnte und daß es ihm nicht gestattet sei, Telefongespräche entgegenzunehmen. Dann wurde aufgelegt.

Sie zuckte mit den Schultern und machte Licht. Es war kalt im Zimmer. Jessie zog einen Bademantel über ihren Pullover und die Hose und tappte in Strümpfen ins Wohnzimmer hinüber. Sie stand mitten im Zimmer und sah sich um. Leichtes Durcheinander herrschte hier, nicht schlimm, nur gerade soviel, daß sie an etwas erinnert wurde... die Vertiefungen in der weichen Couch, eine Kuhle dort, wo ein Kopf auf einem Kissen gelegen hatte, das Buch, das er am letzten Wochenende gelesen hatte... seine Hausschuhe unter dem Sessel... sein... sie fühlte ein Schluchzen in ihrer Kehle aufsteigen, das sie zu ersticken drohte, wandte sich ab und ging in die Küche, um etwas zu trinken... Tee... Kaffee... Cola... irgend etwas. Ihr Mund war trocken, ihr Kopf umnebelt, aber alles andere war nur zu klar. Sie fand die Teller vom Mittagessen in der Spüle, die Zeitung auf dem Tisch, wo sie sie hingeschleudert hatte, mit dem Artikel über Vergewaltigung nach oben. Es war, als hätte Ian den Raum gerade erst verlassen, als wollte er nur einen kurzen Spaziergang machen, als ob... sie setzte sich an den Küchentisch, ließ den Kopf hängen und weinte.

Im Arbeitszimmer war es noch schlimmer. Es war dunkel, leer und einsam. Es sah aus, als erwartete es seine Rückkehr, wäre aber im Stich gelassen worden. Er war nötig, damit es zum Leben erwachte. Ian war die Seele dieses Zimmers. Und die ihre, Jessies Seele. Sie brauchte ihn mehr, als das Arbeitszimmer ihn brauchte. Sie ertappte sich dabei, wie sie von einem Fuß auf den anderen trat wie ein verstörtes Kind, als sie in der Tür stand, als sie ihre Hände über seine Bücher, seine Hemden gleiten ließ, als sie seine Hausschuhe an sich preßte und zusammenschrak, wenn ein Schatten an die Wand fiel. Sie war allein – in diesem Haus, in dieser Nacht, auf dieser Welt. Niemand war da, um ihr zu helfen, für sie zu sorgen, sich einen verdammten Deut um sie zu scheren, oder... sie öffnete den Mund, um zu schreien, aber kein Ton kam über ihre Lippen. Sie sank bloß langsam zu Boden, die Pantoffeln im Arm, und wartete. Aber niemand kam. Sie war allein.

Kapitel XX

Es war halb zehn Uhr morgens, und Jessie saß in der Badewanne und versuchte, eine Welle von Hysterie zu bekämpfen, als es an der Tür klingelte. Es war in Ordnung. Alles in Ordnung. Alles würde wieder gut werden. Sie würde noch eine kleine Weile im Bad bleiben, dann eine Tasse Tee trinken, etwas essen, sich anziehen und in die Boutique fahren. Oder vielleicht würde sie auch den ganzen Tag im Bett bleiben. Oder... aber es war gut. Zuerst das heiße Bad, und dann... aber sie konnte Ian nicht anrufen. Sie konnte nicht mit ihm reden. Sie brauchte das Gespräch mit ihm. Sie holte nochmals tief Luft und lauschte dann. Es hörte sich an wie die Türklingel, aber vielleicht war es auch nur das laufende Wasser, das ihre Ohren zum Narren hielt. Aber nein, das war es nicht. Die Klingel ertönte wieder. Aber sie mußte ja nicht hingehen. Alles, was sie tun mußte, war, weiteratmen und ganz ruhig bleiben, sich im warmen Wasser entspannen. Ian hatte ihr gezeigt, wie man auf diese Weise ruhig bleiben konnte, nicht hysterisch wurde, als... als ihre Mutter... und Jake... aber die Klingel. Plötzlich sprang sie aus der Wanne, schnappte sich ein Handtuch und lief zur Tür. Wenn es nun Ian war? Sie hatte seine Schlüssel. Wenn... sie lief zur Haustür, hinterließ eine feuchte Spur, ihr Mund war zu einem halben Lächeln verzogen, ihre Augen strahlten plötzlich, waren groß, und das Handtuch bedeckte sie nur spärlich. Ohne erst zu fragen, wer draußen ist, riß sie die Tür auf und machte dann überrascht einen Satz rückwärts. Zu erstaunt, um die Tür wieder zu schließen. Sie stand einfach da, Angst ließ ihr Herz schneller schlagen.

»Guten Morgen. Ich würde es mir an Ihrer Stelle nicht zur Gewohnheit werden lassen, die Tür so zu öffnen.« Hastig schaute sie an sich herab und zog das Handtuch fester um sich. Der Besucher war Inspektor Houghton.

»Ich... guten Tag. Was kann ich für Sie tun?« Sie richtete sich zu ihrer vollen Größe auf und stand – trotz der spärlichen Umhüllung – in königlicher Haltung an der Tür.

»Nichts. Ich wollte bloß sehen, wie es Ihnen geht.« Seine Augen zeigten den ironischen Blick des Siegers, einen Ausdruck, den sie am Vortag vermißt hatte. Er erweckte in ihr den Wunsch, ihm die Augen auszukratzen.

»Mir geht es gut.« Du Dreckskerl. »Gibt es sonst noch etwas?«

»Haben Sie vielleicht Kaffee fertig, Mrs. Clarke?«

»Nein, Inspektor Houghton, habe ich nicht. Und ich muß gleich zur Arbeit. Wenn Sie etwas mit mir zu besprechen haben, würde ich vorschlagen, Sie kaufen sich eine Tasse Kaffee in der Union Street und suchen mich in einer Stunde in meinem Büro auf.«

»Immer noch hochnäsig, ja? Dabei müssen Sie doch gestern einen bösen Schock bekommen haben.«

Sie schloß die Augen, kämpfte gegen die Übelkeit an, die in ihrer Kehle aufstieg. Der Mann war ein Sadist, aber sie durfte sich jetzt nicht schwach zeigen, sie konnte es nicht. Sie hörte Ians Stimme sagen »Okay?«, auf seine ureigene Art, und sie nickte unmerklich und dachte ›Okay‹.

»Ja, es war ein Schock. Freut Sie das, Inspektor? Sehen Sie andere Leute gern unglücklich?«

»So würde ich das nicht nennen.« Er zog eine Schachtel Zigaretten hervor und bot ihr eine an. Sie schüttelte den Kopf. Es machte ihm also Vergnügen, na schön.

»Wahrscheinlich nicht. Miss Burton muß entzückt gewesen sein.«

»Sehr.« Er lächelte sie durch den Zigarettenrauch an, und sie mußte hart an sich halten, um ihm nicht ins Gesicht zu schlagen. Das erforderte noch mehr Beherrschung als der Kampf gegen die Übelkeit.

»Und was machen Sie jetzt?« Also darum ging das alles.

»Wie meinen Sie das?«

»Irgendwelche Pläne?«

»Ja, arbeiten. Und morgen meinen Mann besuchen. Nächste Woche mit Freunden zu Abend essen, und...«

Er lächelte wieder, wirkte aber gar nicht amüsiert.

»Wenn er ins Gefängnis muß, könnte das sehr belastend und schädlich für Ihre Ehe werden, Mrs. Clarke.« Seine Stimme klang fast sanft.

»Möglicherweise. Aber fast alles kann eine Ehe vernichten, wenn man es zuläßt. Es kommt darauf an, wie gut die Ehe ist und wie sehr man bereit ist, darum zu kämpfen, sie so zu erhalten.«

»Und wie gut ist die Ihre?«

»Ausgezeichnet. Ich bin Ihnen zutiefst dankbar, Inspektor Houghton, daß Sie soviel Sorge bekunden. Ich werde nicht versäumen, es sowohl meinem Mann als auch unserem Anwalt gegenüber zu erwähnen. Ich weiß, daß Mr. Clarke ausgesprochen gerührt sein wird. Wissen Sie, er ist ein äußerst sensibler Mensch, Inspektor – oder ist Eheberatung nur ein beliebtes Hobby von Ihnen?«

Seine Blicke durchbohrten sie, aber es war zu spät. Er war voll ins Fettnäpfchen getreten. Er war zu ihrem Haus gekommen, hatte an der Tür geklingelt und seine eigenen Fehler gemacht.

»Wissen Sie, ich denke gerade daran, daß ich vielleicht sogar Ihren Vorgesetzten anrufen sollte, um ihm zu erzählen, welch prachtvoller, rücksichtsvoller Mensch Sie doch sind. Da macht er sich doch tatsächlich Sorgen darüber, was ich für eine Ehe führe!«

Houghton schob seine Zigarettenschachtel wieder in die Tasche zurück. Das Lächeln war ihm längst vergangen.

»Gut, ich habe verstanden.«

»Wirklich? Mein Gott, wie schnell Sie doch sind, Inspektor.«

»Ziege.« Er sagte es durch zusammengebissene Zähne.

»Wie, bitte?«

»Ich sagte ›Ziege‹, und das können Sie meinem Vorgesetzten auch erzählen. Aber wenn ich Sie wäre, Baby, würde ich mir die Mühe sparen. Sie haben genug Probleme, und Sie werden Ihren Alten lange Zeit nicht hier in der Nähe sehen. Besser, Sie gewöhnen sich gleich daran, Sie und dieser kleine, schreibende Mistkerl sind fertig. Und wenn Sie es satt haben, immer allein im Dunkeln zu sitzen, dann können Sie ja anfangen, sich umzusehen. Da draußen gibt es besseres als das, woran Sie geklebt haben.«

»Ach, wirklich? Und Sie sind wohl ein Musterbeispiel?« Sie zitterte jetzt vor Wut, und ihre Stimme wurde ebenso laut wie seine.

»Sie können sich aussuchen, wen Sie wollen. Aber Sie werden sich umschauen. Ich gebe Ihnen zwei Monate, dann sind Sie genauso wie alle anderen.«

»Verschwinden Sie von hier, Inspektor. Und wenn Sie jemals auch nur noch einen Fuß in die Nähe dieses Hauses setzen, egal ob mit oder ohne Haussuchungsbefehl, werde ich den Richter, den Bürgermeister und die Feuerwehr rufen. Vielleicht rufe ich aber auch niemanden, sondern ziele einfach aus meinem Fenster auf Sie.«

»Dann haben Sie eine Waffe?« Er zog interessiert eine Braue hoch.

»Noch nicht, aber ich werde mir eine besorgen. Offensichtlich brauche ich ja eine.«

Er öffnete den Mund, um etwas zu sagen, doch sie trat einen Schritt zurück und schlug ihm die Tür vor der Nase zu. Taktisch gesehen war das ein schwacher Zug, aber er tat ihr gut, half ihr für einen Moment. Als sie wieder im Haus war, brach sie in der Küche zusammen. Es dauerte zwei Stunden, bis sie aufhören konnte zu zittern.

Astrid kam um elf. Sie hatte Blumen mitgebracht, außerdem ein Brathähnchen, an dem Jessie knabbern sollte, und eine große Tüte Obst, dazu noch ein kleines Röhrchen mit gelben Pillen. Aber nachdem sie zwanzig Minuten geklingelt hatte, reagierte immer noch niemand. Astrid wußte, daß Jessie daheim war, weil sie in der Boutique angerufen hatte, um sich zu vergewissern. Schließlich machte sie sich ernsthafte Sorgen und klopfte mit den Ringen an das Küchenfenster. Jessie spähte vorsichtig zwischen den Vorhängen heraus und sprang einen halben Meter hoch, als sie Astrid sah. Sie hatte gedacht, es wäre wieder Houghton.

»Großer Gott, Kind, ich dachte schon, dir wäre etwas passiert. Warum hast du denn nicht die Tür aufgemacht? Hast du Angst vor der Presse?«

»Nein, nein, damit gibt es keine Probleme... es ist bloß, ich... ach, ich weiß nicht.« Wieder traten Tränen in ihre Augen, und sie stand da und sah aus wie ein übergroßes Kind, als sie Astrid von Houghtons Besuch erzählte. »Ich halte das einfach nicht aus. Er ist so... so böse und so froh über das, was passiert ist. Und er hat gesagt, daß unsere... unsere Ehe...« Sie weinte jetzt zu sehr, um weitersprechen zu können, und Astrid drückte sie auf einen Stuhl nieder.

»Warum ziehst du nicht für ein Weilchen zu mir, Jessie? Du könntest das Gästezimmer haben und dies alles hier für ein paar Tage hinter dir lassen.«

»Nein!« Jessie sprang auf und ging im Zimmer auf und ab, berührte Sessel und Stühle, als sie vorbeischoß, oder hob hier und da etwas hoch, bloß, um es dann wieder hinzustellen. Es war eine ganze Serie von kleinen, unwichtigen, hastig abgehackten Gesten, aber Astrid erkannte sie. Sie hatte genauso reagiert damals, als Tom gestorben war.

»Nein. Danke, Astrid, aber ich möchte hier sein. Bei... bei...« Sie brach ab, wußte nicht mehr, was sie hatte sagen wollen.

»Bei Ians Sachen. Ich weiß. Aber vielleicht ist das doch keine so gute Idee. Ist es dir denn so wichtig, daß du dich dafür lieber von diesem Polizisten ärgern lassen willst? Und wenn nun noch andere kommen, die sich genauso aufführen?«

»Ich mache einfach die Tür nicht mehr auf.«

»So kannst du nicht leben, Jessica. Das würde Ian nicht wollen.«

»Doch. Ehrlich. Wirklich ... ich ... ach, Gott, Astrid, ich werde noch verrückt. Ich kann nicht ... ich weiß nicht, wie ich ohne Ian leben soll.«

»Aber du kannst ihn doch besuchen, du bist doch nicht ohne ihn. Ich verstehe zwar immer noch nicht, was passiert ist – auf jeden Fall ist Ian doch nicht tot, Jessie, es gibt ihn immer noch. Hör also um Gottes willen auf, so zu tun, als wäre er nicht mehr.«

»Aber er ist nicht hier.« Ihre Stimme klang bedauernswert. »Ich brauche ihn hier. Ich werde verrückt ohne ihn, ich werde ... ich ...«

»Nein, das wirst du nicht. Nicht, wenn du nicht verrückt werden willst. Reiß dich zusammen, Jessica, und setz dich. Jetzt, auf der Stelle. Komm her, setz dich hin.« Jessica hatte sich in den vergangenen fünf Minuten aufgeführt wie ein Stehaufmännchen, hingesetzt, aufgesprungen, hingesetzt, aufgesprungen. »Hast du gefrühstückt?« Jessica schüttelte den Kopf und machte Anstalten zu sagen, daß sie auch nichts wollte, aber Astrid hielt nur eine Hand hoch und verschwand in der Küche. Fünf Minuten später tauchte sie mit Toast, Gelee, dem frischen Obst, das sie mitgebracht hatte, und einer Tasse dampfenden Tees wieder auf. »Möchtest du Kaffee?« Jessie schüttelte den Kopf und schloß für einen Moment die Augen.

»Ich kann einfach nicht glauben, daß das wirklich passiert, Astrid.«

»Denk jetzt einfach nicht daran. Du kannst es noch nicht verstehen, also versuch es auch nicht. Wann kannst du Ian besuchen?« Jessie riß bei dieser Frage die Augen auf und seufzte.

»Morgen.«

»Gut. Dann mußt du nichts weiter versuchen, als bis morgen ruhig zu bleiben. Das kannst du doch, oder?«

Jessica nickte, aber sie war sich nicht so sicher. Das bedeutete einen Tag und eine Nacht und einen Vormittag. Die Nacht würde das Schlimmste sein. Voller Geister und Stimmen und Echos und Schrekken. Sie hatte noch vierundzwanzig Stunden hinter sich zu bringen, ehe sie Ian wiedersehen konnte.

Aber da war etwas, was sie tun wollte. Jetzt, noch ehe sie Ian besuchte. Sie wollte mit Martin über die Berufung sprechen. Er war in seinem Büro, als sie anrief, und klang bedrückt.

»Alles in Ordnung, Jessica?«

»Mir geht es gut. Wie geht es Ian?« Ihre Stimme holperte, und Martin am anderen Ende runzelte die Stirn. Ihm fiel ein, wie sie am Tag zuvor ausgesehen hatte, als er sie daheim abgesetzt hatte.

»Er hält sich gut, war aber natürlich schrecklich entsetzt.«

»Das kann ich mir denken.« Sie sagte es ganz leise, weich, mit einem abwesenden Lächeln. Entsetzt – das waren sie beide. »Martin, ich habe angerufen, weil ich Sie etwas fragen wollte, jetzt sofort, ehe ich Ian morgen besuche.«

»Und das wäre?«

»Ich möchte wissen, was wir wegen einer Berufung machen können, wie das geht, ob Sie es machen und so weiter.« Und wie zum Teufel sollen wir dafür bezahlen? Das war eine andere Sache.

»Nun, darüber können wir nach der Urteilsverkündung sprechen, Jessica. Wenn er Bewährung bekommt, hat es nicht viel Sinn, in Berufung zu gehen, höchstens, um Ian von dem Verdacht reinzuwaschen. Das will er vielleicht. Aber ich denke, Sie sollten bis nach der Urteilsverkündung warten, ehe Sie eine Entscheidung treffen. Die Zeit, in der man in Berufung gehen kann, ist zwar begrenzt, reicht aber auch dann noch aus.«

»Wann wird das Urteil verkündet?«

»In vier Wochen.«

»Aber warum sollen wir so lange warten?«

»Jessie, Sie wissen nicht, was geschehen kann. Wenn sie ihn jetzt auf Bewährung nach Hause entlassen, wird Ian vielleicht nicht wollen, daß sein oder Ihr letzter Pfennig für die Berufungsverhandlung draufgeht. Schließlich hat er keinen Beruf, in dem es unbedingt auf eine reine Weste ankommt. Gut, es kann ihn belasten«, lenkte er ein, »aber nicht so sehr in seinem Beruf. Und wenn er frei ist, wen kümmert es dann schon?«

»Was meinen Sie damit, wenn er frei ist?« Jessica fühlte sich schon wieder vollkommen verwirrt.

»Nun ja, die Alternative, wenn sie ihn nicht auf Bewährung entlassen, ist, daß er ins Gefängnis kommt. In diesem Fall kann man über eine Berufung reden. Aber alles, was Sie damit erreichen, Jessica, ist eine neue Verhandlung. Dann müssen Sie das ganze noch einmal durchmachen. Es gibt keinen auch noch so winzigen Beweis, den wir nicht vorgelegt hätten. Nichts würde sich ändern. Also würden Sie das alles vielleicht nochmals durchmachen, ohne daß sich irgend etwas für Sie ändern würde. Ich glaube, im Augenblick sollten wir auf Bewährung hoffen. Über eine Berufung können wir uns später immer noch Gedanken machen. Einverstanden?«

Zögernd stimmte Jessica zu und hängte auf. Was meinte er damit, ›wenn sie Ian freilassen‹? Was bedeutete dieses ›Wenn‹?

Kapitel XXI

»Okay?«

»Okay.« Sie lächelte, und instinktiv fuhr ihre Hand zu der goldenen Limabohne an ihrer Kehle empor und spielte damit, während sie ihn ansah. Sie hatte die vierundzwanzig Stunden überlebt, und Houghton war nicht zurückgekommen. »Ich liebe dich, Ian.«

»Ich dich auch, mein Schatz. Ist wirklich alles in Ordnung mit dir?« Er war ihretwegen so besorgt.

»Ja, ja, mir geht es gut. Und dir?«

Seine Augen erzählten ihre eigene Geschichte. Diesmal war er im Staatsgefängnis, und er trug den schmuddeligen Overall, den sie ihm gegeben hatten. Seine Kleider hatten sie in eine Einkaufstasche gestopft und Martin übergeben. Er hatte sie am Vorabend, zusammen mit dem Volvo, zu Jessica bringen lassen. Danach hatte sie zwei von den Tabletten geschluckt, die Astrid ihr dagelassen hatte.

»Martin meint, daß du vielleicht Bewährung bekommst.« Aber sie erinnerten sich beide noch gut an den Artikel, den sie am Tag der Verhandlung gelesen hatten. Darin hatte es geheißen, daß man im Falle einer Vergewaltigung von Bewährung absehen sollte. Die Stimmung in der Öffentlichkeit war im Augenblick hitzig.

»Mal sehen, Jessie, aber rechne lieber nicht damit. Wir werden es versuchen.« Er lächelte, und Jessie kämpfte ihre Tränen nieder. Was würde geschehen, wenn er nicht auf Bewährung frei käme? Sie hatte noch nicht einmal angefangen, darüber nachzudenken. Später. Schon wieder ein ›Später‹, wie bei der Verhandlung und dem Urteil. »Bist du auch brav gewesen? Keine Panik?« Er kannte sie einfach zu gut.

»Ganz gut. Und Astrid sorgt für mich wie für ein kleines Kind.« Sie erzählte ihm nichts von Houghton. Auch nicht von der Nacht des halben Wahnsinns, die sie nur mit Hilfe der Pillen überstanden hatte. Sie war durch diese Nacht gekrochen wie durch ein Minenfeld.

»Ist sie jetzt auch mit dir hier?« Er schaute sich um, konnte Astrid aber nirgends sehen.

»Ja, aber sie wartet unten. Sie hatte Angst, das alles könnte dir zu peinlich sein. Außerdem dachte sie wohl auch, daß wir ungestört miteinander reden wollen.«

»Grüß sie von mir. Ich bin froh, daß du nicht allein hier bist. Jessie, ich mache mir solche Sorgen um dich. Versprich mir, daß du keine Dummheiten machst, ja? Bitte, versprich es.« Seine Augen flehten sie an.

»Ich verspreche es dir. Wirklich, Liebling, ich bin in Ordnung.« Aber sie sah nicht so aus. Sie sahen beide verdammt schlecht aus – entsetzt, erschöpft, mitgenommen. Die zwei Tage alten Bartstoppeln in Ians Gesicht trugen auch nicht gerade dazu bei, daß er besser ausgesehen hätte.

Eine halbe Stunde lang tauschten sie die Banalitäten von Menschen aus, die sich immer noch im Schockzustand befinden. Jessie hatte damit zu tun, nicht doch noch zu weinen, und es gelang ihr auch, bis sie wieder unten bei Astrid war. Dann kamen sie – Tränen des Zorns und des Kummers.

»Er sitzt da oben in einem verdammten Käfig wie ein Tier!« Und dieses verfluchte Weib hockte wahrscheinlich in seinem Büro, tat seine Arbeit und lebte sein übliches Leben. Die Burton hatte ihre Rache, jetzt konnte sie glücklich sein. Während Ian im Gefängnis verfaulte und Jessie verrückt wurde allein in ihrem Haus.

Astrid brachte sie heim, kochte das Abendessen und wartete, bis Jessie halb eingeschlafen war. Diese Nacht war leichter für Jessie, hauptsächlich deswegen, weil sie zu erschöpft war, um sich selbst mit Gedanken zu quälen. Sie schlief einfach. Und Astrid kam schon früh am nächsten Morgen wieder, mit frischen Erdbeeren, einer Ausgabe der *New York Times* und einer brandneuen *Women's Wear Daily*, als ob das alles noch von Bedeutung wäre.

»Was würde ich nur ohne dich tun?«

»Wahrscheinlich länger schlafen. Ich war auf, und da dachte ich mir, ich könnte auch mal vorbeischauen.« Jessie schüttelte den Kopf und umarmte ihre Freundin. Dann schenkte sie zwei Tassen Tee ein. Astrid war ein Gottesgeschenk. Noch waren es siebenundzwanzig lange Tage bis zur Urteilsverkündung. Und Gott allein wußte, was danach geschehen würde.

Auch an die Boutique mußte Jessie denken, aber noch war sie nicht dazu bereit. Sie kam mit zunehmend selteneren Telefongesprächen zurecht und setzte ihr ganzes Vertrauen in Katsuko. Astrid nahm Jessie zu ihrer eigenen Verabredung beim Friseur mit, haupsächlich, um ein Auge auf sie zu haben. Jessie konne Ian nur zweimal pro Woche besuchen, und in der Zwischenzeit war sie erschreckend ziellos. Sie fing Sätze an und vergaß dann wieder, was sie sagen wollte, nahm Dinge aus ihrer Handtasche und erinnerte sich nicht mehr, weshalb sie sie herausgenommen hatte. Sie hörte Astrid zu, schaute dabei aber glatt durch sie hindurch, als würde sie nichts hören oder sehen. Alles hatte keinen Sinn. Und Jessie sah so aus, wie sie sich fühlte: wie ein verlorenes Kind, allein und fern von daheim, das sich verzweifelt an seine neue Mutter klammert. Astrid. Aber ohne Ian hatte nichts einen Sinn. Das Leben am allerwenigsten. Und ohne Kontakt zu ihm fiel es ihr immer schwerer, daran zu glauben, daß er noch lebte. Astrid versuchte nur, sie in Gang zu halten, bis sie ihn das nächstemal besuchen durfte.

Am Tag nach der Schuldsprechung war ein kleiner Artikel auf der Rückseite der Zeitung erschienen. Aber niemand hatte sich gemeldet, nur die beiden Freunde, die vor Gericht für Ian ausgesagt hatten. Sie waren entsetzt von der Neuigkeit. Astrid nahm die Gespräche entgegen, und Jessica schrieb jedem von ihnen einen kurzen Brief. Sie wollte jetzt mit niemandem reden.

Montag ging sie wieder zur Arbeit. Zina und Katsuko waren bedrückt. Kat hatte den Artikel entdeckt, hatte ihn aber am Telefon nicht erwähnt. Sie wollte warten, bis sie persönlich etwas zu Jessie sagen konnte. Und der Klang ihrer Stimme am Telefon verriet, daß Jessie nicht wollte, daß sie etwas davon wußten. Es war ein schmerzlich-schwieriger Augenblick, als sie und Astrid die Boutique betraten. Jessie sah ihren Gesichtern an, daß sie Bescheid wußten, und Zina hatte sofort Tränen in den Augen. Jessie umarmte alle beide.

Jetzt wußten die beiden Mädchen, warum Houghton damals ins Geschäft gekommen war, warum Jessie so wild geworden war, warum der Morgan verkauft werden mußte. Endlich hatten sie verstanden.

»Jessie, können wir irgend etwas tun?« fragte Katsuko in beider Namen.

»Nur eines. Sprecht nicht mehr davon. Im Augenblick kann ich nichts weiter dazu sagen. Gespräche darüber helfen mir nicht.«

»Wie geht es Ian?«

»Er wird es überleben. Das ist das Beste, was man dazu sagen kann.«

»Hast du eine Ahnung, was geschehen wird?« Sie schüttelte den Kopf und ließ sich still in ihren Sessel fallen.

»Nein, überhaupt keine. Sind damit alle Fragen beantwortet?« Sie schaute den beiden Frauen ins Gesicht, fühlte sich schon jetzt müde.

»Brauchst du daheim Hilfe, Jessie?« ließ sich nun auch Zina vernehmen. »Muß doch einsam sein für dich. Und ich wohne nicht weit fort von dir.«

»Danke, ich gebe dir Bescheid.« Sie drückte das Mädchen kurz an sich und eilte, dicht gefolgt von Astrid, weiter in ihr Büro. Das war das letzte, was sie sich wünschte: die Abende mit einer mitleidigen Zina zu verbringen! Das wäre schlimmer als die Schrecken des Alleinseins. Mit ernstem Gesicht machte sie an der Tür zu ihrem Arbeitszimmer kehrt. »Eines noch. Ich werde in den nächsten Wochen nicht viel hier sein. Ich habe einiges für Ian zu erledigen, muß mit verschiedenen Personen wegen der Urteilsverkündung sprechen und habe auch sonst eine Menge im Kopf. Ich werde hier sein, wann immer es geht, aber ich rechne fest mit euch beiden. Ihr müßt das hier für mich in Schwung halten. So wie bisher. Okay?« Katsuko salutierte, und Jessie lächelte. »Ihr seid zwei Spinner. Aber es ist schön, wieder da zu sein.«

»Wie wär's, wenn ich einspringen und helfen würde?« Astrid sah sie interessiert an, als sie an ihrem Schreibtisch Platz nahm.

»Um die Wahrheit zu sagen: Ich brauche dich überall sonst mehr als hier im Geschäft. Kat hat hier alles bestens im Griff. Das wahre Problem bin ich selbst. Morgens, abends, spät in der Nacht... du weißt schon.« Astrid wußte es wirklich. Sie hatte Jessies Gesicht um halb neun Uhr früh gesehen, hatte ihre Stimme um zwei Uhr nachts gehört. Beides verriet genau, wie ihre Nächte aussehen mußten. Die Angst, daß der neue Tag nie anbrechen würde, daß Ian nie heimkehren würde, daß die Welt sie verschlucken und nie wieder ausspucken würde, daß Houghton die Tür eintreten und sie vergewaltigen würde. Da waren reale und irreale Ängste, Dämonen, die sie selbst ersann, und Menschen, die diese Bezeichnung nicht verdienten – alles das vermischte sich in ihrem Geist.

»Hast du eine Ahnung, wann du mit der Arbeit fertig bist? Ich hole dich ab. Wir können heute abend bei mir essen, wenn du Lust hast.«

»Du bist so gut zu mir.« Es war wirklich erstaunlich, wenn man bedachte, wie kurze Zeit sie sich erst kannten. Aber Astrid wußte, wie es war. Sie hatte einen höllischen Respekt vor dem, was Jessica jetzt durchmachte.

Die meisten von Jessies Bemühungen hingen mit Ians Urteil zusammen. Zweimal suchte sie den zuständigen Bewährungshelfer auf, und Martin wurde Tag und Nacht von ihr verfolgt. Was machte er? Was hatte er vor? Hatte er mit dem Bewährungshelfer gesprochen? Welchen Eindruck hatte der Mann? Sollte Martin mit den Vorgesetzten des Mannes sprechen? Eines Tages suchte sie sogar den Richter während der Mittagszeit auf. Er hatte Mitleid, wollte aber bezüglich des Urteils nicht unter Druck gesetzt werden. Jessie hatte das dumpfe Gefühl, daß der Richter vielleicht nicht ganz so freundlich gewesen wäre, wenn sie ein weniger damenhaftes Auftreten an den Tag gelegt hätte. Selbst so war er nicht gerade überfreundlich. Sie ließ sich auch von einer Anzahl verschwiegener Freunde Bestätigungen ausstellen, in denen diese Ians guten Charakter bezeugten. Sogar von seinem Agenten bekam sie einen Brief. Sie hoffte, auf diese Art beweisen zu können, daß Ian frei sein mußte, um sein Buch fertigstellen zu können, daß ein Gefängnisaufenthalt seiner Karriere ein Ende machen würde.

Erntedanktag kam und ging wie jeder andere Tag. Zumindest sagte sich Jessica das wieder und wieder vor. Sie verbrachte den Tag wie jeden anderen Tag, an dem sie nicht arbeitete. Sie gestattete sich nicht, an vergangene Erntedankfeste zu denken. Sie weigerte sich, ihn in irgendeiner Weise festlich zu verbringen. Das wäre einfach zuviel für sie gewesen. Sie verbrachte den Tag mit Astrid, und Ian verbrachte ihn im Gefängnis. Am Erntedankfest gab es keine Besuche im Staatsgefängnis. Er aß schale Hühnchen-Sandwiches und las einen Brief von Jessie. Sie aß Steak mit Astrid, die den Festtag in diesem Jahr ignorierte und einen längeren Aufenthalt auf der Ranch ihrer Mutter für Jessie opferte. Aber es war das Opfer wert. Sie machte sich Sorgen um Jessie, die jetzt ständig wie im Nebel umherzugehen schien, von einem Extrem ins andere fiel: mal vollgepumpt mit Pillen, dann wieder aufgeregt durch zuviel Kaffee.

Und sie arbeitete Tag und Nacht, sie überlegte sich, was für das Urteil noch zu tun sei, und dann wieder ergoß sie all ihre Energie in Lady J, wie schon seit Jahren nicht mehr. Sie arbeitete auch wieder samstags. Zu Hause tat sie alles und jedes – räumte den Keller auf, die Garage, räumte die Kleiderschränke um, putzte Ians Arbeitszimmer – kurz, sie tat alles, nur um nicht zu denken. Und vielleicht, ganz vielleicht, wenn sie alles perfekt erledigte, dann würde er am Ende des Monats heimkommen. Vielleicht würden sie ihn auf Bewährung entlassen, vielleicht... sie bewegte sich wie ein wirbelnder Derwisch, sie mußte einfach immer beschäftigt sein. Das Dröhnen ihrer Gedanken in ihrem Kopf drohte sie zu betäuben. Und ständig war da die Angst – niemals konnte sie ihr entfliehen –, der schiere, endlose Terror, jenseits menschlicher Vorstellungskraft. Jessie selbst war nicht mehr menschlich. Sie aß und schlief kaum noch. Sie erlaubte es sich selbst nicht, irgendwelche Gefühle zu haben. Sie wagte es nicht, menschlich zu sein. Menschen brachen zusammen, und davor fürchtete sie sich am meisten: auseinanderzubrechen. Ian wußte es, kannte sie, aber er konnte sie jetzt nicht aufhalten. Er konnte sie nicht berühren, nicht halten, sie weder fühlen noch fühlen lassen. Er konnte nichts weiter tun, als sie durch das Fenster ansehen und über das Telefon im Gefängnis mit ihr reden, während sie nervös mit der Schnur spielte und gedankenverloren an ihrem Ohrring zupfte.

Und er sah von Mal zu Mal schlechter aus – unrasiert, ungewaschen, schlecht ernährt, mit dunklen Ringen unter den Augen, die jedes Mal, wenn sie ihn sah, noch düsterer geworden zu sein schienen.

»Schläfst du hier nicht?« Ihre Stimme hatte eine neue Schärfe bekommen. Sie war höher, schriller, ängstlicher. Er hatte Mitleid mit ihr, aber er konnte ihr jetzt nicht helfen. Sie wußten es beide, und er fragte sich, wie lange es dauern würde, bis sie ihn dafür zu hassen begann. Weil er sie im Stich gelassen hatte. Er hatte Angst, daß der Tag kommen würde, wo sie sich gegen ihn wandte. Jessie erwartete viel, weil sie so viel brauchte.

»Ich schlafe hin und wieder.« Er versuchte zu lächeln, versuchte nicht zu denken. »Wie steht es mit dir? Sieht aus wie eine Menge Make-up da unter deinen Augen. Habe ich recht, mein Schatz?«

»Hast du jemals unrecht?« Sie erwiderte sein Lächeln und zuckte die Schultern, zupfte wieder an ihrem Ohrring. Sie hatte zwölf Pfund abgenommen, aber sie schlief ein bißchen besser. Man sah es ihr bloß nicht an. Aber die neuen roten Pillen halfen, sie waren besser als die gelben, ja sogar als die kleinen blauen, die Astrid ihr später gegeben hatte. Es waren dieselben, nur stärker. Die roten, das war etwas anderes. Sie sprach mit Ian nicht darüber. Er hätte nur Schwierigkeiten gemacht deshalb. Und sie paßte ja auf. Aber die Pillen waren der beste Teil ihres Tages. Die beiden strahlenden Augenblicke mit Ian waren die einzige Zeit der

Woche, für die es sich zu leben lohnte, aber dazwischen mußte sie die Tage durchstehen. Das schafften die Pillen für sie. Und Astrid rückte sie heraus, eine nach der andern, weigerte sich jedoch, das ganze Röhrchen bei ihr zu lassen.

Ian würde wahnsinnig werden, wüßte er davon. Sie hatte ihm versprechen müssen, nach Jakes Tod – keine Pillen mehr. Er hatte die ganze Nacht an ihrem Bett gestanden, während sie ihr den Magen ausgepumpt hatten, und anschließend hatte sie es ihm versprochen. Manchmal, wenn sie eine Tablette nahm, dachte sie jetzt daran. Aber sie mußte sie nehmen, brauchte sie wirklich, oder sie würde sterben. So oder so. Sie dachte daran, aus dem Fenster zu springen, ohne es eigentlich wirklich zu wollen. Dachte an kleine Dämonen, die sie packten und Dinge tun ließen, die sie nicht tun wollte. Sie konnte nicht mehr mit den Kundinnen in der Boutique sprechen. Sie blieb jetzt den ganzen Tag hinten im Büro, aus Angst vor dem, was sie sonst vielleicht gesagt hätte. Sie hatte sich nicht mehr in der Gewalt.

Die vier Wochen zwischen Schuldsprechung und der Urteilsverkündung vergingen quälend und langsam wie ein andauernder Alptraum, aber endlich war es soweit. Der Richter hörte die Bitte um Bewährung an, und diesmal stand Jessie neben Ian, als sie warteten. Aber es ängstigte sie jetzt nicht mehr so, und immer wieder berührte sie seine Hand, sein Gesicht. Zum ersten Mal seit einem Monat konnte sie ihn berühren. Er roch entsetzlich, seine Nägel waren lang. Sie hatten ihm einen elektrischen Rasierapparat gegeben, und damit hatte er sich das Gesicht vollkommen aufgerissen. Aber es war wenigstens Ian. Endlich war da etwas Vertrautes in einer Welt, die ihr vollkommen fremd geworden war. Jetzt konnte sie neben ihm stehen. Sie vergaß fast den ernsten Anlaß. Doch die Formalitäten im Gerichtssaal brachten sie in die Wirklichkeit zurück. Da waren der Gerichtsdiener, der Gerichtsschreiber, die Flagge. Es war derselbe Gerichtssaal, derselbe Richter. Und es war alles schrecklich real.

Dem Antrag auf Bewährung wurde nicht stattgegeben. Der Richter war der Ansicht, daß die Anklage zu schwerwiegend sei. Später erklärte Martin, daß der Richter angesichts der derzeitigen politischen Lage kaum hätte anders handeln können. Ian wurde zu vier Jahren Zuchthaus verurteilt, und er würde mindestens ein Viertel seiner Strafe absitzen müssen: ein Jahr.

Der Gerichtsdiener führte ihn davon. Diesmal weinte Jessie nicht.

Kapitel XXII

Drei Tage später wurde Ian ins Zuchthaus verlegt. Wie alle männlichen Gefangenen in Nordkalifornien kam er zur ›Beurteilung‹ ins California Medical Facility in Vacaville.

Zwei Tage später fuhr Jessica mit Astrid dorthin, in dem schwarzen Jaguar und mit zwei gelben Pillen in Jessies Magen. Astrid erklärte, dies wären die letzten gewesen, die sie ihr geben könnte, aber das sagte sie jedesmal. Jessica wußte, daß sie ihr leid tat.

Abgesehen von dem Wachtturm, der über das Haupttor hinaufragte, und dem Detektor, der sie auf Waffen durchsuchte, wirkte das Gefängnis von Vacaville unauffällig. Im Innern wurden in einem Geschenkladen Souvenirs verkauft, die im Gefängnis angefertigt worden waren, häßliche Dinge, und der Empfang hätte sich auch in einem Krankenhaus befinden können. Alles war aus Chrom, Glas und Linoleum. Von außen sah es aus wie eine moderne Garage – für Menschen.

Sie baten darum, Ian sehen zu dürfen, füllten verschiedene Formulare aus und wurden aufgefordert, im Warteraum Platz zu nehmen oder durch die Eingangshalle zu schlendern. Zehn Minuten später erschien ein Wächter, der eine Tür aufsperrte, die auf einen Innenhof zu führen schien. Er wies sie an, über den Hof und jenseits durch eine weitere Tür zu gehen, die nicht versperrt sein würde.

Diejenigen, die sich auf dem Hof aufhielten, trugen blaue Jeans, T-Shirts und verschiedene Schuhe, von Stiefeln bis hin zu Sandalen, und Astrid zog eine Braue hoch, als sie Jessica ansah. Das sah nun wirklich nicht wie ein Gefängnis aus. Manche spielten irgend etwas, andere unterhielten sich mit ihren Freundinnen. Man hatte eigentlich den Eindruck, als befinde sich eine Schulklasse in der Pause, und nur hier und da gab es mal ein ernstes Gesicht oder eine Mutter mit Tränen in den Augen.

Was sie sah, schenkte Jessie neue Hoffnung. Sie konnte Ian irgendwo hier im Hof besuchen, konnte ihn wieder berühren, lachen, seine Hand halten. Es war Irrsinn, sich nach sieben Jahren Ehe wieder mit so etwas begnügen zu müssen, aber es war immer noch besser als diese dummen Hinterglas-Besuche im Staatsgefängnis.

Es stellte sich jedoch heraus, daß es keine Verbesserung für sie gab.

Ian mußte noch Monate warten, ehe er Besucher im Hof empfangen durfte. Wenn er überhaupt in diesem Haus bleiben würde. Jetzt mußten sie auch an Folsom oder San Quentin denken, alles war möglich. Im Augenblick gab es für sie wieder nichts weiter als Besuche, bei denen sie sich durch eine Scheibe sehen und per Telefon miteinander sprechen konnten. Jessica verspürte den immer stärker werdenden Wunsch, den Hörer durch die Scheibe zu werfen, während sie versuchte, Ian zuzulächeln. Sie sehnte sich nach der Berührung seines Gesichts, wollte seine Arme um sich fühlen, den Duft seines Haares riechen. Doch alles, was sie statt dessen in Händen hielt, war ein blaues Plastiktelefon. Neben ihr befand sich ein pinkfarbenes, weiter unten ein gelbes. Irgend jemand mit einer Portion Humor hatte an der ganzen Wand entlang pastellfarbene Apparate angebracht. Es war wie in einem Kinderzimmer mit Glasfenstern. Und man unterhielt sich mit den lieben Babys übers Telefon. Was sie brauchte, war ihr Ehemann, nicht ein Telefonfreund.

Aber er sah besser aus – dünner, aber zumindest sauber. In der Hoffnung auf einen Besuch hatte er sich rasiert. Sie machten ein paar ihrer alten Witze, und hin und wieder nahm Astrid das Telefon von Jessie entgegen. Es war komisch, so hier zu sitzen und Konversation zu machen, mit einer Glaswand zwischen Ian und den Frauen. Der Ausdruck seiner Augen verriet seinen Kummer, und ihre humorvollen Bemerkungen hatten immer einen bitteren Unterton.

»Ein hübscher Harem. Für einen Frauenschänder.« Er grinste nervös bei seinem eigenen schlechten Witz.

»Vielleicht glauben sie, du wärest ein Zuhälter.« Ihr Lachen klang rostig, knirschend.

Die Wahrheit war, daß er hier für mindestens ein Jahr war. Jessie fragte sich, wie lange sie diese Situation ertragen könnte. Aber vielleicht mußte sie das auch gar nicht. Vielleicht mußte es keiner von ihnen. Sie wollte mit ihm über eine Berufung sprechen.

»Hast du mit Martin darüber geredet?«

»Ja. Und es wird keine Berufung geben.« Seine Antwort kam ernst, und seine Stimme klang fest.

»Was?« Jessies Stimme war plötzlich schrill.

»Du hast es gehört. Ich weiß, was ich tue, Jess. Auch beim nächstenmal würde sich nichts ändern. Martin glaubt das auch. Wir würden nur noch mehr Schulden machen, fünf- oder zehntausend Dollar, und wenn die zweite Verhandlung dann vorbei ist, würden wir auch nicht anders dastehen. Wir haben zwar unseren Verdacht bezüglich des Ehemannes, aber wir können nun mal nichts beweisen. Alles, was wir haben, sind ein altes Foto und ein paar verrückte Ideen. Niemand wird das bezeugen. Wir haben nichts als eine vage, blinde Hoffnung. Einmal haben wir versucht, darauf aufmerksam zu machen, aber da hatten wir keine andere Wahl. Aber noch einmal machen wir das nicht durch. Eine neue Verhandlung würde genauso enden, und es würde bloß alle noch verrückter machen. Martin meinte, es wäre besser für mich, wenn ich das hier durchstehe und ein netter Junge bin. Dann werden sie mich wahrscheinlich vorzeitig entlassen. Auf jeden Fall habe ich meine Entscheidung getroffen, und die ist richtig.«

»Wer sagt, daß du recht hast, verdammt noch mal? Und warum hat mich niemand gefragt?«

»Weil wir über mich und meine Zeit hier drinnen sprechen, nicht über deine. Es ist meine Entscheidung.«

»Aber sie berührt doch auch mein Leben!« Ihre Augen füllten sich mit Tränen. Sie wollte die Berufung, wollte noch eine Chance, wollte irgend etwas unternehmen. Sie konnte doch nicht hinnehmen, einfach nur dasitzen zu müssen, bis er entlassen wurde. Außerdem hatte Martin gesagt, es wäre gut möglich, daß Ian ein paar Jahre im Zuchthaus bleiben müßte. Zwei Jahre? Himmel. Wie sollte sie das überleben? Sie konnte kaum noch sprechen und klammerte sich an den Hörer.

»Jessie, vertrau mir doch. Es mußte einfach so sein. Es hat keinen Sinn.«

»Wir könnten etwas verkaufen. Das Haus. Irgend etwas.«

»Und wenn wir wieder verlieren? Was dann? Laß uns einfach die Zähne zusammenbeißen und das durchstehen. Bitte, Jessie, bitte, bitte versuche es. Ich kann im Augenblick nichts für dich tun, als dich lieben. Du mußt stark sein. Und es wird nicht lange dauern. Wahrscheinlich nicht länger als ein Jahr.« Er versuchte fröhlich zu klingen, ihretwegen.

»Und wenn es doch länger als ein Jahr dauert?«

»Darüber können wir uns später noch Gedanken machen.« Tränen liefen über ihr Gesicht. Das war ihre Antwort. Wie konnten sie das entscheiden, ohne sie gefragt zu haben? Und warum waren sie nicht bereit, es noch einmal zu versuchen? Vielleicht könnten sie gewinnen... vielleicht... sie sah auf, bemerkte, wie Ian und Astrid einen Blick wechselten und er den Kopf schüttelte. »Schatz, du mußt dich zusammenreißen.«

»Warum?«

»Meinetwegen.«

»Ich bin schon okay.«

Er schüttelte den Kopf und sah sie an. »Ich wünschte wirklich, du wärest es.« Gott sei Dank hatte sie Astrid.

Sie unterhielten sich noch eine Weile, über die anderen Männer im Zuchthaus, über ein paar Untersuchungen, die bei ihm gemacht worden waren, über seine Hoffnungen, hier bleiben zu dürfen, nicht in ein anderes Haus verlegt zu werden. Vacaville schien zumindest recht zivilisiert zu sein, und er hoffte, daß er an seinem Buch arbeiten konnte, wenn er erst einmal eine Weile hier war und sich an alles gewöhnt hatte. Jessie sagte sich, daß es ein gutes Gefühl war, zu wissen, daß er noch immer an seinem Buch interessiert war. Das bedeutete zumindest, daß er geistig aktiv war. Aber dann mußte sie feststellen, daß es ihr eigentlich nichts bedeutete. Was war mit ihr? Nach ihrem Ausbruch wegen der Berufung fühlte sie sich noch einsamer. Sie versuchte, ihrem Lächeln Leben zu verleihen, aber es schmerzte sie so, nicht die Hand nach ihm ausstrekken, ihn berühren oder von ihm in den Armen gehalten werden zu können.

Er sah sie lange an und wünschte sich auch, daß er sie berühren könnte. Nicht einmal er hatte genügend Worte, und zu oft schwiegen sie.

»Wie läuft das Geschäft?«

»Gut, prima, ehrlich.« Aber es war eine Lüge. Die Boutique ging so schlecht wie noch nie in all den Jahren, seit sie sie eröffnet hatte. Aber was konnte sie ihm erzählen, was konnte sie sagen, ohne Anschuldigungen vorzubringen, Schreie der Verzweiflung und des Zorns auszustoßen? Was war geblieben? Da war immer nur die Wahrheit, daß das Geschäft lausig ging, daß er daheim sein sollte und ihr helfen, die Rechnungen zu bezahlen... die Wahrheit, daß er nicht im Zuchthaus sitzen sollte... die Wahrheit, daß er schrecklich aussah, daß sein Haarschnitt ihn aussehen ließ wie einen alten, müden Mann... die Wahrheit, daß sie sich jetzt sogar Sorgen machte, er könnte im Gefängnis homosexuell werden – oder schlimmer noch, jemand würde ihn umbringen... die Wahrheit, daß sie nicht mehr wußte, wie sie die Rechnungen noch bezahlen sollte, daß sie fürchtete, die Nächte allein nicht zu überstehen... die Wahrheit, daß sie sterben wollte... die Wahrheit, daß er nie mit Margaret Burton hätte schlafen sollen... die Wahrheit, daß er ein Schuft war, daß sie anfing, ihn zu verabscheuen, weil er nicht mehr bei ihr war... er war fort. Aber sie konnte ihm die Wahrheit nicht erzählen. Zuviel Schwierigkeiten gab es jetzt, und sie wußte, ein Gespräch darüber würde ihn umbringen.

Er redete jetzt wieder. Sie mußte aufschauen und ihre Aufmerksamkeit auf ihn heften.

»Jess, ich möchte, daß du etwas für mich tust, wenn du heute heimkommst. Laß das Buch kopieren, hinterlege die Kopie bei der Bank und sende mir das Original. Ich werde um eine Sondergenehmigung ersuchen, damit ich weiter daran arbeiten kann, und bis das Manuskript hier eintrifft, werde ich den ganzen Papierkrieg erledigt haben. Vergiß es also nicht. Versuche, es mir heute noch zu schicken, ja?« Seine Augen wurden wieder hell, als er das sagte, aber Astrid wunderte sich über den Ausdruck auf Jessies Gesicht. Jessica war verblüfft. Er war gerade zu einer Zuchthausstrafe verurteilt worden, und da machte er sich Gedanken über sein Buch?

Nach kaum mehr als einer Stunde mußten sie ihren Besuch abbrechen. Sie verabschiedeten sich über das Telefon, verlegen, überstürzt, Astrid fröhlich. Ian umarmte Jessica noch einmal in Gedanken, und Jessica dachte in einem Augenblick voll Panik, daß ihr die Kehle zugeschnürt würde. Sie konnte ihm nicht einmal einen Abschiedskuß geben. Aber wenn es für sie doch so wichtig war, ihn festzuhalten? Verstanden die denn einfach nicht, daß alles, was sie auf der Welt hatte, Ian war? Wenn nun...?

Sie sah zu, wie er langsam davonging und zögerte, sie zu verlassen. Aber ein breites, jungenhaftes Lächeln stand auf seinem Gesicht, und auch sie bemühte sich zu lächeln. Insgeheim war sie froh, daß der Besuch vorbei war. Es fiel ihr von Mal zu Mal schwerer, ihn zu sehen. Hier war es noch schlimmer als im Gefängnis. Sie wollte mit der Faust die Glasscheibe durchschlagen, wollte schreien, wollte... irgend etwas tun, aber statt dessen warf sie ihm ein letztes Lächeln zu und folgte Astrid wie betäubt zum Wagen.

»Hast du noch ein paar von deinen kleinen Zauberpillen, gute Fee?«

»Nein, habe ich nicht. Ich habe sie nicht mitgenommen.« Astrid sagte nichts weiter, berührte nur sanft Jessies Arm und zog sie dann an sich, ehe sie den Wagen aufschloß. Sie wußte nichts zu sagen. Auf der Heimfahrt tat sie so, als würde sie die Tränen nicht sehen, die über Jessies Gesicht liefen, während das Radio leise Musik ausstrahlte.

»Soll ich dich zu Hause absetzen, damit du dich ein Weilchen entspannen kannst?« Sie lächelte, als sie an eine Ampel auf dem Broadway kamen, wo der Stadtverkehr sie wieder schluckte. Zwei Straßen weiter kamen sie an Enrico vorüber.

»Nein. Und hier hat alles angefangen.«

»Was?« Astrid hatte es nicht gesehen und wandte sich Jessie zu, die die Tische auf dem Bürgersteig anstarrte, wo sie sich unter den Heizstrahlern drängten. Es war jetzt kühl, aber noch immer saßen ein paar Unermüdliche im Freien.

»Enrico. Da hat er sie getroffen. Ich frage mich, was sie jetzt wohl macht.« Jessica sprach fast wie im Traum, ihr Gesicht war leicht verzerrt.

»Jessie, denk nicht daran.«

»Warum nicht?«

»Weil es jetzt keinen Sinn hat. Es ist vorbei. Du mußt jetzt nach vorne schauen zum anderen Ende. Du mußt einfach weitertrotten, durch den Tunnel, und ehe du es dich versiehst...«

»Ach, verflixt! Du sprichst so, als würde es sich um ein Märchen handeln, Himmeldonnerwetter! Was meinst du denn, was das für ein Gefühl ist, wenn man seinen Mann nur noch durch eine Glasscheibe sieht, wenn man ihn nicht berühren kann, oder... ach, Gott. Es tut mir leid. Ich halte das einfach nicht aus, Astrid. Ich kann es nicht hinnehmen, ich will nicht, daß das geschieht, ich will nicht allein sein. Ich brauche ihn.« Tränenerstickt brach sie ab.

»Und du hast ihn auch immer noch. In jeder Hinsicht, die zählt. Also gut, er ist hinter einem Fenster, na und? Da wird er schließlich nicht für immer bleiben. Was meinst du denn, wie ich mich gefühlt habe, als ich auf Tom in seinem blöden Sarg geschaut habe? Ich wußte, er würde nie mehr mit mir sprechen, mich halten, mich brauchen, mich lieben. Niemals mehr, Jessie. Bei dir und Ian ist es nur vorübergehend. Das einzige, was du im Moment nicht hast, ist seine Gegenwart im Haus, Nacht für Nacht. Aber alles andere gibt es noch immer.«

Aber genau das war es doch, was sie brauchte. Seine Gegenwart. Was blieb da sonst noch? Sie konnte sich nicht mehr erinnern. Gab es überhaupt einen ›Rest‹? Hatte es jemals einen gegeben?

»Und du mußt aufhören, diese Pillen zu nehmen, Jessie.« Astrids Stimme rief sie in die Gegenwart zurück. Sie waren nur noch wenige Straßen von ihrem Haus entfernt.

»Warum? Sie schaden doch nicht. Sie... helfen mir bloß, das ist alles.«

»Nach einer Weile tun sie das eben nicht mehr. Sie deprimieren dich bloß immer mehr, wenn sie das nicht ohnehin schon tun. Und wenn du nicht aufpaßt, wirst du so abhängig von ihnen, dann hast du wirklich ein Problem. Bei mir war es so, und es war scheußlich, davon wegzukommen. Ich habe Wochen bei Mutter auf der Ranch verbracht und versucht, den Absprung zu schaffen. Tu dir selbst einen großen Gefallen – gib sie jetzt auf.« Jessie wischte mit einer Bewegung den Vorschlag beiseite und zog einen Kamm aus der Tasche.

»Ja. Vielleicht sollte ich direkt ins Geschäft gehen.«

»Warum willst du nicht wenigstens für fünf Minuten heimgehen und dich ausruhen? Wie wäre das denn?« Lausig. Schmerzlich.

»Einverstanden. Wenn du eine Tasse Kaffee mit mir trinkst.« Sie wollte nicht allein sein. »Ich muß Ians Buch holen und für ihn kopieren lassen. Er will wieder arbeiten.« Astrid bemerkte den gezwungenen Ton ihrer Stimme. Konnte es sein, daß sie eifersüchtig war? Dieser Gedanke war absurd, aber im Moment war bei Jessie ja alles möglich.

»Wenigstens lassen sie ihn arbeiten.«

»Sieht so aus«, meinte Jessie achselzuckend, als Astrid in die Auffahrt einbog.

»Es wird ihm guttun.«

Wieder zuckte Jessie mit den Schultern und stieg aus.

In der Eingangshalle herrschte ein wenig Unordnung. Jacken und Mäntel lagen herum, die sie anprobiert und wieder verworfen hatte, ehe sie am Morgen zu Ian gefahren waren. Astrid bemerkte, daß Ians Mäntel ganz auf eine Seite des Schrankes geschoben worden waren, daß hier und da weibliche Kleinigkeiten herumlagen. Er war erst fünf Wochen fort, und doch sah das Haus jetzt schon aus wie das einer Frau. Sie fragte sich, ob Jessie die Veränderung wohl bemerkt hatte.

»Kaffee oder Tee?«

»Kaffee, bitte.« Astrid lächelte und machte es sich in einem Sessel bequem, um die Aussicht zu genießen. »Kann ich dir helfen?« Jessica schüttelte den Kopf, und Astrid versuchte zu entspannen. Es war jetzt schwierig, mit Jessie zusammen zu sein. Da war so viel Schmerz, und es gab so wenig, was man tun konnte, um ihr zu helfen. Nur einfach da sein. »Was machst du Weihnachten?«

Jessica erschien mit zwei Tassen und lachte hohl. »Wer weiß? Vielleicht hänge ich dieses Jahr mich selbst anstatt einen Strumpf auf.«

»Jessica, das ist nicht sehr witzig.«

»Ist denn überhaupt noch etwas witzig?«

Astrid seufzte tief und stellte die Tasse ab, die Jessie ihr gereicht hatte.

»Jessie, du mußt endlich aufhören, Mitleid mit dir selbst zu haben. Irgendwie, irgendwo mußt du etwas finden, an dem du dich festhalten kannst. Deinetwegen, nicht bloß seinetwegen. Das Geschäft, Freunde, ich, die Kirche, was auch immer du brauchst, aber irgendeine Stütze brauchst du einfach. So kannst du nicht leben. Nicht nur deine Ehe wird kaputtgehen, viel schlimmer noch, du wirst auch nicht überleben.« Das war es, was Ian solche Angst gemacht hatte: Astrid wußte es. Ein-, zweimal hatte er sie angeschaut, und sie hatte ihn verstanden.

»Schließlich ist das nicht für ewige Zeiten. Du bekommst ja wieder, was du gehabt hast. Es ist nicht vorbei.«

»Nein? Woher weißt du das? Ich weiß es selbst nicht einmal. Ich weiß ja nicht einmal, was wir gehabt haben, zum Teufel, und ob es wert ist, es sich zurückzuwünschen.« Ihre eigenen Worte erschreckten sie, aber sie konnte jetzt nicht mehr aufhören. Sie verkrampfte die zitternden Hände. »Was haben wir denn gehabt? Ich, die Ian unterhalten hat, und er, der mich deswegen haßte, so sehr, daß er ausziehen und mit einem Haufen anderer Weiber schlafen mußte, um sich wieder als Mann zu fühlen. Hübsches Bild einer Ehe, findest du nicht, Astrid? Genau das, wovon jedes Mädchen träumt.«

»Denkst du das jetzt wirklich?« Astrid sah den Schmerz in Jessicas Gesicht, und ihr Herz floß über vor Mitleid. »Nach allem, was ich gesehen habe, gehört eine Menge mehr zu eurer Ehe als das.« Sie hatten so jung und so glücklich ausgesehen, aber jetzt erkannte Astrid, daß da eine Menge gewesen war, von dem sie nichts geahnt hatte. Sie fing Jessies Blick auf, und er tat ihr weh. In den kommenden Monaten würde Jessica eine Menge herausfinden müssen.

»Ich weiß nicht, Astrid. Ich habe das Gefühl, alles falsch gemacht zu haben, und jetzt will ich es richtig machen. Aber es ist zu spät. Er ist fort. Und es ist mir egal, was du sagst, ich fühle es in meinem Innern, daß er nie wieder heimkommen wird. Ich spiele ein Spielchen mit mir selbst, lausche auf seine Schritte, wandere in seinem Arbeitszimmer herum – und dann fahren wir dorthin, und ich sehe ihn da sitzen wie einen Affen im Käfig. Astrid, er ist mein Mann, und sie haben ihn eingesperrt wie ein Tier!« Tränen und Verwirrung strömten aus ihren Augen.

»Und das beunruhigt dich so sehr, Jessie?«

Sie schien über diese Frage verärgert. »Natürlich! Was denkst du denn?«

»Ich denke, daß dir das wirklich sehr weh tut, aber ich glaube, daß da auch andere Dinge sind, die du ebenso schlimm findest. Ich glaube, du hast Angst, daß sich alles ändern wird. Er wird sich ändern. Er wünscht sich jetzt sein Buch, und das macht dir angst.«

»Es macht mir keine Angst. Es macht mich wütend.« Das war wenigstens ehrlich. Sie hatte es zugegeben.

»Und warum macht dich das wütend?«

»Weil ich hier allein sitze, langsam verrückt werde, versuche, mit der Wirklichkeit fertig zu werden, und was will er tun? Mit seinem Buch herumspielen, als wenn überhaupt nichts geschehen wäre. Und... ach... ich weiß nicht, Astrid, das ist alles so kompliziert. Ich verstehe einfach überhaupt nichts mehr. Es macht mich alles verrückt. Ich halte es einfach nicht aus. Verstehst du? Ich halte es nicht mehr aus!«

»Du hältst es aus und Ian ebenfalls. Das Schlimmste habt ihr doch schon hinter euch. Die Verhandlung – das muß die Hölle gewesen sein.« Jessie nickte ernst.

»Ja, aber das hier ist schlimmer. Das wird ewig so weitergehen.«

»Unsinn, natürlich nicht. Und du kannst eine Menge mehr aushalten, als du glaubst, Jessie, genau wie Ian.« Sie hoffte, daß sie mit ihren Worten recht hatte.

»Wie kannst du dir nur so sicher sein? Erinnerst du dich, wie er heute ausgesehen hat, Astrid? Was glaubst du, wie lange er das alles ertragen kann? Er ist verwöhnt, schrecklich verwöhnt, und an ein bequemes Leben mit zivilisierten Menschen gewöhnt. Jetzt hockt er da. Wir wissen nicht, wie es wirklich ist, aber was, glaubst du, passiert, wenn ein paar Knaben sich mit einem Messer auf ihn stürzen? Oder wenn ein Schwuler etwas mit ihm anfangen will? Was dann? Bist du wirklich sicher, daß er damit fertig wird, Astrid?« Ihre Stimme war immer höher und lauter geworden. »Und weißt du, was das Beste dabei ist? Daß er da drin hockt – meinetwegen. Nicht wegen Margaret Burton. Nein, meinetwegen! Weil ich ihn so vollkommen entmannt habe, daß er sich irgend etwas beweisen mußte. Ich war das, genausogut hätte ich ihm persönlich die Handschellen anlegen können.«

Das Schlimmste daran war, daß Jessie wirklich glaubte, was sie sagte. Astrid trat zu ihr und versuchte, die Arme um Jessicas zuckende Schultern zu legen.

»Jessica, nicht... pscht. Du weißt...«

»Ich weiß, das ist die Wahrheit! Ich weiß es. Und er weiß es. Und sogar dieses verdammte Weib wußte es. Du hättest mal sehen sollen, wie die mich vor Gericht angesehen hat. Gott weiß, was er ihr erzählt hat. Aber ich habe sie mit Haß angesehen, und in ihren Augen stand... Mitleid. Verdammt, Astrid, bitte, gib mir noch welche von den Pillen.« Mit gequältem Gesicht sah sie zu ihrer Freundin auf, doch die schüttelte den Kopf.

»Das kann ich nicht.«

»Warum nicht? Ich brauche sie.«

»Du mußt jetzt klar überlegen können und darfst dich nicht benebeln. Was du mir da gerade erzählt hast, ist vollkommen verrückt, und wahrscheinlich ist eine ganze Menge von deinen Ideen ebenso verrückt. Besser, du überdenkst das alles auf der Stelle, und Pillen helfen dir dabei nicht.«

»Sie helfen mir, das alles durchzustehen.« Sie bettelte jetzt.

»Nein, das tun sie nicht. Du hast jegliche Perspektive verloren, weißt überhaupt nicht mehr, was wirklich geschehen ist, und die Pillen machen das nur noch schlimmer. Und eines kann ich dir sagen: Wenn du jetzt nicht anfängst, klar zu denken, dann wird es immer schlimmer, und wenn Ian aus dem Gefängnis kommt, hast du mal einen Ehemann gehabt. Alles wird damit enden, daß du ihn haßt, vielleicht genauso, wie du im Augenblick dich selbst haßt, wenn das überhaupt möglich ist. Du bist dir ein paar ernsthafte Gedanken schuldig, Jessica.«

»Also wirst du dafür sorgen, ja?« Jessicas Stimme klang jetzt verbittert.

»Nein, das kann ich nicht. Ich kann dich nicht zum Denken zwingen. Aber ich werde dir auch nichts mehr geben, was es unmöglich macht. Das kann ich nicht, Jessica. Ich kann's einfach nicht.« Jessica verspürte den fast unwiderstehlichen Drang, aufzustehen und sie zu schlagen. Da erkannte sie, daß sie wirklich verrückt zu werden drohte. Astrid schlagen zu wollen war doch verrückt, aber auch so real. Sie wollte diese verfluchten Tabletten!

»Früher oder später mußt du dich den Tatsachen ohnehin stellen.« Plötzlich standen wieder Tränen in Jessies Augen.

»Aber wenn ich verrückt werde? Ich meine, richtig verrückt?«

»Warum solltest du?«

»Weil ich nicht damit fertig werde. Ich schaffe das einfach nicht.«

Astrid fragte sich, wie ihre Mutter sie hatte ertragen können, als sie selbst nach Toms Tod in fast derselben Verfassung war. Dann kam ihr ein Gedanke.

»Jessie, warum kommst du nicht mit mir über Weihnachten auf die Ranch meiner Mutter? Mutter würde sich freuen, und dir würde es bestimmt guttun.«

Jessica schüttelte den Kopf, noch ehe Astrid den Satz beendet hatte.

»Das kann ich nicht.«

»Warum nicht?«

»Ich muß Weihnachten mit Ian verbringen.« Bei dem Gedanken verdüsterte sich ihr Gesicht.

»Das ›mußt‹ du doch nicht.«

»Also gut, dann will ich es eben.« Weihnachten ohne Ian? Undenkbar.

»Selbst mit der Scheibe zwischen euch?« Jessica nickte. »Aber warum denn, um Himmels willen? Als Sühne für die Schuld, die du dir selbst aufs Haupt lädst? Jessica, sei doch nicht albern. Ian würde sich wahrscheinlich freuen, wenn er wüßte, daß du etwas Hübsches unternehmen würdest, wie zum Beispiel auf die Ranch fahren.« Jessica antwortete nicht, und nach einer Pause sagte Astrid, was sie wirklich gedacht hatte: »Oder möchtest du ihn lieber quälen, ihm zeigen, wie sehr du zu Weihnachten leiden kannst?«

Jessica riß bei diesen Worten die Augen auf.

»Himmel, du sagst das, als würde ich versuchen, ihn zu bestrafen.«

»Tust du vielleicht auch. Ich glaube, du weißt im Augenblick einfach nicht, wen du mehr verabscheust – ihn oder dich selbst. Aber ich finde, ihr habt beide genug Strafe gehabt, Ian durch den Staat und du durch dich selbst. Kannst du nicht endlich anfangen, nett zu dir zu sein? Dann schaffst du es vielleicht auch, gut zu ihm zu sein.« In Astrids Worten lag mehr Wahrheit, als Jessie verkraften konnte.

»Du kannst selbst für dich sorgen, Jessie. Und Ian wird auch für dich sorgen, selbst auf diese Entfernung hin. Eure Freunde werden helfen. Aber vor allem mußt du verstehen und einsehen, daß du viel mehr kannst, als dir bewußt ist.«

»Woher weißt du das?«

»Ich weiß es eben. Du hast Angst, und du hast jedes Recht dazu. Aber wenn du dich bloß ein bißchen beruhigen könntest, dich selbst mit freundlichen Augen betrachten könntest, dann würdest du dich weit weniger fürchten. Aber damit das klappt, mußt du aufhören, davor wegzulaufen.«

»Und Pillen zu nehmen?«

Astrid nickte, und Jessica blieb stumm. Noch war sie nicht bereit dazu. Das wußte sie, ohne es überhaupt versucht zu haben.

Aber sie versuchte, vernünftig zu sein. Astrid ging, ohne ihr etwas zu geben, und Jessica fuhr mit Ians Manuskript zur Bank – mit zitternden Händen und zitternden Knien, aber ohne eine Pille genommen zu haben. Von dort aus ging sie zur Post und von da aus ins Geschäft. Sie blieb kaum eine Stunde in der Boutique, dann kam sie in die Wohnung zurück. Die Nacht verbrachte sie zusammengekauert in einem Sessel im Wohnzimmmer, zitternd, mit aufgerissenen Augen und in einem Pullover von Ian. Er roch noch immer nach seinem Eau de Cologne, und sie hatte das Gefühl, ihn neben sich zu spüren. Sie fühlte, wie er sie beobachtete, als sie vor dem Kamin saß. In den Flammen sah sie immer noch Gesichter – Ians, das ihrer Mutter, Jakes, das ihres Vaters. Spät in der Nacht kamen sie zu ihr. Und dann glaubte sie, merkwürdige Geräusche aus der Garage zu hören. Sie wollte schreien, konnte es aber nicht. Sie wollte Tabletten schlucken, hatte aber keine. In jener Nacht ging sie nicht zu Bett, und um sieben Uhr früh rief sie den Arzt an. Er gab ihr alles, was sie wollte.

Kapitel XXIII

Über Weihnachten verbrachte Astrid drei Wochen bei ihrer Mutter auf der Ranch. Jessica hatte in der Boutique zu tun. Ihre Besuche bei Ian wurden ihr inzwischen zur Routine. An zwei Vormittagen der Woche und am Sonntag fuhr sie zu ihm. Vierhundert Meilen pro Woche mit Ians Wagen. Lange würde der Volvo das nicht mehr durchhalten. Sie fragte sich schon fast, ob sie und der Wagen zusammen sterben würden, sich einfach am Straßenrand überschlagen und sterben würden. Der Volvo würde schon aus Altersgründen bald das Zeitliche segnen, Jessie wohl mehr aus Erschöpfung und übermäßiger Belastung. Das, und viel zu viele Pillen. Aber sie funktionierte jetzt sehr gut damit. Die meisten Leute merkten es ihr immer noch nicht an. Und Ian hatte sie noch nicht daraufhin angesprochen. Sie vermutete, daß er einfach nicht sehen wollte, was da vor sich ging. Ihr war es nur recht.

In diesem Jahr konnte sie ihm kein Weihnachtsgeschenk senden. Er durfte nur Geld annehmen, also schickte sie ihm einen Scheck, sie vergaß ganz, Geschenke für die beiden Mädchen in der Boutique zu kaufen. Sie dachte nur daran, den Tank aufzufüllen, die Besuche mit Ian auf der anderen Seite der Scheibe zu überstehen und sich ihre neuen Rezepte vom Arzt zu holen. Alles andere schien unwichtig. Alles, was ihr noch an Energie blieb, wenn das erledigt war, verwendete sie darauf, die Rechnungen zu studieren. Sie kam allmählich mit dem Bezahlen voran, doch es kam vor, daß sie morgens aufwachte und sich überlegte, wie sie das eine oder andere zahlen konnte, wenn sie das Geld dort lieh, das nicht vor einem bestimmten Termin zahlte und... Sie hoffte, daß das Weihnachtsgeschäft sie wieder in die schwarzen Zahlen zurückbringen würde. Aber Lady J hatte ihre eigenen Probleme. Irgend etwas fehlte, aber sie schaffte es einfach nicht, sich so um die Boutique zu kümmern wie sonst. Jetzt war Lady J nur Arbeit, kein Vergnügen mehr. Es war ein Mittel, um ihre Rechnungen bezahlen zu können, ein Ort, an dem sie sich tagsüber aufhalten konnte. Sie konnte sich in ihrem kleinen Büro hinten im Geschäft aufhalten und mit ihren Rechnungen hantieren. Sie kam jetzt nur noch selten nach vorn, um Kundinnen zu sehen. Schon nach ein paar Minuten würde die ihr inzwischen vertraute Panik von ihr Besitz ergreifen, ihr die Kehle zuschnüren, und sie müßte sich entschuldigend zurückziehen... eine gelbe Pille... eine blaue... schnell einen Schluck Scotch... irgend etwas... egal was... nur, um die Angst loszuwerden. Es war einfacher, bloß im Hintergrund zu bleiben und die Mädchen mit den Kundinnen verhandeln zu lassen. Sie hatte ohnehin genug zu tun – mit den Rechnungen und dem Versuch, nicht zu denken. Es kostete viel Mühe, nicht zu denken, vor allem spät abends oder sonntags oder frühmorgens. Zum erstenmal seit Jahren hörte sie plötzlich ganz deutlich die Stimme ihrer Mutter, das Lachen ihres Vaters. Sie hatte sie so lange vergessen, und jetzt waren sie wieder da. Sie sagten etwas... über einander... über sie... über Ian... und sie hatten recht. Sie wollten, daß sie dachte, nachdachte. Einmal sagte sogar Jake etwas. Aber sie wollte nicht denken. Es war noch nicht soweit. Sie mußte es nicht... wollte es nicht... konnte nicht... sie konnten sie nicht zwingen... sie...

Weihnachten fiel nicht auf einen Besuchstag, und so konnte sie das Fest zu guter Letzt doch nicht mit Ian verbringen. Sie verbrachte es allein, mit drei roten und zwei gelben Pillen. Sie wachte erst um vier Uhr am nächsten Nachmittag wieder auf, und da konnte sie gleich ins Geschäft fahren. Sie wollte einige Kleidungsstücke auszeichnen, einen Schlußverkauf machen. Sie hatten am Weihnachtsgeschäft verloren, und das mußte sie ausgleichen. Jetzt plante sie, ihren besten Kundinnen kleine Einladungskarten zu schicken. Sie hoffte, daß sie dann in Massen herbeieilen würden.

Neujahr erledigte sie die Buchführung, und endlich fiel ihr auch ein, daß sie Zina und Kat Schecks anstelle der vergessenen Weihnachtsgeschenke geben mußte. Jessie hatte drei Geschenke bekommen und ein Gedicht von Ian, von Astrid ein hübsches, sehr schlichtes Goldarmband und von Zina und Kat hübsche Kleinigkeiten. Das Gedicht von Ian las sie am Weihnachtsabend wieder und wieder, es lag, schon ganz abgegriffen, auf ihrem Nachttisch.

Auch ins Büro nahm sie es mit, trug es jetzt in ihrer Tasche bei sich, damit sie es im Laufe des Tages jederzeit hervorziehen und lesen konnte. Am Tag, nachdem sie es erhalten hatte, kannte sie es bereits auswendig.

Katsuko und Zina fragten sich, was sie die ganze Zeit in ihrem Büro machte. Sie tauchte zwischendurch mal auf, um sich einen Kaffee zu holen oder im Lager etwas nachzusehen, sprach aber kaum mit ihnen und machte nie mehr Witze. Dahin waren die Tage fröhlichen Klatsches und lockerer Freundschaft, die die drei verbunden hatte. Es war fast, als wäre Jessie mit Ian zusammen verschwunden. Am Ende des Tages tauchte sie in der Tür ihres kleinen Büros auf, manchmal mit einem Bleistift im Haar, einem abwesenden Blick und einem kleinen Stapel Rechnungen in einer Hand, und manchmal waren ihre Augen auch blutunterlaufen und verschwollen. Sie fuhr die Leute jetzt schneller einmal an, verlor leichter die Geduld, auch wenn es nur um Kleinigkeiten ging. Und immer war da dieser tote Blick in ihren Augen. Der Blick, der verriet, daß sie die Nächte über wachlag, daß sie mehr Angst hatte, als sie die anderen wissen lassen wollte, und daß sie sich mit Tabletten betäubte.

Nur die Tage, an denen sie Ian besuchte, waren ein bißchen anders. Da lebte sie wieder. Hinter der Mauer, die sie zwischen sich selbst und dem Rest der Welt aufgebaut hatte, funkelte etwas. Dann geschah auch etwas mit ihren Augen, aber sie wollte niemanden teilhaben lassen.

Nicht einmal Astrid, die mehr und mehr Zeit im Geschäft verbrachte und nun auch Zina und Katsuko besser kannte. In gewisser Weise hatte Astrid Jessie ersetzt. Sie hatte die leichte, lockere Art, die Jessie früher gehabt hatte. Die Boutique, die Menschen, die Kleider, die Mädchen, all das machte ihr Spaß. Sie liebte es, und man merkte es ihr an. Sie hatte neue Ideen und Zeit zu reden und zu lachen. Die Mädchen hatten sie ins Herz geschlossen. Und inzwischen kam sie sogar an den Tagen, an denen Jessie bei Ian war.

»Wißt ihr, manchmal sitze ich einfach bloß hier, damit ich weiß, wann sie zurück ist. Ich habe immer Angst, wenn sie die Fahrt macht.«

»Wir auch.« Katsuko schüttelte den Kopf.

»Neulich hat sie mir erzählt, sie macht es ganz ›automatisch‹«, Zinas Worte waren nur ein schwacher Trost. »Sie sagt, manchmal weiß sie nicht einmal mehr, wo sie ist oder was sie tut, bis sie ein Schild sieht.«

»Schrecklich.« Astrid nippte an ihrem Kaffee und schüttelte den Kopf.

»Furchtbar, nicht wahr? Ich frage mich, wie lange sie das durchhält. Sie kann so einfach nicht weitermachen. Sie muß doch mal irgendwohin gehen, Menschen sehen, ab und zu lachen, schlafen.« Und wieder vernünftig werden, Katsuko sagte es nicht, aber sie dachten es alle. »Sie sieht nicht einmal mehr so aus wie dieselbe Frau. Ich frage mich oft, wie Ian es schafft.«

»Ein bißchen besser als sie, um ehrlich zu sein. Aber ich habe ihn auch schon eine ganze Weile nicht mehr gesehen. Ich glaube, er hat weniger Angst.«

»Ist es das bei ihr?« Zina schien verblüfft. »Ich dachte, sie wäre bloß erschöpft.«

»Das auch. Aber es ist die Angst.« Astrid zögerte, wollte nicht darüber reden.

»Und die Belastung. Lady J hat ihr in letzter Zeit ein paar unruhige Tage verschafft.«

»Tatsächlich? Sieht doch so aus, als würde es gut laufen.«

Katsuko schüttelte den Kopf, sie wollte nicht mehr sagen. Sie hatte in letzter Zeit Anrufe von Leuten entgegengenommen, denen Jessie Geld schuldete. Zum erstenmal lief das Geschäft schlecht, und Jessie hatte kein Geld als Rücklage. Jeden einzelnen Pfennig ihrer Ersparnisse hatte Jessie Ian geopfert. Also zahlte auch Lady J jetzt seinen Preis.

In diesem Augenblick trat Jessie in den Laden, und die Unterhaltung brach ab. Sie sah dünn und mitgenommen aus, aber ihre Augen leuchteten im Widerschein dessen, was Ian ihr gab: Leben.

»Hallo, meine Damen, wie hat das Leben euch heute behandelt? Gibst du schon wieder dein ganzes Geld bei uns aus, Astrid?« Jessie setzte sich und nippte an einer Tasse mit kaltem Kaffee. Die kleine, gelbe Pille, die sie sich gleichzeitig in den Mund schob, war kaum zu sehen. Aber Astrid bemerkte sie.

»Nein. Hab' heute keinen Pfennig ausgegeben. Bin bloß auf eine Tasse Kaffee und ein bißchen Gesellschaft vorbeigekommen. Wie geht's Ian?«

»Fein, glaube ich. Denkt nur an sein Buch. Wie ist das Geschäft gegangen?« Sie schien nicht über Ian sprechen zu wollen. Sie sprach kaum noch von irgend etwas, das ihr wichtig war, nicht einmal mit Astrid.

»War recht ruhig.« Während Katsuko ihr Bericht erstattete, beobachtete Zina das leichte Zittern von Jessies Hand.

»Na, wunderbar. Totes Geschäft und ein totes Auto. Der Volvo hat soeben seinen letzten Atemzug getan.« Sie klang unbekümmert, als wäre es wirklich nicht wichtig, weil sie noch ein Dutzend Autos daheim hätte.

»Auf dem Heimweg?«

»Klar. Ich bin per Anhalter mit zwei Kindern in einem alten Studebaker gekommen. Rosa mit grünen Rändern, den sie Wassermelone nannten. Hatte auch wirklich das Gefühl, in einer zu fahren.« Sie versuchte fröhlich zu klingen, während die drei Frauen sie beobachteten.

»Und wo ist der Wagen jetzt?«

»In einer Werkstatt in Berkeley. Der Besitzer hat mir fünfundsiebzig Dollar dafür geboten und eingewilligt, die Abschleppgebühren nicht zu berechnen.«

»Hast du ihn verkauft?« Sogar Katsuko schien verblüfft.

»Nein. Kann ich ja nicht. Er gehört Ian. Aber ich glaube, ich werde es tun. Der Wagen hat genug.« Und ich auch. Sie sagte es nicht, aber sie hörten es alle aus ihrem Ton. »Ich werde mir etwas Billiges suchen, um zu Ian zu fahren.« Aber wovon sollte sie das kaufen? Woher sollte sie das Geld dafür auch noch nehmen?

»Ich fahre dich.« Astrids Stimme war leise und merkwürdig ruhig. Jessica schaute zu ihr auf und nickte. Es hatte keinen Sinn zu widersprechen. Sie brauchte Hilfe, das war ihr bewußt, und nicht nur bei der Fahrerei.

Von nun an fuhr Astrid Jessica dreimal pro Woche zu Ian. So mußte Jessie auch nicht mehr warten, bis sie dort war, ehe sie die beiden gelben Pillen nehmen konnte. Nun konnte sie zwei am Morgen nehmen, und noch einmal zwei, wenn sie ihn gesehen hatte. Manchmal warf sie sogar noch eine grünschwarze hinterher. Alles half.

Astrid konnte nicht mehr mit ihr reden. Es hatte keinen Sinn, das auch nur zu versuchen. Sie konnte nur noch abwarten, in der Nähe bleiben, da sein, wenn schließlich alles einstürzen mußte. Falls es das tat, wie, wann und wo auch immer. Jessica raste, so schnell sie konnte, auf eine Steinwand zu, nichts Geringeres konnte sie noch aufhalten. Auch Ian kam nicht mehr an sie heran. Astrid erkannte das jetzt ganz klar. Er konnte nicht mitansehen, was mit Jessie vor sich ging, weil er ihr nicht helfen konnte. Und wenn er nicht helfen konnte, dann wollte er auch nichts sehen. Und jedesmal, wenn Jessie erschien, sah sie ein bißchen gequälter, ein bißchen erschöpfter, ein bißchen tiefer in ihrem Schmerz verwurzelt aus, umgeben von Mut und Tapferkeit. Und jedesmal schmerzte es Ian mehr. Sein Schuldbewußtsein vergrößerte sich, sein Kummer, seine Sorge. Ihre Blicke trafen sich kaum noch. Sie redeten bloß. Er über das Buch, sie über die Boutique. Nie über die Vergangenheit oder über die Zukunft und schon gar nicht über die Realitäten der Gegenwart. Niemals sprachen sie von Gefühlen, gaben nur in regelmäßigen Abständen ein »Ich liebe dich« von sich, wie zur Interpunktion. Es war schrecklich mitanzusehen, und Astrid verabscheute diese Besuche. Sie hätte am liebsten beide geschüttelt, hätte sie angeschrien, zu einem Ende gebracht, was sie hier sah. Statt dessen starben sie langsam weiter, jeder auf seiner Seite der Glasscheibe, jeder in seiner ureigenen, persönlichen Hölle gefangen, Ian mit seiner Schuld und Jessica mit der ihren. Und beide waren blind, wo es um sie selbst und um einander ging. Und Astrid schaute zu, stumm und entsetzt.

Wenn sie sich nur hätten umarmen oder wenigstens berühren können, dann wären sie vielleicht zu sich gekommen. Aber das konnten sie nicht, und so blieben sie sich fremd. Astrid wußte es, als sie sie sah. Es stand jetzt schon in Jessies Augen geschrieben. Da war ständiger Schmerz und Kummer, aber auch der Blick eines Kindes, das nichts begriff. Ihr Mann war fort, aber was war überhaupt ein Ehemann? Und wohin war er gegangen? Die Tabletten hatten es ihr ermöglicht, in einem Meer des Vergessens unterzutauchen, und sie kam nur noch selten an die Oberfläche. Sie war dem Ertrinken sehr nahe, und Astrid wußte nicht, ob Ian nicht schon längst ertrunken war. Astrid hätte gut auf diese Besuche verzichten können. Aber jetzt waren sie alle in ihren Rollen festgefahren. Ehemann, Ehefrau und Freundin.

Der Januar ging in den Februar über, und schließlich wurde es März. Die Boutique hatte einen zweiwöchigen Ausverkauf, aber das Geschäft ging mäßig. Alle waren beschäftigt, verreist oder hatten kein Geld. Die Wintermode war alles andere als gut gegangen. Die Wirtschaft war geschwächt, niemand konnte sich mehr Luxus leisten. Lady J war keine Boutique, in der man sich gewöhnliche Wünsche erfüllte, sie versorgte eine ausgewählte Kundschaft mit internationalem Chic. Doch die Ehemänner forderten ihre Frauen auf, sparsamer zu sein, sich zurückzuhalten. Sie fanden einen ›kleinen‹ Pullover oder ein ›Nichts‹ von einem Rock, das sie fast zweihundert Dollar kostete, nicht mehr witzig.

»Himmel, was sollen wir bloß mit all dem Zeug machen?«

Jessie marschierte hin und her, riß eine neue Schachtel mit Zigaretten auf. Sie hatte Ian am Morgen besucht. Wieder einmal hatte sie ihn nur durch die Scheibe gesehen. Noch immer nur durch die Scheibe! Für immer und ewig durch die Scheibe! Sie hatte jetzt schon Visionen, daß sie ihn endlich wieder anfassen durfte, wenn sie beide siebenundneunzig Jahre alt waren. Sie träumte jetzt nicht einmal mehr davon, daß er heimkam. Nur noch davon, ihn wieder anfassen zu dürfen.

»Wir werden erst ein richtiges Problem haben, wenn die Frühjahrskollektion eintrifft, Jessie.« Nachdenklich sah sich Katsuko um.

»Richtig, diese Mistkerle. Die Sachen waren letzte Woche schon fällig.« Sie rauschte ins Lager, um nachzusehen, was dort noch war. Sie war jetzt fast immer wütend. Der Schmerz zeigte sich nun auf andere Weise. Es genügte nicht mehr, sich nur zu verstecken: Es gehörte jetzt schon mehr dazu, die inneren Stimmen zum Schweigen zu bringen.

»Weißt du, ich habe nachgedacht.« Katsuko war ihr ins Lager gefolgt und sah sie an.

»Und? Hat's weh getan?« Jessie blickte auf, lächelte verlegen und meinte dann achselzuckend: »Entschuldige. Worüber hast du denn nachgedacht, Kat?« Das klang wieder mehr wie die alte Jessie. Aber das kam jetzt nur noch selten vor.

»Über die nächste Herbstkollektion. Fliegst du demnächst nach New York?« Wie denn? Auf dem Besenstiel?

»Ich weiß noch nicht.«

»Was nehmen wir denn als Herbstkollektion, wenn du nicht fliegst?« Katsuko machte sich Sorgen. Für eine neue Kollektion war fast kein Geld mehr da, und noch immer lagen überall auf Jessies Schreibtisch unbezahlte Rechnungen herum.

»Ich weiß nicht, Kat. Mal sehen.«

Sie ging in ihr Büro und warf die Tür hinter sich zu, die Lippen zu einem schmalen, harten Strich zusammengepreßt. Zina und Kat wechselten einen Blick. Als das Telefon klingelte, nahm Zina das Gespräch entgegen, es war für Jessie – irgendein Plattengeschäft. Sie drückte auf den Knopf und sah, wie Jessie in ihrem Büro den Hörer aufnahm. Nur wenige Augenblicke später verlosch das Licht auf dem Apparat.

Jessies Hände zitterten, als sie in ihrem Büro mit einem Bleistift spielte, der auf dem Schreibtisch lag. Noch so ein Anruf! Sie waren überzeugt, es handelte sich um ein Versehen, zweifellos hatte sie vergessen, ihnen einen Scheck über die Summe zu senden, die sie ihnen noch schuldete... nun, wenigstens waren sie höflich gewesen. Aus der Praxis ihres Arztes hatte man sie gestern angerufen und mit einer Klage gedroht. Wegen fünfzig Dollar. Ein Arzt wollte sie verklagen, wegen fünfzig Dollar! ...und ein Zahnarzt wegen achtundneunzig... und da war immer noch die Rechnung der Spirituosenhandlung, wo Ian für hundertfünfundvierzig Dollar Wein gekauft hatte... Und sie schuldete der Reinigung sechsundzwanzig und dem Drugstore dreiunddreißig, und die Telefonrechnung über einundvierzig... und dann war da noch Ians alter Tennisclub... und die neuen Pflanzen für die Boutique, und die Rechnung des Elektrikers, als über Weihnachten die Leitungen kaputt waren... und die Rechnung des Spenglers für Reparaturen an ihrem Haus... und so ging es weiter und weiter, und der Volvo war verkauft, Lady J ging mit Pauken und Trompeten unter, Ian saß im Gefängnis, und alles wurde immer nur noch schlimmer statt besser. Es war fast schon wieder befriedigend, als wollte sie das Spielchen spielen ›Wie schlimm kann es noch werden?‹. In der Zwischenzeit kaufte Astrid ihr Pullover zum Selbstkostenpreis ab, erstand ›amüsante‹ Goldarmbänder bei Shreve und ließ sich alle drei Tage für fünfundzwanzig Dollar die Haare machen. Und jetzt mußte sie sich auch noch Gedanken über die Herbstware machen, über ein Flugticket für dreihundert Dollar, dazu die Hotelrechnung, abgesehen von den Kosten für das, was sie kaufen würde. Sie würde sich noch tiefer verschulden, aber ihr blieb keine andere Wahl, ohne Herbstkollektion konnte sie die Boutique genausogut gleich schließen. Aber inzwischen war sie an einem Punkt angelangt, wo sie Angst hatte, zur Bank zu gehen und einen Scheck einzulösen. Sie wartete immer nur darauf, daß sie beim Hinausgehen angehalten und zum Leiter der Bank gebracht werden würde. Wie lange würden die sich das noch mitansehen? Überzogene Konten, Probleme, all diesen Mist? Und wie lange würde sie selbst es noch tun?

Als sie noch versuchte auszurechnen, was eine Reise nach New York kosten würde, summte das Telefon. Ein Anruf für sie. Geistesabwesend nahm sie den Hörer ab, konnte von Zina jedoch nicht herausbekommen, wer der Teilnehmer war.

»Hallo, schöne Frau, wie wär's mit ein bißchen Tennis?« Die Stimme klang jovial und schon jetzt verschwitzt.

»Wer ist da?« Sie vermutete, daß es sich um einen obszönen Anrufer handelte und wollte schon auflegen, als der Mann am anderen Ende einen tiefen Schluck nahm. Bier wahrscheinlich.

»Barry. Und wie geht's immer so?«

»Barry was?« Sie zuckte vor dem Hörer zurück wie vor einer Schlange. Das war niemand, den sie kannte.

»Barry York. Sie wissen schon. Yorktowne Bonding.«

»Was?« Sie setzte sich auf, als hätte sie jemand geschlagen.

»Ich habe gesagt...«

»Ich weiß, was Sie gesagt haben. Und Sie rufen mich an, um mit mir Tennis zu spielen?«

»Ja. Oder spielen Sie nicht?« Es klang überrascht, wie ein kleiner Junge, der soeben schwer enttäuscht worden ist.

»Mr. York, verstehe ich Sie richtig? Sie wollen mit mir Tennis spielen?«

»Ja, und?« Er rülpste leise ins Telefon.

»Sind Sie betrunken?«

»Natürlich nicht. Sie?«

»Nein, bin ich nicht. Aber ich verstehe nicht, warum Sie mich angerufen haben.« Ihre Stimme hörte sich an, als spräche sie direkt vom Südpol.

»Nun, Sie sind eine verdammt hübsche Frau, ich wollte Tennis spielen, und da dachte ich, Sie möchten vielleicht mitkommen. Nichts Besonderes. Wenn Sie keine Lust haben, Tennis zu spielen, können wir aber auch irgendwo zu Abend essen.«

»Haben Sie den Verstand verloren? Wie kommen Sie überhaupt darauf, daß ich den Wunsch haben könnte, Tennis zu spielen oder irgend etwas anderes, meinetwegen auch zu essen, und das mit Ihnen?«

»Oho, nun hört euch das an! Was ist denn los, Süße? Kein Grund, sich so aufzuregen.«

»Zufällig bin ich eine verheiratete Frau.« Sie brüllte jetzt, und Zina und Kat konnten sie im Laden hören. Sie fragten sich, wer da angerufen hatte. Kat zog eine Braue hoch, und Zina begab sich zu einer Kundin. Im Büro ging die Unterhaltung weiter.

»Na und, dann sind Sie eben zufällig verheiratet. Und Ihr Alter sitzt zufällig im Knast. Das ist wirklich zu schade, aber so bleiben Sie nun mal mit dem Rest von uns hier draußen zurück, und wir spielen nun mal Tennis, essen zu Abend und gehen zusammen ins Bett.« Jetzt wurde ihr wirklich übel. Sie erinnerte sich an sein dichtes, schwarzes Haar, an den Gestank und den häßlichen Ring mit dem dicken, rosa Stein. Es war unglaublich. Dieser Mann, dieses Schwein von einem Mann, dieser absolut Fremde rief sie tatsächlich an und sprach davon, ›zusammen ins Bett zu gehen‹. Blaß und zitternd saß sie da, und Tränen brannten in ihren Augen. Es war zu komisch. Sie wußte, irgendwie war das alles komisch. Bloß hatte sie keine Lust, darüber zu lachen. Im Gegenteil, sie wollte darüber weinen, wollte heimfahren, wollte... das also hatte Ian ihr hinterlassen. Die Barry Yorks dieser Welt, und Leute, die sie wegen Schecks anriefen, die sie ›vergessen‹ hatte – und die sie auch in den nächsten sechs oder sieben oder zehn Wochen oder vielleicht sogar noch in Jahren vergessen würde. Es war inzwischen soweit, daß sie schon Angst hatte, das Blumengeschäft zu betreten, um einen Strauß Gänseblümchen zu kaufen, weil sie dort wahrscheinlich auch Geld schuldig war. Sie schuldete inzwischen jedem Geld, und jetzt rief dieses Tier an und wollte mit ihr ins Bett.

»Ich... Mr.... ich...« Sie kämpfte gegen die Tränen in ihrer Stimme und schluckte heftig.

»Was'n los, Süße? Sind verheiratete Frauen aus Pacific Heights nicht auch mal geil? Oder haste schon 'nen Freund?«

Jessica starrte den Hörer an. Ihr Kinn bebte, ihre Hand zitterte, Tränen liefen über ihr Gesicht, und sie schürzte die Lippen wie ein kleines Kind, dessen beste Puppe zu Bruch gegangen ist. Endlich war ihr alles klar. Das also war mit ihrem Leben passiert. Langsam schüttelte sie den Kopf und legte vorsichtig den Hörer auf.

Kapitel XXIV

»Bis später.« Sie griff ihre Handtasche und schickte sich an, den Laden zu verlassen. Es war Anfang April, ein herrlicher, warmer Freitagmorgen. Alles schien nach Frühling zu riechen.

»Wohin willst du denn, Jessie?« Zina und Kat sahen sie überrascht an.

»Ian besuchen. Ich habe morgen einiges zu erledigen, also dachte ich, ich fahre heute.«

»Grüß ihn von uns.« Sie lächelte den beiden zu und verließ leise das Geschäft. Sie war in letzter Zeit sehr still gewesen – merkwürdig still. Der Zorn schien vergangen zu sein, seit jenem Anruf von Barry York. Der lag nun drei Wochen zurück. Sie hatte Ian nie davon erzählt. Aber die Erniedrigung sprach aus ihrem Gesicht.

York, Houghton, Leute, die Rechnungen anmahnten, es war alles nicht wirklich wichtig. Es war ihre eigene Schuld. Sie hatte sich das alles selbst zuzuschreiben. Die große Jessica Clarke. Die mächtige, alleswissende, selbständige Mrs. Jessica Clarke, und ihr wundervoller Ehemann Mr. Clarke. Jetzt sah sie das alles ganz klar. Die schlaflosen Nächte machten sich bezahlt. Sie konnte nicht mehr davonlaufen. Sie fing an zu denken, sich zu erinnern, zu verstehen. Sie hörte es jetzt wie alte Tonbänder, die man im Dunkel der Nacht wieder und wieder abspielt. Sie hatte nichts anderes zu tun, als sich zu erinnern... Ereignisse, Augenblicke, Stimmen. Nicht die Stimme ihrer Mutter. Auch nicht Jakes. Sondern ihre eigene und Ians. »Fabeln, Liebling? Verkauft sich denn so was?« Als wenn das das einzige gewesen wäre, was zählte. Er war mit einem Dutzend Gründen herausgeplatzt, mit Erklärungen – als ob er ihr welche geschuldet hätte –, und die Fabeln waren wunderbar gewesen. Aber das zählte nicht. Sie hatte sie getötet, noch ehe sie geboren worden waren. Mit einem einzigen Satz. »Verkauft sich das denn?« Wen kümmerte das schon? Wahrscheinlich hatte er ihr deshalb den Morgan gekauft, mit dem Vorschuß, den er für die Fabeln bekommen hatte.

Und andere Gelegenheiten!

»Die Oper, Schatz? Wieso die Oper? Die ist so teuer.«

»Aber wir mögen es doch. Du nicht, Jessie? Ich dachte immer, es würde dir Spaß machen.«

»Ja, schon, aber – ach, zum Teufel. Ich nehme es aus der Haushaltskasse.«

»Ach, ist das der Grund?« Eine lange Pause war entstanden. »Ich habe die Karten schon gekauft, Jess. Von ›meinem‹ Geld.« Aber letzten Endes hatte er beschlossen, doch nicht zu gehen, wollte lieber arbeiten. Sie waren die ganze Spielzeit über nicht ein einziges Mal gegangen.

Winzige Augenblicke, unwichtige Sätze, die mit der Kraft einer Machete ins Herz des anderen drangen, Narben an einem Leben, einer Ehe, einem Mann hinterließen. Warum? Wo sie ihn doch so brauchte? Oder war es gerade das? Daß sie ihn brauchte und wußte, er brauchte sie nicht ebenso?

»Aber er hat mich doch auch gebraucht.« Ihre Stimme hallte laut in der Einsamkeit. Sie konnte nicht zulassen, daß Astrid sie dreimal pro Woche chauffierte, also hatte sie jetzt einen Wagen gemietet, um zu ihm zu fahren. Wieder eine Ausgabe, die sie sich eigentlich nicht leisten konnte. Doch während sie dahinfuhr, grübelte sie. Warum all diese Sticheleien? Wollte sie ihm die Flügel stutzen, damit er nicht davonflog? Denn wenn er fortgeflogen wäre, hätte sie nicht überleben können. Aber der Witz war, daß er eben doch fortgeflogen war. Nur einen Nachmittag lang, und vielleicht Tausende von Nachmittagen davor. Aber dieser eine Nachmittag hatte sie beide alles gekostet. Er hatte eine Frau gebraucht, die ihn nicht mit Worten niedermachte. Jemanden, der ihn nicht brauchte, nicht liebte, nicht verletzte.

Es war verrückt, wirklich verrückt. Was sie auch getan hatte, hatte sie aus Angst getan, ihn zu verlieren. Und wo standen sie jetzt? Sie war so in ihre Gedanken vertieft, daß sie die Abzweigung fast verfehlt hätte, und sie grübelte immer noch, als sie darauf wartete, daß er auf der anderen Seite der Scheibe erschien.

Selbst nachdem Ian angekommen war, schien sie in Gedanken mehr in der Vergangenheit als in der Gegenwart. Aber auch er schien in seine eigenen Gedanken gehüllt. Sie schaute zu ihm auf und versuchte zu lächeln. Sie hatte rasende Kopfschmerzen und war müde. Immer wieder sah sie ihr eigenes Spiegelbild in der Scheibe, die sich zwischen ihnen befand. Es gab ihr das Gefühl, zu sich selbst zu sprechen.

»Sie sind nicht gerade geschwätzig heute, Mr. Clarke. Ist irgend etwas nicht in Ordnung?«

»Nein, ich dachte wohl bloß an das Buch. Ich bin an dem Punkt angelangt, wo es schwerfällt, an etwas anderes zu denken. Ich gehe völlig darin auf.« Ihm fiel ein merkwürdiges Funkeln in ihren Augen auf, als er endete und Anstalten machte, ihr von seinem Buch zu erzählen. Sie ließ ihn ein paar Minuten plappern, ehe sie ihn unterbrach.

»Weißt du was? Du bist erstaunlich. Da komme ich den ganzen weiten Weg hierher, um zu hören, wie es dir geht, und um dir zu erzählen, wie mein Leben verläuft. Und du berichtest mir von deinem Buch.«

»Was ist daran nicht in Ordnung?« Er schien verwirrt, als er sie von der anderen Seite der Scheibe aus ansah. »Du erzählst mir doch auch von Lady J.«

»Das ist doch etwas anderes, Ian. Das ist real!« Sie klang schrill, und es machte ihn wütend.

»Nun, das Buch ist für mich auch real.«

»So real, daß du nicht einmal eine Stunde deiner kostbaren Zeit opfern kannst, um dich mit mir zu unterhalten? Zum Teufel, seit einer Stunde hockst du da wie ein lebender Leichnam und redest über dieses verdammte Buch. Und jedesmal, wenn ich von mir erzählen will, blendest du dich aus.«

»Das ist nicht wahr, Jess.« Er sah sie betroffen an und griff nach einer Zigarette. »Das Buch läuft einfach gut, und ich wollte darüber sprechen. Ich glaube, ich habe noch nie so etwas Gutes geschrieben, das ist alles.« Kaum daß die Worte über seine Lippen gekommen waren, wußte er auch schon, daß er das Falsche gesagt hatte. Der Ausdruck ihres Gesichtes war unglaublich. »Jessie, was ist denn bloß los mit dir? Du siehst aus, als hätte dir jemand eine übergebrannt.«

»Ja, vielleicht. Herrgott, du sitzt da und erzählst mir, wie toll deine Schreiberei läuft, daß du nie so etwas Gutes geschrieben hast, als ob du da drin auf Urlaub wärst! Weißt du eigentlich, was währenddessen in meinem Leben passiert?« Sie holte tief Luft. Er hatte das Gefühl, daß ihm aus dem Hörer Gift entgegenspritzte. Sie hatte die Beherrschung verloren, und jetzt war sie nicht mehr zu bremsen.

»Möchtest du wirklich wissen, was mit mir geschieht, während du dein tolles Buch schreibst? Schön, ich will es dir sagen, mein Schatz. Lady J geht pleite, Tag und Nacht rufen mich Leute an und fordern mich auf, dies oder jenes zu bezahlen, andernfalls wollen sie mich verklagen. Dein Wagen ist kaputt, meine Nerven sind am Ende, Nacht für Nacht quälen mich Alpträume über Inspektor Houghton, und vor drei Wochen hat mich der ›Bailbondsman‹ angerufen, um sich mit mir zu verabreden. Er meinte, ich müßte wohl mal mit jemandem ins Bett gehen. Vielleicht hat der Hundesohn sogar recht, aber nicht mit ihm. Ich habe seit ich weiß nicht wie langer Zeit nicht einmal deine Hand berühren können, und ich werde langsam wirklich wahnsinnig. Mein ganzes Leben geht zum Teufel, und du schreibst ein tolles Buch! Und weißt du, was sonst noch toll ist, Liebling –« Sie verspritzte Gift und Galle, und andere im Raum starrten sie an, während er reglos und ungläubig dasaß. Sie hielt nichts mehr geheim, vor niemandem.

»Was absolut wunderbar ist, Ian, mein Schatz, ist, daß ich heut hierhergekommen bin und ich mich während der ganzen Fahrt zum tausendstenmal selbst beschimpft habe, mir die Schuld an allem gegeben habe, mir gesagt habe, was ich in unserer Ehe alles falsch gemacht habe: der Druck, den ich auf dich ausgeübt habe, die bösen Sachen, die ich gesagt habe. Ist dir eigentlich klar, daß ich inzwischen jede einzelne Szene unserer Ehe nochmals durchlebt habe? Alles, was ich jemals falsch gemacht habe und was in dir den Wunsch erzeugt haben könnte, mit einem Stück Dreck wie Margaret Burton ins Bett zu gehen? Ich mache mir selbst die schlimmsten Vorwürfe, seitdem das passiert ist. Ich habe mir sogar schon vorgeworfen, daß ich deine Karriere als Schriftsteller unterstützen wollte, habe gedacht, ich hätte dich deines Mannseins beraubt. Und während ich mich kasteie, was machst du? Du sitzt da und schreibst dein tolles Buch. Soll ich dir mal was sagen? Du machst mich krank! Während du hier hockst, in dieser glorreichen Schriftstellerkolonie, die sie Gefängnis nennen, geht mein ganzes Leben zu Bruch, und du tust nichts dagegen, überhaupt nichts, rührst keinen verdammten Finger! Und ich will dir noch was sagen: Ich habe diese verdammte Scheibe satt! Ich habe es satt, mich zu überwinden wie eine Brezel, bloß um dich zu sehen und nicht mein eigenes Spiegelbild. Ich habe es satt, schweißnasse Hände und schweißnasse Ohren und ein verschwitztes Gehirn zu kriegen, bloß weil ich mich über dieses verdammte Telefon mit dir unterhalte... ich habe diese ganze verdammte Sache satt!« Sie schrie jetzt so laut, daß sich alle im Raum ihr zuwandten, sie beobachteten, aber keiner von beiden bemerkte das. Seit Monaten hatte sich das alles aufgestaut.

»Ja, glaubst du denn, daß mir das hier Spaß macht?«

»Ja, ich glaube, es macht dir hier Spaß. Eine Kolonie für ausgehaltene Schriftsteller.«

»Richtig, Liebling, genau das ist es. Und alles, was ich hier tue, ist schreiben. Ich denke nie an meine Frau, oder daran, wie ich hier hereingekommen bin, und warum, auch nicht an dieses verfluchte Weib oder die Verhandlung. Ich muß mich auch nie gegen einen Kerl zur Wehr setzen, der mich bumsen will, weil er scharf auf mich ist.

Hör mal, wenn du glaubst, daß ich mir mein Leben so vorstelle, dann kannst du mich mal. Aber ich will dir auch was sagen. Wenn du glaubst, daß unsere Ehe so ist, wie ich mir eine Ehe vorstelle, dann gilt dafür dasselbe! Ich dachte, wir führten eine Ehe. Dachte, wir hätten irgend etwas. Aber was, Mrs. Clarke? Wir hatten nichts, überhaupt nichts, Null! Keine Kinder, keine Ehrlichkeit, bloß zwei halbherzige Karrieren. Zwei halbe Menschen, so, wie ich das jetzt sehe. Und du hast die meiste Zeit der letzten Jahre damit verbracht, nicht erwachsen zu werden und den Krüppel zu spielen, nachdem du deine Eltern verloren hast. Nicht bloß das: Du hast mir auch noch ein Schuldbewußtsein eingetrichtert für, ich weiß nicht was alles, damit ich nur in deiner Nähe blieb und deine Hand gehalten habe. Und ich war blöd genug, das alles zu schlucken, weil ich so dumm war, dich zu lieben. Außerdem wollte ich Karriere als Schriftsteller machen. Wie dem auch sei, es war eine lausige Sache. Ich brauche nämlich zufällig eine Frau, keine Bank und auch kein neurotisches Kind. Vielleicht bin ich deshalb jetzt so glücklich, ob du es glaubst oder nicht, so schlimm es hier auch ist. Ich schreibe, und nicht du unterhältst mich. Na, wie findest du das? Du bezahlst die Rechnung diesmal nicht, und ich schulde dir nichts, außer dafür, daß du während der ganzen Zeit der Verhandlung meine Hand gehalten und Geld ausgegeben hast, für mich dagewesen bist, und du warst wundervoll. Aber auch diese Rechnungen werde ich dir irgendwann zurückzahlen. Und wenn du jetzt glaubst, du müßtest mich so viel wie möglich leiden lassen, mir ein Schuldgefühl einimpfen, weil so viele Rechnungen bezahlt werden müssen, weil mein Wagen kaputtgegangen ist, dann zum Teufel mit dir. Ich kann von hier aus nichts ändern. Alles, was ich tun kann ist, dich lieben, dankbar sein, wenn du mich besuchen kommst und mein verdammtes Buch zu Ende schreiben. Und wenn du keine Lust hast, mich zu besuchen, dann tu mir einen großen Gefallen und komm auch nicht mehr. Ich kann auch ohne das leben.«

Jessica fühlte die nur allzu vertraute Panik nach ihrer Brust greifen, als sie sein Gesicht betrachtete. Aber diesmal war es noch schlimmer. Noch nie hatten sie einander solche Dinge gesagt. Und sie konnte jetzt einfach nicht aufhören. Noch immer fühlte sie die Galle in sich aufsteigen.

»Warum willst du nicht, daß ich dich besuchen komme, Liebling? Hast du einen anderen Schatz gefunden, hier drinnen? Ja, ist es das, mein Engel? Hat der große Mann einen anderen großen Mann zum Lieben gefunden?« Ian stand auf. Er sah aus, als wollte er sie schlagen, mitten durch die Scheibe hindurch, sehr zum Entzücken der schweigenden Zuschauer auf beiden Seiten des Glases.

»Ja, Schatz? Ist es so? Bist du schwul geworden?«

»Du ekelst mich an.«

»Oh, richtig, das habe ich ganz vergessen. ›Verbrechen wider die Natur‹ magst du ja nicht. Oder doch?« Sie sah unerträglich süß aus, als sie die Brauen hochzog, und ihr Herz schlug wild in ihrer Brust. »Vielleicht hast du diese Frau doch vergewaltigt.«

»Mein Kind, wenn ich nicht hier drin wäre, würde ich dir jetzt meine Faust zu spüren geben.« Drohend richtete er sich vor ihr auf, nur das dünne Glas trennte sie. Beide hielten noch immer die Telefonhörer in Händen, und langsam stand auch Jessica auf, sah ihn an. Sie wußte, der Augenblick war gekommen, und sie wollte, konnte es nicht glauben. Doch noch immer konnte sie nicht aufhören.

»Deine Faust?« Sie sprachen jetzt ganz leise. Er hatte mit dem gemäßigten Tonfall eines Mannes gesprochen, der fast am Ende ist, und sie sprach mit dem zischenden Wispern einer Viper vor dem letzten Schlag. »Deine Faust?« Sie wiederholte die Worte noch einmal, lächelnd. »Aber warum denn, mein Schatz? Dazu hast du doch früher auch nie den Mut gehabt. Oder?«

Seine Antwort war kaum noch ein Flüstern, und ihr Herz hörte fast auf zu schlagen, als sie den Ausdruck in seinen Augen sah.

»Nein, Jess, den hatte ich nicht. Aber jetzt habe ich nichts mehr zu verlieren. Ich habe bereits alles verloren. Und das macht es sehr viel leichter.« Er lächelte, ein kleines, ungewohntes Lächeln, das sie erschauern ließ, sah sie einen Augenblick nachdenklich an, legte den Hörer nieder und ging hinaus. Er sah sich nicht ein einziges Mal um, und sie fühlte, wie ihr vor Staunen der Mund offen stehen blieb. Was hatte er gerade gesagt? Sie wollte, daß er zurückkam, damit sie ihn noch einmal fragen könnte, damit... was meinte er damit, ›das macht es sehr viel leichter‹? Was... dieser Hurensohn... ließ sie einfach stehen. Er hatte kein Recht dazu, das konnte er doch nicht, er... und was hatte sie getan? Was hatte sie gesagt? Sie sank auf ihren Sitz zurück wie im Schock, und langsam wurden die plappernden Stimmen um sie her wieder normal.

Ian war schon längst durch die Tür auf der anderen Seite verschwunden, war nicht mehr zu sehen. Sie hatte sich geirrt. Er hatte Mut. Und er hatte genau das getan, wovor sie sich immer am meisten gefürchtet hatte – er hatte sie verlassen.

Die vordere Stoßstange des Mietwagens streifte die Hecke, als sie in die Auffahrt vor ihrem Haus einbog. Sie legte den Kopf aufs Lenkrad, fühlte den Atem in ihrer Kehle steckenbleiben. Irgendwo steckte da ein Schluchzer, aber er saß fest, wollte nicht herauskommen. Das Gewicht ihres Kopfes ließ die Hupe ertönen. Es fühlte sich an, als dröhnte der Ton durch ihren Kopf, löste sich von ihm. Es war ein gutes Gefühl. Sie wollte den Kopf nicht vom Lenkrad nehmen. Sie blieb einfach so, bis zwei vorbeikommende Männer zu Fuß die Auffahrt heraufhasteten. Sie klopften an die Scheibe, und langsam kehrte sie ihnen das Gesicht zu, sah sie an, und dann lachte sie. Ein schrilles, hysterisches Kichern. Die Männer schauten einander fragend an, öffneten die Autotür und drückten Jessies Körper sanft und vorsichtig in den Sitz zurück. Sie schaute von einem zum andern und lachte wieder, hysterisch, und dann ging das Lachen in Schluchzen über. Der Schluchzer entrang sich ihrer Kehle und wurde zu einem langen, traurigen, einsamen Heulen. Sie schüttelte den Kopf und sagte nur ein Wort, sagte es wieder und wieder zwischen Schluchzern: »Ian.«

»Sind Sie betrunken?« Der ältere Mann sah sie an. Ihm war heiß, und er fühlte sich nicht wohl in seiner Haut. Er hatte gedacht, sie wäre verletzt oder krank, so, wie sie den Kopf aufs Lenkrad hatte sinken lassen, und dann der Lärm mit der Hupe! Aber da saß sie nun, betrunken, verrückt oder vollgepumpt mit Drogen. Damit hatte er nicht gerechnet. Der jüngere Mann sah sie nun auch an, zuckte mit den Schultern und grinste.

Jessie schüttelte langsam den Kopf von einer Seite zur anderen und sagte das einzige Wort, auf das sie sich noch besinnen konnte: »Ian.«

»Mädchen, bist du stoned?« Sie antwortete nicht, und der Jüngere grinste und meinte achselzuckend: »Muß ein guter Stoff gewesen sein.«

»Ian.«

»Wer ist Ian? Ihr Freund?«

Wieder schüttelte sie wortlos den Kopf.

Die beiden Männer warfen sich noch einen Blick zu und schlossen die Autotür. Wenigstens hupte sie nicht mehr. Es würde Stunden dauern, bis die wieder nüchtern war. Sie gingen davon, der jüngere belustigt, der ältere weniger.

»Bist du sicher, daß die Drogen genommen hat? Für mich sieht es so aus, als wäre sie schrecklich durcheinander. Ich meine, schon krankhaft durcheinander. Fast wahnsinnig.«

»Wahnsinnig vor Drogen.« Der jüngere Mann lachte, klopfte sich auf den Bauch und legte den Arm um seinen Freund, gerade als Astrid vorbeifuhr und sie aus der Auffahrt treten sah. Sie lachten und sahen sehr zufrieden mit sich selbst aus. Sie bremste und runzelte die Stirn. Furcht packte sie, sandte einen kalten Schauer über ihren Rücken. Sie sahen nicht wie Polizisten aus, aber... die beiden bemerkten, daß sie sie beobachtete, und der jüngere Mann winkte, während der ältere lächelte. Astrid konnte nicht verstehen, was vorging, aber die Männer stiegen in eine rote Limousine und schienen sich Zeit zu lassen. Ihre Bewegungen hatten nichts Überstürztes oder Verängstigtes an sich. Jetzt sah Astrid auch Jessie in ihrem Mietwagen. Also war alles in Ordnung. Astrid hupte. Aber Jessie drehte sich nicht um. Sie hupte nochmals und noch einmal, und die beiden Männer brachen in brüllendes Gelächter aus.

»Nicht Sie auch noch! Die Frau in dem Wagen da ist so voll, daß wir sie von ihrem Lenkrad schälen mußten, damit sie wenigstens von der Hupe runterkam.« Sie deuteten vage zu Jessie hinüber, ließen ihren Wagen an und fuhren aus der Parklücke hinaus, als Astrid auch schon aus ihrem Auto sprang und die Auffahrt hinaufrannte.

Jessie saß immer noch da, weinte und schluchzte und sagte immer nur das eine Wort: »Ian.« Astrid war sich nicht so sicher, daß sie stoned war. Ein bißchen vielleicht, aber nicht so sehr, wie es den Anschein hatte. Irgend etwas war passiert. Sie war im Schock.

»Jessica?« Sie legte einen Arm um sie und sprach leise mit ihr, als Jessie in ihrem Sitz zusammensackte. »He, Jessie, ich bin's, Astrid.« Jessica sah sie an und nickte. Die beiden Männer waren jetzt fort. Alle waren fort. Sogar Ian.

»Ian.« Sie sagte es jetzt deutlicher.

»Was ist mit Ian?«

»Ian.«

Astrid wischte ihr sanft mit einem Taschentuch das Gesicht ab.

»Erzähl mir von Ian.« Astrids Herz klopfte, und sie versuchte, klar zu denken und Jessica in die Augen zu sehen. Sie glaubte nicht, daß sie eine Überdosis von Tabletten geschluckt hatte. Es handelte sich wohl mehr um eine Überdosis Kummer. Jessie war am Ende.

»Was ist mit Ian, Liebes? Erzähl es mir. War er heute krank?«

Jessica schüttelte den Kopf. Wenigstens war er nicht verletzt. Das war Astrids erster Gedanke gewesen, nach all den Horrorgeschichten, die man in den Zeitungen über das Leben im Gefängnis las. Aber Jessie hatte es verneint.

»Stimmt etwas nicht?«

Jessica holte tief Luft und nickte dann. Sie atmete noch einmal tief durch und lehnte sich in ihrem Sitz zurück.

»Wir... wir haben... gestritten.« Die Worte waren kaum verständlich, aber Astrid nickte.

»Worüber?«

Jessica zuckte die Achseln, sah wieder verwirrt aus. »Ian.«

»Worüber habt ihr gestritten, Jessie?«

»Ich... ich weiß... nicht.«

»Erinnerst du dich?«

Jessica zuckte wieder mit den Schultern, schloß die Augen. »Über... alles... glaube ich. Wir haben beide... schreckliche Sachen... gesagt. Vorbei.«

»Vorbei? Was?« fragte sie, obwohl sie glaubte, es zu wissen.

»Vorbei. Alles vorbei.«

»Was ist vorbei, Jessie?« Ihre Stimme klang so sanft, und die Tränen liefen mit neuer Kraft über Jessicas Gesicht.

»Unsere Ehe... alles... vorbei.« Benommen schüttelte sie den Kopf und schloß wieder die Augen. »Ian...«

»Es ist noch nicht alles vorbei, Jessie. Nun beruhige dich erst einmal. Wahrscheinlich mußtet ihr einfach beide eine Menge loswerden. Ihr habt in letzter Zeit Schreckliches mitgemacht. Das mußte einmal heraus.« Aber Jessica schüttelte den Kopf.

»Nein, es ist vorbei. Ich... ich war so gemein zu ihm. Ich bin immer... so gemein zu ihm gewesen. Ich...« Sie konnte nicht weitersprechen.

»Warum gehen wir nicht hinein, damit du dich ein Weilchen hinlegen kannst?« Jessica schüttelte den Kopf, wollte sich nicht rühren. Astrid mußte kämpfen, um ihre Aufmerksamkeit zu gewinnen. »Jessie, nun hör mir mal eine Minute lang zu. Ich möchte dich irgendwohin bringen.« Das Mädchen riß entsetzt die Augen auf. »Es ist sehr schön da und wird dir gefallen. Wir fahren zusammen hin.«

»Ein Krankenhaus?«

Zum erstenmal seit fünf Minuten lächelte Astrid. »Nein, Dummchen. Auf die Ranch meiner Mutter. Ich glaube, es wird dir sehr guttun, und…«

Jessica schüttelte widerspenstig den Kopf. »Nein… ich…«

»Was? Warum nicht?«

»Ian.«

»Unsinn. Ich werde dich hinbringen, und du wirst dich erst mal anständig ausruhen. Ich glaube, du hast für eine Weile wirklich genug. Meinst du nicht auch?«

Jessica nickte stumm, hatte die Augen wieder geschlossen.

»Jessie, hast du heute viele Tabletten geschluckt?«

Sie wollte den Kopf schütteln, unterließ es dann aber und zuckte bloß mit den Schultern.

»Wie viele? Sag es mir.«

»Ich weiß nicht… bin nicht sicher.«

»Wenigstens ungefähr. Zwei? Vier? Sechs? Zehn?« Sie betete zu Gott, daß es nicht so viele sein würden.

»Acht… ich weiß nicht… sieben… neun…« Herrje!

»Sind sie in deiner Tasche?« Jessica nickte. Vorsichtig nahm Astrid die Handtasche vom Sitz. »Ich nehme sie an mich, Jessie, in Ordnung?« Zum erstenmal lächelte Jessica und holte tief Luft. Sie sah fast wieder wie sie selbst aus.

»Habe ich denn eine Wahl?« Die beiden Frauen lachten, eine benommen, die andere nervös, und Jessica ließ sich von ihrer Freundin ins Haus helfen. Sie war weniger von den Tabletten benommen als vielmehr erschöpft und ausgepumpt. Langsam ließ sie sich in einen Sessel im Wohnzimmer sinken, rührte sich nicht einmal, während sie zuhörte, wie Astrid im Schlafzimmer und im Bad herumwerkelte. Es würde gut sein, von allem für eine Zeit fort zu sein. Selbst von dem Anblick Ians durch die Glasscheibe. Sie wußte, daß sie ihn dort nie wieder sehen würde. Alles andere könnte sie sich später überlegen, aber das wußte sie schon jetzt. Sie seufzte laut und schlief im Sessel, bis Astrid sie aufweckte und zu ihrem Jaguar hinausführte.

Ihre Koffer waren gepackt, das Haus abgeschlossen, und Jessie fühlte sich wie ein kleines Kind, für das gut gesorgt wird und das man liebt.

»Was wird aus dem Wagen?«

»Dem, den du gemietet hast?« Er stand noch immer in der Einfahrt.

Jessica nickte. »Ich lasse ihn später abholen. Mach dir darum keine Sorgen.« Tat Jessica auch nicht. Das gehörte dazu, wenn man Geld hatte. Dann ›ließ man ihn später abholen‹. Anonyme Gesichter und Hände erledigten die niedrigen Arbeiten. »Die Mädchen im Geschäft habe ich auch angerufen und ihnen gesagt, daß du mit mir fortfährst. Du kannst sie morgen selbst anrufen und ihnen Anweisungen geben.«

»Wer wird... wer wird... du weißt schon, es leiten?« Noch immer war in Jessicas Kopf alles durcheinander, aber Astrid lächelte und tätschelte sanft ihre Wange.

»Ich. Und ich kann es kaum abwarten. Ist doch eine tolle Sache: Urlaub für dich und eine Aufgabe für mich.« Jessica lächelte und sah wieder mehr wie sie selbst aus.

»Und die Herbstkollektion?«

Überrascht zog Astrid eine Braue hoch, als sie den Wagen anließ. »Du scheinst zu dir zu kommen. Mit deiner Erlaubnis werde ich Katsuko schicken. Ich werde mich um die finanzielle Seite kümmern, und du kannst mir das Geld später zurückzahlen.« Jessica schüttelte den Kopf und starrte ihre Freundin an. Das kurze Nickerchen hatte sie ernüchtert.

»Ich kann dir das Geld nicht später zurückzahlen, Astrid. Lady J kämpft im Augenblick ums Überleben. Deshalb ist auch bisher noch niemand nach New York geflogen.«

»Würde Lady J ein Darlehen von mir annehmen?«

Jessica lächelte. »Weiß ich nicht. Aber ihre Mutter vielleicht. Darf ich darüber nachdenken?«

»Sicher. Wenn Katsuko zurück ist. Ich habe Neuigkeiten für dich. In den nächsten zwei Wochen ist es dir untersagt, irgendwelche Entscheidungen zu treffen. Nicht einmal, was du zum Frühstück essen willst. Das ist eine der Grundregeln dieses kleinen Urlaubs, den du jetzt machen wirst. Ich strecke das Geld für die Herbstkollektion vor, und wir können später darüber sprechen. Ich muß sowieso etwas haben, was ich von der Steuer absetzen kann.«

»Ich... aber...«

»Mund halten.«

»Weißt du was?« Mit lächelndem Mund und müden, verschwollenen Augen sah Jessie sie an. »Vielleicht tue ich es. Ich brauche die Herbstkollektion, oder das Geschäft bricht zusammen. Zum Teufel. Hat Katsuko sich gefreut, daß sie fliegen darf?«

»Was glaubst du?« Die beiden Frauen lächelten wieder, und Astrid hielt vor ihrem eigenen Haus. »Schaffst du es die Treppen hinauf?« Jessica nickte und folgte Astrid langsam hinein. »Ich brauche bloß ein paar Dinge. Ich bleibe ja nur eine Nacht. Morgen will ich mich an die Arbeit machen.« Sie strahlte bei diesen Worten. Fünfzehn Minuten später waren sie schon wieder im Auto und fuhren in Richtung Autobahn. Jessie hatte noch immer das Gefühl, eine Bombe hätte in ihr Leben eingeschlagen. Alles ging jetzt plötzlich viel zu schnell.

Die Worte Ians kamen ihr wieder in den Sinn, als sie schweigend dahinfuhren. Sie hatte die Augen geschlossen, und Astrid dachte, sie würde schlafen. Aber sie war hellwach – zu wach sogar – und wacher, als sie seit langer Zeit gewesen war. Sie brauchte wieder eine Pille, aber Astrid hatte sie alle die Toilette hinuntergespült, noch daheim. Die roten, die blauen, die gelben, sogar die schwarzgrünen. Keine einzige war mehr übrig. Nichts war mehr da. Nur ihr eigener Kopf, in dem Ians Worte dröhnten... und sein Gesicht... und... warum hatten sie einander das angetan? Warum dieser Haß, dieser Zorn? Es ergab keinen Sinn für sie. Nichts gab Sinn. Vielleicht hatten sie sich immer gehaßt. Vielleicht waren selbst die guten Zeiten Lüge gewesen. Es war so schwer, daß alles jetzt zu erkennen. Und es war ohnehin zu spät. Die Suche nach den Antworten, jetzt, das war, als wollte man in Schutt und Asche des soeben abgebrannten Hauses nach dem silbernen Fingerhut seiner Großmutter suchen. Gemeinsam hatten sie und Ian Feuer an ihre Ehe gelegt, und von den beiden Seiten einer Glasscheibe aus hatten sie zugesehen, wie sie niederbrannte, in Flammen aufging, hatten sich geweigert zu gehen, ehe auch der letzte Balken verglüht war.

Kapitel XXV

Wieder tippte Astrid an ihre Schulter, und Jessie wachte auf, verwirrt und voll Angst, wo sie war. Die Pillen wirkten jetzt wirklich nicht mehr, und sie fühlte sich schlapp.

»Nimm's leicht, Jessie. Wir sind auf der Ranch. Es ist fast Mitternacht, und alles ist gut.« Jessica reckte sich und sah sich um. Es war dunkel, aber über ihnen leuchteten die Sterne. Ein frischer Duft hing in der Luft, und sie konnte irgendwo in der Ferne Pferde wiehern hören. Gleich rechts von ihr stand ein großes Steinhaus mit leuchtendgelben Fensterläden. Es war hell erleuchtet, und eine Tür stand auf.

Astrid war kurz hineingelaufen, um mit ihrer Mutter zu sprechen, während Jessie noch schlief. Ihre Mutter war weder schockiert noch auch nur überrascht. Sie hatte schon andere solche Krisen miterlebt, mit Astrid, mit Freunden, mit der Familie, vor Jahren schon. Immer wieder stieß irgend jemandem irgend etwas zu, er war eine Zeitlang durcheinander, aber dann überlebten es doch die meisten von ihnen. Ein paar nicht, aber die meisten schon. Und die Ranch war ein guter Ort, um sich zu erholen.

»Komm, du Schlafmütze, meine Mutter hat heiße Schokolade und Sandwiches für uns. Ich weiß ja nicht, wie es mit dir ist, aber ich bin am Verhungern.« Astrid stand neben dem offenen Wagen, und mit einem reumütigen Grinsen fuhr sich Jessie mit dem Kamm durchs Haar.

»Wie steht es mit Pillen bei ihr?«

»Gibt's nicht.« Astrid schaute Jessica forschend an. »Ist es schlimm?«

Jessica nickte und zuckte dann mit den Schultern.

»Ich werd's überleben. Heiße Schokolade, hmm? Wie verträgt sich das mit Beruhigungsmitteln?« Astrid zog eine Grimasse und holte ihren Koffer aus dem Kofferraum.

»Ich habe dasselbe durchgemacht, nach der Sache mit Tom. Ich bin hier angekommen, und meine Mutter hat alles weggeworfen, all die Pillen. Und ich war weit weniger gut gelaunt als du heute nachmittag.«

»Ich war einfach zu voll, um zu reagieren. Du kannst von Glück sagen. Ach, laß mich das doch tragen.« Sie griff nach dem Koffer, und Astrid gab ihn ihr. »Ian sagt immer, eine Amazone wie ich...« Sie brach ab. Astrid betrachtete ihren hängenden Kopf, als sie still aufs Haus zuging. Sie war froh, daß sie Jessica hierher gebracht hatte, und es tat ihr nur leid, daß das nicht schon früher geschehen war. Sie fragte sich, wie der Streit mit Ian wirklich gewesen war. Irgend etwas sagte ihr, daß es ernst war, aber es war unmöglich zu sagen.

Ihre Schuhe knirschten auf dem Kiesweg, der zum Haus führte, und die Luft war erfüllt vom Geruch frischen Rasens und dem Duft der Blumen. Selbst im Dunkeln sah es hübsch aus, bemerkte Jessie. Bunte Blumen umstanden das Steinhaus, wuchsen in Hülle und Fülle neben dem Eingang. Sie lächelte, als sie daran vorbeiging und die einzige Stufe hochstieg.

»Paß auf deinen Kopf auf!« warnte Astrid, als sie sich fast am Türrahmen gestoßen hätte, und Seite an Seite traten die beiden Frauen in die Eingangshalle. Da stand ein kleines Klavier, leuchtendrot gestrichen, ein langer Spiegel, ein paar bronzene Spucknäpfe, und an einer Wand hingen ausgefallene, farbenprächtige Hüte. Gleich dahinter Holzböden und Häkelteppiche, gemütliche Sofas und neben dem Kamin ein Schaukelstuhl; es gab Ölgemälde und eine lange Wand voller Bücher. Alles in allem eine merkwürdige Kombination aus schönem Modernen, entzükkendem Victorianischen, aus einfach geliebten und angenehm alten Stücken, aber es paßte. Grünpflanzen, einige Erstausgaben von Büchern, eine sehr schöne, moderne, mit blassem Nessel bezogene Couch; alte Spitzengardinen vor den Fenstern, und in einer Ecke stand ein alter Kachelofen. Der Raum wirkte gemütlich, warm und glücklich und hatte überraschend viel Chic.

»Guten Abend.«

Beim Klang der Stimme drehte Jessica sich um. Eine winzige Frau stand in der Tür zur Küche. Sie hatte dasselbe graublonde Haar wie ihre Tochter und kornblumenblaue Augen, die funkelten und lachten. Die einfachen Worte ›guten Abend‹ hörten sich an, als amüsierten sie sie. Langsam ging sie auf Jessica zu und reichte ihr die Hand. »Ich freue mich wirklich sehr, daß Sie gekommen sind, meine Liebe. Ich nehme an, daß Astrid Sie schon gewarnt hat, wie störrisch ich bin, und auch, daß es hier auf der Ranch stinklangweilig ist. Aber ich bin entzückt, daß Sie gekommen sind.« Das Licht in ihren Augen tanzte wie eine Flamme.

»Ich habe sie vor überhaupt nichts gewarnt, Mutter. Ich habe ihr vorgeschwärmt, wie schön es hier ist. Also benimm dich besser!«

»O Gott, wie schrecklich. Muß ich dann jetzt meine ganzen Pornobücher verstecken? Und die Tanzknaben streichen? Wie schade!« Sie schlug die Hände zusammen, als wäre sie zutiefst betroffen, und brach dann in Gekicher aus. Sie wies auf die Couch, und die beiden Frauen folgten ihr zu Sesseln in der Nähe des Kamins. Die versprochene heiße Schokolade wartete in einem Limoges-Service mit zartem Blümchenmuster auf sie.

»Das ist hübsch, Mutter. Ist es neu?« Astrid schenkte sich eine Tasse Kakao ein und betrachtete das Porzellan.

»Nein, Schatz. Es ist sehr alt – 1880, glaube ich.« Die beiden Frauen warfen sich einen verschmitzten Blick zu. Man merkte sofort, daß sie nicht nur Mutter und Tochter waren, sondern auch Freundinnen. Jessica spürte Neid, als sie sie beobachtete, aber auch die Herzlichkeit, die beide ausstrahlten.

»Ich meinte, ist es neu für dich?« Astrid nippte an ihrer Schokolade.

»Ach, das hast du gemeint! Ja, um die Wahrheit zu sagen, das ist es.«

»Und du hast genau gewußt, daß ich es bemerken würde, und benutzt es heute abend nur, damit du angeben kannst.« Aber sie schien sich über das versteckte Kompliment zu freuen, und ihre Mutter lachte.

»Du hast völlig recht. Ist doch wirklich hübsch, nicht?«

»Sogar sehr.« Die Augen der beiden Frauen tanzten glücklich, und Jessica lächelte, während sie sie beobachtete. Sie war überrascht, wie jugendlich Astrids Mutter noch wirkte. Auch die Eleganz, die ihr immer noch eigen war, trotz des Alters und des Lebens auf der Ranch, kam für sie unerwartet. Sie trug gut geschnittene, graue Gabardinehosen und eine sehr schöne Seidenbluse. Jessie wußte sofort, daß die nur aus Paris sein konnte. Sie war in äußerst schmeichelhaften Blautönen gehalten, die die Farbe ihrer Augen widerspiegelten. Sie trug Perlen und ein paar große, elegante Goldringe, darunter einen mit einem riesigen Diamanten. Sie sah mehr nach New York oder Connecticut aus als nach einer Ranch. Jessie hätte fast laut gelacht, als sie an das Bild dachte, das Astrid Monate vorher von ihr entworfen hatte – in Cowboykleidern. Das entsprach wohl kaum den Tatsachen.

»Sie sind genau zur rechten Zeit gekommen, Jessica. Das Land ist um diese Zeit des Jahres am schönsten, saftig, üppig, sanft und grün, fast wie ein Pelz. Ich habe die Ranch um diese Zeit gekauft. Wahrscheinlich bin ich ihr deshalb verfallen. Im Frühjahr ist das Land so verführerisch.«

Jessica lachte. »Ich habe es nicht direkt so geplant, Mrs. Williams. Aber mein Mann ist im Moment nicht zu Hause, und ich bin allmählich abhängig geworden, von Schlaf- und Beruhigungstabletten. Sehen Sie, ich habe alles versucht, um einen Nervenzusammenbruch zu bekommen, und heute morgen...« Sie lachte wieder und schüttelte den Kopf. »Ich habe es wirklich nicht geplant. Es ist sehr nett von Ihnen, daß Sie mich so kurzfristig hier aufgenommen haben.«

»Das ist doch überhaupt kein Problem.« Sie lächelte, aber ihren Augen entging nichts. Sie bemerkte, daß Jessica nichts aß und auch an ihrer Schokolade nur nippte. Sie rauchte bereits die zweite Zigarette in der kurzen Zeit seit ihrer Ankunft. Sie vermutete, daß Jessica dieselben Probleme hatte wie Astrid nach Toms Tod. Pillen. »Fühlen Sie sich einfach wie zu Hause, und bleiben Sie, so lange Sie wollen.«

»Vielleicht für immer?«

»Natürlich nicht. Nach einer Woche werden Sie sich zu Tode langweilen.« Wieder zuckten die Augen der alten Frau, und Astrid lachte.

»Aber du langweilst dich hier doch auch nicht, Mutter.«

»O doch, aber dann fahre ich nach Paris oder New York oder Los Angeles oder besuche dich in deinem entsetzlichen Mausoleum...«

»Mutter!«

»Das ist es, und du weißt das auch. Ein sehr schönes Mausoleum, aber trotzdem,... du weißt, was ich davon halte. Ich habe dir schon im letzten Jahr gesagt, du solltest es verkaufen und dir ein neues Haus suchen. Etwas Kleineres und Jüngeres und Fröhlicheres. Nicht einmal ich bin alt genug, um da zu leben. Ich habe Tom das schon gesagt, als er noch am Leben war, und ich sehe nicht ein, warum ich es dir jetzt nicht auch sagen sollte.«

»Jessica hat ein Haus, wie es dir gefallen würde.«

»Ach? Wahrscheinlich eine Strohhütte auf Tahiti.« Alle drei lachten, und Jessica versuchte, ein Sandwich zu essen. Ihr Magen schlug Purzelbäume, aber sie hoffte, daß wenigstens ihre Hände aufhören würden zu zittern, wenn sie etwas aß. Sie vermutete, daß ein paar harte Tage vor ihr liegen würden, aber wenigstens wäre sie in angenehmer Gesellschaft. Schon jetzt hatte sie Astrids Mutter ins Herz geschlossen.

»Sie wohnt in diesem prächtigen blau-weißen Haus eine Straße von uns entfernt, in dem mit all den Blumen davor.«

»Ja, ich glaube, ich erinnere mich. Hübsch, aber ein bißchen klein, nicht?«

»Sehr«, antwortete Jessie unterm Kauen. Das Sandwich war mit Streichkäse und Schinken, mit frischer Brunnenkresse und papierdünnen Tomatenscheiben belegt.

»Ich persönlich kann die Stadt nicht mehr ertragen. Nur noch zum Besuch. Aber nach einer Weile bin ich froh, wieder heimzukehren. Die Symphonien langweilen mich, die Leute ziehen sich immer viel zu gut an, die Restaurants sind mittelmäßig, der Verkehr entsetzlich. Hier reite ich jeden Morgen, mache Spaziergänge im Wald, und jeder Tag meines Lebens ist ein neues Abenteuer. Für die Stadt bin ich zu alt. Reiten Sie?« Ihre Art war so lebhaft, daß es schwerfiel zu glauben, sie hätte die Fünfundfünfzig hinter sich gelassen. Jessica wußte, daß sie in Wirklichkeit zweiundsiebzig war. Sie lächelte bei der Frage.

»Ich bin seit Jahren nicht geritten, aber ich würde es gern.«

»Dann dürfen Sie es auch. Tun Sie, was Sie wollen, wann Sie wollen. Ich frühstücke um sieben, aber Sie brauchen nicht so früh aufzustehen. Das Mittagessen ist frei, und das Abendessen findet um acht Uhr statt. Ich finde es peinlich, um fünf oder sechs Uhr zu Abend zu essen, wie es eigentlich auf dem Land üblich ist. Außerdem habe ich sowieso erst immer später Hunger. Übrigens, meine Tochter hat mich als Mrs. Williams vorgestellt, aber mein Name ist Bethanie. Das ist mir lieber.« Sie war verteufelt lebhaft, aber ihre blauen Augen waren sanft, und der Mund sah immer aus, als würde er gleich loslachen.

»Das ist ein schöner Name.«

»Geht schon, aber nun meine Damen: Gute Nacht. Ich will morgen schon früh ausreiten.« Sie lächelte ihrem Gast herzlich zu, küßte ihre Tochter auf den Scheitel und marschierte die Treppe zu ihrem Schlafzimmer hinauf, nachdem sie Jessica erklärt hatte, Astrid würde ihr die Zimmer zeigen, die für sie in Frage kämen. Sie konnte unter drei Räumen wählen. Alle waren bereit, Gäste aufzunehmen. Bethanie hatte häufig Besuch, berichtete Astrid. Es war selten, wenn mal eine Woche lang niemand auf der Ranch wohnte. Freunde aus Europa besuchten Bethanie auf ihren Rundreisen, andere Freunde flogen von New York zur Küste herüber, mieteten dann einen Wagen und kamen auf der Ranch vorbei. Außerdem hatte sie auch noch Freunde in Los Angeles und natürlich Astrid.

»Astrid, das ist einfach fabelhaft.« Jessica war noch immer von allem überwältigt. Das Haus, die Mutter, die Gastfreundschaft, die Offenheit und die lebhafte Herzlichkeit ihrer Gastgeberin. »Deine Mutter ist bemerkenswert.«

Astrid lächelte erfreut.

»Ich glaube, Tom hat mich nur geheiratet, um sie nicht aus den Augen zu verlieren. Er hat sie angebetet und sie ihn.« Wieder lächelte Astrid, froh über den Ausdruck in Jessicas Gesicht.

»Ich kann verstehen, warum er sie geliebt hat. Ian würde sich auch Hals über Kopf in sie verlieben.« Ihr Ton veränderte sich bei diesen Worten, sie schien sich zurückzuziehen. Es dauerte einen Moment, ehe sie ihre Aufmerksamkeit wieder Astrid zuwandte.

»Ich glaube, der Aufenthalt hier unten wird dir guttun, Jessie.«

Jessica nickte langsam. »Klingt zwar blöd, aber ich fühle mich tatsächlich schon besser. Ein bißchen wackelig...« sie hielt eine Hand hoch, um die zitternden Finger zu zeigen, und grinste verlegen –, »aber immerhin besser. Es ist solch eine Erleichterung, nicht noch eine Nacht allein in unserem Haus verbringen zu müssen. Es ist verrückt, ich weiß. Ich bin eine erwachsene Frau. Ich weiß auch nicht, warum es mich so hart trifft, aber es ist einfach entsetzlich, Astrid. Ich hoffe fast, daß das verdammte Ding abbrennt, während ich nicht da bin.«

»Sag so etwas nicht.«

»Ich meine es ernst. Ich hasse dieses Haus allmählich. So glücklich wir da früher waren, so sehr verabscheue ich es jetzt. Und das Arbeitszimmer – es ist, als ob es mich immer an meine schlimmsten Gefühle erinnern wollte.«

»Hast du wirklich das Gefühl, versagt zu haben, Jessica?«

Jessica nickte langsam, aber entschieden.

»Du allein?«

»Beinahe.«

»Ich hoffe, du wirst bald erkennen, wie absurd das ist.«

»Weißt du, was am meisten weh tut? Die Tatsache, daß ich geglaubt habe, wir würden eine phantastische Ehe führen. Die beste. Und dann... jetzt sieht alles so anders aus. Er hat seinen Ärger geschluckt, ich habe alles gemacht, wie ich es für richtig hielt. Er hat mich betrogen und es mir nicht gesagt; ich habe es zwar geahnt, wollte es aber nicht wissen. Alles ist so durcheinander. Ich werde einige Zeit brauchen, um da durchzublicken.«

»Du kannst so lange hier unten bleiben, wie du willst. Mutter wird nie genug von dir bekommen.«

»Vielleicht nicht, aber ich möchte ihre Gastfreundschaft auch nicht überstrapazieren. Ich glaube, wenn ich eine Woche bleiben kann, dann bin ich nicht nur glücklich, sondern auch für alle Zeiten dankbar.« Astrid lächelte nur in ihre heiße Schokolade. Die Leute sagten immer, sie würden bloß ein paar Tage oder eine Woche bleiben, und dann waren sie nach fünf Wochen immer noch da. Bethanie hatte nichts dagegen, solange sie ihr nicht ins Gehege kamen. Sie hatte ihren eigenen Tagesablauf, ihre Freunde, ihren Garten, ihre Bücher, ihre Pläne. Sie liebte es, ihre eigenen Wege zu gehen und die anderen machen zu lassen, was sie wollten. Das machte einen Teil ihres Charmes und ihres großen Erfolges als Gastgeberin aus. Sie war außerordentlich unabhängig und hatte einen gesunden Respekt vor dem Freiraum eines Menschen und forderte diesen Respekt auch für sich.

Astrid zeigte Jessie die Zimmer, die zur Verfügung standen, und Jessie entschied sich für ein kleines, gemütliches, in Rosa gehaltenes Zimmer mit altmodischer Steppdecke auf dem Bett und Kupfertöpfen über dem Kamin. Die Decke war hoch und schräg, hoch genug, daß sie sich nicht den Kopf stoßen konnte, wenn sie aus dem Bett stieg. Es gab ein hübsches Erkerfenster mit einem Sitz davor, und neben dem Kamin stand ein Schaukelstuhl. Jessica stieß einen Seufzer aus und ließ sich aufs Bett sinken.

»Weißt du was, Astrid? Vielleicht fahre ich nie wieder heim.« Die Worte kamen zwischen einem Lächeln und einem Gähnen.

»Gute Nacht, Kleine. Schlaf erst mal. Ich sehe dich beim Frühstück.« Jessica nickte und gähnte wieder. Sie winkte, als Astrid die Tür schloß, und rief dann noch ein letztes, schläfriges »Danke« hinter ihr her.

Morgen würde sie Ian schreiben müssen, um ihm zu erzählen, wo sie war. Um ihm irgend etwas zu erzählen. Aber darüber konnte sie sich später noch Gedanken machen. Im Augenblick trennten sie Welten von all ihren Problemen. Die Boutique, Ian, Rechnungen, diese unerträgliche Scheibe in Vacaville. Nichts davon war noch wirklich. Jetzt war sie daheim. Zumindest hatte sie das Gefühl, und sie lächelte bei diesem Gedanken, warf noch Holz im Kamin nach und schlüpfte dann in ihr Nachthemd. Zehn Minuten später schlief sie bereits. Zum erstenmal seit vier Monaten ohne Tabletten.

Nur Augenblicke, so schien es Jessie, nachdem sie die Augen geschlossen hatte, klopfte es an ihrer Tür. Aber als sie sich umsah, schien die Sonne durch die weißen Organzavorhänge, und eine fette Katze gähnte verschlafen in einem Sonnenfleck auf ihrem Bett. Die Uhr zeigte zehn Uhr fünfzehn.

»Jessie? Bist du wach?« Astrid steckte den Kopf durch die Tür. Sie trug ein riesiges, weißes Korbtablett, beladen mit Köstlichkeiten.

»O nein! Frühstück im Bett! Astrid, du verwöhnst mich!« Die beiden Frauen lachten, und Jessie setzte sich im Bett auf. Ihr blondes Haar fiel wirr und lockig über ihre Schultern. Sie sah aus wie ein junges Mädchen und wirkte überraschend ausgeruht.

»Sie sehen heute morgen schrecklich gesund aus, Madam.«

»Und hungrig. Ich habe geschlafen wie ein Klotz. Mensch!« Sie starrte auf die Waffeln, den Schinken, zwei Spiegeleier und einen dampfenden Becher mit heißem Kaffee, alles auf zartem, geblümtem Porzellan. In einer Ecke des Tabletts stand eine Vase mit einer einzelnen gelben Rose. »Kommt mir vor, als wäre heute mein Geburtstag oder so.«

»Mir auch! Ich kann es kaum erwarten, in die Boutique zu kommen!« Astrid kicherte und setzte sich in den Schaukelstuhl, während Jessie sich anschickte, das Frühstück zu verzehren. »Ich hätte dich noch länger schlafen lassen sollen, aber ich wollte unbedingt in die Stadt zurück. Und Mutter war der Meinung, an deinem ersten Tag hier brauchst du Frühstück im Bett.«

»Du machst mich verlegen. Aber nicht so verlegen, daß ich all das hier nicht esse.« Sie kicherte und biß in die Waffeln. »Ich bin am Verhungern.«

»Mußt du auch. Du hast nichts zu Abend gegessen.«

»Was macht deine Mutter heute früh?«

»Das weiß der Himmel. Um acht ist sie ausgeritten, kam dann noch mal, um sich umzuziehen, und vor ein paar Minuten ist sie wieder fortgefahren. Sie geht ihre eigenen Wege und fordert nicht gerade zu Fragen auf.«

Jessica lächelte und lehnte sich in die Kissen zurück, den Mund noch voll Waffel. »Weißt du, eigentlich sollte ich ein schrecklich schlechtes Gewissen haben. Da sitze ich hier und lasse mich verwöhnen, und Ian hockt im Gefängnis. Aber zum erstenmal seit Monaten fühle ich mich einfach nur wohl. Nein, sogar fabelhaft.« Und erleichtert. Es war eine solche Erleichterung, nichts tun zu müssen. Nicht im Geschäft sein zu müssen oder auf dem Weg zu Ian, keine Rechnungen öffnen oder Telefonanrufe entgegennehmen zu müssen. Sie befand sich jetzt in einer anderen Welt. Sie war frei. »Ich fühle mich einfach super, Astrid.« Sie grinste, reckte sich und gähnte wohlig, ein ausgezeichnetes Frühstück im Magen und mit der Sonne im Bett.

»Dann genieße es einfach. Du hast so etwas gebraucht. Ich wollte dich ja schon an Weihnachten hierherbringen. Erinnerst du dich?« Jessica nickte bedauernd, als ihr einfiel, was sie statt dessen getan hatte. Sie hatte das Weihnachtsfest mit einer Handvoll Pillen ausgelöscht.

»Wenn ich es nur gekannt hätte.«

Sie streichelte die Katze, und die leckte ihre Finger, während Astrid im Schaukelstuhl saß, sanft hin- und herschaukelte und ihre Freundin beobachtete. Schon jetzt, nach nur einer Nacht, in der sie gut geschlafen hatte, sah sie besser aus. Aber es gab noch immer eine Menge zu tun. Sie beneidete Jessica nicht um die Aufgabe, die vor ihr lag.

»Warum bleibst du nicht ein paar Tage hier, Astrid?«

Astrid heulte auf und schüttelte den Kopf. »Dann würde ich ja den ganzen Spaß verpassen, deine Boutique zu führen! Kommt überhaupt nicht in Frage. Keine zehn Pferde würden mich hier noch länger halten. Das wird der größte Spaß, den ich seit Jahren hatte!«

»Astrid, du spinnst, aber ich mag dich. Wenn du nicht wärst, könnte ich jetzt nicht so faul und genüßlich hier sitzen. Also, viel Spaß mit Lady J. Sie gehört ganz dir!« Plötzlich wurde ihr Gesicht ernst. »Ich wünschte fast, ich brauchte nicht mehr zurückzukehren.«

»Willst du mir Lady J verkaufen?« Etwas in Astrids Stimme ließ Jessica aufschauen.

»Ist das dein Ernst?«

»Und ob. Vielleicht auch nur als Partnerschaft, wenn du dich nicht ganz von ihr trennen willst. Ich habe viel darüber nachgedacht. Ich wußte bloß nie, wie ich es dir sagen sollte.«

»Genau so, wie du es eben getan hast. Aber ich habe den Gedanken noch nie in Erwägung gezogen. Laß mich darüber schlafen. Und sieh erst mal, wie es dir gefällt, während ich fort bin. Vielleicht verfluchst du die Boutique schon am nächsten Wochenende.«

Doch der Ton ihrer Stimme verriet Astrid, daß Jessica nicht die Absicht hatte, die Boutique aufzugeben. Noch immer sprach der Stolz der Besitzerin aus ihr. Lady J war ihr Werk, ganz gleich, wie wenig Spaß es ihr im Augenblick auch machte.

»War es wirklich dein Ernst, Katsuko nach New York zu schicken?« Jessie war noch immer verblüfft. Zuviel war in den letzten vierundzwanzig Stunden auf sie eingestürmt.

»Natürlich. Ich habe ihr gesagt, sie soll sich darauf einrichten, morgen zu fliegen. So kannst du ihr noch genaue Anweisungen geben. Die finanzielle Seite können wir später regeln. Viel später. Da brauchst du dir also vorläufig keine Sorgen zu machen. Wie steht es mit der Herbstkollektion? Irgendwelche Gedanken, Fragen, Aufträge?«

»Nichts. Ich vertraue ihr voll und ganz. Sie hat ein besseres Gespür als ich, was gekauft werden sollte, und sie ist lange genug im Verkauf, um zu wissen, was sie tut. Nach dem Schlamassel, das wir gerade hatten, bin ich nicht sicher, ob ich überhaupt noch geeignet bin, für die Boutique einzukaufen.«

»Jeder kann sich mal irren.«

»Ja, aber gleich so!« Jessie lächelte, und Astrid erwiderte ihren Blick herzlich.

»Na, ich mach' mich dann wohl besser auf die Strümpfe. Hab' noch eine lange Fahrt vor mir. Irgendwelche Nachrichten für die Heimat?«

»Ja. Eine.« Jessica grinste, warf dann den Kopf in den Nacken und lachte. »Auf Wiedersehen.«

»Puh. Viel Spaß hier unten. Ich bin hier auch mal wieder in Ordnung gebracht worden.«

»Sieht verdammt gut aus.« Jessie kletterte faul aus dem Bett, reckte sich nochmals und umarmte Astrid ein letztes Mal. »Gute Fahrt, und grüß die Mädchen von mir.«

Sie sah ihr nach, als sie losfuhr, und winkte vom Schlafzimmerfenster aus. Jetzt war Jessie allein im Haus, mit Ausnahme der Katze, die langsam über den Sitz am Fenster spazierte. Von draußen drangen die Geräusche des Landlebens herein, doch im übrigen war das luftig-helle, sonnige Haus von köstlicher Stille durchdrungen. Barfuß schlenderte sie den langen Gang im ersten Stock entlang, spähte hier und da in ein Zimmer, öffnete Bücher, betrachtete Gemälde, jagte die Katze und ging dann nach unten, um dort genauso fortzufahren. Sie war frei! Frei! Zum erstenmal seit sieben Jahren, zehn Jahren, fünfzig Jahren, seit ewigen Zeiten, war sie frei. Frei von Verantwortung und Schrecken. Am Tag zuvor war sie am Tiefpunkt angelangt. Die letzte Stütze ihres bröckelnden Seins war zusammengebrochen ... und sie war nicht gefallen! Astrid hatte sie hochgehalten, hatte sie fortgebracht.

Aber das Beste von allem war, daß sie es tatsächlich überlebt hatte. Ihr Leben lang würde sie sich an den Augenblick erinnern, als zwei Fremde sie vom Lenkrad zurückgezogen hatten, wo sie die Hupe betätigte. In diesem Moment war sie entschlossen gewesen, verrückt zu werden, es zuzulassen, wollte einfach in einen Tümpel des Vergessens sinken, um nie wieder in dieses Land der Häßlichkeit, des Sterbens und des Teuflischen zurückzukehren, dieses Land der ›Lebenden‹. Aber dann war sie doch nicht verrückt geworden. Sie war verletzt. Mehr denn je zuvor in ihrem Leben. Aber sie war nicht verrückt geworden. Und da war sie nun, schlenderte barfuß durch dieses reizende Haus auf dem Lande, im Nachthemd, mit einem enormen Frühstück im Magen und einem Lächeln auf dem Gesicht.

Und das Überraschendste: Sie brauchte Ian nicht. Auch ohne ihn war die Decke nicht eingestürzt. Das war eine völlig neue Vorstellung für Jessie, und sie wußte noch nicht so recht, was sie damit anfangen sollte. Es änderte alles.

Kapitel XXVI

Am späten Nachmittag ihres ersten Tages auf der Ranch setzte sich Jessie hin, um Ian zu schreiben. Sie wollte ihn wissen lassen, wo sie war. Aber es war schwer zu erklären, warum sie hier war. Nachdem sie so lange Haltung bewahrt hatte, war es schwer, ihm zu sagen, wie es hinter der Fassade aussah. Am Vortag hatte sie ihn angeschrien, aber jetzt wollte sie sich hinsetzen und ihm ganz ruhig alles erklären. Damit wurde jedes ›Okay‹, das sie ihm zur Antwort gegeben hatte, zur Lüge. Und fast alle waren sie auch Lügen gewesen. Sie war nicht einmal sich selbst gegenüber bereit gewesen zuzugeben, wie wenig ›okay‹ alles war, und jetzt mußte sie es ihm und sich selbst gegenüber eingestehen. Da waren keine Vorwürfe und Anklagen mehr, die sie ihm entgegenschleudern konnte, aber auch keine Entschuldigungen, die sie von ihm hätte erbitten wollen.

Die Worte kamen nur zögernd. Was konnte sie sagen? Ich liebe dich, mein Schatz, aber ich hasse dich auch... ich habe immer Angst gehabt, dich zu verlieren, aber jetzt bin ich mir nicht mehr so sicher... Sie grinste bei diesem Gedanken, versuchte aber gleich darauf, wieder ernst zu werden. Wo sollte sie anfangen? Da waren Fragen, so viele Fragen. Plötzlich wollte sie wissen, wie viele andere Frauen es gegeben hatte, und warum. Weil sie nicht ausreichte? Oder war er so hungrig? Oder mußte er etwas beweisen? Oder... warum? Ihre Eltern hatten einander nie Fragen gestellt, aber Ian und sie hatten sich geirrt, oder zumindest war das für sie nicht richtig. Jessie war ihrem Beispiel gefolgt, aber jetzt wollte sie Antworten, dachte es zumindest. Doch sie erkannte auch die Möglichkeit, daß die Antworten, die sie suchte, ihre eigenen waren. Liebte sie Ian? Oder brauchte sie ihn bloß? Brauchte sie ihn, oder nur irgend jemanden? Und wie stellt man die Fragen von sieben Jahren auf einer Seite eines Briefes... Respektierst du mich? Warum? Wie kannst du das? Sie war sich nicht sicher, ob sie ihn oder sich selbst in diesem Augenblick liebte oder respektierte.

Sie wollte es sich einfach machen, wollte ihm einfach von Mrs. Williams und der Ranch erzählen, aber das schien unehrlich. So dauerte es zwei Stunden, bis sie den Brief geschrieben hatte. Er war eine Seite lang. Sie erzählte ihm, daß der gestrige Tag ihr gezeigt hätte, daß sie dringend Ruhe benötigte. Astrid war mit einem wunderbaren Vorschlag gekommen: die Ranch ihrer Mutter.

Das ist genau der richtige Ort, um mich endlich zu entspannen. Hier komme ich wieder zur Vernunft, kann wieder atmen, ich selber sein. Ich selber, das ist jetzt eine merkwürdige Mischung aus der, die ich gewesen bin, der, die ich in den vergangenen Monaten sein mußte, und der, die ich werden will. Das alles macht mich ängstlich, aber selbst das ändert sich allmählich, Ian. Ich habe es satt, immer so ängstlich zu sein. Meine ständige Furcht muß in all der Zeit eine große Belastung für Dich gewesen sein, Ian. Aber jetzt werde ich erwachsen. Schreib weiter an Deinem Buch, da hast Du recht, und entschuldige wegen gestern. Mein Leben lang werde ich bedauern, daß wir dies alles mit so viel Ruhe und Beherrschung über uns haben ergehen lassen. Wenn wir geschrien hätten, gebrüllt, um uns geschlagen, uns an den Haaren gerissen – vielleicht wären wir dann jetzt alle beide in besserer Verfassung. Früher oder später mußte das alles herauskommen. Ich arbeite jetzt daran. Richtig. Alles Liebe, mein Schatz.

J.

Sie zögerte noch lange, den Brief in Händen. Dann faltete sie ihn sorgfältig zusammen und steckte ihn in einen Umschlag. Da war vieles, was sie noch nicht gesagt hatte. Sie wollte es einfach noch nicht sagen. Sorgfältig schrieb sie seinen Namen auf den Umschlag, aber nicht ihren eigenen. Sie fragte sich, ob er glauben würde, das Fehlen ihres Absenders wäre ein Versehen. Das war es nicht.

Nach dem Essen gesellte sich Jessica noch auf einen Drink zu Astrids Mutter ins Wohnzimmer.

»Sie haben keine Ahnung, wie glücklich Sie Astrid gemacht haben, meine Liebe. Sie braucht etwas, eine Aufgabe. Alles, was sie in letzter Zeit getan hat, war Geld auszugeben. Das ist nicht gut. Die ständige Anhäufung von sinnlosem Besitz, nur um die Zeit totzuschlagen. Es macht ihr auch keinen Spaß, sie tut das nur, um eine Leere auszufüllen. Aber Ihre Boutique wird diese Leere auf weit bessere Art ausfüllen.«

»Ich habe sie durch die Boutique kennengelernt. Eines Tages kam sie herein, und wir mochten uns. Sie war so gut zu mir. Ich hoffe, es macht ihr wirklich Spaß im Geschäft. Ich bin so erleichtert, mal eine Woche davon fort zu sein.«

»Astrid hat erwähnt, daß Sie eine schwere Zeit hinter sich haben.«

Jessie nickte bedrückt.

»Am Ende werden Sie dadurch wachsen. Aber wie scheußlich kann das Leben sein, während man wächst!« Sie lachte über ihrem Campari, und Jessie lächelte. »Ich persönlich habe charakterstärkende Situationen immer verabscheut. Aber am Ende erweisen sie sich wohl doch als ganz nützlich.«

»Ich weiß nicht, ob ich meine Situation als nützlich bezeichnen würde. Ich vermute, es bedeutet das Ende meiner Ehe.« In Jessicas Augen trat der Ausdruck überwältigenden Kummers, aber sie war jetzt fast sicher, daß sie wußte, was sie wollte. Sie hatte es sich bislang einfach noch nicht eingestehen wollen.

»Ist es das, was Sie jetzt wollen, mein Kind? Freiheit von Ihrer Ehe?« Sie saß ruhig neben dem Kamin und musterte eindringlich Jessicas Gesicht.

»Nein, eigentlich nicht meine Freiheit. Was das angeht, habe ich nie Probleme gehabt. Ich bin gern verheiratet. Aber ich glaube, wir haben einen Punkt erreicht, an dem wir uns selbst gegenseitig zerstören, und es wird alles nur noch schlimmer werden. Wenn ich jetzt zurückschaue, frage ich mich, ob wir uns nicht immer gegenseitig zerstört haben. Aber jetzt ist alles anders. Ich sehe es. Und deshalb gibt es keine Entschuldigung mehr für mich, so weiterzumachen.«

»Dann nehme ich an, werden Sie die Angelegenheit in die Hand nehmen müssen. Was meint Ihr Mann dazu?« Jessie sagte eine Weile nichts.

»Ich weiß nicht. Er ist... im Moment im Gefängnis.« Sie konnte sich niemanden sonst vorstellen, dem sie das erzählt hätte, und sie wußte nicht, daß Astrid es ihrer Mutter schon gesagt hatte. Sie bemerkte nur, daß Bethanie die Neuigkeit ganz gelassen aufnahm. »Wir konnten uns nur unter so schwierigen Bedingungen sehen, daß es nahezu unmöglich war, miteinander zu reden. Es ist schon schwer, zu denken. Man fühlt sich verpflichtet, so hart und tapfer und edel zu sein. Da wagt man es nicht einmal, sich selbst, geschweige denn dem anderen einzugestehen, daß man die Nase einfach voll hat.«

»Und, haben Sie das?« Sie lächelte sanft, aber Jessie erwiderte das Lächeln nicht, als sie nickte. »Es muß sehr schwer für Sie gewesen sein, Jessica. Wenn man das schlechte Gewissen bedenkt, das automatisch kommt, wenn man jemanden verläßt, der in einer schwierigen Lage ist.«

»Ich glaube, deshalb habe ich mir bislang auch nicht gestattet, zu denken. Nicht über einen gewissen Punkt hinaus. Weil ich nicht wagte, ihn zu ›verraten‹, nicht einmal in meinen Gedanken. Und weil ich mich selbst als edel und leidend sehen wollte. Und weil ich... Angst hatte. Ich hatte Angst, nie mehr den Weg zurück zu finden, wenn ich jetzt loslassen würde.«

»Das Komische ist, daß man den immer findet. Wir sind alle so viel härter, als wir denken.«

»Ich glaube, ich fange jetzt an, das zu verstehen. Es hat mich viel Zeit gekostet. Aber gestern fiel plötzlich alles auseinander. Ian und ich haben gestritten, wir haben uns entsetzliche Dinge gesagt, und danach habe ich mich einfach gehenlassen. Ich habe das Schicksal praktisch herausgefordert, mich zu brechen. Und...« Achselzuckend hob sie die Hände. »Hier sitze ich. Immer noch heil und in einem Stück.«

»Überrascht Sie das wirklich?« Die alte Frau war belustigt.

»Sehr sogar.«

»Haben Sie denn früher noch nie Krisen durchgemacht?«

»Doch. Meine Eltern sind tot. Mein Bruder ist in Vietnam gefallen, aber... ich hatte Ian. Ian hat alles abgefangen, er hat tausend Rollen übernommen und eine Million verschiedener Gesichter für mich getragen.«

»Das ist sehr viel verlangt von einem Menschen.«

»Nicht sehr viel. Zu viel. Wahrscheinlich ist er deshalb jetzt im Gefängnis.«

»Verstehe. Sie geben sich selbst die Schuld?«

»In gewisser Weise.«

»Jessica, warum lassen Sie Ian nicht das Recht auf eigene Fehler? Was immer ihn ins Gefängnis gebracht hat, ganz gleich, wie sehr es mit Ihnen zusammenhängt – hat er nicht das Recht, diesen Fehler selbst gemacht zu haben, was immer das war?«

»Es handelte sich um Vergewaltigung.«

»Verstehe. Und Sie haben die Vergewaltigung für ihn begangen.« Jessica kicherte nervös.

»Nein, natürlich nicht. Ich...«

»Was?«

»Nun, ich habe ihn unglücklich gemacht. Habe starken Druck auf ihn ausgeübt, die Rechnungen bezahlt, ihm die Möglichkeit genommen, sich als Mann zu beweisen...«

»All das haben Sie für ihn getan?« Die ältere Frau lächelte, und auch Jessica lächelte jetzt. »Meinen Sie nicht, er hätte ›nein‹ sagen können?« Jessica dachte darüber nach und nickte dann.

»Aber vielleicht konnte er auch nicht ›nein‹ sagen. Vielleicht hatte er Angst, das zu tun.«

»Schön, aber dafür sind dann doch nicht Sie verantwortlich, oder? Warum müssen Sie so viel Schuld auf sich laden? Gefällt Ihnen das?« Die jüngere Frau schüttelte den Kopf und wandte sich ab.

»Nein. Das Absurde an der Sache ist, daß er die Vergewaltigung nicht begangen hat. Ich weiß es. Aber der Schlüssel zu dem Ganzen ist, daß er sich so benommen hat, daß man ihn einer Vergewaltigung beschuldigen konnte. Ich kann mich davon nicht einfach reinwaschen.«

»Und die Frau, wer immer es war, können Sie die reinwaschen?«

»Natürlich, ich...« Verblüfft schaute Jessica auf. Sie hatte Margaret Burton verziehen. Irgendwann auf diesem langen Weg hatte sie ihr vergeben. Der Krieg mit Margaret Burton war vorüber. Ein Gewicht weniger, das auf ihrem Herzen lastete. »Ich habe in letzter Zeit nie darüber nachgedacht.«

»Verstehe. Übrigens interessiert es mich kolossal, wie Sie ihn der Möglichkeit, ein Mann zu sein, beraubt haben.«

»Ich habe ihn unterhalten.«

»Dann hat er nicht gearbeitet?« In Bethanies Stimme klang keine Beurteilung, nur eine Frage mit.

»Er hat sogar sehr hart gearbeitet. Er ist Schriftsteller.«

»Was hat er veröffentlicht?«

»Einen Roman, ein Buch mit Fabeln, ein paar Artikel und Gedichte.«

»Ist er gut?«

»Sehr – nur finanziell nicht erfolgreich, noch nicht. Aber das kommt noch.« Der Stolz in ihrer Stimme überraschte sie, nicht aber Bethanie.

»Wie scheußlich von Ihnen, ihn dann zu ermutigen. Wirklich schokkierend, so etwas zu tun.« Bethanie lächelte und nippte an ihrem Campari.

»Nein, ich... ich glaube einfach, daß er mich haßt, weil ich ihn ausgehalten habe.«

»Wahrscheinlich tut er das. Aber wahrscheinlich liebt er Sie auch deswegen. Alles hat seine zwei Seiten, Jessica. Ich bin sicher, das weiß er auch. Aber ich verstehe immer noch nicht so ganz, warum Sie aus der Ehe ausbrechen wollen?«

»Das habe ich ja nicht gesagt. Ich habe bloß gesagt, daß ich glaube, sie wäre zu Ende.«

»Ganz von allein? Ohne Hilfe? Das ist allerdings außergewöhnlich, meine Liebe!« Die beiden Frauen lachten, und dann wartete Bethanie. Sie war sehr geschickt mit ihren Fragen. Astrid hatte das gewußt und Jessica absichtlich nicht davor gewarnt. Bethanie brachte einen zum Nachdenken.

Nach einer langen Pause blickte Jessica auf und sah voll in Bethanies Augen. »Ich glaube, die Ehe ist bereits am Ende angelangt. Ganz von selbst. Niemand hat sie umgebracht. Wir haben sie einfach sterben lassen. Keiner von uns war mutig genug, sie zu töten oder zu retten. Wir haben sie einfach für unsere eigenen Zwecke eingesetzt und sie dann einschlafen lassen wie die Karte der Leihbücherei einer Stadt, in der man nicht mehr wohnt.«

»War es eine gute Bücherei?«

»Eine ausgezeichnete. Seinerzeit.«

»Dann werfen Sie die Karte nicht fort. Vielleicht wünschen Sie sich noch mal, zurückzukehren. Dann können Sie die Karte erneuern lassen.«

»Ich glaube nicht, daß ich das will.«

»Dann hat er Sie unglücklich gemacht?«

»Schlimmer. Ich habe ihn zerstört.«

»Ach, um Gottes willen, Kind. Wie unglaublich langweilig von Ihnen – Sie sind edel. Hören Sie auf, an ihn zu denken, denken Sie an sich! Ich bin sicher, daß er das auch tut. Ich hoffe es wenigstens.«

»Aber wenn ich nun nicht gut für ihn bin, nie gut für ihn gewesen bin, und... wenn ich das Leben hasse, das ich jetzt führe, wo ich auf ihn warten muß?« Jetzt kamen sie zum Punkt. »Wenn ich Angst habe, daß ich ihn nur ausgenutzt habe, wenn ich nicht einmal mehr sicher bin, ihn zu lieben? Vielleicht brauche ich nur jemanden, aber nicht unbedingt Ian.«

»Dann gibt es ein paar Dinge, über die Sie nachdenken müssen. Haben Sie sich mit anderen Männern getroffen, seit er nicht mehr da ist?«

»Nein, natürlich nicht.«

»Warum nicht?« Jessica sah schockiert aus, aber Bethanie lachte. »Sehen Sie mich nicht so an, meine Liebe. Ich mag ja uralt sein, aber noch bin ich nicht tot. Astrid sage ich immer genau dasselbe. Ich weiß nicht, was mit eurer Generation nicht stimmt. Da heißt es immer, ihr wäret so liberal, dabei seid ihr alle schrecklich prüde und zimperlich. Vielleicht brauchen Sie einfach das Gefühl, geliebt zu werden. Sie müssen sich ja nicht gleich an der nächsten Straßenecke verkaufen, aber vielleicht findet sich ein netter Freund.«

»Ich glaube nicht, daß ich das tun und trotzdem mit Ian zusammenbleiben könnte.«

»Dann sollten Sie ihn vielleicht für eine Weile verlassen und feststellen, was Sie wirklich wollen. Vielleicht ist er tatsächlich ein Teil Ihrer Vergangenheit. Aber die Hauptsache ist doch, jetzt nicht die Gegenwart zu vergeuden. Das habe ich nie getan, und deshalb bin ich jetzt eine glückliche, alte Frau.«

»Keine ›alte‹ Frau.«

Bethanie verzog bei diesem Kompliment das Gesicht. »Schmeicheln nutzt gar nichts! Ich komme mir sehr alt vor, jedesmal, wenn ich in den Spiegel sehe, aber wenigstens habe ich mein Leben genossen. Was nicht heißen soll, daß ich ein Wüstling gewesen wäre – das bin ich nicht. Ich will damit nur sagen, daß ich mich nicht in einen Schrank gesperrt habe, um dann jemanden für das zu hassen, was ich mir selbst angetan habe. Und genau das tun Sie im Augenblick. Sie bestrafen Ihren Mann für etwas, das er nicht ändern kann. Dabei hört es sich in meinen Ohren so an, als wäre er genug gestraft, und noch dazu zu Unrecht. Worüber Sie jetzt nachdenken müssen, und mit großem Ernst dazu, ist, ob sie akzeptieren können, was geschehen ist oder nicht. Wenn Sie es können, dann regelt sich vielleicht alles ganz von allein. Aber wenn Sie versuchen wollen, für den Rest Ihres Lebens Entschädigung von ihm zu verlangen, dann können Sie ebensogut gleich aufgeben. Man kann einem Menschen nur für eine bestimmte Zeit ein schlechtes Gewissen einreden. Ein Mann nimmt nicht sehr viel davon hin, aber seine Rache wird böse sein.«

»Das war sie schon.« Jessica dachte an ihren Streit in Vacaville zurück, während sie träumerisch in die Flammen starrte.

»Kein Mann hält das lange aus, genausowenig eine Frau. Wer will sich schon ständig schuldig fühlen? Man macht Fehler, man sagt, daß es einem leid tut, man zahlt einen Preis, und das ist es dann auch schon. Sie können nicht von ihm verlangen, wieder und wieder zu zahlen. Am Ende wird er Sie deswegen verabscheuen, Jessica. Und vielleicht lassen Sie ihn nicht nur im Augenblick leiden, vielleicht nutzen Sie das nur aus, um eine alte Schuld einzutreiben. Ich kann mich natürlich irren, aber wir tun das alle mal.«

Jessica nickte ernüchtert. Genau das hatte sie getan. Sie hatte ihn für die Vergangenheit zahlen lassen, für seine und für ihre eigene Schwäche. Für ihre Unsicherheit und Ungewißheit. Sie dachte noch darüber nach, als Bethanies Stimme sanft durch ihre Gedanken drang.

»Vielleicht sollten Sie mir auch sagen, daß mich das alles nichts angeht.«

Jessica lächelte und lehnte sich in ihrem Sessel zurück. »Nein, wahrscheinlich haben Sie sogar recht. Es hört sich jedenfalls alles sehr vernünftig an. Mehr, als ich zugeben möchte, aber...«

»Ich höre Ihnen gern zu, mein Kind.« Die beiden Frauen lächelten einander zu. Dann erhob sich die ältere und reckte sich, im Schein der Flammen funkelten die Diamantringe. Sie trug eine schwarze Hose und einen blauen Kaschmirpullover in der Farbe ihrer Augen. Als Jessica sie so sah, mußte sie wieder denken, wie schön diese Frau in ihrer Jugend gewesen sein mußte. Noch immer war sie bemerkenswert hübsch, auf eine frauliche Art, die allem, was sie sagte oder tat, die Schärfe nahm. Tatsächlich war sie noch reizender als ihre Tochter. Weicher, wärmer, hübscher – oder vielleicht lag es auch nur daran, daß sie lebendiger war.

»Wenn Sie mich entschuldigen, Jessica. Ich glaube, ich gehe besser zu Bett. Ich möchte morgen früh ausreiten, ich werde Sie nicht bitten, mich zu begleiten. Ich stehe zu entsetzlich unzivilisierten Zeiten auf.« Ein Lachen tanzte in ihren Augen, als sie sich bückte, um Jessicas Stirn zu küssen. Hastig hob Jessie die Arme und drückte sie an sich.

»Mrs. Williams, ich mag Sie einfach. Sie sind der erste Mensch seit langer Zeit, der vernünftig mit mir gesprochen hat.«

»In diesem Fall tun Sie mir die Ehre an, mich nicht ›Mrs. Williams‹ zu nennen. Ich verabscheue das. Könnten wir uns nicht vielleicht auf ›Bethanie‹ oder ›Tante Beth‹ einigen? So nennen mich die Kinder meiner

Freunde und auch ein paar von Astrids Freunden.«

»Tante Beth. Das klingt hübsch.« Plötzlich hatte Jessica das Gefühl, eine neue Mutter gefunden zu haben. Familie. Es war schon so lange her, daß sie das gehabt hatte – abgesehen von Ian natürlich. Tante Beth. Sie lächelte und fühlte, wie Wärme in ihre Seele zog.

»Gute Nacht, Liebe. Schlaf gut. Wir sehen uns morgen.«

Sie umarmten sich noch einmal, und eine halbe Stunde später ging auch Jessie nach oben. Sie dachte noch immer über einiges von dem nach, was Bethanie gesagt hatte. Darüber, ob sie Ian bestrafen wollte... Das war eine wichtige Frage. Wie wütend war sie tatsächlich auf Ian? Und warum? Weil er sie betrogen hatte? Oder weil er jetzt im Gefängnis war und sie nicht mehr beschützen konnte? Weil er sich dabei hatte ›erwischen‹ lassen, daß er mit Magaret Burton geschlafen hatte? Wäre es anders gewesen, wenn sie nicht damit konfrontiert worden wäre? Oder steckten ganz andere Dinge dahinter? Die Bücher, die sich nicht verkaufen ließen? Das Geld, das nur sie verdiente? Seine Leidenschaft, mit der er schrieb? Sie war sich einfach nicht sicher.

Das Frühstück wartete schon auf sie, als Jessica am nächsten Morgen nach unten kam. Ein kleiner Zettel mit der Unterschrift ›Tante Beth‹ verriet ihr, daß im Ofen Brötchen warm gehalten wurden, es gab knusprige Scheiben Speck und eine große Schüssel mit frischen Erdbeeren. Außerdem schlug ›Tante Beth‹ vor, am Nachmittag mit dem Jeep die Gegend zu erkunden.

Sie verbrachten eine herrliche Zeit. Tante Beth erzählte Geschichten von den garstigen Leuten, die vorher auf der Ranch gelebt und das Haupthaus in ›barbarischem Zustand‹ hinterlassen hatten.

»Ich möchte fast sagen, der Mann war ein enger Verwandter von Attila dem Hunnenkönig, und ihre Kinder waren einfach erschreckend!«

Seit Jahren hatte Jessica nicht mehr so viel und herzhaft gelacht. Als sie im Jeep über die Hügel fuhren, schoß es ihr plötzlich durch den Kopf, wie gut sie ohne die Tabletten zurechtkam. Keine Beruhigungstabletten mehr, keine Schlaftabletten, nichts. Sie überlebte mit Hilfe von Tante Beths Gesellschaft, einer Menge Sonnenschein und noch mehr Lachen. An diesem Abend machten sie zusammen das Abendessen, ließen die Sauce Hollandaise für ihren Spargel anbrennen, holten das Fleisch zu früh aus dem Ofen und lachten gemeinsam über jeden neuen Fehler. Es war eher, als wäre sie mit einer gleichaltrigen Collegeschülerin zusammen als mit der Mutter einer Freundin.

»Weißt du, mein erster Mann hat immer gesagt, ich würde ihn eines Tages vergiften, wenn er nicht aufpassen würde. Ich war damals eine schreckliche Köchin – nicht, daß ich jetzt viel besser wäre. Ich bin mir ganz und gar nicht sicher, ob dieser Spargel gar ist.« Sie kaute vorsichtig auf einer Stange herum, schien aber zufrieden mit dem, was sie fand.

»Warst du zweimal verheiratet?«

»Nein, dreimal. Mein erster Mann starb, als ich Anfang Zwanzig war. Es war wirklich eine Schande. Er war ein lieber Junge. Kam bei einem Jagdunfall ums Leben, zwei Jahre nach der Hochzeit. Dann verbrachte ich eine herrliche Zeit –« ihre Augen funkelten und blitzten, ehe sie fortfuhr –, »und als ich dreißig war, habe ich Astrids Vater geheiratet. Astrid bekam ich mit zweiunddreißig. Ihr Vater starb, als sie vierzehn war. Mein dritter Ehemann war süß, aber sterbenslangweilig. Ich habe mich vor fünf Jahren von ihm scheiden lassen, und seitdem ist das Leben viel interessanter.« Sie probierte noch eine Spargelstange und verzehrte sie unter Jessies Gelächter.

»Tante Beth, du bist unmöglich! Wie war denn der letzte wirklich?«

»Tot, meistens, bloß hatte ihm das noch niemand gesagt. Alte Leute können so entsetzlich langweilig sein. Es war wirklich ausgesprochen peinlich, mich von ihm scheiden zu lassen. Der arme Mann war zutiefst entsetzt. Aber er hat es überstanden. Ich besuche ihn immer, wenn ich in New York bin. Er ist noch genauso langweilig, das arme Ding.« Sie lächelte engelsgleich, und Jessica brach erneut in Gelächter aus. Tante Beth war nicht annähernd so schlimm, wie sie sich gern den Anschein gab, aber sie hatte gewiß auch kein langweiliges Leben geführt.

»Und jetzt? Keine Ehemänner mehr?« Sie waren jetzt Freunde, da konnte sie fragen.

»In meinem Alter? Das wäre ja lächerlich. Wer würde schon eine alte Frau wollen? Aber ich bin ganz zufrieden, so wie es ist, weil ich mein Leben genossen habe, als ich noch jünger war. Es gibt nichts Schlimmeres als eine alte Frau, die vorgibt, es nicht zu sein. Oder eine junge Frau, die so tut, als wäre sie alt. Du und Astrid, ihr macht das prima.«

»Ich habe es nicht gemacht.«

»Sie auch nicht, solange Tom noch lebte. Es wird Zeit, daß sie sich einen anderen sucht und dieses Grab von Haus niederbrennt, in dem sie wohnt. Ich finde es abscheulich.«

»Aber es ist so hübsch, Tante Beth. Wirklich hübsch.«

»Auch Friedhöfe sind hübsch, aber ich würde nicht im Traum auf einem leben wollen – außer, ich hätte keine andere Wahl. Solange man die Wahl hat, sollte man sie auch nutzen. Aber sie wird schon noch dahinterkommen. Ich glaube, dein Geschäft wird ihr dabei auch helfen. Warum verkaufst du es ihr nicht?«

»Und was sollte ich dann tun?«

»Was anderes. Wie lange hast du das Geschäft jetzt?«

»Im Sommer sechs Jahre.«

»Das ist lange genug. Warum versuchst du es nicht mit etwas anderem?« Waren sechs Jahre auch lange genug für eine Ehe?

»Ian wollte, daß ich daheim bleibe und ein Kind bekomme. Das hat er jedenfalls neulich gesagt. Vor ein paar Jahren war er ganz zufrieden so, wie die Dinge standen.«

»Vielleicht hast du gerade eine der Antworten gefunden, die du suchst.«

»Was?« Jessica begriff nicht.

»Daß er vor ein paar Jahren ›ganz zufrieden war, so, wie die Dinge standen‹. Wieviel hat sich in diesen paar Jahren geändert? Vielleicht hast du vergessen, dich auch zu ändern, Jessica, erwachsen zu werden.«

»Wir...« Aber war sie wirklich erwachsen? Sie war sich da nicht so sicher.

»Ich nehme an, du wolltest keine Kinder.«

»Nein, das ist es nicht. Es war einfach noch nicht die richtige Zeit. Es war zu früh, und wir waren so glücklich allein.«

»Es ist nichts Unrechtes daran, keine Kinder zu haben.« Tante Beth sah sie scharf an, ein bißchen zu scharf. »Astrid wollte auch nie welche. Sie sagte, das wäre nichts für sie, und ich glaube, sie hatte ganz recht. Ich glaube nicht, daß sie es jemals bedauert hat. Außerdem war Tom schon ein bißchen zu alt dafür, als sie geheiratet haben. Dein Mann ist doch noch jung, Jessica, oder?«

Sie nickte.

»Und er wünscht sich Kinder. Nun, meine Liebe, du kannst immer noch heimlich die Pille nehmen und ihm sagen, daß du es versuchst, nicht wahr?« Die Augen der älteren Frau durchbohrten Jessie. Jessica senkte den Blick. Sie wirkte nachdenklich.

»Das würde ich nie tun.«

»Ach nein? Das ist gut.« Jessie sah Tante Beth plötzlich wieder an. »Aber ich habe schon daran gedacht.«

»Natürlich hast du das. Ich bin sicher, eine Menge Frauen haben das getan. Und viele haben wahrscheinlich nicht nur daran gedacht. In manchen Fällen ist das wohl auch ganz vernünftig, könnte ich mir denken. Aber dennoch scheint es mir eine Schande, so unehrlich sein zu müssen. Weißt du, ich war mir auch nie so sicher, ob ich Kinder haben wollte. Und Astrid war eine ziemliche Überraschung.« Fast wäre Tante Beth errötet, aber doch nicht so ganz. Es war mehr, daß ihre Augen weicher wurden, als sie zurückschaute, und einen Moment lang schien sie Jessica zu vergessen. »Aber ich habe sie wirklich sehr liebgewonnen. Sie war süß, als sie noch klein war. Und ein paar Jahre danach einfach abscheulich, aber dennoch süß. Ich habe tatsächlich viel Freude mit ihr gehabt.« So, wie sie es sagte, klang es mehr nach einem Abenteuer als nach einem Menschen, und Jessica lächelte, als sie ihr Gesicht ansah. »Sie war sehr gut für mich, als dann ihr Vater starb. Ich dachte, das wäre das Ende der Welt, wenn da nicht Astrid gewesen wäre.« Jessie beneidete sie fast, als sie ihr zuhörte. Es hörte sich an, als wäre das Leben weniger einsam gewesen Astrids wegen.

»Ich hatte immer, nun, sagen wir, Angst, denke ich. Angst, Kinder zu bekommen, weil ich dachte, sie würden ein Hindernis darstellen zwischen Ian und mir. Ich dachte, ich würde dadurch einsam werden.« Bethanie lächelte und schüttelte den Kopf.

»Nein, Jessica. Nicht, wenn dein Mann dich liebt. Dann wird er dich des Kindes wegen nur noch mehr lieben. Es ist ein zusätzliches Band zwischen euch, eine Verschmelzung dessen, was ihr am meisten liebt und am meisten haßt und am meisten braucht, alle beide. Es ist wunderschön. Ich kann mir eine Menge guter Gründe denken, Angst zu haben, Kinder zu bekommen, aber das sollte keiner davon sein. Kannst du nicht mehr als eine Person lieben?«

Das war eine gute Frage, und Jessica beschloß, ehrlich zu sein.

»Ich glaube nicht, Tante Beth. Nicht mehr. Ich habe seit langem außer Ian niemanden mehr geliebt. Deshalb kann ich mir wohl auch nicht vorstellen, daß er außer mir noch jemanden lieben könnte – ein Kind. Ich weiß, daß das selbstsüchtig klingt, aber so fühle ich nun mal.«

»Es klingt auch nicht selbstsüchtig. Es klingt verängstigt, aber nicht wirklich selbstsüchtig.«

»Vielleicht ändere ich eines Tages meine Meinung.«

»Warum? Weil du glaubst, daß du das tun müßtest? Oder weil du es möchtest? Oder damit du deinen Mann noch mehr strafen kannst?«

Tante Beth nahm keine Rücksicht. »Hör meinen Rat, Jessica. Wenn du nicht wirklich ein Kind haben willst, dann belaste dich nicht damit. Sie sind schrecklich laut, ärgern einen und strapazieren die Möbel noch mehr als Katzen.« Das sagte sie mit ernstem Gesicht, während sie ihre Katze streichelte, die auf ihrem Schoß saß. Jessica lachte überrascht über diese Bemerkung. »Was Tiere angeht, ziehe ich Pferde bei weitem vor. Die kann man draußen lassen, ohne deswegen ein schlechtes Gewissen haben zu müssen.« Wieder sah sie mit dem ihr eigenen engelsgleichen Lächeln auf, und Jessica grinste. »Nimm mich nicht immer ernst. Kinder sind wirklich eine ureigene Sache. Was immer du tust, wie auch immer du dich entscheidest, laß dich nicht von anderen Leuten beeinflussen – außer von deinem Mann. O Gott, kannst du nicht froh sein, daß ich dir so tolle Ratschläge gebe?«

Die beiden Frauen lachten und wechselten das Thema. Aber Jessica war erstaunt, welch tiefgreifende Probleme sie diskutierten. Sie ertappte sich dabei, Geheimnisse zu offenbaren, Gefühle, die sie früher nur mit Ian geteilt hatte. Immer wieder zeigte sie Tante Beth das eine oder andere Stück ihrer Seele, zog es zur Besichtigung hervor, staubte es ab, fragte nach. Aber allmählich fühlte sie sich wieder als ein Ganzes.

Die Tage auf der Ranch waren schön und entspannend, erfüllt von frischer Luft und schönen Vormittagen zu Pferde, wenn sie einsam über die Hügel trabte oder aber auch nur spazierenging. Und die Abende verflogen nur so, so viel gab es mit Tante Beth zu lachen. Jessica schlief plötzlich nachmittags wieder, las zum erstenmal seit der Schulzeit wieder Jane Austen und kritzelte kleine Skizzen in ein Notizbuch. Sie hatte sogar heimlich ein paar kleine Zeichnungen angefertigt, die sie zu einem Porträt von Tante Beth verarbeiten wollte. Sie hatte Hemmungen, ihre neue Freundin zu bitten, ihr Modell zu sitzen. Aber es war das erste Porträt, das sie malen wollte, seit dem von Ian vor vielen Jahren. Tante Beths Gesicht war hervorragend dafür geeignet, und es würde ein hübsches Geschenk für Astrid abgeben – die, sehr zu Jessies Kummer, zwei Wochen später erschien.

»Heißt das, ich muß jetzt heimkommen?« Astrid sah müde, aber glücklich aus, und Jessica hatte dasselbe ungute Gefühl, das sie als kleines Mädchen gehabt hatte, wenn ihre Mutter zu früh erschienen war, um sie von einer Geburtstagsfeier abzuholen.

»Wag es nur ja nicht heimzukommen, Jessica Clarke! Ich bin bloß hergekommen, um zu sehen, wie es Mutter geht.«

»Wir amüsieren uns köstlich.«

»Gut. Dann hört nur nicht damit auf. Ich werde todunglücklich sein, wenn du in die Stadt zurückkommst und mir meinen Job wegnimmst.« Sie berichtete Jessie von Katsukos Reise nach New York und erzählte, daß die Frühjahrskollektion sich besser verkaufe, als Jessie zu hoffen gewagt hatte. Jahre schienen vergangen zu sein, seit sie diese Pastellfarben eingekauft hatte, Jahre, seit sie heimgekommen war und man Ian verhaftet hatte, Jahrhunderte seit der Verhandlung. Der Schock über das alles verblaßte allmählich. Die Narben waren kaum noch sichtbar. Sie hatte fünf Pfund zugenommen und sah erholt aus. Astrid brachte ihr einen Brief von Ian, den sie jedoch erst später öffnete.

> ... Ich kann es nicht glauben, Jess. Kann nicht fassen, daß ich all diese Dinge zu Dir gesagt habe. Vielleicht fordert dieses Desaster nun doch noch seinen Tribut. Geht es Dir gut? Dein Schweigen jetzt ist merkwürdig, Deine Abwesenheit noch merkwürdiger. Und ich muß feststellen, daß ich eigentlich nicht weiß, was ich will: daß Du wieder auftauchst oder daß diese verdammte Scheibe zwischen uns verschwindet. Ich weiß, daß Du sie haßt, Liebling. Ich verabscheue sie genauso. Aber wir könnten damit fertig werden. Wie sind die Ferien? Ich bin sicher, sie wirken Wunder. Du hast eine solche Pause wirklich verdient. Wahrscheinlich höre ich deshalb nichts von Dir. Du hast zuviel damit zu tun, Dich auszuruhen. Ich sitze wie üblich an meinem Buch. Es läuft unglaublich gut, und ich hoffe, daß...

Der Rest handelte nur von seinem Buch. Sie riß den Brief entzwei und warf ihn ins Feuer.

Später erkundigte sich Tante Beth nach dem Brief, als Astrid schon zu Bett gegangen war. Sie fühlten sich jetzt wie zwei Verbündete, und selbst Astrid war ausgeschlossen.

»Ach, er schreibt, daß er mich liebt und daß das Buch gut vorankommt, alles in einem Atemzug.« Sie versuchte, fröhlich zu klingen, doch alles, was ihr gelang, war ein noch bittererer Ton.

»Aha! Du bist also eifersüchtig auf seine Arbeit!« Tante Beths Augen funkelten. Jetzt sah sie etwas, was sie vorher nicht gesehen hatte, jedenfalls nicht so klar. Allmählich zeichnete sich alles deutlich ab.

»Ich bin nicht eifersüchtig auf seine Arbeit. Das ist doch lächerlich!«

»Da muß ich dir völlig recht geben. Aber warum gönnst du ihm dann das Schreiben nicht? Was würde denn geschehen, wenn du ihn nicht mehr unterhalten müßtest? Du hättest keine Kontrolle mehr über ihn, nicht wahr? Wenn er nun tatsächlich Erfolg haben würde? Was würdest du dann tun?«

»Ich würde mich für ihn freuen.« Aber es klang nicht überzeugend, nicht einmal in Jessicas eigenen Ohren.

»Würdest du? Glaubst du, du könntest damit umgehen? Oder bist du viel zu eifersüchtig, um es auch nur zu versuchen?«

»Das ist doch absurd.« Beths Theorie gefiel ihr gar nicht.

»Ja, das ist absurd. Aber ich glaube nicht, daß dir das schon klar ist, Jessica. Tatsache ist, daß er dich entweder liebt oder nicht. Wenn er es nicht tut, dann kannst du ihn nicht halten, und wenn er es tut, kannst du ihn wahrscheinlich nicht verlieren. Und wenn du darauf bestehst, ihn für alle Zeiten zu unterstützen, dann wird er schließlich jemanden finden, den er unterstützen kann, der ihm das Gefühl gibt, ein ganzer Mann zu sein. Jemand, der ihm sogar Kinder schenkt. Denk an meine Worte.«

Jessica verstummte, und sie gingen zu Bett. Aber Tante Beths Worte hatten getroffen. Ian selbst hatte ihr dasselbe gesagt, in seinen eigenen Worten. In Carmel hatte er ihr erklärt, daß sich einiges würde ändern müssen. Nun, das würde auch geschehen. Aber nicht so, wie Ian es gedacht hatte.

Kapitel XXVII

»Guten Morgen, Tante Beth... Astrid.« Ein Ausdruck von Entschlossenheit stand in Jessicas Gesicht, als sie sich zu ihnen an den Frühstückstisch setzte. Dieser Ausdruck war ihren Freundinnen neu.

»Großer Gott, Kind, was machst du denn um diese Stunde schon auf den Beinen?« Seit sie auf der Ranch war, war sie selten vor zehn Uhr aufgestanden, und Tante Beth war ehrlich überrascht.

»Nun ja.« Vorsichtig schaute sie zu Astrid hinüber. Sie wußte, wie enttäuscht diese sein würde. »Ich möchte meinen letzten Tag hier noch voll genießen. Ich habe beschlossen, heute abend mit dir heimzufahren, Astrid.« Bei ihren Worten wurde Astrids Gesicht lang.

»Ach nein, Jessie. Warum denn?«

»Weil ich in der Stadt einiges zu erledigen habe, und ich bin schon lange genug faul gewesen. Außerdem: Wenn ich jetzt nicht heimkehre, werde ich es vielleicht nie mehr.« Sie gab sich Mühe, ihre Stimme leicht klingen zu lassen, aber sie wußte, daß ihre Worte ein Schlag für Astrid waren. Auch sie war traurig, die Ranch verlassen zu müssen. Nur Tante Beth schien von den Neuigkeiten nicht beeindruckt zu sein.

»Hast du es Mutter schon gesagt, ehe du mit mir darüber gesprochen hast, Jessie?« Astrid hatte den Blick ihrer Mutter bemerkt.

»Hat sie nicht«, antwortete Tante Beth schnell. »Aber ich habe es gestern abend schon geahnt. Ich glaube, Jessica, daß es richtig ist, wenn du jetzt heimfährst. Sieh mich nicht so an, Astrid, davon bekommst du nur Falten. Was hast du denn gedacht? Daß sie nie wieder in ihr eigenes Geschäft zurückkehren würde? Sei nicht albern. Kommt einer von euch heute morgen mit mir reiten?« Sie wandte sich ihrem Toast zu, und Astrid glättete die gerunzelte Stirn, so wie ein Kind Botschaften aus dem Sand wischt. Ihre Mutter hatte natürlich recht, was Jessies Rückkehr anlangte. Aber ihr hatte Lady J noch mehr Spaß gemacht, als sie gedacht hatte.

Jessie hatte ihr Gesicht betrachtet und sah jetzt fast reumütig aus. »Tut mir wirklich leid. Ich tue dir das nicht gern an.« Die beiden jüngeren Frauen verstummten, und Tante Beth schüttelte den Kopf.

»Ihr seid vielleicht langweilig! Ich gehe jetzt reiten. Ihr könnt gern weiter hier herumhängen. Die eine mit einem lächerlich schlechten Gewissen, die andere mit einem kindischen Gefühl des Beraubtwerdens. Ihr macht euch doch beide bloß zum Narren. Ich bin überrascht, daß ihr überhaupt Zeit für solchen Unsinn habt.« Da lachten auch Jessica und Astrid und beschlossen, mit ihrer vernünftigeren Geschlechtsgenossin zum Reiten zu gehen.

Es war ein schöner Ausritt, ein herrlicher Tag, und Jessie verließ Tante Beth mit Bedauern. Sie schwor sich, so bald wie möglich wiederzukommen, und suchte nach Worten, um ihr zu sagen, wieviel ihr diese beiden Wochen bedeutet hatten.

»Du hast mich wieder aufgerichtet.«

»Das hast du ganz allein getan. Aber jetzt mach nicht wieder alles kaputt, indem du in die Stadt zurückkehrst und etwas Dummes machst.«

Also ahnte sie etwas, es war erstaunlich. Es gab nichts, was man vor ihr geheimhalten konnte.

»Ich würde es nicht gutheißen, wenn du etwas Dummes tun würdest, Kind. Und ich kann nicht sagen, daß mir der Ausdruck in deinen Augen gefällt.«

»Aber Mutter.« Astrid bemerkte Jessies Unbehagen, und nach ihrer Unterbrechung verfolgte Bethanie die Angelegenheit nicht weiter. Sie drückte ihnen bloß eine große Tasche mit Äpfeln in die Hand, dazu eine Dose mit selbstgemachten Keksen und ein paar Sandwiches.

»Das müßte eigentlich reichen, bis ihr daheim seid.« Ihr Gesicht wurde wieder weicher, und sie legte leicht einen Arm um Jessicas Taille. »Komm bald wieder. Ich werde dich vermissen, weißt du.« Sie sah sie herzlich an, drückte sie leicht, und Jessica beugte den Kopf, um sie auf die Wange zu küssen.

»Ich bin bald wieder da.«

»Gut. Und du, Astrid, Schatz, fahr vorsichtig.«

Sie winkte ihnen von der Tür aus zu, bis der schlanke, schwarze Jaguar um die Ecke gebogen und ihrer Sicht entzogen war.

»Weißt du was? Es tut mir wirklich weh, von hier fort zu müssen. Die beiden letzten Wochen waren die schönsten, die ich seit Jahren verbracht habe.«

»Mir geht es immer genauso, wenn ich hier wegfahre.«

»Wieso ziehst du nicht hierher, Astrid? Ich würde das tun, wenn sie meine Mutter wäre. Und die Gegend ist so wunderschön.« Jessie machte es sich in ihrem Sitz bequem für die lange Fahrt und dachte über die beiden kostbaren Wochen nach, dachte auch an die letzten Augenblicke der Unterhaltung mit Tante Beth.

»Himmel, Jessica, ich würde da unten vor Langeweile eingehen. Du nicht auch, nach einer Weile?«

Langsam schüttelte Jessica den Kopf. Eine kleine, nachdenkliche Falte stand zwischen ihren Augen. »Nein, ich glaube nicht, daß ich mich langweilen würde. Ich habe nie auch nur daran gedacht.«

»Nun, ich schon. Trotz meiner Mutter. Hier kann man nichts weiter tun als reiten, lesen, spazierengehen. Ich brauche immer noch den Irrsinn der Stadt.«

»Ich nicht. Ich hasse es fast, daß ich jetzt zurückkehren muß.«

»Dann hättest du noch bleiben sollen.« Für einen winzigen Augenblick war da wieder der Trotz in Astrids Stimme.

»Das konnte ich nicht, Astrid. Ich muß zurück. Aber ich fühle mich saumäßig, daß ich die Boutique wieder zurücknehmen soll. Du hast mir wirklich einen herrlichen Urlaub ermöglicht.« Astrid lächelte bei Jessies Worten.

»Mach dir keine Gedanken. Die beiden Wochen waren ein wunderbares Geschenk.« Astrid seufzte leise und folgte der geraden Straße. Die Sonne war gerade hinter den Bergen untergegangen, und der Duft der Blumen lag in der Luft. Auf einem fernen Feld konnten sie Pferde im Zwielicht sehen.

Jessie nahm die nun vertraute Landschaft in sich auf, sank dann leise vor sich hin lächelnd ins Polster zurück. Sie würde wiederkommen. Sie mußte wiederkommen. Sie hatte ein Stück ihres Wesens hier zurückgelassen und eine neue Freundin.

»Wissen Sie was, Mrs. Bonner?«

Astrid grinste als Antwort. »Was, Mrs. Clarke?«

»Ich bewundere Ihre Mutter, ich bete sie an.«

»Ich ebenfalls.« Die beiden Frauen lächelten. Astrid warf einen verstohlenen Blick auf Jessie. »War sie gut zu dir? Oder hat sie dir das Leben schwergemacht? Sie kann sehr hart sein, und ich hatte ein bißchen Angst, sie würde sich zu sehr mit dir befassen. Hat sie das getan?«

»Nicht direkt. Ehrlich und offen, aber nicht hart. Und nie gemein. Einfach geradeheraus. Manchmal tat das allerdings weh. Aber im allgemeinen hatte sie recht. Und sie hat mich zum Nachdenken gebracht. Sie hat mir das Leben gerettet. Himmel, ich bin nicht einmal mehr tablettensüchtig!« Jessica lachte und biß in einen der Äpfel. »Willst du auch einen?«

»Nein, danke. Ich bin froh, daß es geklappt hat. Was hat Ian übrigens in dem Brief geschrieben, den ich dir mitgebracht habe? Ich wollte dich schon die ganze Zeit fragen, hab' es aber vergessen.« Jessicas Gesicht wurde hart bei dieser Frage, aber Astrid konzentrierte sich auf die Straße und bemerkte es nicht.

»Deshalb fahre ich ja zurück.«

»Stimmt was nicht?« Astrid warf einen kurzen Blick auf Jessica.

»Nein, nein. Ihm geht's gut.« Aber ihre Stimme klang merkwürdig kühl.

»Du fährst ihn also besuchen, Jessie?« Astrid war ziemlich verwirrt.

»Nein. Ich besuche Martin.«

»Martin? Ians Anwalt? Dann ist also doch etwas nicht in Ordnung!«

»Nein, nein... nicht so, wie du denkst.« Sie wandte das Gesicht dem

Fenster zu und sah, wie die Hügel draußen vorbeihuschten. »Ich fahre zurück, um die Scheidung einzureichen.«

»Du willst was?« Astrid fuhr langsamer und wandte sich verblüfft Jessie zu. »Jessie, nein! Das ist nicht dein Ernst! Oder etwa doch?«

Jessica nickte, das Apfelgehäuse noch in der zitternden Hand. »Doch.« Für die nächsten einhundert Meilen schwiegen sie. Astrid wußte nicht, was sie hätte sagen können.

Martin war frei und konnte sie empfangen, als Jessie am nächsten Morgen bei ihm anrief. Sie fuhr direkt zu seinem Büro und wurde den schmerzlich vertrauten Gang entlanggeführt. Wie es schien, kam sie immer nur hierher, wenn das Drama ihres Lebens einen Höhepunkt erreicht hatte.

Wie üblich saß er an seinem Schreibtisch, hatte die Brille auf den Kopf geschoben und die Stirn gerunzelt. Seit Dezember hatte sie ihn nicht mehr gesehen.

»Nun, Jessica, wie geht's?« Er musterte sie, als er aufstand und ihr die Hand reichte. Noch immer deprimierte es sie, ihn zu sehen. Auf seine Weise war er eine ebenso schmerzhafte Erinnerung wie Inspektor Houghton. Er war Teil einer Ära. Aber diese Ära näherte sich endlich ihrem Ende.

»Mir geht es gut, danke.«

»Sie sehen auch sehr gut aus.« So gut, daß es ihn überraschte. »Nehmen Sie bitte Platz. Was führt Sie zu mir? Ich habe letzte Woche einen Brief von Ian erhalten. Es hörte sich an, als würde er jetzt ganz gut mit allem fertig.« In Martins Augen blitzte etwas auf. Bedauern? Mitleid? Schlechtes Gewissen? Aber vielleicht war es auch nur Jessies Wunsch. Warum war er nicht fähig gewesen, Ian die Freiheit zu verschaffen? Warum hatte er ihn nicht zu einer Berufungsverhandlung überredet und dann gewonnen? Wenn er das getan hätte, wäre sie jetzt nicht hier in seinem Büro. Oder vielleicht doch?

»Ja, ich glaube auch, daß er es überleben wird.«

»Er erwähnte, daß er glaubt, sein Buch verkaufen zu können. Schrieb, er warte darauf, von seinem Agenten zu hören.«

»Oh.« Welche Neuigkeiten! »Ich hoffe, daß er es verkauft. Das würde ihm so viel bedeuten.« Vor allem jetzt. Aber das war alles, was Ian wollte. Noch ein Buch, und diesmal ein großes, einen Verkaufsschlager. Er würde sie nicht brauchen, wenn er das Buch hatte. Würde sie nicht einmal vermissen.

»Nun? Sie haben mir immer noch nicht erzählt, was Sie zu mir führt.« Damit war der einleitend-offizielle Teil vorüber. Jessica holte Luft und sah ihm in die Augen.

»Was mich herführt, Martin, ist eine Scheidung.« Ihr Gesicht verriet nichts, keine Regung.

»Eine Scheidung?«

»Ja. Ich möchte mich von Ian scheiden lassen.« Irgend etwas in ihr erzitterte bei diesen Worten, stöhnte auf, versuchte, sich an dem altvertrauten Ast zu halten. Aber sie wollte es nicht zulassen. Es war unwichtig, ob sie jetzt in einen bodenlosen Abgrund stürzte. Sie mußte das einfach tun. Und sie wußte jetzt, daß sie den bodenlosen Abgrund überleben würde. Sie hatte ihn schon einmal überlebt.

»Jessica, sind Sie es müde, auf ihn zu warten, oder gibt es da einen anderen?« Die Fragen schienen indiskret, aber vielleicht mußte er es wissen.

»Nein. Eigentlich keines von beidem. Nun ja, vielleicht des Wartens ein bißchen müde. Aber nur, weil ich glaube, daß von unserer Ehe nichts mehr übrig ist, wenn er herauskommt. Also, worauf sollte ich warten?«

»War denn vorher von der Ehe etwas übrig?« Er hatte sich das immer gefragt, war sich nie sicher gewesen. Es hatte so ausgesehen, als würde ein starkes Band, ein enges Vertrauensverhältnis zwischen den beiden bestehen, aber das konnte man als Außenstehender nie genau wissen.

Jessica nickte auf seine Frage, wandte sich dann ab und verkrampfte die Hände im Schoß.

»Ich dachte es wenigstens. Bloß... ich habe mir damals selbst viel vorgemacht.«

»Zum Beispiel?« Sie fragte sich, warum sie jetzt über all das sprechen mußten.

»Zum Beispiel, daß wir glücklich wären. Das war eine Lüge, unter anderen Lügen. Ian war nie wirklich glücklich mit mir. Zu viele Dinge standen dem im Weg. Meine Boutique, seine Arbeit, andere Sachen. Er hätte nie mit dieser Frau geschlafen, wenn er wirklich glücklich gewesen wäre.«

»Glauben Sie das im Ernst?«

»Ich weiß nicht. Zuerst nicht, aber jetzt fange ich an zu verstehen, was ich ihm nicht gegeben habe. Allem voran Selbstachtung. Dann meine Zeit..: mein Vertrauen, meinen Glauben vielleicht. Ich meine, den wahren Glauben, daß er ein wirklich erfolgreiches Buch schreiben könnte.«

»Sie haben ihn nicht respektiert?«

»Ich bin nicht ganz sicher. Ich habe ihn gebraucht, aber ich weiß nicht, ob ich ihn respektiert habe. Auf jeden Fall wollte ich nie, daß er wußte, wie sehr ich ihn brauchte. Ich wollte immer, daß er dachte, er wäre derjenige, der mich brauchte. Schön, nicht?«

»Nein. Aber es ist auch nichts Ungewöhnliches. Warum also die Scheidung? Warum nicht einfach ein Großreinemachen und Festhalten an dem, was Sie haben? Das ist immer noch besser als das, was die meisten anderen ihr eigen nennen. Und Sie haben Glück – Sie erkennen die Fehler. Die meisten tun das nicht. Sieht Ian das alles ebenso klar wie Sie?«

»Keine Ahnung.«

»Dann haben Sie noch nicht mit ihm darüber gesprochen?« Er sah sie schockiert an, als sie den Kopf schüttelte. »Er weiß nicht, daß Sie die Scheidung einreichen wollen?« Wieder schüttelte sie den Kopf und sah ihn dann offen an.

»Nein, das weiß er nicht. Und... Martin, ich will es einfach so. Es ist zu spät zum ›Großreinemachen‹. Ich habe gründlich darüber nachgedacht, und ich weiß, daß dies der richtige Weg ist. Wir haben keine Kinder, und... nun ja, heute ist so gut wie jeder andere Tag.«

Er nickte, kaute an dem Bügel seiner Brille.

»Ich kann Ihren Gedankengang verstehen, Jessica, und Sie sind eine junge Frau. Vielleicht ist es wirklich eine große Last, mit einem Mann verheiratet zu sein, der wegen Vergewaltigung zu einer Zuchthausstrafe verurteilt worden ist. Vielleicht sollten Sie jetzt wirklich frei sein, um ein anderes Leben zu beginnen.«

»Ich denke schon.« Aber warum hatte sie dann das Gefühl, Ian zu betrügen, zu verraten? Ihr Vorgehen war irgendwie hinterhältig... aber sie mußte es tun. Mußte einfach, für sich. Sie hatte sich entschieden. Aber immer noch hörte sie Tante Beths Worte vom Vorabend, ehe sie abfuhren: »Ich werde es nicht gutheißen, wenn du etwas Dummes tust.« Aber das hier war nicht dumm. Es war richtig. Aber was würde Ian dazu sagen?... Warum kümmerte sie das jetzt noch? Aber es kümmerte sie, verdammt noch mal!

»Würde es Ihre Entscheidung in irgendeiner Weise beeinflussen, wenn er dieses neue Buch verkaufen würde, Jessica?« Sie dachte einen

Augenblick lang darüber nach und schüttelte dann den Kopf.

»Nein, das würde es nicht. Nichts würde sich dadurch ändern. Er würde heimkehren, verbittert über die Zeit, die er im Gefängnis verbracht hat, wütend auf mich, weil ich schließlich doch wieder für ihn zahlen würde, und nichts hätte sich geändert. Vorschüsse auf ein Buch halten nicht lange vor, außer das Buch wird ein Erfolg.«

»Sie glauben also nicht, daß er fähig ist, ein erfolgreiches Buch zu schreiben?« Der Ton von Martins Stimme erfüllte sie mit Scham, und sie schlug erneut die Augen nieder.

»Das wollte ich damit nicht sagen. Außerdem geht es auch gar nicht darum. Es wäre einfach alles beim alten. Ich hätte immer noch die Boutique, das Bankkonto... nein, Martin. Ich möchte es so. Ich bin mir vollkommen sicher.«

»Nun ja, Jessica, Sie sind alt genug, um Ihre Entscheidungen zu treffen. Wann wollen Sie es Ian sagen?«

»Ich dachte, ich schreibe ihm heute abend. Und –« sie zögerte, aber sie mußte ihn bitten – »ich hatte gehofft, Sie würden hinfahren und mit ihm sprechen.«

»Um ihm die Nachricht beizubringen?« Martin sah sehr müde aus, als er das fragte. Sie nickte langsam. »Offen gesagt, Jessica, ich befasse mich normalerweise nicht mit solchen Dingen. Eherecht ist nicht mein Gebiet, das wissen Sie.« Es würde schlimm werden, aber Ian war nun mal sein Klient. Und die Frau seines Klienten saß ihm hier gegenüber, schaute ihn an, als wäre es seine Schuld, daß sie die Scheidung einreichte, als hätte er sie ihre Ehe gekostet. Warum, zum Teufel, hatte er immer ein schlechtes Gewissen, wenn irgend etwas nicht richtig lief?

»Nun ja, ich nehme an, ich könnte das für Sie erledigen. Wird es eine komplizierte Sache werden?«

»Nein. Ganz einfach. Die Boutique gehört mir. Das Haus gehört uns beiden, und ich bin bereit, es zu verkaufen, wenn er das möchte, und seinen Anteil des Geldes für ihn auf ein Konto einzuzahlen. Das ist alles. Ich bekomme die Pflanzen, er den Aktenschrank in seinem Arbeitszimmer. Ende der Ehe.« Das einzige, was sie nicht erwähnt hatte, waren die Möbel. Keiner von ihnen machte sich etwas daraus, mit Ausnahme der wenigen Stücke, die ihren Eltern gehört hatten und jetzt ganz offensichtlich ihre waren. So einfach. So furchtbar einfach nach sieben Jahren.

»So wie Sie das sagen, klingt das schrecklich einfach und schnell.«

Aber er zweifelte noch daran, und die Sache stimmte ihn traurig, für beide.

»Schnell vielleicht, aber nein, nicht einfach. Werden Sie ihn bald besuchen fahren?«

»Ende der Woche. Suchen Sie ihn auch selbst auf?« Sie schüttelte vorsichtig den Kopf. Sie hatte Ian zum letztenmal gesehen ... an jenem gottverdammten Tag, als er aufgestanden und fortgegangen war, als sie ihm nachgestarrt hatte, von ihrem Platz auf der anderen Seite der Scheibe, mit dem toten Telefonhörer in der Hand. Bei dieser Erinnerung füllten sich ihre Augen mit Tränen, und Martin Schwartz sah fort. Er fand diese Angelegenheit unausstehlich, es schien eine Schande.

Schließlich blickte Jessie zu Martin auf, unterdrückte ihre Tränen. Ihre Stimme war kaum mehr als ein Flüstern. »Nein, Martin, ich werde ihn nicht mehr besuchen.«

Er erklärte ihr, daß sie in sechs Monaten geschieden sein würde. Im September. Ein Jahr nach seiner Verhaftung, ein Jahr nach dem Anfang vom Ende ihrer Ehe.

Ein Brief von Ian wartete auf sie, als sie daheim vorbeifuhr, um auf dem Weg ins Geschäft ihre Post zu holen. Es war nur eine kurze Nachricht und ein Gedicht. Sie las es mit aufgerissenen, traurigen Augen, ehe sie es sorgfältig entzweiriß und fortwarf. Aber es hatte sich ihrem Gehirn eingeprägt. Wie ein Dorn. Es war der letzte Brief von Ian, den sie öffnete. Das Gedicht ließ sie diese Entscheidung treffen.

Du bist mein loderndes Fest
beim Durchbruch der Sonne
jeden Morgen,
Du bist das Raunen,
das mich umfängt
spät, so spät in der Nacht,
Du bist die Sinfonie meiner Sonnenuntergänge,
Du bist der Glanz und die Herrlichkeit
in der Morgendämmerung
meines Lebens.

Die Morgendämmerung seines Lebens, das war vorüber, wenigstens mit ihr. Aber sie fühlte sich, als hätte sie allein, mit ihren eigenen Händen, den Sonnenaufgang getötet, ihn ausgelöscht, fortgeschickt, zum Weinen gebracht. Als hätte sie etwas Geheiligtes zerstört, ihn und sich selbst, und das Etwas, was sie beide gewesen waren. Das Etwas, von dem sie jetzt glaubte, daß es nie existiert hatte. Aber sie wußte, daß sie tun mußte, was sie jetzt tat.

Kapitel XXVIII

Die Boutique befand sich in wunderbarem Zustand. Im ganzen Verkaufsraum wurden Kleidungsstücke gezeigt, und das Fenster sah aus wie eine Vision des Frühlings. Astrid hatte es selbst dekoriert. Und die Pastelltöne, die cremigen und zarten Schattierungen, die Jessie sechs Monate zuvor in New York gekauft hatte, wirkten so ausgestellt hervorragend. Zwei neue Pflanzen standen in ihrem Büro, mit leuchtendgelben Blüten, und den ganzen Laden umgab eine frische, saubere Ausstrahlung, die sie fast vergessen hatte. Sie war nur zwei Wochen fortgewesen, aber Lady J war zu neuem Leben erwacht, genau wie sie selbst. Die Boutique sah so aus wie damals, als Jessie sie neu eröffnet hatte, in jenen Tagen, als sie regelrecht in sie verliebt gewesen war und mit Herz, Leib und Seele dabeigewesen war. Jetzt verriet sie die Zeichen von Astrids frischem Enthusiasmus und ihrer Liebe. Sie hatte nichts radikal verändert, hatte bloß einfach die Fäden in die Hand genommen und zusammengezogen. Sogar Katsuko und Zina sahen glücklicher aus.

»Wie war der Urlaub?« Katsuko blickte auf, froh, sie zu sehen, aber sie hätte nicht zu fragen brauchen. Jessie sah wieder aus wie Jessie, nur besser.

»Genau das, was ich gebraucht habe. Und nun sieh sich einer das hier an! Das Geschäft sieht aus wie frisch gestrichen oder so. Fröhlich und hübsch.«

»Das ist bloß die neue Kollektion. Sieht verdammt gut aus.«

»Wie verkauft sie sich?«

»Wie warme Semmeln. Aber warte nur, bis du siehst, was ich für den Herbst ausgesucht habe. Alles Orange oder Rot. Unmengen von Schwarz und ein paar wundervolle, silbrige Strickwaren für den Abend.« Die Brauntöne des Winters waren schon wieder vergessen.

Das nächste Jahr würde Rot bringen. Leuchtend, geschäftig, lebhaft, vielleicht war das ein gutes Zeichen für ihr neues Leben... neues Leben. Jesus. Sie wollte noch nicht daran denken. Da waren so viele Menschen, denen sie es erzählen mußte... erklären mußte...

Jessica machte es sich in ihrem Büro bequem, sah sich vergnügt und zufrieden um und genoß das Gefühl, wieder daheim zu sein. Es verringerte die Last des Morgens, das Treffen mit Martin. Sie versuchte, nicht daran zu denken. Sie würde Ian heute abend schreiben. Zum letztenmal. Sie wollte keinen langen Briefwechsel mit ihm beginnen. Darin war er zu gut. Die Briefe würden... zu viel sein. Sie konnten alles über ihre Anwälte aushandeln. Je weniger sie miteinander sprachen oder sich schrieben, desto besser. Sie hatte ihren Entschluß gefaßt. Es war geschehen, und so war es das Beste. Jetzt mußte sie nur noch nach vorne schauen und sich zwingen, nicht mehr an die Jahre zu denken, die sie mit Ian verbracht hatte. Das war jetzt vorbei, gehörte der Vergangenheit an wie altmodische Kleidungsstücke. Jessica und Ian, das war zu Ende.

»Jessie? Hast du mal eine Minute Zeit?« Zina steckte den Lockenkopf durch die Tür, und Jessie schaute auf und lächelte. Sie fühlte sich älter, ruhiger, aber nicht mehr müde. Und sie fühlte sich stark. Zum erstenmal seit Monaten schreckten die einsamen Nächte sie nicht. Das Haus wurde nicht länger von Gespenstern heimgesucht, ihr Leben ebensowenig. Ihre erste Nacht wieder daheim war tatsächlich friedlich gewesen. Endlich.

Sie zwang sich, sich wieder auf Zina zu konzentrieren, die noch immer in der Tür stand. »Klar, Zina. Ich habe eine Menge Zeit.« Sie lebte noch immer im langsamen Tempo des Ranchlebens. Sie fühlte sich nicht gehetzt, und das gefiel ihr.

»Du siehst gut aus.« Zina setzte sich in einen Sessel neben Jessies Schreibtisch. Sie wirkte, als fühlte sie sich nicht so recht wohl in ihrer Haut. Sie stellte ein paar Fragen über Jessies Urlaub und schien jedesmal zu zögern, wenn eine Pause entstand. Schließlich hatte Jessie genug.

»Also, schieß los, Kind, was willst du?«

»Ich weiß nicht, wie ich das sagen soll, Jessie, aber...« Sie blickte auf, und plötzlich spürte Jessie es. Die harten Monate hatten von jedem ihren Tribut gefordert, nicht nur von ihr. Und sie war fast überrascht, daß keine von beiden vorher davon gesprochen hatte. Wahrscheinlich hatten sie es nicht gewagt, weil sie zu loyal waren. Sie holte tief Luft und sah Zina in die Augen.

»Du kündigst?«

Zina nickte. »Ich heirate.« Sie sagte es fast wie eine Entschuldigung.

»Was?« Jessie hatte nicht einmal gewußt, daß Zina einen Freund hatte. Sie hatte keinen gehabt, als sie sich das letztemal unterhalten hatten... aber wann war das gewesen? Vor einem Monat? Vor zwei Monaten? Vor mehr als sechs. Seither war sie mit ihren eigenen Problemen zu beschäftigt gewesen, um sich um die anderen zu kümmern.

»Ich heirate in drei Wochen.«

»Zina, das ist ja eine wundervolle Neuigkeit! Warum siehst du mich denn so traurig an?« Jessie lächelte breit, und Zina wirkte außerordentlich erleichtert.

»Ich habe einfach ein schlechtes Gefühl, wenn ich dich jetzt verlasse. Wir ziehen nach Memphis.«

Jessica lachte. Es hörte sich an wie ein schreckliches Schicksal, aber sie wußte, daß Zina nicht dieser Ansicht war. Jetzt, nachdem sie ihre Neuigkeit losgeworden war, sah Zina ganz aufgeregt aus.

»Ich habe ihn auf einem Weihnachtsfest kennengelernt, und... ach, Jessie! Es ist der beste Mann, in jeder Hinsicht! Ich liebe ihn! Und wir werden eine Menge Kinder haben!« Sie grinste zufrieden, und Jessica sprang auf und umarmte sie. »Sieh nur meinen Ring!« Sie strahlte, als sie einen winzigen Diamanten aufblitzen ließ.

»Hast du den schon getragen, ehe ich in Urlaub fuhr?« Jessica fragte sich allmählich, wieviel sie übersehen haben mochte.

»Nein. Den hat er mir erst letzte Woche geschenkt. Aber ich wollte dir nicht schreiben, wollte es dir lieber persönlich sagen. Deshalb habe ich bis heute gewartet.« Astrid hatte jegliche Mitteilung untersagt, die Jessie in irgendeiner Weise hätte aufregen können. Wie zum Beispiel Nachrichten von den Kreditgebern, die immer wieder wegen der unbezahlten Rechnungen anriefen. »Ein hübscher kleiner Ring, nicht?«

»Er ist prächtig! Und du bist verrückt, aber ich mag dich, und ich freue mich ja so für dich!« Schmerz durchzuckte sie plötzlich. Zina wollte heiraten, und sie wollte sich scheiden lassen. Man kommt, man geht, man beginnt, man beendet, man versucht, man verliert, und später darf man es vielleicht noch mal versuchen, neu anfangen – und diesmal gewinnen. Vielleicht. Vielleicht war es aber auch nicht so wichtig. Sie hoffte jedenfalls, daß Zina beim ersten Versuch gewinnen würde.

»Ich habe ein so schlechtes Gewissen, dir so kurzfristig zu kündigen, Jess. Aber wir haben uns gerade erst entschieden. Ehrlich.« Sie ließ fast den Kopf hängen, aber ihr Lächeln war zu breit, um unbemerkt zu bleiben.

»Hör, um Himmels willen, auf, dich zu entschuldigen! Ich bin bloß froh, daß ich heimgekommen bin. Wo findet die Hochzeit statt?«

»In New Orleans, oder meine Mutter würde mich umbringen. Ich fliege in zwei Wochen heim, und sie macht sich jetzt schon verrückt wegen der Hochzeit. Wir haben ihr auch nicht sehr viel früher Bescheid gegeben. Gestern abend hat sie mich viermal angerufen, und du hättest erst mal Daddy hören sollen!« Sie kicherten beide. Dann fing Jessica an nachzudenken.

»Brauchst du ein Kleid?«

»Ich werde das von meiner Urgroßmutter anziehen.«

»Aber du brauchst eine Mitgift, eine Aussteuer. Richtig? Und ein Reisekleid, und...«

»O Jessie, ja, aber... nein... ich kann nicht zulassen, daß du das tust...«

»Kümmere dich um deine eigenen Angelegenheiten, oder du wirst gefeuert!« Sie wackelte drohend mit dem Zeigefinger, und beide mußten wieder lachen. Dann riß Jessie die Bürotür auf, schob Zina in den Hauptraum der Boutique und blieb vor einer überraschten Katsuko stehen.

»Kat, wir haben eine neue Kundin. Dies hier ist Miss Nelson, sie braucht eine Aussteuer.« Verblüfft schaute Katsuko auf, begriff dann und fiel in ihr Kichern ein. Sie war froh und erleichtert, daß es so gut gegangen war. Sie hatte sich Sorgen gemacht Zinas wegen. Denn in den letzten paar Monaten war es erschreckend gewesen, wenn man mit Jessie verhandeln mußte. Aber jetzt war sie wieder in Ordnung. Das sah man. Und sie sprudelte über, plapperte nur noch über Zinas Aussteuer.

»Das wird wunderbar, mit all den Frühlingsfarben. Kat, gib ihr alles, was sie haben möchte, zehn Prozent unter dem Einkaufspreis. Und ich schenke ihr ein Reisekleid als Hochzeitsgeschenk. Um ehrlich zu sein... ich weiß schon genau das richtige.« Ein Glanz trat in ihre Augen, als sie ins Lager marschierte und mit einem cremefarbenen Seidenkostüm aus Paris zurückkehrte. Es hatte einen Midirock und eine Jacke, die Zinas übergroßen Busen geschickt überspielen würde. Dazu zog sie eine mintgrüne Seidenbluse hervor. Zina war überwältigt.

»Dazu noch beige Stoffsandalen und ein Hut... Zina, du wirst unglaublich aussehen!« Sogar Katsukos Augen glänzten, als sie sah, was Jessie in der Hand hielt.

»Jessie, nein! Das kannst du nicht machen! Nicht gerade das!« protestierte Zina im Flüsterton. Das Kostüm hätte mehr als vierhundert Dollar kosten sollen.

»Doch, genau das.« Jessies Stimme klang jetzt sanft. »Außer es gibt etwas, was dir besser gefällt.« Ernst schüttelte Zina den Kopf. Jessie umarmte sie herzlich, lächelte und zwinkerte Zina noch ein letztes Mal zu, ehe sie in ihr Büro zurückkehrte. Es war ein aufregender Morgen gewesen, und jetzt hatte sie noch eine aufregende Idee.

Sie erreichte Astrid bei ihrem Friseur.

»Stimmt was nicht?« Vielleicht hatte Jessie die Schaufensterdekoration nicht gefallen oder wie sie mit dem Lager umgegangen war. Astrid sorgte sich, als sie am Telefon stand, während der Haarfestiger auf ihre neuen Wildlederschuhe von Gucci tropfte.

»Nein, Dummchen, alles in Ordnung. Willst du einen Job?«

»Machst du Witze?«

»Nein. Zina hat gerade gekündigt. Sie heiratet. Mag sein, daß ich verrückt bin, denn wenn du im Geschäft bist, dann gibt es drei von uns, die in der Lage sind, es zu führen. Aber wenn du nichts dagegen hast, der überqualifizierte Mensch für niedrige Dienste zu sein, dann kannst du den Job haben.«

»Jessie! Ich nehme ihn!« Sie grinste übers ganze Gesicht und vergaß ganz, was sie ihren Schuhen antat.

»Dann bist du hiermit angestellt. Hast du Lust, mit mir essen zu gehen?«

»Bin gleich drüben. Nein, verdammt, geht ja nicht. Mein Haar ist noch naß... ach... Mist.« Sie lachten beide, und Astrids Lächeln schien von Minute zu Minute breiter zu werden. »In einer Stunde bin ich da. Und, Jessie... danke. Du bist ein Schatz.« Beide hängten mit glücklichem Lächeln ein, und Jessie war froh, daß sie angerufen hatte.

Die vier schlossen pünktlich um fünf Uhr die Tür von Lady J – nicht wie gewohnt um halb sechs –, und Jessie zog eine Flasche Champagner hervor, die sie am Nachmittag bestellt hatte. Zina hatte beschlossen, jetzt, da Jessie Astrid hatte, um ihren Platz einzunehmen, eine Woche früher als geplant zu fliegen. Innerhalb von einer halben Stunde hatten sie die Flasche leer, und Astrid fuhr Jessica heim.

»Kommst du auf einen Drink zu mir? Ich habe meinen neuen Job immer noch nicht gefeiert.«

Jessie lächelte, schüttelte aber den Kopf. Bei ihr machten sich langsam die Aufregungen des Tages bemerkbar... der damit begonnen hatte, daß sie Martin wegen ihrer Scheidung aufgesucht hatte. Merkwürdig, daß sie das immer wieder vergaß. Ihr kam es vor, als läge der Morgen Lichtjahre zurück. Sie wünschte, sie hätte auch die Scheidung bereits hinter sich.

»Nein, danke. Heute nicht.«

»Hast du Angst, dich mit deinen Angestellten zu verbrüdern?« Jessie lachte bei diesem Gedanken.

»Aber nein, so ein Unsinn. Ich bin erledigt und außerdem schon halb betrunken von dem Champagner, und... ich muß noch einen Brief schreiben.« Astrids Gesicht wurde nüchtern, als sie das hörte.

»An Ian?« Jessica nickte ernst. Das Lachen war inzwischen völlig aus ihren Augen gewichen.

»Ja, an Ian.«

Astrid tätschelte ihr die Hand, und stumm glitt Jessie aus dem Wagen, winkte noch einmal und ging dann zum Haus. Sie sperrte auf und blieb einen Augenblick in der sonnendurchfluteten Eingangshalle stehen. Es war so ruhig hier, so unerträglich ruhig. Nicht mehr beängstigend, nur leer. Wer würde sich jetzt um sie kümmern? Es war seltsam, sich bewußt zu machen, daß niemand mehr wissen würde, wann sie heimkam oder ausging oder wo sie war. Niemand würde es wissen, und niemand würde sich darum kümmern. Schön, da war Astrid, aber niemand, dem sie etwas erzählen, erklären konnte, zu dem sie heimkehren konnte, für den sie etwas erledigen mußte, den Wecker stellte, Lebensmittel einkaufte... ein übermächtiges Gefühl von Einsamkeit drohte sie zu verschlingen. Tränen liefen über ihr Gesicht, als sie sich in dem Haus umsah, das einmal ihr Heim gewesen war. Jetzt war es eine Hülle. Eine Halle voll Erinnerungen. Ein Ort, an den sie abends nach der Arbeit zurückkehren konnte. Wie alles andere gehörte es plötzlich der Vergangenheit an. Die Leute kamen und gingen und veränderten sich und zogen fort, neue Leute nahmen ihre Plätze ein... Zina heiratete... Astrid im Geschäft... Ian fort... und in sechs Monaten würde sie geschieden sein. Jessica ließ sich in den Sessel in der Eingangshalle fallen. Sie hatte noch den Mantel an und die Handtasche über der Schulter hängen, als sie dieses Wort laut vor sich hinsagte. Geschieden.

Es war fast Mitternacht, als sie endlich die Briefmarke auf den Umschlag klebte. Sie fühlte sich wie hundert Jahre alt. Sie hatte Ian mit Gewalt aus ihrem Leben gedrängt, und sie würde zu ihrer Entscheidung stehen. Aber jetzt hatte sie niemanden mehr außer sich selbst.

Kapitel XXIX

»Hallo, nun sieh sich einer die an! Was hast du denn heute abend vor?«

Astrid wirkte verlegen, als sie ihren Nerzmantel zuknöpfte. Es war Mai, aber nachts immer noch frostig, und der Pelzmantel stand ihr wirklich gut.

Jessie hatte gerade die Tür des Ladens abgeschlossen. Es klappte gut mit den dreien. Sie, Katsuko und Astrid kamen miteinander aus wie Schwestern. Sie waren ein starkes Team, fast schon zu stark, aber ihnen gefiel es so, und die Boutique lief viel besser. Die Anrufe der Kreditgeber wurden seltener. Die Erleichterung stand Jessica im Gesicht geschrieben.

»Na schön, du neugieriges Etwas –« Astrid sah Jessica an, die sie amüsiert betrachtete –, »zufällig habe ich eine Verabredung.« Sie sagte es wie eine Sechzehnjährige, mit leicht geröteten Wangen, und Jessica brach in Gelächter aus.

»Und du siehst schon jetzt ganz schuldbewußt aus. Wer ist es denn?«

»Irgend so ein Idiot, den ich durch eine Freundin kennengelernt habe.« Sie schien beinahe schmerzlich berührt.

»Wie alt ist er?« Jessie war mißtrauisch, wenn es um Astrids Leidenschaft für Männer über sechzig ging. Sie suchte immer noch nach Tom.

»Fünfundvierzig.« Mit jungfräulichem Ausdruck knöpfte sie ihren Mantel fertig zu.

»Das ist ja wenigstens mal ein vernünftiges Alter.«

»Danke, Tante Jessie.« Die beiden Frauen lachten, und Jessie zog einen Kamm aus der Handtasche.

»Ich bin übrigens auch verabredet.« Lächelnd blickte sie auf.

»Ja? Mit wem?« Jetzt war es umgekehrt, und Astrid schien das zu genießen. Aber Jessie war in den vergangenen Wochen häufig ausgegangen. Mit jungen Männern, mit alten, mit einem Fotografen, einem

Bankier, sogar einmal mit einem Jurastudenten, aber niemals mit Schriftstellern. Sie sprach auch nie mehr von Ian. Das Thema war verboten, und wenn man Ian erwähnte, erntete man tiefes Schweigen oder düstere Blicke.

»Ich gehe mit dem Freund eines Freundes aus New York aus. Er ist bloß für eine Woche in San Francisco. Aber warum nicht, zum Teufel? Am Telefon klang er ganz anständig. Ein bißchen sehr von sich überzeugt, aber wenigstens schien er halbwegs intelligent. Hatte einen hübschen, schnellen Sinn für Humor. Ich hoffe bloß, er benimmt sich.« Jessie seufzte leise, als sie den Kamm in ihre Handtasche zurücksteckte. Ihr Haar fiel ihr in seidigem Blond bis weit über die Schultern.

»Ausgerechnet du machst dir Sorgen über sein Betragen? So groß, wie du bist, kannst du ihn immer noch niederschlagen!«

»Damit habe ich aufgehört, als ich neun war.«

»Wie kommt's?«

»Ich bin auf ein Kind gestoßen, das größer war als ich, und es tat weh.« Sie grinste und legte die Füße auf den Tisch.

»Soll ich dich heimfahren, Jessie?«

»Nein, danke. Er holt mich hier ab. Ich dachte, ich zeige ihm mal, was bei Jerry so los ist.« Astrid nickte, aber Jerry war nicht ihr Stil. Es war eine Bar, die derzeit ›in‹ war, das Publikum bestand aus Sekretärinnen und Angestellten, die alle nur daran dachten, jemanden mit nach Hause zu nehmen. Sie fühlte sich dort schrecklich einsam. Sie würde heute im L'Etoile zu Abend essen. Das entsprach ihr weit mehr. Es wäre eigentlich auch Jessies Stil gewesen, wenn sie es nur zugelassen hätte. Aber sie suchte immer noch nach sich selbst. Nach einer neuen Ebene, nach irgendeiner Ebene. Jessie wußte, daß Jerry nichts für sie war, aber dort hatte sie etwas zu beobachten, konnte auf das Geflüster lauschen, das um sie her an der Bar geführt wurde.

»Bis morgen dann.«

Jessie winkte zum Abschied, und Astrid kam auf der Treppe an einem jungen Mann vorüber. Er war ein bißchen größer als Jessie, mit dunklem, buschigem Haar. Er trug einen grauen Rollkragenpullover und Jeans. Sah nett aus, aber irgendwie... Astrid lächelte, als sie an ihm vorbeiging. Sie fragte sich, wie Jessie diese Art von Männern immer ertragen konnte. Sie sahen alle gleich aus, egal, welche Haarfarbe sie hatten oder wie sie sich kleideten, sie sahen alle hungrig und gelangweilt aus. Astrid war plötzlich froh, daß sie keine dreißig mehr war. Dreißigjährige Männer mußten noch so viel lernen. Aufseufzend stieg sie in ihren Jaguar und drehte den Zündschlüssel um. Was Ian wohl machte? Seit einem Monat schon wollte sie ihm schreiben, aber sie hatte es nicht gewagt. Jessica hätte es als Verrat ansehen können. Astrid sah die Briefe, die schon zerrissen wurden, ehe sie sie überhaupt geöffnet hatte, und die dann in den Papierkorb in dem kleinen Büro wanderten, das sie sich jetzt teilten. Jessie konnte unnachgiebig sein, wenn sie dazu entschlossen war. Und sie war entschlossen. Die Tür zum Geschäft wurde geöffnet, und Astrid sah den jungen Mann eintreten.

»Hallo, Mario. Ich bin Jessie.« Sie vermutete, daß er der junge Mann war, den sie erwartete, und reichte ihm die Hand. Er ignorierte sie mit lässigem Lächeln.

»Ich nehme an, du arbeitest hier.« Keine Begrüßung, keine Vorstellung, kein Händeschütteln, kein Hallo. Er sah sich nur um. Musterte sie gleich mit. Also gut, Süßer, wenn du es so haben willst.

»Ja, ich arbeite hier.« Sie beschloß, ihm nicht zu sagen, daß die Boutique ihr gehörte.

»Ja. Ich glaube, ich bin gerade auf der Treppe an deiner Chefin vorbeigekommen. So 'ne alte Ziege im Pelzmantel. Fertig zum Gehen?« Jessie kochte innerlich. Astrid war keine ›alte Ziege‹, und außerdem war sie ihre Freundin.

Er schien sich bei Jerry zu langweilen, trank aber trotzdem vier Gläser Rotwein. Er erklärte, daß er Bühnenstücke schrieb oder schreiben wollte und nebenbei Englisch, Mathematik und Italienisch unterrichtete. Er war in New York aufgewachsen, in einem wilden Viertel der West Side, wenigstens stellte er es so dar. Aber Jessie zweifelte an seinen Erzählungen. Er sah mehr nach Mittelschicht aus, als nach etwas anderem. Vielleicht kam er sogar aus einem der Vororte. Und jetzt war er zu einem ungewaschenen, unfreundlichen und groben Kerl herangewachsen. Sie wunderte sich über die Freunde, die ihm ihren Namen genannt hatten. Sie kannte sie zwar nur durchs Geschäft, aber immerhin... wie konnten sie ihr so etwas antun?

»Und wie läuft's in New York? Ich bin schon eine ganze Weile nicht mehr da gewesen.«

»Nein? Wie lange nicht?«

»Fast acht Monate.«

»Es steht immer noch. War letzte Woche auf 'ner tollen Kokain-Party in St. Marks Place. Wie steht's damit hier draußen?«

»Kokain? Keine Ahnung.« Sie nippte an ihrem Wein.

»Nichts für dich?« Er sah weiterhin gelangweilt aus, während er sich abmühte, einen zynischen Blick anzunehmen. Großstadtkind in der Provinz. Jessie wünschte, er würde auf der Stelle tot umfallen oder wenigstens verschwinden.

»Magst du kein Kokain?« beharrte er auf seinem Thema.

»Nein. Aber das hier ist eine hübsche Stadt. Hier läßt es sich gut leben.«

»Sieht stinklangweilig aus.« Sie sah auf und lächelte strahlend in der Hoffnung, ihn zu enttäuschen. Mario der Stückeschreiber entpuppte sich als ausgesprochene Nervensäge.

»Nun ja, Mario, so aufregend wie die West Side in New York ist es hier natürlich nicht, aber wir haben auch unseren Spaß.«

»Soviel ich weiß, ist es intellektuelles Niemandsland. Genau wie du, mein Schatz.«

»Kommt drauf an, mit wem man spricht. Es gibt hier auch ein paar Schriftsteller. Gute, sehr gute sogar.« Sie dachte an Ian. Ian bedeutete Qualität. Ian war charmant. Ian war brillant. Ian war wunderbar. Was machte sie hier mit diesem Schwein? Diesem Langweiler? Diesem...

»Ja? Wen denn zum Beispiel?«

»Was?« Ihre Gedanken waren von Mario zu Ian gewandert.

»Du hast gesagt, hier draußen gäbe es ein paar gute Schriftsteller. Und ich wollte wissen, wen. Meinst du Science-fiction-Schreiber?« Er sagte das voll Abscheu und mit diesem zynischen Lächeln, das in Jessica den Wunsch erweckte, ihr Weinglas zwischen seine Zähne zu drücken.

»Nein, nicht nur Science-fiction-Schriftsteller. Romane, Tatsachenberichte, alles.« Sie rasselte Namen herunter und erkannte, daß es sich bei allen um Freunde von Ian handelte. Mario hörte zu, sagte aber nichts. Jessica kochte.

»Weißt du, was mich umhaut?« Nein, aber sag's mir schnell. Ich werd's finden.

»Was?«

»Daß eine kluge Frau wie du Kleider in irgendeinem Laden verkauft. Ich weiß nicht, ich hätte gedacht, du würdest etwas Kreatives tun.«

»Wie Schreiben zum Beispiel?«

»Schreiben, Malen, irgend etwas von Bedeutung. Was ist denn das für ein Leben, Kleider für alte Ziegen in Pelzmänteln zu verkaufen.«

»Na, du weißt ja, wie das so ist. Man tut, was man kann.« Jessie mußte aufpassen, daß sie beim Lächeln nicht die Zähne fletschte. »Was für Stücke schreibst du?«

»Modernes Theater. Im Augenblick ein Stück mit nur weiblicher Besetzung, alle nackt. Ich bin gerade bei einer wirklich großen Szene für den zweiten Akt. Eine homosexuelle Liebesszene, nachdem eine Frau ein Kind bekommen hat.«

»Klingt toll.« Ihr Ton erreichte ihn nicht. »Noch nicht hungrig?« Sie hatte immer noch das Essen mit ihm vor sich. Sie dachte schon daran, ihm einen schweren Anfall von Pest vorzuspielen. Alles nur, um ihn loszuwerden. Aber sie würde diesen Abend durchstehen. Sie hatte so etwas schon öfter mitgemacht. Öfter, als sie sich selbst eingestehen wollte.

»Ja. Könnte was Anständiges gebrauchen.« Sie schlug verschiedene Restaurants vor, und er entschied sich für ein mexikanisches, weil man gute mexikanische Speisen in New York selten fand. Soviel Verstand hatte er wenigstens! Sie führte ihn in ein kleines Restaurant in der Lombard Street. Ihr Begleiter war zwar scheußlich, aber wenigstens war das Essen gut.

Nach dem Essen gähnte sie mehrmals laut und hoffte, daß er den Wink verstand. Aber das tat er nicht. Er wollte noch das Nachtleben erkunden, vorausgesetzt, es gab überhaupt eines. Es gab, aber sie würde nicht daran teilnehmen. Nicht heute abend und nicht mit ihm. Sie schlug ein Café in der Nähe ihres Hauses vor, in der Union Street. Dort wollte sie schnell noch einen Cappuccino trinken und ihn dann sitzenlassen. Den Kaffee brauchte sie ohnehin. Sie hatte zum Abendessen drei oder vier Glas Wein getrunken. Aber Mario hatte mindestens das Doppelte zu sich genommen, und das, nach dem, was er schon bei Jerry konsumiert hatte. Seine Worte wurden schon langsam undeutlich.

Sie setzten sich, er zu einem Irish Coffee, sie mit einem schaumigen Cappuccino. Aus zusammengekniffenen Augen musterte er sie über den Rand seines Glases hinweg.

»Du bist kein übles Kind.« Es hörte sich aus seinem Mund an wie eine chemische Analyse. Ihre Blutgruppe ist 0 positiv.

»Danke.«

»Wo wohnst du eigentlich?«

»Nur ein, zwei Hügel weiter.« Sie trank den süßen Milchschaum von ihrem Kaffee und beschäftigte sich damit, ausweichend auszusehen. Etwas, was sie Mario bestimmt nicht mitzuteilen gedachte, war ihre Adresse. Sie hatte jetzt schon mehr als genug.

»Große Hügel?«

»Mittel, warum?«

»Weil ich keine Lust habe, noch große Hügel zu besteigen, zum Teufel, Kindchen, deshalb! Ich bin saumüde. Und ganz schön betrunken.« Er grinste. Jessie wurde fast übel, als sie ihn so sah.

»Kein Problem, Mario. Wir können ein Taxi nehmen, und ich setze dich gern da ab, wo du wohnst.«

»Was soll das heißen, wo ich wohne?« Seine Augen funkelten zornig und verwirrt.

»Du bist doch ein kluger Junge. Nach was hört es sich denn an?«

»Das hörte sich für eine Minute so an, als wärst du eine spießige Nervensäge. Ich nehme doch wohl an, daß ich bei dir bleibe.« Sie wollte ihm schon sagen, daß sie verheiratet wäre, aber so wollte sie das nicht lösen. Außerdem, wie hätte sie dann erklären können, daß sie mit ihm zum Essen gegangen war?

»Mario« – sie lächelte ihn zuckersüß an –, »da nimmst du etwas Falsches an. Hier in der Provinz machen wir das nicht so. Oder ich jedenfalls nicht.«

»Was soll das nun wieder heißen?« Er saß jetzt zusammengesunken auf seinem Stuhl, sah sie mißmutig und unfreundlich an.

»Das soll heißen: Danke für einen reizenden Abend.« Sie fing an ihre Jacke zuzuknöpfen und stand mit einem reumütigen Blick auf, aber er beugte sich über den Tisch und packte ihren Arm. Sein Griff an ihrem Handgelenk war überraschend schmerzhaft.

»Hör zu, Mädel, wir haben zusammen gegessen, etwa nicht? Was glaubst du eigentlich, was...?« Auf seinem Gesicht stand ein Ausdruck, den sie nie wieder zu sehen wünschte, und plötzlich zuckte ihr die Unterhaltung mit Astrid durch den Kopf... »Wenn er sich schlecht benimmt, kannst du ihn immer noch schlagen«... Sie riß ihren Arm los, und irgend etwas in ihrem Gesicht riet ihm, nicht zu hartnäckig zu bleiben.

»Ich weiß nicht, was Sie glauben, Mister. Aber ich weiß, was ich denke. Und ich denke, daß es Ihnen sehr leid tun wird, wenn Sie mich noch mal anfassen. Gute Nacht.« Sie war fort, ehe er wieder reagieren konnte. Es waren die Kellner, die seinen Zorn abbekamen, als er mit dem Arm über den Tisch fuchtelte und dabei Tassen und Gläser zu Boden wischte. Zwei Kellner waren nötig, um ihn zu überzeugen, daß er ein wenig frische Luft wünschte.

Da war Jessica schon fast daheim. Während sie ruhig den letzten Hügel zu ihrem Haus hinaufspazierte, strich die Nachtluft sanft über ihr Gesicht, und sie war überraschend friedlich gestimmt. Es war ein vergeudeter Abend gewesen, aber jetzt war sie den Kerl los. Und sie würde ihn nie wiedersehen. Männer wie er verursachten ihr eine Gänsehaut, aber wenigstens wußte sie, wie sie mit ihnen umzugehen hatte. Und mit sich selbst. Zuerst hatten solche Abende ihr angst gemacht. Aber inzwischen war sie mit allen möglichen Typen zusammengekommen – die guten waren entweder verheiratet oder versteckten sich irgendwo. Und was übrig war, war immer dasselbe. Sie tranken zuviel, lachten zu laut oder überhaupt nicht, waren neurotisch oder an der Grenze zur Homosexualität, liebten Drogen oder Gruppensex, oder wollten darüber reden, warum sie seit vier Jahren keine Erektion mehr gehabt hatten – weil nämlich ihre Ex-Frauen ihnen irgend etwas angetan hatten. Sie fragte sich allmählich, ob sie nicht glücklicher wäre, wenn sie allein daheim bleiben würde. Das freie Leben war nicht gerade ein Vergnügen.

»Wie war's gestern abend?« Jessie fragte Astrid zuerst, als sie am nächsten Morgen ins Geschäft kam. Auf diese Weise hoffte sie, Astrids Fragen zu unterdrücken. Sie hatte keine Lust, über Mario zu reden.

»Es war wirklich ein netter Abend. Hat mir irgendwie gefallen.« Sie wirkte glücklich und entspannt und fast überrascht. Im Gegensatz zu Jessie erwartete sie nicht unbedingt eine schöne Zeit zu verbringen, wenn sie verabredet war. So war es leichter.

»Und wie war dein Abend? Ich glaube, ich bin auf dem Weg nach draußen an deinem jungen Mann vorbeigekommen.«

»Das glaube ich auch. Schade, daß du ihn nicht gleich rausgeworfen hast.«

»So schlimm?« Astrid sah sie mitleidig an, was nur noch mehr schmerzte.

»Noch schlimmer. Es war der Abgrund!« Astrids Meinung nach hatte er schon so ausgesehen. »Na ja, zurück zur Arbeit.«

Jessie brachte ein dünnes Lächeln zustande, als sie eilig die Post durchsah und Briefe von Rechnungen trennte. Sie brach nur einen Moment ab, als sie einen langen, schlichten weißen Umschlag anstarrte, ehe sie ihn entzweiriß und die Stücke in den Papierkorb fallen ließ – noch ein Brief von Ian. Es tat Astrid jedesmal weh, wenn sie Jessie das tun sah. Es schien so unfreundlich, so eine Vergeudung. Sie fragte sich, ob Ian es wußte oder vermutete, daß Jessie seine Briefe nicht las. Sie fragte sich auch, was er in seinen Briefen schrieb.

»Sieh mich nicht so an, Astrid«, unterbrach Jessicas Stimme ihre Gedanken.

»Wie?«

»Als ob es dein Herz zerreißen würde, jedesmal, wenn ich seine Briefe fortwerfe.« Sie hatte weiter die Post sortiert, sah fast gleichgültig aus. Astrid bemerkte, daß ihre Hände ganz leicht zitterten.

»Aber warum tust du das?«

»Weil wir uns nichts mehr zu sagen haben. Ich will es nicht hören oder lesen oder irgendwelche Türen öffnen. Ich habe keine Lust, mich in irgendeine Form von Dialog mit ihm einzulassen.«

»Aber solltest du ihm nicht wenigstens eine Chance geben zu sagen, was er denkt? So erscheint es mir so unfair.« Astrid sah sie fast flehentlich an, und Jessica blickte wieder auf die Post, als sie antwortete.

»Das ist egal. Es kümmert mich keinen Deut, was er sagt. Ich habe meinen Entschluß gefaßt. Er könnte jetzt alles nur noch schwieriger machen. Aber ändern könnte er nichts mehr.«

»Bist du so sicher, daß du die Scheidung willst?«

Jessica blickte auf, ehe sie antwortete, heftete ihren Blick auf Astrids Augen. »Ja. Ich bin so sicher.« Trotz all der Marios, trotz der Einsamkeit und Leere war sie immer noch sicher, daß eine Scheidung das einzig Richtige war. Aber das hieß nicht, daß es nicht weh tat.

In diesem Augenblick betraten zwei Kundinnen den Laden und ersparten Jessica damit jede weitere Diskussion. Katsuko war nicht da, und Astrid mußte ihre Hilfe anbieten. Jessica ging in ihr Büro und schloß leise die Tür. Astrid wußte, was das hieß. Das Thema war abgeschlossen. So war es immer.

Danach wurde es ein geschäftiger Tag, eine geschäftige Woche, ein geschäftiger Monat. Die Boutique war jetzt in hervorragender Verfassung, und die Leute kauften bereits für den Sommer.

Ab und zu erhielten sie eine Postkarte von Zina, die schon schwanger war, und Katsuko hatte beschlossen, ihr Haar wieder wachsen zu lassen. Das Leben war zu trivialen Einzelheiten zurückgekehrt: Wer fuhr nach Europa, wo saßen die neuen Säume, sollten sie das Geschäft neu streichen lassen oder nicht, neue Geranien mußten in Katsukos winzigem Garten-Appartement gepflanzt werden. Jessie war unendlich dankbar für diese Banalitäten. Ihr Leben war so lange schon so düster gewesen.

Jetzt war es wieder einfach und leicht und fröhlich. Und nachdem sie den Entschluß zur Scheidung gefaßt hatte, waren auch keine großen Entscheidungen mehr zu fällen.

Es war fast, als wäre diese entsetzliche Geschichte nie passiert. Der Smaragdring ihrer Mutter lag wieder sicher in der Bank. Das Haus und das Geschäft gehörten wieder ganz und unbelastet ihr. Die Boutique stand wieder fest auf ihren Füßen, aber es hatte Veränderungen gegeben – mehr, als sie zugeben wollte. Auch sie hatte sich verändert. Sie war unabhängiger, weniger verschreckt, reifer. Das Leben ging weiter.

Eines Morgens tranken sie gerade alle Kaffee in der Boutique, als Jessie plötzlich aufstand und anfing, einige der Ständer durchzusehen.

»Willst du fünf oder zehn Zentimeter deiner Länge abgeben?« Astrid lächelte, während sie Jessie beobachtete.

»Ach, hör auf.« Grinsend warf sie einen Blick über die Schulter und zog die Brauen zusammen. »Kat, welche Größe hat Zina normalerweise gehabt?«

»O je, das war schwierig. An den Hüften ungefähr Größe Vier und oben Größe Vierzehn.«

»Herrlich. Was würdest du also als Durchschnitt annehmen?«

»Acht?«

»Genau das schaue ich mir an.« Sie warf Astrid einen siegesbewußten Blick zu. »Ich dachte, wir sollten ihr vielleicht ein Geschenk schicken. Der Knabe, den sie geheiratet hat, hat nicht viel Geld, und jetzt, wo sie schwanger ist, wird sie noch schlechter etwas finden. Was haltet ihr davon?« Sie zog drei zeltförmige Kleider aus der Frühlingskollektion hervor, in Eiscremefarben und bequem geschnitten.

»Super!« Kat war augenblicklich einverstanden, und Astrid sah gerührt aus.

»Süß von dir.«

Jessie schien fast verlegen, als sie lächelte und sie Katsuko reichte.

»Ach ... Quatsch.« Alle drei lachten, und Jessie setzte sich wieder zu ihrem Kaffee. »Schick sie heute noch ab, ja, Kat? Meint ihr, wir sollten auch schon etwas für das Baby schicken?« Sie wußte nicht, warum, aber sie wollte Zinas Baby feiern. Als ob er oder sie etwas Besonderes wäre.

»Noch nicht. Es ist doch erst in Monaten fällig. Außerdem bringt das Unglück.« Astrid sah aus, als fühlte sie sich nicht ganz wohl. »Woher das plötzliche Interesse?«

»Ich habe entschieden, daß ich nie Mutter werden werde, also warum soll ich es nicht genießen, eine Tante zu sein? Außerdem habe ich mir gedacht, wenn ich früh genug anfange, sie zu verwöhnen, macht Zina mich vielleicht zur Patentante.« Astrid lachte, während Katsuko die Kleider sorgfältig faltete und in eine mit gelbem Seidenpapier ausgelegte Schachtel legte. Sie warf einen kurzen Blick auf Jessie, aber die stand auf und ging fort. Sie sah plötzlich einsam aus. Zum erstenmal in ihrem Leben sehnte sie sich nach einem Kind. Warum gerade jetzt? Sie kam zu dem Schluß, daß es daran liegen mußte, daß sie einfach wieder bereit war, jemanden zu lieben.

»Zina wird das toll finden, Jessie. Aber wer sagt, daß du niemals Mutter wirst?« Katsuko war aufgeregt. Zum erstenmal sprach Jessie offen über Kinder. Katsuko hatte immer schon vermutet, daß Jessie über Kinder zu irgendeiner Entscheidung gekommen sein mußte. Aber es war selten, daß sie offen über irgendeine persönliche Sache sprach. Sie gehörte nicht zu den Frauen, die ihr Sexualleben und ihre süßesten Träume im Büro besprechen. Aber Jessie schien heute ungewöhnlich gesprächig zu sein, außerdem hatte sie Ian nicht mehr, dem sie sich anvertrauen konnte. In diesen Tagen suchte sie hungrig nach jemandem, mit dem sie reden konnte. So setzte sie sich auch jetzt wieder, ehe sie antwortete.

»Ich selbst sage, daß ich niemals Mutter werde. Ich meine, habt ihr euch denn in letzter Zeit mal umgeschaut? Wenn ich bloß irgendwo einen einfachen Spatzen sehen würde, würde ich mich nicht darum reißen, seine Brut aufzuziehen.« Die beiden anderen lachten, und Jessie trank ihre Tasse leer. »Halbidioten, Vollidioten, Irrsinnige und Schwachsinnige. Abgesehen von denen, die ihrem Hirn mit Alkohol den Garaus machen, den Hundesöhnen, die ihre Ehefrauen betrügen, und denen ohne jeden Sinn für Humor. Soll ich etwa einen dieser Schätze heiraten und ein Kind mit ihm haben?« Dann wurde ihr Gesicht plötzlich ernst. »Außerdem bin ich zu alt.«

»Sei nicht albern.« Astrid war die erste, die widersprach.

»Bin ich auch nicht. Das ist mein Ernst. Bis ich ein Kind bekomme, wäre ich vierunddreißig, vielleicht sogar fünfunddreißig. Das ist zu alt. Man sollte in Zinas Alter damit anfangen. Wie alt ist sie? Sechsundzwanzig? Siebenundzwanzig?« Katsuko nickte nachdenklich und stellte Jessie dann eine Frage, die tief saß.

»Jessie... tut es dir jetzt leid, daß du keine Kinder mit Ian hast?« Eine lange Pause entstand, ehe sie antwortete, und Astrid fürchtete schon, sie würde die Beherrschung verlieren, aber das war nicht der Fall.

»Ich weiß nicht, vielleicht. Vielleicht kann ich das aber auch nur sagen, weil ich nie auch nur in die Nähe von Kindern gekommen bin. Aber es kommt mir traurig vor – mehr noch, leer, vergeudete Zeit –, so viele Jahre mit einem Mann zu leben und dann nichts zu haben. Ein paar Bücher, ein paar Pflanzen, ein paar Möbel, einen kaputten Wagen. Aber nichts Wirkliches, nichts Dauerhaftes, nichts, das sagt ›wir waren‹, selbst wenn wir nicht mehr sind, das sagt: ›Ich habe dich geliebt, selbst, wenn ich dich jetzt nicht mehr liebe!‹« Tränen standen in ihren Augen, als sie achselzuckend aufstand. Sie mied die Blicke der anderen und sah sehr beschäftigt aus, als sie auf ihr kleines Büro zusteuerte. »Nun ja, so ist das nun mal. Zurück an die Arbeit, meine Damen. Und vergiß nicht, die Kleider sofort an Zina zu schicken, Kat.« Sie sahen sie erst beim Mittagessen wieder, und weder Astrid noch Katsuko wagten es, auf ihre Unterhaltung zurückzukommen.

Aber im Grunde waren sie alle glücklich. Jessie war rastlos, war der Männer müde, mit denen sie ausging, aber sie war nicht unglücklich. Da waren keine Traumata, es gab keine Krisen mehr in ihrem Leben. Und Astrid traf sich immer noch mit demselben Mann, mit dem sie auch schon im Frühjahr ausgegangen war. Und sie genoß es, mehr, als sie sich zuzugeben traute. Er führte sie oft ins Theater, sammelte die Werke unbekannter junger Bildhauer und hatte ein kleines Haus in Mendocino. Astrid gab endlich zu, dort gewesen zu sein. Sie verbrachte Wochenenden dort, und aus diesem Grund hörte Jessie zwischen Freitag und Montag nicht mehr von ihr.

Auch Jessie war beschäftigt. Samstags arbeitete sie in der Boutique, und immer traf sie sich mit neuen Männern. Das Dumme war, daß da nie ›alte‹ Männer waren, Männer, die sie lange genug kannte, um sich bei ihnen wohl zu fühlen. Es war immer wieder eine neue Geburt, niemals ein paar alte Galoschen. Die ständigen Erklärungen fingen an, sie zu langweilen. Ja, ich fahre Ski. Ja, ich spiele Tennis. Nein, ich laufe nicht Schlittschuh. Ja, ich habe einen Wagen. Nein, ich bin nicht allergisch gegen Krustentiere. Ich ziehe harte Matratzen vor, habe Schuhgröße Acht, Kleidergröße Zehn, bin einsachtzig groß, mag Ringe, liebe Ohrringe, hasse Rubine, liebe Smaragde… alles und nichts davon. Es war, als würde sie sich ständig um eine neue Stellung bemühen.

Sie hatte wieder Schlafschwierigkeiten, aber seit ihrem Aufenthalt auf der Ranch rührte sie keine Medikamente mehr an. Sie wußte, daß das keine Lösung wäre, und eines Tages... eines Tages... würde jemand kommen, und sie würde wollen, daß er blieb. Vielleicht – vielleicht auch nicht. Sie hatte sogar daran gedacht, daß möglicherweise keiner kommen würde. Keiner, den sie lieben könnte. Es war ein entsetzlicher Gedanke, aber sie mußte zugeben, daß es eine Möglichkeit war. Das war es, was sie plötzlich und fast grausam bedauern ließ, nie Kinder bekommen zu haben. Sie hatte immer gedacht, sie hätte die freie Wahl. Jetzt sah das plötzlich nicht mehr so aus.

Aber vielleicht war es auch gar nicht wichtig, ob sie Kinder hatte oder einen anderen Mann liebte oder... vielleicht war es überhaupt nicht wichtig. Sie fragte sich, ob ihr Schicksal bereits erfüllt war. Sieben Jahre mit Ian, am Schluß eine Explosion, eine Boutique und ein paar wenige Freunde. Vielleicht war es das schon. Ihr Leben verlief jetzt so gleichmäßig, so leer und sinnlos, daß sie sich wunderte. Sie mußte nur noch aufstehen, zur Arbeit gehen, den ganzen Tag im Geschäft verbringen, um halb sechs schließen, heimfahren und sich umziehen, zum Essen ausgehen, gute Nacht sagen, ins Bett gehen. Und am nächsten Tag fing alles von vorne an. Sie war müde, aber nicht deprimiert. Sie war nicht glücklich, aber wenigstens auch nicht mehr ängstlich oder einsam. Sie war überhaupt nichts. Sie war taub.

Ian hatte durch Martin eine Nachricht gesandt. Sie sollte das Haus nicht verkaufen. Er würde ihre Hälfte aufkaufen, wenn es sein müßte, aber er wollte das Haus nicht aufgeben. Also lebte sie weiterhin dort, aber jetzt war es nur noch ein Gehäuse. Sie hielt es sauber, es erfüllte ihre Bedürfnisse, es war bequem, und es war vertraut. Aber sie hatte Ians Sachen in sein Arbeitszimmer gebracht und verschlossen. Danach hatte das Haus die Hälfte seiner Persönlichkeit verloren. Es war jetzt nur ein Haus. Lady J war nur ein Geschäft. Sie war nur eine weitere Fast-Geschiedene auf dem ›Markt‹.

»Morgen, Madame. Willst du eine Verabredung?« Astrid hielt einen Strauß Maiglöckchen in der Hand, als sie die Boutique betrat, und stellte einen Teil davon neben Jessies Kaffeetasse.

»Himmel, siehst du glücklich aus, und das um diese Zeit!« Jessie versuchte ein Lächeln, zuckte zusammen und bedauerte die letzte halbe Flasche Weißwein vom Vorabend. Aber sogar sie war froh, Astrid so zu sehen. Sie trug ihr Haar jetzt meistens offen, und ihre Augen glänzten glücklich.

»Also schön, Miss Sunshine. Was für eine Verabredung?« Sie versuchte ein neues Lächeln, und sie meinte es auch. Es war unmöglich, Astrid nicht anzulächeln.

»Eine Verabredung mit einem Mann.« Sie sah fast mädchenhaft aus.

»Das will ich doch hoffen. Meinst du ein ›blind date‹?«

»Nein, ich glaube nicht, daß er blind ist, Jessica. Er ist erst neununddreißig.« Die beiden Frauen lachten, und Jessie zuckte die Schultern.

»Also schön, warum nicht? Wie ist er denn so?«

»Süß und nicht übermäßig groß.« Astrid sah Jessica vorsichtig an. »Macht das was?«

»Muß ich mich bücken, wenn ich mich mit ihm unterhalten will?«

Astrid kicherte und schüttelte den Kopf. »Nein. Und er ist wirklich sehr nett. Er ist geschieden.«

»Wer ist das nicht?« Es überraschte Jessie immer wieder zu sehen, wie viele Ehen fehlschlugen. Sie hatte das nicht bemerkt, bevor sie selbst die Scheidung eingereicht hatte. Damals, als sie noch verheiratet war, hatte es immer so ausgesehen, als wären alle, die sie kannte, auch verheiratet, und jetzt waren alle, die sie kennenlernte, geschieden.

An diesem Donnerstagabend aßen sie zu viert, und Astrids Begleiter war wirklich entzückend. Er war elegant, amüsant und sah gut aus. Tatsächlich war er seit langem der erste Mann, der Jessica wirklich ansprach. Er hatte die gleiche Art wie Ian, hatte silbergraues Haar und ein sorgfältig gestutztes, schmales Bärtchen. Er war viel gereist, war ein Kenner der schönen Künste und der Musik, erzählte ausgesprochen witzig von seinen Reisen und war wundervoll im Umgang mit Astrid. Jessica schloß ihn sofort ins Herz, aber was sie am meisten freute war, Astrid so glücklich zu sehen. Sie hatte wirklich den perfekten Mann für sich gefunden.

Jessies Partner für diesen Abend war freundlich, nett und unerträglich langweilig. Geschieden, mit drei Kindern, angestellt in einer Bank. Außerdem war er bloß einsfünfundsiebzig, und Jessie trug hohe Absätze. Somit war sie fast einen Kopf größer als er. Doch als Astrid vorschlug, tanzen zu gehen, hatte Jessie nicht das Herz, zu widersprechen. Wenigstens würde sie mit diesem an der Haustür keine Kämpfe auszutragen haben. Er schüttelte ihr die Hand, versprach anzurufen und fuhr dann allein heim. Sie war überzeugt, daß sie am nächsten Morgen nicht einmal mehr seinen Namen wissen würde. Warum auch?

Sie zog sich aus und ging zu Bett, aber erst zwei Stunden später schlief sie endlich ein. Sie hatte das Gefühl, gerade erst die Augen geschlossen zu haben, als das Telefon am nächsten Morgen klingelte. Es war Martin Schwartz.

»Jessie?«

»Nein, Veronica Lake.« Ihre Stimme war heiser, und sie schlief noch halb.

»Tut mir leid, daß ich Sie geweckt habe.«

»Ist schon in Ordnung, ich muß ohnehin gleich arbeiten.

»Ich habe etwas für Sie.«

»Meine Scheidung?« Sie setzte sich auf und griff nach ihren Zigaretten. Sie wußte nicht recht, ob sie auf diese Art von Neuigkeiten vorbereitet war.

»Nein. Das wird noch vier Monate dauern. Ich habe etwas anderes. Einen Scheck.«

»Wofür denn das?« Es war alles sehr verwirrend.

»Zehntausend Dollar.«

»Jesus. Aber warum? Und von wem?«

»Vom Verleger Ihres Mannes, Jessica. Er hat das Buch verkauft.«

»Oh.« Sie stieß den Rauch aus und runzelte die Stirn. »Nun, zahlen Sie es auf sein Konto ein, Martin. Es gehört doch nicht mir!«

»Doch. Er hat es Ihnen überschrieben.«

»Zum Teufel, ich will es nicht.« Ihre Hände zitterten jetzt und ihre Stimme ebenfalls.

»Er sagt, er will damit meine Gebühren zurückzahlen, und Greens Honorar und eine Anzahl anderer Sachen.«

»Das ist lächerlich. Sagen Sie ihm einfach, ich will es nicht. Ich habe diese Rechnungen bezahlt, und er schuldet mir gar nichts.«

»Jessica... er hat es Ihnen überschrieben.«

»Das ist mir verdammt egal. Zerreißen Sie es. Machen Sie mit dem Scheck, was Sie wollen, aber ich will ihn nicht!« Ihre Stimme wurde vor Nervosität immer schriller.

»Können Sie ihm den Gefallen nicht tun? Es scheint ihm so viel zu bedeuten. Ich glaube, für ihn handelt es sich um eine Frage der Integrität. Er scheint wirklich zu glauben, daß er Ihnen das schuldet.«

»Nun, dann irrt er sich eben.«

»Vielleicht irre ich mich auch.« Martin konnte fühlen, wie dünner Schweiß auf seine Stirn trat. »Vielleicht will er es Ihnen einfach zum Geschenk machen.«

»Vielleicht. Aber wie auch immer, Martin, ich werde den Scheck nicht annehmen.« Martins Stimme hatte bittend geklungen, und sie schüttelte heftig den Kopf, als sie die Zigarette ausdrückte. »Sehen Sie, es ist doch ganz einfach. Er schuldet mir überhaupt nichts. Ich will nichts. Ich werde nichts annehmen. Ich bin froh, daß er das Buch verkauft hat, und ich finde es einfach wundervoll für ihn. Aber jetzt soll er das Geld behalten und mich in Ruhe lassen. Er braucht sowieso Geld, wenn er rauskommt. Das wär's, Martin. Ich will es nicht. Punkt. Aus. Okay?«

»Okay.« Er klang niedergeschlagen, als sie auflegten. Sie zitterte, er saß da und starrte aus dem Fenster, überlegte, wie er das Ian beibringen sollte. Seine Augen waren so lebhaft gewesen, als er davon sprach, Jessie das Geld zurückzuzahlen. Und jetzt mußte Martin ihm das hier sagen.

Jessies Tag fing schlecht an. Die Dusche war kalt, der Kaffee zu heiß. Sie stieß sich den Zeh am Bett, und der Zeitungsjunge hatte vergessen, ihr ihre Zeitung hinzulegen. Als sie endlich ins Geschäft kam, sah sie mehr als wütend aus. Astrid warf ihr einen entschuldigenden Blick zu.

»Gut, gut. Ich weiß schon. Du hast ihn nicht ausstehen können.«

»Wen?« Jessica sah sie verständnislos an.

»Den Knaben, den wir dir gestern beim Abendessen vorgestellt haben. Ich hatte keine Ahnung, daß er so langweilig ist.«

»Ach so, nun ja, das ist er. Aber deshalb bin ich nicht wütend, also vergiß es.« Dann erst blickte sie auf und sah Astrids Gesicht. Sie sah verwirrt und verletzt aus wie ein Kind. »Ach, zum Teufel, Astrid, es tut mir leid. Ich bin einfach verflucht schlecht gelaunt. Heute ist schon alles mögliche schiefgegangen. Schwartz hat heute früh angerufen.«

»Weshalb?« Astrids Gesicht verriet sofort ihre Sorge.

»Ian hat sein Buch verkauft.«

»Was ist dabei nicht in Ordnung?« Aus der Sorge wurde wieder Verwirrung.

»Nichts. Bloß versucht er, mir das Geld zu geben, und ich will es nicht, und er geht mir einfach auf die Nerven, das ist alles.« Sie schenkte sich eine Tasse Kaffee ein und setzte sich. Aber Astrids Gesicht war jetzt ernst.

»Jetzt weißt du mal, wie er sich immer gefühlt haben muß, wenn er dein Geld angenommen hat.«

»Was soll das heißen?«

»Genau das, was ich gesagt habe. Manchmal ist es leichter zu geben als zu nehmen.«

»Du hörst dich an wie deine Mutter.«

»Könnte schlimmer sein.«

Jessie nickte und ging in ihr Büro. Sie blieb dort bis zum Mittag.

Um halb eins klopfte Astrid an die geschlossene Tür. Ein Lächeln huschte über ihr ernstes Gesicht... wenn Jessie das erst sah! Sie zwang ihre Züge wieder in einen ernsten, fast düsteren Ausdruck, als Jessie die Tür öffnete.

»Was ist los?«

»Wir haben ein Problem, Jessica.«

»Kannst du dich nicht darum kümmern? Ich überprüfe gerade die Rechnungen.«

»Tut mir leid, Jessica, aber damit werde ich einfach nicht fertig.«

»Prächtig.« Jessie warf den Bleistift auf den Schreibtisch hinter sich und ging in den Hauptraum hinaus. Astrid beobachtete sie nervös. Sie hatte dafür unterschrieben. Vielleicht würde Jessie sie umbringen, aber sie hatte es einfach tun müssen. Sie schuldete es Ian.

Jessie schaute sich um. Außer Katsuko, die am Telefon stand, war niemand im Raum. »Also? Wer ist denn da? Wo ist das Problem?« Sie sah allmählich ausgesprochen ärgerlich aus.

»Es handelt sich um eine Lieferung, Jessie. Draußen. Sie haben sich geweigert, sie drinnen abzuladen. Sagten etwas davon, nur bis zum Bürgersteig liefern zu müssen und brausten davon.«

»Verdammt! Das haben wir doch letzten Monat erst mit ihnen durchgemacht! Und da habe ich ihnen gesagt, wenn...« Sie riß die Tür auf, stapfte mit blitzenden Augen nach draußen, suchte den Gehweg nach der Lieferung ab. Und dann sah sie ihn. Geparkt in der Einfahrt, wo vor kurzem noch Astrids Jaguar gestanden hatte.

Es war ein schlanker, rassiger, grüner Morgan mit roten Ledersitzen. Das Verdeck war heruntergelassen. Es war eine Schönheit, und er war in noch besserem Zustand als der alte es gewesen war. Einen Augenblick starrte Jessica ihn verblüfft an. Dann wandte sie sich Astrid zu und fing an zu weinen. Sie wußte, daß er von Ian war.

Kapitel XXX

Nachdem Astrid Jessie Tag und Nacht bekniete, beschloß sie schließlich, ihn zu behalten. »Um ihm einen Gefallen zu tun.« Sie wollte nicht zugeben, wie sehr sie ihn liebte, und noch immer weigerte sie sich, Ians Briefe zu öffnen.

Im Juni beschloß sie, sich fünf Tage freizunehmen und Tante Beth auf der Ranch zu besuchen.

»Das habe ich wirklich verdient, Astrid. Es wird mir guttun.« Sie war ein bißchen verlegen, weil sie hinfahren wollte, ohne recht zu wissen warum.

»Du brauchst dich doch nicht bei mir zu entschuldigen. Ich nehme im Juli drei Wochen frei.« Astrid flog mit ihrem Freund nach Europa, aber sie wollte nicht darüber reden. Sie behielt ihre Affäre streng für sich, sprach nicht einmal mit Jessie darüber. Jessie fragte sich, ob sie vielleicht Angst hätte, daß etwas nicht klappen könnte.

Am frühen Mittwochnachmittag fuhr Jessie in ihrem Morgan los. Sie war bester Laune, ihr Haar flatterte hinter ihr her. Tante Beth war entzückt gewesen zu hören, daß sie kommen wollte.

»So so, du hast einen neuen Wagen, wie ich sehe. Sehr hübsch.« Sie hatte Jessica die Kiesauffahrt heraufkommen hören und war aus dem Haus getreten, um sie zu begrüßen. Die Sonne ging gerade hinter den Bergen unter.

»Ein Geschenk von Ian. Er hat sein Buch verkauft.«

»Ein ausgesprochen hübsches Geschenk. Und wie geht es dir nun, meine Liebe?« Sie umarmte Jessie herzlich, und die jüngere Frau bückte sich, um sie auf die Wange zu küssen. Dann schüttelten sie sich fest die Hand. Sie waren beide gleichermaßen erfreut, die andere zu sehen.

»Könnte kaum besser gehen, Tante Beth. Aber du siehst auch wunderbar aus!«

»Von Stunde zu Stunde älter. Und bösartiger auch, hat man mir gesagt.« Sie kicherten glücklich und gingen Arm in Arm ins Haus.

Es sah genauso aus wie vor zwei Monaten, und Jessica seufzte laut, als sie sich umsah.

»Ich habe das Gefühl, heimgekehrt zu sein.« Von der anderen Seite des Zimmers aus blickte sie zu Tante Beth hinüber und stellte fest, daß die lebhaften blauen Augen der älteren Frau sie aufmerksam musterten.

»Wie geht es dir wirklich, Jessica? Astrid erzählt nur wenig, und deine Briefe verraten mir noch weniger. Ich habe mich gefragt, wie alles gelaufen ist. Möchtest du Tee?« Jessica nickte, und Tante Beth schenkte ihr eine Tasse ein.

»Mir geht es gut. Ich habe die Scheidung eingereicht, als ich zurückkam, aber das habe ich dir ja schon in meinem ersten Brief erzählt.«

Tante Beth nickte ausdruckslos, wartete auf mehr. »Tut es dir leid?«

Jessica zögerte nur den Bruchteil einer Sekunde, ehe sie antwortete, und dann schüttelte sie den Kopf. »Nein, eigentlich nicht. Aber ich bedaure die Vergangenheit, mehr, als ich zuzugeben wage. Ich ertappe mich dabei, daß ich sie noch einmal durchlebe, daß ich daran zurückdenke mit ›wenn doch bloß dies‹ und ›wenn doch bloß jenes‹. Es erscheint mir so sinnlos, zwecklos.« Sie sah traurig aus, als sie sich mit ihrer Tasse Tee hinsetzte und zu Tante Beth aufblickte.

»Das ist auch sinnlos, meine Liebe. Und es gibt nichts Schmerzlicheres, als auf glückliche Zeiten zurückzuschauen, die nicht mehr sind. Oder einfach an alte Zeiten zu denken. Hörst du von ihm?«

»Ja, in gewisser Weise.«

»Was soll das heißen?«

»Ich meine, er schreibt mir, aber ich zerreiße seine Briefe und werfe sie fort.« Tante Beth zog die Brauen hoch.

»Bevor oder nachdem du sie liest?«

»Bevor. Ich mache sie nicht einmal auf.« Sie kam sich dumm vor und wich dem Blick der älteren Frau aus.

»Hast du Angst vor seinen Briefen, Jessica?«

Tante Beth konnte sie ja die Wahrheit sagen. Sie nickte langsam.

»Ja. Ich habe Angst vor Vorwürfen, Bitten und Gedichten und vor Worten, die absichtlich so ausgewählt sind, daß sie genauso klingen, wie ich es hören möchte. Er weiß das. Aber dafür ist es jetzt zu spät. Es ist vorbei. Zu Ende. Ich habe richtig gehandelt, und ich will nicht alles noch einmal aufwärmen. Ich habe andere Leute so etwas tun sehen, es hat einfach keinen Sinn. Er würde mir nur ein schlechtes Gewissen verschaffen.«

»Das verschaffst du dir schon selbst. Aber weißt du was? Du bringst mich zum Staunen. Wenn er nicht im Gefängnis wäre, würdest du dann auch auf dieser Scheidung bestehen?«

»Ich weiß nicht. Vielleicht wäre es irgendwann auf jeden Fall so gekommen.«

»Aber nutzt du nicht einfach seine Situation aus, Jessica? Wenn er frei wäre, könnte er dich zwingen, alles mit ihm zu besprechen. Jetzt kann er nichts weiter tun als dir schreiben, und du hast nicht einmal soviel Anstand für ihn übrig, seine Briefe zu lesen. Ich weiß nicht, ob das grob ist oder feige oder einfach bloß unfreundlich.« Es waren harte Worte, aber ihre Augen verrieten, daß sie sie genau so meinte. »Auch mit dem Auto – das verstehe ich nicht. Du hast gesagt, er hätte dir den neuen Wagen geschenkt. Du hast ihn angenommen... aber seine Briefe nicht?« Jessica zuckte zusammen.

»Das ist Astrids Schuld. Sie sagte, ich schuldete es ihm einfach, den Wagen zu behalten. Er wollte mir das Geld zurückzahlen, das ich für die Verhandlung ausgegeben habe, und ich habe mich geweigert, den Scheck von unserem Anwalt anzunehmen. Also hat Ian ihn den Wagen kaufen lassen. Ich nehme an, den Rest des Geldes hat er behalten.«

»Und du hast dich nicht einmal für das Auto bedankt?« Sie klang ganz Mutter. Was? Kein Dankschreiben an deine Gastgeberin? Jessica hätte fast gelacht.

»Nein, hab' ich nicht.«

»Verstehe. Und jetzt?«

»Nichts. Die Scheidung wird in drei Monaten rechtsgültig sein. Und das ist es dann.«

»Und du wirst ihn nie wiedersehen?« Tante Beth sah sie zweifelnd an, aber Jessica schüttelte entschieden den Kopf. »Ich glaube, du wirst das noch bedauern, Jessica. Man muß einfach ›Auf Wiedersehen‹ sagen. Wenn man das nicht tut, in befriedigender Weise, dann wird man nie alle Stachel aus der Seele ziehen. So beunruhigt es dich vielleicht noch mehr. Du kannst nicht einfach sieben Jahre deines Lebens auslöschen, ohne auch nur ›Auf Wiedersehen‹ zu sagen. Oder kannst du das? Nun ja, du scheinst auf jeden Fall deinen Entschluß gefaßt zu haben.« Sie saß da und betrachtete Jessicas hängenden Kopf, während die junge Frau mit der Katze spielte. »Du hast doch deinen Entschluß gefaßt?« Sie war entschlossen, die Wahrheit herauszufinden, und sei es nur Jessies wegen.

»Ich... ja, ich... ach, verflixt. Ich weiß es nicht, Tante Beth. Manchmal weiß ich es einfach nicht. Ich habe meine Entscheidung getroffen, und ich werde auch dazu stehen, aber hin und wieder... na ja, wahrscheinlich tut es mir einfach leid.«

»Vielleicht auch nicht, mein Kind. Vielleicht hast du auch Zweifel. Vielleicht willst du dich gar nicht wirklich von ihm scheiden lassen.«

»Doch... aber... aber ich vermisse ihn so. Ich vermisse die Art, wie wir einander kannten. Er ist der einzige Mensch auf der Welt, der mich wirklich kennt. Und ich kenne ihn genauso gut. Das vermisse ich. Und ich vermisse unsere Träume, vermisse das, was ich glaubte, was wir wären, was ich für ihn zu sein wünschte. Vielleicht habe ich ihn aber auch gar nicht gekannt. Vielleicht habe ich nur geglaubt, das zu tun. Vielleicht hat er mich die ganze Zeit hintergangen. Vielleicht war diese Frau seine Freundin, und sie hat ihn angeklagt, weil sie aus irgendeinem anderen Grund sauer auf ihn war. Vielleicht haßte er mich, weil ich den Lebensunterhalt verdiente, aber vielleicht ist er deshalb gerade mit mir verheiratet geblieben. Ich weiß einfach überhaupt nichts mehr. Nur, daß er mir fehlt. Aber vielleicht hat das, was ich jetzt vermisse, auch nie wirklich existiert.«

»Warum fragst du ihn nicht einfach? Glaubst du nicht, daß er dir jetzt die Wahrheit sagen würde? Oder hast du Angst davor, daß er dir tatsächlich die Wahrheit sagen könnte?«

»Vielleicht. Vielleicht ist die Wahrheit etwas, was ich nie hören wollte.«

»Dann zerreißt du also seine Briefe weiter und sorgst dafür, daß du ihn auch nie anhörst. Und was machst du, wenn er aus dem Gefängnis kommt? Ziehst du dann in eine andere Stadt und änderst deinen Namen?« Jessica lachte über diesen absurden Vorschlag.

»Vielleicht will er bis dahin gar nicht mehr mit mir reden.« Aber sie hörte sich nicht so an, als ob sie das wirklich glaubte.

»Verlaß dich lieber nicht darauf. Aber was viel wichtiger ist, Jessica, weißt du eigentlich, was du da sagst? Du sagst, daß der Mann dich wahrscheinlich niemals geliebt hat, daß es nichts an dir gab, was er lieben konnte, als deine Fähigkeit, seine Rechnungen zu bezahlen. Glaubst du das wirklich?«

»Vielleicht.« Doch ihre Augen verdüsterten sich. Sie hatte jetzt genug von den schmerzlichen, bohrenden Fragen. »Was macht das jetzt noch für einen Unterschied?«

»Einen großen. Es ist der Unterschied zwischen dem Bewußtsein, geliebt worden zu sein, und dem Gedanken, ausgenutzt worden zu sein. Aber wenn er dich nun benutzt, dich aber auch geliebt hat? Hast du ihn nicht auch benutzt, Jessica? Die meisten Menschen, die sich lieben, tun das, und nicht unbedingt in schlechtem Sinne. Es gehört einfach dazu, daß man die Bedürfnisse des anderen erfüllt – finanziell, gefühlsmäßig, was auch immer.«

»So habe ich das noch nie gesehen. Das Komische ist, daß ich immer gedacht habe, ich würde ihn ausnützen. Ian hat keine Angst davor, allein zu sein. Aber ich hatte sie immer. Ich kam mir so verloren vor, nachdem meine ganze Familie gestorben war. Ich hatte niemanden mehr außer Ian. Ich konnte alle Entscheidungen der Welt treffen, konnte alles tun, was ich wollte, konnte stolz auf mich sein... solange ich Ian hatte. Er hielt mich hoch, so daß ich die Welt weiterhin zum Narren halten konnte und auch mich selbst. Alle sollten glauben, ich wäre selbständig. Dafür habe ich ihn benutzt, aber ich habe nie daran gedacht, daß er es wußte.« Sie sah fast beschämt aus, als sie das zugab.

»Und wenn er es nun wußte? Was dann? Es ist doch keine Sünde, Schwächen zu haben, oder die Kraft eines Menschen auszunutzen, den man liebt. Solange man dabei nicht niederträchtig ist. Aber was ist jetzt mit dir? Bist du jetzt stärker?«

»Stärker als ich dachte.«

»Und glücklich?« Das war der springende Punkt.

Sie zögerte und schüttelte den Kopf. »Nein. Bin ich nicht. Mein Leben ist so... so leer, Tante Beth. So tot. Manchmal glaube ich, ich hätte nichts mehr, für das es sich zu leben lohnt. Für was denn auch? Für mich selbst? Damit ich mich jeden Morgen anziehen und um sechs Uhr abends wieder umziehen kann? Um mit irgendeinem fremden Idioten mit schlechtem Atem und ohne Seele auszugehen? Um meine Blumen zu gießen? Wofür lebe ich eigentlich? Für eine Boutique, die mir nichts mehr bedeutet?... Wofür?« Tante Beth bewegte eine Hand, und sie brach ab.

»Ich kann das nicht mit anhören, Jessica. Du hörst dich genauso an wie Astrid damals. Das ist doch alles Unsinn. Du hast alles, für das es sich zu leben lohnt, ob mit oder ohne junge Männer mit schlechtem Atem. Aber in deinem Alter hast du vor allem dich selbst, für die es sich zu leben lohnt. Du hast noch alles vor dir. Du hast deine Jugend. Schau mich an, ich finde immer noch viele Dinge, für die ich lebe. Ich genieße mein Leben durch und durch, und das in meinem Alter!«

»Dann kann ich dich nur beneiden. Ich wache morgens auf und frage mich manchmal wirklich, warum. Den Rest der Zeit laufe ich herum wie ein Roboter. Aber was, zum Teufel, habe ich denn?«

»Du hast, was du bist.«

»Und was ist das? Eine einunddreißigjährige, geschiedene Frau, der eine Boutique gehört, ein halbes Haus, ein paar Blumen und ein Sportwagen. Ich habe keine Kinder, keinen Mann, keine Familie, niemanden, der mich liebt und niemanden, den ich lieben kann. Herrje, was soll ich also?« Heiße Tränen füllten ihre Augen.

»Dann suche dir jemanden, den du lieben kannst, Jessica. Hast du das noch nicht versucht? Jemand anderen als diese seelenlosen Knaben mit dem schlechten Atem.« Tante Beths Augen funkelten, und Jessica lachte unter Tränen. Dann meinte sie achselzuckend: »Du solltest mal sehen, was auf dem Markt ist. Sie sind gräßlich.« Die Tränen fingen jetzt an, ihr über die Wangen zu laufen. »Sie sind wirklich einfach gräßlich. Und... keiner kennt mich.« Sie schloß bei diesen letzten Worten fest die Augen und senkte den Kopf.

»Das hat Astrid auch immer gesagt, Jessica, und sieh sie dir jetzt an.« Tante Beth trat hinter Jessicas Stuhl und strich ihr sanft übers Haar. »Sie benimmt sich wie ein Schulmädchen, tut so, als wäre sie diskret und amüsiert sich königlich. Sie ist ungefähr so diskret wie der Sonnenaufgang. Aber ich freue mich für sie. Endlich ist sie glücklich. Sie hat jemanden gefunden, und das wirst du auch tun, meine Liebe. Es dauert seine Zeit.«

»Wie lange denn?« Jessie fühlte sich wieder, als wäre sie zwölf und stellte einem allwissenden Elternteil eine unmögliche Frage.

»Das kommt ganz auf dich an.«

»Aber wie? Wie denn nur?« Jessie drehte sich in ihrem Sessel um, um zu Tante Beth aufzublicken. »Sie sind alle so schrecklich. Junge Männer, die sich für toll halten und mit einem ins Bett wollen und mit jeder anderen Frau auf der Straße, die ihre Straßenschuhe auf deinem Eßtisch ablegen und ihre Drogen in deinem Haus deponieren wollen. Bei ihnen fühlt man sich wie eine Parkuhr. Sie werfen eine Münze ein und kommen später vorbei... vielleicht... wenn sie sich noch erinnern, wo sie geparkt haben. Mit ihnen fühle ich mich wie ein namenloses Nichts. Und die älteren Männer sind auch nicht viel besser. Sie sind alle darauf aus zu beweisen, wie liberal sie sind, geben vor, die Freiheit der Frau hochzuschätzen, weil es von ihnen erwartet wird... aber Ian war niemals... ach, verdammt. Es langweilt mich alles zu Tränen. Einfach alles. Die Leute, die ich kenne, langweilen mich, und die Leute, die ich nicht kenne, langweilen mich auch. Und...« Sie wußte, daß sie jammerte, aber sie klang weniger gelangweilt als verängstigt.

»Jessie, Liebes, jetzt langweilst du mich. Mit all diesem Unsinn. Also schön, du brauchst Abwechslung. Warum verläßt du San Francisco dann nicht für eine Weile? Hast du schon mal daran gedacht?« Jessie nickte bedrückt, und Tante Beth warf ihr den Blick zu, den sie eigentlich für verwöhnte Kinder bereit hielt. »Denkst du daran, wieder nach New York zurückzukehren?«

»Nein... tue ich nicht. Das wäre noch schlimmer. Vielleicht in die Berge oder ans Meer oder aufs Land. Irgend etwas in der Richtung. Ach, Tante Beth, ich habe die Menschen so satt.« Seufzend lehnte sie sich zurück, trocknete ihr Gesicht und streckte die Beine aus. Tante Beth sah sie ärgerlich an.

»Ach, halt den Mund. Weißt du, was dein Problem ist, Jessica? Du bist verdammt verwöhnt. Du hattest einen Ehemann, der dich angebetet hat, der dir das Gefühl gegeben hat, eine Frau zu sein, und noch dazu eine über alles geliebte Frau, und du hattest eine Boutique, die dir gefiel, und ein Heim, daß ihr zwei euch geteilt habt, und das euch wohl auch gefallen hat. Nun, du selbst hast es so gewollt, daß du jetzt keinen Ehemann mehr hast, du hast aus dem Geschäft herausgeholt, was nur eben ging, und vielleicht hat auch das Haus seine Schuldigkeit getan. Also fort damit. Und von vorne anfangen. Ich habe es so gemacht nach meiner Scheidung, und ich war schon siebenundsechzig. Jessica, wenn ich das konnte, dann kannst du es auch. Ich bin aus dem Osten hierher gekommen, habe diese Ranch gekauft, neue Leute kennengelernt, und seitdem geht es mir wunderbar. Und sollte es in fünf Jahren anfangen, mich zu langweilen, dann mache ich hier zu, verkaufe und fange irgendwo noch einmal an – wenn ich noch lebe. Aber wenn ich lebe, dann werde ich auch leben. Nicht hier herumhängen, halb tot und nicht mehr an dem interessiert, was ich tue. Also, was hast du jetzt vor? Es wird Zeit, daß du irgend etwas tust!« Die Augen der alten Frau blitzten.

»Ich habe schon daran gedacht, die Boutique aufzugeben, aber das Haus kann ich nicht verkaufen. Es gehört zur Hälfte Ian.«

»Warum vermietest du es dann nicht?«

Das war ein Gedanke, der ihr selbst noch nie gekommen war. Sie war auch ein wenig schockiert. Was hatte sie da eben gesagt? Sie wollte den Laden verkaufen? Wann hatte sie denn daran gedacht? Oder hatte es wirklich die ganze Zeit über in ihrem Kopf herumgespukt? Die Worte waren ihr einfach entschlüpft.

»Ich muß gründlich über alles nachdenken.«

»Dann bist du hier am rechten Ort, Jessica. Ich bin froh, daß du gekommen bist.«

»Ich auch. Ohne dich wäre ich verloren.« Sie trat neben sie und umarmte sie. Tante Beth wurde immer wichtiger für sie, sie hielt sie aufrecht.

»Bist du schon hungrig?«

»Ich werde es allmählich.«

»Gut. Dann können wir ja zusammen das Abendessen verderben.«

Sie machten Hamburger und Artischocken mit Sauce Hollandaise, einer Leibspeise von Tante Beth, und diesmal brannte nichts an. Es schmeckte köstlich, und sie saßen bis fast um Mitternacht beisammen und unterhielten sich, sprachen über unverfänglichere Dinge als vor dem Essen.

Jessica streckte sich auf dem Bett in ihrem jetzt schon bekannten pinkfarbenen Zimmer aus. Sie sah zu, wie die Flammen im Kamin zuckten und flackerten, während es sich die alte Katze neben ihr auf dem Bett bequem machte. Es tat gut, wieder hier zu sein. Es war wirklich wie eine Heimat für sie geworden. Das hier war ein Ort, den sie nicht satt hatte.

Tante Beth war schon ausgeritten, als Jessie am nächsten Morgen aufstand. In der Küche fand sie einen Zettel, auf dem stand, welches Pferd sie reiten könnte, wenn sie wollte. Sie hatte die Gegend beim letztenmal gut genug kennengelernt, um jetzt schon allein ausreiten zu können.

Kurz nach elf brach sie auf. Sie ritt ein gutmütiges, kastanienbraunes Tier, trug einen breitkrempigen Strohhut und hatte ein Buch und einen Apfel in eine kleine Satteltasche gestopft. Sie hatte das Bedürfnis, eine Weile allein zu sein, und dies war die perfekte Möglichkeit dazu. Nach einer halben Stunde kam sie an einen kleinen Bach. Sie band das Pferd an einen Baumstumpf. Es schien nichts dagegen zu haben, und Jessie zog ihre Stiefel aus und watete durchs Wasser. Sie lachte, während sie vor sich hin sang und ihre Manschetten aufknöpfte, um die Ärmel hochzukrempeln. Sie fühlte sich frei und wohler als in all der Zeit, an die sie zurückdenken konnte. In diesem Augenblick entdeckte sie den Mann, der sie beobachtete.

Überrascht blickte sie auf, und er lächelte entschuldigend. Es war erschreckend, so plötzlich jemanden zu sehen, hatte sie die Gegend hier doch für ihre eigene, persönliche Wildnis gehalten. Aber er war groß und ausgesprochen gut gekleidet, trug einen rehbraunen Reitanzug. Er sprach leise und mit britischem Akzent.

»Verzeihung. Ich wollte schon früher etwas sagen, aber Sie sahen so glücklich aus. Ich wollte Ihre Freude nicht zerstören.« Sie war plötzlich froh, daß sie ihre Bluse nicht ausgezogen hatte. Der Gedanke war ihr schon gekommen.

»Bin ich hier unbefugt eingedrungen?« Barfuß stand sie im Bach, einen Ärmel aufgerollt, das Haar locker zu einem Knoten auf dem Kopf zusammengedreht. In seinen Augen sah sie aus wie eine Vision – eine goldhaarige, griechische Göttin in moderner Reitkleidung. Man sah nicht mehr viele Frauen wie diese – nicht hier, in der ›Provinz‹. Einsam auf einem Hügel, barfuß in einem Bach. Es war wie ein Bild aus dem achtzehnten Jahrhundert, und es erweckte in ihm den Wunsch, hinunterzugehen und sie zu berühren, zu küssen – vielleicht. Der Gedanke ließ ihn wieder lächeln, als sie ihn beobachtete.

»Nein, ich fürchte, ich bin der Eindringling. Ich bin heute morgen ausgeritten, aber ich bin mit der Gegend nicht sehr vertraut.« Sein Akzent verriet reinste englische Schule, Eton vielleicht. Der vermeintliche ›Eindringling‹ war jeder Zoll ein Gentleman. Als sie ihn nun betrachtete, überraschte es sie, wie sehr er Ian ähnelte. Er war größer, etwas breiter, aber das Gesicht... die Augen... die Haltung des Kopfes... sein Haar war blond, sehr blond, noch heller als Jessies. Aber dennoch hatte er etwas von Ian an sich, genug, um sie zu verängstigen. Sie wandte sich ab und setzte sich, um ihre Stiefel anzuziehen. Zuvor rollte sie jedoch sorgfältig ihre Ärmel herunter. Während der unbekannte Mann sie weiterhin lächelnd beobachtete.

»Meinetwegen müssen Sie nicht gehen. Ich muß jetzt ohnehin heim. Sagen Sie, wohnen Sie hier?« Sie schüttelte langsam den Kopf, löste ihr Haar und schaute zu ihm auf. Er sah wirklich sehr gut aus.

»Nein, ich bin nur zu Besuch.«

»Wirklich? Ich auch.« Er nannte den Namen der Leute, bei denen er wohnte, aber sie konnte sich nicht erinnern, daß Tante Beth sie erwähnt hatte. »Bleiben Sie lange hier?«

»Nur ein paar Tage. Dann muß ich zurück.«

»Zurück wohin?« Er war wirklich neugierig. Es war schon fast ärgerlich, nur sah er eben so verdammt gut aus.

»Nach San Francisco. Ich wohne dort.« Seine nächste Frage hatte sie umgangen. Jetzt war sie dran. Warum auch nicht? »Und Sie?« Die Vorstellung, ihn auszuhorchen, belustigte sie.

»Ich wohne in Los Angeles. Aber ich werde schon in diesem Monat nach San Francisco ziehen.« Sie hätte fast gekichert, als sie ihm zuhörte. Er hörte sich genauso an wie all die Imitationen, die sie je von eingebildeten Engländern gehört hatte. Er war so außerordentlich britisch, wie er da in makellosen Reitkleidern oben auf dem Hügel stand und mit der Reitpeitsche in seine Handfläche schlug. Er war schon was!

»Habe ich etwas Komisches gesagt?«

»Nein, Sir.« Mit einem halben Lächeln stieg sie den Hügel hinauf zu ihm. Ihr Pferd war ganz in der Nähe der Stelle angebunden, wo er stand.

»Meine Firma hat mich nach San Francisco versetzt. Ich bin vor drei Jahren von London hierher gekommen, und ich habe sowieso genug von L. A.«

»San Francisco wird Ihnen gefallen. Es ist eine wunderbare Stadt.« Es war eine völlig verrückte Unterhaltung von zwei Fremden in der Mitte des Niemandslandes. Sie benahmen sich, als befänden sie sich in der Fifth Avenue oder in der Union Street oder auf dem Faubourg St. Honoré. Sie platzte los, als sie neben ihm stand.

»Ich scheine Sie immer zu amüsieren, ohne es zu wollen.«

Wieder lächelte sie und erwiderte achselzuckend: »Das tun viele Dinge.«

»Verstehe.« Er hielt ihr die Hand hin und sah sie ziemlich ernst an, aber in seinen Augen tanzte ein Lächeln. »Guten Tag. Mein Name ist Geoffrey Bates.«

»Hallo. Ich bin Jessica Clarke.« Sie standen unter den Bäumen und schüttelten sich die Hände, und wieder lächelte sie. Aus der Nähe sah er Ian nicht so ähnlich. Aber auf seine Art war er sehr hübsch, dieser Geoffrey Bates aus London. Und er dachte, wie sehr ihm ihre Art gefiel, wenn sie lächelte. Sie sah aus, als täte sie das oft.

Er zögerte einen Moment, ehe er die nächste Frage stellte, aber schließlich konnte er sich nicht mehr beherrschen. Er mußte es wissen.

»Wo wohnen Sie denn hier?« Jessica lächelte ernst, lachte dann.

»Bei der Mutter einer Freundin.« Sie wich ihm aus, und er lächelte, als er sie mit hochgezogenen Brauen ansah.

»Und Sie wollen mir nicht sagen, wer das ist? Ich verspreche Ihnen, Ihnen keine Schande zu machen und etwa uneingeladen zum Dinner zu erscheinen.«

Sie erwiderte sein Lachen und kam sich plötzlich albern vor. Aber das Gesicht des Engländers war ernst geworden. Ihm war gerade bewußt geworden, daß sie vielleicht mit einem Mann unterwegs war, das wäre allerdings peinlich. Er hatte fast sofort auf ihre linke Hand geschaut und war erleichtert gewesen, dort keinen Ring zu bemerken, vor allem keinen schlichten Goldreif. Aber er hatte nicht genug hingesehen, um die kleine Vertiefung zu entdecken, den schmalen, blassen Streifen, wo sie sieben Jahre lang den Ehering getragen hatte, ehe sie ihn vor ein paar Monaten vom Finger nahm.

»Ich wohne bei Mrs. Bethanie Williams.«

»Ich glaube, ich habe jemanden von ihr sprechen hören.« Er sah wahnsinnig erleichtert aus. »Soll ich Ihnen aufs Pferd helfen?« Sie stand schon neben ihrem Pferd, als er das fragte, und wandte sich ihm jetzt amüsiert zu.

»Nicht nötig. Oder hätte ich ja sagen sollen?« Sie meinte, ihn erröten zu sehen, als sie sich leicht in den Sattel schwang. Es war eine dumme Frage bei einer Frau ihrer Größe, und erst jetzt fiel ihr auf, wie groß er selbst war. Er war mindestens acht oder zehn Zentimeter größer als Ian… einsfünfundneunzig? Einssiebenundneunzig? Nicht einmal Ian war so groß… ›nicht einmal‹… Warum dachte sie immer noch auf diese Weise an ihn? Als wäre er der letzte Mann. Ein Muster der Perfektion, mit dem sie alle anderen Männer immer im Geiste vergleichen mußte.

»Darf ich Sie bei Mrs. Williams aufsuchen?« Jessica nickte, wieder vorsichtig. Das war gewiß ein ungewöhnlicher Weg, einen Mann kennenzulernen, und sie hatte tatsächlich keine Ahnung, wer oder was er war.

»Ich bleibe nicht sehr lange hier.«

»Dann muß ich also bald kommen, nicht wahr?« Hartnäckiger Bastard, was? Sie lächelte wieder. Aber er sah nicht aus wie ein Bastard. Er sah aus wie ein netter Mann. Etwa Mitte Dreißig, mit sanften, grauen Augen und weichem, seidigem Haar. Und seine Kleider sahen teuer aus. Außerdem trug er einen kleinen Goldring am kleinen Finger der rechten Hand. Sie meinte, ein Wappen ins Gold graviert zu sehen, aber sie wollte nicht auffällig hinstarren. Alles an ihm sah elegant aus. Zu seiner Reithose trug er glänzende, schwarze Stiefel und ein weiches, blaues Hemd. Das rehbraune Tweedjackett hing von einem Zweig. Er sah ein wenig merkwürdig aus, aber gleichzeitig unglaublich schön. Immer besser, je länger sie ihn ansah. Er fühlte exakt dasselbe, was sie anging, wenngleich Jessica sich fragte, ob sie sehr zerzaust war.

»War schön, Sie kennenzulernen.« Mit einem Lächeln und einem

Winken schickte sie sich an, davonzureiten.

»Sie haben meine Frage nicht beantwortet.« Er hielt ihr Pferd am Zügel, während er Jessica in die Augen schaute. Sie wußte, was er meinte, und seine Art gefiel ihr.

»Ja. Sie können mich besuchen.« Schweigend trat er zurück und verbeugte sich mit strahlendem Lächeln. Auch das gefiel ihr an ihm – sein Lächeln. Sie lachte vor sich hin, als sie zur Ranch zurückritt.

Kapitel XXXI

»Einen schönen Ausritt gemacht, Liebes?«

»Sehr. Ich bin einem ausgesprochen merkwürdigen Mann begegnet.«

»Tatsächlich? Wem denn?« Tante Beth sah aufgeregt aus. Merkwürdige Männer gab es in dieser Gegend nur vereinzelt, wenn man einmal von dem einen oder anderen seltsamen Vormann absah.

»Er ist irgendwo zu Besuch und schrecklich britisch. Aber er sieht auch sehr gut aus.«

Tante Beth lächelte, als sie ihren Gesichtsausdruck bemerkte. »Schön, schön. Ein großer, dunkler, gutaussehender Fremder auf meiner Ranch? Großer Gott! Wo ist er? Und wie alt?«

Jessica kicherte. »Ich hab' ihn zuerst gesehen. Außerdem ist er nicht dunkel. Er ist blond und ein ganzes Stück größer als ich.«

»Dann gehört er dir. Ich habe große Männer noch nie gemocht.«

»Ich bete sie an.«

Vorsichtig und ernst blickte Tante Beth sie über den Rand ihrer Lesebrille hinweg an. »Du hast auch kaum eine andere Wahl.« Sie lachten beide wieder und genossen dann den farbenprächtigen Sonnenuntergang hinter den Hügeln.

Ein weiterer friedvoller Abend folgte, und Jessica stand am nächsten Morgen schon um sieben Uhr auf. Sie hatte Lust, die Gegend zu durchstreifen, aber diesmal nicht mit dem kastanienbraunen Pferd. Sie machte sich eine Tasse Kaffee – zum ersten Mal war sie schon vor Tante Beth auf den Beinen – und fuhr dann, so leise sie konnte, im Morgan davon. Sie war in dieser Gegend noch nicht viel gefahren, und es reizte sie, die Umgebung zu erforschen.

Die Sonne stand schon hoch am Himmel, als sie fand, was sie suchte. Es sah aus, als wäre es in sehr schlechtem Zustand. Aber es war ein Prachtstück. Es wirkte, als hätte irgend jemand es in dem hohen Gras verloren und wäre dann müde geworden, danach zu suchen. Und das alles schon Jahrzehnte zuvor. Da hockte es nun, allein und ungeliebt, und ein Schild ›Zu vermieten‹ lehnte schief an der Vordertreppe. Es war ein kleines, aber perfekt proportioniertes Haus im viktorianischen Stil. Sie versuchte die Haustür zu öffnen, aber sie war abgeschlossen. Dann ertappte sie sich dabei, daß sie auf den Stufen hockte, sich mit ihrem großen Strohhut das Gesicht fächelte und lächelte. Sie war sich nicht sicher, warum, aber sie fühlte sich prächtig. Unglaublich glücklich.

Sie fuhr auf der staubigen Landstraße zurück und betrat grinsend das Haus. Tante Beth sah gerade die Post durch. Überrascht schaute sie auf.

»He, wo bist du denn gewesen? Du bist ja schrecklich früh aufgebrochen.« Die Augen der alten Frau blitzten mutwillig, aber auch Entzükken und ein gewisser Verdacht sprachen aus ihnen.

»Warte nur, bis du hörst, was ich gefunden habe!«

»Noch einen Mann auf meinem Besitz? Und diesmal einen Franzosen! Ich weiß es. Liebes Mädchen, du hast einen Sonnenstich.« Tante Beth gluckste mitleidig, aber Jessica brach in Gelächter aus und warf ihren Hut hoch in die Luft.

»Nein, Tante Beth. Keinen Mann! Ein Haus! Ein unglaubliches, wunderschönes viktorianisches Haus! Ich bin wahnsinnig in es verliebt!«

»Oje, Jessie, nicht das, an das ich denke? Das alte Wheeling-Haus an der North Road?« Sie wußte genau, welches es war.

»Ich habe keine Ahnung, ich weiß bloß, daß ich es liebe.«

»Und du hast es gekauft, und gleich morgen früh kommt dein Innenarchitekt aus New York.« Tante Beth weigerte sich, ernst zu bleiben.

»Nein, ich meine es ernst. Es ist süß. Hast du es dir jemals von weitem angeschaut? Ich habe das heute morgen gemacht, eine Stunde lang, und fast genauso lange habe ich auf den Stufen davor gesessen. Wie ist es innen? Es war abgeschlossen. Ich habe sogar durch die Fenster versucht hineinzugelangen.«

»Gott allein weiß, wie es innen aussieht. Seit fast fünfzehn Jahren wohnt da niemand mehr. Es muß wirklich einmal sehr schön gewesen sein, aber da nicht viel Land dazugehört, will es niemand kaufen. Wahrscheinlich könnte man jetzt mehr Land mit bekommen, weil die Parkers, die dahinter leben, gerade beschlossen haben, ein anständiges Stück von ihrem Besitz zu verkaufen. Aber soviel ich weiß, steht das Wheeling-Haus einfach leer. Jahr für Jahr. Die Maklerfirma hat es mir gezeigt, als ich hierherkam, um die Ranch zu kaufen, aber ich war nicht interessiert. Zu viel Haus, zu wenig Land. Außerdem wollte ich etwas Modernes. Warum willst du dir denn ein viktorianisches Haus gerade hier zulegen, wo sich Fuchs und Hase gute Nacht sagen?«

»Ach, Tante Beth, es ist einfach so schön!« Jessica sah jung und romantisch aus, als sie ihrer Freundin zulächelte.

»Aha, die Illusionen der Jugend. Vielleicht muß man jung und verliebt sein, um sich ein solches Haus zu wünschen. Ich jedenfalls wollte etwas Praktischeres. Aber ich verstehe, warum es dir gefällt.« Das Leuchten in den grünen Augen ihrer jungen Freundin war ihr nicht entgangen. »Jessica, was hast du wirklich vor?« Ihre Stimme war jetzt ernst und leise.

»Ich weiß noch nicht. Aber ich denke nach. Über eine Menge verschiedener Dinge. Vielleicht sind das alles verrückte Ideen, aber irgend etwas wird schon draus.« Jessica sah ausgesprochen zufrieden mit sich selbst aus. Es war ein prächtiger Morgen gewesen, und etwas Wundervolles war in ihrem Kopf oder ihrem Herzen passiert, denn sie fühlte sich wieder lebendig und aufgeregt und brandneu. Es war wirklich verrückt. Aber sie mußte an einen Spruch aus der Bibel denken und wußte, daß er für sie wahr geworden war. Alle alten Sachen wichen aus ihrem Leben... selbst der Schrecken der Verhandlung war dahin... selbst Ian...

»Sag mir Bescheid, Jessie, wenn du zu irgendeinem Schluß gekommen bist. Oder auch schon vorher, wenn ich dir helfen kann.«

»Noch nicht. Aber später vielleicht.« Tante Beth nickte und wandte sich wieder ihrer Post zu. Jessie sprang vor sich hinsummend die Treppe hinauf. Dann blieb sie noch einmal stehen und sah sich nach Tante Beth um. »Was muß ich machen, wenn ich das Haus von innen sehen will?«

»Ruf die Grundstücksmakler an. Sie werden entzückt sein. Ich glaube kaum, daß sie das Haus mehr als alle fünf Jahre einmal vorführen dürfen. Sieh einfach im Telefonbuch nach. Hoover County Realty. Schrecklich origineller Name.« Tante Beth wunderte sich wirklich... aber sie konnte Jessie einfach nicht ernst nehmen. Das konnte nur eine vorübergehende Anwandlung sein, eine Laune. Immerhin amüsierte es Jessie. Es würde ihr auf jeden Fall guttun, mal an etwas anderes als ihre

Langeweile zu denken. Eines war sicher – sie hatte alles andere als gelangweilt ausgesehen, als sie ins Haus gestürmt war. Weder heute morgen noch am Abend zuvor.

Geoffrey Bates rief am Nachmittag an, während Jessie nicht da war, und er meldete sich um fünf Uhr noch einmal, als sie gerade zurückkam. Er fragte höflich, ob er ›auf einen Drink vorbeikommen‹ könnte oder ob er sie zu den Leuten einladen dürfte, bei denen er wohnte. Jessie lud ihn lieber zu Tante Beth ein. Sie war bester Laune.

Er war äußerst charmant, sehr amüsant, sehr anständig und recht angetan von Tante Beth, was Jessie gefiel. Aber noch lieber sah er Jessie, und das gefiel Beth. Er sah noch besser aus, als Jessie ihn beschrieben hatte, trug einen Blazer und elfenbeinfarbene Gabardinehosen, ein porzellanblaues Hemd und eine breite, marineblaue Krawatte. Schrecklich elegant, aber auch sehr anziehend. Die beiden gaben ein auffallendes Paar ab, beide groß und blond, mit angeborener Anmut. Überall hätten sich die Köpfe nach ihnen umgedreht, so, wie sie jetzt aussahen, als sie gemütlich im Wohnzimmer der Ranch beisammen saßen.

»Ich bin heute auf der Suche nach Ihnen durch die Berge geritten, Jessica, aber vergeblich. Wo haben Sie sich versteckt?«

»In einem Haus mit einer anderthalb Meter tiefen Badewanne und einer Küche, die direkt aus dem Museum stammt.«

»Sie haben wohl Goldlöckchen gespielt, was? Sind die drei Bären heimgekommen, ehe Sie gingen? Und wie war das Porridge?«

»Köstlich.« Sie lachte ihn an und errötete leicht, als er nach ihrer Hand griff. Aber er hielt sie nur eine Sekunde lang.

»Ich dachte schon, Sie wären gestern in den Bergen nur eine Fata Morgana gewesen. Sie haben ausgesehen wie eine Göttin.«

»Tante Beth hat mich schon bezichtigt, an einem Sonnenstich zu leiden.«

»Stimmt, aber wenigstens hat sie nicht geglaubt, einen Gott gesehen zu haben«, bemerkte Tante Beth trocken. Sie wollte sehen, wie er es aufnahm, gezügelt zu werden. Er nahm es gut hin. Er war sehr nett, freundlich und galant und verabschiedete sich kurz vor dem Abendessen, nachdem er sie beide für den kommenden Tag zum Mittagessen ins Haus seiner Gastgeber eingeladen hatte. Tante Beth entschuldigte sich unter dem Vorwand, daß sie sich auf der Ranch um die Geschäfte kümmern müßte, aber Jessica nahm mit Freuden an. In einem schokoladenbraunen Porsche fuhr er davon. Jessica blickte mit mädchenhaftem

Glanz in den Augen hinter ihm her.

»Na, was sagst du?«

»Er ist viel zu groß.« Tante Beth gab sich Mühe, ernst zu blicken, aber fast sofort verzog sich ihr Gesicht zu einem breiten Grinsen. »Davon abgesehen bin ich von ganzem Herzen einverstanden. Er ist einfach reizend, Jessica! Einfach reizend.« Tante Beth hörte sich fast genauso aufgeregt an, wie Jessie sich fühlte. Sie versuchte das zu bekämpfen, aber es fiel ihr schwer.

»Er ist nett, nicht wahr?« Verträumt blickte sie einen Moment ins Leere und vollführte dann eine Pirouette auf einem Fuß. »Aber er ist nicht so hübsch wie mein Haus.«

»Jessica, du verwirrst mich! Ich bin zu alt für solche Spielchen! Welches Haus? Und wie kannst du es wagen, einen Mann wie den mit einem Haus zu vergleichen?«

»Ganz einfach, weil ich verrückt bin. Und ich spreche von meinem Haus. Von dem, das ich heute gemietet habe, für den ganzen Sommer!«

Bei dieser Neuigkeit wurde Tante Beth ganz ernst. »Du hast das Wheeling-Haus für den Sommer gemietet, Jessica?«

»Ja. Und wenn es mir gefällt, bleibe ich auch länger. Ich bin so glücklich hier unten, Tante Beth, und du hast recht gehabt: Es war wirklich Zeit für eine Veränderung.«

»Ja, Kind. Aber gleich so etwas? Das ist ein Leben für eine alte Frau, aber nicht für dich. Du kannst dich nicht auf dem Land verkriechen. Mit wem willst du dich unterhalten? Was wirst du tun?«

»Ich unterhalte mich mit dir, und dann werde ich wieder malen. Das habe ich seit Jahren nicht getan, und es macht mir solchen Spaß. Vielleicht male ich sogar dich.«

»Jessica, Jessica! Du überstürzt immer alles gleich. Manchmal machst du mir richtig angst. Das letzte Mal bist du aufgesprungen, heimgerast und hast die Scheidung eingereicht, und was machst du jetzt? Bitte, meine Liebe, überleg dir das gründlich.«

»Das habe ich. Ich habe es ja nur für einen Sommer gemietet. Danach können wir weitersehen. Es ist kein Umzug auf Dauer. Ich will es versuchen. Die einzige dauerhafte Entscheidung, die ich getroffen habe, ist die, daß ich die Boutique verkaufen werde.«

»Großer Gott, bist du dir da sicher?« Tante Beth war verblüfft, und nicht nur ein bißchen. Sie hatte zwar vorgeschlagen, daß Jessica das Geschäft verkaufen sollte, aber sie hätte nie gedacht, daß Jessie das ernst nehmen würde. Was hatte sie getan?

»Ich bin mir völlig sicher. Ich werde Lady J an Astrid verkaufen, oder sie ihr wenigstens anbieten, wenn ich zurück bin.«

»Sie wird sie gewiß kaufen. Da kannst du ganz sicher sein, Jessica. Ich kann nicht behaupten, daß es mir leid täte. Ich glaube, daß es ihr guttun wird. Aber wirst du es nicht bedauern? Die Boutique scheint dir so viel zu bedeuten.«

»Das hat sie, aber jetzt gehört sie für mich der Vergangenheit an. Sie ist ein Teil der Vergangenheit, den ich loswerden muß. Ich glaube nicht, daß es mir leid tun wird.«

»Das hoffe ich.« Ein neuer Wechsel lag in der Luft, sie spürten es beide. Aber zum erstenmal seit langer Zeit fühlte Jessie sich lebendig und nicht im geringsten gelangweilt.

»Ist das Haus bewohnbar?«

»Mehr oder weniger, wenn es gründlich geschrubbt worden ist. Sehr, sehr gründlich.«

»Und wie sieht es mit Möbeln aus?«

»Ich wohne im Schlafsack.« Sie sah überhaupt nicht beunruhigt aus.

»Sei nicht albern. Ich habe in der Scheune ein paar Möbel, die ich nicht brauche, und noch mehr auf dem Speicher. Bediene dich. Dann hast du es wenigstens bequem.«

»Und ich werde glücklich sein.«

»Das hoffe ich. Aber versuche bitte, nicht noch etwas so Wichtiges so schnell zu entscheiden. Laß dir Zeit. Denk nach. Wäge deine Entscheidungen ab.«

»Tust du das immer?«

Tante Beth konnte ihre Heiterkeit bei dieser Frage nicht unterdrükken. »Nein. Aber das ist die Art von Rat, den alte Frauen jungen Mädchen geben sollten. Ich stürze immer los und mache, was ich will und bügele später die Fehler aus. Um die Wahrheit zu sagen, ich freue mich, daß du den Sommer über hier sein wirst.« Die ältere Frau lächelte sanft, und Jessica wurde nachdenklich.

»Und wenn ich nun länger bleibe?«

»Oh, dann verschließe ich meine Tür vor dir und schieße aus dem Küchenfenster. Was glaubst du denn? Ich wäre natürlich entzückt. Aber ich würde dich niemals ermutigen, meinetwegen hier herauszuziehen. Das mache ich ja nicht einmal bei Astrid.« Aber eigentlich glaubte sie nicht, daß Jessie hierherziehen würde. Am Ende des Sommers würde ihr die Stadt mit all ihren Möglichkeiten fehlen... und der Engländer, der da nach San Francisco zog, sah sehr vielversprechend aus.

Er holte Jessie am nächsten Tag zum Essen ab. Als sie zurückkam, war sie bester Laune. Seine Freunde hatten ihr gefallen, und sie waren entzückt gewesen, als sie hörten, daß sie für den Sommer hierherziehen würde. Sie hatten sie eingeladen, sie jederzeit besuchen zu kommen. Sie waren ein Ehepaar Mitte Fünfzig und luden oft Freunde aus L. A. ein. Geoffrey war einer von ihnen...

»Ich sehe schon, daß ich in diesem Sommer eine Menge Zeit hier verbringen werde«, hatte er gesagt.

»Ach?«

»Ja. Es ist eine verdammt lange Fahrt von San Francisco aus. Sie hätten sich ruhig eine etwas näher gelegene Hütte für die Ferien aussuchen können, Jessica.« Sie hatte ihm gegenüber noch nicht erwähnt, daß sie mit dem Gedanken spielte, für immer hierherzuziehen. Sie lachte ihm ins Gesicht, als er ihr bei Tante Beth aus dem Wagen half. »Wo wir gerade dabei sind, Miss Clarke, wann fahren Sie in die Stadt zurück?«

»Morgen.« Das ›Miss‹ Clarke hatte sie nervös gemacht... Miss? Es hatte so seltsam geklungen. So... so leer.

»Ich fahre morgen auch nach L. A. zurück. Aber zufällig –« er sah sie fast verschmitzt an, offensichtlich sehr zufrieden mit sich selbst – »beabsichtige ich, Mittwoch in San Francisco zu sein. Wie wäre es mit einem gemeinsamen Abendessen?«

»Gern.«

»Fein.« Er sah überraschend ernst aus, als sie zum Haus gingen, und nahm ruhig ihre Hand in die seine.

Kapitel XXXII

Astrid war verblüfft, als Jessica ihr das Angebot machte, griff aber sofort zu. Sie hatte die Boutique kaufen wollen, seit sie sie zum erstenmal gesehen hatte.

»Aber bist du dir auch sicher?«

»Ganz sicher. Nimm sie. Ich sage dir ungefähr, was das Inventar wert ist, dann spreche ich mit meinem Anwalt, und dann finden wir schon einen Preis, auf den wir uns einigen können.« Sie sprach mit Philip Wald, und zwei Tage später wurde der Preis festgesetzt. Astrid zögerte nicht.

Sie bat ihre eigenen Anwälte, die Papiere aufzusetzen. Lady J würde für fünfundachtzigtausend Dollar in ihren Besitz übergehen. Sowohl sie als auch Jessie waren froh über diesen Preis. Das einzige, was Jessie einen Stich versetzte, war die Tatsache, daß Astrid die Boutique in Lady A umbenennen wollte. Das kündigte das Ende einer Ära an.

Sie saßen hinten im Büro und unterhielten sich über Zukunftspläne, als Katsuko lächelnd in der Tür erschien.

»Da möchte dich jemand sprechen, Jessie. Jemand, der einen sehr hübschen Anblick abgibt, wenn ich das hinzufügen darf.«

»So?« Sie steckte den Kopf aus der Tür und sah Geoffrey. »Oh! Hallo.« Sie winkte ihm, ins Büro zu kommen, und stellte ihn Astrid vor, erklärte, daß Mrs. Williams ihre Mutter wäre.

»Sie kennen meine Mutter?« Astrid war überrascht. Ihre Mutter kannte doch niemanden wie Geoffrey.

»Ich hatte das Vergnügen, sie am Wochenende auf der Ranch kennenzulernen.« Astrids Brauen zuckten hoch, als sie Jessica einen überraschten Blick zuwarf, und Geoffrey fügte schnell hinzu: »Ich habe dort unten Freunde besucht.« Plötzlich stand es Astrid im Gesicht geschrieben, daß sie wußte, warum Jessica vorhatte, den Sommer dort unten zu verbringen, in ihrem alten, gemieteten Haus. Astrid fragte sich sogar, ob sie die Boutique deshalb verkaufte. Aber dann hatte sie das Gefühl, daß irgend etwas fehlte. Hatte Jessica Geheimnisse vor ihr gehabt? Sie wandte den Kopf und bemerkte, wie Geoffrey Jessica herzlich ansah. Astrid unterdrückte die Fragen, die ihr auf der Zunge lagen. Wie? Wann? Was nun? Hat er... war er... würde er...? Er unterbrach ihre Gedanken mit einem weiteren strahlenden Lächeln.

»Darf ich die beiden reizenden Damen zum Mittagessen einladen?« Es gelang ihm sogar, Katsuko dabei einen bedauernden Blick zuzuwerfen. Er wußte, irgend jemand würde im Laden bleiben müssen. Seine Manieren waren einwandfrei. Das gefiel Astrid. Sie hätte fast zugesagt, schon aus Neugier, aber sie wollte Jessie das nicht antun. Doch auch die schüttelte schnell den Kopf, was das Mittagessen anging.

»Führen Sie uns nicht in Versuchung, Geoffrey. Wir haben gerade geschäftliche Dinge besprochen, den Verkauf des Ladens und...«

»Um Himmels willen, Jessica!« unterbrach Astrid Jessies Protest. »Sei doch nicht albern – darüber können wir auch später noch sprechen.

Ich habe sowieso noch einiges zu erledigen. Ich muß in die Stadt« – sie bedachte Geoffrey mit einem traurigen Blick –, »aber geht ihr zwei nur ruhig, und laßt es euch gut schmecken. Ich sehe dich dann hier wieder um zwei oder halb drei.«

»Sagen wir lieber halb drei, Mrs. Bonner«, meinte Geoffrey hastig. Jessica lehnte sich zurück und sah nur noch zu. Ihr gefiel die Art, wie er die Dinge in die Hand nahm. Er war es gewohnt, daß man tat, was er sagte, und das merkte man ihm an. Es gab ihr ein Gefühl der Sicherheit, aber nicht auf bedrohliche Art. Jetzt, da es für sie nicht mehr notwendig war, daß man sich um sie kümmerte, waren seine Aufmerksamkeiten ein Luxus, kein lebensnotwendiges Plasma. Sie genoß diesen Unterschied und ertappte sich dabei, daß sie überlegte, wie es wohl mit Ian gewesen wäre, wenn sie mehr sie selbst gewesen wäre. Aber damals hatten ihre Bedürfnisse alles beherrscht. Schnell verdrängte sie diesen Gedanken.

Sie aßen ganz in der Nähe in einem Gartenrestaurant in der Union Street. Es war ein ausgesprochen angenehmes Mahl. Er hatte eine Leidenschaft für Pferde, flog sein eigenes Flugzeug, wollte im kommenden Winter eine Reise nach Afrika machen und hatte, nach Eton, Cambridge besucht. Es war klar, daß Jessie ihm sehr gut gefiel. Und jedesmal, wenn er sein prächtiges Lächeln lächelte, schmolz sie dahin.

»Ich muß schon sagen, Jessica, Sie sehen hier in der Stadt ganz anders aus.«

»Es ist erstaunlich, welchen Unterschied es macht, wenn ich mich kämme.« Sie lächelten beide in Erinnerung an ihr erstes Zusammentreffen. »Ich trage hier sogar Schuhe.«

»Tatsächlich? Lassen Sie mich sehen.« Scherzhaft schob er das Tischtuch beiseite und warf einen Blick auf ihre Füße. Er sah ein sehr hübsches Paar Schuhe von Gucci aus karmesinrotem Wildleder. Sie hatten fast genau dieselbe Farbe wie der Wildlederrock, den sie mit einer lachsfarbenen Seidenbluse trug. Dieser Lachston war Ians Lieblingsfarbe, und sie hatte sich an diesem Morgen zwingen müssen, die Bluse anzuziehen. Aber was sollte es schon? Dann war es eben Ians Lieblingsfarbe. Na und? Das war kein Grund, sie aufzugeben. Sie hatte die Bluse seit Monaten nicht mehr getragen. Jetzt kam ihr das komisch vor.

»Mir gefallen Ihre Schuhe. Übrigens, das ist eine hübsche Bluse.« Sie errötete bei seinem Kompliment, vor allem, weil es sie an Ian erinnerte. Geoffrey hatte etwas an sich…

»Was haben Sie gerade gedacht?« Er hatte den Schatten bemerkt, der sich kurz über ihre Augen senkte.

»Nichts.«

»Schämen Sie sich, mich zu belügen. Etwas Ernstes ist Ihnen durch den Kopf gegangen. Etwas Trauriges?« Es hatte so ausgesehen.

»Natürlich nicht.« Sie war verlegen, weil er so viel bemerkte, zu viel. Er war sehr aufmerksam.

»Waren Sie nie verheiratet, Jessie? Es erscheint mir bemerkenswert, das Glück zu haben, eine Frau wie Sie zu finden, die frei und ungebunden ist. Oder ziehe ich voreilige Schlüsse?« Er hatte das wissen wollen, seit er sie getroffen hatte.

»Nein, Sie haben schon recht. Ich bin frei und ungebunden. Aber ich war verheiratet.« Es war, als hätte er ihre Gedanken gelesen. Erstaunlich!

»Kinder?« Neugierig zog er die Brauen hoch.

»Nein. Keine.«

»Gut.«

»Gut?« Es war merkwürdig, so etwas zu sagen. »Mögen Sie keine Kinder, Geoffrey?«

»Doch, sehr. Wenn sie anderen Leuten gehören.« Er lächelte, aber nicht verlegen. »Ehrlich gesagt, ich bin der perfekte Onkel. Aber ich würde bestimmt einen entsetzlichen Vater abgeben.«

»Wie kommen Sie darauf?«

»Ich ziehe zuviel herum. Ich bin zu selbstsüchtig. Wenn ich eine Frau liebe, verabscheue ich es, sie zu teilen. Aber wenn sie eine gute Mutter sein will, dann muß man sich wohl einfach zwischen Mann und Nachwuchs aufreiben. Vielleicht bin ich selbst noch zu sehr Kind, aber ich wünsche mir lange, romantische Abende, möchte überraschende Reisen nach Paris machen, in der Schweiz Ski fahren, ohne daß drei Gören im Auto sitzen und heulen... ich könnte eine ganze Reihe schrecklich selbstsüchtiger Gründe anführen. Aber sie alle sind ehrlich gemeint. Schockiert Sie das?« Er entschuldigte sich nicht für das, was er gesagt hatte, aber er war bereit hinzunehmen, daß sie es nicht gutheißen würde. Er hatte schon vor langer Zeit aufgehört, sich zu entschuldigen. Tatsächlich hatte er sogar dafür gesorgt, daß die Möglichkeit eines ›Versehens‹ nicht mehr bestand. Er hatte seinen Entschluß gefaßt, und jetzt stellte er ihn nicht mehr in Frage.

»Nein, das entsetzt mich nicht Ich habe immer genauso gedacht. Um ehrlich zu sein, ganz genauso.«

»Aber?«

»Wie meinen Sie?«

»In Ihrer Stimme klang ein ›Aber‹ mit.« Er sagte es ganz leise, weich, und sie lächelte. »Tatsächlich? Da bin ich mir nicht so sicher. Ich hatte sehr feste Vorstellungen, was dieses Thema anging. Aber ich weiß nicht... ich habe mich sehr verändert.«

»Das ist ganz natürlich, wenn man geschieden ist. Aber stellen Sie plötzlich fest, daß Sie sich Kinder wünschen? Ich würde eher denken, daß Sie dauernde Freiheit suchen.«

»Nicht unbedingt. Außerdem haben sich keine grandiosen Änderungen in meiner Einstellung Kindern gegenüber ergeben. Ich habe nur gerade angefangen, mir eine Menge Fragen zu stellen.«

»Ehrlich gesagt, Jessie« – er hielt liebevoll ihre Hand, als er das sagte –, »ich glaube eigentlich, daß Sie ohne Kinder glücklicher wären. Sie scheinen mir sehr ähnlich zu sein. Entschlossen, frei; Sie genießen, was Sie tun; ich kann mir irgendwie nicht vorstellen, daß Sie all das für einen kleinen Schreihals in Windeln aufgeben.« Sie grinste bei dieser Vorstellung.

»Großer Gott.«

»Eben.« Sie lachten einen Augenblick lang, nippten an ihrem Wein, als die zweite Runde von Mittagsgästen eintraf. Sie saßen jetzt schon fast zwei Stunden hier. Es war merkwürdig, so vertraut mit ihm über Kinder zu sprechen. Sie hatte das Gefühl, daß das Thema wichtig für ihn wäre, daß er es früh aus dem Weg räumen wollte. Außerdem teilte er all die Ansichten, die ihr fast ein Jahrzehnt lang so wichtig gewesen waren.

Jessica trank ihren Wein aus. Sie fragte sich, ob sie in die Boutique zurückkehren sollte. Dann schoß ihr plötzlich der Gedanke durch den Kopf, daß sie auch ihn von seinen Verabredungen abhalten würde. Aber die Zeit mit ihm war so angenehm gewesen, daß es schwerfiel, ihr ein Ende zu machen.

»Ich muß nächste Woche geschäftlich nach Paris, Jessica. Kann ich Ihnen irgend etwas mitbringen?«

»Wie schön. Paris.« Ihre Augen tanzten bei dem Gedanken. Paris.

»Warten Sie... Sie könnten mir... den Louvre... Sacré-Cœur... die Brasserie Lipp... die Champs Élysées... ach ja, und den gesamten Faubourg St. Honoré mitbringen.« Sie kicherte.

»Das gefällt mir. Eine Frau, die weiß, was sie will. Wie wäre es denn, wenn Sie mich begleiten würden?«

»Machen Sie Witze?«

»Ganz bestimmt nicht. Ich bleibe nur drei oder vier Tage. So lange könnten Sie doch auch von hier fort, oder nicht?« Schon, aber mit einem völlig Fremden? Gott allein wußte, wer er war.

»Ich wollte eigentlich nach New York fahren und für die Boutique einkaufen. Aber jetzt, wo das nicht mehr nötig ist... und Paris...?« Sie wußte nicht, was sie sagen sollte. Nach all den Kerlen, die sie belästigt hatten, war hier ein einfach himmlischer Mann, und er wollte sie nach Paris mitnehmen.

»Wir müssen ja nicht...« Er sah verlegen, aber süß aus. »Wir müssen ja nicht im selben Zimmer wohnen. Wenn Ihnen das lieber wäre...«

»Geoffrey! Sie sind ein Engel. Aber jetzt hören Sie sofort damit auf, sonst komme ich wirklich noch mit und vernachlässige hier alles, was ich erledigen müßte. Ich bin gerührt, daß Sie mich gefragt haben, aber ich kann wirklich nicht.«

»Na, warten wir's mal ab. Sie können ja immer noch Ihre Meinung ändern.«

Puh, dieser Geoffrey war wirklich erstaunlich. Paris? Sie hätte fast ja gesagt, aber... warum eigentlich nicht? Paris?... Es wäre himmlisch, aber... verdammt, warum mußte sie das Gefühl haben, Ian zu betrügen, wenn sie das täte? Was machte das denn jetzt noch für einen Unterschied? Sie war frei. Er würde es nicht einmal erfahren. Sie sah ihn sowieso nie mehr. Aber... irgendwie... war er da... mit einem Ausdruck des Schmerzes in den Augen, als wollte er nicht, daß sie führe. Sie versuchte, sein Gesicht aus ihren Gedanken zu vertreiben und lächelte Geoffrey zu.

»Danke für das Angebot.«

»Ich wünschte wirklich, Sie könnten mitkommen. Sehen Sie, das meinte ich mit unvorhergesehenen Reisen. Ich liebe so etwas! Es macht nicht viel Spaß, wenn man ein Kindermädchen und vier Gören mitschleppen muß, oder wenn man sie daheim läßt und dann ein schlechtes Gewissen hat. Da ist es schon viel einfacher, Onkel zu sein. Haben Sie Nichten oder Neffen?« Sie schüttelte still den Kopf. »Brüder oder Schwestern?«

»Nein. Ich hatte einen Bruder, aber er ist im Krieg gefallen.«

Geoffrey schien einen Moment verwirrt. »Im zweiten oder in Korea? Auf jeden Fall muß er ein gutes Stück älter gewesen sein.«

»Nein. In Vietnam.«

»Ach, natürlich. Wie dumm von mir. Wie schrecklich. Haben Sie sich sehr nahegestanden?« Der Druck seiner Hand wurde kaum spürbar stärker, als wollte er ihr helfen. Seine Aufmerksamkeit gefiel ihr immer besser.

»Ja, sehr nahe. Es war entsetzlich für mich, als er gestorben ist.« Es war das erste Mal, daß sie das hatte sagen können. Die letzten Monate hatten sie in mehr als nur einer Hinsicht befreit.

»Das tut mir leid.«

Sie nickte und lächelte. »Und wie viele Brüder und Schwestern haben Sie?«

»Zwei Schwestern und einen schrecklich spießigen Bruder. Meine Schwestern sind verrückt, aber recht amüsant.«

»Verbringen Sie noch viel Zeit in Europa?«

»Ziemlich. Ein paar Tage hier, ein paar Tage da. So gefällt es mir sehr gut. Übrigens, Jessica, sollte ich Sie nicht ins Geschäft zurückbringen? Sie wollten doch noch etwas mit Astrid besprechen?«

»Herrje! Das habe ich ganz vergessen. Sie haben recht!« Bedauernd sah sie auf die Uhr und lächelte ihm wieder zu. Es waren reizende Stunden gewesen.

»Ich habe Sie auch von Ihren Verabredungen abgehalten, vermute ich.«

»Ja, ich...« Doch seine Ernsthaftigkeit wurde vom Lachen verdrängt. »Nein, ich habe keine einzige Verabredung gehabt. Ich bin nur hierhergekommen, um Sie zu sehen.« Er lehnte sich in seinem Sessel zurück und lachte über sich selbst, als wäre er sehr zufrieden mit sich.

»Tatsächlich?« Jessica schien verblüfft.

»Ganz bestimmt. Ich hoffe, Sie haben nichts dagegen.«

»Nein, ich bin nur überrascht.« Sehr überrascht und ein bißchen bestürzt. Was hatte das zu bedeuten? Er war gekommen, um sie zu sehen... dann die Einladung nach Paris... verdammt. Sollte er doch genauso sein wie alle anderen und erwarten, er könnte ihren Körper für ein Essen haben?

»Ach, dieser Ausdruck auf Ihrem Gesicht, Jessica!«

»Welcher Ausdruck?« Aus ihrer Stimme klangen Lachen und Verlegenheit. Wenn er nun tatsächlich wußte, was sie gedacht hatte? Das schien oft der Fall zu sein.

»Möchten Sie es gern wissen?«

»Einverstanden. Mal sehen, ob Sie meine Gedanken erraten.« Warum sollte sie die Sache nicht durchstehen?

»Nun, wenn ich Ihnen sage, daß ich ein Zimmer im Huntington habe, fühlen Sie sich dann besser?«

»Oh, Sie!« Sie drohte ihm mit der Serviette. »Ich habe nicht...«

»Sie haben doch!«

»Ich habe auch!«

Sie lachten beide. Dann legte er einen großen Schein auf das Tablett des Kellners und stand auf, um Jessica in ihre Jacke zu helfen.

»Ich muß mich für meine Gedanken entschuldigen.« Jessica ließ den Kopf hängen, aber grinsend.

»Das sollten Sie wirklich.« Aber auf dem Weg nach draußen drückte er sie freundschaftlich an sich. Sie lachten und neckten sich auf dem ganzen Rückweg zum Geschäft. Astrid wartete lächelnd auf sie. Sie freute sich, Jessie wieder glücklich zu sehen und mit einem Mann.

»Ich überlasse Sie jetzt Ihren Verabredungen und Geschäften und was auch immer es ist, was Sie vorhaben. Wann soll ich Sie abholen, Jessica?«

»Hier?« Sie sah ihn überrascht an. Es war merkwürdig, daß sich wieder jemand um sie kümmerte, sie begleitete, ihr half, sie abholte und zurückbrachte. So lange hatte sie das vermißt, und jetzt wußte sie nicht so recht, wie sie damit umgehen sollte. Es war, als wäre man monatelang barfuß gelaufen und sollte plötzlich wieder Schuhe tragen.

»Soll ich Sie lieber nach der Arbeit treffen?«

»Wie Sie wollen.« Sie schaute ihn glücklich an, einen Moment sagte keiner von ihnen etwas. Sie hatte ihm schon ihren Wagen anbieten wollen, aber das konnte sie wirklich nicht tun. Nicht... nicht den Morgan. Sie kam sich kleinlich vor, es nicht zu tun, aber sie konnte es einfach nicht.

»Vielleicht fahren Sie lieber erst heim und ruhen sich ein wenig aus. Soll ich Sie dort abholen?«

»Das wäre schön.«

»Sagen wir um sieben? Dann können wir um acht essen.«

»Super.« Dann hatte sie plötzlich eine Idee. Er war schon fast an der Tür, als sie schnell zu ihm ging. »Sie kennen San Francisco nicht sehr gut, oder?«

»Nicht sehr. Aber ich denke, ich finde mich zurecht.« Er schien belustigt über ihre Sorge.

»Wie würde Ihnen eine Stadtrundfahrt am Ende des Tages gefallen?«

»Mit Ihnen?«

»Natürlich.«

»Das ist eine wundervolle Idee.«

»Gut. Wo werden Sie gegen fünf Uhr sein?«

»Wo Sie wollen.«

»Schön. Dann hole ich Sie um fünf vor dem St.-Francis-Hotel ab. Einverstanden?«

»Und ob.«

Er verabschiedete sich und eilte die Treppe vor dem Geschäft hinunter, während Jessica sich wieder Astrid zuwandte.

Es fiel ihr schwer, sich auf das zu konzentrieren, was sie über den Verkauf von Lady J zu besprechen hatten.

»Recht so, Jessie?«

»Hmm?« Astrid grinste sie an, als sie aufsah. »Ach, verflixt.«

»Nun sag bloß nicht, du bist auf dem Weg, dich zu verlieben.«

»Ganz bestimmt nicht. Aber er ist doch ein sehr netter Mann, findest du nicht?« Sie wollte Astrids Billigung.

»Sieht so aus, Jessie.«

Jessie sah ihre Freundin an und kicherte wie ein Schulmädchen. Stunden schienen vergangen zu sein, als sie endlich das Geschäftliche erledigt hatten. Aber beide Frauen waren mit den Ergebnissen zufrieden. Freudestrahlend stand Jessica vom Schreibtisch auf, vollführte eine Drehung auf dem Absatz ihrer hübschen Gucci-Schuhe und warf einen Blick auf ihre Armbanduhr.

»Und jetzt muß ich gehen.« Sie nahm ihre Handtasche, warf Astrid eine Kußhand zu und blieb noch einen Moment glücklich in der Tür stehen. »In einer Viertelstunde muß ich Ian abholen.« Sie winkte kurz und war schon durch die Tür und die Treppe hinab – ohne überhaupt zu merken, was sie gesagt hatte. Astrid schüttelte den Kopf und fragte sich, ob sie je über ihn hinwegkommen würde. Aber noch mehr fragte sie sich, wie es Ian ging. Sie vermißte ihn. Der Gedanke an ihn warf einen Schatten auf ihre Freude, Jessie mit einem neuen Freund zu sehen.

Jessie fuhr bereits rückwärts aus der Einfahrt. Sie war schon auf dem Weg zu Geoffrey.

Kapitel XXXIII

»Komme ich zu spät?« Sie sah besorgt aus, als sie vor dem St. Francis hielt. Auf dem Weg in die Stadt war sie in einen unerwarteten Stau geraten. Aber er schien glücklich und entspannt, wie ein Mann, der sich darauf freut, jemanden zu sehen, nicht wie ein Mann, den man hat warten lassen.

»Ach, ich bin schon seit Stunden hier.«

»Lügner.«

»Himmel! Wie können Sie einen Mann so nennen!« Aber er sah aus, als wäre er entzückt, sie zu sehen, und gestattete sich, sich zu bücken und ihr einen flüchtigen Kuß auf die Wange zu geben. Ihr gefiel die freundschaftliche Art, die Umarmungen, ehe Leidenschaft überhaupt ins Spiel kam. Die kleinen Berührungen der Hand, der kurze Kuß auf die Wange. Das machte alles weniger peinlich, ernst. Sie wurden Freunde.

»Wohin bringen Sie mich?«

»Überallhin.« Sie betrachtete ihn mit Vergnügen, als sie zum Nob Hill hinauffuhren.

»Welch ein Versprechen. Auf jeden Fall weiß ich, wo wir jetzt sind. Dort ist mein Hotel.« Sie ignorierte ihn, und er grinste.

»Das ist Nob Hill.« Sie wies auf Grace Cathedral, den Pacific Union Club und drei der besten und teuersten Hotels der Stadt. Von dort aus fuhren sie hinunter zum Embarcadero, zu den Fähren und besichtigten noch schnell die Docks. Wieder hinauf zum Ghirardelli Square und der Cannery, wo sie ihn auf die Vielfalt der Boutiquen hinwies, gleich nachdem sie Fisherman's Wharf hinter sich gelassen hatten. (Sie hatte dort gehalten und ihm einen gut gefüllten Becher mit frischen Shrimps und einem riesigen Stück Brot aus Sauerteig gekauft.)

»Welch eine Fahrt. Ich bin überwältigt, meine Liebe.« Auch sie hatte sich köstlich amüsiert.

Von dort aus fuhren sie weiter, um den alten Männern zuzuschauen, die am Rande der Bucht Boccia spielten, dann weiter zum Yachthafen und schließlich zum St. Francis Yacht Club. Dem folgte eine Fahrt vorbei an Reihen und Reihen von vornehmen Häusern. Schließlich flüchteten sie sich zum Golden Gate Park. Sie hatte die Zeit genau richtig abgepaßt. Der Sonnenuntergang stand bevor, und das Licht auf den Blumen und Rasenflächen war golden und rosa und schön. Es war Jessicas liebste Zeit des Tages.

Sie schlenderten an endlosen Blumenbeeten vorüber, gewundene Pfade entlang und um einen kleinen Teich, kamen an kleinen, künstlichen Wasserfällen vorüber und erreichten schließlich den japanischen Teegarten.

»Jessica, das war wirklich eine außergewöhnlich schöne Rundfahrt.«

»Zu Diensten, Sir.« Sie machte einen schwungvollen Knicks, und er legte flink einen Arm um ihre Schultern. Es war ein schöner Tag gewesen, und sie bekam allmählich das Gefühl, ihn wirklich zu kennen.

Seine Reaktionen gefielen ihr, seine Art zu denken, sein Humor, die sanfte Art, in der er ihr zeigte, daß es ihm wichtig war, was sie dachte und fühlte. Außerdem schien er sie so gern zu haben. Er hatte dieselbe offene, ungezwungene Art, sehnte sich ebensosehr wie sie nach Unabhängigkeit. Seine Arbeit schien ihm zu gefallen, und er machte ganz bestimmt nicht den Eindruck, in finanziellen Schwierigkeiten zu sein. Er schien tatsächlich der perfekte Kamerad. Zumindest für eine Weile. Und er war nett zu ihr. Sie hatte gelernt, dankbar dafür zu sein, ohne sich zu schwer auf ihn zu stützen.

»Was tun Sie am allerliebsten, Jessica?« Sie tranken grünen Tee und aßen dazu kleine japanische Kekse im Teegarten.

»Am allerliebsten? Malen, glaube ich.«

»Wirklich?« Er schien überrascht. »Sind Sie gut? Dumme Frage, aber man meint immer, man müßte das fragen, so sinnlos es ist. Die Leute, die gut sind, bestehen darauf, daß sie schlecht sind. Und die Schlechten erzählen natürlich, sie wären die besten.«

»Was soll ich jetzt sagen?« Sie lachten beide, und dann teilte sie ihren letzten Keks mit ihm. »Ich weiß nicht, ob ich gut bin oder nicht, aber es macht mir Spaß.«

»Was malen Sie denn?«

»Kommt darauf an. Menschen. Landschaften. Was auch immer. Ich arbeite in Wasserfarben oder Öl.«

»Sie müssen mir einmal etwas zeigen.« Aber es hörte sich so an, als ob er sie nicht sehr ernst nehmen würde. Manchmal hatte er eine väterliche Art an sich, die in ihr das Gefühl hervorrief, ein kleines Mädchen zu sein. Merkwürdig, jetzt, wo sie sich daran gewöhnt hatte, erwachsen zu sein, tauchte jemand auf, der sie weiterhin ein Kind hätte sein lassen. Aber sie war sich nicht sicher, ob sie immer noch eines sein wollte.

Als der Teegarten schloß, gingen sie langsam zum Auto zurück. Geoffrey schien es zum erstenmal richtig zu sehen.

»Das ist wirklich ein schönes Stück, Jessica. Heutzutage sind das schon Liebhaberstücke. Wo haben Sie den Wagen aufgetrieben?«

»Ich weiß nicht, ob man so etwas zugeben sollte, aber es war ein Geschenk.« Sie sah stolz aus, als sie das sagte.

»Mein Gott, und was für ein hübsches noch dazu.« Sie nickte stumm, und er warf ihr einen Blick zu, ohne die Frage zu stellen. Aber wer auch immer ihr den Wagen geschenkt hatte, es mußte ein wichtiger Mensch in ihrem Leben gewesen sein. Wahrscheinlich ihr Mann. Jessica war keine Frau, die von jedem große Geschenke angenommen hätte. Soviel wußte er bereits von ihr. Sie war eine Frau aus gutem Haus, eine Frau mit Stil.

»Sind Sie jemals geflogen? Ich meine, selbst geflogen?« Sie lachte bei dem Gedanken und schüttelte den Kopf. »Möchten Sie es versuchen?«

»Ist das Ihr Ernst?«

»Warum nicht? Wir können irgendwann einmal in meiner Maschine aufsteigen. Es ist wirklich nicht schwer. Sie könnten es in Nullkommanichts lernen.«

»Komische Idee.«

Er war voll komischer Ideen, aber sie gefielen ihr. Und er gefiel ihr.

Sie verbrachten noch einen wundervollen Abend. Das Essen im L'Étoile war köstlich, das Klavier spielte sanft in der Bar, und es war schön, mit Geoffrey zusammenzusein. Sie aßen gemeinsam ein Chateaubriand mit Trüffeln und Sauce Béarnaise, mit Spargel, Palmenherzen und Endiviensalat in delikater Senfsauce und tranken dazu eine Flasche Mouton-Rothschild-Wein, Jahrgang 1952, ›ein sehr gutes Jahr‹, wie er ihr in seinem perfekten Englisch erklärte. Aber die Aussage wurde durch ein Lächeln gemildert, das er ihr schenkte. Es gelang ihm immer wieder, eine intime Atmosphäre zu schaffen, ohne daß es ihr peinlich gewesen wäre.

Nach dem Essen gingen sie zu Alexis tanzen. Es war ein himmelweiter Unterschied zu dem Abend, den sie dort mit dem blind date verbracht hatte, das Astrid ihr vermittelt hatte. Geoffrey tanzte hervorragend. Einen solchen Abend hatte sie seit Jahren nicht mehr verbracht. Alles war da: Luxus, Romantik, Aufregung. Sie verabscheute den Gedanken, heimzukehren, das Ende des Abends zu sehen. Sie haßten es beide.

Schweigend fuhren sie zu ihr; vor der Tür küßte er sie zart. Es war das erste Mal, daß er sie richtig geküßt hatte, und es ließ nicht gerade Sterne vor ihren Augen tanzen. Aber sie spürte den Kuß bis hinab zu ihren Schenkeln. Geoffrey war ein durch und durch anziehender Mann. Er löste sich langsam von ihr, ein winziges Lächeln spielte in seinem Mundwinkel. »Du bist eine außergewöhnliche Frau, Jessica.«

»Möchtest du noch etwas trinken?« Sie war sich nicht sicher, ob sie es wirklich wollte. Die Art, wie sie es fragte, verriet ihm das. Sie hoffte fast, daß er ablehnen würde. Sie wollte nicht... noch nicht. Aber er reizte sie so, und es war schon so schrecklich lange her...

»Bist du sicher, daß du nicht zu müde bist? Es ist schrecklich spät, junge Frau.« Er sah so liebevoll aus, so rücksichtsvoll, so sehr wie... wie Geoffrey. Sie zwang ihre Gedanken zurück in die Gegenwart und lächelte ihm ins Gesicht.

»Ich bin nicht zu müde.« Aber sie erstarrte leicht, und es entging ihm nicht. Er lächelte ihren Rücken an, als sie mit dem Hausschlüssel die Tür öffnete. Sie hatte von ihm nichts zu befürchten. Er wollte viel mehr, als sie in einer Nacht geben konnte. Er würde sie nicht drängen, würde nichts überstürzen. Er wußte bereits, was er wollte: Er wollte sie behalten.

Sie öffnete die Tür und machte Licht. Während sie Cognac in zwei große Schwenker schenkte, zündete er die Kerzen an.

»Ist Cognac in Ordnung?«

»Ausgezeichnet. Und diese Aussicht! Das ist vielleicht mal ein Haus.« Aber er war nicht überrascht. Er hatte so etwas erwartet. »Was für eine schöne Frau du bist... Geschmack... Stil... Eleganz... Schönheit... Intelligenz... eine Frau mit tausend Tugenden.«

»Und schrecklich eingebildet, wenn du nicht bald aufhörst.« Sie reichte ihm seinen Cognacschwenker und setzte sich in ihren Lieblingssessel. »Von hier hat man wirklich eine hübsche Aussicht.«

»Allerdings. In ein paar Wochen werde ich auch so etwas suchen.«

»So?« Sie konnte ihr Lachen nicht unterdrücken. »Oder hast du die Geschichte, daß du nach San Francisco ziehst, auch bloß erfunden?«

Er lächelte jungenhaft. »Nein, das war die Wahrheit. Sind Häuser wie dieses schwer zu finden?«

»Willst du es kaufen?« Sie hatte angenommen, daß er es nur mieten wollte.

»Das kommt darauf an.« Er schaute ihr in die Augen und dann in seinen Cognac, während sie ihn beobachtete.

»Vielleicht vermiete ich dir dieses Haus für den Sommer.« Sie scherzte, und er zog die Braue hoch.

»Im Ernst?«

»Nein.« Ihre Augen wurden traurig. »Du würdest hier nicht glücklich sein, Geoffrey.« Sie wollte ihn nicht in ›ihrem‹ Haus haben. Sie hätte sich bei dem Gedanken nicht wohl gefühlt.

»Bist du denn glücklich hier, Jessica?«

»Ich sehe das anders.« Sie schaute ihm wieder in die Augen, und er war überrascht, als er den Schmerz in ihrem Blick sah. Plötzlich wirkte sie um Jahre älter. »Für mich ist das jetzt nur noch ein Haus wie jedes andere. Ein Dach, ein paar Zimmer, eine Adresse. Alles andere ist dahin.«

»Dann solltest du ausziehen. Vielleicht finden wir ein... finde ich... ein größeres Haus. Könntest du dir vorstellen, dieses zu verkaufen?«

»Nein, nur vermieten. Es gehört mir nicht allein.«

»Verstehe.« Er nippte wieder an seinem Cognac. Dann lächelte er ihr zu. »Ich muß bald gehen, Jessica, sonst bist du morgen schrecklich müde. Hast du zum Frühstück schon was vor?«

»Normalerweise nicht.« Sie lachte bei der Vorstellung.

»Gut. Warum frühstücken wir dann nicht irgendwo zusammen, ehe ich nach L. A. zurückfliege? Ich könnte dich in einem Taxi abholen.« Der Gedanke, mit ihm zu frühstücken, gefiel ihr. Sie hätte es allerdings vorgezogen, es für ihn vorzubereiten und nackt mit ihm am Küchentisch zu sitzen, oder frische Erdbeeren mit Schlagsahne im Bett zu verschlingen. Aber sie fragte sich fast, ob so etwas mit Geoffrey überhaupt möglich war. Er sah aus, als würde er einen Seidenpyjama und darüber einen Morgenmantel tragen. Trotzdem ging zweifellos Sinnlichkeit von ihm aus.

»Was ißt du zum Frühstück?« Es war eine verrückte Frage, aber sie wollte es wissen. Es erschien ihr plötzlich wichtig. Alles erschien ihr wichtig.

»Was ich esse?« Er schien belustigt. »Für gewöhnlich etwas Leichtes. Ei, Toast, Tee.«

»Ist das alles? Nicht einmal Schinken? Keine Waffeln? Keine Papaya? Bloß Eier und Toast? Igitt!« Er brüllte vor Lachen über ihre Reaktion. Das Spiel fing an, ihm Spaß zu machen.

»Und was ißt du zum Frühstück? Muß ja sehr exotisch sein.«

»Erdnußbutter und Aprikosenmarmelade auf englischen Muffins.

Oder Streichkäse und Guavengelee, Orangensaft, Schinken, Omelettes, Apfelbutter...« Sie ließ ihrer Phantasie freien Lauf.

»Jeden Tag?«

»Selbstverständlich.« Sie gab sich Mühe, ernst auszusehen, aber es fiel ihr schwer.

»Ich glaube dir nicht.«

»Nun, du hast schon recht... bei dem meisten. Aber die Erdnußbutter und der Streichkäse sind ein fester Bestandteil. Magst du Erdnußbutter?«

»Nein. Schmeckt wie nasser Zement.«

»Hast du schon viel davon gegessen?« Sie sah ihn interessiert an.

»Wovon?«

»Nassem Zement.«

»Gewiß. Hervorragend auf dünnem Toast. So, aber jetzt im Ernst, hast du Lust, morgen mit mir zu frühstücken? Ich bin sicher, wir können irgendwo Erdnußbutter auf Croissants für dich auftreiben. Reicht das?«

»Perfekt.« Sie war jetzt wieder Jessie, und es amüsierte ihn. Ihm gefiel einfach alles an ihr. Sie schleuderte die Schuhe fort und zog die Beine unter sich in den Sessel. »Geoffrey« – sie versuchte, einen ernsten Ton anzuschlagen, »liest du Comic-Bücher?«

»Ständig. Vor allem Superman.«

»Was? Keine Batman-Bücher?«

»Doch, natürlich, aber Superman war immer mein Liebling.« Er hörte eine Minute auf zu spielen und starrte in sein Glas. »Jessica... ich mag dich. Ich mag dich sehr.« Er überraschte sie mit seiner Direktheit, und sie war gerührt, wie er diese Worte sagte. Sein Stil, das war eine seltsame Mischung aus Herzlichkeit und Formalität. Sie hätte nicht gedacht, daß diese Mischung möglich wäre, aber offensichtlich war sie es.

»Ich mag dich auch.«

Sie saßen sich gegenüber, und er machte keinerlei Anstalten, sich ihr zu nähern. Er wollte sie nicht drängen. Sie war eine Frau, der man sich allmählich näherte, nach vielem Nachdenken.

»Du hast nicht viel davon erzählt, eigentlich überhaupt nichts, aber ich habe irgendwie das Gefühl, daß du sehr gelitten hast.«

»Wie kommst du darauf?«

»Dinge, die du sagst. Die Art, wie du manchmal zurückschreckst. Die Mauer, hinter der du dich hin und wieder versteckst. Ich werde dich nicht verletzen, Jessica. Ich verspreche dir, daß ich mich sehr bemühen werde, es nicht zu tun.«

Sie sagte nichts, schaute ihn nur an und fragte sich, wie oft aus Versprechungen Lügen wurden. Aber sie wünschte sich, daß er ihr beweisen würde, daß sie sich irrte, und er wollte es versuchen.

Kapitel XXXIV

»Nun, wie war dein Abend?« Astrid war schon in der Boutique, als Jessie am nächsten Tag hinkam. Jessie kam jetzt nicht mehr so früh. Sie mußte es nicht. Wollte es nicht.

»Wundervoll.« Sie strahlte. Noch schöner war ihr Frühstück gewesen, aber sie verspürte nicht den Wunsch, Astrid davon zu erzählen. »Sehr, sehr schön.« Sie sah rätselhaft und zufrieden mit sich selbst aus.

»Ich würde sagen, er ist auch sehr, sehr schön.«

»Nur keine Hast, Mutter.« Die beiden Frauen lachten, und Astrid hielt in unschuldsvollem Protest eine Hand hoch.

»Wer müßte da schon drängen? Er verkauft sich selbst recht gut. Liebst du ihn, Jessie?« Astrid sah sie ernst an.

»Ehrlich? Nein. Aber ich mag ihn. Er ist der netteste Mann, den ich seit langer Zeit kennengelernt habe.«

»Dann kommt der Rest vielleicht später. Gib ihm eine Chance.« Jessie nickte und schaute die Post durch, die für sie bestimmt war. Es machte ihr keinen Spaß mehr, die Boutique zu teilen. Jetzt war das etwas anderes. Es war nur ein verlängertes Ende. Sie wollte sich von Lady J verabschieden und die Stadt hinter sich lassen. Das hier war wie eine zweite Scheidung. Außerdem war da auch noch ein Brief von Ian unter dem Rest der Post. Sie zog ihn heraus und legte ihn beiseite. Astrid bemerkte es, sagte aber nichts. Es war das erste Mal, daß Jessie einen seiner Briefe nicht gleich zerrissen hatte. Sie fing Astrids Blick auf und zuckte mit den Schultern, als sie sich eine neue Tasse Kaffee einschenkte.

»Weißt du, ich denke immer wieder, daß ich ihm vielleicht doch kurz schreiben und mich für das Auto bedanken sollte. Scheint das mindeste, was ich tun kann. Deine Mutter und ich haben uns neulich darüber unterhalten.«

»Was hat sie gesagt?«

»Nicht viel.« Was nur bedeutete, daß Jessie nicht darüber sprechen wollte.

Am Ende warf sie den Brief, den er ihr geschickt hatte, doch wieder fort.

An den beiden folgenden Tagen trafen sie sich mit den Anwälten, und alles wurde festgelegt. Samstag morgen fuhr Jessie zu drei Immobilienmaklern und bot das Haus zur Miete für den Sommer an. Aber sie würde sich die Mieter genau ansehen wollen. Sie ließ alle Möbel im Haus. Ians Arbeitszimmer war versperrt. Sie hatte das Gefühl, ihm das schuldig zu sein.

Es war fast Mitternacht am Sonntag, als sie sich hinsetzte, um ihm wegen des Wagens zu schreiben. Am Ende warf sie fünf, sechs Zeilen aufs Papier, erklärte ihm, wie sehr sie sich gefreut hätte, wie hübsch er war und daß er das nicht hätte tun sollen. Sie wollte die Schuld streichen, die zwischen ihnen stand. Er schuldete ihr nichts. Aber es dauerte fast vier Stunden, bis sie diesen kurzen Brief verfaßt hatte.

Fünf Tage später war das Haus vermietet, vom 15. Juli bis zum 1. September. Sie selbst war fast fertig, die Stadt zu verlassen. In einer Woche hoffte sie, fort zu sein. Geoffrey wollte kommen und sie noch einmal besuchen, lud sie sogar übers Wochenende nach L. A. ein, aber sie hatte zu viel zu tun. Sie hatte von zwei Häusern und einer Wohnung gehört, die für ihn in Frage kamen, aber sie war mit ihren eigenen Angelegenheiten zu beschäftigt. Für Geoffrey schien kein Platz zu sein, nicht im Augenblick, sie wollte, daß er fort blieb, bis sie das Haus geschlossen, die Boutique aufgegeben, die Vergangenheit abgelegt hatte. Sie wollte frisch und ›rein‹ zu ihm kommen, wenn er ihr bloß die Zeit lassen würde. Sie mußte es so machen. Mußte allein sein, um die letzten Fesseln zu durchtrennen. So war es schwieriger, aber noch gehörte er nicht in ihr Leben. Sie wollte ihn auf dem Lande empfangen, sobald sie sich dort eingerichtet hatte.

Sie ging jetzt nur noch selten ins Geschäft, nur manchmal, um Astrids Fragen zu beantworten. Aber Astrid wußte jetzt schon ganz gut, wie alles lief, und Katsuko war eine große Hilfe. Sie blieb auch weiterhin bei Lady J. Jessie wollte einfach nicht mehr hingehen. Ein Maler war damit beschäftigt, den Namen zu ändern; Kärtchen wurden an alle Kundinnen verschickt, auf denen sie auf die geringfügige Namensänderung hingewiesen wurden. Es tat noch immer weh. Jessica sagte sich, daß alle Veränderungen schmerzten, vielleicht besonders die zum Guten. Sie würde es nicht mehr bedauern, wenn sie die Stadt erst einmal verlassen hätte. Aber was würde sie dann tun? Malen, gut... aber wie lange? Sie war nicht bereit, eine zweite Grandma Moses zu werden. Nun, irgend etwas würde sich schon bieten... etwas Besseres. Geoffrey? Vielleicht war er die Antwort.

An einem Freitagnachmittag ging Jessie zum letztenmal in die Boutique. Zwei Tage später, am Sonntag, wollte sie abreisen. Sie hatte all die kleinen Schätze, die sie nicht ihren Mietern überlassen wollte, fortgeräumt. Auch die Fotos von Ian. So vieles hatte sie entdeckt, als sie gepackt hatte. Alles tat weh. Es schien fast, als wäre jeder Augenblick mit schmerzvollen Erinnerungen an die Vergangenheit erfüllt.

Sie parkte den Wagen auf der Auffahrt hinter Astrids Jaguar und ging leise ins Geschäft. Es sah schon ganz anders aus. Astrid hatte ein paar Dinge hinzugefügt, zum Beispiel ein hübsches Gemälde in ihrem Büro. Es gehörte jetzt alles Astrid. Und das Geld aus dem Verkauf gehörte Jessie. Komisch, wie wenig ihr das jetzt bedeutete. Noch vor neun Monaten, sieben Monaten, sechs... hätte sie um ein Zehntel der Summe gebettelt. Und jetzt... jetzt war es vollkommen unwichtig. Die Rechnungen waren bezahlt, Ian war fort, und was brauchte sie noch? Nichts. Sie wußte nicht, was sie mit dem Geld anfangen sollte, es war ihr auch nicht wichtig. Es war ihr noch gar nicht bewußt geworden, daß sie eine Menge Geld verdient hatte, als sie die Boutique verkaufte. Später einmal würde sie darüber froh sein, aber jetzt noch nicht. Sie hatte immer noch das Gefühl, ihr einziges Kind verkauft zu haben. An einen guten Freund zwar, aber immerhin... sie hatte das einzige verlassen, was sie je gehegt und gepflegt hatte.

»Post für Sie, Madam.« Astrid reichte sie ihr lächelnd. Sie sah jetzt immer sehr glücklich aus und noch jünger als damals, als Jessie sie kennengelernt hatte. Es war schwer zu glauben, daß sie gerade Geburtstag gehabt hatte und dreiundvierzig geworden war. Im Juli würde Jessie zweiunddreißig werden, die Zeit verging so schnell.

»Danke.« Jessie schob die Briefe in eine Tasche. Sie konnte sie auch später noch durchsehen. »So, ich habe alles gepackt. Jetzt kann es losgehen.«

»Und schon hast du Heimweh.« Astrid hatte richtig geraten. Sie führte sie zum Essen aus, sie tranken zu viel Weißwein, aber Jessie fühlte sich besser. Es hatte geholfen. Sehr viel besser gelaunt fuhr sie heim.

Sie öffnete die Fenster und hockte sich auf einen sonnigen Flecken am Boden, schaute sich im Wohnzimmer um, in dem sie so oft mit Ian gesessen hatte. Sie konnte ihn sehen, wie er auf der Couch lag, ihr zuhörte, wie sie vom Geschäft erzählte, oder aber ihr etwas Brillantes erzählte, was ihm für sein Buch eingefallen war. Das war es, was fehlte – die Aufregung, die Dinge miteinander zu teilen, die sie liebten. Das Lachen, das Gefühl, Kinder zu sein an einem warmen, sonnigen Tag, oder an einem kalten Winternachmittag, während er das Feuer anmachte. Ein Mann wie Geoffrey würde sie verwöhnen, würde sie in die besten Restaurants und Hotels der ganzen Welt führen, aber er würde ihr nicht einen Splitter aus der Ferse ziehen oder ihren Rücken gerade an der Stelle kratzen, wo es juckte... er würde nicht rülpsen, wenn er im Bett lag, würde nie einen Horrorfilm ansehen und dabei Bier trinken und auch nicht aussehen wie ein kleiner Junge, wenn er morgens aufwachte. Er würde sehr gut aussehen, nach Eau de Cologne duften... außerdem war er auch nicht dagewesen, als Jake starb... oder ihre Eltern... aber Ian. Ian war dagewesen. Das konnte man nicht ersetzen. Vielleicht sollte man es auch gar nicht versuchen.

Sie dachte über all das nach, während sie auf die Bucht hinausstarrte, und dann fielen ihr plötzlich die Briefe ein, die Astrid ihr vor dem Essen gegeben hatte. Sie suchte in ihrer Jackentasche danach... sie hoffte... nein... und doch... und da war... ein Brief von Ian. Hastig überflog sie die Zeilen. Er hatte ihren Brief wegen des Wagens bekommen.

...Ich schreibe das jetzt an mich selbst, frage mich nur kurz, ob Du meine Zeilen lesen wirst. Und dann kommt plötzlich Dein Briefchen. Wenigstens hast Du den Wagen behalten. Das ist alles, was zählt. Ich habe mir so sehr gewünscht, daß Du diesen Wagen bekommst, Jess, mehr als Du Dir vorstellen kannst. Danke, daß Du ihn behalten hast.

Ich nehme an, daß Du meine Briefe nicht öffnest... Ich kenne Dich. Ritsch, ratsch, weg.

Sie lächelte, als sie das las. Er hatte, natürlich, recht.

Aber ich scheine Dir trotzdem schreiben zu müssen, genauso wie ich im Dunkeln pfeife oder mit mir selber rede. Mit wem redest Du jetzt, Jessie? Wer hält Deine Hände? Wer bringt Dich zum Lachen? Oder hält

Dich, wenn Du weinst? Du siehst so unmöglich aus, wenn Du weinst, und herrje, wie sehr vermisse ich das. Ich stelle mir Dich nun vor, in dem neuen Morgan, dann dieser Brief neulich... hörte sich an wie etwas, was Du an die beste Freundin Deiner Großmutter geschrieben hast. ›Vielen Dank, lieber Mr. Clarke, für den reizenden Wagen. Ich habe einen genau in dieser Farbe gebraucht, der zu meinem besten Rock und meinen Lieblingshandschuhen und dem Hut paßt.‹ Mein Schatz, ich liebe Dich. Ich hoffe bloß, daß Du jetzt glücklicher bist. Mit wem auch immer, wann auch immer. Du hast ein Recht darauf. Und ich weiß, daß Du jemanden brauchst. Hast Du wirklich ein Recht darauf? Mein Herz schmerzt so bei diesem Gedanken, und doch kann ich nicht mit dem Fuß aufstampfen und Himmel und Hölle in Bewegung setzen. Wie könnte ich nach all dem überhaupt etwas sagen? Nichts weiter als... viel Glück... Ich liebe Dich.

Es stimmt mich traurig, daß Du jetzt, wo ich mein Buch verkauft habe, wo ich mein Leben noch einmal vor mir habe Revue passieren lassen, nicht hier bist, um den Wechsel mit mir zu genießen. Ich bin erwachsen geworden. Es ist eine harte Schule, durch die man hier geht, aber ich habe eine Menge gelernt. Über Dich; aber auch über mich. Es ist nicht genug, einfach nur Geld zu verdienen, Jessie. Es ist mir auch verdammt egal, wer die Rechnungen bezahlt. Ich möchte sie bezahlen, aber ich glaube nicht, daß ich jedesmal ein Magengeschwür bekommen würde, wenn Du einen Scheck unterschreibst. Das Leben hat so viel anderes zu bieten oder kann es tun. In gewisser Weise, so merkwürdig es klingt, ist mein Leben jetzt voll, und doch so leer ohne Dich. Liebling, unmögliche Jessie, ich liebe Dich noch immer. Geh fort, geh mir aus dem Sinn, laß mich in Frieden oder komm zurück. O Gott, wie sehr wünschte ich, Du würdest das tun. Aber das wirst Du nicht. Ich verstehe. Ich bin nicht böse. Ich frage mich nur, ob es anders gewesen wäre, wenn ich an jenem Tag nicht fortgegangen wäre, Dich nicht mit dem Telefon in der Hand zurückgelassen hätte. Ich kann Dein Gesicht an diesem Tag noch immer vor mir sehen... aber nein, das kommt nicht alles nur von diesem einen Tag. Wir zahlen beide für uralte Sünden – denn ich glaube immer noch, daß wir beide unter diesem Verlust leiden. Oder bist Du jetzt frei davon? Vielleicht macht es Dir nichts mehr aus. Ich kann Dir nicht sagen, wie leer das Gefühl ist, das es in mir wachruft. Aber so muß es wohl mit der Zeit kommen. Keiner von uns schert sich noch darum. Ich freue mich nicht gerade darauf. Eine Reihe von guten

Jahren – dahin. Und immer noch sehe und sehe und sehe ich Dich. Ich berühre Dein Haar und lächle in Deine Augen. Vielleicht fühlst du es jetzt – mein Lächeln in Deine Augen, während Du Deinen eigenen Weg gehst. Geh in Frieden, geliebte Jessie, und paß auf Ameisen und Eidechsen auf. Ich verspreche Dir, sie werden Dich nicht beißen, aber Deine Nachbarn rufen vielleicht die Polizei, wenn Du schreist. Halte einfach Dein Haarspray bereit, und nimm's leicht.

Immer Dein Ian.

Sie lachte unter Tränen, als sie das las... Ameisen und Eidechsen. Die beiden Dinge, die sie immer am meisten gefürchtet hatte. Abgesehen von der Einsamkeit. Aber damit hatte sie jetzt gelebt, also vielleicht konnte sie sich auch an Ameisen und Eidechsen gewöhnen... aber an ein Leben ohne Ian? Das wäre so viel schwerer. Bis sie seinen Brief gelesen hatte, war ihr nicht klargewesen, wie sehr sie seine Stimme vermißt hatte. Da war sie jetzt. Da waren seine Worte, sein Lachen, seine Hand, die ihr Haar zerzauste, während er redete. Der Blick, den er ihr schenkte, gab ihr ein Gefühl von Sicherheit.

Ohne nachzudenken stand sie auf und ging zum Schreibtisch. Da war noch etwas Papier. Sie nahm sich einen Kuli und schrieb ihm, erzählte ihm, daß sie die Boutique verkauft hatte, erzählte ihm von dem Haus in der Nähe von Tante Bethanies Ranch. Sie beschrieb das Haus bis in die kleinste Einzelheit, so, wie er es ihr beigebracht hatte, als sie sich eingebildet hatte, auch schreiben zu müssen. Sie hatte kein großes Talent, aber sie hatte gelernt, sorgfältig alles zu beschreiben, so daß ihr Leser alles so sehen konnte, wie sie es tat. Jetzt wollte sie, daß Ian das verwunschene viktorianische Haus in all seiner möglichen Pracht sah, wie es da im Unkraut kauerte. Sie würde es putzen und hübsch machen. Das würde sie eine ganze Weile beschäftigen. Sie gab ihm die Adresse und erwähnte auch, daß sie ihr Haus vermietet hätte, aber an ein nettes Ehepaar ohne Kinder oder Haustiere. Sie würden es in gutem Zustand halten. Sie versicherte ihm auch, daß sein Arbeitszimmer verschlossen war. Seine Aktenschränke ganz sicher. Sie selbst würde sich Mühe geben, sich Ameisen und Eidechsen fernzuhalten. All das floß ihr aus der Feder. Es war, als würde sie ihrer besten Freundin schreiben, die sie lange verloren glaubte. So war es immer gewesen. Sie klebte eine Marke auf den Umschlag und ging zum Briefkasten an der Ecke, warf den Brief ein und bemerkte dann Astrid, die gerade heimkam. Sie winkte, und Astrid fuhr zu ihr und hielt an der Ecke.

»Was hast du heute abend vor, Jessie? Lust zum Essen?«

»Heißt das etwa, Sie sind ausnahmsweise nicht beschäftigt, Mrs. Bonner? Das überrascht mich.« Jessica lachte. Sie war glücklicher als seit ewigen Zeiten. Sie freute sich jetzt tatsächlich darauf, fortzugehen. In den letzten Wochen hatte sie sich mehr als einmal gefragt, ob ihre Entscheidung richtig gewesen war. Alles war so brutal, so endgültig. Aber jetzt wußte sie, daß sie recht gehabt hatte, und sie freute sich. Sie war erleichtert. Ian lebte immer noch in ihrer Seele, das hatte sie jetzt erkannt. Und es beruhigte sie. Jessica versuchte, die Gedanken an Ian zu unterdrücken, als sie Astrid zulächelte.

»Nein, du Klugscheißer, ich bin nicht beschäftigt. Und ich habe Heißhunger auf Spaghetti. Wie geht die Packerei?«

»Alles fertig. Spaghetti hört sich gut an.«

Sie aßen im Lärm und Durcheinander bei Vanessi und gingen anschließend weiter in ein Straßencafé, um noch einen Cappuccino zu trinken. Sie sahen zu, wie allmählich Touristen auftauchten, die ersten Anzeichen für den nahenden Sommer, und auch die Luft war schon erstaunlich warm.

»Nun, Liebes, wie fühlst du dich? Unglücklich, ängstlich oder froh?«

»Wegen der Abreise? Alles auf einmal. Es ist ein bißchen so, als würde man für immer von daheim fortgehen...« Wie ein Abschied von Ian... noch einer. Das Packen ihrer ureigensten Schätze und Kleinigkeiten hatte so viele Gefühle wieder neu erweckt. Gefühle, die jetzt besser begraben blieben. Sie würde diese Kisten nicht wieder auspacken. Sie hatte auch gleich Ians Sachen von ihren eigenen getrennt. Jetzt würde es ganz leicht sein, wenn sie das Haus verkaufen wollten. Ihre weltlichen Güter befanden sich nicht mehr in einem Haufen.

»Nun, dieses Haus, das du da gemietet hast, wird dich schon beschäftigen. Mutter sagt, es wäre schrecklich durcheinander.«

»Stimmt. Aber nicht mehr lange.« Jessica sah bei diesen Worten sehr stolz aus. Sie liebte das Haus jetzt schon. Es war wie ein neuer Freund.

»Ich werde versuchen, dich dort zu besuchen, ehe wir im Juli verreisen.«

»Das wäre schön.« Jessica lächelte. Sie fühlte sich wirklich glücklich. Eine Last, die sie nicht beim Namen nennen konnte, war von ihr genommen worden. Den ganzen Abend schon hatte sie das gefühlt. Es war, als wenn man monatelang mit Zahnschmerzen oder einem Krampf gelebt hat, es schon gar nicht mehr richtig bewußt spürt – und dann ist es plötzlich fort.

»Jessica, du siehst wirklich glücklich aus. Weißt du, eine Weile hatte ich ein schrecklich schlechtes Gewissen, weil ich dir den Laden weggenommen habe. Ich fürchtete, du würdest mich dafür verabscheuen.« Astrid sah jung und unsicher aus, als sie Jessie anschaute. Aber die lächelte bloß und schüttelte ihre blonde Mähne.

»Nein. Darüber brauchst du dir keine Sorgen zu machen.« Sie tätschelte ihrer Freundin die Hand. »Du hast ihn mir nicht weggenommen, Astrid. Ich habe ihn dir verkauft. Ich mußte es. Dir oder jemand anderem, selbst wenn es ein bißchen weh getan hat. Ich freue mich, daß er jetzt dir gehört. Ich nehme an, er paßte nicht mehr zu mir. Ich habe mich sehr verändert.«

Astrid nickte zustimmend. »Das weiß ich. Ich hoffe, es klärt sich noch alles.«

»Ja, ich auch.« Ihr Lächeln war fast reumütig. Die beiden Frauen tranken ihren Kaffee. Sie waren wie zwei Soldaten, die gemeinsam den Krieg überstanden haben und jetzt nichts mehr haben, über das sie miteinander reden können, außer ab und zu eine Bemerkung über den Frieden. Würde es klappen? Jessie hoffte es. Astrid fragte sich. Sie hatten in den letzten Monaten beide einen weiten Weg zurückgelegt. Astrid wußte, sie hatte jetzt, was sie sich wünschte. Jessica war sich noch nicht ganz sicher.

»Gibt es was Neues von Geoffrey, Jessie?«

»Er hat angerufen und gesagt, er würde mich nächste Woche auf dem Land besuchen.« Er war einfühlsam genug gewesen, um zu spüren, daß sie in der Stadt allein sein wollte.

»Das wird dir guttun.«

Jessica nickte, sagte aber nichts mehr.

Um Viertel nach neun am nächsten Morgen klingelte es an der Tür. Die Koffer waren gepackt, Jessica wusch gerade das Frühstücksgeschirr zum letzten Mal und hielt dabei ein Auge auf die Aussicht geheftet. Sie wollte sich an all das erinnern, wollte es noch eine letzte Stunde lang festhalten, erst dann fortfahren. Rasch. Sie fühlte sich fast so wie an jenem Morgen, als sie ihr Elternhaus verlassen hatte, um ins College zu gehen. Die alten Zeiten waren verstaut, mit Mottenkugeln gesichert, und ein neues Leben lag vor ihr. Sie würde wiederkommen, zumindest sagte sie das immer, aber würde sie es wirklich? Sie war sich nicht ganz sicher. Sie hatte das merkwürdige Gefühl, daß sie für längere Zeit fortging, nicht nur für einen Sommer. Vielleicht für immer?

Wieder klingelte es. Sie wischte sich die Hände an den Jeans trocken und lief zur Haustür, barfuß, die Bluse zugeknöpft, aber nicht weit genug. Sie sah genauso aus, wie Ian sie am meisten liebte. Typisch Jessie.

»Wer ist da?« Sie stand neben der Tür, ein leichtes Lächeln um den Mund. Sie wußte, es war wahrscheinlich Astrid oder Katsuko. Ein letztes ›Auf Wiedersehen‹. Aber diesmal würde sie lachen, nicht weinen, wie sie es alle im Geschäft getan hatten.

»Inspektor Houghton.« Alles in ihr wurde zu Stein. Mit zitternden Händen schob sie den Riegel zurück und öffnete die Tür. Die gute Laune war plötzlich dahin. Zum erstenmal seit langer Zeit stand wieder Entsetzen in ihren Augen. Es war erstaunlich, wie schnell alles wiederkehren konnte. Monate hatte es gedauert, bis sie langsam wieder die Fundamente errichtet hatte. Und dann dauerte es nur so lange, wie ein Klingeln dauerte, und ihr Leben lag wieder in Trümmern. Zumindest kam es ihr so vor.

»Ja?« Ihre Augen starrten ihn feindselig an, ihr Gesicht war hart und reglos wie eine Maske.

»Guten Morgen. Ich... äh... das ist kein offizieller Besuch. Ich... ich habe neulich die Hose Ihres Mannes gefunden, und da dachte ich, ich komm' vorbei und bringe sie und seh' auch mal nach, wie es Ihnen geht.«

»Verstehe. Vielen Dank.« Er reichte ihr eine braune Tüte, lächelte verlegen. Jessie erwiderte sein Lächeln nicht.

»Wollen Sie verreisen?« Sein Blick wanderte über die Koffer, Taschen und Kisten in der Halle. Sie warf einen kurzen Blick über die Schulter, wandte sich dann wieder ihm zu. Bastard. Welches Recht hatte er, jetzt hier zu sein? Jessica nickte als Antwort auf seine Frage, schaute dann auf ihre Füße. Es war ein guter Zeitpunkt, um den Krieg zu beenden, sich die Hand zum Frieden zu reichen. Aber sie konnte es nicht. Er brachte sie dazu, daß sie wieder schreien, ihm das Gesicht zerkratzen wollte. Sie konnte seinen Anblick nicht ertragen. Entsetzen und Haß spülten wie eine große Woge über sie hinweg. Sie hatte plötzlich das Bedürfnis, an der Wand hinabzugleiten und zusammenzusacken und zu weinen. Sie hatte das Gefühl, von einem Hurrikan mitgerissen worden und dann von ihren eigenen Gefühlen beiseite geschleudert worden zu sein. Sie sah ihn an, offenen Schmerz im Blick.

»Warum sind Sie heute hergekommen?« Auf ihrem Gesicht lag der Ausdruck eines Kindes, das nicht versteht. Er wandte sich ab, starrte auf seine Hände.

»Ich dachte, Sie würden vielleicht die Hose Ihres Mannes...« Er beendete den Satz nicht, sein Gesicht wurde hart. Es war dumm gewesen, sie sehen zu wollen. Jetzt war er dessen ganz sicher. Aber er hatte einfach seit Tagen dieses Bedürfnis gehabt. Er wollte sie sehen. »Die Hose Ihres Mannes lag da, und ich dachte...«

»Warum? Warum haben Sie gedacht? Wird er in absehbarer Zeit heimkommen und sie brauchen? Oder tragen sie im Gefängnis keine Anstaltskleidung mehr? Ich weiß das nicht so genau, ich bin seit geraumer Zeit nicht mehr da gewesen.« Sofort taten ihr diese Worte leid. Seine Augen verrieten Interesse.

»Oh?«

»Ich war beschäftigt.« Sie wandte sich ab.

»Probleme?« Geier. Sie sah ihn wieder an.

»Ist das wirklich wichtig für Sie?« Ihr Blick ließ seine Augen nicht los. Sie hätte sie ihm am liebsten ausgekratzt.

»Vielleicht... vielleicht tut es mir leid. Wissen Sie, Sie haben mir die ganze Zeit leid getan, bei der ganzen Sache. Sie scheinen so an ihn geglaubt zu haben. Aber Sie haben sich geirrt. Das wissen Sie jetzt, nicht wahr?« Sie haßte den Ton seiner Stimme.

»Nein. Ich habe mich nicht geirrt.«

»Die Geschworenen haben es gesagt.« Er sah so selbstgefällig aus, der Bastard, des ›Systems‹ so sicher. So sicher auch, was Ians Schuld anging. Sie wollte ihn schlagen. Der Drang war jetzt fast überwältigend.

»Die Geschworenen haben mich nicht überzeugt, Inspektor Houghton.« Sie umklammerte ganz fest die braune Papiertüte, die er ihr gegeben hatte.

»Sind Sie... sind Sie jetzt frei, Mrs. Clarke?«

»Wollen Sie wissen, ob ich meinen Mann verlassen habe?« Er nickte und zog eine Schachtel Zigaretten aus der Manteltasche. »Warum?«

»Neugierig.«

»Sind Sie deshalb hergekommen? Aus Neugier? Um zu sehen, ob ich meinen Mann verlassen habe? Würde Sie das glücklich machen?« Sie kochte jetzt. »Und warum haben Sie das hier nicht ins Geschäft gebracht?« Sie hielt ihm die braune Tüte mit Ians Hose hin.

»Ich war gestern da. Aber man sagte mir, daß Sie nicht mehr dort arbeiten. Stimmt das?« Sie nickte.

»Stimmt. Und nun?« Wieder sah sie ihm in die Augen, und plötzlich wich die Furcht des vergangenen Jahres. Er konnte alles versuchen, was er wollte, sie würde ihn umbringen – mit Vergnügen. Es war eine Erleichterung, ihm gegenüberzustehen. Wieder sah sie ihn an. Sechs Monate Pein sprangen von ihren Augen in seine über. Was er sah, war die nackte Vision eines menschlichen Wesens, das üble Narben davongetragen hat. Er zog lange an seiner Zigarette und wandte sich ab.

»Wann reisen Sie ab? Haben Sie Zeit zum Mittagessen?« O Gott, das war ja fast lächerlich. Bloß hätte sie lieber geweint.

Sie schüttelte den Kopf, schaute zu Boden. Dann blickte sie langsam wieder auf, Tränen füllten ihre Augen, glitten über ihre Wangen. Es war vorbei. Der letzte Rest Wut, Entsetzen, Angst und Schrecken rollte über ihre Wangen. Die Verhandlung, die Geschworenen, das Urteil, die Verhaftung und Inspektor Houghton, all das verschmolz zu stummen Tränen, die sich langsam über ihr Gesicht ergossen. Er konnte es nicht ertragen, sie anzusehen. Das war weit schlimmer als ein Schlag ins Gesicht. Es tat ihm leid, daß er gekommen war, sehr leid.

Sie holte tief Luft, tat aber nichts gegen die Tränen. Sie brauchte sie, um all den Schmutz fortzuwaschen. »Ich verlasse diese Stadt, um einen Alptraum hinter mir zu lassen, Inspektor. Ich will das nicht feiern. Warum sollten wir wohl zusammen essen gehen? Um über alte Zeiten zu reden? Über die Verhandlung? Über meinen Mann?« Ein Schluchzen blieb ihr in der Kehle stecken. Mit geschlossenen Augen lehnte sie sich an die Wand, die Papiertüte noch immer fest umklammert. Die Erinnerung brach wieder neu über sie herein. Er hatte es alles zurückgebracht, in einer braunen Papiertüte. Sie legte eine Hand an die Stirn, kniff die Augen ganz fest zusammen, holte tief Luft und öffnete sie dann wieder. Er war fort. In genau diesem Augenblick hörte sie, wie die Tür seines Wagens zugeschlagen wurde. Einen Moment später fuhr die grüne Limousine davon. Inspektor Houghton sah sich kein einziges Mal mehr um. Langsam schloß Jessica die Haustür und setzte sich ins Wohnzimmer.

Die Hose, die sie aus der Tüte zog, wies große Löcher auf, wo man im Polizeilabor sorgfältig Stoff aus dem Schritt geschnitten hatte, um ihn auf Sperma zu untersuchen. Als sie die Hose ansah, fiel ihr ein, wie sie Ian das erstemal im Gefängnis besucht hatte. Er hatte eine weiße Pyjamahose getragen. Die Hose war ein tolles Abschiedsgeschenk.

Aber jetzt wußte sie wieder, warum sie die Stadt verlassen mußte. Und sie war froh. Wenn sie bleiben würde, würde immer alles an ihr haften – auf die eine oder andere Weise. Sie hätte sich immer gefragt, ob Inspektor Houghton noch mal auftauchen würde, irgendwann, irgendwo, irgendwie. Jetzt war er für immer fort, genau wie der Alptraum und die Verhandlung – und alles, sogar Ian. Aber sie mußte es hinter sich lassen. Sie konnte das Gute nicht mehr vom Schlechten trennen. Alles war schlecht, korrupt, ekelhaft, ansteckend. Plötzlich war sie nicht einmal mehr böse auf Ian oder Inspektor Houghton. Sie trocknete ihr Gesicht, sah sich im Zimmer um und erkannte plötzlich, daß es nicht mehr ihr Zimmer war. Nichts davon gehörte noch ihr. Weder die Hose noch die Probleme, noch der Inspektor, nicht einmal mehr die schlechten Erinnerungen. All das gehörte ihr nicht mehr. Es gehörte zum Abfall, genau wie die Hose, die sie in der Hand hielt. Sie würde ihr bisheriges Leben verlassen, hatte es schon hinter sich gelassen.

All das lag jetzt weit hinter ihr. Seine Papiere im Arbeitszimmer. Ihre alten Scheckhefte in den Kisten im Keller. Diese Dinge ließ sie für immer hinter sich. Was sie mitnahm, waren die schönen Augenblicke, die zärtlichen Erinnerungen an eine längst vergangene Zeit, das Porträt von Ian, das sie gemalt hatte, als sie frisch verheiratet waren – sie konnte es nicht den neuen Mietern überlassen –, Lieblingsbücher, Schätze. Nur das Gute. Sie hatte entschieden, daß sie nur noch dafür Platz haben würde. Zum Teufel mit Inspektor Houghton. Sie war fast froh, daß er gekommen war. Jetzt wußte sie, daß sie frei war. Ja, sie war frei.

Kapitel XXXV

San Francisco zu verlassen, war leichter, als sie gedacht hatte. Sie ließ es einfach nicht zu, daß sie ins Grübeln kam. Sie fuhr einfach auf den Highway und konzentrierte sich auf die Straße. Niemand war gekommen, um bittere Tränen zu weinen oder mit dem Taschentuch zu winken, und sie war froh darüber.

Nach Inspektor Houghtons Besuch hatte sie eine Tasse Tee getrunken, fertig abgewaschen, ihre Schuhe angezogen, zum letztenmal alles im Haus nachgesehen, die Fenster überprüft und war gegangen.

Die Fahrt nach Süden war schön. Sie kam sich jung und abenteuerlustig vor, als sie das verfallene Haus an der alten North Road erreichte. Sie war gerührt, als sie hineinging und sah, was Tante Beth getan hatte. Das Haus war makellos sauber, und der Schlafsack, den sie schon früher hiergelassen hatte, war unnötig. Im Schlafzimmer stand ein schmales Bett mit einer leuchtenden, sorgfältig am Fußende zusammengelegten Patchwork-Decke. Es war die, die sie in ihrem Schlafzimmer bei Tante Beth gehabt hatte. In einer Ecke stand ein viktorianischer Jungmädchen-Schreibtisch, und zwei Lampen gaben dem Zimmer Licht. In der Küche fanden sich Vorräte, und im Wohnzimmer gab es zwei Schaukelstühle und einen großen Tisch, außerdem einen riesigen, gemütlich-bequemen Sessel neben dem Kamin. Überall standen Kerzen, und neben dem Kamin waren Holzscheite gestapelt. Sie hatte alles, was sie brauchte.

Das Abendessen mit Tante Beth am kommenden Tag war herrlich. Den ersten Abend wollte sie allein in ihrem neuen Haus verbringen. Sie war glücklich wie ein Kind von einem Zimmer ins nächste stolziert, hatte sich nicht einsam gefühlt, sondern war nur aufgeregt gewesen. Es war wie der Anfang eines großen Abenteuers. Sie fühlte sich wie neugeboren.

»Na, wie gefällt es dir? Willst du schon wieder heim?« Tante Beth kicherte über ihrem Tee.

»Auf keinen Fall. Ich werde für immer hierbleiben. Und dank deiner Hilfe ist das Haus so gemütlich, wie es nur sein kann.«

»Es gehört mehr dazu als das, um es gemütlich zu machen, meine Liebe.«

Aber was Jessica in den beiden Kisten geschickt hatte, half schon ein bißchen. Fotos, Blumen, eine kleine Marmoreule, eine Sammlung geliebter Bücher, zwei Bilder und das Porträt von Ian. Außerdem Decken, Messingkerzenhalter und Krimskrams, den sie liebte. Sie stellte überall im Haus Grünpflanzen und leuchtende Blumen auf. Am Ende der Woche fügte sie den alten Schätzen noch ein paar neue hinzu, die sie auf einer Auktion erstanden hatte. Zwei niedrige, grob gezimmerte Tische und einen ovalen Häkelteppich. Die Tische stellte sie ins Wohnzimmer und trat dann zufrieden zurück. Es sah von Tag zu Tag mehr wie ein Heim aus. Sie hatte Bücher aufgestellt, und in einer Ecke des Raumes standen ihre Malutensilien, aber bislang hatte sie noch keine Zeit zum

Malen gefunden. Sie war zu sehr mit dem Haus beschäftigt.

Der Sohn von Tante Beths Vormann verbrachte die Wochenenden damit, in ihrem Garten Unkraut zu jäten und den Rasen zu mähen. Ganz weit hinten hatten sie sogar einen verfallenen Aussichtsturm entdeckt. Jetzt wünschte sie sich eine Schaukel. Eigentlich sogar zwei. Eine sollte an einem hohen Baum in der Nähe des Aussichtsturms hängen. Dort konnte sie ganz hoch schaukeln und den Sonnenuntergang auf den Hügeln beobachten, und die andere sollte vor dem Haus stehen, die Art, in der junge Pärchen sitzen und sich in lauen Sommernächten ein ›Ich liebe dich‹ ins Ohr flüstern, wobei sie langsam hin- und herschwingen und sicher sind, allein auf der Welt zu sein.

Der Brief von Ian kam Samstag morgen. Sie war seit sechs Tagen in ihrem neuen Haus.

Da bist Du nun also, mit Staub im Haar und einem Dreckfleck auf der Nase, grinsend vor Stolz über die Ordnung, die Du aus dem Chaos gemacht hast. Ich kann Dich genau vor mir sehen, barfuß und glücklich, mit einem Strohhalm zwischen den Zähnen. Oder trägst du Guccis und findest alles schon gräßlich? Wie ist es? Das Haus kann ich mir prächtig vorstellen, obwohl ich nicht glauben kann, daß Du glücklich bist, wenn Du in einem Schlafsack am Boden liegst. Du willst mir doch nicht erzählen, daß Du so ruppig geworden bist? Aber es klingt hübsch, Jessie, und es wird Dir guttun. Aber ich war schockiert, als ich vom Verkauf der Boutique hörte. Wirst Du sie nicht vermissen? Klingt allerdings nach einem verteufelt guten Preis. Was machst Du mit dem Haufen Geld? Was mich angeht, so höre ich, daß sie einen Film aus meinem Buch machen wollen. Rechne aber lieber nicht zu fest damit, ich tu's auch nicht. So etwas passiert doch nie, die reden bloß davon. Andererseits hätte ich auch nie gedacht, daß Du die Boutique verkaufen würdest. Was ist das für ein Gefühl? Bestimmt tut es weh, aber vielleicht bist Du auch erleichtert? Jetzt hast Du Zeit, anderes zu tun. Reisen, Malen, den Palast aufräumen und saubermachen, den Du Dir für diesen Sommer zugelegt hast – oder für länger? Da war so ein Unterton in Deinem letzten Brief. Klingt nach Liebe zu diesem Haus und dem Land und Tante Beth. Sie muß eine bemerkenswerte Frau sein. Was machen die Ameisen und Eidechsen? Halten sie sich fern? Oder tragen sie alle Dein bestes Haarspray und finden es herrlich?

Sie kicherte, als sie das las. Einmal hatte sie in einem Hotelzimmer in Florida versucht, eine Eidechse mit ihrem Haarspray zu töten. Sie selbst mußten das Zimmer verlassen, aber der Eidechse hatte es gefallen.

Sie las den Brief zu Ende und setzte sich dann an den großen Tisch, den Tante Beth ihr zur Verfügung gestellt hatte. Sie wollte ihm von all den Sachen erzählen, die Tante Beth für sie ins Haus gebracht hatte, und auch von den Dingen, die sie selbst auf der Auktion erstanden hatte. Es schien nicht fair, ihn in dem Glauben zu lassen, sie würde auf dem Boden schlafen.

So fingen sie an, miteinander zu korrespondieren. Sie dachte nicht weiter darüber nach, sie schrieb ihm einfach, um ihm die Neuigkeiten mitzuteilen. Es war harmlos, und sie freute sich für ihn wegen des Films. Vielleicht würde es diesmal klappen. Sie hoffte es, seinetwegen.

Sie war überrascht, wie lang ihre Antwort ausfiel. Sie schrieb sechs Seiten voll, und es war schon fast dunkel, als sie den Umschlag zumachte und eine Briefmarke daraufklebte. Sie kochte sich auf dem alten Herd ihr Abendessen, ging früh zu Bett und stand schon früh am nächsten Morgen auf. Sie fuhr in die Stadt, brachte den Brief zur Post und hielt dann auf dem Rückweg bei Tante Beth, aber die war ausgeritten.

Der Nachmittag verlief ruhig und schön. Jessie machte ein paar Skizzen, während sie auf der Veranda saß und die Füße über den Rand baumeln ließ. Sie kam sich vor wie Huck Finns große Schwester, in einer Latzhose, einem roten T-Shirt und mit bloßen Füßen. Die Sonne schien strahlend in ihr Gesicht, es war ein wunderschöner Tag, und ihr Haar sah aus wie gesponnenes Gold, in lockeren Wellen auf dem Kopf zusammengenommen.

»Guten Tag, junge Frau.« Jessica fuhr hoch, der Skizzenblock flog ihr aus den Händen. Sie hatte gedacht, niemand wäre auch nur in der Nähe des Hauses. Doch als sie aufsah, mußte sie lachen. Es war Geoffrey.

»Mein Gott, du hast mich zu Tode erschreckt!« Leichtfüßig sprang sie von der Veranda, während er ihren Block aufhob und überrascht die Skizzen ansah.

»Himmel, du kannst ja tatsächlich zeichnen! Aber was viel interessanter ist, du bist wunderbar, und ich bete dich an!« Er zog sie an sich. Sie lächelte zu ihm auf, als sie barfuß vor ihm in dem hohen Gras stand, das das Haus umgab. Noch war nicht überall das Unkraut entfernt. »Jessica, du siehst einfach wundervoll aus!«

»So?« Sie lachte, hatte es aber nicht eilig, sich aus seiner Umarmung zu befreien. Ihr wurde gerade erst bewußt, wie sehr sie ihn vermißt hatte.

»Ja. Ich bete dich an, so wie du bist. Als ich dich zum erstenmal gesehen habe, warst du auch barfuß und hattest dein Haar so zusammengedreht. Ich habe dir ja gesagt, du siehst aus wie eine griechische Göttin.«

»Himmel!«

»Sag, willst du nicht eine große Palastführung machen, nachdem du mich schon so lange auf Abstand gehalten hast?«

»Aber natürlich, natürlich!« Sie lachte entzückt und deutete majestätisch auf das Haus. »Würden Sie bitte eintreten?«

»Einen Augenblick.« Zuerst zog er sie noch mal an sich und gab ihr einen langen, zärtlichen Kuß. »Jetzt bin ich bereit, das Haus zu besichtigen.« Sie lachte ihn an, blieb dann stehen und musterte ihn gründlich.

»Nein, bist du nicht.«

»Bin ich nicht?« Er warf ihr einen verwirrten Blick zu. »Warum nicht?«

»Zuerst mußt du die Krawatte abnehmen.«

»Jetzt?«

»Auf jeden Fall.«

»Ehe wir hineingehen?« Sie nickte beharrlich, und schließlich lächelte er sie an und nahm die marineblaue, mit Weiß gesprenkelte Krawatte ab. Sie hatte richtig erraten, daß sie von Dior war.

»Es ist eine sehr hübsche Krawatte, aber hier brauchst du sie nicht. Ich verspreche dir auch, daß ich keiner Menschenseele verraten werde, daß du sie abgenommen hast.«

»Versprochen?«

»Ehrlich.« Sie hielt ihm eine Hand hin, und er küßte sie. Das Gefühl in der Handfläche war wunderbar.

»Oh, das war nett.«

»Du bist unmöglich. Also gut dann, geht es so?« Wieder musterte sie ihn und schüttelte dann den Kopf. »Was?«

»Zieh das Jackett aus.«

»Du bist verrückt.« Aber er streifte es ab, warf es über einen Arm und verneigte sich vor ihr. »Zufrieden, gnä' Frau?«

»Völlig.« Sie ahmte seinen Akzent nach, und er lachte, als er ihr endlich ins Haus folgte.

Sie führte ihn von Zimmer zu Zimmer, hielt dabei ein wenig die Luft an, aus Angst, es könnte ihm nicht gefallen. Dabei wünschte sie sich so, daß es ihm zusagte. Es war wichtig für sie. Das Haus bedeutete ihr so viel. Es war ein Symbol für so vieles in ihr, das sich verändert hatte. Es war noch immer ein bißchen kahl, aber ihr gefiel es so. Sie hatte Platz, um hineinzuwachsen und um neue Sachen zu sammeln. Sie fühlte sich hier freier als in San Francisco. Hier war alles neu und frisch.

»Nun, was sagst du?«

»Nicht gerade überfüllt, was?« Sie lächelte, aber sie wollte, daß es ihm gefiel, nicht, daß er sich darüber lustig machte. »Ach, Jessica, sieh mich nicht so verletzt an. Es ist reizend und wird im Sommer bestimmt viel Spaß machen.« Aber was war damit fürs ganze Leben? Sie hatte ihm gegenüber noch nichts davon gesagt, daß sie den Wunsch hatte, ganz hier wohnen zu bleiben, aber sie war sich auch selbst noch nicht sehr sicher, also hätte es ohnehin nicht viel Sinn gehabt. Es war auch wirklich nicht wichtig. Wenn er sich in sie verliebte, konnte er immer in seinem Flugzeug herfliegen, um sie zu besuchen. So wäre sie die Woche über allein und könnte malen, spazierengehen, nachdenken und viel Zeit mit Tante Beth verbringen, und die Wochenenden dann mit ihm.

»Worüber denkst du nach, um Himmels willen?« Sie fuhr hoch, als er ihre Gedanken durchbrach. »Du hattest ein ausgesprochen schändliches Grinsen im Gesicht.«

»Tatsächlich?« Aber sie konnte ihm nicht erzählen, was ihr im Kopf herumgegangen war. Ihre Pläne mußten langsam wachsen, sie konnte ihm nicht alles schon vor der Zeit darlegen.

»Tatsächlich, und ich liebe dein kleines Haus. Es ist süß!« Aber so, wie er es sagte, klang es albern, und sie war enttäuscht. Er meinte es zwar gut, aber er verstand sie einfach nicht.

»Möchtest du eine Tasse Tee?« Es war ein besonders warmer Tag, aber er schien immer heißen Tee zu mögen, ganz gleich, wie das Wetter war. Tee oder Scotch oder Martinis. Das wußte sie schon.

»Liebend gern. Und dann habe ich eine Überraschung für dich, Jessica, mein Liebling.«

»Wirklich? Ich liebe Überraschungen! Gib es mir gleich.« Sie sah wieder wie ein kleines Mädchen aus, wie sie so auf dem Sofa kauerte und wartete.

»Noch nicht. Aber ich dachte, wir machen heute abend etwas Besonderes.«

»Was denn?« Auch sie wollte etwas Besonderes, und ihr Lächeln verriet das, aber er ließ es verstreichen.

»Ich möchte dich nach Los Angeles mitnehmen. Dort findet im Konsulat ein Empfang statt. Ich dachte, das würde dir vielleicht gefallen.«

»In Los Angeles?« Aber warum in Los Angeles? Sie wollte auf dem Land bleiben.

»Es wird bestimmt eine nette Party. Wenn du natürlich lieber nicht...« So, wie er das sagte, blieb ihr kaum eine Wahl.

»Nein, nein... ich würde gern... ich habe nur gedacht...«

»Nun, was könnten wir denn hier schon machen? Ich dachte, es wäre viel schöner, wenn wir ein bißchen in die Stadt fahren. Außerdem möchte ich dich gern einigen meiner Freunde vorstellen.« Er sagte das so nett, daß sie ein ganz schlechtes Gewissen hatte, gezögert zu haben. Es war eben nur so, daß sie gern einen ruhigen Abend mit ihm daheim verbracht hätte, aber das ließ sich immer noch nachholen – viele Male.

»Also gut. Klingt toll.« Langsam bekam sie Lust dazu. »Was ist das für eine Party?«

»Abendkleidung, weiße Krawatte, ein spätes Dinner. Du wirst dort eine Menge wichtiger Leute treffen.«

»Weiße Krawatte? Aber das heißt ja, im Frack!«

»Richtig.«

»Aber Geoffrey, was soll ich denn da anziehen? Ich habe nichts hier. Bloß eine Menge Zeug fürs Landleben.«

»Das dachte ich mir schon.«

»Also, was mache ich jetzt?« Sie sah entsetzt aus: weiße Krawatte, Herr im Himmel! Das hatte sie nicht mehr erlebt, seit sie all diese lächerlichen Debütantinnenbälle besucht hatte, auf die ihre Mutter sie vor fünfzehn Jahren gezwungen hatte. Sie hatte nichts, was sich auch nur im entferntesten dafür eignete. Alles Vornehme war in San Francisco geblieben.

»Jessica, ich hoffe, du bist mir nicht böse, aber ich habe mir die Freiheit genommen...« Er sah so nervös aus, wie sie ihn noch nie erlebt hatte. Sie wußte, daß er einen ausgezeichneten Geschmack hatte, und er war erschreckt über das, was er getan hatte. »Ich hoffe, du bist nicht böse, aber ich dachte, unter diesen Umständen... zugegeben, ich...«

»Was willst du mir eigentlich sagen?« Sie war halb amüsiert, halb ängstlich.

»Ich habe ein Kleid für dich gekauft.«

»Du hast was?« Sie war bestürzt.

»Ich weiß, es war lächerlich, aber ich nahm einfach an, daß du wahrscheinlich nichts Passendes hier hast und...« Aber sie lachte über ihn. Sie war nicht böse. »Du bist nicht böse?«

»Wie könnte ich? Das hat noch nie jemand für mich getan.« Schon gar nicht ein Mann, den sie kaum kannte. Er war wirklich ein erstaunliches Exemplar! »Das war reizend von dir.« Sie umarmte ihn und lachte wieder. »Darf ich es sehen?«

»Natürlich.« Er stürzte durch die Tür und kam fünf Minuten später wieder, da er ein kleines Stück entfernt geparkt hatte. Er wollte sie überraschen, als er kam, und ein Motorengeräusch eignete sich nicht gut für so etwas. Aber jetzt kehrte er mit einer riesigen Schachtel im Arm zurück und mit einer großen Tüte, die noch mehrere kleine Schachteln zu enthalten schien.

»Was hast du bloß getan?«

»Ich war einkaufen.« Er schien jetzt sehr zufrieden mit sich selbst. Er ließ alles auf die Couch fallen und trat mit einem Ausdruck atemlosen Vergnügens zurück.

Langsam öffnete Jessica die große Schachtel und schnappte nach Luft. Einen solch zarten Stoff hatte sie noch nie gesehen – Seidencrêpe, unvorstellbar leicht und zart. Er schien ihr durch die Finger zu fließen. Die Farbe war ein warmes Elfenbein und würde ihre sonnengebräunte Haut perfekt unterstreichen. Sie zog das Kleid aus der Schachtel. Es schien auf einer Schulter geschlossen zu werden und die andere bloß zu lassen. Als sie das Etikett sah, verstand sie Design und Material. Geoffrey hatte ihr ein Haute-Couture-Kleid gekauft, das mindestens zweitausend Dollar gekostet haben mußte.

»Mein Gott, Geoffrey!« Sie war sprachlos.

»Es gefällt dir nicht!«

»Machst du Witze? Es ist wundervoll. Aber wie konntest du das nur tun? Mir das zu schenken!«

»Gefällt es dir oder nicht, verdammt?« Er konnte mit dem, was sie sagte, überhaupt nichts anfangen, und das machte ihn nervös.

»Natürlich gefällt es mir. Und wie! Aber ich kann es nicht annehmen. Das ist ein entsetzlich teures Kleid.«

»Na und? Du brauchst es heute abend.« Sie lachte über seine Logik.

»Nicht unbedingt. Das ist ja, als wenn ich ein neues Auto tragen würde.« Noch dazu einen Rolls-Royce.

»Wenn es dir gefällt, dann möchte ich, daß du es anziehst. Meinst du, daß es paßt?« Sie dachte daran, es nicht einmal anzuprobieren, aber sie starb fast vor Neugier, wie es ihr stehen, wie es sich anfühlen würde. Nur einen kurzen Moment lang.

»Ich werde es anprobieren. Aber behalten werde ich es nicht, auf gar keinen Fall.«

»Unsinn.«

Immerhin probierte sie es an. Als sie zurückkehrte, lächelte sie. Auch ihn brachte das Bild, das er erblickte, zum Lächeln.

»Gütiger Himmel, du bist wirklich schön, Jessica. Ich habe noch keine Frau in einem Kleid so strahlen gesehen.« Es war, als wäre es speziell für sie geschaffen worden. »Warte, du mußt die dazu anziehen.« Er tauchte in die Tüte mit Geschenken und kam mit einer Schuhschachtel wieder zum Vorschein. Zarte elfenbeinfarbene Satinstreifen auf hohen Absätzen. Auch sie paßten perfekt. Geoffrey wußte wirklich, wie man einkaufte. Dann noch eine kleine weiße, mit silbernen Perlen bestickte Tasche. Alles zusammen war umwerfend, betörend. Sie waren beide überwältigt. Er, wenn er sie anschaute, sie, weil sie das alles tragen durfte. Sie war an gute Kleider gewöhnt, aber diese waren außergewöhnlich schön und ungeheuer kostbar.

»Also, dann ist das abgemacht.« Er wirkte entschieden und erfreut. »Wo ist mein Tee?«

»Du glaubst doch nicht, daß ich den so serviere?«

»Nein. Zieh's aus.«

»Ja, mein Lieber, und dabei bleibt es dann auch. Es ist wirklich hübsch, aber ich kann das einfach nicht annehmen.«

»Du kannst und du wirst. Ich will nichts mehr davon hören. Aus.«

»Geoffrey, ich...«

»Still.« Er brachte sie mit einem Kuß zum Schweigen, und sie hatte das Gefühl, daß ihr jede Entscheidung aus der Hand genommen worden wäre. Wenn er wollte, konnte er sehr zwingend sein. »Jetzt hol mir meinen Tee.«

»Du bist unmöglich.« Sie zog das Kleid aus, brachte ihm den Tee, aber am Ende hatte er doch gewonnen. Um sechs Uhr stieg sie aus der Wanne, schminkte und frisierte sich und schlüpfte in das Kleid. Sie hatte das schwache Gefühl, sich zu verkaufen. Ein Zweitausend-Dollar-Kleid war kein kleines Geschenk. Irgendwie wirkte er so, als handle es sich nur um einen Schal oder ein Taschentuch, aber das war es nun mal nicht. Als sie das Kleid über den Kopf zog, lief ihr förmlich das Wasser im Mund zusammen.

Ihm ging es kaum anders, als er sie zwanzig Minuten später in der Tür zu ihrem neuen Schlafzimmer stehen sah. Das Haus war bestimmt nicht an solch illustre Erscheinungen in der Halle gewöhnt. Geoffrey war bei seinen Freunden gewesen, um sich umzuziehen, und trug jetzt einen makellos sitzenden Frack. Sein Hemd war steif gestärkt. Nichts an ihm schien sich zu rühren. Er sah aus, als wäre er soeben einem Film der dreißiger Jahre entstiegen. Jessica lächelte, als sie ihn sah.

»Sie sehen wunderbar aus, Sir.«

»Madame, Sie haben keine Ahnung, wie außerordentlich schön Sie selbst sind.«

»Ich muß sagen, das kommt mir alles wunderschön vor. Ich fühle mich bloß ein bißchen wie Cinderella. Bist du sicher, daß ich mich um Mitternacht nicht in einen Kürbis verwandle?« Sie war noch immer recht verlegen, peinlich berührt von all der Extravaganz, aber aus irgendeinem Grunde hatte sie sich von seiner Beharrlichkeit mitreißen lassen. Und sie mußte zugeben, daß es Spaß machte.

»Bereit zu gehen, Liebling?« Das ›Liebling‹ war neu, aber sie hatte nichts dagegen. Sie könnte sich daran gewöhnen. Sie nahm an, daß sie sich an eine ganze Menge gewöhnen könnte, wenn sie es versuchte.

»Jawohl, Sir.« Dann schaute sie auf ihre nackten Hände und wünschte, sie hätte sowohl Schmuck als auch Handschuhe. Bei einem so offiziellen Anlaß, wie dieser es zu werden versprach, schienen Opernhandschuhe aus Glacéleder wohl angebracht, und Schmuck... Schmuck... Ihr fiel etwas ein, als sie sich gerade zum Gehen anschickten. »Eine Sekunde noch, Geoffrey.« Sie hatte es mitgebracht und völlig vergessen. Aus Sicherheitsgründen hatte sie es versteckt. Aber es wäre die perfekte Sache.

»Stimmt was nicht?«

»Doch, doch.« Sie lächelte rätselhaft und lief ins Schlafzimmer zurück. Dort bückte sie sich und suchte unter dem Bett nach einem winzigen Päckchen, das sie dort versteckt hatte. Es war der einzige Fleck gewesen, der ihr eingefallen war. Aber sie hatte es unbedingt mitbringen müssen. Sie wußte selbst nicht, warum, aber sie mußte es einfach. Schnell zog sie das Kistchen aus seinem Versteck und öffnete es, zog die weiche, wildlederne Schmuckhülle aus der Schachtel und schüttelte die Teile in ihre Hand. Als sie den Smaragd sah, setzte ihr Herz einen Moment lang aus. Er brachte so viele Erinnerungen zurück, schmerzliche, traurige, aber auch schöne. Sie konnte sich erinnern, ihn an der Hand ihrer Mutter gesehen zu haben... dann hatte sie ihn für Ian herausgenommen und ihn zurückgelegt, als die Verhandlung vorüber war: der Smaragdring ihrer Mutter. Sie hatte ihn nicht mitgebracht, um ihn zu tragen, einfach als Schmuckstück, als Gegenstand. Aber heute war ein besonderer Abend, ein Abend, an dem sie ihn stolz tragen würde, als ein besonderes Geschenk, das ihr gemacht worden war. Heute abend bezeichnete er für sie den Anfang eines neuen Lebens. Tränen traten ihr in die Augen, als sie ihn auf den Finger schob. Sie fühlte, daß ihre Mutter es gutheißen würde.

»Jessica, was machst du? Wir haben eine ziemlich lange Fahrt vor uns bis L. A. – also beeil dich.«

Sie lächelte vor sich hin. Der Ring war genau das, was sie brauchte. Sie hatte auch noch ein Paar Perlohrringe, die Ian ihr vor Jahren geschenkt hatte. Sie waren das einzige an Schmuck, mit Ausnahme des Ringes, was sie mitgebracht hatte, ohne die Absicht zu haben, sie zu tragen. Sie warf noch einen letzten Blick in den Spiegel und lächelte, als sie zu Geoffrey hinauseilte. »Komme schon!«

»Alles in Ordnung?«

»Wunderbar.«

»Fertig?«

»Jawohl, Sir.«

»Ach, ich hab' ganz vergessen, dir das hier zu geben.«

›Das hier‹ waren zwei weitere Schachteln, eine lange, schmale, flache und ein kleines Kistchen.

»Noch mehr? Geoffrey, du bist verrückt! Was hast du getan?« Es war wie Weihnachten. Aber warum tat er das? Sie wollte nicht noch mehr Geschenke annehmen, aber er sah so verletzt aus, als sie zögerte, daß sie die Päckchen doch öffnete. Noch nie hatte ein Mann das für sie getan.

Als sie mit der langen, schmalen Schachtel anfing, rief Geoffrey plötzlich aus: »Jessica, wie schön. Was für ein außergewöhnliches Schmuckstück!« Er bewunderte den Ring ihrer Mutter. Mit zitternder Hand hielt sie ihn hoch, damit er ihn genauer betrachten konnte. »Der bedeutet dir sehr viel, nicht wahr?« Sie nickte. Nach einer Pause wurde seine Stimme weicher. »War das dein Verlobungsring?«

»Nein.« Sie sah ihn ernst an. »Er hat meiner Mutter gehört.«

»Hat ihr gehört?... Ist sie...?« Also deshalb sprach sie nie von ihrer Familie. Sie hatte ihm von ihrem Bruder erzählt, aber ihre Eltern nie erwähnt. Jetzt verstand er das.

»Ja, sie und mein Vater starben im Abstand von nur wenigen Monaten. Es ist jetzt schon lange her, aber es kommt mir nicht so vor. Ich habe... den Ring noch nie getragen, so wie heute abend.«

»Ich fühle mich geehrt, daß du ihn an einem Abend mit mir trägst.« Mit der Spitze eines Fingers wandte er sanft ihr Gesicht zu sich und küßte sie ganz zärtlich. Der Kuß ließ ihren ganzen Körper erschauern. Dann trat er zurück und lächelte. »Weiter. Du hast noch nicht alle Päckchen geöffnet.« Das hatte sie ganz vergessen.

Die lange, schmale Schachtel enthielt die Handschuhe, an die sie gedacht hatte, als sie sich anzog. Als hätte er ihre Gedanken gelesen! Wieder einmal.

»Du denkst aber auch an alles!« Sie lachte, als sie sie sah, war aber entzückt und streifte sie über. »Woher kanntest du all meine Größen?«

»Eine solche Frage sollte eine Dame niemals stellen, Jessica. Sie unterstellt, daß ich zuviel von Frauen verstehe.«

»Aha!« Der Gedanke belustigte sie. Sie machte sich an die nächste Schachtel. Diese hier war so klein, daß sie in eine Hand paßte. Geoffrey beobachtete sie interessiert, als sie das Seidenpapier zerriß und die kleine, marineblaue Lederbox hervorzog. Ein Schnappverschluß hielt sie verschlossen. Sie öffnete ihn und stieß laut die Luft aus. »Himmel! Geoffrey! Nein!« Er wußte nicht, ob sie sich freute oder zornig war, aber ruhig nahm er ihr die Schachtel ab, holte die Ohrringe heraus und hielt ihr die Diamantentropfen an die Ohren.

»Genau das, was du brauchst. Leg sie an.« Es war ein ruhiger Befehl, aber Jessica tat einen Schritt rückwärts und sah ihn nur an.

»Geoffrey, das kann ich nicht. Wirklich nicht.« Diamanten? Sie kannte ihn doch kaum. Und die Steine waren nicht gerade klein. Sie waren himmlisch, aber wirklich nichts, was sie hätte annehmen können. »Geoffrey, es tut mir leid.«

»Sei nicht albern. Versuch es doch, wenigstens für heute abend. Wenn sie dir nicht gefallen, kannst du sie immer noch zurückgeben.«

»Aber wenn ich nun einen verliere!«

»Jessica, sie gehören dir.« Doch sie schüttelte nur schweigend den Kopf und beharrte auf ihrem Standpunkt.

»Bitte.« Er sah so traurig aus, daß sie Mitleid mit ihm hatte, aber sie konnte von diesem Mann keine Diamanten annehmen... sie hatte schon das Kleid mit allem Zubehör angenommen, und das allein war schon viel zu teuer als Geschenk, aber Diamanten? Wer war er denn, um Himmels willen? Nun, wer auch immer, sie wußte, wer sie war, was sie konnte und was nicht. Das hier konnte sie nicht. Nein. Aber er sah sie so traurig an, daß sie schließlich doch kurz schwankte. »Probier sie doch wenigstens an.«

»Also gut, Geoffrey, aber ich werde sie heute abend nicht tragen, und ich werde sie auch nicht behalten. Heb sie gut auf. Eines Tages vielleicht...« Sie versuchte ihn zu trösten, als sie einen ihrer eigenen Ohrringe abnahm. Dann erst fiel ihr ein, daß sie Ians Perlen trug.

Die Perlen waren weit weniger grandios als die Diamanten, aber sie liebte sie. Sie steckte sich einen von Geoffreys funkelnden Tränentropfen an, und er strahlte und glänzte an ihrem linken Ohr... aber am rechten saß die hübsche kleine Perle von dem Mann, der sie geliebt hatte... von Ian...

»Du magst sie nicht.« Er klang wie am Boden zerstört.

»Ich liebe sie. Aber nicht jetzt.«

»Du hast gerade ausgesehen, als hätte dich etwas schrecklich traurig gemacht.«

»Sei doch nicht albern.« Sie lächelte und gab ihm den Ohrring zurück. Dann beugte sie sich vor, um ihn auf die Wange zu küssen. »Noch nie war ein Mann so gut zu mir, Geoffrey. Ich weiß nicht so recht, wie ich mich jetzt verhalten soll.«

»Lehn dich zurück und genieße es. So. Und jetzt fahren wir.« Er bestand nicht länger auf den Ohrringen, und sie ließen sie, sorgfältig versteckt in der Schreibtischschublade, zurück. Sie war erleichtert, daß sie sie nicht tragen mußte. Geoffrey hatte recht gehabt. Es hätte sie traurig gemacht, Ians Perlen abnehmen zu müssen. Sie war noch nicht ganz bereit, mit allem zu brechen, mit der Zeit würde das kommen. Doch noch klammerte sie sich an ihre Souvenirs. Wie an Ians Porträt, das jetzt über dem Kamin hing.

Die Party verlief so wie in einem teuren Film. Champagner floß in Strömen, überall standen livrierte Butler und schwarzgekleidete Zofen. Bei jedem zweiten Schritt auf dem Marmorboden hatte man das Gefühl, wieder unter einem der immensen Kristalleuchter zu stehen. Dazu Säulen und Teppiche und Louis-XV-Möbel, außerdem ein Vermögen an Diamanten und Smaragden und Saphiren und Hunderte von Nerzen. Es war die Art von Gesellschaft, über die man liest, von der man sich aber auch nicht im entferntesten vorstellen kann, einmal hinzugehen. Und doch war sie jetzt da, mit Geoffrey. Fast alle Anwesenden waren britisch oder berühmt oder beides. Und Geoffrey schien jeden zu kennen. Filmstars, von denen Jessie nur in der Zeitung gelesen hatte, eilten herbei, um ihn zu begrüßen, versprachen, ihn anzurufen, oder hinterließen Lippenstiftspuren auf seinen Wangen. Botschafter bedrängten ihn beim Essen oder forderten Jessie zum Tanzen auf. Geschäftsleute und Diplomaten, Politiker, Filmstars und Berühmtheiten mit zweifelhaftem Ruf – alle waren sie da. Es war die Art von Gesellschaft, für die die Leute jahrelang arbeiteten, um eingeladen zu werden. Und sie war da, mit Geoffrey, der, wie sich herausstellte, nicht ›Mister‹ war, sondern ›Lord‹.

»Warum hast du mir das nicht erzählt?«

»Warum? Es ist doch albern. Findest du nicht?«

»Nein. Es gehört zu deinem Namen.«

»Jetzt weißt du es also. Ist es wichtig?« Er sah belustigt aus, und sie schüttelte den Kopf. »Also schön. Wie wäre es jetzt mit einem Tanz mit mir, Lady Jessica?«

»Jawohl, Sir. Eure Majestät. Euer Gnaden. Eure Lordschaft.«

»Ach, hör auf.«

Die Party dauerte bis zwei Uhr früh, und sie blieben bis zum Schluß. Es war fast vier, als sie endlich in das kleine viktorianische Haus zwischen den Hügeln zurückkehrten.

»Jetzt weiß ich, daß ich Cinderella bin.«

»Hat es dir Spaß gemacht?«

»Es war ein fabelhafter Abend.« Sie hatte ein ganz klein bißchen das Gefühl gehabt, als hätte er sie zur Schau gestellt wie eine hübsche, neue Puppe. Aber er hatte sie mit allen bekannt gemacht, wie konnte sie sich also beklagen? Wer macht einem schon Zweitausend-Dollar-Kleider und Diamantohrringe zum Geschenk? Was für ein Abend! Wieder sah sie auf den Ring ihrer Mutter hinab, als sie aus dem Auto stiegen. Sie war froh, daß sie ihn getragen hatte. Nicht nur, weil es ein Smaragd war, sondern weil er ihrer Mutter gehört hatte.

»Du hast heute abend strahlend schön ausgesehen, Jessica. Ich war so stolz auf dich.«

»Das war nur das Kleid.«

»Blödsinn.«

»Was?« Sie stieß ein müdes, kleines, rauhes Lachen aus und sah ihn belustigt an. »Sir Geoffrey sagt ›Blödsinn‹? Ich hätte nicht gedacht, daß du solche Worte überhaupt kennst.«

»Doch, das tue ich. Ich kenne und sage eine Menge Dinge, von denen du noch nichts weißt, meine Liebe.«

»Klingt interessant.« Sie wechselten einen Blick gegenseitigen Interesses vor ihrem Haus. »Ich weiß nicht, ob ich dir Brandy, Kaffee, Tee oder ein Aspirin anbieten soll. Was hättest du gern?«

»Das können wir uns drinnen überlegen.« In ihrem prächtigen weißen Kleid glitt sie graziös wie ein Schmetterling die Treppe hinauf. Selbst jetzt noch, am Ende des Abends, wirkte sie wie eine Fata Morgana und schien kaum müde. Sie gefiel ihm wahnsinnig. Ja, er hatte beschlossen, nicht mehr sehr viel länger zu warten. Sie war alles, was er sich wünschte, und es wurde Zeit für ihn. Er hatte lange auf Jessie gewartet, sehr, sehr lange. Er wußte, daß sie noch nicht ganz bereit war, aber das würde jetzt schnell gehen. Er würde ihr dabei helfen, die Spinnweben von ihrer Gegenwart zu fegen. Hin und wieder sah er die alten Gespenster in ihren Augen, aber es wurde Zeit, daß sie sie vergaß. Er brauchte sie. Sie hatte sich auf der Gesellschaft wunderbar gehalten, das sagten alle.

»Besuchst du solche Feste häufig?« Sie unterdrückte ein Gähnen, als sie aus den Sandalen schlüpfte, die er ihr geschenkt hatte.

»Ziemlich. Hat es dir wirklich gefallen?«

»Welcher Frau hätte das nicht gefallen, um Himmels willen? Geoffrey... Verzeihung, Sir Geoffrey –« sie grinste –, »das ist doch, als wäre man für einen Tag Königin. Und die ganze Welt war vertreten. Ich muß schon sagen, ich war sehr beeindruckt.«

»Die anderen auch.«

»Weswegen?«

»Deinetwegen. Du warst die schönste Frau dort.« Sie wußte, daß das nicht wahr war, daß mehr als die Hälfte der Aufmerksamkeit, die man ihr entgegengebracht hatte, dem Kleid gegolten hatte. Er hatte sie für ihr Debüt gut ausstaffiert, bis hin zu dem jungfräulichen, weißen Kleid. Aber einige der größten Schönheiten der Welt waren anwesend gewesen. Mit denen konnte sie sich wohl kaum vergleichen. Sie war einfach keine solche Frau. Sie gehörte nicht zu den Frauen, die überall vor Diamanten funkeln, einen Chinchilla hinter sich herschleifen und dabei das neueste Modell von Givenchy tragen.

»Danke.« Es erschien ihr einfacher, nicht zu streiten. »Tee?«

»Eigentlich nicht.« Er blickte sie nachdenklich, ein wenig abwesend an.

»Soll ich Feuer machen?« Sie verspürte den Wunsch, mit ihm zu sitzen und zu reden, so, wie sie es mit... nein! Das durfte sie nicht.

»Wer ist das?« Er deutete auf das jungenhafte Gesicht über dem Kamin. Jessica lächelte. »Dein Bruder?«

»Nein. Jemand anderer.«

»Mr. Clarke?« Sie nickte jetzt ganz ernst. »Du hast sein Porträt hier aufgehängt?«

»Ich habe es selbst gemalt.«

»Das ist kein ausreichender Grund. Triffst du ihn noch?« Irgendwie hatte er gedacht, daß das nicht der Fall wäre, obwohl sie nie darüber gesprochen hatten.

»Nein. Nicht mehr.«

»Das ist auch das Beste.« Dann tat er etwas, das Jessies Herz zum Stehen brachte. Ganz ruhig, ohne sie zu fragen, ohne ein Wort zu sagen, nahm er das Bild von seinem Haken und stellte es sanft neben dem Schreibtisch auf den Boden, mit dem Gesicht zur Wand. »Ich glaube, jetzt ist der rechte Augenblick, um es fortzustellen, Schatz, meinst du nicht auch?« Doch in seinem Ton lag keine Frage. Einen Moment war sie zu verblüfft, um etwas zu sagen. Sie wollte es sehen. Sie mochte es. Sie hatte es absichtlich aus San Francisco mitgebracht. Oder hatte er recht? Gab es wirklich keinen Platz mehr dafür? Es sollte keinen geben, und das wußten sie beide.

»Möchtest du keinen Tee?« Sie wußte nicht, was sie sonst hätte sagen können. Ihre Stimme war plötzlich nur noch ein Krächzen.

»Nein.« Sanft lächelnd schüttelte er den Kopf und ging langsam auf sie zu. Vor ihr blieb er stehen und küßte sie sehnsüchtig. Es rührte sie tief in der Seele. Sie brauchte ihn – jetzt. Er raubte ihr etwas, das sie zum Überleben gebraucht hatte, jetzt fing sie an, ihn zu brauchen. Er konnte ihr Ian nicht nehmen, aber er war auf dem besten Wege dazu, und sie ließ es geschehen. Sie standen beisammen, sein Mund entdeckte hungrig den ihren, und ganz zart löste er den Verschluß ihres Kleides auf der Schulter. Sofort fiel das Gewand locker bis zur Taille hinab, er senkte langsam den Mund hinab zu ihren Brüsten, ihr ganzer Körper schien ihm entgegenzustreben – aber irgend etwas in ihr sagte nein.

»Geoffrey... Geoffrey...« Er küßte sie weiter, das Kleid löste sich, fiel zu Boden. Der kostbare Seidenstoff lag zusammengeknüllt um ihre Füße, während er sie sorgfältig, ohne zu zögern, entkleidete. Sie fummelte an der festen, weißen Hemdfront, brachte aber nichts zustande. Alles, was sie von ihm fühlen konnte, war die Wölbung in seiner Hose, aber selbst sein Reißverschluß schien ihr zu widerstehen. Einen Augenblick später stand sie nackt vor ihm, während er noch immer voll bekleidet war, in Frack, Hemd und Kragen.

»Mein Gott, Jessica, wie schön du bist, mein Liebling... schöner, wunderschöner, eleganter kleiner Vogel...« Langsam führte er sie zum Schlafzimmer, murmelte die ganze Zeit zärtliche Liebesworte. Sie folgte ihm wie in Trance, bis er sie vorsichtig auf ihr Bett gleiten ließ und aus dem Jackett schlüpfte, während sie wartete. Sie hatte das Gefühl, in seinen Bann geschlagen worden zu sein. Jetzt hatte er das Jackett abgelegt, aber die gestärkte, weiße Hemdenfront ließ ihn wie einen Chirurgen aussehen. Als sie den Kopf auf dem Kissen wandte, stach sie etwas ins Ohr, sie trug noch immer ihre Ohrringe, löste sie, spürte die Perlen in ihrer Hand. Die Perlen... Ians Perlen... und hier war dieser Mann, zog sich vor ihr aus. Er hatte sie entkleidet. Sie war nackt, und er würde es auch gleich sein, und er hatte Ians Porträt von der Wand genommen...

»Nein!« Kerzengerade setzte sie sich im Bett auf und starrte ihn an, als hätte er ihr soeben kaltes Wasser ins Gesicht gegossen.

»Jessica?«

»Nein!«

Er setzte sich neben sie, zog sie in seine Arme, aber sie riß sich los, hielt noch immer die Perlenohrringe umklammert. »Hab keine Angst, Liebling. Ich werde ganz vorsichtig sein, das verspreche ich dir.«

»Nein, nein!« Tränen stiegen in ihr auf, sie sprang an ihm vorbei aus dem Bett, zerrte Tante Beths Decke hervor und umhüllte sich damit. Was war denn nur mit ihr los? Einen Moment lang dachte sie, sie wäre verrückt. Nur wenige Minuten zuvor hatte sie ihn so verzweifelt haben wollen, hatte es zumindest geglaubt. Jetzt wußte sie, daß sie es nicht tat. Sie konnte nicht. Sie wußte jetzt alles.

»Jessica, was, zum Teufel, geht hier eigentlich vor?« Sie kauerte am Fenster, Tränen liefen über ihr Gesicht.

»Ich kann nicht mit dir ins Bett gehen. Es tut mir leid... ich...«

»Aber was ist denn passiert? Gerade eben...« Er sah ausnahmsweise verblüfft aus. So etwas war ihm noch nie passiert. Nicht so.

»Ich weiß. Es tut mir leid. Ich muß den Eindruck machen, verrückt zu sein, aber... es ist einfach...«

»Was denn, verdammt?« Da stand er vor ihr und sah sehr wütend aus.

Sein Jackett lag am Boden, als hätte man es fortgeworfen. »Was ist denn mit dir los?«

»Ich kann einfach nicht.«

»Aber Schatz, ich liebe dich.« Wieder ging er zu ihr, versuchte, sie in die Arme zu ziehen, aber sie wollte es nicht zulassen.

»Du liebst mich nicht.« Es war etwas, das sie spüren, aber nicht erklären konnte. Aber was wichtiger war: Sie liebte ihn nicht. Sie wollte ihn lieben, und sie wußte, sie sollte ihn lieben. Sie wußte, daß er zu der Sorte Mann gehörte, die die Frauen lieben müssen, die sie anflehen, sie zu heiraten. Aber sie tat es nicht, und sie wußte, daß sie es nie tun würde.

»Was meinst du damit, ich liebe dich nicht? Verdammt noch mal, Jessica, ich will dich heiraten. Was glaubst du denn, was für ein Spielchen ich getrieben habe? Du bist keine Frau, die man zu seiner Geliebten macht. Glaubst du, ich hätte dich heute abend mit zu der Gesellschaft genommen, wenn es mir nicht ernst gewesen wäre? Sei nicht albern.«

»Aber du kennst mich nicht«, kam es klagend aus der Ecke.

»Ich kenne dich genug.«

»Nein. Du weißt überhaupt nichts.«

»Gute Zucht zeigt sich.« Herrje!

»Aber was ist mit meiner Seele? Was ich denke, was ich fühle, was ich bin, was ich brauche?«

»Das werden wir noch voneinander lernen.«

»Hinterher?« Sie schien entsetzt.

»Manche Leute machen es so.«

»Aber ich nicht.«

»Du weißt überhaupt nicht, was du tust. Wenn du auch nur ein bißchen Verstand hast, dann heiratest du einen Mann, der dir sagt, wann du was zu tun hast. Auf diese Weise wirst du viel glücklicher sein.«

»Nein, das ist es ja eben. Ich habe mir das mal gewünscht, Geoffrey, aber jetzt nicht mehr. Ich will nicht nur nehmen, ich will auch geben, ich will genauso sehr erwachsen sein, wie ich Kind sein will. Ich will nicht herumgestoßen, vorgezeigt und feingemacht werden. Genau das hast du heute abend nämlich getan. Ich weiß, du hast es gut gemeint, aber ich war nichts weiter als eine Puppe. Und das würde ich immer für dich sein. Nein! Wie konntest du nur!«

»Tut mir leid, wenn ich dich beleidigt habe.« Er bückte sich und hob seine Jacke auf. Allmählich wunderte er sich über sie. Es war fast, als wäre sie ein bißchen verrückt.

Aber sie fühlte sich plötzlich gar nicht mehr verrückt. Sie fühlte sich wohl, und sie wußte, daß sie genau das Richtige tat. Vielleicht würde außer ihr niemand so denken, aber sie war sich ganz sicher.

»Du willst ja nicht einmal Kinder.« Es war eine lächerliche Anklage um fünf Uhr morgens, eingehüllt in eine Decke, einem Mann im Frack gegenüber.

»Und du möchtest Kinder?«

»Vielleicht.«

»Unsinn. Das ganze ist doch Unsinn, Jessica. Aber ich werde nicht hier stehen und mit dir streiten. Du kennst meinen Standpunkt. Ich liebe dich, und ich möchte dich heiraten. Wenn du morgen früh wieder vernünftig geworden bist, ruf mich an.« Er sah sie scharf an, schüttelte den Kopf, ging in die Ecke, küßte sie auf den Scheitel und tätschelte ihre Schulter. »Gute Nacht, Liebling. Morgen früh wirst du dich besser fühlen.«

Sie sagte kein Wort, als er ging. Doch nachdem er fort war, packte sie all seine Geschenke in den großen, weißen Karton, den er mitgebracht hatte. Am Morgen würde sie alles zu seinen Freunden hinüberbringen lassen, bei denen er wohnte. Vielleicht war es wirklich dumm, aber sie wußte, was sie tat. Noch nie in ihrem Leben war sie einer Sache so sicher gewesen. Sie hatte die Perlenohrringe auf ihren Nachttisch gelegt und war jetzt nicht einmal mehr müde. Glücklich und nackt stand sie in ihrem Wohnzimmer, trank dampfenden, schwarzen Kaffee, als die Sonne über den Hügeln aufging. Das Porträt hing wieder an der Wand.

Kapitel XXXVI

»Und wie geht's deinem jungen Mann?« Sie und Tante Beth hatten einen langen Ritt hinter sich und tranken jetzt Eistee. Jessica war ungewöhnlich schweigsam gewesen.

»Welchem jungen Mann?« Aber sie wollte nicht ausweichen.

»Verstehe. Spielen wir Katz und Maus, oder ist er nicht mehr im Rennen?« Tante Beth sah sie fragend an, und Jessie brachte ein Lächeln zustande. Katz und Maus, ha!

»Aus dem Rennen.«

»Gibt es einen besonderen Grund?« Zum erstenmal war sie überrascht. »Ich habe ein Foto von euch beiden gesehen, von irgendeinem sehr vornehmen Empfang in L. A.«

»Wo, zum Teufel, hast du das gesehen?« Jessica war alles andere als erfreut.

»Mei, mei. Der muß ja wirklich sehr in Ungnade gefallen sein! Ich hab' das Foto in der Zeitung gesehen. Hatte irgend etwas mit einer Konsulatsfeier zu tun, oder? Schienen eine ganze Reihe illustrer Leute in eurer Nähe gewesen zu sein.«

»Ist mir nicht aufgefallen«, meinte Jessie düster.

»Ich bin beeindruckt.« Das war Jessie auch, aber nicht angenehm. Sie fragte sich, wer sonst das Foto noch gesehen haben mochte. Es hatte keinen Sinn, jetzt noch mit Geoffrey in Verbindung gebracht zu werden. Na ja – wie alles andere würde der Klatsch schnell ersterben. Für Geoffrey war es wahrscheinlich viel schlimmer. Er mußte mit all diesen Menschen leben, sie nicht. »Hat er etwas Böses getan, oder war er einfach langweilig, oder sollte ich mich lieber um meine eigenen Sachen kümmern?«

»Natürlich nicht. Nein, ich konnte einfach nicht, anders läßt sich das nicht sagen. Ich wollte mich dazu zwingen, ihn zu lieben. Aber ich konnte nicht. Er war perfekt. Er hatte alles. Er tat alles. Er war alles. Aber... ich... ich kann es nicht erklären, Tante Beth. Ich hatte das Gefühl, er wollte versuchen, aus mir das zu machen, was er haben wollte.«

»Das ist kein angenehmes Gefühl.«

»Ich hatte immer den Eindruck, daß er mich... abschätzte. Ich fühlte mich so... allein bei ihm. Ist das nicht verrückt? Es gab wirklich keinen Grund dafür.« Sie erzählte ihr von dem Kleid und den Brillantohrringen. »Ich hätte entzückt sein müssen, aber das war ich nicht. Es hat mir angst gemacht. Es war zu... ich weiß nicht was. Wir waren uns so fremd.«

»Jeder Mann wird am Anfang ein Fremder für dich sein.« Jessica nickte nachdenklich und trank ihre Tasse leer. »Er schien wirklich sehr nett, aber wenn der besondere Funke nicht da ist, diese Magie... dann hat es doch wirklich keinen Sinn.« Die Worte ließen Jessica an die Nacht zurückdenken.

»Ich fürchte, ich habe mich nicht sehr elegant zurückgezogen. Ich bin völlig durchgedreht.« Sie lächelte bei der Erinnerung, und die ältere Frau lachte.

»Hat ihm wahrscheinlich gutgetan. Er war so schrecklich anständig.«

»Das war er sicher. Er trug noch immer seinen Frack, während ich hysterisch wurde und fast angefangen hätte, mit Gegenständen zu schmeißen. Am nächsten Tag hab' ich all seine Geschenke zurückbringen lassen.«

»Hast du sie ihm durchs Fenster geworfen?« Beth sah außerordentlich amüsiert aus, hoffte fast, daß es der Fall gewesen war. Männer brauchten Aufregung.

»Nein.« Sie errötete leicht. »Ich habe sie von einem deiner Rancharbeiter zu ihm bringen lassen.«

»Also da treiben die sich an ihren freien Nachmittagen rum.«

»Tut mir leid.«

»Muß es nicht. Ich bin sicher, daß er, wer auch immer es war, die ganze Sache sehr genossen hat.«

Eine Weile saßen sie stumm bei ihrem Eistee. Jessica runzelte die Stirn.

»Weißt du, was mich noch beschäftigt?«

»Ich bin gespannt, es zu hören.«

»Hör auf, mich zu necken – ich meine es ernst.« Aber sie genoß das Geplänkel mit der Freundin. »Er wollte keine Kinder.«

»Du doch auch nicht. Also warum sollte dich das beunruhigen?«

»Das ist eine gute Frage. Aber irgend etwas ist geschehen. Ich glaube, die Vorstellung, Kinder zu haben, ängstigt mich nicht mehr so. Ich denke immer wieder... ich weiß nicht, ich bin sowieso schon zu alt, aber ich denke trotzdem immer wieder, daß...« Sie wußte, daß sie nicht zu alt war, aber sie wollte es von jemand anderem hören.

»Du wünschst dir ein Baby?« Beth war verblüfft. »Willst du das damit sagen?«

»Ich weiß nicht.«

»Nun, in deinem Alter ist es bestimmt noch nicht zu spät. Du bist ja noch nicht einmal zweiunddreißig. Aber ich muß schon sagen, das überrascht mich.«

»Warum?«

»Weil deine Angst davor so tief saß. Ich hätte nie gedacht, daß du deiner selbst jemals sicher genug sein würdest, diesen Wettbewerb aufzunehmen. Wenn du nun eine schöne Tochter hättest? Könntest du das ertragen? Denk mal darüber nach. Für eine Mutter kann das sehr schmerzhaft sein.«

»Aber wahrscheinlich auch sehr schön. Klingt das nicht verrückt? Ich komme mir schändlich vor. Das beschäftigt mich schon eine ganze Weile, aber ich hatte nicht den Mut, mit irgend jemandem darüber zu sprechen. Alle sind so sicher, daß ich bin, was ich bin. Karrierefrau, Stadtmensch, Kinderhasserin, jetzt lustige Geschiedene. Selbst wenn man aufhört, derselbe Mensch zu sein, scheint es so, als ob niemand bereit wäre, die alten Ansichten aufzugeben.«

»Dann verbrenne alles, laß alles hinter dir. Das heißt, du hast es ja schon getan. Du hast deinen Mann aufgegeben, deine Boutique, die Stadt. Jetzt ist nicht mehr viel übrig, was du ändern könntest.« Sie sagte es reumütig, aber voll Zärtlichkeit. »Zum Teufel mit der Meinung anderer Leute. Es gibt eine Menge, das wir nicht ändern können, aber wenn es etwas gibt, das du ändern möchtest und ändern kannst, dann los, und genieße es.«

»Ein Baby...« Da saß sie, lächelte, spielte voll Freude mit dem Gedanken.

»Ja, stell es dir nur vor. Ich kann mich nicht einmal mehr daran erinnern. Ich bin auch nicht sicher, ob ich es möchte. Was dieses Thema anging, war ich nie sehr romantisch. Aber ich liebe Astrid wirklich sehr.«

»Weißt du, es ist, als ob ich ein paar Kapitel in meinem Leben gelebt habe, und jetzt bin ich bereit, weiterzuziehen. Nicht, die Vergangenheit aus dem Fenster zu werfen, aber einfach weitergehen wie auf einer Reise. Wir sind lange genug im selben Land gewesen. Nach einer Weile muß man einfach weiterziehen. Ich glaube, das ist es, was geschehen ist. Ich bin weitergezogen, habe jetzt andere Bedürfnisse entwickelt, fühle mich ganz neu, Tante Beth. Das Traurige ist bloß, daß ich das mit niemandem teilen kann.«

»Du hättest es mit Geoffrey teilen können. Stell dir nur vor, was dir da entgangen ist!« Aber Tante Beth glaubte nicht, daß Jessie etwas vermissen würde. In dem Mann war nicht genug Feuer gewesen, keine wilden Träume, keine Risikobereitschaft. Er verfolgte einen sorgfältig festgelegten Kurs. Wenn schon sonst nichts, so wäre es schrecklich langweilig gewesen. Sie wußte, daß Jessie das Richtige getan hatte. Sie staunte nur über die Heftigkeit von Jessies Reaktion. »Etwas anderes beschäftigt dich in letzter Zeit auch sehr, nicht wahr?«

»Ich weiß nicht, was du meinst.«

»O doch, das weißt du. Ganz genau sogar. Du bist nicht nur sicher, was ich meine, sondern auch sicher in bezug auf den ganzen Rest. Ich wage sogar zu behaupten, daß dies das Problem mit Geoffrey war. Oder nicht? Es hatte die ganze Zeit über verdammt wenig mit ihm zu tun.« Jessica lachte, wollte aber nichts dazu sagen.

»Du kennst mich zu gut.«

»Ja, und du lernst dich endlich auch selbst kennen. Ich bin froh darüber. Aber was wirst du jetzt unternehmen?«

»Ich habe daran gedacht, für ein paar Tage fortzufahren.«

»Du willst doch wohl keine Erlaubnis von mir?« Tante Beth lachte, als Jessica den Kopf schüttelte.

Am nächsten Morgen um sechs Uhr, als die Sonne gerade über Tante Beths Hügel auftauchte, fuhr sie los. Sie hatte eine weite Fahrt vor sich. Sechs, vielleicht auch sieben Stunden, und sie wollte rechtzeitig dort sein. Sie trug eine luftige Bluse und einen Rock, der kühler war als eine Hose. Neben ihr stand eine Thermoskanne mit Eiskaffee, ein Sandwich und eine Tüte Äpfel lagen auf dem Beifahrersitz, und in einer Dose, die ihr der Sohn des Vormanns vor ein paar Tagen gebracht hatte, lagen noch Nüsse und Kekse. Sie war gut ausgerüstet – und entschlossen, aber auch verängstigt. Seit einiger Zeit hatten sie sich jetzt zwei-, dreimal pro Woche geschrieben. Aber Briefe, das war ganz etwas anderes. Monate waren vergangen, seit sie sein Gesicht gesehen hatte, seit er ihr den Rükken zugekehrt hatte und davongegangen war; Monate, seit sie beide mit Steinen geworfen hatten, die sie nie hätten aufheben dürfen. Und so viel hatte sich jetzt verändert. In ihren Briefen waren sie beide vorsichtig. Vorsichtig, ängstlich und doch froh. Auf jeder Seite brach die Freude durch, standen alberne Bemerkungen, Dummheiten und dann wieder Vorsicht, als hätten sie beide Angst, dem anderen zu viel zu zeigen. Sie hielten sich an sichere Themen. Ihr Haus, sein Buch. Was den Filmvertrag anging, gab es immer noch nichts Neues, aber das Buch sollte im Herbst erscheinen. Sie war so aufgeregt für ihn. So aufgeregt, wie er über ihr Haus war. Er achtete sorgfältig darauf, es immer als das ihre zu bezeichnen, und das war es ja auch, wenigstens im Augenblick.

Sie waren jetzt getrennte Personen, nicht mehr aus einem einzigen Stück Stoff gewebt. Das, was ihnen zugestoßen war, hatte sie auseinandergerissen, aber auch das, was sie einander angetan hatten, das, was keiner von ihnen mehr vertuschen konnte. Sie fragte sich, ob es ein Zurück gab, nachdem so etwas geschehen war. Vielleicht nicht, aber sie mußte es einfach wissen. Jetzt, bevor noch mehr Zeit verstrich. Wenn er nun erwartete, sie nie wiederzusehen? Es hörte sich an, als hätte er es schon fast akzeptiert. Er bat nie mehr um einen Besuch, aber er würde einen bekommen. Sie wollte ihn sehen, wollte ihm ins Gesicht schauen und sehen, was dort stand, nicht nur das Echo seiner Stimme aus seinen Briefen vernehmen.

Um halb zwei hielt sie vor dem bekannten Gebäude. Sie wurde durchsucht, ihre Handtasche ebenfalls. Dann ging sie hinein und schrieb ihren Namen auf ein Formular am Empfang. Sie setzte sich und wartete eine endlose halbe Stunde. Ruhelos flogen ihre Blicke zwischen der Wanduhr und der Tür hin und her. Ihr Herz hämmerte wild. Sie war hier. Und sie hatte Angst. Warum war sie gekommen? Was würde sie sagen? Vielleicht wollte er sie ja gar nicht sehen, vielleicht hatte er deshalb einen Besuch nie erwähnt. Es war Wahnsinn, hier zu sein... Irrsinn... dumm...

»Besucher für Clarke... Besucher für Ian Clarke.« Die Stimme des Wärters dröhnte. Jessica sprang von ihrem Platz auf, bemühte sich, normal zu gehen, als sie auf den uniformierten Mann zuging, der an der Tür zur Besucherregion Wache stand. Es war eine andere Tür als die, durch die sie früher gegangen war. Als sie hindurchschaute, wurde ihr klar, daß Ian jetzt in einer anderen Sektion war. Vielleicht gab es heute kein Glas mehr zwischen ihnen.

Der Wärter sperrte die Tür auf, prüfte den Stempel auf ihrem Handgelenk, den sie am Haupttor erhalten hatte, und trat beiseite, um sie passieren zu lassen. Die Tür führte auf einen Rasen mit Bänken und Blumenbeeten. Es gab keine sichtbaren Grenzen, nur einen langen Streifen grünen Rasen, der sich vor ihr erstreckte. Langsam trat sie über die Schwelle, sah Paare zu beiden Seiten des Rasens spazierengehen. Und dann entdeckte sie Ian. Er stand am anderen Ende, beobachtete sie mit verblüfftem Gesicht. Es war wie eine Szene aus einem Film. Ihre Füße fühlten sich an wie Blei.

Sie stand einfach nur da, genau wie er, bis sich schließlich ein Lächeln über sein Gesicht breitete. Er sah aus wie ein großer, schlaksiger Junge, sah sie an und grinste, seine Augen waren feucht, aber nicht mehr als ihre. Es war verrückt – da lag so viel Rasen zwischen ihnen, aber keiner von ihnen rührte sich... sie mußte... sie war hierhergekommen, um ihn zu sehen, um mit ihm zu sprechen, nicht, um nur dazustehen und ihn anzustarren, mit einem Lächeln auf dem Gesicht. Langsam ging sie den Weg entlang. Er bewegte sich jetzt auch, das Lächeln wurde noch breiter, und plötzlich, endlich lag sie in seinen Armen. Es war Ian. Der Ian, den sie kannte. Er roch nach Ian, fühlte sich an wie Ian. Ihr Kinn paßte in dieselbe Stelle auf seiner Schulter. Sie war daheim.

»Was ist denn passiert? Ist dir dein Haarspray ausgegangen, oder sind die Eidechsen einfach zuviel für dich geworden?«

»Beides. Ich bin gekommen, damit du mich retten kannst.« Es fiel ihr schwer, die Tränen zu unterdrücken, aber ihm auch. Und noch immer strahlten ihre Gesichter wie die helle Sonne während eines sommerlichen Regenschauers.

»Jessie, du bist verrückt.« Er hielt sie ganz fest, und sie lachte.

»Das glaube ich auch.« Sie klammerte sich an ihn. Er fühlte sich so verdammt gut an. Sie legte eine Hand auf seinen Kopf, spürte das seidenweiche Haar. Mit verbundenen Augen hätte sie das in einem ganzen Saal voller Männer erkannt. Es war Ian. »Himmel, fühlst du dich gut an.« Sie trat ein Stückchen zurück, um ihn anschauen zu können. Er sah fabelhaft aus. Dünn, ein bißchen müde, ein bißchen von der Sonne gebräunt und total überwältigt. Fabelhaft. Er zog sie wieder an sich, barg ihren Kopf an seiner Schulter.

»O Schatz, ich konnte es kaum glauben, als du wieder angefangen hast zu schreiben. Ich hatte schon alle Hoffnung aufgegeben.«

»Ich weiß. Ich bin ein Dreckstück.« Sie hatte plötzlich ein schrecklich schlechtes Gewissen wegen all der Monate ihres Schweigens. Jetzt, da sie ihm ins Gesicht sehen konnte, erkannte sie, wie sehr sie ihn verletzt haben mußte. Aber sie hatte es einfach tun müssen.

»Ja, ein superschönes Superdreckstück. Du siehst wunderbar aus, Jessie. Du hast sogar ein bißchen zugenommen.« Wieder hielt er sie auf Armeslänge von sich ab und musterte sie. Er wollte sie nicht loslassen. Er hatte Angst, sie würde wieder verschwinden. Er wollte sie festhalten, wollte sich vergewissern, daß sie wirklich und wieder bei ihm war. Die Seine war. Aber vielleicht... vielleicht war sie auch nur zu Besuch gekommen... um ›Hallo‹ zu sagen... oder ›Auf Wiedersehen‹. Seine Augen verrieten plötzlich seinen Schmerz, verrieten, was er dachte. Aber Jessie wußte nicht, was sie sagen sollte. Noch nicht.

»Das Landleben macht mich dick.«

»Und glücklich. So klingt es jedenfalls in deinen Briefen.« Wieder zog er sie an sich und zwickte sie leicht in die Nase. »Setzen wir uns irgendwo hin. Meine Knie zittern so, daß ich kaum stehen kann.« Sie lachte und wischte sich die Tränen von den Wangen.

»Du und zittern! Ich hatte schon Angst, du würdest mich nicht sehen wollen!«

»Was, ich sollte mir freiwillig die Gelegenheit entgehen lassen, zu sehen, wie den anderen Knaben das Wasser im Mund zusammenläuft? Sei nicht albern.« Er bemerkte erst jetzt, daß sie die goldene Limabohne trug, und stumm hielt er ihre Hand.

Sie fanden eine Bank auf einer Seite des Rasens und setzten sich, hielten sich noch immer bei den Händen. Er hatte einen Arm um sie gelegt, und ihre Hand zitterte in seiner. Dann überschlugen sich die Worte fast. Sie konnte nicht länger an sich halten. Der Damm war endlich gebrochen.

»Ian, ich liebe dich. Ohne dich ist alles schrecklich.« Es klang verrückt, aber das hatte sie ihm sagen wollen, deshalb war sie hergekommen. Sie war sich jetzt ganz sicher. Sie wußte, was sie wollte. Aber jetzt war es mehr eine Frage des Wünschens als des Bedürfnisses. Sie brauchte ihn noch immer, aber auf andere Art. Jetzt wußte sie, wie sehr sie ihn sich wünschte.

»Dein Leben klingt aber nicht schrecklich. Es klingt sogar sehr schön, Liebling. Das Land, das Haus... aber...« dankbar sah er sie an, »...ich bin froh, wenn du es schrecklich findest, auch nur ein ganz klein bißchen. O Jess... ich bin so froh.« Wieder zog er sie in seine Arme.

»Liebst du mich noch immer ein bißchen?« fragte sie mit ihrer Kleinmädchenstimme. So lange war es her, seit irgend jemand diesen Ton gehört hatte, so lange, seit er ihn gehört hatte. Wenn er sie nun nicht mehr haben wollte? Was würde sie dann tun? Zurückkehren in Geoffreys Welt und die der idiotischen Stückeschreiber aus New York? In die Leere eines Hauses und eines Aussichtsturmes und einer Schaukel und einer Welt, die für Ian gemacht war... aber ohne ihn? Was gab es noch, zu dem es sich zurückzukehren lohnte? Sein Porträt anstarren? An seine Stimme denken? Die Perlenohrringe tragen, die er ihr geschenkt hatte?

»He, Liebling, du bist ja gar nicht mehr da. Woran hast du gedacht?«

»An dich.« Sie sah ihm offen in die Augen. Sie mußte es wissen. »Ian, liebst du mich noch?«

»Mehr, als ich dir je sagen kann. Was glaubst du denn? Jessie, ich liebe dich mehr denn je. Aber du hast die Scheidung haben wollen, und es erschien gerecht. Ich konnte dich nicht bitten, all das hier mitzumachen.« Er umfaßte mit einer vagen Geste die Gebäude des Gefängnisses. Es ließ Sorge in ihre Augen treten.

»Aber was ist mit dir? Wirst du damit fertig?« Sie entzog sich seinen Armen, um ihn wieder anzusehen. Er sah um einiges dünner aus. Gesund, aber mager.

»Sogar besser, als ich dachte. Seit ich mit dem Buch fertig bin. Sie lassen mich jetzt in der Schule unterrichten, und ich...« Er schien zu zögern, starrte auf einen Punkt über ihrem Kopf und holte tief Luft. »Ich soll im September noch mal angehört werden. Vielleicht werde ich entlassen. Es ist eigentlich schon fast sicher. Sieht also so aus, als könnte ich schon bald heimkommen.«

»Wie bald?«

»Vielleicht in sechs Wochen. Vielleicht in drei oder vier Monaten. Schlimmstenfalls noch sechs Monate. Aber darum geht es ja nicht, Jess. Was ist mit allem anderen? Was ist mit uns? Daß ich im Gefängnis bin, war ja nicht unser einziges Problem.«

»Aber so vieles hat sich verändert.« Er wußte, daß es stimmte. Er hatte es aus ihren Briefen gehört, sah es an dem, was sie getan hatte, konnte es jetzt auch in ihrem Gesicht lesen. Sie war mehr Frau, als sie es je zuvor gewesen war. Aber irgend etwas sagte ihm auch, daß sie immer noch ihm gehörte, ein Teil von ihr, der andere gehörte jetzt nur Jessie, aber so gefiel es ihm. Sie war vor langer, langer Zeit so gewesen. Aber jetzt war es noch besser. Sie war stärker geworden. Sie war ein Ganzes geworden. Wenn sie ihn jetzt immer noch haben wollte, dann würden sie wirklich etwas ihr eigen nennen. Auch er war gewachsen.

»Ich glaube, daß sich eine Menge geändert hat, Jess, aber einiges auch nicht, und manches wird sich nie verändern. Und vielleicht ist das mehr, als du haben willst, um dich darüber zu ärgern. Du könntest etwas viel Besseres finden.« Er sah sie an, dachte an das Foto, das er in der Zeitung gesehen hatte. Er hatte denselben Artikel gelesen, den auch Beth gesehen hatte. Wenn sie Sir Geoffrey Soundso haben konnte, warum, zum Teufel, wollte sie dann immer noch ihn?

»Ian, mir gefällt, was ich habe, wenn ich es noch habe. Ich könnte nichts Besseres finden. Ich will nichts Besseres. Du bist alles, was ich haben möchte.«

»Ich habe kein Geld.«

»Na und?«

»Sieh mal, ich habe einen Vorschuß von zehntausend Dollar für das Buch bekommen, und die Hälfte davon ist für dein Auto draufgegangen. Und die anderen fünftausend reichen nicht weit, wenn ich erst mal draußen bin. Dann mußt du mich wieder aushalten. Und ich muß schreiben, Kleines. Das weiß ich jetzt. Das ist etwas, was ich wirklich tun muß, selbst wenn ich irgendwo als Kellner jobben muß, um mich dabei über Wasser zu halten – ich werde das Schreiben nie aufgeben.« Er sah sie reumütig, aber entschieden an. Jessie schien ungeduldig.

»Und? Ich habe ein Vermögen verdient, als ich Astrid die Boutique verkauft habe. Was macht es denn für einen Unterschied, wer was verdient, womit auch immer? Was glaubst du denn, daß ich mit all dem Geld machen soll? Es umhängen? Wir könnten so viel Schönes damit anfangen.« Sie dachte an das Haus – und an andere Dinge.

»Zum Beispiel?« Er lächelte, als er ihre Stimme hörte, zog sie wieder näher an sich.

»Alles mögliche. Wir könnten das Haus auf dem Land kaufen, es ein bißchen herrichten. Wir könnten nach Europa fahren... ein Kind haben...« Sie wandte ihm ihr Gesicht zu, lächelte ihn an.

»Was hast du gesagt?«

»Du hast mich doch gehört.«

»Ich bin mir nicht sicher. Ist das dein Ernst?«

»Ich glaube schon.« Sie lächelte rätselhaft und küßte ihn.

»Warum? Was hat dich umgestimmt?«

»Etwas ganz einfaches, Schatz. Ich bin erwachsen geworden, seit ich dich das letztemal gesehen habe. Ich habe in letzter Zeit einfach immer wieder darüber nachgedacht. Und dabei ist mir noch etwas klargeworden. Ich wünsche mir nicht einfach ›ein Baby‹. Ich wünsche mir dein Baby. Unser Baby. Ian... was ich haben möchte, bist einfach du, mit Kindern, ohne Kinder, mit Geld, ohne... ich weiß nicht, was ich dir sonst sagen soll. Ich liebe dich.« Zwei riesige Tränen kullerten über ihr Gesicht. Sie sah ihn so verzweifelt an, daß er sie am liebsten für immer festgehalten hätte.

Er warf die Arme um sie und zog sie lächelnd an sich. »Weißt du, was jetzt passiert, Jess? Jeden Augenblick wird jetzt ein Mistkerl mit einer Taschenlampe kommen, es ist zwei Uhr morgens, und ich wache auf und umarme mein Kopfkissen. Weil das hier einfach nicht wahr sein kann. Zu oft habe ich das geträumt. Es passiert nicht wirklich. Ich möchte, daß es passiert, aber... sag mir, daß es wahr ist.«

»Es ist wahr... aber du brichst mir den linken Arm.«

»Entschuldigung.« Er rückte von ihr ab und beide lachten. »Mein Schatz, ich liebe dich. Es ist mir nicht einmal mehr wichtig, ob du ein

Baby haben möchtest oder nicht. Ich liebe dich, in diesem halbverfallenen, leeren Haus, das du kaufen möchtest, oder in einem Palast oder wo auch immer. Und abgesehen davon glaube ich, daß du verrückt bist. Ich weiß nicht, was dich dazu gebracht hat, zurückzukommen, aber ich bin verdammt froh, daß du es getan hast.«

»Ich auch.« Sie schlang wieder die Arme um ihn, knabberte an seinem Ohr und biß ihn dann leicht. »Ich liebe dich«, flüsterte sie, und er zwickte sie. So lange war es her, daß er sie auch nur berührt hatte, sie gefühlt hatte, sie gehalten hatte. Sogar Zwicken und Beißen war jetzt schön. All das war jetzt ein Luxus für sie. »Himmel, Ian, was ist denn mit dir los?«

»Was meinst du?« Er schien plötzlich besorgt.

»Du hast nicht einmal aufgeschrien, als ich dich gezwickt habe. Das hast du doch sonst immer getan. Liebst du mich nicht mehr?« Aber ihre Augen tanzten wie seit einer Ewigkeit nicht mehr. Wenn sie es überhaupt schon je so getan hatten.

»Bist du denn hergekommen, damit ich dich anbrülle?«

»Klar. Und damit ich dich anbrüllen kann. Und dich umarmen und küssen und dich bitten, hier herauszukommen, heimzukommen, Herrgott noch mal! Wirst du es also bitte tun, verdammt?« Jesus. Vor zwölf Stunden war sie nicht einmal mehr sicher gewesen, daß er sie noch haben wollte. Aber er wollte! Gott sei Dank wollte er!

»Werde ich, werde ich. Warum hast du es so eilig? Hast du Schlangen im Haus? Oder Spinnen? Deshalb willst du mich doch, richtig? Der Kammerjäger – ich kenne deinen Typ.«

»Quatsch. Keine Spinnen, keine Schlangen, aber...« Sie grinste.

»Aha!«

»Ameisen. Neulich abend bin ich in die Küche gekommen, um mir ein Brot mit Erdnußbutter zu machen, und ich hab' so laut geschrien, daß... warum lachst du? Verdammt noch mal, was gibt es da zu lachen?« Und dann lachte sie plötzlich auch, und er umarmte sie und küßte sie wieder und wieder, und beide lachten unter Tränen. Der Krieg war vorüber.

Und acht Wochen später war er wieder daheim.